U0918818

划船港

孙兰君 著

江苏凤凰文艺出版社
JIANGSU PHOENIX LITERATURE AND ART PUBLISHING

图书在版编目（CIP）数据

划船港 / 孙兰君著. —南京：江苏凤凰文艺出版社，2023.8

ISBN 978-7-5594-5257-3

Ⅰ. ①划… Ⅱ. ①孙… Ⅲ. ①长篇小说—中国—当代 Ⅳ. ①I247.5

中国版本图书馆 CIP 数据核字(2021)第 231159 号

划船港

孙兰君　著

出 版 人　张在健
责任编辑　周颖若
责任印制　刘　巍
出版发行　江苏凤凰文艺出版社
　　　　　南京市中央路 165 号，邮编：210009
网　　址　http://www.jswenyi.com
印　　刷　江苏凤凰盐城印刷有限公司
开　　本　718 毫米×1000 毫米　1/16
印　　张　31.75
字　　数　519 千字
版　　次　2023 年 8 月第 1 版
印　　次　2023 年 8 月第 1 次印刷
书　　号　ISBN 978-7-5594-5257-3
定　　价　69.80 元

作者简介

孙兰君(笔名小君子兰),男,1959年生,江苏盐城人,中共党员,记者职称,毕业(委培)于解放军陆军指挥学院(人武指挥专业),公务员。从20世纪70年代开始,先后在《人民日报》《解放军报》《新华日报》、中央人民广播电台、新华通讯社、全国中文核心期刊等媒体发表新闻、散文作品和论文200余件(篇),20多次在省(军)级以上获奖并荣立个人典型宣传报道三等功。

内 容 简 述

抗日战争时期，成长于苏北盐阜老区的一支农渔民武装，在沿海滩涂湿地划船港一带开展敌后游击战，配合新四军三师主力前赴后继反“扫荡”，开辟抗日根据地，书写了可歌可泣的传奇故事。本作品侧重描写了划船港英雄儿女与凶残的日军及其走狗巧妙周旋、斗智斗勇的战斗场景，以及处于日伪顽匪夹击之中，地方党组织内部激烈的路线斗争，讴歌了人民战争这个克敌制胜的重要法宝，向人们昭示革命成功的来之不易。小说人物形象鲜活，情节曲折复杂，内容跌宕起伏，文字朴实细腻。通过以孙广盛为代表的群体形象刻画，揭示了在特定时期，各阶级、各阶层人物的思想特征和价值取向，生动地再现了“陕北有延安，苏北有盐城”之说，充分展示了盐阜军民在抗日斗争中的历史风貌与丰功伟绩。

作者在尊重历史的基础上，以濒海重镇划船港这个出了名的红色革命堡垒为背景，以翔实史料为基础，采取章回叙事的创作方式，让作品更具当年的生活气息和时代精神。小说展现的是我党建军初期军队后备力量建设中的一朵奇葩，是一部赓续精神血脉、传承红色基因的抗战历史题材作品。

目录

第一章

穷长工寒夜添新口
两恶少无端害善良

清末光绪二十八年(1902),一个寒风呼啸的夜晚,长工孙云龙的妻子孙周氏临盆了。也许是生过四男二女的缘故,孙周氏临盆时并不像初生孩子的女人那样声嘶力竭地喊叫,只是咬牙撑着,听不到一点声响。

地处苏北沿海中部的划船港,每到冬天,风就和海滩上的风一样,刮起来总是死皮赖脸,如同狮子咆哮般狂吼,几天几夜也不知停歇。俗话说:穷是债,冷是风。冬天的划船港只要刮风,就像掉进了冰窖里。遇上这个时候生孩子,大小人无疑都要遭罪。当然,这也是没有办法的事情。

茅草丁头屋门上挡风的草帘子,时而被风"噗"地掀起来,接着"呼啦"一声撂下。屋内如豆的灯光下,孙云龙双手抱膝,蹲在穰草铺前发呆。

经一番折腾,"哇"的一声啼哭,老七落地了,孙云龙一看又是个男孩。富人门上的弄璋之喜,在孙云龙家却是负担,多少让他有些不知所措了。婴儿的每一声啼哭,就像钢针一样扎得他心疼。这年头谁都清楚,宁添一斗,莫添一口啊!

四岁的二丫头和两岁的四儿子,蜷缩在母亲脚下的穰草铺上,不时地喊出一声:"妈,我肚子饿扁啦……"声音虽很微弱,但在孙云龙听来,心里犹如刀绞一般。天把没揭锅了,孩子怎能不饿?家里什么吃的都没有,滩头冻死的麻雀、喜鹊、乌鸦、斑鸠等野鸟,洞里刨出的老鼠等都捡回来吃了,就连茅草根都挖不到,这日子还咋过?忧心忡忡的当家汉子,把头深深地埋进自己的腿裆里。

蹲着,孙云龙心里渐渐冒出一股怨气。一年忙到头,怎么连自己的孩子都养不活呢?难道就真没有穷人过的日子?这世道太不公!

孙周氏知道男人心里的苦，勾起头叹了口气，说："孩子他爹，路是弯的，理是直的，你还是去跟宋老爷慢慢好说，替他家干了一年，到头来一文工钱不给，这不是存心要我一家子的命嘛！"

"有什么用呢！他同他死鬼老子差不多，就像'乌龟与王八比俊——都是一个样儿'，吃人不吐骨头，说也是瞎子点灯。"孙云龙回应道。

"哪这日子咋过呢！"

本名叫宋仁明的大地主是划船港一带的渔霸加恶霸，心狠手辣，害人无数。因"宋仁明"和"送人命"谐音，当地人就叫他"送人命"。时间一长，这个绰号也就家喻户晓，大人小孩都这么喊。

"八张嘴都糊不住了，这下又添一张……真是作孽呀！"孙周氏说着，长长地叹了一口气。

"只有送走，让他自己碰碰运气吧。"孙云龙念叨了一句。

瓢城东门敌楼上的更鼓声短促而又低沉，报丧似的在凄风中悠荡着。孙云龙从地上直起身子，眼里噙着泪花："二更天了，把孩子裹裹好吧。"

孙周氏慢慢坐起来，"刺啦刺啦"将破小褂子撕成几块碎布，把刚生产下的血胞子轻轻包好，然后脱下身上的烂棉袄裹在外面，流着泪对怀里的孩子说："宝宝啊，妈妈是实在养不起你呀……"

孙云龙说："只有把他送走，碰碰运气，如有人家拾回去，也许还能寻条活路。在家里肯定是死路一条啦！"

哪个孩子不是父母身上掉下的肉啊！可实在是无路可走了。孙周氏看着孩子，两行热泪像断了线的珍珠，簌簌落在孩子冻红了的小脸蛋上。

泪水的滋润，唤醒了孩子的本能，他仰起脸左右转动着，好似在寻找妈妈的乳头。看到此景，孙周氏心如刀割，她实在不忍心让亲生骨肉就这样离开，哪怕就是没有一滴乳水，也得让孩子吮上两口。她急忙解开衣襟，把乳头塞进孩子的小嘴里。

成月的吞糠咽菜，不见油腥，哪来的奶水？孩子吮几下，哭了。孙周氏无奈地摇摇头，哆嗦着把孩子托举过去，说："抱走吧。"

孙云龙接过孩子，愣愣地站了一会儿，然后把他放在一只腰篮里，压上生日时辰的纸条，踉跄着出门去。

孩子送走了，孙周氏的心像被屋外呼啸的西北风撕碎。她趴在床上，头顶住北山墙，拉风箱似的大口大口喘粗气，两手拼命抠住芦席，抠着，抠着，终于憋不住了，“哇”地一声大哭起来。

刺骨的西北风，在茅草丁头屋外如饿狼样干嚎着。屋内昏暗的油灯下，哭得没了力气的孙周氏脸色苍白，趴在穰草铺上。她担忧孩子的去处，祈祷着孩子能有个好的归宿……

鸡叫两遍，孙云龙拖着沉重的脚步回来了，见婆娘仍坐在穰草铺上理扯蓬乱的头发，悲痛得泣不成声。

“送，送已送了，还哭什么喃！”孙云龙断断续续地说。

“你把孩子送哪了？”

没回话，过了一阵子，男人叹口气：“听天由命吧。”

两口子一坐一躺在铺上，急切地盼天亮。他们想知道送走的孩子下落怎样，是不是被人抱走了？

天刚蒙蒙亮，孙周氏就催促自己男人出门去打探消息。让她万万未想到，孙云龙出去没多久，居然把孩子又抱回来了，说：“小东西命大，在划船港北街头子的三岔路口，常有疯狗、野狼出没，小畜生丢在那里几个时辰，竟没被叼去，也未饿死和冻死。”

孙周氏赶忙撑起身子接过孩子，扒开裹在身上的破棉袄，将冻得脸色发紫的孩子紧紧捂在胸口里，一边摇晃一边念叨：“我就不信这个邪！‘送人命’不让穷人过，我儿命硬，就是不死，气死姓宋的！”

“既然不忍心再送走，那就得给孩子取个名儿。今年是虎年，男孩排行老五，就叫五虎吧。”孙云龙喃喃地说。

这是农历的腊月末，月牙儿像片羽毛挂在天边。为了活下去，孙云龙一大早就来到东家门上。

“送人命”白白胖胖，眯缝着双眼，说：“借钱嘛，看在你替我做工的分上，好，好。”他拿出账簿，先写上孙云龙借钱二十吊，随后从箱柜子里拿出盘得蛇样的一串铜钱搁在桌角，说：“扣除上年欠的六吊，再减去明年的利息四吊，现在还剩十吊了。”

钱还没拿走，利息先扣下，哪有这理？孙云龙说：“东家，你这样算，我就不想借了！”

“送人命”微微一笑，抓起毛笔：“好好好，你莫激动，让我把原账改掉。”他把毛笔在砚台里蘸了蘸，在账簿上写着：“孙云龙于壬寅年腊月二十八辰时还钱十吊，尚欠十吊。”

这不是坑人嘛，本来欠六吊，一文没取又成了十吊。孙云龙愤怒地瞪了“送人命”一眼，鼻子里哼了一声：“活倒霉，大清早上遇到个鬼！”说完便出了门。

“送人命”把毛笔往桌上一扔：“哎，哎，你这是发的哪家的脾气！”

哀鸿遍野，赤地千里，哪里才是求生的路呢？黄海边上到处是盐碱，太阳一晒，白茫茫一片像盖了层霜。好在滩头上还有盐蒿子。没办法，孙云龙把盐蒿菜摘回家，焯水挤汁，烀上一锅让全家人充饥。最难熬的就是阳春三月，青黄不接，连野菜都吃不上，只有到海边草滩里找野雀蛋，挖茅草根，打盐蒿种子，小沟小港里戽鱼虾度日。

兔走乌飞，光阴荏苒。小五虎在饔飧不济中挨到十二岁。至于那高利贷长了多少倍，一家人不清楚。一天下午，“送人命”来到孙家茅草丁头屋前：“姓孙的，你欠的那些债，打算驴年还是马月还啊？摞起来恐怕比你痴个子还要高了。”

孙云龙苦笑笑：“东家，我有钱难道不还你吗，实在是拿不出啊！”

“送人命”两眼直盯孙云龙，冷笑一声，说：“像这样再有几年翻下去，你这辈子也还不清啦！”

孙云龙说：“冤有头，债有主。这辈子还不清，下辈子再接着还。”

“送人命”在门口转了转，歪着脑袋煞有介事地问：“哎，咋没见你家几个小杂种呢？”

“女儿给黄家尖和下水港人家当童养媳，两个大些的儿子去柏家墩子当伙计，小三子被卖在大码头，还有小四子到庙港去做上门女婿。”孙云龙答着腔。

“那你身边没得大些的了？”

“就剩五虎和小六子啦。”

“五虎到哪啦？”

“出去玩了。”

麻雀落田要吃谷，狐狸进屋想偷鸡。“送人命”摸着下巴上几根山羊胡子，心想：五虎快长成小大人了，老话说父债子还，将来就让他来顶债。

就在“送人命”查问五虎的当口，五虎正在西边不远处的圪头小沟里戽鱼。妈妈身体不行，五虎有空就找水沟戽鱼给妈妈烧汤。“送人命”的二儿子叫宋魁，十三四岁，只因嘴唇子长得向上翘，活像下雪天专找楝树果子吃的蜡嘴鸟儿，左邻右舍都叫他“二蜡嘴”。当时他和地主陈九小辫子的六儿子陈霸川，逃学到小沟边来玩耍，发现五虎在戽鱼，彼此眼一挤，就凑了过去。

二蜡嘴说："谁叫你到我宋家沟里戽鱼的？"

"鱼是水里生的，不是你家养的，哪个戽到就是哪个的！"五虎说。

陈霸川手指着五虎："嘿嘿，你个臭嘴还挺硬的嘛。"

二蜡嘴将膀臂一挥："川子，去教训一下这穷小子，给他点颜色看看！"

陈霸川跑上去就是一脚，将五虎的小腰篮踢到水里："滚，这鱼是你想戽就能戽的吗！"

戽半天水才捉几条鱼，这下都跑掉了，五虎气得直冒火。他抓起一把烂淤泥朝陈霸川逼近。陈霸川害怕得连连往后退避，跌倒在河浜上。二蜡嘴从五虎身后冲过来，一把抓住他的手腕，五虎猛地一个转身，使劲抽出胳膊，把手里烂淤泥抛在二蜡嘴肩膀上，接着就伸手将其脸上抠出几道血痕印子。这时，已从河浜爬上来的陈霸川，抓起一把干细土，朝五虎的脸上砸过去。"抓住，弄死他！"只听二蜡嘴仰头大喊。睁不开眼的小五虎，很快就被扳倒，拖到划船港边上扔进水里。

两个恣行无忌的恶少看着在水中挣扎的五虎，吓得赶忙跑开了。

五虎呛着水挣扎一会儿，被波浪推向河心……

傍晚时分，孙云龙夫妇见五虎还没回来，连忙到家前屋后的河边草丛里寻找："五——虎——你——在——哪——"凄凉的喊声，在夜晚旷野无人的滩涂湿地，听了令人毛骨悚然。

找不到五虎了，孙云龙只好再回到茅草丁头屋里，呆坐在铺边上落泪。

更把天光景，听见有人叫门："四爷，龙四爷！"孙云龙开门一看，替"送人命"家养牲口的柏大喜背个孩子站在门外。孙云龙赶忙迎上前去，一看正是儿子小五虎。

"五虎咋被你驮着？"孙云龙又惊又喜。

柏大喜说："下午我到河边喂牛水，发现划船港里漂着个孩子，顾不上三七二十一，跳下河就把他捞上岸，一看是你家的小五虎，已被水呛得不省人事了。我先背起他的双腿，头朝底脚向上，跑着帮他沁水缓气，接着又用一口破铁锅扣在地上担，就这么学着狗熊捉蚂蚱，瞎扑腾将近半个时辰，总算把他弄得还过魂来嘞！"

孙云龙夫妇一边连声道谢，一边赶紧把孩子安顿到铺上，母亲连忙呼叫："小亲乖乖，你又拾到了一条命！"

第二章

孙云龙怒烧宋府房
五虎哥结缘三凤妹

转眼又进入冬天。西北风夹着鹅毛大雪漫天遍野呼啸而来，路上的积雪已没过膝盖。屋檐下的冰锥像一根根倒着生长的竹笋直戳地面，五虎和六弟守在生病的母亲身边烧茶端水。孙云龙佝偻着身子钻进屋内，后头跟着个戴狗皮帽的小伙子。此人名叫贾福禄，一进门两眼就盯着五虎看，然后转过身子，把手伸到孙云龙袖子里捏起指头。

五虎不解，轻声问妈妈："他们在做什么？"

"大人的事情，小伢子别问。"妈妈应付着。

孙云龙背着手在屋里踱来踱去，说："不要来这个，板门对板门，笆门对笆门。我们穷人对穷人，只要心眼好，什么都不计较。"

"放心！老两口没儿子，都是地道的实在人。"

"那就劳驾贾二哥再跑一趟，我等你的消息。"

贾福禄点着头，一脚跨出了门。

孙周氏转过身子，咬住衣襟流下了泪。孙云龙站着不动，双目凝视土坯墙上的窗户，刺骨的风劲吹着洞眼，似乎在"呜呜"地哭嚎。五虎看到这不寻常的情形，立刻意识到父母的痛苦，心里有了几分数，灾难已落到自己头上。他惶恐地问："妈妈，你哭什么呀？"

妈妈抽咽着："别提啦，我的五虎儿——"

五虎望着父亲，问："爹，你是不是想把我卖啦？"

孙云龙没作声，嘴唇抖动，泪珠顺黑瘦塌陷的两颊簌簌滚落下来。

五虎猛地一头扎到母亲的怀里，"哇"地一声大哭起来。

妈妈哽咽："五虎啊，前几天'送人命'想把你弄去顶债，你爹没答应，怕进了虎口就再也出不来。现在是为你好呀！长痛不如短痛，将你许给牛湾河一户人家做上门女婿。"孙云龙接话说："人家老两口没儿子，有个十三四岁的小闺女，是小户家庭，日子过得也比较紧，你去将来撑门立户传个后，这样不是蛮好嘛？"

五虎慢慢地抬起头，睁开泪眼哽咽着说："爹，妈，五虎晓得了。"

母亲顺手从背后墙洞里摸出一把断掉半截的木篦子，让五虎趴在大腿上，替他篦头上虱子。此时母亲的心里，像被木篦齿戳着似的阵阵作痛，流淌出的泪水润湿了五虎的头发。

"给人家当个养子，再做上门女婿，将来生孩子跟人家姓，好歹能活下命。"父亲说着，又止不住那泉涌般的泪水。

"笃笃"敲门过后，贾福禄一头闯了进来，呼啸的风雪趁隙而入，阵阵寒气向一家人袭来。母子俩紧紧地抱在一起，脸贴着脸，泪水和着泪水，哭声伴着哭声。

孙云龙极力忍住痛苦，颤抖着说："可千万不能让'送人命'晓得了。走，赶快上路吧。"

两顿未喝上一口稀饭，身上棉袄大洞连小洞已遮不住裸露屁股蛋儿的五虎，脚穿用芦花儿编织的鞋，用冻破淌脓血的手擦去眼泪，跟小贾二哥出了门。

五虎走了，孙云龙夫妇撵到场边上，在棵小楝树下停住脚步。广袤的滩涂湿地上，寒风冷雪，一片迷茫。

约莫小半个时辰光景，呼啸的西北风中传来五虎撕心裂肺的哭喊声。孙云龙心头一紧：是不是五虎出了什么意外？他朝五虎哭喊的方向追过去，刚跑几步，只见贾小二跌跌撞撞地跑过来："不好啦！五虎被'送人命'派人抢去了。"孙周氏闻听此话，心一惊当场就昏厥过去，再也没能缓过气来。

儿子被抢，婆娘急死了，孙云龙发疯样地跑到宋家深宅大院前，狠命地擂打起门头上挂着"宋府"匾额的黑漆大门，要姓宋的把五虎交出来。

门始终没开。孙云龙的本事再大，也奈何不了这高墙大院。他做梦都不会想到，这是"送人命"和姓贾的小子不安好心，设下圈套把五虎骗去替宋家做工抵债，"送人命"给贾福禄一块大洋的好处费。

冷，冷在风里；穷，穷在租里。孙云龙气不留命，几天后的一个深夜，他潜入宋府大院，一把火点燃了收租房，冲天的火光映红天际。

看到宋府里着火了，闻声而起的划船港穷苦人，有的站在家门口，有的登上草堆，有的爬上了树，大家只管看热闹，谁也不去救火。混乱中，养牛伙计柏大喜从牲口棚里牵了一头小毛驴，示意孙云龙骑着逃到龙王庙。当孙云龙再回过头来，遥望那冒着烟火的宋府大院时，心中长长地舒出一口恶气。

几日后，打了一天糠箩躺在磨坊里的五虎正似睡非睡，“送人命”和侄子宋闯一脚跨进门，二话没说就把五虎吊在屋梁上毒打。“送人命”怀疑那把火是孙云龙和柏大喜的合谋，几次派人去找孙云龙都不在家，小毛驴丢得也非常蹊跷。宋闯想从五虎嘴里掏问出证据，可一直拷打到二更天，也没得到个米和豆子(结果)，只好把他放下。五虎躺地上一动也不动，宋闯将手伸过去在他鼻腔口一试，觉得一点儿气息都没了，不禁倒抽一口冷气，慌忙离开磨坊。

宋闯绕过厢房，来到正房外，贴着窗子轻轻地喊：“大伯父，那穷小子好像鼻子里没风了。”

“你个活猪，怎么把他给打死了呢?”与小老婆睡在床上的“送人命”骂了一句，随后说，“那就撂到乱坟场去喂狗吧!”

宋闯用一张芦苇席子把“尸体”裹了，因心里害怕，扛着深一脚浅一脚地连奔带跑，夜深人静脚步声踏在路上“吧唧吧唧”传得很远。

也许五虎命不该绝。在划船港北街头三岔路口，有个名叫朱赢的铁匠夜里起来解小手，见宋闯扛着个芦席卷子急匆匆从门前经过，隔袋把烟工夫又慌慌张张地返回，心里猜摸：宋闯这小子夜里可能又干坏事了。便头顶朦胧的月色，顺着路找过去看个究竟。

冬日的夜晚，寒气逼人，朱铁匠带根四五尺长的铁棍子，独自来到阴风飒飒的乱坟场。他在几座大坟茔之间的蒿草丛里，发现三四条野狗正撕拽着一卷芦席，估计这就是刚才宋闯送来的。他一步上前，挥舞铁棍子打跑那群野狗，划根火柴靠近一看惊呆了，这芦席卷着的小伢子，原来就是孙家的小五虎。朱铁匠立即俯下身子，摸摸小五虎的手腕，发现这孩子还有点脉性，而且身上的温度也算正常，就毫不犹豫地将其抱回铁匠店。

三更天过后，五虎慢慢从昏迷中苏醒。朱师傅生怕被宋府里人发现，想到孙云龙已离家出走，女人刚亡故，于是就决定把小五虎送到板港子陆家先养着。

划船港与板港子隔一条大洋河。东方露出鱼肚白，朱铁匠过河又赶了几里路，来到陆玉桂家。这家主人与朱铁匠沾亲带故，在板港子属于中等人家，膝下有一儿一女，小闺女叫三凤，今年十一岁，正受私塾启蒙，已熟读《女训》《女书》《女经》等，乡邻夸赞为小神童。陆家人都很实在厚道，二话没说欣然收下小五虎。从此，五虎就与七岁知书十岁能文的三凤为伴。懂得世故的五虎，勤奋、厚道，很受陆家人喜欢。古人云：天上无云不下雨，地上无媒不成婚。第二年春上，朱铁匠与陆玉桂夫妇商量，就给五虎和三凤订下了娃娃亲。

陆二妈说五虎这名字不宜再用，如传到宋府人的耳朵里，非要再出事不可。陆玉桂琢磨一阵，说："这小子命大，在黄海滩上死过三回还活了下来，我看就叫黄海生吧。"

"黄海生？好！这名字起得呱呱叫。"陆二妈说。

尽管五虎改名叫黄海生，只因板港子与划船港相距不远，没过几个月，"送人命"还是晓得了。一天，"送人命"带着一帮人凶神恶煞地来到板港子，见找不到黄海生，就将陆三凤装进麻袋扛走。

从此，陆三凤在宋府里白扫几年磨房。这期间，陆家人多次去宋府交涉无果。为求得五虎安稳读书，陆家人挨冤受屈，按下不讲。

当初，宋府里人没找着黄海生，是因陆玉桂让他躲到水府庙南厦读私塾了。既然是自家女婿，不识字怎行？当地人都知道：瓢城有个徐铎铎[1]，三十六岁读《大学》[2]。黄海生深知读书的机会来之不易，牢记师训"书中自有黄金屋，书中自有颜如玉"，一入学便勤奋不辍，从《三字经》《五言经》开始学起，直到四书五经[3]等。先生是位前清的老秀才，照本宣科地讲课，还要死记硬背。其他学生不知被罚了多少跪，挨了多少"戒尺"，而黄海生才思敏捷，聪明颖悟，好学不倦，记忆超群，不但书一读就能背出来，而且还把内容解释得头头是道，博得先生的器重。一次，先生抽三段《左传》内容叫黄海生背出来，他一口气一字不差滚瓜烂熟地背了。老秀才逢人便夸："此非凡儿也！鼻子高大有肉，带点钩儿像鹰；眼睛鼓圆如铃似鹞，日后定会有出息！"

光阴如梭。一晃几年私塾读完了，奈因经费不济，黄海生又回到板港子。他身穿青衫长袍，围着一条雪白的围巾，斯文儒雅，满腹文章。他写得一手飘逸行书和正楷毛笔字，既有才情也有激情。刚走上陆玉桂家的墩子边，一个身穿紫花褂子，扎着羊角辫的小姑娘迎了过来。她就是陆三凤。

---

① 徐铎铎，号枫亭（1693—1758），瓢城西乡徐马庄人，出身贫寒读书迟，乾隆元年进士。

② 《大学》是《礼记》中的一篇，与《中庸》《论语》《孟子》并称"四书"。

③ 四书五经：四书、五经的合称，泛指儒家经典著作。四书是《大学》《中庸》《论语》《孟子》，五经指《诗经》《尚书》《礼记》《周易》《春秋》。

“海生哥！”

“哎，三凤妹子！”

原来，陆玉桂怕能诗善文的三凤在宋府里遭遇不测，便将儿子送过去替换。谁知后来的一场天花病疫，夺走他爱子的生命。这一来，女儿三凤成了陆家人的掌上明珠。

黄海生与陆三凤这对情侣，自打开爱情之门就再没分开，他们情深意笃。翌年仲秋，陆家托媒人择个好日子，为三凤和海生办了完婚喜宴。海生得到陆玉桂的帮助，在划船港东北角上的老孙巷新盖起茅草丁头屋，结婚生子，成家立业。

少年的理想和信念，是支撑黄海生不断前进的动力。黄海生隐约记得，民国十几年时，听划船港人讲从小被卖到大码头的三哥，早就到广州去吃军粮了。他觉得自己也不能老待在家里，应出去找三哥替爹妈报仇！说走就动身，黄海生稍作准备，拎着一只藤条箱，挥挥手与岳父母及妻儿辞行，独自一人踏上寻找三哥的旅程。

沿着大洋河古老的出海航道，黄海生一袭青衫，搭上袁（兆瑞）老大的顺风船，一下子就漂到了花花世界的大上海。他那时似乎意识到自己的人生终于启航，甚至幻想着此后云帆直挂，横济沧海。然而那个时代的中国，国民政府还只是半壁苟安，东北三省早已沦陷，军阀割据民不聊生，而民族更大的灾难即将到来。

黄海生青年时期，曾与大洋河下游黄海之尖、湿地眼儿东（袁家）尖岛的袁兆瑞一同闯荡黄海之滨，并结拜为兄弟。民国十六年春夏之交，袁兆瑞为伺机给遭海匪杀害的父（袁正曾）兄（袁兆奎）报仇，投靠马玉仁①部，在将军的帮助下拉起一支地方武装，几经周折接受了国民党江苏省保安司令部招安，被编为实业保安第五大队，袁兆瑞②任大队长，其侄袁国祥③为副大队长，拥有三四百号人枪、一百多条大小船只，常驻黄海中部大洋河中下游的划船港和下水港，控制着北起陈家港、南至吕四港的大片海域。说白了，实际上就是当地一支具有江

---

① 马玉仁（1875—1940），字伯良。江苏盐城人，原国民党陆军中将。抗战爆发后，被国民政府编为苏鲁战区第一路抗日游击军，率部在盐阜一线与日军作战。1940 年 1 月 3 日，在攻打阜宁县城时不幸中弹，壮烈殉国。

② 袁兆瑞：抗战烈士。

③ 袁国祥：盐东县海防大队长、县参议员。

湖帮性质的商团武装。袁老大在划船港沿海一带成了出名的“海大王”，虽然斗大的字不识两箩是个粗人，但他十分看重黄海生的才学，就认其为义弟并聘他做自己的谋士。

一月后，在上海斧头帮的总堂，有个汉子躺在布满阳光的小床上，身边两三名金发碧眼的医护人员在紧张忙碌着。这不是别人，正是在苏北划船港人们视线中已消失数月的黄海生。

听说海生在上海滩与日本人干仗“战死”了，陆三凤犹如四九天一盆冷水从头淋到脚，心里像塞进铅似的，整天被压得喘不过气来。

陆玉桂老两口毛估估“六七（还魂夜）”未到，就同庄上人商量，因海生客死他乡，无法找回尸体，准备请和尚念经，让阴阳先生扎草人，穿上海生生前衣服，在家设“灵堂”招魂安葬……

陆三凤得知后，坚决反对这样做，一口咬定丈夫不可能出事。她说海生的命硬，阴阳间已走过几次，要死早就死了，应该还活在世上，绝对的，不能替他办丧。

第三章

上海滩寻夫遇月娥
兄弟俩汉口得重逢

“三凤刚过而立之年，海生好端端的大活人就这么走了，什么也没留下，娘儿四五个往后日子可怎么熬啊！我说她爹，可不能让三凤再憋出病来，索性劝她干脆就搬回娘家算了。孤儿寡母的哪也不能去，还住在茅草丁头屋里让人不放心。现在我可看透了，人在情意在，人去断往来。落水抛绳的人少，女婿海生已走……别的人谁也指望不上。”陆二妈伤感地对老伴说。

“事已至此，只有朝孩子们身上看看，这是唯一的办法！”陆玉桂说。

就在这时，邻居唐四妈上气不接下气地跑过来，大老远就喊：“哎！好消息，好消息，东边路口上有个自称跟袁老大船过来的人，说你家小姑爷还活着，在上海已有下落啦！”

陆玉桂有些不敢相信自己的耳朵：“你说什么？”

“东边路口上，有个自称是从上海来的年轻人，说有你家小姑爷的消息嘞！”

“快，赶快请客人过来！我这就去喊三凤。”陆玉桂高兴地说。

片刻，陆玉桂与老伴激动得泪眼婆娑，同三凤一起来到场边上，那客人正好来了。

“我叫王小宝，请问您就是陆大人吧？”来人问陆玉桂。

“鄙人正是！请问哪路好汉？不知是什么风，把你给吹到我这破庙里，稀客！有失远迎，失敬，失敬！”陆玉桂非常客气地拱手相迎。

“在下是受上海斧头帮忠义堂付三包堂主指派，替黄海生先生捎口信给大人，先生说他一切安好，让家人不用担心，并特别关照陆三凤女士及孩子，在家安心地等他归来！”王小宝说着又将照片和信呈上。

不等王小宝把信交给陆玉桂，三凤担心地说："请问这位大哥，我家海生他人现在怎样？"

"噢！这就是少夫人吧？"王小宝问陆玉桂。

"对，小女子正是黄海生的内人！"

"回夫人的话，黄先生受了点轻伤，现正在我上海总堂休养！"王小宝说。

"海生他伤得重不重？"三凤着急地问。

"黄先生现已脱离生命危险，他身上有两处枪伤一处被刺伤，其他一切安好。"

"那他怎么没同你一起回来？"

"夫人，黄先生右腹部中了一枪，好在不是要害部位，子弹已取出，脱离了生命危险。但左小腿上那枪伤碰到骨头，洋大夫说如伤口恶化会引起骨髓炎，为了保住左腿，所以医生现在不让下床活动。"

"人在就造化，真是太好喽！"陆三凤打躬作揖，手捂着胸口泪流满面地说。

"闺女，莫哭了，人不是还好好的吗？"陆二妈手捧女婿黄海生与忠义堂主付三包的合影照片，脸露喜色地对三凤说。

"嗯！嗯！"陆三凤揩了把眼泪，连连点头。

"哎，我女婿怎么刚到上海就出事了呢？"陆玉桂问王小宝。

"噢，事情是这样的。也就是那天下午，我斧头帮正追杀一个大汉奸，凑巧在清水河边遇上黄先生。他听到抓汉奸的呼喊，就毫不犹豫地拔出腰刀，一个箭步冲了上去，拼命与那个混蛋展开肉搏。很快弟兄们就赶上来，总算将这条哈巴狗除掉。可谁知转眼间又遇上六七个鬼子巡逻兵，而我们加上黄先生也只有九人，又经过一阵子的枪战和砍杀，那几个鬼子都去见了阎王。我们有个弟兄因伤势过重，当场就没救了，而鼎力相助的好汉黄先生中枪受伤。出于对黄先生的安全考虑，我们只好连晚将他抬回总堂，请帮主拿章程。为全力抢救这舍命除奸打鬼子的豪杰，帮主请了两名洋医生，专门为黄先生治伤。"

"原来如此。十分感谢帮主和堂主对我女婿的救命之恩，在下真是感激不尽！请你一定要代为转告。"

"陆大人你太客气了，黄先生冒着生命危险，勇斗持枪大汉奸，又帮我们一起打死小鬼子。除奸、抗鬼子是草民的本分，至于搭救黄先生这样的勇士，我等更是义不容辞。"王小宝起身拱手说着便离去。

"多谢王义士！那，恕不远送！"陆玉桂将客人陪到墩子边，也抱拳打躬作揖地还礼。

送走上海客人，陆三凤一颗悬着的心落了地，像只刚晒干羽毛的小鸟，浑身轻松极了。她满心喜悦地对母亲说："这下子好喽，我又能睡个安稳觉了！"

"哎！三凤她爹，你说这斧头帮到底是些什么人？咋这样够交情的呐！"陆二妈有些不解。

对于斧头帮，陆玉桂听人讲过。他笑着对老伴说："噢，你问那斧头帮啊，不光是够交情，而且还相当厉害！那是上海及江浙一带为数不多的几大帮会之一，帮主是被小鬼子称之为'魔鬼杀手'的'江淮大侠'焦华夫。斧头帮的大名传遍上海滩，拉起斧头帮的是王亚樵。据说当下上海所有黄包车夫，都是斧头帮的外围成员。在日本人刚占领上海时，那天鬼子正忙着开庆功大会，斧头帮就派黄包车夫们给小鬼子送去最贵重的礼物炸弹，结果把一个日本军官的大腿炸飞丈把远，还炸死炸伤了几十个鬼子和汉奸。"

1935年春，陆三凤把几个孩子托付给陆玉桂老夫妇照应，自己则启程奔赴上海寻找丈夫黄海生。

那天，陆三凤拥抱吻别五个泪流满面的孩子，带着简单行囊离开父母，坐堂侄二副[①]为"海老大"(船长)的船驶离划船港，来到自一·二八淞沪抗战后战火纷飞的上海滩。

一跨进上海大舅父的家门，让陆三凤感到吃惊的是当年驮在背上娇生惯养的月娥小表妹，竟然放弃锦衣玉食的生活，投身革命参加了中共上海地下党。这期间，大舅父全家人帮忙多方打听黄海生行踪，一直求无所获。

鸟贵有翼，人贵有志。第二年冬天，几经周折寻夫无果的陆三凤，索性就随月娥小表妹等一群上海读书会的爱国青年，从大陆商场集中乘车，越过大场公路到达昆山上了船，历尽千难万险，一同来到延安。1937年8月，出于联合抗日的目的，南京国民政府军事委员会发布命令，将共产党领导的西北红军改编为国民革命军第八路军。经组织安排，陆三凤一行随部队东渡黄河参加了八路军。

当时，上海商界名人周平山得知划船港小老乡黄海生幸免于难的消息后，非常高兴，马上通过上海的中共地下党组织寻找斧头帮总堂，查询黄海生的下

---

① 二副：原名孙仲明，后任苏中海防二团团长，革命烈士。

落，并准备设法尽快将黄海生转移到更安全的地方。

但在人海茫茫的大上海，地下党组织一时半会到哪儿去找黄海生呢？

不但是中共地下党组织在四处寻找斧头帮总堂，就连日本人也都一直在查找斧头帮总堂的地址。

上海浦东斧头帮总堂，其实就是一家对外营业的拆船公司。

“焦兄，我万万没有想到，你竟然把总堂设在小鬼子鼻子底下！兄长真不愧是英雄虎胆啊！”周平山高兴地对斧头帮帮主焦华夫说。

“周老弟过奖了，无非就是图个方便吧。其实现时的上海，只要有我斧头帮存在，那些摇摆不定的商人就不敢明目张胆跟洋鬼子勾结。上海是个大都市，有谁能相信让小日本和狗汉奸听了头皮发麻的斧头帮，就设在这个破烂的垃圾场里，而附近还有一眼望不到边的芦苇荡，是个非常好的掩护，一旦发生什么情况，马上就可向芦苇荡里撤！”焦华夫笑着对周平山说。

“最危险的地方最安全，焦兄真是高明，小弟十分佩服！”

在那白色恐怖的大上海，经周平山引荐，黄海生进了商务印书馆，以闸北宝山路印刷总厂中文校对员身份作掩护，多次与夏衍、阳翰笙等进步文化人士交流接触，不久还秘密地加入中共地下党组织，开始了崭新的人生旅程。

日军海军陆战队司令官盐泽辛一说：“国家亡了的可以复兴，文化亡了的就统统完蛋。烧毁闸北的几条街，两三年后就能恢复。文化与国运相联系，只有把商务印书馆的焚毁，它则永远死了死了的。”由于日军飞机轰炸及日本浪人的纵火焚书，商务印书馆被迫撤离上海，迁址长沙等地重建印刷厂，往香港和大西南疏散存书及机器。

在这民族存亡之际，黄海生从郑和下西洋起锚地太仓港乘船辗转到汉口。在中共地下党组织安排下，秘密进入武汉卫戍司令部士官教导队，受训长达一年之久。

黄海生因左小腿骨折，痊愈后走起路来有点瘸，但仍刻苦训练，如饥似渴地研读兵书。他认为中国历史上外患不断，其原因之一便是军力薄弱。只有大伙儿都拿起武器，才能把小鬼子驱逐出境。1937 年 7 月 8 日，黄海生在军营外买回一份报纸，上面头版头条印着日军与中国守军在卢沟桥发生激烈战斗的消息。“七七事变”发生了，中华民族抗击日寇的斗争，从东三省扩展到全中国。

黄海生心潮难平，因在那样一个大时代，多数如他一样的有志之士都怨恨政府独裁，哀叹民生多艰，渴望天下为公，企盼凭组织的力量推翻专制，改造社会拯救中国。共产党号召团结抗战爱国救亡，顿时唤起了民众的觉醒。国难当头，黄海生心急如焚和同志们一起接受党交给的任务，继续坚持地下斗争，四处奔走宣传抗日救亡。

日军侵占徐州后，为尽快实现大本营“三个月灭亡中国”的计划，即调集重兵发起侵占武汉的战争。“兄弟阋于墙，外御其侮。”国共两党为共赴国难再度走到一起，国民政府改组军事委员会，恢复北伐时期军中的政治部。1938 年春，蒋介石任命陈诚为政治部部长，并邀请中共长江中央局副书记周恩来担任政治部副部长，郭沫若为第三厅厅长，与国民政府共商抗日大计。

一天晌午，江城山雨欲来。黄海生在中共地下党组织的安排下，身着便服走进汉口路的长春街，在一幢四层小洋楼①里，终于见到了失散三十多年的三哥孙广咸，其时三哥已是周恩来的秘书。

兄弟俩见面，激动不已，紧紧地拥抱在一起。

“五弟，要不是组织上安排兄弟见面，不知要让你找多久呐。你在老家真的不容易啊，还能活下来摸到这里。”三哥非常激动地说，“记得十岁那年，爹把我卖到大码头，后来养父家让我读了几年私塾，接着就考上东台县中学堂兼师范学堂(俗称‘两堂’)就读。两堂系清末‘两江学务处’批准建立的官办学堂。民国元年起改学堂为学校，濒临倒闭之时，得到了南通籍清末状元、‘实业救国论’者张謇的热心关注，因张状元母亲是东台人，为报效母亲故里，于 1919 年又恢复师范教育，办起了‘母里师范’。那时念师范学校的初衷是将来回划船港做个教书匠，后来我经同乡友人介绍又报考了黄埔陆军军官学校，从此开始了戎马生涯。现在还记得校门前有中山先生亲题的对联：

升官发财请往他处
贪生畏死勿入斯门

横批：革命者来！

报考军校亏得养父母的鼓励和支持。我被录取为第三期学员后，离开了划船港西边的大码头，去了国民革命中心广州。当时，因语言不通，人家讲话我听不懂。1924 年秋，淮安府石板街老乡周恩来任黄埔军校政治部主任，我刚由社

① 小洋楼是八路军驻武汉办事处，为抗战初期共产党在国民党管辖区设立的公开办事机构。

会主义青年团转入共产党，周主任把我由三期生步兵科学员选调到政治部帮助工作。实话说，只因社会太黑暗，我是不得已才走上革命道路的。不过我一直认为，共产党是个为穷人当家做主的政党。自从我成了一名共产党员后，初心就始终没有动摇，对党的忠心从未改变。哎！一路走来，又是十几年啦……噢，前阵子，还遇到个瓢城小老乡郝柏村。他是西乡里的郝荣村人，被录取为黄埔第十二期炮科新生。抗战全面爆发后，军校由南京迁往武昌，去年(1938)元月提前毕业加入抗战，参加广州战役及皖南战役……"

"三哥，为了找你，组织上是通过划船港老乡、上海名人周平山先生帮的忙，找你找得好苦哇！"黄海生接着把父亲孙云龙的遭遇及家里情况叙述一遍。

听后，三哥流下两行泪水，沉默良久。

"三哥你现在的名字叫什么？"黄海生问。

三哥说："巧合的事多着呐！我养父是远房堂叔，从小替我起的名字叫'咸'，意思是穷苦人家出身，喝的是海边上咸水长大。报考黄埔军校前，养父从大码头专程去划船港，按孙氏家族划船港分支先祖排好的字序，我属'广'字辈，所以我叫孙广咸。你这个'黄海生'，既不随生父姓，又不跟养父姓，我觉得不合适。按照'广'字辈分，就改名叫'广盛'吧？"

"行，听三哥的，我就叫广盛！"

兄弟相逢促膝交谈到深夜，三哥一心想留五弟在郭沫若的第三厅工作，但孙广盛心里总是想着乡亲们，执意要回故乡划船港。

"干革命，哪儿都一样。家乡也急需人手，我支持你。"三哥恋恋不舍地说。

临行时，周恩来同志拍着孙广盛的肩膀，说："苏北是你的家乡，也是我的故乡，对那儿的人、那儿的地、那儿的沟河港汊，你称得上是人脉多、地形熟。你回去也对，同样是为了抗日救国。再说，发展苏北地方武装，非常需要像你这样的人才。你就作为一颗革命火种，回去利用当地的老关系，好好干吧！我和你三哥孙广咸等待你的好消息。"

第四章

回船港秘密建支部
遭绑架激怒众乡亲

新的名字，新的使命。孙广盛离开了江城，受中共地下党组织的派遣，怀着救国救民的满腔热忱，千里迢迢回到家乡划船港，很快发展了一批苦大仇深、斗争性强，有能力、有水平，立场坚定的群众领袖和优秀农渔民积极分子加入中共党组织，秘密成立沿海首个中共划船港地下支部，建立农耕、渔业、海运三个党小组。党的活动逐步有了起色，党的政治主张唤醒了广大农渔民的阶级觉悟，激发了乡亲们的革命热情，共产党领导下的人民群众反压迫、反剥削斗争蓬勃展开。瓢城东门沿海一带群众在共产党的领导下，纷纷参加了“苏北抗日同盟会划船港分会”。组织集会，上街游行，散发传单，张贴标语，抵制日货，极大地鼓舞了民众的抗日斗志。孙广盛吩咐义子周福领带上王一甫、蔡连成、温良祖等划船港学校的创始人、爱国青年、知识分子成立读书会，做抗日救亡的宣教工作。

“蛇无头不行，鸟无翅不飞。”孙广盛没日没夜地领着一群人，同划船港贫苦农渔民融合在一起，使大家很快心往一处想，劲往一处使，栉风沐雨，披星戴月播撒革命种子，点燃全民打鬼子的烈火。孙广盛提出：“把划船港的文化人集中起来，加强同社会各界名流进行诗文交往，扩大划船港文化统一战线，争取和团结更多的知识分子参加打鬼子。”没多久，港口码头、集镇街道及隔壁的海神庙里，都出现了《星火燎滩》墙报，那两侧写着：

敌人若来　男女老少皆为战
鬼子敢犯　锄锹耙叉作刀枪

抗战标语到处贴，红色传单满天飞。

孙广盛时刻注视着局势的变化，宣传民主思想和共产党的主张，在对进步青年作动员时说："小日本已把枪管子杵到我们脑门上，还有退路吗？大伙儿都是明白人，这一来'送人命'将会跳得更凶。我看谁也不是老鹰，要想活下去的唯一办法，就是要像大雁一样结队而行。眼下国家风雨飘摇，任何一个有血性的男儿，都不能坐视不管。共产党已来了，大家要想过上有奔头的日子，只有团结一致跟共产党走，组织起来赶跑小鬼子，推翻腐败无能的黑暗政府，建立由人民当家作主的新政权。"一个篱笆三根桩，一个好汉三人帮。很快，孙广盛就在群众中牢牢地扎下了根，同划船港一带乡亲们结下深厚的感情。一批贫苦农渔民、民主人士和知识分子，纷纷加入共产党组织，成为划船港沿海一带抗日救亡的中坚力量。死气沉沉的划船港很快活跃起来，抗日情绪空前高涨。

有位进步的老私塾先生，对孙广盛十分赞赏，并赋词曰：

雪纷纷，
天空鸟绝路无人；
独狂奔，
一乡又一村；
满腔热血腾！
穷人闹翻身，
众志能成城。
……

划船港的人生活在海边滩涂湿地小圈子里，对外面的事情了解不多。自卢沟桥一声枪响，日军发起全面侵华战争以来，那远方隐隐约约的炮声，像重锤敲击着中华大地，也震撼着人们的心房。乡亲们从孙广盛那里，知道了孙中山先生的"三民主义"和联俄、联共、扶助农工的政治主张，知道了中国共产党，知道了八路军就是当年的西北红军，知道了新四军也是由红军改编的，所有共产党的军队都是抗日队伍，都是"朱毛"领导的人民军队。孙广盛在乡亲们中做宣传时，还顺便讲些外面发生的事情，地道的庄户人在潜移默化中接受各种新思想的影响，自发地同反动势力作斗争。

划船港的穷苦人非常热爱孙广盛，而当地以宋仁明为首的恶霸势力却怀恨在心。

孙广盛在格头股地下支部参会，听上级组织同志说新四军有支先头部队最近将要开赴划船港。这天一大早，孙广盛就去了救命墩子村，找朱铁匠商量怎样把这个消息告诉乡亲们，以便做好迎接的准备工作。

立春已有些日子了，寒冷的西北风依旧一个劲地刮着。一阵大风把搁在窗檐脚下的芦席掀卷起来，将正摊晒的胡萝卜干子刮得满地都是。陆玉桂老夫妇急忙到场上捡拾不断落下的胡萝卜干，突然发现墩子边上跑来一个人，不禁叫了声："大喜子！"

柏大喜跑得满头大汗，站在门口着急地说："出事啦，这下子出大事了！你家小姑爷黄海生，噢——孙广盛，被宋府里的人抓起来了。"

陆玉桂一惊，忙问："凭什么？他想抓人就抓人！"

"嗨，那还不是'秃子头上虱子——明摆'着嘛。你快去看看吧！"

在划船港街上大转盘的石柱子旁，孙广盛的一双手被绑着，嘴里还被塞块布巾。救命墩子村的一些穷苦人都先后跑到这里，板港子的许多乡亲们在陆玉桂的带领下也纷纷赶到，把四周围得水泄不通。

陆玉桂手里抓了把斧头，昂首挺胸地走出人群，愤怒而威严地站到"送人命"面前："姓宋的，不说多少，给我把人先放了！"穿着一身青色长袍马褂的"送人命"，瞪起一双蛤蟆眼，说："省主席韩德勤长官有令，要限共防共。这叫枪打出头鸟，出头的椽子先烂！孙广盛是个刺头，标准的共产分子。"

陆玉桂指着"送人命"的鼻子，理直气壮地说："眼下全国都在抗日，你这个做法纯属搞破坏。"

"送人命"的侄子宋闯从屁股后头拔出王八盒子，凶神恶煞地喊："姓陆的，你想干什么？宋老爷是堂堂的一村之长，他要按上头的精神办。一失足成千古恨，万万不要听信共产党赤化宣传。大家都向后让着点！你们又不是不晓得，宋村长在划船港咳一声，所有的房子都得打战，树叶子掉地上也要砸个坑……还撇什么嘴？听得懂的回去，听不明白想过日子的也给我滚，这里没有你们说话的分。"

"姓宋的，你莫财大欺人，势大压人！"

"路不平众人踩，事不平大家管。"

……

站在陆玉桂背后的乡亲们，爆炸似的怒吼起来要姓宋的放人。"送人命"看到一张张愤怒的面孔，惶恐地朝后头退避着。宋闯不停地挥舞手里的盒子枪，龇牙咧嘴地朝大伙走过来，瞪着眼嚷道："还未见过，哪个敢跳出来打抱不平，是不是活得不耐烦了，'推屎虫刨泥——找屎(死)'啊！"

人们勇猛无畏地一拥而上，"送人命"咆哮着下令对孙广盛开枪，恰在这时一阵马蹄声传来，他的嘴刚张开一双蛤蟆眼立刻定了珠，宋闯端着的盒子枪也乖乖地放下。大伙儿不约而同地循声望去，只见大洋河东岸长堤上出现一杆红旗，后面还排着一条长龙似的队伍，两匹枣红马飞奔过来，眨眼工夫就到了大转盘前。某部团副政委孙海光、警卫员赵虎，穿着一身新四军服装，打着绑腿跳下马来。

有人前去给孙广盛扯掉塞在嘴里的布巾，接着又解开了绳子。孙广盛冲出人群惊喜地叫："哎，是首长啊！"

原来，孙海光早先曾带八路军一支先遣小分队，秘密来淮海和瓢城进行战略侦察时，就住在陆玉桂家里。当时包括孙广盛家几口子在内，全家人都睡在草堆洞里，把床铺让出来给部队住，由此他们认识，并结下深厚的情谊。

人们不约而同地围拢上来。"送人命"和宋闯见状不妙，识相地偷偷溜走了。

冬去春来，藏在大洋河湾子里的板港子，黎明显得很短暂，人们一感到天亮，太阳便从东方黄海潮头上跳出来。孙广盛拎着打水的吊桶，迎着金色的朝阳，沿着一条碎砖渣子铺的小路到水井旁。陆二妈抎着半篮子野菜，也从沟边上走来，拐过一截子篱笆墙，抬头朝南边的晒盐池子一看，见小伙子孙洪书一个劲地飞奔，估计是有着急的事情。孙广盛在井旁提起吊桶，问："看你忙成这样子，着的什么急呀？"

洪书十八九岁，是孙广盛的大侄子。他气喘吁吁地说："五……五伯父，不好啦，卞……卞万英被送……'送人命'给抢走了！"卞万英也就是小英子。

孙广盛大吃一惊，气愤而急促地问："他抢英子想什么心思？"

"抢亲！让英子给他家大呆子做婆娘。"

陆二妈气愤地将野菜篮子往地上一掼："大呆子不是有两三个婆娘了吗？这还了得！现在什么年代啦，还敢光天化日地抢亲！听说他前些日子去青岛，到小鬼子的陆军医院照镜子，查出肚里长个毒瘤，已病得不行了嘛，真是活糟蹋人！"

洪书急得手直搓："'送人命'听海神庙里胡大仙讲，大呆子肝脏上长东西是个怪病，要再娶一房小姨太，冲冲喜就好了。”

陆二妈又说：“简直是瞎扯淡。他‘送人命’是个头号坏种，英子她妈就死在大地主陈九小辫子手里，逼债逼得英子妈一下子喝了半二号盆盐卤，死的时候脚上连双鞋子都没得。人在做天在看。英子她妈尸骨未寒，难道‘送人命’真不怕天打五雷轰，还来算计英子这可怜的孩子！再说英子她爹两年前，跟着鲁西南的三姨哥出去参加了八路军，正在太行山区前方队伍里打鬼子呐，凭什么还敢欺负抗属！”

洪书说：“对啊！新四军已来过瓢城了，‘送人命’应该‘癞蛤蟆掬秤钩子——称称自己’几斤几两，还敢自不量力跟共产党较劲。”

陆二妈说：“国民党翻脸比翻书还快。他‘送人命’还不是仗的那些‘闷头桩’(顽固派)的势嘛，自认为有根顶门棍，欺负小英子这没妈的孩子，你们男子汉也该管管！”

孙广盛一直沉默不语，心想可能形势有变化，“送人命”感到气候又适宜了，不然怎么有胆量抢亲呢？得刹住这股嚣张气焰。他说：“欺男霸女、横行乡里的坏事，我们得管！洪书，你知道把英子抢到哪块去啦？”

洪书说：“昨天，英子回她老家卞仓，刚过海慧寺就被宋闯带人把她捆走。听说眼下已送到了城里，具体藏在什么地方不清楚。”

陆二妈说：“你们要想办法赶快把英子找回来。”

孙广盛和洪书走了。

陆二妈洗完野菜，回到家里换了件干净衣裳，连忙出了救命墩子村。她走到南边晒盐池子路旁，忽然觉得后头有个人撵了上来。

“噢，霸川，到哪里去啊？”

“逛逛集。”

此人就是当年同二蜡嘴一起，把孙广盛抛入划船港里的陈霸川。俗话说：人看从小，马看踢蹄。陈霸川游手好闲，懒得屁眼里掏蛆，自小就“五毒”俱全，吃喝嫖赌抽样样上。他敢冒风险，胆子有天大，上了赌场就不认爹娘，赌起钱来差点能把人都押上。去年秋天，他销声匿迹，谁也不晓得去哪儿了。破锅自有破锅盖，前些日子，他又在划船港露面，还带回个很时髦的“毛头”婆娘，说是个江南靠上海浏家河(港)的“咸水妹”①，名字叫李玉清。真是不是一家人，不进一

---

① 咸水妹，是晚清至民国时期专门接待洋人的海上妓女。

家门。这女人长得还可以，就是妖里妖气的，穿旗袍，烫头发，抹口红，嘴巴上一边纹个红圆点儿，另一边纹个鲤鱼跳龙门的图案，划船港人给她送了个绰号——“鲤鱼精”。

陈霸川步子大，走到前面去了。

陆二妈路过救命墩子村时，遇见孙洪义小朋友。因洪义是他妈妈在逃荒的路边上，于一舍牛棚里出生的，后来家人就叫他乳名小牛。这小伙子是朱铁匠刚收的徒弟，十三四岁就当上儿童团团长，身上备着一把木制月牙刀、一杆红缨枪。

陆二妈惦记着英子的事情，小牛直摇头，说：“我晓得昨天英子姐被宋闯带人抢到城里去了，别的啥也说不上。”

“你见到孙广盛了吗？”

“五伯父去海神庙集上啦。”

“‘送人命’在村里吗？”

“不在，他跟二蜡嘴和宋闯都去海神庙了。二蜡嘴骑在大洋马上，宋闯挎着盒子炮（枪）耀武扬威的，跟庄户人摆臭架子。哼，狗屁，真是个活鬼，没得人买他账！”

出了村子未走多远，陆二妈和小牛这一老一少就到了海神庙集市喧闹的人海里。

第五章

募国军宋闯扰集市
海神庙广盛搞宣传

海神庙传说是“黄海之神”的神庙，庙门前楹柱上刻有楹联，曰：

善报恶报循环果报　早报晚报如何不报
名场利场无非战场　上场下场都在当场

正殿中央供一尊海神“东海王”的牌位，钱镠、伍子胥享配左右。另供佛像还有如来、观音、文殊菩萨及四大天王等。

海神庙，江淮古刹。就坐落在划船港正东南，背倚黄海波涛，苍松翠柏难掩宝刹雄姿，蜃楼仙境尽现梵宫本色。此庙始建明末，扩建于清初，后因战火毁于清末。民国初年旧址复建，一共有九十九间半庙宇，均为宫殿式飞檐斗角，青砖小瓦建筑，建有法堂、佛殿、僧堂、寮房等。正殿和前殿及后殿，中间天井隔开，除长有几棵葱郁高大的宝塔松、树冠圆硕的香樟及紫藤、白果、梧桐等树木外，还有一棵两三丈高的五谷树，并有蜡梅、春梅、牡丹、芍药等各种名贵花卉。空旷地方的大池塘，月光下像一幅优美的水墨画。池边婆娑的柳树，池中张扬的荷叶、挺拔的莲蓬和依稀的蒲草，呈现出一片墨绿。几条红鲤鱼搅起涟漪，水面上闪动着碎银般的光亮。“滴笃滴笃”一阵子，几只青蛙从岸上跳进水里，激起圈圈波纹。偶尔还见到老鼋在水里游荡。东南端是魁星阁、藏经楼等，东北处有方丈楼。

相传西晋王朝建立后，晋武帝司马炎于泰始元年(265)大封宗室二十七人为王。其中，三国时魏国司马懿的后人司马越，因征讨东海夷民有功，被朝廷封为“东海王”，封地六县，在古广陵郡，即后来的扬州府。

司马越为人刚正不阿，敢于直谏，奸臣宦官恨之入骨，企图以各种手段加害于他。幸亏有朋友告知，司马越弃官离朝，乘着小舟从广陵来到里下河（串场河[①]）一带，走遍九九八十一个荡滩，最终选择了瓢城西乡，风光旖旎虽无山却傍水的射阳湖畔马家荡附近的收成庄落脚。隐姓埋名后的司马越，摒弃了所有官风衙习，从不显露身份和地位，以一布衣平民身份与当地百姓同甘共苦，围垦开发荡滩，兴修农田水利。司马越去世后，荡民百姓们从他收藏的一只精美小木盒子里，发现遗物“东海王”三个字的黄绫，才得知此人来历非凡，无疑就是遭贬的大人物“东海王”。司马越死后就葬于此处荡滩，当地百姓为他建墓立碑。在正前方竖立的碑面上，刻着“东海王墓”四个楷体大字，用金水漆涂描得非常醒目。碑后镌诗曰：

东海泽国有蓬莱，
海水滚滚淹楼台。
王子海上求仙去，
墓有黄绫藏棺材。
……

此诗为一首藏头诗，将每句首一字连起来读，便为“东海王墓”。

后来传说有位高僧，云游瓢城东门外的划船港至大海边，在他的主持下，许多乡绅贤达纷纷集资捐款，人们为告慰逝于西乡里的海上保护神——“东海王”，在救命墩子的东南方盖起一座海神庙。涨潮时那庙与陆地隔绝，站在瓢城的城门楼上向东望去，此庙孤零零地矗立在海水中，如一座水上楼阁，漂浮在海平面上，只有在海潮退落时才与陆地相连。文人墨客在此留下了许多优美的诗文妙句，明代大学士高谷[②]观海时诗曰：

瓢城东望水漫漫，

---

① 下河俗称串场河，初为唐代修筑海堤时形成的复堆河，是盐文化的摇篮。

② 高谷（1391—1460），瓢城东海丁溪场人，明永乐十三年进士，历永乐、洪熙、宣德、正统、景泰五朝，人称“五朝元老”。

暇日登临界眼宽。

……

数百年来，虽时常有狂风巨浪席卷划船港，但很少会造成灾难。祖祖辈辈的划船港人都认为这得自于海神的护佑，海神庙成了当地百姓十分敬仰的神圣之地。

物换星移，风云变幻，划船港人一代又一代辛勤劳作，繁衍生息，承续了祖辈们勇敢善良的本质，海神也依旧是划船港人不变的信仰。

久而久之，人们把“东海王”就传说成海神，而海神又与传说中大洋河里的老鼋相关。据说划船港渡口北侧东岸，几十口小大筐、糠筛子大的洞穴里住着许多老鼋。一天，那鼋王居然发话，自言已有两千多年的根本，是受海神东海王之命，以其神威保佑着划船港，让渔民们进出平安。后来，敬祭海神又成了盐务衙门逢场立社的惯例，每当商贾货（渔）船起锚开航时，都得去海神庙列下香案，拎着香烛纸马，摆满猪头三牲，祈求海神赐个顺风顺水、财源广进、人船平安。而日落辰光的海神庙，又是观赏海景的最佳地点，在晕黄的落日照射下，海浪凶猛地拍打着划船港，激起千层浪涛，景色十分壮观。

海神庙集市形成于明末，在黄海中部沿海一带，南至上海，北达青岛、大连，都有人来做海产品、皮毛和“洋货”等生意，给划船港带来一派繁荣景象。每到秋天八、九、十月，渔（商）船进港卸货和采购补给，市面上就会出现各种农副（海）产品，淡咸大黄鱼、大鲳鱼、大对虾等应有尽有，各式生活日用物品一应俱全。

陆二妈同小牛刚到集市北头，就汇入人来人往的潮流。拎着旋网背着篓子卖鱼卖虾的，扛着猎枪带着捕捉器具卖野鸡、野鸭、野兔子的，挑着担子卖青菜萝卜的，推着独轮车卖柴火的，还有赶集的乡民络绎不绝。那些生意人在竞争中都红了眼，谁吆喝得凶，把自己的货物吹得神乎其神，谁的生意就火。再往前走，各种叫卖声此起彼落，有大鲞鱼、新鲜干蟹肉、蛤蜊干子等。卖开洋大虾米的不光是声嘶力竭地叫唤，还不时地拿起一只塞到围观人的嘴里让其尝尝鲜。

一老一少随着人流，渐渐来到集市的中心地段，只见男女老少来来往往，川流不息。前面摊子顶棚上插着一面“募”旗，穿着国民党军制服的宋闯手里提着一面破锣，站在大板凳上不停地“咣咣咣”敲着。

“哎——招兵啦——”宋闯操着沙哑的雄鸭嗓子喊，“想当兵，就当国军，国军是正牌军，吃香的喝辣的挣钱多，养家糊口像小狗撵鸭子呱呱叫……”

已当上国军少校营长的二蜡嘴，叼着卷烟神气十足地从前面过来。他发现人们都躲得远远的，“噗”地将那卷烟屁股吐掉，勒眼暴睛地骂：“真是一帮讨饭怂！放着堂堂的国军不当，瞎了眼偏去当什么‘四老爷’！”

去年春上，孙海光奉命带上一支新四军先头部队，再次来到划船港一带，协助地方党组织秘密建立起抗日民主政权，接着就成立了农救会、青抗会、妇救会等群团组织，老百姓的抗日热情空前高涨。有许多热血青年受孙广盛宣传的救国思想影响，“吃菜要吃白菜心，当兵要当新四军……”都积极报名参加新四军。国民党怕新四军壮大了，就下令各部返乡驻扎，与新四军抢征兵源扩充其队伍，并在划船港街上和海神庙集市设流动招兵站。今天，二蜡嘴亲自出马，结果一个兵也没招到。

二蜡嘴气急败坏地先骂一阵子，后来就扯着那破锣嗓子喊：“哎——谁愿当国军的？五十块现大洋！”

陈霸川不知从哪里冒出来的，将手伸到二蜡嘴面前说：“此话当真，拿钱来。”

二蜡嘴愣了下，继而摇摇头：“你已是个小老头子了，不行不行。”

陈霸川轻蔑地一笑：“喔，玩假！是你刚刚红口白牙说的，想骗人？”

二蜡嘴当着众多人的面，被激得哑口无言，只好从钱袋里抓起一把袁大头，一五一十地点给陈霸川，然后脸一沉，说：“人口说的人话，可不要再耍赖皮。”

陈霸川掂了掂手里的银洋，得意地笑着说：“一诺千金。”然后喜颠颠地走了。

二蜡嘴气得跳起来骂：“活鬼！你爹真该把你尿到夜壶里！”

此刻，用木板搭成的展台上，孙广盛正站在高处宣讲毛主席的《抗日救国十大纲领》。对面已挤了一大堆子人，都全神贯注地听着，台下不时还响起热烈的掌声。

在这听讲的人群里，有当过长工的网箍子，有放过牛的徐树庭，有讨过饭的薛广益和孙佐芳，还有长得高大强悍像个小巨人的孙兰芬。表面看上去，都是同其他人一样，仰着脸倾听孙广盛讲解。其实他们是在这里做警卫，以防宣讲时遇有不三不四的人闹事，同时也是为保护孙广盛和在场群众的安全。

前一阵，孙广盛带着大侄子洪书到救命墩子村，找到地下党支部书记朱铁匠。他们分析了当前的复杂形势，讨论了建立群众武装和地方政权的事，同时对于怎样跟“送人命”作斗争，如何想办法解救英子，已商讨出一个初步方案，派三俊子(孙广盛的三儿子孙洪俊)到城里去打探英子的下落。之后，孙广盛跟洪书一起来到海神庙，继续进行他的全民抗日宣讲。

“有钱出钱，有物出物，有枪出枪，有力出力……反对独裁专制，实行抗日民族统一战线……”

陆二妈同小牛就站在人群里，听孙广盛在台上演讲，她看在眼里，担忧在心上。起初，孙广盛有些事情是悄悄做的，直到去年孙海光第二次来了之后，他才公开出头露面，组织青年人上识字班夜校学文化、开会、搞宣传。后来，中共盐东县委在划船港设乡建制，秘密成立了红色政权，孙广盛就当上了乡长。丈母娘知道这事后，一半惊喜一半忧。问女婿：“这种砍头的事情，你真的还想找死啊?”日子长了，陆二妈慢慢地悟出个道理：这是一种革命，是在救中国，是冒着掉脑袋的危险干正经事。她也看到穷人脸上有史以来第一次挂起笑容，大小地主破天荒地噘起了嘴巴。这是个惊天动地的变化，对当下划船港来讲，这变化又是从她家开始的。因此，陆二妈的心里就慢慢喜欢和支持孙广盛。

“哎，羊肉，熟羊肉!”

陆二妈背后响起一阵叫卖声，掉头一看原来是贾福禄，推着独轮车杵到跟前。

“贾小二，你害偷针眼(麦粒肿)啦，瞎头闭眼的啥地方不能卖，偏挤到老娘屁股后头来吆喝?”陆二妈脸露愠色。

“哎，你不晓得，‘送人命’带着一趟小狗腿子，正在那里瞎要地皮摊位钱，让我在这先稍微躲点儿。”贾福禄说完笑嘻嘻地站着。

“你到旁边去卖，这里在宣讲抗鬼子呐。”

“好嘞！就走，就走，现在就走。”

贾福禄推着独轮车刚离开，对面陡然又响起了一阵子破锣声。陆二妈赶忙仰脸望去，只见宋闯冲着孙广盛在喊。

“喂喂喂，请你安稳点好不好？不要再在这里蛊惑人心了!”宋闯举起锣槌子，在孙广盛眼前不住地绕着，“扰乱人心，破坏招兵……破坏抗鬼子!”

“住口!”孙广盛厉声道，“到底是我破坏还是你破坏？让在场的群众讲!”

“又是共产党那一套！什么群众不群众，老子……”宋闯说着“咣咣咣”地连敲几下，朝着大伙儿嚷开了，“国军是正牌货！有想当国军的吗？快报名喽!”

徐树庭、大兰芬、网箍子、薛广益等几个暗中保护孙广盛的人，一个个登上展台，在孙广盛的身后围了个月牙形。大兰芬还故意将双眼斜视一旁，显出一副不屑一顾的样子。

“噢，干什么？”宋闯看到这阵势，有些慌张，“你小子想打架？”

“我说都不要叫阵了。”稳重老练的徐树庭缓缓地走到宋闯前头，慢条斯理地说，“你们在那边招兵，人家在这里宣讲抗鬼子，双方离得大老远哩，井水不犯河水，八竿子也打不着，又不碍你屁事，是不是手爪子发痒？”

“作痒又怎么啦？”宋闯身着国军军装，在这趟土得掉渣的乡巴佬面前，竟然没有显出点威严，心里实在气愤。他狗仗人势地用那锣槌子在枪套子上敲了几下，撇拉着嘴：“睁开你狗眼看看，老子这家伙可不是吃素的。莫说你们几个赤手空拳，哪怕再有这么多也不买账。晓得吗？要是我让宋魁二少爷咳一声，马上就能调来一个营的兵，把你们吓死勒！”

孙广盛冷笑了一声，说：“你不要吓唬人，这个没人怕！快点走吧，不要在这里捣乱了，当心惹翻大伙儿！”

宋闯手舞足蹈地瞪起一双布满血丝的眼睛：“嘿！到底是谁吓唬人？老子怕谁呀？那些小民顶个屁用！”话音未落，斜着头又敲起了那面破锣，操着嘶哑的嗓子大声喊，“哎，快当国军去，吃香的、喝辣的……”

谁也没注意到小牛什么时候钻到展台下面，只见他身子往上一纵，双手抱住宋闯的脚脖子，猛力向后头一拽，宋闯“扑通”一声，在展台上跌了个面磕地。随后，又上去几个小青年，一下子揹住连拖带拉地把他从展台上揪下来。

在场的人訇然大笑，个个喝彩称快。有人还愤恨地喊：“打！狠狠地打！把他的门牙打下来，送给潘三木匠箍屎尿盆子！”

人们拥挤着舞动起拳头。宋闯像头大肥猪，被屠夫王小林揹在地上拼命嚎叫。二蜡嘴闻声匆忙赶到，拔出腰里的盒子枪，举起来向空中连放几响。这下炸集了，人惊马骇，吆六喝五，顿时整个集市乱成一锅粥。

第六章

两本家瓢城又相会
受教诲筹划拉队伍

“送人命”一只手提着大褂子前摆，慌忙登上展台，拖着哭腔一脸无奈地对二蜡嘴说：“地皮摊位钱还没全弄上来呢，这下连西北风也收不到了。”

牛湾河区的区干部付扣宝，身穿青衫长袍，围着条米色围巾，冒冒失失地来到孙广盛面前，用劝解的口气轻声说：“不能老是这样！现在要多讲团结，乡里乡亲的应少闹些摩擦。”

孙广盛紧皱眉头争辩：“付领导，你不了解情况，他们是存心来捣乱的。”

付扣宝有些不耐烦了，但并没表现在脸上，仍旧拉着长音说：“人家不喜欢你在这里搞宣传，那你就屙屎离三砖（避免接触），凭什么老要对着干，针尖对麦芒地唱对台戏呀？唉，你这个人呐，天生的爱好斗。”

孙广盛考虑当那么多人面，不宜同区里干部辩论多少。既然把话说到这个份上，又不好驳他面子，心想：是狼就得练好牙口，是马就该练好腿蹄，搞革命就应该先把理论说透，让大伙明白是与非。劈柴看纹理，说话凭道理。就是要用那滚雪球的方法，把抗鬼子的道理宣传给广大群众听，话到嘴边又咽回肚子里。孙广盛并未按付扣宝劝告的去做，等骚动的集市逐渐平静，重新登上展台精神抖擞地宣讲开来。摆事实，讲道理，乡亲们越聚越多，一会儿工夫又围拢起大片人。

不久，划船港就汇集了以孙广盛为代表的一批中共地下党员和进步人士，组织开展了颇具声势的抗日救亡活动，这里成了点燃瓢城以东沿海一带抗日烽火的发祥地。

划船港沿海周边一带有许多地主，最大的要算宋仁明，他有三万余亩土地、一百多条渔商船。另外还有一些万把亩、几千亩、几百亩田的中小地主。地主多，也培养出一批知识分子。他们中有许多进步青年学生，明事理、识大体。不但没有成为封建统治的维护者，反而担当起剥削制度的掘墓人。在进步思想教育和抗日救亡运动中，划船港这些有知识、有名望的乡绅贤士成了共产党的盟友，都主动承担起播撒革命火种的角色。

中午，朱铁匠来了。他对孙广盛说："新四军几个司务长到村里检查部队在驻地群众纪律，看样子孙海光的队伍要走啦。"孙广盛用毛巾揩了揩脸上的汗水，就随朱铁匠离开了海神庙。

两人在大洋河堤上并肩前行。

太阳高高挂着，春风徐徐地吹，大洋河轻盈荡起碧波，岸边的白杨树已发绿，突出地挺向空中。孙广盛一边走一边想：新四军来过两三次瓢城了，在这当中打过几次仗，也都到过划船港，可就是时间不长。这次走了不知何时再来？老猫不在家，耗子上屋爬。如今国民党又来了，"送人命"的小儿子二蜡嘴还当上国军少校营长，毫无疑问会跳得更凶。前几天，"送人命"在光天化日之下，叫宋闯抢走英子企图逼婚，这就说明地主老财作威作福的阴魂没有散。

孙广盛沉思了一阵，问："朱师傅，三傻子回来了吗？"

"大海里捞针，眼下不知英子在何处！"

孙广盛又问："会不会就藏在颖川堂酒店？店老板陈鹤川跟'送人命'是至交，'一刀割不断——连襟(筋)'，再说两人又合头好。"

"三傻子也这样分析，他去酒店用话吊了下陈鹤川，没有套得出来。噢，想起来啦，三傻子还讲，'送人命'已派人请吹鼓手了，看样子这门亲事早晚得办。"

孙广盛摇摇头："要办？可不是那么容易的事。"

孙广盛收住脚步，伸出手摩挲着杨树干，凝望大洋河向东北奔流不息的河水，不由得浮想联翩感慨万千。他从英子的遭遇联想起自己的过去，记得当年被"送人命"抢去后，在那阴暗的囚笼里，受尽千辛万苦，被折磨得死去活来，要不是朱铁匠把他从乱坟场拣回，早就去了阴曹地府。若非陆三凤被抓去顶替，他还会进那个魔窟。现时新四军在划船港建立起抗日民主政权，穷人都扬眉吐气了。孙广盛深深地感到：虽抗日形势蓬勃发展，但斗争越来越尖锐复杂。"送人命"如此嚣张，并非单单对英子的迫害，而是像"屋檐下的大葱——根枯叶烂心不死"，时刻都在想卷土重来，恢复过去为非作歹的天日。

"送人命"一直就不想真心抗鬼子，专找岔子同我们斗。抢英子才是个开头，如不把这嚣张气焰打下去，以后不是就要翻天了吗！孙广盛心里思索着。

朱铁匠紫铜色脸上也充满了愤怒的神情，说："共产党要为穷人撑腰，为英子这个抗属作主！对反动的地主老财，要狠狠打击。"

孙广盛紧接着话茬："一笔画不成龙，一锹挖不出井。谋划任何一件事情，都不是那么轻而易举的。就是立场坚定了，还要讲究一些策略。新四军暂时离开了，斗争可就更艰难。没有枪杆子，腰杆子就挺不起来。打鬼子得赶快拉支队伍，手里还要有些'家伙'才行，不然就没法跟敌人斗。朱师傅你看看，是否把划船港的青壮年组织起来，再简单地武装一下？"

"我也这么想，而且是越快越好！不过千万不能让'送人命'晓得。"朱铁匠回应着。

……

独轮车"呱唧呱唧"地越来越近，贾福禄顺着小河边一会儿就赶了上来。他那长瓜子的脸上布满灰尘，汗水顺着两颊冲出几道细长的小沟。

"看来今天有点事情呐，怎么回来这么早啊？"朱铁匠微笑着问。

"唉，莫谈，炸集了！五六斤熟羊肉被人抢跑。"贾福禄小心翼翼地推着独轮车，向旁边瞥了一眼又说，"算起账来，蚀不了哪去，趁乱的当子，我也来个眼疾手快，拎了海货摊旁王麻子的小半口袋开洋大虾米。哎，来尝尝鲜呀。"

孙广盛和朱铁匠连忙拒绝。看到贾福禄那种得意的神态，孙广盛的心里异常地不舒服。党员干出这种事来，居然还炫耀手段高明。

贾福禄属于当地农村那种八面玲珑的人，他会剃头，会杀猪，会捞鱼摸虾，会搞滩头小取，会帮丧户人家盘死尸、当土工。他抓起芦苇和茅草能当笆匠，拿起斧头和锯子能做木工，还乐意替人家操办红白喜事，死不肯丢的就是小买卖。去年冬天加入了共产党，介绍人是区里干部付扣宝。他与孙广盛在同一支部，是个工作比较消极、作用发挥得较差的党员。

这个农民里的小生意人，一贯善于察颜观色。他已觉察孙广盛对自己不爽，先是闷着头走了一段路，而后就叹息一声慢吞吞地开了口："瞒不过你，我这个人就是满脑芦柴花子，那些革命的词头好丑都说不上来。你的水平真是'小狗撵鸭子——呱呱叫'，还能上台说出词头道理呐。"

"'八十岁学吹鼓手'[①]呢，学啊！"

---

① 谚语，意思是比喻老年人还要学些技艺或本领。

“实在没空子。”

“不要老想着发财。”

“不挣钱喝西北风啊?”

“你是个共产党员。”

“又不能当饭吃,凑合的,全是宝三爷替我做的主。”

“党员要为共产主义奋斗,眼下是为了民族的解放……”

“不是讲统一战线吗?”

“统一战线是为了打鬼子。”

“真人面前不说假话,其他什么说法,我就‘马尾巴串豆腐——提不起来’了。你就是讲得再多,也只能是雨往空田里下。在统一战线方面,宝三爷给我讲了好几回,现在我已懂了。实不相瞒,为搞那玩意吃过几次哑巴亏。那天宋闯拿走我一只五六斤熟羊膀,后来要过两次钱,可就是一文不给。我想要团结起来打鬼子,不能同他斤斤计较,就算我又花一次本钱吧。再说,宋闯那个小痞子,我就是同他吵破了天,也莫想得到一个铜角子。在与他们统一方面,我是尽量地忍让点。今天,车子上的熟羊肉,又被这小子瞟上了眼,他真的比黄泥鳅还要滑,不离个远点儿,说不定又要来敲老子竹杠!”

听了贾福禄这番话,真让人啼笑皆非。孙广盛想给他讲点团结与斗争的道理,但他还是三句话不离本行。

根据上级指示,孙海光这支先头部队将去淮安以北的宿迁一带,开辟新的抗日根据地。天刚放亮,空气中还残留一丝淡淡雾气。孙广盛去瓢城看望孙海光,踏上十三里墩桥时,太阳才从海平面上升起。

一场春夜的浓露,把滩涂湿地泡得湿漉漉的充满生机。孙广盛手里拎着一只军用挎包,里面放着孙海光赠送的钢笔、日记本子和《布尔什维克》小册子。他走着走着,看到脚前头有块小石子,便俯身捡起来用力向河心掷去。

“笃!”水面上即刻荡起了涟漪,一圈一圈地扩大。

孙广盛停了下来,颇有感触地注视着水面上的圆圈。是的,划船港抗日形势发展就像起端于一点的圆圈一样,愈扩愈大而蔓延开去。孙广盛清楚地看到那阔大圆圈中,仿佛映照着自己的身影。

桥头响起“嗒嗒”的马蹄声,骑在马上的人是二蜡嘴。他背着武装带子,帽子上缀着像碗瓷瓦子似的十二角星帽徽,耀武扬威地挺着胸过来,嘴里“吁——”了一声,把那大洋马勒住。他看了眼孙广盛,从鼻子里发出一声冷笑。

孙广盛也瞧了他一下，将那挎包猛地朝背上一甩，搭在肩膀上没理睬。

二蜡嘴把大洋马牵到河边喝水，望着桥上的孙广盛，用一种嘲讽的腔调喊："'四老爷'已向西北上开拔啦，你也应去送送行啊！"

孙广盛俯视着河边上的二蜡嘴，不由得想起当年他和陈霸川把自己掯到划船港里的情景，心中顿时又燃烧起愤怒的火焰！

见孙广盛不理，走了，二蜡嘴心里凝结着个团儿。人不可貌相，海水不可斗量，真的奇了怪啦，孙广盛和那帮子穷光蛋，咋会变得这样快呢？

孙广盛离开十三里墩桥后，顺着路向西过了南洋岸，接着就途经六里双，不知不觉到了瓢城东门。

古老的淮南重镇——瓢城，是当地的盐业生产大镇。远古夏商时代，黄海之滨的先民们就开始把海水煎熬成盐。西汉时期这里就遍布煎盐亭场，到处是盐沟(渎)，因此而得名"盐渎"。一直到晋朝才改为瓢城，沿用至今已有一千五百余年历史，唐朝盐业发展到顶峰，海盐产量达百万石之多。据史料记载，晋朝土城为瓢城的城池之始，明永乐十年为防倭寇侵扰，在原土城基础上修筑砖城，并开西门、东门和北门新建瓮城。城池位于串场河与大洋河交汇湾口，看上去西狭东阔，从而最终形成瓢形的城池状，使之"漂浮于水，永不沉没"，这就是"瓢城"的由来。俗话说：官不贪财，狗不吃屎。后来，人们就说成古代贪官建城，开始建得还蛮有模样，由于银两下了官吏腰包，城池就建得越来越窄，结果收不起窠来了，最终城墙东阔西狭头大尾小，像盐丁灶民们烧卤煎盐用的一只伸向黄海里舀水的葫芦瓢，故被形象地称为"瓢城"。取瓢浮在水面，永不沉没的意思。明代瓢城已离海边十几里，但周围河道纵横，白浪滔滔，登上城楼极目四望，确实有一种乘瓢浮在水面上的感觉。所以，知县杨瑞云到任后，写有一首《盐渎感事》诗：

盐渎不堪问，
萧萧风苇间。
绕城唯见水，
临海故无山。
……

这阵子，瓢城破天荒地出现一片热闹喧腾的景象。打扫得干干净净的街巷，不时地走过新四军威武雄壮的队伍，还高唱着《三大纪律八项注意》，让站在街道两侧的一些生意人和居民百姓大开眼界，天下还有这样好的队伍！不时地有人领头呼起口号：

铲除汉奸卖国贼！
打倒日本小鬼子！
拥护共产党新四军！
抗战胜利万岁！
……

去年，盘踞瓢城的汪伪第二方面军孙良诚部，一群群浑身匪气的官兵胡打乱闹，与地方上的民团差不多，买东西不给钱，谁说就上去打。不是顺手拿摊主的卷烟，就是抓走几把干货。人家手里有枪，生意人敢怒不敢言。孙广盛回想起心里不是滋味，默默来到南门一家已倒闭的酱醋厂，这是新四军先遣某部的临时驻地，几幢破旧房子大门敞开，显得异常冷清。

部队五更天就开拔了，连个哨兵都看不到。副政委孙海光还没走，因接待送行的街坊们而耽误了。警卫员小赵早已把马褡子备好，等首长送走最后一批客人，就将催他上路，可在大门口遇到了孙广盛。

"怪不得今天一大早，喜鹊在屋顶子上叫得这样欢啊，原是报喜老本家来了。"孙海光满脸微笑地说。

随后两人攀谈着出了南门，顺护城河南岸的坎坷小路向东走。

太阳斜照在河上，河面披了一层金色，微风吹过就像抖开一匹绸缎，弯弯曲曲地铺在水面。虽是春分时节刚过，麦苗正拔着节儿往上蹿，可并没有春天那种生机勃勃的景象，刚栽的树苗仿佛还未缓过神来，光秃秃地在海边东北风中摇摆。

孙海光和孙广盛并肩向前走，警卫员牵着马跟在后头。孙海光讲了当前形势，由于国民党对日军妥协、退让，而共产党像初升起的太阳，估计将来国共之间必定还有场血战，但现在不是时候。国民党当下正蚕食我抗日根据地，看来往后的战事可能要向海边一带延伸，划船港成为敌占区是早晚的事情，要做好充分的思想准备。孙海光指出："如果鬼子侵入了划船港，就要把民兵赶快武装起来，利用沿海滩涂湿地的有利条件，在敌后跟小鬼子打游击。沿海滩涂湿地上沟港草滩多，回旋余地大，能藏易躲是再好不过的事。”他还强调，“必须注意同顽固派的斗争，不能消极让步。与国民党县党部及其乡（保）长合作，要敢于斗争，决不可无原则地迁就。”

春风在一个劲地吹着。一趟刚飞过来的布谷鸟儿，落在摇摆不定的柳树枝上“布谷布谷、马快割麦”不停地叫着。

孙海光深有所思地说：“我出生在连云港，你是瓢城当地长大的。让我现来考考你，刮大风的时候，鸟雀在树上是怎样站立的？”

孙广盛不假思索地说：“迎风站着最稳。”

“对了。你是个细心人，很善于观察研究问题。”沉思半晌，孙海光又说，“依我看国民党那股逆风可能马上要刮起来，也许还会刮得大一点。万一到了那个时候……”

孙广盛坚定地说：“当然是顶风站着！”

孙海光说：“不但要顶风站着，而且还要顶着风前进！”

从孙广盛激动的脸上，孙海光看到了他心里炽烈燃烧着的革命火焰；从孙广盛出神的眼睛里，孙海光看到了他满怀豪情；从孙广盛紧捏着的拳头，孙海光看到了他勇猛的骨气。孙海光满意地点头，用手拍了拍孙广盛的肩膀，说：“不管划船港一带刮起多大的风，相信老本家定能顶住！”

第七章

孙乡长安排拦花轿
大恶霸逼婚成泡影

二蜡嘴骑着大洋马来到救命墩子村。

儿童团长小牛带着孙小康、陈如忠、孙足山、颜正尧、赵永富、孙伯如、孙成如等小伙伴们，瞪着乌溜溜的小眼睛，在村口堵住了二蜡嘴："快下马！要查路条！"

小牛端着红缨枪，像新四军练刺杀预备用枪动作。他长得虎头虎脑，眼睛乌亮，枵薄薄的嘴唇里露出一排刚出齐的恒牙。他小白褂子敞开胸襟，脖子上吊个铁皮哨子，稚气脸上显出极其严肃的神情。

二蜡嘴骑在大洋马上，歪住脑袋觑着眼，说："我是国军营长！"

山里孩子不怕狼，城里孩子不怕官。小牛眼睛一斜："早就晓得啦！谁不认识你呀，'送人命'的小公子——二蜡嘴！"

宋魁一听气得两眼瞪起：一群小毛伢子，竟然把国军不放在眼里，还敢放肆地说出我父子俩不光彩的绰号，足见新四军的影响何等深！他眼睛瞪得像酒盅子："滚开！驾！"

小牛"嘟嘟嘟"地吹响了哨子。

眨眼工夫，从四面八方围上来十多个孩子，大的约十四五岁，最小的也就八九岁，个个手持红缨枪。一忽拉把二蜡嘴就团团围住，"叽叽喳喳"地像一群小鸟似的，叫着要他滚下马，再不乖巧些，就不客气用红缨枪来戳。

二蜡嘴傲慢地扬了下手里的鞭子，做出个扬鞭跃马的样子。

小牛的红缨枪对准马头，突然一下子猛刺过去，马惊骇地跃起前蹄腾空，接着身子直立向后尥蹶子。俗话说：驴骑后，马骑前，骡子骑在腰中间。二蜡嘴骑在马背的后段一下没注意，就被掀翻在地上。

小伙伴们爆发出一阵笑声，个个都拍着手儿，跟小麻雀似的跳跃着。

二蜡嘴一骨碌爬起来刚想撒野，眨眼工夫十几把红缨枪头子，就从四周齐刷刷将他抵住。“这——”二蜡嘴顿时像遭到雷击，僵立在那里一动也不动。他的脸涨得通红，跟刚从猪肚里扒出来的紫猪肝差不多。心想：不能再惹这帮小兔崽子，说不定小屁孩们，还真能把我身上放出血。二蜡嘴不得不出示证件，孩子们收枪放行后，像一群小喜鹊似的“呼啦”飞走了。

儿童团今天放哨，是孙广盛提前布置给小牛的任务。孙广盛估计“送人命”最近在操办大呆子喜事上有动作，逼着英子跟比她爹还年长的大呆子圆房，因大呆子已病得等不及了。为此，孙广盛特意嘱咐儿童团，观察宋府里的动静，尤其要留神宋家设法把英子接回来。几个时辰过去了，还没发现有生人进村子。不过一眼看上去，宋府里已搭好敞篷，将是快要办喜事了，这就说明孙广盛猜测正确。

二蜡嘴满脸怒气地跨进自家大院，“送人命”的保镖、四姨太的弟弟黄阿黄赶忙迎过来。二蜡嘴跳下马，进了阴森森的门过道，边走边卸身上的武装带子，直接去了正房。

“活见鬼！”二蜡嘴进屋后，把盒子枪往八仙桌子上一扔，气愤地骂，“真是太窝囊了，一群小兔崽子竟然拦住老子要路条！”

“送人命”手捧水烟袋，跷着二郎腿坐在太师椅子上，见说鼓起一双蛤蟆眼：“路是我宋家的，却受旁人的龟气，岂有此理！”

二蜡嘴解开风纪扣子，敞衣开怀地长叹一口气，说：“爹，时局快要变啦！”

“送人命”问：“近来你又听到什么风声？”

二蜡嘴说：“‘四老爷’这么一走，划船港就靠不住了。日本人刚到瓢城几天，就看中这块大肥肉，方圆百里唯一的对外贸易内河港口，是进洋货做生意的好场子，这出黄金和美钞的宝地兵家必争。我看用不了多久，日本人就要来了，国军将先离开。”

“送人命”问：“让东洋人来？是顶不住啦？”

“顶个屁！只不过是‘稻草人穿衣裳——做样子’把穷鬼们看，抗日的旗号又不能不打。蒋委员长虽前年(1938)元旦发表讲话，重申‘地不分南北，人不分老幼，全民统一抗日’的决心，但暗地里早有密令，要注意异党活动，限制共产党的发展，‘先安内后攘外’。”

听这话，“送人命”一下子像“香头奶奶打哈欠——来神了”。水烟袋用劲往桌上一放，离开椅子说：“看来老子把你送去留东洋，喝几年洋墨水是对的，这钱没有白砸。人急投亲，鸟急入林。那日本人马上就是后台，我宋家的好日子远着呐！‘良禽择木而栖’，现在东洋人正如日中天，只有投靠他们家产才能得长久。孙猴子也真的太厉害了，一出手就掐住老夫的七寸子。这阵子我的心里呀，就像有块石头顶着！赶快把他们都抓起来，让那农救会见鬼去吧。什么减租减息、合理负担，都去滚臭蛋吧！哼，简直是翻天了，连个长工吃住都插手要管。”

二蜡嘴慢吞吞地站起来，说：“莫着急！‘水缸内捞菩萨——定定神’，看来一时半会不宜公开闹翻脸。听说日本人胃口很大，‘九一八’先占了东北，接着就吞了华北、吃了江南，又把苏北含在嘴里，眼下此地还需借助‘四老爷’，拖一把日本人的后腿。但这日辰肯定不会太长，只要等时机一成熟，就该抓的抓、该杀的杀……”

“姑爷！”阿黄慌张推门进来，说，“大少爷添病了，一个劲地翻白痴眼，喘喘气又停下来……”

“快去海神庙找胡大仙，请他再来看看啊。”“送人命”急得两手直攥，在客厅里来回走四方步子，一看舅老爷阿黄站着发呆，连声呵斥：“还愣着干什么？你快去呀！”

“好，好，现就走。”阿黄一路小跑地去了。

二蜡嘴沉思一会儿，两眼看着“送人命”，说：“老大已娶几个婆娘，一把年纪的人得了绝症，都病到这个地步，冲喜就能冲好吗？”

“那很难讲，可试试看嘛！”“送人命”脸上掠过一丝阴险狡诈的冷笑，咬牙切齿地说，“只要把英子娶过门，就说明老夫并没把农救会放眼里，就等于在孙猴子背后捅上一刀，谁跟他们搞什么统一战线啊？划船港大片土地和百十条渔商船的主人，是你爹，是我！眼下‘四老爷’又撤了，没有人给他们撑腰嘞，那个抗日民主政府还顶屁用。”

“爹，可不能小看孙猴子。”二蜡嘴道出了心里的担忧，同时也在警告老头子，“依我看，这事他不会袖手旁观。”

“有听头。”“送人命”好像也有所顾虑，说，“区干部付扣宝祖籍是李家灶的，听说好多事情与他们都谈不拢，沾亲带故的还能说上点话，可通过他去限制住孙猴子。”

二蜡嘴歪着脑袋眨眨眼，然后便让老爷子坐椅子上，低声商量了一会儿，最后点了点头，说："付扣宝，此人得好好地笼络住，想想法子让他帮点忙。"

"嘟嘟……"传来一阵大喇叭悠长而沉闷的声音。这是吹鼓乐队在大门外，向主人报的信号。

"送人命"高兴地站起来，说："噢，听听，喇叭匠子到了。"

替大呆子操办婚事，是海神庙里胡大仙的主意，话说得挺宽心的，保证"喜来病除"。娶亲日子和拜堂的时辰，都由胡大仙掐指算定，就是今天的午时。

宋府里准备了盛大的酒宴，杀猪宰羊一下子摆了几十桌酒席，连伪县长仓公笑都请来了，除一些来贺喜的亲友外，还有就是当地的乡绅名流，及划船港工商界有头有面的人物。

村东头的铁匠店门前挂出一块牌子：

铸宝刀杀鬼
造利铲除奸

朱铁匠正汗流浃背地忙碌着，为民兵锻打砍刀和扎枪等。短把锤子在通红的铁块子上砸得"叮叮当当"作响。孙广盛换小牛拉风箱，让其去宋府侦察情况。转眼间，区里干部付扣宝进来了。

朱铁匠指着小杌子，客气了一声："宝三爷，请坐吧。"

付扣宝没有落座，看着木头墩子旁的孙广盛，眨了眨眼睛开门见山："宋府里派人请我喝喜酒。听说怕你们要过问这门亲事，真有这回事吗？"

孙广盛很坦率："嘿嘿，实不相瞒，不光是过问，而且还要凑个热闹。"

付扣宝刚想坐到小杌子上，听了孙广盛这么一说，好像烫了屁股似的，又立马站起来："哎哎，这是开哪家玩笑？我早就说过，不要随便干涉人家婚姻嘛！"

孙广盛站起来，两眼看着付扣宝："英子她爹在前方与鬼子打仗，英子是个抗属，又在农救会里做事，家里连一个亲人都没得，我们不主持公道，请问谁为她做主？你作为区里干部也应想想，'送人命'这是在搞什么名堂？人家在前线打鬼子，而他在后方抢人家闺女，是不是在破坏打鬼子？依我看这不单是迫害英子的事，他明晓得英子是抗战军人的闺女，抢亲抢到家里又有多光彩？他这不是在向我们耍威风吗？'送人命'的借口是英子替她爹顶债，那是一笔冤枉债。在宋府里做了八九年长工，连一个铜板也没拿到，反而欠他的债了，这不是分明在讹人吗？”

孙广盛的一番话，让付扣宝有点火了，他板着脸提高嗓门说：“现在不是要讲统一战线吗？不宜再老纠缠那些地主与长工的事情了。人家胡大仙德高望重，做媒说的这门亲事不是蛮好嘛！自古以来，男女婚配，一凭父母之命，二凭媒妁之言。地主的儿子娶了抗战军人闺女，这也有点统一合作的意思嘛！”

孙广盛听了非常气愤：这个付扣宝讲的话，哪像共产党干部！

“领导同志，你不能一屁股坐到地主那边去，不顾老百姓的生死，这不是共产党人做的事。团结搞统一战线是对的，但不能无原则去迁就，那肯定不对。”

其实，付扣宝太拿自己当根葱了，一贯认为自己见多识广，阅历深厚，脑瓜子灵活，孙广盛说的这些他根本听不进去。他不耐烦了，朝门外一个劲地望着。同时，对孙广盛这种不顾面子打他脸，带着批评口气的话语感到很不舒服。他从口袋里掏出根卷烟，点着狠狠地抽了几口，吐出浓浓的烟雾，坐到小杌子上，一会儿又站起来，大声对孙广盛说：“你这人很偏执，是个典型的‘半吊子’[①]，还想来教训我！眼前国家正处在亡国灭种关头，我们必须抛开一切个人恩怨……铁匠，请你轻点敲行不行？我在讲正经事呐！”

朱铁匠故意把空锤子敲得“叮叮当当”响个不停，以此来发泄对付扣宝的不满。接着，他将短把锤子又在铁砧子上一连空敲几下，说：“付大干部，听下来好像你现在调子唱得蛮高的，但讲的话却不在理上，你真的一屁股坐到‘送人命’大腿上去了。”付扣宝正想跟朱铁匠再说道说道，听见隔壁有人喊：“不得了！这下子真来啦。”孙广盛和朱铁匠连忙到门口，付扣宝也挤在他俩中间，三人都探着头朝那望去。

这时，街上已聚集了许多群众，看上去有一种不安的气氛。片刻，一辆三副套的马车由西向东驶过，直奔滩涂湿地上高低不平的泥土路。拉车的马儿浑身泛红，固定的车棚呈穹窿形，雕刻精致古色古香。车子拉的花轿子，绣着龙凤呈祥轿帘，特别引人注目，让人一看就晓得，这是新娘子坐的。车辕的左侧，只见宋闯背靠轿门，悠荡着一双腿，浑身溅满了泥土灰尘。站在两旁看热闹的人群都感到很奇怪，按照常理的话，这不正是宋闯盛气凌人洋洋得意的时辰吗？怎

---

① 半吊子是讽刺不通事理、说话随便、举止不沉稳的人。旧时钱串一千叫一吊，半吊为五百，不能满串。

么他却反而闷闷不乐显得倒霉的模样呢?

此种情形,孙广盛心里已有底:看来这事办成了。

轿子车一溜烟地向宋府驶去,唢呐和鼓号也就吹奏得格外热烈。

付扣宝先退回到铁砧子旁,假惺惺地带着忧伤的情感深深地叹口气,说:“拜了天地,英子就成宋府里的人,大呆子病确实够重的了。唉!其实说起来,英子这丫头也怪可怜,真可惜让一枝鲜花插在牛粪上。但又有什么办法呢?她只能从一而终,不管爱与不爱也得守贞操。这是历代圣贤的礼教,只能听天由命!”

孙广盛听了十分气愤,毫不客气地说:“都什么年代了,还说这些馊话!凭什么就反不了?这些老旧的礼教,我看也得改一改!”

“改?不能说得轻描淡写,这可是几千年来老祖宗传下的规矩啊!”付扣宝说。

孙广盛一步不让:“瓢城劝学所所长宋泽夫①,提倡婚姻自主,剪掉辫发,反对缠足,大力宣扬民权,就是要革掉封建陋习。”

付扣宝像被呛了一口冷风,他用手撸了下脑门上的一绺头发,“哈哈”冷笑了一声,便退进屋里。

“不合理的制度,欺负穷人的规矩,坑害妇女的礼教等等,统统都要改掉!”孙广盛接着说。

付扣宝轻蔑地瞟了孙广盛一眼,沉思片刻,用手重重地敲桌角:“哼哼,不是我‘门缝里看人——把人看扁’了。你晓得天多高地多厚啊!”

孙广盛瞪了付扣宝一眼,觉得面前这位年纪轻轻的区干部僚气不小,摆出个臭架子来,还居然倚老卖老。站在旁边的朱铁匠也竭力抑制着情绪,问:“付大领导,孙乡长讲得在理,怎能这样对待人家呢?你是堂堂的区里干部,大伙儿对你都很尊重哩!”

付扣宝把手摆摆,打断朱铁匠的话:“好了好了!既然你们抬举我,那我就代表区里,把话挑明了讲,宋家这门亲事,你们绝对不能插手!”

付扣宝话音刚落,就大步跨出门槛子去宋府。

朱铁匠呆呆地扒着门向外又望了一会儿,说:“唉,这姓付的干部咋能这

---

① 宋泽夫(1872—1942),民国革命志士,名润,原名殿康,字泽夫,光绪二十一年(1895)中秀才,瓢城宋村人。陈毅同志曾称赞宋泽夫是“苏北的鲁迅”。

样呢?”

孙广盛紧锁着眉头思考了一下,显得很平静,果断地说:“他代表不了区委,不能听他的。”

走路连蹦带跳的小牛,像只青蛙,一会儿三步并两步回到铁匠店。看他那兴奋的样子,让孙广盛猜中了几分。

小牛将下巴往肩膀上蹭了蹭,说:“和尚望轿子——空欢喜。”

此刻,“送人命”一连扇了宋闯几个耳光。宋闯哭着说:“他们去的人多,我就是吃一百颗大力丸,也没那么大个劲头子揪,确实是一点办法也没得啊!”

原来,宋闯领着花轿在接亲的路上,被一群人把新娘子抢走了。

第八章

送人命迁怒孙广盛
小伙计捉弄宋东家

这场迎亲花轿车被拦截事件，是孙广盛一手策划的。他得知送人命把英子抢去藏在颍川堂酒店，今天要路过划船港街上这段路，接回宋府与大呆子成亲。于是就派大兰芬、徐树庭、薛广益等埋伏在十三里墩桥北侧，等拉着花轿子的马车过来，就一起猛扑上去，揪住宋闯把英子接走，再送到板港子藏起来。看来事情办得挺顺当，孙广盛满心欢喜地对朱铁匠师徒俩说："你们在村里看热闹吧，我去板港子了。"

孙广盛前脚一走，送人命就来到铁匠店。他发疯似地嚎叫着，文明棍在地上不停捣动。

"哎，铁匠，孙猴子呢？"

"他早已离开这里啦！哎呀呀，今天是正日子，大少爷拜堂的时辰快到了！"

送人命摇晃着脑袋，朝房间里瞟了一眼，孙广盛确实不在。他刚想出门，阿黄惊慌失措地闯进来，左脚在门槛子上绊了一下，差点儿跌个面磕地，险些把送人命撞倒。

这个时候，宋府里的门口敞篷处，轻快的鼓乐声陡然煞住。接着，唢呐"呜哇呜哇"地吹起了办丧的《送魂曲》。锣鼓家伙"咣咣鼟鼟"地也已敲响，敲的尽是让人听了心烦的乱点子。低沉悲哀的喇叭声里，还夹杂着送人命几个大小老婆那一阵阵的号啕大哭声。

丧眉哭脸的阿黄，爬起来结巴着说："大少爷，他，他咽气了——"

送人命先发作了一下："慌什么？后面有狗子撵你呀，忙了赶去投胎啊，是不是有枪打来啦！"接着，震惊得像喝了苦药似的咧开大嘴，浑身的囊肥肉随之颤动。他把文明棍挂到肘弯子上，慌忙地跟随阿黄出了铁匠店。到东街爪子的白果树下，送人命又停了下来，苦皱着眉头，两眼直勾勾地望着对面走来的二公子——宋魁。

“咳，自己已是‘麻雀子吞黄豆——够噎够喘’的嘞。老大得绝症，死了就算嘞呗，活着也是个累赘，你还给他办喜事，这不是脱裤子放屁找麻烦吗？”二蜡嘴第一次对父亲发了火。他斜背着武装带子，盒子枪坠在胳肢窝下，一只手插在裤子口袋里。

“老大生绝病没药医，我再心疼也无用。但孙猴子玩这着子阴招，把我弄得太难堪了。”送人命咬牙切齿地说，“等等，我要好好跟孙猴子算总账！有他没我，有我没他！”

“爹，不要着急，君子报仇十年不晚嘛！”

送人命站在白果树下，把文明棍子使劲往地上直杵，暴怒地喊：“好一个孙猴子，你等着瞧吧！”说着，冲着救命墩子村去了，恨不得把两只蛤蟆眼珠子化作枪弹打到板港子。

政治风云变幻，像多雨季节的天气一样，饭前还是风和日丽天高气爽，转眼工夫就乌云满天，暴雨滂沱，大有“黑云压城城欲摧”之势。有人连上街买米买菜都提心吊胆。送人命听到风声后，马上就到处瞎宣传：“石头不能当枕头，共产党不宜交朋友。共产党是红眼睛绿眉毛的妖怪，共产共妻六亲不认。共产党说是为穷人打天下，历朝历代有几个皇权是真为老百姓着想？千万不能相信那些骗人的鬼话。”划船港有些不明真相的人，听了妖言都溜了。

共产党的组织和党员活动，在当地都是很秘密的。送人命调查共产党的一个个小动作，先后搞了大半年时间，一直没个结果。

秋去冬来，凛冽的海边西北风“呼噜呼噜”刮着，村头茂密的树木已褪尽绿色，光秃秃的树枝被风吹得“呜呜”作响。失去繁叶遮蔽的鸟巢儿，在摇曳的树枝上清晰可见。不远处河滩上的芦苇已枯黄，灰白色芦柴花儿细小的花絮一团团洒落下来，随风飘去，给一片肃杀的初冬注进一丝温馨的气息。

汪精卫叛变投敌，成立日本侵华战争期间扶持的傀儡政权，许多地方杂牌军也摇身一变，成了老百姓口中的“二鬼子”。国民党三十三师的所属部队听说一批日本人从曲塘方向过来了，就赶紧丢下瓢城北上，仓公笑这个警备队（团）暂时还驻守不动。二蜡嘴与宋闯从城里回划船港后，叫送人命赶紧搞个名单，把地方上的共产党员和干部都摸准，说有特殊的用处。大小干部都好办，明摆着要出来做事情。可共产党员的身份是保密的，他们不能肯定谁是共产党员，就猜测着：孙广盛肯定是一个，还有英子……送人命最清楚，自从那次抢亲告败后，英子居然还当上村妇救会主任。送人命思来想去觉得眼一眨，划船港的共产党像海滩上的野鸭子一吆一大片，那些穷鬼们看上去个个都像共产党。

这天深夜，送人命摸进冰冷的长工房，背着熟睡中的柏大喜，悄悄把小伙计网箍子推醒。网箍子大名叫刘勇成，上面有三个哥哥两个姐姐都跑掉（夭折）了，生他时父母用只渔网兜儿将其箍住，才算抓住这“独苗苗”，后取名网箍子。他披了件小棉袄跟送人命来到正房，明间里摆着一张樟木八仙桌，两把桃木雕花椅子分列左右。桌上点着一盏玻璃罩子灯。送人命指着太师椅子非常客气地说：“请坐，网箍子，坐呀！”

网箍子迟疑地坐了下来，他晓得工友里有好几个是党员，柏大喜专门做隐蔽斗争工作，一般公开场合不出头露面。网箍子在村里比较活跃，划船港人都叫他“小祖宗”，是个讨人喜欢的好小伙。

送人命慢条斯理地问：“网箍子，你在我家一晃也好几年了，活干得还蛮好。我这个做长辈的，心里一直在可怜你是几岁就没爹妈的孤儿，东家我打算也划给你一块地，早晚娶个媳妇过日子吧。人生在世，草木一秋。这阵子我已想通，穷人与富人都是一家人。你现已老大不小啦，今年已十八九了，该办的事就办吧。”

网箍子心想：这个老狐狸又要玩手腕子哄人，得沉住气看个究竟。他显得极其认真地点点头，说：“嗯，前不久刚过二十岁生日。人说左眼跳财，右眼跳灾，怪不得这天把左眼皮跳，原来是有好事！”

送人命尽量把话说得婉转些，先了解长工的吃住，又询问到各人的家庭状况。网箍子有点不耐烦了，叫他有话直说，不要像“扁豆藤爬上小楝树——拐弯抹角绕圈子”。送人命还是不停地微笑着，过了一会儿低声说：“你是个诚实的孩子，人缘好，同他们混得又不错，晓得的事情肯定多。我想打听一下，村里哪些人是共产党员？”

网箍子装出有点困惑不解的样子：“什么党不党啊？”

“不要装傻充愣。”送人命接着又问，“你不是看见过他们经常开会吗？有孙广盛、有英子，还有……”

网箍子蹙起眉头呆了一阵，佯作恍然大悟：“哦，你说的是开会呀，那是经常撞见！”

送人命来神了："对，对呀，来来来，你说说看！"

网箍子眨眨眼，把那小脑袋伸过去，神秘地小声说："跟那野猫子差不多，全是在晚上和深更半夜偷着开什么会。"

送人命说："对啊，你快讲，究竟是哪些人？"

网箍子附在送人命耳朵旁，极其认真地说："有孙广盛，还有英子。"

送人命点了点头："嗯嗯，还有呢？不碍事，你尽管放心地讲！"

网箍子思索了一会儿，故作镇静地说："还有鲢鱼头爷爷、小猫子老婆和羊三奶奶……哎，想起来了，那几次开会你不是也去的吗？可能你没注意，实际上我就坐在你旁边……"

送人命"霍"地站起来，勒着嗓子喊："你小子一肚鬼肠子，不晓得是哪根筋搭错了地方，装痴！跟老夫东扯葫芦西扯瓢，瞎嚼舌头根子。"

"我也说不好，反正他们经常开会，而尽是在晚上。"网箍子天真的样子显得一脸严肃。

送人命背起双手在屋里来回走动，然后又捧起水烟袋"呼噜呼噜"吸一阵，悠悠吐出一口烟雾，说："你不要油嘴滑舌地再打哑谜，我啥都清楚。"

网箍子在想：这个老家伙屁股一撅，就晓得他要屙什么屎，想沾我"小祖宗"的便宜，哼，"屋顶子上开窗户——没门"！

送人命老奸巨猾，却没捞到一根稻草。眼前这小东西又装疯卖傻，使他一点法子也没得。他在屋里走了几步，胸中窝一股子火，突然发出一阵像半夜三更猫头鹰叫的怪笑，接着就一巴掌拍在茶几上，跳起劲来咆哮："不晓得好歹的东西，人搀不走鬼搀飞奔。滚！替我滚！"

狐狸总要露尾巴，毒蛇总要吐舌头。送人命用足金刚内劲，一脚把红木茶几踹得好远。不知是心疼还是恼怒，顺手又操起小杌子朝网箍子砸去。

网箍子身子一闪，说："东家这发的什么疯，是你把伙计请来，要不我还在被窝里睡得暖和和哩！"

第九章

网箍子挨打困磨坊
伪村长借会欲张网

外面，传来一阵急促的敲门声。送人命一下子也怔住了，网箍子侧耳静听，好像有人登上门口台阶。接着，保镖阿黄惊惶地问：“外面怎么啦？”送人命说：“你个白痴！问我呢？还不快去看看。”

黄阿黄顿时脸上像“霜打的胡萝卜缨子——蔫了”。他是宋闯当国军之后，才顶替上来进宋府。这小子看上去已三十开外，肥头大耳，一脸络腮胡子，块头不小，但如同没牙的老虎，表面看上去挺吓人，其实是绣花枕头一肚子穰草，只能咋呼咋呼而已。他刚推开门要出去，宋闯就一头钻进来，鼓鼓囊囊不知从哪要来的黄呢子军大衣，打旋风似的扇进一阵子冷气。

宋闯讲，他是从曲塘刚回来，绕点路特意看看老爷子。临行前，仓团长指示二哥宋魁跟日本人先联系，已与一零七联队长竹田大佐秘密会过面，一切条件都基本商妥。宋闯还转达了二蜡嘴的话：“这次要把握好时机，将那共产党分子和大小干部来个一锅端。南京国民政府汪主席曾指令：‘宁可错杀一千，也不放过一个。’”宋闯正说得起劲，送人命忽然意识到网箍子在场，就警惕地挤着眼说：“哎哎！路边上说话，草丛里有人。”接着又连忙扬手，打断宋闯的话。其实网箍子心知肚明，那做的关目[①]是要将他支开。网箍子赶紧装着若无其事的样子，哼着小调出了宋府。

网箍子刚到街上，就遇到张百顺同国军士兵吵架。先是那个兵喊门找水喝，摸着黑顺手牵羊拎走一个包袱。张百顺是中等富裕农户，生怕惹上什么事，

---

① 关目，戏曲术语。泛指情节的安排和构思。

一般不敢轻易同人家争吵。可他丢了宝贝命疙瘩啦！家里值钱东西都在里面，不光是衣服，还有丈把粗大布、几双黑平绒鞋面子呢。他吵吵嚷嚷地找到当官的，那长官不耐烦地说："哼！你老哥也真不识时务，大半个中国都快完了，丢个包袱算上个屁！"张百顺不敢再争，只好忍气吞声作罢。

朦胧的月光下，阴冷的街路上，挤得满满的都是兵。一会儿，当官的喊了一声："出发！"当兵的就懒洋洋地向北去了。

网箍子打算把刚才听宋闯讲的一席话，赶快向党组织报告，可孙广盛去了板港子。他又找英子和徐树庭，却都摸了个空。想再去找朱铁匠，又生怕暗中有人监视。能否直接通知到党员个人，让他们有个思想准备呢？那更动不得！"瓜田不纳履，李下不整冠"，半夜三更地喊门，肯定会引起外人怀疑。网箍子急忙赶回长工房，想把情况告诉柏大喜，可他刚牵马上路，送宋闯去城里了。事不宜迟，今晚八更八点无论如何也要找到孙广盛，网箍子决定摸黑跑一趟板港子。

划船港乡所在地的救命墩子村，显得很是安静。这个月黑风高的夜晚，一阵阵呼呼的西北风夹杂着霰子，刮在人脸上麻酥酥的，除了远处一星一星像鬼火样眨眼的灯光外，看不到一丝别的亮光。

网箍子沿着黑暗中的街巷，嘴里吹着口哨朝西走，忽然被大麻袋套住了头，随即"唰"地挨了一棍子，失去知觉倒在地上。

当网箍子醒来时，已被摔到宋府正房门前。阿黄揭掉他头上的麻袋，惨淡灯光下，送人命虎视眈眈地盯着网箍子，厉声道："半夜三更，你想跑哪去？"

网箍子只觉得脑袋十分沉重，鲜血顺着嘴角流到下巴。他咬住牙慢慢站立起来，背靠墙根两眼望着送人命。

"网箍子——"送人命语气缓和下来，脸上也挂着笑意，"我打听谁是共产党员，没别的意思，实话跟你说吧，老夫也想加入。"

"你？"网箍子明知这是假话，但还是故意问，"那你不想当地主啦？"

送人命神气活现地挥舞起双手，大声喊："国共合作嘛！"

这种造作的丑态实在太恶心，网箍子说什么也看不下去，一把抓起桌子上的茶壶盖子朝他砸过去。送人命急忙躲闪，不料头险些磕在身后窗框上，得亏阿黄眼疾手快托了一把。失了趣的送人命哪肯罢休，扬起拳头向网箍子扑过去。强烈的阶级仇恨，使网箍子浑身充满了力量，他左右开弓一阵拳打脚踢。然而网箍子毕竟是单枪匹马，好汉难打双拳，猛虎也怕群狼。网箍子又被擒了，小指头粗的麻绳将他双手来个后背绑。送人命抽下皮裤带子，将网箍子毒打了一顿，接着就把他关到黑洞洞的磨坊里。

北方一股强冷空气南下，气温降至零度，西北风呼呼地把雪花从门缝里吹进磨坊。赤身裸体的网箍子双手抱着肩膀，踮起脚在大磨盘边上转圈儿。白天，送人命派人对他进行严刑拷打，没有得到一点口风，反而遭了一顿痛骂。送人命恼羞成怒，残忍地剥光网箍子的衣服，把他关在磨坊里挨冻。磨坊在后院粮库拐弯角处，周围都是陡屋高墙，就是喊破嗓子也不会有人听见。网箍子从昨夜到现在滴水没进，粒米未沾，饥寒交迫，浑身在不停地打战，四肢逐渐麻木。他估计再这样继续冻下去，等不到半夜就会被活活冻死。自己死倒也无所谓，关键是送人命的阴谋还未告诉孙广盛呢！网箍子想逃跑，可门被反锁着。窗户太高又小，根本就无法钻出去。他沿着黑乎乎的墙壁摸索，心想能否找到什么可御寒和充饥的东西，摸了半天落得个两手空空。实在有些吃不消了，他脑子里蓦然想起个绝主意——推磨，这样可把动静搞大，让他们来人再想法子出去，要不肯定是死路一条。

大石磨转动的速度越来越快，发出闷雷般的响声。

门，终于“咣当”一下开了，一盏小马灯举在网箍子面前。

“乖乖隆的咚！”阿黄感到有点惊奇的样子，说，“你小子真不是个孬种，这样空推会把磨齿磨平。”

阿黄将网箍子的衣裳往地下一扔：“穿上吧！不要再瞎胡闹啦！”说罢，塞过几个泥胡萝卜，然后又把磨坊门锁好，走了。

磨坊里还是一片漆黑。

与此同时，孙广盛在朱铁匠家里，已把小牛打发到学校那边去侦察，正等着他带回消息。

傍晚时分，挂有伪村长头衔的送人命与区里干部付扣宝商量，决定晚饭后在村房开个三级干部会议，还扩大到小地主蒋富贵及中等富裕农户张百顺等人。会议主题用付扣宝话来讲，叫“交换意见抽销子，消除隔阂共好事”，以便日后让大家都能坐在统一战线这条板凳上。其实，这是送人命出的阴谋诡计，想趁机把共产党员和干部一网打尽。城里调来的一个班顽军大兵，就躲在学校的一间空教室里，事前他们都已商量好了，以送人命的信号为准，一有动静就过来抓人。

孙广盛接到开会的通知后一琢磨，觉察到总有点不对劲：一是鬼子正朝着这边来“扫荡”，国军节节败退，情况十分紧急，送人命为什么偏在这时提出坐下来“谈和”搞统一战线？而且还从城里调兵保驾，居心何在呢？二是听柏大喜说，网箍子昨天夜里失踪了，有人询问送人命，他支支吾吾的，显得有点异常。县委孙海光书记曾提醒过，国民党顽固派很可能就在早晚下毒手，要有充分的思想准备。晚上开会，是区里付领导的决定，并指名孙广盛必须参加。

开会之前，孙广盛暗中进行了布置。

小牛最喜欢执行侦察任务，站岗放哨和送信虽也有意思，但赶不上侦察这份差使，侦察能充分表现出自己的胆量和智慧，还有一种神秘感。他从师傅的铁匠店里跑出来，一口气又奔到学校，躲在老榆树的后头。气温还在继续下降，风雪一阵比一阵紧，干枯了的老榆树枝子东摇西摆，被风吹得“呜噜呜噜”作响。小牛极力地睁大眼睛，聚精会神地瞭望。村公所在学校第二排教室隔壁不远，似乎窗户里还透出点灯光，这说明开会的人已来了。小牛又跑到后院，发现西边一间屋里有卷烟火，仿佛听到有人在说话。

“谁？”从屋子里走出一条汉子。

“是我！”小牛道。等那人走近一看，啊，原来是黄阿黄。

“干什么的？”

“没事。”小牛走过去，下巴在肩膀上蹭了蹭，“溜达玩玩。”

“马上快四九心里了，这么冷你溜达个屁！”黄阿黄说着向小牛靠过来，想趁其不备一把逮住。未料，小牛早已有防，身子迅疾一转跑得无影无踪。

小牛乐得一蹦三尺高，把看到的情况向五伯父讲了一遍。孙广盛双手一合掌，显得胸有成竹的样子，不慌不忙地对英子说：“走，去开会。”

一老一少到了村公所，付扣宝、送人命和小地主蒋富贵已来了，围坐在一张摇摇晃晃的坏桌子旁。宋仁明村长大面朝南坐着，后背紧靠着北檐墙。在他右边的窗台旁边，掌着一盏高脚洋油灯。

英子进屋后坐在小板凳上，存心与送人命靠得近些。送人命斜了她一眼，她也狠狠地向对方瞪了下。

英子虚岁才十七，是个直爽、贞烈的姑娘，身体个头长得很适当。她小棉袄外罩紫红色印花小褂，腰间束着一根军用皮带，下身是纯青粗布裤子；椭圆形脸一笑两腮上就现出小酒窝，一双大眼睛水灵灵的很有光彩，扎着又粗又长的独辫子，更增添少女特有的秀美。她爱说好动性格豪爽，稍有点喜怒哀乐都放在脸上，容易激动的脾气像只皮球，作用力越大就蹦得越凶。那次，英子回老家卞仓，一个人单独在路上走着，刚过海慧寺不远，在没有任何防备的情况下，遇到宋闯带着一帮人，冷不防从小桥底下蹿上来，用一床被子把她捂住，捆上了那副准备好的担架，假装成送产妇进城，把她藏在颖川堂酒店。送人命明明清楚，英子是个泼辣厉害的丫头，就是抢了也是凶多吉少，不会就那么安稳。可是他非抢不可，只要同大呆子拜了天地，即便是英子日后反悔，脚后跟朝住宋府他也算是赢家，要以此把点颜色给孙广盛和农救会看看，说明宋某人根本就没把抗日民主政府放眼里。现在送人命一看到英子，就又想起那次逼婚失败的尴尬，对孙广盛等人就更加咬牙切齿地痛恨，心里在暗暗地想：就看今天这出拿手好戏吧！

第十章

付扣宝轻信中圈套
孙广盛筹谋化危机

中等富裕农户张百顺抄着手耸着肩走过来，刚一跨进门槛子就说："叫我来开会，也是凑个数而已，能管屁用啊！"

付扣宝欠了欠身子客气地说："你不是也代表一个层面嘛。坐，快坐！"

张百顺挨着送人命坐下，生怕自己的粗大布袍子蹭掉送人命皮袍子上的油光，挪了挪屁股又向外让了下，两人之间保持着一个拳头的距离。

大家则一言不发地坐在那儿，室内静得只能听到每个人的呼吸。

送人命看到张百顺冻得发抖，便取笑起他的寒酸，故意地大声说："哎呀，这屋子里好冷啊！"

张百顺感到在地主面前总要矮上一头，明晓得旁人在拿话嘲笑自己，却又不敢回击。

孙广盛提议开会，送人命要再等等，说人还没有到齐。

孙广盛说："其他人都有事情，看样子已来不了。"

送人命一听突然站起身，拍着桌子说："讲好了开个三级干部会议，区里还有领导亲自参加，为什么有事不服从开会呢！"

付扣宝附和："对啊，应该一个不少都到会，为啥缺这么多人呀？"

突然，关着的门"咣啷"一声被猛地踢开。小地主蒋富贵觉得有人从背后冲过来，慌忙地离开门旁边的座位，闪了一下坐到里头去。闯进门的人原来是网箍子。他满脸愤怒，气喘吁吁地袒露着胸脯子，手里拎一把锈铁锹头子，"哐啷"一声往桌上一扔，指着眼面前的送人命厉声斥责道："你这个老狐狸，就不要再装模作样了！"

送人命直愣着双眼，感到十分奇怪，他小子怎么又跑到这里来了呢？

原来，黄阿黄离开磨坊后，网簏子就把撂在地上的衣服穿上，蹲下来摸鞋子的当口，在大磨盘底下碰到一只箩筐，从里面取出生了锈的铁锹头子。他在土坯墙根脚处，挖了个壁洞爬出来。刚路过学校西山墙拐子，又遇到了放哨的小牛，才晓得孙广盛在村公所开会，就一溜烟地奔过来。网簏子愤怒地揭露了送人命开会的阴谋，接着又扒开身上的破棉袄，让大家看伤痕："浑身都被打得血淋淋的……"

"区里领导在这开会呐，轮得你小子大呼小叫的吗！"送人命竭力掩饰着恼怒，然后起身站到窗口，让自己的身影映在窗户纸上，莫名其妙地举起手在头顶上做个关目。孙广盛估计这是在向外面人发暗号。果然不出所料，一眨眼工夫，黄阿黄就带着八九个顽军大兵，气势汹汹地拥了进来："不许动！"

在座的所有人，谁也没动。

送人命用手摸着几根老山羊胡须，得意地笑笑，说："按照上峰的指令，现在要请你们几位先受点委屈。"

付扣宝刚开始有点迷惘，等他缓过神来时，两个大兵已将其"保护"在中间。他紧张地环顾一周，突然暴怒地挥舞着双手，喊："想干啥？这是一种叛变！难道还想'四一二'重演吗？你们这样子蛮干，民众是不会答应的！"

送人命脸上现出鄙夷的神色，说："晓得几斤几两了吧？让付领导和孙大乡长受些委屈了！"

小地主蒋富贵被吓得目瞪口呆，张百顺也面无血色。其实，孙广盛和英子的心中早已充满怒火，只是忍住始终镇定而坦然地坐着，根本没把送人命和身后顽军大兵放眼里。

这就是国民党顽固派秘密制造的一次反革命事件，国民党江苏省主席韩德勤暗示各地反动头子以所谓共商统一大计为由召集两党及各界人士开会，实施抓捕共产党员行动，苏南苏北成千上万的共产党人一夜之间失去生命。送人命和二蜡嘴除了奉行韩德勤的相关指令外，还舔起小鬼子的屁眼，准备把抓去的共产党员都献给日本人，以表对皇军的忠诚。

送人命得意忘形地摇晃着身子重新又坐在凳子上，他慢吞吞地说："孙广盛和英子还有这位区里大领导，就受点委屈到城里辛苦一趟吧。噢，网簏子也陪着一起去，各位还有什么话要讲？"

蒋富贵和张百顺满脸惧色，慢慢地溜了出去，刚一出门就惊慌失措地跑开。

这时，外面拥进一群年轻人，足有二三十个，这是孙广盛提前安排好的民兵，其中有三俊子、大兰芬、徐树庭、薛广益和孙佐芳等，每个人手里拿着一根扎枪。他们把屋子里塞满，拥挤得转个身子也很困难，致使几个拿着长枪的顽军大兵，不得不贴着身子站着，每个大兵的周围，都有三四个民兵。

送人命觉得不妙，他强打着精神站起身，张开那簸箕大嘴却说不出话来。当付扣宝意识到这是孙广盛事先的安排时，不由得松了口气。

孙广盛站起来，两眼中闪耀着难以抑制的怒火，他盯住送人命，沉默片刻后清下嗓子，说："看来现已到了将这层窗户纸捅透的时候嘞，那就来个一不做二不休，把家伙（枪）都统统给下了！"

里外都被围得水泄不通，再想搬兵无异于痴人说梦。像条没了脊梁骨狗似的付扣宝，这时反而又成了送人命的最后一根救命稻草。

"慢！"付扣宝急忙举手制止，然后对送人命说："我倒要问个明白，你这样做是哪个上级的指令？怎能干出这种'亲者痛，仇者快'的事情呢？"

"不要犹豫不决，先缴了枪再说！"孙广盛十分果断。

"莫着急！"付扣宝的脸涨成红高粱似的，结巴着抬手制止，"慢，不要草率行事嘛！把问题谈清楚再缴也不迟。"

"不是明摆着吗！而你还蒙在鼓里呐。有人早就把刀架在我们脖子上了，现不反击等待何时？这是再清楚不过的事，还犹豫什么！"孙广盛坚定地说。

"'推倒龙床跌死太子——也有了时'。大事可以化小嘛！大敌当前，一切都要为统一战线着想。"付扣宝还在故作镇定地强调。

西南方向陡然响起一阵枪声，子弹好像就在屋脊子上掠过。室内所有人都屏气静声，竖耳倾听。不一会，小牛跑过来，喊："不得了！小鬼子马队进村喽！"

情况来得太突然，还未让孙广盛考虑一下，付扣宝不知脑子进水还是被驴踢了，他仰起头急忙喊："同志们，不能再搞摩擦了。我们要统战和军事两手抓，先团结一致对付小日本。"送人命也随声附和："这就对了！出去吧，快，不要让小鬼子来嘞，把大家都堵在这里送死。"

二三十个民兵虽每人只有一杆扎枪，也完全能让几个顽军大兵缴械，可就是受付扣宝的限制，大家没有及时动手。付扣宝的让步妥协，使孙广盛十分气愤。他想再让民兵们收拾一下这场面，可情况已发生了新的变化，大伙儿都有些心神不定。孙广盛咂咂嘴，向三俊子递个眼色转身喊："先散了吧！"

鬼子的骑兵进了村子，到处都是一片杂沓的马蹄声和粗野的喊叫声……

国民党盐东驻防团长仓公笑降敌，更加助长了日寇的嚣张气焰。盘踞江南的日军第十五师团一零七联队窜犯到苏中和苏北两大战区，在接壤地带的黄海前哨大洋河畔，修炮楼设据点，肆意烧杀淫掠，利用汉奸特务搜捕共产党员、抗日民主政府干部及通共人士。同时，日军还派伪四十三师配合组成垦殖委员会，修筑公路，蚕食掠夺抗日根据地的棉花和淮盐资源。孙广盛领着一些乡村干部和民兵撤出来后，白天在板港子和大洋湾里活动，晚间就躲到海神庙。

“过来，你给我坐下。”陆二妈喊女婿坐在她身边，老人说昨天夜里做个梦，划船港让小鬼子包围了，老老少少被赶在学校大操场上，把孙广盛和一些党员、干部及民兵等，都绑在那些成排子的木头柱上，当血腥的一幕即将开始，鬼子正要用刺刀刺向他们时，新四军的兵马赶来了，领头的好像就是孙云龙，后面大部队里还有陆三凤等。

陆二妈在梦中见到了亲人，心情无比兴奋，但是鬼子在划船港的屠杀，使她产生了疑虑和恐惧。在她有鼻子有眼睛地叙述着那梦境的当口，不禁流出了心酸的泪水。梦，毕竟是梦，至于提到孙云龙还有陆三凤，倒是引起孙广盛的思念，特别是父亲已出去二十多年了，至今仍生死未卜。他听出了丈母娘的忧虑，想拿话宽慰一下老人家，但一时又想不出妥善而合适的话语。正在一阵沉默之中，小花狗冲着那破院子，“汪汪汪”地狂吠起来。

陆二妈急忙对女婿说：“不好，有情况，快从后门出去。”孙广盛刚想拔腿跑，小花狗却乖乖地“嗷嗷”哼几声又不叫了，他就贴在墙根里站着，注意探听外边的动静。顷刻，陆玉桂推门进来，后面还跟着个人。

“嚓！嚓！”两下子，陆玉桂打起火点燃了墙洞子里的香油灯，屋内立刻亮起了淡黄色的光。

孙广盛一看，站在岳父后面的那人是付扣宝，有点惊喜地问：“奇怪了，你从哪里来的？”

付扣宝明显地消瘦多了，两颊也陷落下去。他头戴黑色瓜皮帽，身着蓝粗布长衫，一副绅士模样的打扮，有点像个阔佬似的，但神色沉郁，目光发钝，叹了一口气坐在板凳上，说：“跑了一些村子，大多数已进不去，可城里就更糟了，形势变化得眼睛都不能睁！”

孙广盛说：“汪精卫公开叛变，仓公笑的变节，实际上这些风声早就有了。”

付扣宝摘下瓜皮帽，从袖筒里掏出手帕擦一下额头上的汗水，十分懊丧地说:“这是血淋淋的教训啊,有许多党员和乡村干部不知不觉地就被敌人抓走了,咳！这个说起来都怪我,老把他们当菩萨。”

陆玉桂听了一阵,不声不响地出去把风(放哨)。孙广盛端着墙洞里的香油灯,回头对丈母娘说:“妈,你先睡吧,我们到西房间里去了。”

一种失败的情绪,残酷地咬噬着付扣宝的自尊心。他胸怀凌云壮志,本想在自己工作的环境里,搞出个“团结合作”的样板,不料韩德勤秘密勾结小鬼子,一边下令逮捕共产党人,一边唆使仓公笑投降日寇,形势恶化得如此突然,几乎没有一点思想准备,就把一切幻想都打破了。这不仅使他的辛苦化为轻烟,还险些连自己的小命也搭上。

俗话说得好:驴打江山马坐殿,鸡孵鸭子白忙活。付扣宝这费劲巴拉大半天,照这么下去若有一天,送人命把他卖掉了,自己还辛辛苦苦地帮人家点钱呢！要不是孙乡长的警惕性高,预先做好安排他就中了圈套,让敌人轻而易举地抓走了。付扣宝不得不佩服孙广盛。但知识分子的那种自命不凡,使他又难以放下这副臭架子,特别是在农民出身的孙广盛面前,就更不能显出自己的低能了。因此,他把对孙广盛的感激藏在心里,丝毫没有表露出来。

孙广盛一直保持着从容镇定的态度。虽然敌人处于强势,形势步入艰难困苦境地,但他觉得越是在这个时候,越要沉着和冷静,充满革命的必胜信心,不被敌人一时的嚣张气焰吓倒,要以积极的态度,持续地与小鬼子和狗汉奸作斗争。他向付扣宝详细汇报了乡村党员和干部的活动情况:绝大部分同志都已转移出来,救命墩子村里只留朱铁匠、柏大喜、海燕姑娘和贾福禄。

第十一章

小鬼子火烧老孙巷
遇绝境搏狼再脱身

付扣宝靠到灯前点根卷烟，含在嘴上连抽了几口，缭绕的烟雾罩着那张愁苦的脸。他仰起头有点担心地问："党员留在村里行吗?"

孙广盛满有把握地说："没事，他们又未暴露。我只是对贾福禄不太放心。"

付扣宝不回答上下。本来他原以为要被抱怨一顿，但孙广盛只字未提，这使他十分满意。他认为革命既然处于低潮，在强敌面前就应收敛点，少活动些甚至停顿一下，以避开锋芒看看风向。

付扣宝乃纨绔子弟，从南京中学毕业后考入中央陆军军官学校，第二学年由于健康等原因而休学。曾随父亲去过上海，跑过南京，见过世面，闯过码头，也懂得一点人情世故。前几年他在南京、上海也参加过抗日救亡活动，去年初才被派到牛湾河区担任财粮员。他工作热情是有的，可最大的弱点是革命意志脆弱，顺利时洋洋得意，倨傲凌人，一旦受到挫折，就自轻自薄，心灰意冷。他现在又不主张"团结"和"统一"了，担心会出现 1927 年那种大地主大资产阶级公开叛变的情形。

"那些地主、绅士、资产阶级全靠不住，都是彻头彻尾的反动派!"付扣宝绕着小桌子来回不停地踱步，黑魆魆的人影在屋梁和墙壁上晃动，接着愤然地说："同这帮狗杂种就不能讲什么团结!"

"不过话再说回来，他们中有不少人还是愿意抗日的。像救命墩子村的蒋富贵等，如做好统战工作是可以争取合作……"孙广盛说。原以为从付扣宝嘴里多少能了解点敌我斗争路数，结果他对当下形势束手无策，一下子由右倾变为"左"倾了。

孙广盛毫不客气地指出付扣宝看法上的错误，说当汉奸的只是极少数。国难当头，划船港绝大多数人，特别是有些知识分子，在我党抗日民族统一战线感召下，或拿起笔做刀枪宣传抗日救亡，或驰骋敌后成为建政初期的基层骨干。他们发挥了桥梁纽带和先锋模范作用，更有人血洒刑场……

夜已深了，付扣宝疲倦地连打几个哈欠，说："上面通知我到黄家尖湿地草亭去，不晓得有什么事情。明天一早必须赶到，那里的路途不熟，请安排个人替我带路。"

话音未落，三俊子提着一把月牙刀进来，那兔皮帽子上还挂着雪白的霜，他是从海神庙来接孙广盛的。

孙广盛问："你去过黄家尖吗？"

三俊子点头说："路不是太熟。"

孙广盛简单地把床铺整理一下，关心地对付扣宝说："你先睡会儿，我去找人给你带路。"

付扣宝躺下后，很快就发出鼾声，孙广盛从东房间里抱来被子替他盖上，然后熄灯同三俊子一起出去。

到街上，孙广盛望了望悬挂在天空的一牙残月。上回的一场大雪还未消尽，刺骨寒风吹得脚后跟上皴裂的吊筋口子疼得难捱。孙广盛要去海神庙找民兵护送付扣宝，叫三俊子留在村里同外公替换着打更。这非常时期孙广盛单独走夜路，三俊子有点不放心，说："一起去吧，要不然让我跑一趟。"

孙广盛说："不行，你留下轮换打更呐，看上去宝三爷面容憔悴，已累得一睡下就打起呼噜，要确保区里领导的安全，我去海神庙另外还有点事情。"

三俊子握紧刀把子，睁大眼睛在街面边上巡视。

孙广盛带着左腿枪伤留下的后遗症，看上去有点一瘸一拐，边走嘴里边哼着："天上有颗扫帚星，地下有个韩德勤……"

话分两头。再说那天三俊子猛地出了柴草垛，砍死一个小鬼子夺过大枪，左端右详地欢喜得像拾到个命疙瘩。当然，临走时还不忘给前来收尸的鬼子们摆道大餐，将死鬼子身上的手雷拉掉保险压在尸体下，刚跑到百十丈远的划船港岸边，就听到后面传来"轰"的爆炸声，四五个小鬼子应声倒地。三俊子也没有雅兴的去欣赏自己的杰作就一个劲地跑了。村子里的敌人猛开枪，子弹把三俊子身旁的尘土打得"噗噗"直冒烟，他佯装负伤卧倒，从一条小岔沟里溜了。

三俊子想回头再去找民兵，可大伙儿都已转移。他一个人孤单地在荒野的草滩里转悠，钻过一片沼泽芦荡滩涂湿地，看到零星人家和自然村庄已被洗劫，一片凄惨的景象。第二天的黄昏，他来到下水港村头一户门前，学着新四军的口吻，有点生硬地喊："老乡，老乡！"没有什么反应，而从背后却传来一声："干啥的？"三俊子转过身子，不由睁大眼睛："啊，原来是小赵同志。"此人是孙海光的警卫员赵虎。小赵也惊诧地喊了声："三俊子。"门"吱呀"一声开了，孙广盛二外甥女陈秀英一家人亲切地把他们迎进屋。

陈秀英自小当童养媳，因婆家人心眼好，虽家境比较穷，也只是受了点苦和累，没有挨打、受气，成家以后生了几个孩子，丈夫原来上船出海捕鱼，去年也报名参加了新四军，就在孙海光的部队里当兵。孙海光正巧带着警卫员小赵，顺路走这里慰问一下抗属。接着打算去牛湾河区，要在那里开个会，部署敌后农渔民武装斗争工作。孙海光已从野战部队调到新划建的盐东县任县委书记兼县武装大队政治委员。他还带着各区领导人的任职命令，其中付扣宝任牛湾河区区长。其实孙海光对付扣宝并不满意，任职命令的文件压了好长时间，直至上下"区长"喊成一条声，因高层有人在一直关心，孙海光虽提出不同意见，但最后还是服从上级决定。他得知划船港东北的老孙巷遭日寇蹂躏，对孙广盛壮烈牺牲非常痛心："三俊子，听说这次你父亲遭遇不幸，我深感难过！希望你能振作精神，不要被悲伤打倒，节哀顺变，化悲痛为力量，多打一些鬼子，以慰英烈的在天之灵！"三俊子说："请首长放心，我一定不辜负您的希望，用刚夺来的枪国仇家恨一起报。"孙海光怀着悲痛的心情，叫三俊子把他父亲的情况，说具体详细点。三俊子淌着眼泪，不停地用手揩着脸哽咽地讲，自己砍死个小鬼子后，将拉开保险盖的手雷压在死鬼子身下，背枪就跑了的经过。至于他父亲发生了什么，一点也不知晓。

"不必如此伤心！我还有个大胆推测，也许是海神庙里'东海王'保佑，你爹并没有死，应还活在人间。很可能就藏在什么地方，我始终有个预感。"听了孙海光这么一讲，三俊子陷入了沉思，说："首长，我也是这样想的，当年'东海王'抗倭有功，被朝廷封为好官。而我爹现在是抗日，抗倭寇与日寇这两个词的区别，爹在政治课上讲，抗倭寇是指明朝时期，抗击盘踞在朝鲜半岛及我国东部沿海的倭寇，而当时的倭寇就是屡次骚扰抢劫的海盗，因最早一批倭寇均来自日本而得名。抗日寇是指 1931 年'九一八'事变开始到眼下，中国人民抗击日本侵略者的一系列爱国行为。我相信有海神庙里'东海王'的保佑，我爹的命大着呐!”

“好了,民以食为天,那就边吃边谈吧。”孙海光微笑着说。陈秀英热情招待小表弟。三俊子确实肚子饿得“咕咕”直叫,就着大蒜叶子红烧黄花鱼,穷吼吼地吃了三大碗胡萝卜粥。大伙儿解决完肚子问题,一撂饭碗孙海光就迫不及待地说:“明早天亮之前我要赶到牛湾河,想弯点路到划船港看看,马上请你带路。有点累了吧?”三俊子吃饱了肚子,立即又增添许多精神,打个饱嗝把缴来的三八大盖往肩后一背,满脸爽快地回答:“不累!”

三人沿着大洋河向西,进入一片无人大草滩。茅草滩湿地里很幽暗,神秘莫测,偶尔传来野狼的嗥叫,听了让人毛骨悚然。他们先过涵水洞,接着又绕开人头港,便很快到了老孙巷,熟悉的街道变得陌生了,分不清哪是院落哪是篱笆墙,屋面和木门窗都已化为灰烬,一阵西北风吹过,废墟中便扬起灰尘,空气里散布着难闻的焦煳味。他们踏着朦胧的月色,在庄子上静静地走着,心情十分沉痛。三俊子一眼就认出,自己的家被烧了,炭化的梁柱和简易家具,横七竖八地堆在墙廓里。孙海光发现锅台子旁边的杂物似乎已被人清除,收拾得整齐干净,大水瓢、小面桶和粗瓷大碗等已摆放好,水缸也挪动过了。孙海光说:“好像有人。”他们紧张地四处寻找。忽然,南墙廓阴暗处闪出个人影子,手里似乎还握住一把刀。那汉子正怔怔地站着。他不是别人,正是已从划船港人们视线中消失了数日的孙广盛。

“哎,老本家首长!三俊子!”孙广盛大声喊。孙海光和三俊子惊愕地望着,听声音好像很熟,但在朦胧的星月下,谁也不敢确认。“哎!原来是广盛!”

“爹!您真的还活着?”

“傻小子,看我这脚底下,不是还有人影子吗!”

“是喃,是的喃,不瞒您说,把我吓了一大跳,还以为是您阴魂回来了呢!”三俊子一头扑了过去……

孙海光说:“好,好啊!平安就好!”

孙广盛激动地说:“唐僧取经还有九九八十一道难呐,我们这才是几次啊。革命尚未成功,我怎敢走呢。”

“万幸的万幸,你算得上命大福大造化大,终于又平安脱险,真是贵人自有神灵保佑。大难不死必有后福!”孙海光看着坐对面的老本家,笑了笑感慨万千。

“天有不测风云,人有旦夕祸福。就莫提那些了。”孙广盛讲起了自己那段死里逃生的经过——

开会的那天晚上，竹田手下一群疯狂的野兽，眨眼间就放火烧了老孙巷的房子。当大火烧得正凶时，孙广盛挪开大水缸，一头就钻进地窖。而地窖又与山芋、萝卜窖子是互通的，后来就蹲在那里，一直等敌人走了后才出来。他见街巷里的人都已跑光，就只好在南山墙角落里，搭个小舍子先住下。俗话说：祸不单行，福无双降。这话正好应验了。傍晚，东北方向草滩里窜来一只野狼，足有小扁担长，眼睛里冒着绿光，向孙广盛扑过来。危急之时，他沉着地一闪，野狼扑了个空。孙广盛在大楝树下眼疾手快从地上搬起一块石头，趁野狼还未来得及回头的当口，猛地砸在它的腰腹部。野狼疼得浑身抖了一阵，接着将尾巴又翘起来，从那嘴和鼻孔里呼呼地喷出一阵子白气，带着一股浓烈的腥味儿反扑过来。孙广盛迅疾又躲闪到大楝树后面，野狼再次扑个空。在这紧急关头，孙广盛飞身一跃，闪电似地顺手操起扎枪迎战。野狼直冲过来，孙广盛被惊得头皮发炸，但没有后退的余地，待那野狼猛扑过来时，他准确而迅速地将扎枪一下子刺进野狼的口腔，又猛力向里头狠狠地一杵，锋利的扎枪尖子刺入野狼喉管深处。野狼疼得立刻伏在地上，用前爪拼命地抓耳挠腮。这时，孙广盛便跃起骑到野狼背上，用尽全身力气双手使劲掐住野狼的脖子，那野狼先是弓起了背，而后身子向后一缩，企图甩掉孙广盛。他双手死死地勒住，迫使野狼不能把扎枪从咽喉部甩吐出来。孙广盛心里明白“骑虎难下”的道理。这时你不与它斗，它必将把你吃掉，若你勇敢地斗它，就完全能制服它。孙广盛勒得野狼张开嘴不能动，对着空中发出“呃呃呃”叫声，不一会就口吐白沫流出鲜血，慢慢瘫软在地上。孙广盛连忙撸起衣袖子，用剔羊刀剥了那张野狼的皮。这时，忽然听见有一阵脚步声，赶忙想再躲起来……孙广盛怎么也没想到，孙海光和三俊子会来呀！

第十二章

划船港重镇成要塞
日伪军盘踞怀鬼胎

孙广盛讲了躲进地窖，逃过小鬼子追捕后又打死野狼的经过，孙海光不无感慨地长叹一声："老本家，你真了不起，不愧是划船港的英雄，有你这拼命三郎精神，小鬼子及一切妖魔鬼怪在此就难有立足之地了。"

"接下来该怎么个斗法?"孙广盛问。

"日寇的诱降政策，招去汪精卫，动摇了蒋介石。这次国民党顽固势力发起的反共高潮，就是为投降日寇作准备。我党在整个抗战时期，统一战线政策不会变，有联合就有斗争。坚持联合抗日的一面，对顽固势力妥协、反共的一面进行坚决斗争。八路军在华北地区开辟大片抗日根据地，已成了敌人的心腹之患。日寇在攻占武汉之后，即放松正面对国民党的作战，回援华北和华东地区，把矛头直接指向共产党领导的八路军、新四军及地方人民武装，实行所谓的'总体战''囚笼政策'。以铁路为主，公路为链，碉堡为锁，辅以封锁沟、墙等，向我广大抗日根据地施行网状式压缩包围。在苏中和苏北地区，先是国民党中的爱国官兵英勇杀敌，表现出高度的爱国主义精神，与泰州、大团、刘庄、阜宁等地的日军激战，给小鬼子以有力的打击。后来由于蒋介石的消极抗战，许多爱国将士的抗日行动得不到应有的支持，在敌强我弱的情况下，小日本长驱直入，先靖江沦陷，接着是扬州失守，而后高邮陷落。很快日军又相继占领了南通、海门、如皋、海安、曲塘、东台、瓢城。目前，日军驻江南的十五师团一零七联队进入瓢城后，以东门的划船港为战略枢纽，把周围的村子都联系起来，形成了格子网状集家并村的堡垒，并马上复制关东军'集团部落'模式，用铁丝网、壕沟、碉堡等，将新四军同老百姓分隔开来，采取修炮楼建据点，军事行动与特务活动相结合，恐怖与怀柔兼施的办法，隔绝划船港一带的当地群众与新四军部队来往。小鬼子自己给这个着子还起了形象化的名字，叫‘囚笼政策’，企图以此把新四军关在囚笼里。”孙海光一一地剖析着内外的形势，孙广盛听得入耳入脑。

“那民兵现在该咋办？总不能这样坐以待毙吧！”

孙海光停顿了一下回答：“利用沿海滩涂湿地优势，以己之长击敌之短。在敌后用极小的代价扰乱敌人，破坏鬼子的水陆交通，逐个消灭敌人保存自己，积极配合新四军主力部队作战，当好助手和后备军。因此，要尽快把民兵武装起来，打一场沿海滩涂湿地上的人民战争。”

“人齐刷刷的在呐。”孙广盛忙说，“个个都虎气生生，土制猎枪、大刀片、长矛、镖叉、网具等，也准备得好好的，绝大多数民兵在家已待不住啦。”

“那赶快把他们组织起来，跟小鬼子干啊！”孙海光拍了拍孙广盛的肩膀，说，“送人命不是喊姓孙的叫‘孙猴子’吗？那就用好孙悟空七十二变魔术，这还真是叫对了！”

接着，孙海光又进一步比划道：“姓孙的，就是要像小说《西游记》里孙猴子那样，摇身一变钻进铁扇公主肚子里，闹个天翻地覆！”

孙广盛赞同地点点头，说：“万事开头难，开弓没有回头箭。对了，就是要学着孙悟空翻筋斗似的，钻到鬼子的‘肚子’里去。”

孙海光要走了，打算在黎明前赶到牛湾河，分别时嘱托：“老本家，要尽快深入到群众中去，跟老百姓打成一片，与敌人干的法子也就多了。”

孙广盛父子俩目送着孙海光上了路。

孙广盛在村口一边向远处望着，一边思考：人常说，擒龙要下海，打虎得上山。就按首长说的办，钻进划船港！

连日来，孙广盛一直思考县大队首长“独立自主打游击”的指示。独立自主，就是在共产党的领导下，穷苦人自己武装自己，广泛地掀起群众性武装斗争高潮，在敌后打击和消灭敌人。孙广盛是在黄海之滨土生土长的，他觉得与小鬼子在滩涂湿地上打游击、捉迷藏，比起平原地带无疑要优越许多。树林、草滩里能藏，河堤、沟汊旁可躲，这港连那河，那沟通这滩，到处都可周旋，不把敌人拖垮，也把他忽悠得头晕眼花分不清东南西北。

有多大胃口就吃多少饭。孙广盛心想：县武装大队首长讲，要打一场抗鬼子的人民战争，看来也只有先针对小股日伪军，以选择优势而袭击，开始还是要以练兵为主，不能想着一口吃成胖子，再说敌人又不是软柿子随你捏。这阵子，孙广盛改变以前“钓鱼”“布哨网”“赶鸡入窝”“老鹰捉鸡”“背娘舅”“箍铁桶”等形式，辅以新的转圈子、钻空子、安钉子等方法袭扰小鬼子，密切关注濒海重镇划船港，盘算着如何发动更多的当地群众。

划船港形成于元朝末年。宋天圣二年(1024)范仲淹出任泰州西溪盐官时，看到海潮倒灌后民不聊生的情景，就上书朝廷提议重筑捍海堰，不久被宋仁宗任命为兴化县县令主持筑堤工程。范仲淹征集通、泰、楚、海等州兵夫四万余人，兴筑了北起阜宁、南至启东吕四港，长达六七百里的海堰，后人称之为“范公堤”。明清两代的范公堤外，经长江、淮河下泄泥沙和海滩贝壳沙的堆积，逐年向东淤积成陆，形成绵延数十里的滩涂湿地。

自明代中叶始，划船港已形成海滨集镇，是黄海之滨数百里之间唯一的水陆商埠，也是瓢城一带与海外交往的重要渡口，许多中外使臣、学者、僧侣、商人等，曾由划船港出海，或登陆前往内地。历朝统治者为何那么重视划船港？除了地理因素之外，还有一个重要因素，这里是淮盐进出交易的集结地，淮盐远销湘鄂赣皖“扬子四岸”。淮盐承载着官府衙门赖以生存的经济命脉。瓢城以东境内是淮盐盛产地，而盐税又为朝廷重要的财政收入。没有盐场的丰产，没有划船港将淮盐运销出去，没有淮盐的课税收入，就无法保障官府的开支。

由此可见，划船港地理位置何等重要。难怪历朝历代当地官员和盐政官吏，为保住顶戴花翎，不断创造政绩，始终把对划船港管统作为执政的第一要务。当下生产、生活条件虽然恶劣，官府衙门源源不断地将淮盐从划船港转运各地，换成白花花的银两。盐商、官吏、把头也同时赚得盆满钵满，而盐民灶丁们只能过着食不饱腹、衣不遮体的日子，无奈地听着大洋河的涛声。

划船港形成集镇后，瓢城东门盐课司署东迁代管政务，集镇便成了盐阜区东部沿海的军事、政治、经济、交通、文化中心。乾隆年间，清政府为维护地方统治，在划船港西北方向还设置了海关(小关子)，收取赋税，查缉私盐等。民国初期，由于海岸线日益东移，原有的盐场、盐亭潮汐不到，卤气越来越淡，使得烧盐质量逐年下降。当下财政部设立淮南垦务局，颁布了废灶兴垦、奖励植棉的“放垦章程”。清末状元张謇于“实业救国”的浪潮中，在划船港沿海一带大力投资，始建大佑棉垦公司的头区、二区、南三区等，“废灶兴垦”围垦原来产盐灶地的荒滩造田。划船港人口剧增，市场日趋繁华，海上运输和海洋捕捞船只在集镇港口往来如梭。英、美、法、日、荷兰等国的船只从(进)大洋河出海口子，再与划船港来往通商。上海、青岛、大连等地的商人到划船港贩卖“洋货”。这些年，划船港成了民国政府战略物资淮盐、棉花及海货、猪肉等土特产的集散地和海陆储运物流中心。港口码头货集长街，商贾云集，素有苏北“小香港”之称。

大洋河在苏北黄海中部一带起着很重要的水上交通作用。划船港是苏北盐阜区海上往来的必经之处，我地下党和革命干部需要从这里出进。新四军的枪支、弹药、医药等军需物资及民众日常所需的火柴、煤油、布匹等匮乏商品，都要经这里运进来。日寇在划船港设置关卡的目的，就是为封锁我根据地与海上往来，切断盐阜区同外界的联系，分割我中共沿海地下交通线，对盐阜区构成腹部梗阻态势。

港口成了日本人的军事交通枢纽，沿途设了许多道检查关卡，一旦发现附近有可疑人员，就任意扣留像牲口一样屠杀。大洋河那盘洋湾子里，时常漂浮着被日伪军杀害的尸体。

历史的巨轮驶进了公元 1941 年。皖南事变后，新四军根据毛泽东主席签署的命令，在瓢城西门泰山庙重建军部，陈毅为代军长，刘少奇任政治委员，瓢城成了新四军领导中国南方各省抗日的总指挥部。全军共辖七个师和一个独立旅。其中，一师在瓢城以南长江以北的苏中一带，二师在皖东六合之间，三师系原八路军第五纵队，师长兼政治委员黄克诚，参谋长彭雄，政治部主任吴法宪，在瓢城、阜宁至陇海路一带……泰山庙建有三殿两厢：前殿曾被日军焚毁，正殿为新四军司令部作战室，后殿是藏经楼，东西厢房各三幢。同年 2 月 27 日的会场内，时时响起口号：

打倒反共顽固派！
为死难烈士报仇！
坚持团结反对内战！
保卫好串场河！
坚守盐阜大地！
……

日军集中江南的第十二旅团全部和第十五、十六师团各一个大队，辅以伪军李长江、杨中华等部共两万余人，兵分四路形成南北夹攻向盐阜区扑来。同时，几十架日机反复对瓢城狂轰滥炸，妄图把这块刚建立不久的抗日民主根据地扼杀在摇篮之中。新四军驻瓢城军部及华中局被迫紧急转离，暂时先跳出敌人的合击圈,迁往阜宁陈集的停翅港。为粉碎日伪军的阴谋,便于我军机动灵活地打击敌人,翌年新四军军部及华中局机关又被迫转移到盱眙县黄花塘。黄克诚所率新四军三师等继续留驻盐阜一带,在军部及华中局指挥下与敌军周旋。日伪军大规模的“扫荡”“清乡”后,原瓢城县被封锁分割成三大块。为便于对敌斗争和开展工作,苏北盐阜区党委根据中共华中局划县指示,决定将瓢城县划为三个片,串场河以东成立盐东行署,方强[①]为主任。

盐东行署因位于盛产淮盐的瓢城之东而得名盐东,地域略呈正方形,南起牛湾河,西接串场河,北至野潮洋,东濒黄海,总面积1200平方公里,人口约24万。紧接着几个月内,在柏家墩子宣布成立中共盐东县委、县抗日民主政府,办公地点在瓢城东门南洋岸老街。盐东建县后盐阜区党委就下了死命令,把掌控濒海重镇划船港作为根据地建设的重点,下决心从日、伪、顽、匪手里夺回这块风水宝地。

划船港原来是瓢城东门外一片滩涂湿地,因长年累月的潮汐作用,加之内洪泄海和海潮回流,自然形成了一块高地,面积逐步增扩到方圆二三十里,高出当地平均海拔一丈五尺有余。每当黄海潮水上涨时,周边滩涂湿地全部淹没与海面相平,从事近海及滩涂捕捞作业的人们,在滚滚海潮漕上来时,为避潮水舍远求近,就相互呼唤都赶到这块高地上躲命,待潮退了后再恢复生产。久而久之,常年在这沿海一带劳作的人们,就将这块避潮高地称为“救命墩子”。

后来,人们发现地势高爽的救命墩子西侧大洋河上,有条面朝东南向的自然港汊,所经流域有方圆数十里。每逢涨潮时就有许多小船儿从港汊子里划出来,绕着救命墩子周边送补给,再将空船装上鱼虾贝类,潮水退后统统又划进港汊口里,稍作休整就把一些新鲜海货,沿大洋河贩运到瓢城及范公堤以西乡下内地。年复一年地在这港汊划来划去,逐步就喊出了个港名,后来人们把港名也就称为地名——划船港。

实际上划船港最早只不过是个港汊小渔村,那时滩涂湿地上芦苇密布、蒿草丛生,獐、狼、狐狸、獾狗、野兔等遍地追逐奔跑,丹顶鹤、白天鹅、大雁、鸳鸯、野鸡、野鸭等,三四百种数以万计的候鸟到处飞翔。从瓢城西乡及启东、海门等地逃荒迁居而来的人们,插蒿为记,担泥筑墩,建棚修舍,栉风沐雨,筚路蓝缕,开荒垦殖。但后来由于滩涂湿地逐渐东移,启东、海门及瓢城西乡里来此居住

---

① 方强,原名袁文彬,上海青浦人,出生于1901年,抗战烈士。

垦殖的棉农及跑滩的农渔民越来越多，加之港口位置又处于大洋河中游偏下进出海上的交通要塞，不时有来往渔船、商船在此歇脚营生。历经十几代人的繁衍后，自然就形成一个盐、渔、商贸内河港口，集镇规模也愈来愈大。

划船港数百户人家，加上来此落脚的几百条渔商船，常住和临时居住人口约万余。看似有大小街巷六横九纵，外加大桥口的转盘街，共有立砖铺路面十三条街巷。其中，主街巷为顺港口东南与西北走向，宽约三丈有余，与大洋河成相对垂直，全用青石板和大城砖铺设。两侧店铺林立，鳞次栉比。有各种商号大小数十家，一些茶馆、酒楼、洋行、烟铺、赌场、妓院等等，大多为与“和平军”(伪)、“钢铁组”(土匪武装)勾结的黑势力所有。日寇来了后，他们又依仗小鬼子狐假虎威，作威作福。另外还有棉花商行、粮行、绸缎布庄、铁匠铺、竹匠铺、中药铺、网具店、银匠店及染坊、缝纫、酒馆、客栈、照相、浴室等，日用生活设施完备，商业服务网点一应俱全。二三百座小瓦旺(扁)砖、五柱落地的老式瓦房，看上去黑压压一片；另还有砖墙和土墙草苫房屋数百幢。原来热闹与繁华的划船港在敌人严密统治下，变得萧条、恐怖。

日、伪部队进驻划船港后，大肆修建军事防御设施。在位于繁华的港口东北方向二三里远集镇街道附近的交通枢纽处，筑了三座碉堡，据点内上方直撅撅地竖起炮楼，还配有关押“人犯”的水牢等。围着集镇周边挖了条十几丈宽的壕河直通划船港，随黄海潮涨潮落。壕河的内沿筑起一道土坝，堤上拦着铁丝网。碉堡和炮楼的选址以集镇原有建筑为依托，利用有利地形，形成高低火力互为犄角、相互支持的三足鼎立之势。在军事保护区域内，有较强的火力配置。

这天晚上，从碉堡里出来两个人，一个是陈霸川，另一个叫李木子。陈霸川看到日本人来了，就破罐子破摔又当上伪军。而他老婆鲤鱼精也不晓得是哪根筋搭错地方，“破畚箕”配上一把“坏扫帚”，竟然跟老色鬼送人命成天混在一起。“好事不出门，丑事传千里”，划船港街坊间传得沸沸扬扬。

两个人是放流动哨的。陈霸川安排李木子望风，自己躲在张氏染坊里看小说。后来溜达出封锁沟，接着又朝东北上一拐。陈霸川刚看过《三国演义》，心里还想着一些难忘的故事情节：“那刘备两耳垂肩，双手过膝，目能自顾其耳……”

李木子笆斗大的字不识两箩，肚子里却装满了故事，一提到个头他就有个尾，很快故事的闸门就打开。什么《薛刚反唐》《薛仁贵跨海征东》等等，真是一套又一套。他连打了几个哈欠伸着懒腰，也心不在焉地长叹一声念叨着：“这封锁沟东二三里远，就是孙猴子住的老孙巷了，可被烧得好惨啊！"

就在两个混蛋一唱一和的时候，突然对面站起一个人，端着日式三八大盖厉声喝道："不准动！举起手来，缴枪不杀！"

陈霸川愣站着没动，李木子"噗通"跪地，两人乖乖地被缴了械。陈霸川头一抬，看到是老相识三俊子和网簖子，感到非常的窝囊，眨眼拔腿就跑，三俊子追上去朝他屁股踹一脚。陈霸川跌个狗吃屎，爬起来说："手掌心被芦柴桩子戳了对过通，疼得直往心里钻。"

"装吧，量你小葱装不成蒜。"三俊子说罢哈哈大笑，"出的什么怂洋相？演得真蛮像的。"

第十三章

释俘虏放线从长计
风雪夜探听敌军情

孙广盛吩咐三傻子和网簏子注意划船港的动向，他们一连观察了好几天，发现有些伪军经常在外，然后就想出个设伏守株待兔的章程，果然有了收获。他们押着两个俘虏，来到大洋河边上。陈霸川和李木子一见到孙广盛从杨树后头走过来，立刻傻了眼，心里又惊又怕：孙猴子不是明明被烧死在老孙巷家里，怎么又复活了呢？

孙广盛严审了陈霸川和李木子，询问划船港集镇上的情况。两个人规规矩矩、毕恭毕敬地站着，如实作答。

其实，划船港乡中队刚拉起来的时候只是个无兵、无枪、无粮、无饷的空壳子队伍。孙广盛带领一趟人深入农渔民中，广泛宣传“国家兴亡、匹夫有责”的道理，与广大青壮年促膝谈心，动员他们投身革命参加民兵去抗日。很快，救命墩子、洋卯尖、港梢子、红顶大白鸟、洋桥口、雀子窝等村的青年人，纷纷参加了民兵组织，总算拉起几十人。民兵手里的家伙主要是袁（兆瑞）老大队伍里淘汰下来的五花八门的落脚货，有中正式、汉阳造，有三八大盖、盒子枪，还有大刀、长矛、鱼叉等，那最牛气的攻坚武器，竟然还是前清的抬枪。这种当年清政府和义和团用来对付八国联军的超级鸟枪，竟有十多支而且还长短不一，除了江南生产的，还有就是山西和陕西机器局制造的。

眼下感到最发愁的是如何潜入划船港。孙广盛默默地思索了一会儿，估计敌人如若发觉丢了这两个王八蛋，无疑要搜出点名堂来，这样会打草惊蛇。当前，日伪军对统治区核心区以外的情况还不够清楚，可说是比较麻痹，虽然划船港港区周边有许多暗哨加流动哨，但还是有隙可乘。孙广盛琢磨着，怎样处置这两个俘虏呢？只有放长线才能钓大鱼，眼光要看得远些，更要从长远利益出发。按县大队首长的指示办，宽大处理俘虏，瓦解敌人。他耐心地宣讲了新四军的优待俘虏政策，指明了在伪军里干没得出路。他旗帜鲜明地说，当伪军好比秋天的蚂蚱、冬末的冰块寿命，就在早晚，要求他们悔过自新。李木子颤抖着低下头，大半天不说话。陈霸川把头点得像捣蒜似的，打恭作揖认错，还拍着胸口表态："放心，决不食言，保证痛改前非。"

孙广盛果断地说："放你俩一马，不过得做点事情。"

"好好好，没问题，那是小菜一碟，手到擒来。"陈霸川见有条生路了，心中一阵窃喜，爽快地答复几个"好"字，那脖子上像安了弹簧，脑袋前后直晃悠。

"三天之内，搞个你们小队的名单，在东南方向的土地庙接头，具体日辰是最后一天的子时。"孙广盛严厉地交代着。

陈霸川满口答应："做这点小事情，那是'哑巴见妈妈——没话'，保证说话算数！要是失信，让我头顶生疮，脚底流脓，养个儿子没屁眼，下辈子转世投胎变成猪。"

其实，孙广盛并不完全相信他们会说话算数，只是想试探一下而已，如真的守信可利用的话，就想办法打进划船港去，再来个有心打无意，准备充分出击毫无防范的敌人。打打让小鬼子长长记性，晓得咱划船港民兵不好惹。孙广盛叫三俊子把枪还过去，先将他俩放了。

刚走不远，在一处小独木桥头子上，陈霸川心想：坛口封得住，人嘴没把握。便一把拽住李木子，一本正经地叮咛："此事天知地知，你知我知。一定要守口如瓶，千万不能泄露出去。是我迷恋看小说而闯的祸，要杀要剐由我一个人扛，对孙猴子的话也不要去当真。"

李木子胆怯地问："能行吗？"

陈霸川把手摆了摆："兵不厌诈。大不了就是掉脑袋嘛，碗大个疤。"

随着夜幕降临，天空渐渐布满乌云，呈现出铅灰般的黑，预示着将有一场大雪到来。

孙广盛带领部分民兵从板港子出发，隐蔽在划船港北侧的一处小树林里，准备进入集镇的核心区。三俊子与两个民兵蹲在划船港渡口东南角上监视两三天，陈霸川和李木子连个人毛（影子）也没露面。

"陈霸川这家伙反复无常，毫无信义。"三俊子气愤地骂道。不过倒是看到小牛曾去过土地庙，当时三俊子在那里放块砖头做记号，很快就被小牛发现了。

"君子一言,快马一鞭。"兄弟俩还遥控打个击掌的手势。孙广盛估计小牛有可能出来接应,决定今晚再去探探鬼子的情况。他们共计去十二三人,分成两个战斗小组,第一小组组长是三俊子,第二小组组长是英子。今晚活动能进一个是一个,如哪个小组暴露了,另一个小组就负责打援,也就是扰乱迷惑敌人,掩护战友们撤退。

子夜时分,老天下起鹅毛大雪,还刮着西北风,呛得人有点喘不过气来。大雪却给民兵们行动帮了大忙。三俊子带领的第一小组迂回到大洋河东岸,就伏在堆堤上窥视。风雪迷茫什么也看不清楚,他们不敢贸然进入街巷,趴在那里一动也不动。

这边孙广盛和英子的第二小组已顺利赶到土地庙。英子将拇指和食指撮住下嘴唇,向前拉长用力一吸气,打了个尖锐的忽哨(口技),不一会儿就与接应的小牛遇头。这是朱铁匠交待的任务,估计可能有人要进划船港集镇,天一黑就打发小徒弟动身,到土地庙附近去等候。

小牛见到孙广盛,惊恐得瞪大眼睛,一连后退了几步:"哎,五伯父,您还活着?"

孙广盛走上前,抚摸着他的小脑袋笑着说:"噢,那天是在宝贝地窖子里,躲下来的命!"

小牛着急地说:"快,过封锁沟吧。"

刚进入沟里的辰光,小牛就做出两臂一展的姿势:"趴下!"

大伙儿不敢怠慢,迅速顺着沟浜卧倒。真是遇巧不巧,恰在这个当口,伪军的六人流动哨从南边过来,走在前面的是个大块头,手里闪着手电筒光亮。几个伪军嫌沟堤上太滑,就擦着沟坎子外侧走,这样就很难看到沟子里的动静。

西北风夹着雪花犹如鹅毛般纷纷扬扬,滩涂湿地很快便银装素裹。迎面袭来的寒风冷雪,让人眼睛难睁嘴不好张,伪军个个都是耸肩缩脖子,小心翼翼地往前走,生怕脚头里踩不稳而滑倒。

小牛侧卧在雪上,把脑袋伸到五伯父的肩头,眨了眨眼睛轻声说:"看来他们提前行动了。主要是因天气太冷,着急想逛一趟早点回去。"

孙广盛掉过头急促地吩咐:"万一暴露了,就一起扑上去,争取抓个把活口。注意!好像已过来啦。"

几个伪军从沟外的青坎上走过,积雪被踩得"咯吱咯吱"作响。最后头的那家伙"噗通"一下摔了个跟头,帽子被一阵大风刮上沟坎,很快又滚进沟里。孙广盛心想：这下糟糕，敌人要过来捡帽子，看来一场战斗就在眼前。

伪军登上沟堤。孙广盛清楚地看到那家伙就像一根电线杆子戳在上头，他沉着而又迅速地拾起滚落到跟前的帽子，“嗖”地甩到沟堤上，正好落在伪军的脚前头。那小子随即弯腰捡起帽子，在膝盖上拍打了几下，幸灾乐祸地说：“噢，原来没刮到沟子里去。”等几个伪军走远，孙广盛这才松了口气。

英子小组的民兵跟着小牛一会儿钻过铁丝网，通过一条小巷子，走独木桥绕到了铁匠店。

“这样一来，不就成了钻进敌人肚子里的孙悟空了吗！”英子捣一下小牛做个鬼脸子，“咯咯咯”地笑着轻声说。

朱铁匠“叮叮当当”地在赶打扎枪，他老婆使劲地在拉风箱。熏得黑乎乎的墙壁洞里点一盏香油灯，照着两个人忙活的身影。孙广盛等民兵一进屋子，就有一股热气扑到大家的脸上，全身立刻暖和起来。

朱铁匠介绍了集镇上的情况，他说伪军的胡冠军部，也就是“皇协军”在镇上驻一个中队，中队长外号叫曹小头。地方伪警察部队王立友部驻一个大队，因这里是沿海内河对外贸易港口，大队长范德林人还不错。鬼子一零七联队驻一个中队，中队长是山甫大尉。常驻划船港的日伪警部队有三百三十余兵力，都分布在据点和炮楼、碉堡里。编内还有部队就下派驻扎在外围一线的大码头、盘湾子、卢公祠、小关子等临时据点（哨所）附近。送人命在集镇上耀武扬威，无恶不作，倚仗二蜡嘴的势力，连范德林和曹小头等有头有面的人都不放在眼里。仓公笑还是伪县长兼警备队长，二蜡嘴被提拔为警备队副队长。这个家伙很能玩手腕，与竹田接触日辰不长就被重用，实际上皇协军警备队的兵权就掌控在二蜡嘴手里。宋闯是二蜡嘴的得力干将，在宪兵队和警备队里当谍报队长，划船港周边百十里方圆，大小几十个自然村落，都有他安插的特工人员，情报也搞得比较准。二蜡嘴还给父亲送人命谋了个国民政府省参议的闲职，当上了小鬼子的维持会长，可送人命先是不想干，后来也挂起了牌子。民间有句俗语：牛角越长越弯，财主越大越贪。其实在送人命心里，还想当更大的地主。人心不足蛇吞象，贪心不足吃月亮。送人命恨不得脱下裤子把天都苫起来，将划船港及周边一带的土地都统统搞到手，朝思暮想让所有的人都给他当长工和佃户。送人命最怕共产党的“共产”。他已把村里的抗属和干部家属都抓起来关在学校里，上刑法逼迫交出亲人。另外，凡参加农救会的每户罚交一石五斗小麦，交不起的就把人带走。

“这阵子，乡亲们可受了黑头大罪啦！”朱铁匠装上袋烟叹口气说，“小鬼子、狗汉奸、伪军警和反动地主都伸手勒索老百姓，敲骨吸髓，名目繁多的苛捐杂税，让出海捕捞和从事海上运输的船只，航次结束了都不敢收船进港交易。”

朱铁匠带着渴求的声调又说：“大伙儿都盼着新四军早点回来！再这样下去，快逼得划船港的老百姓日子没法混下去了。”

灯光照着孙广盛钢板一样的脸，仇恨的波涛在心里激荡。他深沉地望着朱铁匠期待的面孔，说：“按县大队首长的指示精神，现在民兵组织又扩大了，活动得还比较理想，新四军一来就能配合大干一场！”

孙广盛正说着，街上传来一阵脚步声，随即门“笃笃笃”地响了几下。只听见有人对着门缝说：“是我，福禄！”

在外放哨的网箍子也忙着悄声说：“是贾二爷，快开门吧。”

朱铁匠把门一打开，贾福禄进来后就将屁股支到风箱头子上，然后对孙广盛说：“你可真是命大福大造化大呀！刚才网箍子在外边说了，我还有点不相信呢！”

贾福禄不知道孙广盛进了集镇，实际上他是心里有件事老睡不着觉，想来找朱铁匠商量。听朱铁匠还在“叮当叮当”地干活，就穿起衣服过来了。他对国民党的投降、汉奸的胡作非为、小鬼子的杀人放火都没放心上，使他费尽心思的是一家人如何在这荒乱中求生存。

说起贾福禄，确有一种能适应的本事。此人就像长在砖头缝里的杂草，冬天的枯萎是暂时现象，气候合适的时候便又长了出来。因参加农救会，送人命逼他交一石五斗小麦，他当时拿不出来急得团团转。后来找了颖川堂酒店掌柜陈鹤川，替他找送人命说情，小麦就免交了。但陈鹤川有个条件，要他秘密加入国民党，说国民党已同日本人谈和拉手，合作搞“曲线救国”。有朝一日，东洋人一走，天下还是国民党的。陈鹤川催他快点表个态，说：“过了这个村就没有那个店”，因此他怎么也睡不着。话不能说白了，在家已想好来与朱铁匠商量，可再一想如真的说出去，这事也许就要黄掉了。于是他想着打个擦边球，先问问能不能一人兼入两党。刚到铁匠店看到孙广盛，连想问跨党的事也不敢提了，就只好支支吾吾地说：“这个，这个……”贾福禄一时语塞，话到嘴边又收回头，显然这家伙十分刁滑，随即又编一段新词而蒙混过关：“陈鹤川想雇我去酒店，干个跑跑堂的差事，来跟朱大师傅合计一下。”

孙广盛急忙把话岔过去：“陈鹤川什么时候来的？”

贾福禄回答:“昨天上午。”

孙广盛接着又问:“专门来请你的吗?”

贾福禄略微迟疑一会儿,说:“不,是来找他七连襟的……噢,送人命现已当上维持会长嘞。”

“还谈了些什么? 说到城里的情况吗?”

“没说多少。噢,想起来了,听送人命发狠,要把关在学校里的几十个家属统统交给小鬼子宪兵队。”

“陈鹤川是怎么晓得的?”

“谍报队的人常到酒店去喝酒,也许是念叨时被听见了。”

第十四章

乡中队夜潜划船港
众家属得救出虎口

三傻子带的那个小组民兵也来了,走最后的是孙广盛六侄孙大兰芬,划船港老少都称他“小巨人”“大力士”,三十来岁大痴个子足有七尺,人高马大,臂力超群,散打一般人都不敢靠。他们小组的几个同志钻过铁丝网,沿着小路直接摸了进来,学校门口遇到两个暗哨,其中一个家伙刚要叫喊,大兰芬的匕首就飞过去,插进了他的咽喉,另一个见势不妙想拔腿逃跑,也被追上去三拳两脚就拿下。各路英豪一聚,听完三傻子的汇报,联系贾福禄所讲的一些情况,孙广盛首先想到的是被关禁的几十名乡亲们,如不及时营救出来,肯定是凶多吉少。孙广盛果断决定:救出这些命悬一线的同胞。既然谈不上强攻,那就只能来个智取,而且还要做到神不知鬼不觉,不然让敌人发现了,那就成“泥菩萨过河——自身难保”。由三傻子带领的小组,负责解救被囚押在学校里的革命家属,把他们立即营救出来。英子小组的民兵负责掩护打援。

孙广盛说:“人命关天。否则,交到宪兵队去性命就难保。这是乡中队的首战,第一枪一定要打在敌人的七寸上,出色地完成任务!”

大伙儿简单地开了个诸葛亮会,都认为暗哨刚已摸掉,又是在风雪交加的深夜,来个出其不意,成功还是有几成胜算的,必须马上行动。

三傻子和英子青梅竹马,早就有点儿意思。

“你来干什么?”三傻子脸上露出几分不快,率先打破两人的静默局面。

“为啥我就不能来?”英子眉毛一挑反问,继而颔首一笑。

“哎哟哟,还真不是时候!”

“干吗这样严肃,本姑娘正考虑如何打援呐!”英子先用近乎嘶哑颤抖的声音向他作了表白，接着就抡起一对粉拳，“咯咯咯”地在三俊子胸前擂个不停，“你坏，你坏！给你个‘护身符’，这个‘传家宝’绝对灵验。当年我家老太爷……就靠戴着才保住性命，要不姓卞的盐阜这支血脉早在清末就断了。”英子从怀里取出“日月”字样的长命锁，给三俊子戴在脖子上，说：“眨眼几十年了，沧海桑田人事皆非，老太爷早已作古，这‘传家宝’就落到本小姐手里。”忙于抗鬼子一段日辰分开，并没有让这对恋人距离变远，反而更加针不离线线不离针了。

“这把锁，不会是定情物或陪嫁吧！”三俊子微笑着坏坏地说。

“想得挺美！我倒要睁大眼睛好好挑挑，把幸福抓在自己手里，哪个瞎说我嫁给你哒?”英子嫣然一笑。

“不要嘴硬，划船港有谁不晓得，你把我做婆娘。前阵子，组织上派我进城把你找回，宋府里逼婚未成，正对我小三爷的心。脚下有哪个还敢要你，也就我吃点苦呗！”

“指望你去找，怕是黄花菜早凉了。讨厌，嘴一张就没得正经的。”

三俊子发呆地站着，宛如木头做的鸡样子。英子看着直往地上吐唾沫，几滴明晃晃的泪珠从脸上滚落下来：“你个大活人，又不是根木头，就不能对我好点嘛！本小姐这天把脑袋被驴踢了似的心情不好，逗你玩的不要不上腔。”说着就伸手去挠三俊子胳肢窝。一对情侣传出的嬉闹声，让徐树庭和网箍子等相视一笑离开了。

“说归说，笑归笑，动手动脚没家教……”

夜，已深了，天又作变飘起雪花。三俊子带领几个民兵上街，挨着墙根向南走。风渐渐小了，转眼间雪越下越大，集镇上静悄悄的。三俊子忽然想起带把扫帚，马上转移出来时不留尾巴，前头走后面把脚印扫了盖起来。刚到张百顺家院子门口，三俊子发现大门当中间裂条缝，接着就有个人伸出头来向外看。他贴上去细细望了一下：“噢，原来是主人张大伯。”

这个张百顺特别醒睡，他老觉得街上好像有人在走动，担心“二鬼子”再把他家大肥猪弄走，便穿上棉袄悄悄扒着门缝听动静，正巧刚伸出头脸，就与门外的三俊子对上了面，不觉悚然一惊。

三俊子怕他恐慌而声张叫喊，急忙靠近小声说：“张大伯，我是三俊子，请借把大扫帚给我。”

张百顺也已认出对方是三俊子，手里拎着大枪，后面还跟着几个背枪的。他不清楚这些人是干什么去，然而也不想细问，多晓得一件事情就又多添一分心思。常言道:福莫福于少事,祸莫祸于多心。他突然缩回脑袋,“噗通”一下关上门,并插好门闩子。

三俊子站在外面扣起门环,接着又“咚咚咚”地敲上一阵子门仍没开。三俊子只好作罢,刚走几步突然从墙头上飞过来一把大扫帚。三俊子捡到手里,自言自语:“哎,这就对了嘛!”

一行人来到划船港学校,这是一所由省参议员陈汉川独资创办的高级小学。学校门前的大柱子上写着陶渊明的名句:

勤学如春起之苗　不见其增　日有所长
辍学如磨刀之石　不见其损　日有所亏

众家属都被关在东侧一间大教室里,门上吊着一把大铜锁。三俊子摸着后脑勺焦急地问:“大力士,你有啥章程?”

大兰芬半捏起右拳头,往手掌心里吹了口气,接着抓住那锁头猛力一拧,只听“咔嘣”一声,锁栓断了门被打开。

“快,快,快点跑!”

三四十个受苦受难的革命家属,兴奋而紧张地涌出门。大兰芬按原定路线带领大家撤离,三俊子断后监视敌人,并扫去刚踩过的雪脚印。

风雪已停,东方就露出鱼肚白。三俊子刚出街头不远,突然发现左边有个伪军,他立即扔掉大扫帚蹲下来。接着右边又传来脚步声,转身刚好站起来,那伪军就对面将他一把搂住。这两个放流动哨的伪军,一个是躲在草堆洞里取暖,另一个刚从常德包子店里出来。抱住三俊子的那家伙也是大块头。三俊子大个头遇上大块头,两人挣脱着谁也撂不倒谁,活像春上划船港里一对小鲤鱼“咬汛”似的,紧盯着不肯松。三俊子刚准备把枪口拐过来,但无法扣扳机。这时,左边那个伪军又上来了,他掩到大块头身后,端着大枪向三俊子瞄了瞄。三俊子见势不妙,立即收住身子向下一埋,再将脑袋用力顶住大块头下巴。这样,后面的伪军如若开枪,必将是两人同归于尽。伪军不知三俊子究竟是想干什么?枪瞄了瞄又放下。大块头死命缠住三俊子胳膀,三俊子使出全身力气,猛地抽出右手将匕首捅进他的胸口,只听大块头痛得连哼几声松了手,一股热乎乎血腥味直冲鼻子。顿时,真是“芝麻掉进针鼻子里——凑巧了”,正好另一个伪军对上枪口,三俊子紧扣扳机,“砰——”那伪军被击中要害应声倒地。三俊子贴着小河边直向西飞跑。这样，敌人若是再追过来，就把其引到大洋河边上去，好让大兰芬和众家属安全转移。

孙广盛这边指挥英子小组在街上展开外围掩护，估计三俊子和乡亲们已走远，又传来一声枪响，便决定马上撤退。他们刚准备离开街中心的大桥口，不料鲤鱼精从东边过来。孙广盛一看躲闪已来不及，索性就原地等候。

鲤鱼精穿高跟皮鞋，扭着大屁股，一看面前是孙广盛，突然大叫起来："鬼！僵尸鬼！"

英子上前用拳头杵了她一下："大惊小怪的，你才僵尸鬼呢！"

"我不是僵尸鬼，到鬼门关里兜一圈又回来了。你到哪里去？"孙广盛严厉地问。

鲤鱼精声音哆嗦着："到……到炮楼里去……替他们洗衣裳。"

这时，炮楼上伪军吵吵嚷嚷地下来了。中队长曹小头虚张声势地瞎咋呼："刚才是谁打枪的？你们站在街上干什么？闪开，快给我滚！别在这里给老子添乱！"

孙广盛怕鲤鱼精坏事，叫网簖子和徐树庭架着走，她死猪似的赖着不依。眼看敌人越来越近，民兵们只好扔下鲤鱼精，钻进小巷子奔向土地庙，但再仔细一看，那里围了许多敌人。天已快亮了，孙广盛和英子等在街上却无法动步。

黎明后，天空依然阴沉沉。划船港集镇及周边大小自然村庄，到处都覆盖着皑皑白雪。大地像捂了床巨大的棉被，真的跟睡着了一样沉静。

早饭过后，山甫中队长下令，鬼子和伪军挨门逐户搜查，连只苍蝇都不让飞掉，可没有发现任何线索。

"这个大大的不可能！一个被烧死了的人，咋还能出来？简直太让皇军的匪夷所思。"鬼子小队长松坂说。

"中队长阁下，请恕属下直言，此孙猴子可能并非孙广盛，中国人同名同姓的太多，这里孙姓又是划船港的大家族，很可能是两个人，同姓同名不同人而已。"伪军中队长曹小头对山甫说。

"希望最好的不是如此，但曹君你的想过没有，一个孙猴子就凭单枪匹马，已把皇军大大的闹得够呛，现若再冒出一个来，哪还得了！"山甫也有点怀疑孙广盛一行现已不在集镇上了，站在旁边的鲤鱼精愿拿脑袋作保。

送人命也根本不相信孙猴子还真的活着，便叫黄阿黄带上几个伪军，去老孙巷找找看被烧的房子处，究竟有没有个地窖子，才能确定孙广盛是否被烧死。

其实，那把大火烧过后，山甫手下的松坂小队长便捋着仁丹胡子讪笑起来，打算去把孙猴子尸体扛回去，剔骨挖心解剖一下看看到底长了几个胆。当时，海边陡然刮来一阵旋风，腾起的草木灰呛得小鬼子眼睛睁不开脚也站不稳，一个个都吓得直打寒战。“不好！死鬼孙猴子显灵了！”只听带路的突然惊叫起来，吓得一帮日伪军慌不择路，兔子样地溜回了炮楼。

近来，山甫知道各村都已有秘密的民兵小队，划船港乡还有个民兵中队，却未想到孙猴子竟然又躲过大日本皇军的劫杀，现在还好好地活着。死而复生的孙猴子带着民兵，一露面就显得非常厉害。他在电话里向上谎报军情，以掩饰自己的追捕不力，上级批评山甫太无能，他却说不是皇军的无能，而是划船港孙猴子太狡猾。竹田怒气冲冲地下令，就是把划船港翻个底朝天，也要将这些农民军查出来。山甫感到十分为难，急得两袖直撸。与此同时，从北边合兴镇方向，开往龙王庙的一个整编日本陆军大队途经划船港休整。山甫只好先搁下搜查，又忙着去搞接待应酬了。

鬼子兵一个个都矮冬瓜似的，比三八大盖高不了多少，而且还像罗圈腿开会，走路都是外弯腿。他们在划船港街上恣行无忌，胡作非为，闹得人心惶惶，鸡飞狗跳。有的骑着大洋马，在街上兜圈子遛着玩，有的把皮鞭子乱抽在老人脸上，有的将刺刀伸进小孩嘴里，还有的用大皮靴和枪托子到处乱踢乱砸，老百姓家里东西被破坏得一片狼藉。后来，几个小鬼子玩累了，将一匹枣红马拴在张百顺家的窗户框上。

下巴处长一绺长胡须的张百顺，和老婆冷冰冰地坐在床上，守护着十来岁的二儿子。张百顺叫小狗蛋装着生病，蒙头盖脸的捂上大被子，床头的箱柜子上摆着一只粗瓷二碗，里面盛了小半碗水，中间担着三根红筷子。这是一种老人传下来的迷信做法叫“站水碗”，表明病人小狗蛋儿碰上了“撞客”，刚刚“站水碗”才结束。张百顺把一条腿子伸在被窝里，用脚指头去勾狗蛋儿，提醒他如有小鬼子进来，就装着呻吟得更凶，一个劲“哎呀妈哎”地喊叫。一扭脸张百顺发现窗外有马头的影子，马蹄子在“咚咚”地蹴着地面，屁股底下的四腿床好像都有些震动。他最害怕小鬼子一脚跨到家里，果然真的有两个端着大枪闯进来。

小鬼子看到屋里四壁皆空，扫兴地摇了摇头。张百顺家的东西都已藏起来了，看上去只有一口大水缸。再说这小鬼子也真能找，从灶膛门口一堆麦秆草里拎出小瓦罐，忙着揭开盖子一看，是种剩下的元麦种子，再伸手向下抄一把，里面还埋着五只绿皮鸭蛋。实话说，比起以前一次被拎跑包袱，一次被抢走那副银镯，一次被揹住他老婆当花姑娘，这次就算庆幸了。

张百顺小声地安慰老婆，说："莫心疼，把脸转过去。这帮人都是些狗性，万一把他惹毛，狗脸翻了认不得人，也许刺刀还能捅到你胸口里。"

两个小鬼子"呜里哇啦"地说了几句谁也听不懂的话，然后拎着小罐子高高兴兴地出去了。

院子里突然出现一阵嘈杂声，猪圈里的一头大肥猪也"哼哧、哼哧"地发出惊叫。

"不得了，小鬼子逮猪子！"张百顺如同火烧屁股，一骨碌地下床，趿着鞋子跑了出去。那是准备给老婆过五十岁生日办酒席的一头大肥猪，就这样眼睁睁地被日伪军牵去，他怒火中烧地捶着胸脯子又不敢发作。头一掉，看到拴在窗户框上那匹大洋马正嚼着元麦种子，便蓦然闪出一个念头，大步返回家中，从墙洞子里取出在海神庙集市上买的老鼠药，先用嘴吹了吹，而后又掸掸草纸包子上厚厚的灰尘，顺手揣进了怀里。

在划船港集镇上，年纪大点的人都了解张百顺。这比上不足比下有余的庄户人家，一般情况下不惹事，只想平平安安地过日子。可是小鬼子来了，使他卷入到斗争的风雨中。那鬼子你不去同他斗，他却要来找你麻烦！

这下子张百顺要斗争了，然而他还没有急于下手，因为心里慌得很。那个小鬼子背倚着门框，从怀里掏出便携式三孔小陶笛，欢快而有节奏地吹起来，脚尖子还在地上不停一翘一翘像打拍子似的，并一个劲向张百顺溜着毛眼。惶惶不知所措的张百顺，下意识地出门挑水去了。

第十五章

张百顺怒毒东洋马
小英子手刃鬼子兵

街上寒风刺骨，小鬼子来来往往，存心制造紧张气氛来吓唬划船港老百姓。张百顺怀里揣着老鼠药，扶在扁担上的手不知不觉地哆嗦起来。走着走着，他一眼看到柏大喜也挑副水桶担子出了宋府，后面跟着个小鬼子一同朝井台子方向走去。

井台子北侧有堵纸扇形挡风墙，背面堆了老高的积雪。柏大喜到井台子旁边，动作慢吞吞的，又故意把水筲子掉进井里。小鬼子有点要发火了，“叽里哇啦”地嚷个不停，急得像种马，逼住柏大喜给他找花姑娘。

柏大喜脑子一转，向小鬼子打个手势，把他引到井台子上来，意思是说挑了这担水过后，帮你去找花姑娘。井台子上结一层厚厚的冰，稍微不注意便会滑跌倒，柏大喜佯装着勾住水桶而使不上劲，让小鬼子前去搭一把。因急于要找花姑娘，就傻乎乎地伸出手去，柏大喜一把抓住他手腕用力向后一拽，小鬼子就头朝底脚向上地栽入井里。

张百顺看得一清二楚，吓得心里“噗通噗通”直跳，一连吸了好几口冷风，转过身子回家去了。

路过吉三侉子家的屋后头，看到刚过门（结婚）才几朝（天）的小儿媳正拔草准备往回抱，突然被几个小鬼子发现了，那群禽兽看到漂亮少妇，就像狼见到小羊一样，都眼睛发亮一窝蜂地围上去，在草堆洞里剥光她衣裳，轮番着像癞蛤蟆似的，掬住了一个劲地蹂躏……

“畜生，臭流氓，猪狗不如！”吉家小儿媳菊香流着眼泪，伤心地愤愤骂了一阵，有气无力地赤身躺在穰草堆子旁，眼看着这群牲口“叽里哇啦”，一个个提着裤子离去。

一只芦花色老母鸡,“嘎嘎嘎”地叫着从张百顺脚后跟绕过。隔壁邻居秦大奶奶端着半瓢玉米从屋里出来,站在门前边扬手撒玉米边唤鸡:“搠搠搠搠,搠搠搠搠……”

有个小鬼子在后头赶过来。其实这些家伙都是逮鸡能手,追上去一把抓住老母鸡,熟练地把两只翅膀交叉往起一别,鸡就走不动也飞不了。小鬼子把鸡子扔到六合(人力)车上,又钻进西边另一家院门。车上已堆了许多鸡鸭鹅,其中也有张百顺家的五只,最显眼的是那只大红袍花公鸡。张百顺越看心里越疼:猪子和鸡子都完了。他头一掉又发现小牛,从六合车旁钻出来,下巴在肩膀头上蹭了蹭,左瞟瞟右看看,动作麻利地将车上所有鸡鸭鹅,都统统放开翅膀逃之夭夭。小牛身子一旋,又溜进巷子里。

小孩子也敢跟鬼子斗,真是太了不起啦！张百顺很快明白个道理:对恶徒唯一的办法就是进行斗争！他挑着水桶担子走一路看一路,简直让人眼睛都不能睁,怒火窝了一肚子,三步并两步走,两步并一步跨地回到家里,再一看吹陶笛的小鬼子不见了,便从怀里掏出草纸包的老鼠药,撒到元麦种上又稍微拌拌,鼻子里哼了一下:你抢了我家的猪,我药死你的马！

大洋马依旧细嚼得津津有味。

其实,孙广盛带领的一群民兵,此时还躲藏在划船港集镇上。

划船港街上房屋布局不够规范,能够藏人的地方很多。刚调防的一些伪军,也认不出那么多常住人口,所谓搜查只能是看户簿对人头。英子进了朱铁匠家的山芋窖子,另几个民兵就躲到杨家布店里扮成伙计,二十多岁就满脸胡子拉碴的徐树庭,显得比谁都沉着,大摇大摆地绕到西街,拾起三傻子扔掉的那把秃桩子(用旧)大扫帚假装扫雪,扫着扫着就钻进洪家的草堆里。

孙广盛想找个既能藏身又能观察瞭望的地方,朱铁匠说贾福禄家的小阁楼,上头有个天窗比较合适。他给孙广盛准备了一顶鸭舌帽、一条大围巾、一件清(穰草)灰染的长衫袍子,装扮成一身江湖气的生意人,以便溜到贾福禄家去。孙广盛把孙海光送的小手枪掖在怀里,急忙往门外走时陈霸川忽然推门进屋。孙广盛就索性坐在小木头墩子上,“呼噜呼噜”地拉起大风箱,朱铁匠用尖嘴钳子在炉火中搛出烧得通红的铁块子,放在砧子上一个劲地敲打。

陈霸川大大咧咧地双手叉腰板着脸,说:“铁匠,查户口啦。婆娘喃?”

朱铁匠淡然地说:“在西房间里呐。”

陈霸川嘴一撅，朝着孙广盛的背影，问："这是谁啊？在炉子旁还捂条大围巾，难道不嫌热吗？"

朱铁匠说："是我大表侄子，他患了重伤风。"

陈霸川走到孙广盛的身后："对不起，上峰有令，生人都得到炮楼里去一趟。"

朱铁匠拎着滚烫的大嘴钳子，一步一步地靠近陈霸川，一本正经地小声说："我这几天活挺忙，你高高手就过去了。"

陈霸川看着此人老是低头拉风箱，好像没有什么反应，很快便产生疑心："让我来看看，到底是谁？"

朱铁匠拿着那滚烫跟蟹螯样的大钳子，紧紧对着陈霸川的胳膊，他想转身扳孙广盛肩膀，这下动不起来了。"谁啊？一个土头（地方）上的人，低头不见抬头见。霸川，俗话说得好，两座山不碰头，两个人随时都有走碰头的机会。今天就请你让条路。"

陈霸川咧了咧嘴，紧皱起眉头，问："哪他究竟是谁？"

孙广盛霍地一下站起来，转身把枪口杵住陈霸川胸膛："谁呀？是我！"

陈霸川惊呆了，眼珠子一转，想到上次当俘虏欺骗过孙广盛，这回恐怕不会饶。他张开簸箕大嘴，吓得差点说不出话来。

这时，几个伪军在街上喊陈霸川，脚步声由远而近。陈霸川觉得有救了，惊恐而绷紧的神经顿时松开。当看到孙广盛那利剑似的目光时，又不觉浑身一抖。陈霸川结巴着说："不，不碍事，你曾放过我一回，今天我也放你一马，你仁我义，礼尚往来……"

五六个伪军刚踢开门进屋，陈霸川慌忙上前拦住并嚷道："收队！我刚查过了，没事。走吧，走吧，快走吧！"

陈霸川随几个伪军走了。

自合兴镇方向开来的那个大队鬼子，一进入划船港集镇这帮伪军就有意地躲了起来，因日军总是看不起伪军，但又经常抓他们打白差。孙广盛担心陈霸川坏事，等他走后就赶快去贾福禄家，隐蔽在那小阁楼上，从天窗细细观察集镇上的动静。

送人命他老爹留学日本时找了个当地女人，后来还未回国，就生下现人眼的混血杂种儿子，难怪送人命长得像陀陀，横看竖看都跟小日本差不多。

前一阵子，当送人命一听说娘家人来了，他就慷慨地献出十万大洋，第一个当上了狗汉奸，做起小鬼子的维持会长。

“日本人是贵客，要当祖宗一样供着……”送人命马上放下吊桥，率领七八十个武装家丁“洋枪队”、八九个大小老婆及账房先生、丫鬟、厨子、伙夫、老妈子等，举着一面“旭日”旗子，到墩子边上迎候鬼子。

贾福禄怕得也躲到山芋窖子里。孙广盛想弄个清楚这次来划船港一千多鬼子的行动目的。据小牛报告：大部分鬼子都歇在学校及宋府里，正忙着买菜煮饭，好像暂时还不想走。小牛又说：“一个小鬼子在隔壁茅厕上被砸死，还有个扛机关枪的鬼子刚在草堆旁屙屎，徐树庭把扎枪从背后捅了进去，扛起那歪把子机枪就跑，很快转移到老孙巷你家被鬼子烧掉后又盖起来的茅草丁头屋。”

孙广盛有些焦急，考虑不能光靠老百姓自发打鬼子，得赶紧摸清敌人的意图，这样也好领导大伙儿有组织地投入战斗。再说，孙海光亲授乡中队的队旗，也急需用小鬼子的血来祭祭。他要去找徐树庭商量对策，朱铁匠担心安全问题，坚决不同意他出去。孙广盛思考了一下，说：“我就顺着这条街后巷向前走。因每家每户的房前屋后都有树木、草堆和猪圈、茅厕，万一有情况好躲，更容易溜。”孙广盛问英子和另几个民兵是否安全，小牛却直摇头。

其实，英子此时就躲在山芋窖子里，一片漆黑好像隔绝了世界。她估计现在已近中午，对于外面的情况无法猜测，急得浑身不自在。她曾几次试着想出地窖子，可口上盖的木板处压着大水缸，用脑袋怎么也顶不动。她先气得想哭，再细考虑自己是一位民兵，流汗流血不能流泪，掉皮掉肉也决不掉队。后来就拼命地喊：“小牛——小牛！朱师傅——朱铁匠！”

觉得上面的大水缸有动静，接着就有人掀动木板透进一缕阳光，英子侧耳听着。“嘘——注意莫出声！”原来是小牛在头上轻声说。她恼气地叫小牛快把地窖上的木板盖子揭开，英子两手一撑蹿了上来。小牛忙摁了下她肩膀，说：“姐，村里有许多鬼子，密密麻麻的数不清！”

英子白了一眼，伸出手指在小牛额头上轻点几下，说：“你啊，又想来吓唬姐了！”

小牛冷着脸“嘿嘿”一笑，说：“绝对是真的，撒谎叫我肚子疼，骗你是小狗。”

英子忙问还有什么情况，小牛把所看到的，还有五伯父的相关行动一五一十地简述一遍。英子二话没说，趿着厚厚的积雪向茅草丁头屋奔去。她要赶到那儿找孙广盛，小牛见实在拦不住，也就只好自个儿回海神庙。

矮个头的小鬼子从巷子里往外跑，一眼就看到了英子，不要命地追赶着喊：

“花姑娘的有，花姑娘……”英子越过围墙朝南边一拐，到直向东的三岔路口溜进了茅草丁头屋。那鬼子肩上扛着大枪，踉踉跄跄地追在后边，一头也直接闯进门。

这时装扮成商人的孙广盛一转身，将手枪顶住了小鬼子太阳穴。徐树庭突然站起来，端着刚缴的歪把子机枪，脸上充满着杀气。一进屋掩在门后头的英子，顺手操起一把闪亮的大洋刀。最让小鬼子害怕的，是朱铁匠脚下正踩住个鬼子小军官的颈脖子。

朱铁匠脚踩的是个鬼子少尉。这家伙刚才在街上拦住孙广盛，说时迟那时快，孙广盛健步如飞地冲上去，一下子就勒住他的脖颈，胳膊弯子往里一夹，跟夹死狗一样把他拖住。朱铁匠上去抓住鬼子的腰带，两人连拖带拽地就把那少尉鬼子弄到这里，刚卸下指挥刀、王八盒子手枪和子弹盒等，英子就一头闯了进来，后面还跟着个小鬼子。

看上去，这家伙仰脸缩脖，眉毛成个八字形，目光呆滞在不停地喘气，刚一进门看见地上的鬼子，“啊”地一声扔下大枪就想逃跑。英子手起一刀，那小鬼子眨眼之间就被结果。

孙广盛叫几个民兵，迅速将两具鬼子尸体埋藏起来，再把地面上的血迹用灶膛里草木灰覆盖。这时，隐蔽在海神庙里的民兵也都往街上赶，孙广盛同大伙儿商量，一致认为这几个鬼子不知不觉突然从人间蒸发，敌人马上会查找原因或进行拼命报复，应设法先把小鬼子引开去。最后孙广盛决定，带一个小组从东南方向往外突围，故意暴露行动目标诱敌出镇。可方案商量好了后，突然敌人又吹起哨子。很快，小牛对着门缝向里喊：“小鬼子集合啦！”说完一溜烟地跑了。

第十六章

朱铁匠劝导小地主
扒财鬼操刀剥马皮

孙广盛估计鬼子可能要下毒手，得赶紧做好应对准备。他手一挥喊了声："赶快走！"随后民兵就跟着很快越过几道街巷，鱼贯地转移到大草垛后头。

当孙广盛再观察寻找新的袭击目标时，小牛从街上大摇大摆地挥着手，喊："小鬼子又滚蛋啦！这下子都走得光光的！"

大队人马的日军真走了，炮楼里鬼子和伪军也不敢出来。孙广盛领着大伙儿边撤离，心里边纳闷：奇怪了！敌人怎么吃了个哑巴亏，一点动静也没有就走了呢？

原来，狡猾的竹田大佐得到划船港炮楼的报告，不但没有急于发火，反而下令将休整的部队，全部撤出划船港向龙王庙开进，同时还令山甫大尉把他的人马都统统集中到炮楼里，不要与当地老百姓接触。

二蜡嘴主动请战，乘势"整肃"一下划船港，竹田把头摇得像个拨浪鼓："慢，着急的不得。"叫他休整好部队随时待命，二蜡嘴也一下子摸不清竹田葫芦里到底卖的什么药，便挠着后脑勺离开了。

鬼子开往龙王庙，孙广盛趁热打铁，时不我待地带领队伍赶到海边滩涂湿地上，搞起民兵整组和集训。孙海光指示县武装大队，专门派去浦云岚、傅彪等参谋干事和军训教员协助。

划船港又出现往日少有的平静。

集镇上居民百姓起初疑惑不解，后来慢慢地都明白，连送人命也躲到炮楼里去了。"估计是敌人害怕，才龟缩到炮楼里不敢出来。"于是，人们便放心大胆地走出家门，以大桥口北侧的转盘街为中心，围了一圈又一圈地议论着。有人说看见过孙大侠带着一群民兵又回来了，可这种说法让大伙儿都有点不敢相信。但一提到孙广盛，又引起人们的怀念，很快就笼罩在一种悲愤的气氛之中。

“真是五伯父！”寂静中小牛突然大声说，“我亲眼所见，还有三俊子哥和英子姐。”

人们不约而同地将目光落到小牛身上。噢，简直让大家都认不出来了！他头戴钢盔，脖子上吊着望远镜，腰间扎住一根皮带子，右边挂了子弹盒，左边还挎把指挥刀，一只手就按住柄子，爬到大转盘的石柱子上，瞪着一双发亮的小眼睛环视。看到这些全副日式装备后，乡亲们也不得不认为小家伙的话可能不假，说明他同孙广盛肯定有联系，不然这些家伙是从哪里弄来？

小牛还想跟大家讲些更精彩的场面，被师傅朱铁匠一把拉住膀子，责备说：“你这孩子，哪里热闹哪处就有你，快回到店里去吧，把这些东西赶紧拿下来先藏好，要是让小鬼子看到还不把你给挑了，帮你师母生炉子去！”

小牛跑了。朱铁匠慢慢地抬起头，在人群中看了一眼，用肯定的口气提醒说：“依我看敌人是不会死心的，早晚得要来报复。大家都先回去吧，把东西藏藏好，人都围在这里容易惹是生非。”

大伙儿觉得这话有道理，都先后各奔东西地散了。

朱铁匠沿着街上店铺门前的路朝回走，快到那棵大白果树时，只听有人轻声喊：“铁匠大师傅！”

朱铁匠抬头一看，院墙里露出半个脑袋，戴着顶瓜皮帽子，两只深陷的眼睛，在墙头上积雪映照下射出明亮的光。

“噢，是富贵大先生啊，有事吗？”朱铁匠问。

“哎，你过来嘿。”蒋富贵话音刚落，就赶紧又把脑袋缩回头。

朱铁匠走到大门口，就被蒋富贵拉进院子蹲在墙根脚下，蒋富贵忧心忡忡地问：“你们那个‘统一战线’，还搞不搞啦？”

朱铁匠感到有点惊奇：“搞啊！共产党的政策一直没变，谁说不搞了呢？”

“嗯，我也是这么想。听说孙大侠又回来啦？”

朱铁匠点点头，说：“不错，回来了。孙广盛叫我给大先生带个口信，共产党的抗鬼子政策雷打不动，坚决执行《抗日救国十大纲领》。”接着，他又直截了当地说，“那边也许再拉，你可不能动摇啊！”

“不管用什么手段，灌再多的‘迷魂汤’，蒋某人都不会理睬。我可比不上宋大会长，人家拔根汗毛比我腰还粗，儿子又替皇军当官（皇协军），父子俩一文一武有权有势有威风。哎，有权能推泰山转，有势能让星变月啊！在划船港这么轻轻地脚一跺，树叶子地上要掉落一层，而我算得上哪根葱啊？不配！”

“好哇！有大先生这话就行了。”朱铁匠说。

蒋富贵出身书香世家。他祖父是晚清秀才，正当踌躇满志想考个一官半职的当儿，封建科举制度宣告结束了。蒋富贵的祖父受到极大刺激，从此卧病在床，没捱过半年就不治而终。蒋富贵的父亲也是满腹经纶。而蒋富贵这个地主，清瘦高挑的个儿，棉袍大褂外束条腰带，戴着一副金丝眼镜，有点老学究味道。他各方面虽然比不上送人命，但在方圆百十里内外也算得上是个小绅士。他熟读四书五经，说起话来文绉绉的，在划船港可称得上是个一肚子学问的文化人，十里八庄的都称呼他“大先生”。但他对自己所谓的“学问”，跟钱财一样从来不外露，一贯都是蹋背行事，即使做件新衣服也都习惯地穿在里面，常年胡子拉碴，抄手弓腰装着一副过不去的样子。

当然，天下乌鸦一般黑。世上没有善良的地主，蒋富贵也不例外。他对长工同样心狠和刻薄，常用发霉的玉米和变质的小麦给长工们磨了当主食，每天只让吃两顿。更令人费解的是他把一个钱看成磨子大，对家人也非常吝啬。他生了七男三女，闺女加上大小老婆，七八个女人只买两把梳子合用。每天早晨，女人们头发乱得像喜鹊窝，都争先恐后嚷着要梳头，东房里跑到西房里串着用。一面还叫喊着：“梳子喃？哪里去了？是谁个烂手爪子摞的？”有时大小姐妹们就相互指责，甚至还能顶撞上几句，然而都不敢在蒋富贵面前流露出半点不满，因她们深深地懂得，这个一家之主所想的，就是省点钱再多买块田，发财、发财、再发财。

“七七”卢沟桥事变以前，蒋富贵听人说共产党要“共产”了，真是怕得要命，恨得要死。同时，他看到国民党军队欺压百姓，到处敲诈勒索，有的当汉奸走狗，有的还投降了小日本，也气得咬牙切齿，心想好端端个泱泱大国，就这样没得希望，自己也发不了大财。后来，新四军到划船港。耳听为虚，眼见为实，他就逐步打消了对共产党的怀疑和恐惧。经孙广盛的多次说服教育，给他讲抗日民族统一战线的道理，他又相信了共产党的政策，愿在共产党的领导下一起抗鬼子。划船港被日寇占领之后，送人命以蒋富贵跟共产党搞统战为借口，讹了他三石小麦和一石玉米，还发狠要把蒋家长得亭亭玉立的几个闺女，捆起来送到炮楼里去犒劳皇军，或逼她们去城里军官俱乐部接客，当那种“两日元放一炮”的万人骑军妓，这下把蒋富贵吓得半死。于是，想起“闺女大了不宜留，留在家中添忧愁”这句老话。他觉得新四军刚来又走了，眼下日本人正当旺(盛)，为了保住自家的钱财和平安，便跟送人命又认了软，开始往那边靠着点。可现在听说孙广盛没死，而且又重返划船港，杀了许多小鬼子，感到共产党还是有点优势。经一番苦思冥想，他这个滚屋脊子的角色，哪边势力大就向哪边倒，终于认为不搞统战恐怕是没出路。

蒋富贵低头寻思片刻，用坚定的语气说：“铁匠大师傅，请你告诉大侠乡长，就说他们再拉拢，我死也不会过去，蒋某要做个有点良心的中国人。”

朱铁匠拿鼓励的目光望着，点了点头说：“大先生，你这就对了。俗话说，千只猪肘子往里弯，人的胳膊怎么能往外拐呢！”

海边上刮来一阵风，吹得墙头上积雪纷纷扬扬，他俩的帽子和肩膀上也落了一层。蒋富贵歪着脑袋竖起手，把掉进颈项脖子里的雪往外捏，有点担忧地嗫嚅着嘴，说：“哪——他们若仗势日本人欺负我咋办?”朱铁匠顺手替他拍掉肩上的雪，说：“水大漫不过船，手大遮不住天。莫害怕，有共产党还有划船港孙大侠呢。日本人就像三月里的桃花，红不了几天。你晓得吗，孙广盛的队伍是配合新四军，打的沿海滩涂湿地游击战，让小鬼子一点办法也没得。再说日本人是水上浮萍，哪能靠得住啊！”

锅不打不漏，话不说不透。朱、蒋二人就站着唠叨好大一阵子，愉快地谈了许多话题。黄昏时分，街上依然很冷清，炮楼里的敌人没有任何动静，居民百姓也很少出门，似乎都准备休息了。

一眼望去，唯有“扒财鬼”张百顺还在街边自家院子前，操起剔羊刀猫腰在忙碌着剥马皮。

东方滩涂湿地上升起一轮明月，洒下了一片清幽的光，月亮和地上的白雪相互映照，一切都看得清清楚楚。西北风还在“呼呼”地吹个不停，张百顺不断地停下来，用嘴里的热气哈哈手，又挺了挺肚子直直腰继续干。

“顺哥，你家这下子发财啦?”

这声音一听就知道是贾福禄。他一直觉得张百顺近年把小日子挺富足，划船港街上独家渔网生意做得也蛮顺当的，人们都称他为“顺哥”。

张百顺掉过头瞥了一眼，愤然地说：“小鬼子赶走我家猪，老子就剥了他们的马。”

说起张百顺剥马皮也有一番思想斗争，最大顾虑就是怕鬼子认准马是他害的，可现在把马皮和马肉白扔掉也实在太可惜，况且自家又丢了一头大肥猪。

他自己也有个小九九，若用马来抵猪并不吃亏。他反复思考了一会：马是死在街上的，我公开地去收拾，人们顶多说我贪点小便宜，不会引起别的什么怀疑，于是，就咬咬牙壮了这个胆。

贾福禄靠近点，用膝盖碰了碰张百顺的胳膊肘，刁滑地噘了噘嘴，言下之意这马是你害的。

张百顺仰着脖子瞪起眼，一本正经地板着脸，说："可不能瞎嚼舌头根子，你个杀千刀的。"

贾福禄笑着蹲下，贴住顺哥的耳朵小声说："皮我不想，肉得给我一只后膀。"

张百顺侧目斜视，问："你是哪一路竹杠队敲过来的？"

"哪算得上敲竹杠，只不过是跟你学的，也想占点小便宜罢了。"

"那，来啊，你就给我搭把手，抓住这地方拉紧点……"

第十七章

操场上竹田耍淫威
护乡邻铁匠斗顽敌

二人剥好马皮解下马肉，又扔掉了怕有毒的内脏下水。当锅里煮出香味来时，贾福禄操起铜铲子，挑了一块碎马肉放到嘴里，一股油腻腻的肉香，十分地解馋，一直润到心底。

雄鸡已打鸣几遍。张百顺一边蹲着给锅膛里添柴火，一边又将鼻子凑在锅盖旁闻闻："啊，好香！诱人的味道，把馋虫都吊起来了！"

懒汉下地事情多，懒驴上套尿屎多。贾福禄嘴里嘟囔一句，出去小解。月光渐渐已去，四下一片漆黑。贾福禄仰望着星空，小快活地打个寒噤。忽然，他发觉街上出现模糊的人影，鬼鬼祟祟的气氛异常紧张。他似觉乎感到情况有点不妙，小解尿了半截子又陡然憋住，就轻手轻脚地翻越墙头，顺着街巷慌忙往自己家里跑。

"站住！"有个人把贾福禄喝住。

随后冲上两个便衣特务，其中一个伸手抓住他的肩膀，使劲朝后头一扳。

"走！跟我们去一趟！"另一个上前又踹他一脚。

贾福禄被押到学校西侧的操场。

顿时，划船港集镇上像炸开了锅。到处都是"啪啪啪"的砸门声和粗野的叫骂声。女人哭，孩子啼，一片乱糟糟。

"滚出来！快点！还磨蹭什么？"

"往哪跑？再跑老子就开枪啦，抓住他！"

破晓后，天空现出荞麦花一样的白色，波涛澎湃的大洋河两岸，大雪覆盖着的滩涂湿地原野，被勾勒出清晰的轮廓。划船港学校操场上人影晃动，集镇数千男女老幼，差不多全被敌人驱赶到这里。西北风不停地掀起地面上的残雪，像刀子一样地刮在脸上。一千多鬼子和伪军围着大操场，枪头上明晃晃的刺刀都对着人群。

乡亲们在朦胧的晨光中，注视着敌人，谁也不吭一声，就连吃奶的孩子也都乖乖地偎在母亲怀里。人人都是挺胸而立，并相互紧贴在一起，仿佛筑起一道厚实坚固的大堤，准备承受那烟波浩渺的黄海上即将到来的惊涛骇浪。

皇协军驻盐东警备队副队长二蜡嘴，从一间教室里走了出来，后面是送人命、鬼子中队长山甫及伪军中队长曹小头等。

二蜡嘴戴着鬼子发的大狗皮帽子，屁股头子上吊把洋刀。他斜着眼扫视了操场上人群，用戴着白手套的手摸着下巴，撇出惋惜和怜悯的腔调缓慢地说："各位乡亲父老，我真替你们担心呐！孙广盛的人把那些共产党家属都劫走了，还杀死六名太君和几个皇协军。划船港发生这么大的事情，为啥就没人报告呢？今天，把大家请过来，就是问问谁通共产党？是谁把孙广盛他们藏起来了？咱们都是百年不散的老乡亲。俗话说，好汉护三村，好狗护三邻，我不帮你们谁帮啊！现奉劝大家，赶快把通共产党的人检举出来，省得大伙儿跟着受牵连。大大的太君，也就是皇军一零七联队竹田大佐已发火，查不出就拿各位来开刀，用机枪把你们统统扫啦。唉，多么可惜呀，大家快说吧！"

一片沉默。

"说呀！为什么都不开口呢？"二蜡嘴将眼珠子斜过来一瞪，凶相毕露地大喊，"快说啊！"

太阳从黄海潮头上跳了出来，沿海滩涂湿地冬夜的大雾逐渐消散，把整个世界都泡得湿漉漉的充满生机，唤起人们对新一天的希望。然而一场惨无人道的屠杀，即将在学校的大操场上开始，一群划船港儿女鲜活的生命，眼看就被残忍地撕碎。

送人命从背后走过来，先干巴地一连咳嗽几声，跟二蜡嘴使个眼色，同时向西边噘了一下嘴巴。二蜡嘴会意地转过脸一看，立即规规矩矩地挺腰撅肚站着。这时，竹田和宪兵队长宫原中佐骑着高头大马，在骑兵的簇拥下来到操场，二蜡嘴便前去："报告联队长，乡民们都已围过来了，谍报队还在挨门逐户搜查。"

竹田脸上捂着黑口罩，活像牲口套住的笼嘴。他把口罩子向下一拉，随后摘下眼镜，一边擦镜片上的雾气，一边恶狠狠地问："发现孙猴子了吗？"

二蜡嘴结巴着回答:“还在寻找。”

日军一零七联队的此次“讨伐”,采取黎明前突袭的办法。竹田觉得在盐东这地方,根据本部足够的兵力,确保防区安全是没问题的。起初他根本没把划船港乡民兵中队放在眼里,后来发现他们越来越活跃,越来越厉害了,才开始警觉起来。这次出动的主要目的,是想捕捉孙广盛和“清剿”乡中队,另外再到划船港显示一下大日本皇军的威风,对当地老百姓进行报复。他们的主张是:哪里有共产党的武装活动,就杀向那里。

这是日伪军驻盐东防区的首次大“清剿”,声势浩大地动用两个步兵中队、一个骑兵小队、一个宪兵小队、两个警备队的中队等,共计一千三百多人。竹田大佐指挥这些人马,先出瓢城东门,后经南洋岸走十三里墩桥,拂晓前秘密包围了划船港。二蜡嘴早已带谍报人员潜入打探,大部队赶到后在港口、码头及四周进出主要通道,各留一部分兵力警戒,其余按通常序列:前面是伪军开道,接着是日军步兵跟进,再就是骑兵作后卫①。

竹田推了推眼镜又问:“皇军的尸体找到了吗?”

二蜡嘴回答:“还没有,不过马已找到了。”

“噢,在什么地方的?”

“锅里。”

二蜡嘴叫手下把张百顺押过来。竹田戴着黑色皮手套,活像只老鹰爪子,一把抓住张百顺的胸襟,瞪大眼睛,问:“是你的,把皇军的马杀死的?”

张百顺吓得脸色煞白,浑身像筛糠似的直抖:“我,我没有啊……”

竹田猛地向前一推并松开手,张百顺连续后退几步,跌个“仰八叉”坐在雪地上。阴险狡诈的竹田,马上下令让几个小鬼子将马皮披在张百顺身上,要他学马儿四肢着地往前爬行。张百顺受不了这种戏弄和污辱,顿时怒火万丈,腾地站起来抖掉身上的马皮。接着,又上来三四个小鬼子将他撂倒,用大马靴踩住他的脑袋。张百顺口眼鼻子里通红的鲜血,即刻流在了雪地上。

张百顺老婆带着二儿子狗蛋,冷着脸站在人群里。她实在看不下去了,心中无比痛恨,“哇”地一声嚎啕大哭起来。

“爹……”二儿子小狗蛋也捂住脸哭喊着。

在场的妇女们流下泪水,男人们眼里都迸发出愤怒的火焰。

---

① 军队行军时担任后方警戒的部队。

朱铁匠从容地走上前去，赤铜色的圆脸上显出极大愤慨。他大而粗的身体相当壮实，两只手臂磨炼得跟老虎钳子一样有劲，号称连小指头粗的生铁条都能撅断。他一个箭步上前，拳打脚踢，很快把几个小鬼子赶散，接着又抓起那张马皮一旋，像个渔翁打旋网似的，把两三个小鬼子捂在里面，他慢慢地扶起张百顺。

"铁匠！"送人命疾步前趋，勒眼暴筋地大声喝："你这是在干啥？"

"干什么？"朱铁匠说，"张百顺是个'驼腰子作揖——老实到地'的胚子，住庄共邻的，这应瞒不过你，他个'扒财鬼'只是贪点小便宜，为剥张马皮罢了。"

"哪马是谁害死的？"

"我怎么知道？你又没叫我看着！"

"不晓得，那就是他。"

"姓宋的，都是划船港本乡本土的人，再说还是邻居家边的，低头不见抬头见，你不要拣软柿子捏。哼！我看呀，这马还像是你弄死的。"

"你，你……你在血口喷人！"

朱铁匠坦然地往前凑近一步，向送人命投以厌恶和鄙夷的目光，嘲讽道："你，不要捆不住鸭蛋捆螃蟹。你要杀人还不容易，用不着什么证据，嘴唇子上下一动就行了。你要晓得他是个活蹦乱跳的大活人，又不是头牲口，哪能说打就打想杀就杀！"

"铁匠，你不要充好汉，与皇军对抗不会有好下场！"送人命气得脸像紫猪肝，溅着唾沫星子，说，"我就不相信，真的出鬼了！老夫今天非要捏你这个硬柿子不可。"

韩翻译把他俩的对话，都如实地翻译给竹田大佐听。二蜡嘴上前为他爹助威，扬起马鞭子想抽打朱铁匠。那两三个小鬼子好不容易从马皮底下又钻出来，不要命地向朱铁匠扑过去。竹田举手制止，走到朱铁匠跟前，说："伊撒麻细（勇敢）。你的，大日本皇军的欢迎。快说，是谁把马杀死的？"

朱铁匠竭力压住心中怒火，斜白了竹田一眼坦然地说："不知道。"

"是乡中队的？"

"有可能。"

"乡中队的，现在哪里？"

"恐怕去海边滩涂湿地上了吧！"

"孙猴子的在哪里？"

“不知道。”

竹田在想：这个死铁匠，真是大大的傲慢！他两眼一瞪刚要发作，另一路三四个小鬼子搭着具尸首过来了，后面还跟着谍报队长宋闯，扛着一杆带着血迹的扎枪。

“报告联队长。”宋闯朝竹田点头哈腰谄媚地说，“在那草堆旁发现一具太君尸体。原来，是从后背扎进去的。”

竹田的腮帮子立刻耸起一块横肉，露出大撅牙深吸了一口冷风。他用脚上大马靴头子摁了摁挺硬的小鬼子尸体，转身夺过宋闯手里的扎枪，左看看，右瞧瞧，而后跟饿狼似的，一双眼睛就盯着朱铁匠，“叽里咕噜”地说了几句。韩翻译说：“太君问，这扎枪是你造的吧？”

朱铁匠神态自若地说：“不错，我曾做过扎枪活，可这把不是我打的。”

只见竹田将手挥挥，有个小鬼子骑来一匹大黑马，二蜡嘴在旁喊：“快来呀！”两个特务冲了上去，把朱铁匠双手捆得结结实实，将绳头系马鞍子上。骑在马上的小鬼子，将手中马鞭子“啪”地甩了个响，嘴里喊着“嘚儿嘚儿”，两腿一夹，“驾——”，马儿立刻围着大操场飞奔。朱铁匠被拖在马后头，身体在雪地上翻来滚去。乡亲们实在不忍心看，都将脸背过去。朱铁匠被拖得身上棉衣破绽，遍体鳞伤，晕死过去。

接着，凶狠残忍的竹田又用马拖了十几个青壮年男子，其中吉长和、吉长发兄弟俩，及民间“童子先生”[①]黄廷汉等人当场被拖死。这还没完，又下令用机枪对人群扫射，当场有几十个乡民倒在血泊中。随后，过来一伙鬼子，穿着白大褂，戴着口罩和手套，在已射死的人群中，挑选出十多具青年男性尸体，剥光上衣在左胳肢窝里挖个长长的洞，再将尸体扳着脸朝地面趴下，用穿着的大马靴在屁股上猛地一踢，把心脏掏出来割下，放在白洋瓷盘子里。一群牲口像饿狼似的，用烧酒过口当着众人面贪婪地嚼吃着。鬼子把这叫“生吃人心，练胆杀人”。眼前一幕幕血淋淋的场面，把乡亲们都惊呆了。大伙儿攥紧拳头，牙齿也咬得切出声，发狂似地骂：“小日本是畜生，活畜生！”

竹田用屠杀来威胁手无寸铁的划船港平民。但人们并没有屈服，无论大人还是小孩，都用仇恨的目光与残暴的敌人对峙着。这时如有个挑头的喊出一声“冲”，激怒的人群就会像火山爆发，势不可挡地扑向敌人。然而，也正是朱铁匠

① 民间“童子先生”是指这人不是凡间的而是前世神仙或身边的童子。

所担心的，如一旦反抗起来真的与小鬼子拼了，必将遭到更大的牺牲，敌人定会血洗划船港。

朱铁匠幸免于难，刚苏醒就又挣扎着爬起来，拖着艰难的步子，坚毅自若地回到人群中，乡亲们都聚拢过来将他扶住。他望着大伙儿，目光里透露出刚毅镇定的神情。

竹田又叫来十多个骑兵，列队在他的背后。只见挎着马刀的鬼子骑兵，一个个笔直地坐在高头大马上，等待竹田下令。全场所有人的眼睛都瞪着竹田那举起的手。这个人间魔王啊，他又要使出什么样残忍的手段，来蹂躏划船港老百姓呢？

第十八章

柏大喜勇猛降烈马
乡中队袭扰小鬼子

头天晚上，孙广盛带着乡中队民兵就住在海神庙里，正好又与付扣宝相遇。听了孙广盛的汇报后，付扣宝作出三条指示：一是把刚救出来的革命家属，马上转移到安全地带的洋卯尖去；二是陆玉桂伤情基本好转，要他和陆二妈去黄家尖东北上的渡口，建个秘密的中共地下交通站，以便县区乡联络工作；三是让贾福禄到颖川堂酒店，以当伙计为名暗地里收集情报。第一点实际就是孙广盛的意见，第二点是上级组织的决定，第三点孙广盛表示坚决反对。他觉得贾福禄这人不可靠，绝对不适宜担当这个角色，但付区长以不可通融的口气坚持自己意见。

夜里，孙广盛像烙饼似的，在床上翻来覆去地不能入睡，盘算着划船港集镇上新近发生的一幕幕事情。

英子钻了一夜的牛角尖子也未想通，大清早就到孙广盛的住处，说："真奇怪了，小鬼子丢掉五六个也不找，陡然又吹起集结号，我以为要翻箱倒柜的呢，结果一点动静也没得，就不声不响地开路了，光打一阵子雷，可一滴雨也没有下。"

孙广盛微笑着风趣地说："当下这个季节，雷是雨的前兆，闷雷响过之后，有可能就是倾盆大雨。现在还不能高兴得太早，如估计得不错的话，今后的一段日辰里，我们乡中队要蛰伏点，小鬼子的报复心很强，这次在划船港吃了亏，肯定日后要疯狂地搞作一番，大搜捕那是必然的了。"

果然不出所料，出去侦察的三俊子回来说，竹田和二蜡嘴亲自去了划船港。孙广盛叫三俊子马上集合队伍，去划船港集镇周边打个麻雀战扰乱敌人，减轻小鬼子对乡亲们的压力。付区长与胡大仙就住在方丈楼，听说划船港街上敌人有动静，他赶忙过来找孙广盛，一进门显得不高兴地说："我早就跟你们讲过，目前是在敌人眼皮子底下，有点什么动作千万要慎重。你们现在把人集中起来，又想什么心思啊？"

孙、付二人的争论，可说是习以为常了。孙广盛知道付扣宝刚被上级党委任命为区长，说话做事得有个上下之分，但在重大问题面前也不能无原则地退让。他严肃地说："想干什么啊？马上去划船港。乡亲们受苦受难了，竹田开刀杀人啦，人命关天可不能见死不救！"

付扣宝仿佛抓住什么理，用鼻子哼了一声放开嗓音说："还去划船港呐，前几天不去瞎扑腾，城里的敌人哪会过来。老百姓已被害苦了，全是你们惹的祸，莫再找话说。"

付扣宝的话让孙广盛非常气愤。沉了片刻后，他耐心而郑重地说："付区长，这你就讲得不对了。敌人占领瓢城、占领华东、占领全中国，那是谁招引来的呀？豺狼已闯进了家里，正在张开大嘴吃人，还神经兮兮地不让碰。难道划船港老百姓遭杀害，就不该管吗？"

付扣宝连连打着手势，有点急不可耐地说："这是在敌后，在强大的敌人面前，得先隐蔽好注意安全，千万不能轻举妄动以卵击石。"

孙广盛激动地说："现在敌人强大是事实，但我们不能被吓倒。不积极发动群众，不主动与敌人斗争，这是一种极右的思想表现，说句不客气的话，标准的胆小鬼、怕死鬼！"

付扣宝嚷："你不要拿手电筒照人，看别人清楚看自己模糊。这事怎么能扯得上右倾呢？再说谁胆小怕死？现在鬼子正故意撒下大网等着，想把我们一网打尽，如盲目去瞎闹就是自投罗网。正确的斗争策略，是有效避开敌人的锐气，而保存自己的力量。"

孙广盛针锋相对："付区长，照你这么讲，我们就不要打鬼子了。"

付扣宝说："对啊！那是正规军的事情。"

孙广盛说："县委书记孙海光同志指示，要尽快组织好乡中队的民兵，与敌人开展滩涂湿地游击战。"

付扣宝说："你们乡中队打游击我不反对，这可是上面的精神。但我要郑重其事地告诉你，人要识相些才好，不要大白天说梦话，小打小敲解决不了问题，消灭日寇没有正规军作战绝对行不通。"

孙广盛说:“不与小鬼子硬拼这是个原则。但不可否认我们零打碎敲,用蚂蚁啃大象的办法,今天烧掉鬼子一座炮楼,明天放暗枪打死几个鬼子,后天再……积小胜为大胜。关键是每天都在给鬼子找晦气,每天都在杀伤鬼子有生力量,每天都在对鬼子进行袭扰。就是要钳制住叫小日本不得安神,为侵略中国付出惨重代价,要让这帮杂碎们每时每刻都提心吊胆,直到他们彻底滚回老家为止。我就不相信,中国有四万万同胞,比小日本的人要多数十倍,难道就……”

“可就是像你们这样,能把小鬼子打败吗?这似乎有点太天真了吧!”

从划船港方向突然传来一阵阵枪声,打断了付扣宝与孙广盛的争论。付扣宝有些紧张,脸色苍白。他说这地方离划船港太近不安全,叫乡中队赶快跟他一起转移。孙广盛果断地说:“人要有点骨气。划船港人的倔脾气,是宁愿站着死也不愿跪着生。小鬼子这些豺狼再凶狂,最终也逃不过猎人的枪口。我们去划船港,就是用死来换众乡亲的生也值得!”

付扣宝有点要发火的样子,浑身微微地颤抖:“姓孙的,本区长对你很有看法!要向你发出警告,凭你们这些土把子、大老粗,是弄不过人家东洋人的。不要‘麻虾子戴斗篷——活充大头虾’。乡中队不是你的,也不是我的,而是划船港民众的,谁也莫想瞎指挥给毁了。”

孙广盛考虑付扣宝现已是名正言顺的区长身份,不宜再硬撑顶风船了,说:“我是乡中队的头,不能马上就走,先看看情况再说。”

付扣宝又急又气,站在院子中央甩了甩双臂,算是活动一下筋骨。接着两手搓搓,双眼瞪着孙广盛沉吟半天才发话:“那好吧,我就先行一步,如形势不妙赶紧转移,切记!”

付扣宝和通信员急匆匆地走了。

孙广盛一只手按住腰间手枪,双眉紧锁地望着划船港方向。他在苦苦地思索着:姓付的你实在要走,那就“瞎子放驴——随去”吧!他仿佛听到敌人在那里嚎叫,仿佛听到妇女和儿童在那里哭喊,仿佛听到乡亲们在那里呼救……

几个民兵都默默地围着孙广盛,一双双渴求战斗的目光在注视着他严峻的脸庞。过了一会,孙广盛将手一挥:“出发,去划船港!”

此时的划船港学校操场上,竹田举在空中的魔爪突然往下一落,十多个鬼子兵骑着大洋马,气势汹汹地冲进人群。操场上父老乡亲们组成的人体长堤,顷刻间就崩溃得像个巨大的漩涡,毫无定向地挤来拥去。而那些受了惊的战马，被小鬼子们驱赶着在人群中横冲直撞地狂奔，鬼子的皮鞭子还一个劲地抽打乡亲们。女人惊叫，孩子嚎哭，猝不及防的人们遭受着铁蹄的践踏。

这还没完，竹田又下令到人群里，挑选出十多名相貌体面的大姑娘、小媳妇，强行将她们身上衣裳扒得赤条条，在刺骨的寒风中，让一群禽兽们轮流摸着乳房拍照……

一位母亲冲出人群，怒吼："不准碰我闺女！"

这位母亲双臂张开拦在中间。几个小鬼子一拥而上，三四把闪闪发光的刺刀就插进她胸膛！而这位英雄母亲的脸上，竟然还带着一丝充满胜利的笑容，因在她的嘴里还衔着块活肉。一个手拎洋刀的鬼子中尉，满脸是血咧着嘴在嚎叫着："八嘎！八嘎！"……几把刺刀一起拔出，一道道鲜血飙身而出。女儿一头扑了过去，紧紧抱住了母亲。

"妈妈……"

知道自己快不行了，躺在女儿怀里的母亲，定定地望着天空，仿佛已看到死在宋府长工房里，并先自己走几年的丈夫，站在如此飘渺无方的白云间，向她缓缓地伸出了右手……

母亲侧过脸去，无力地看着几双慢慢逼近的黄色牛皮靴，轻声说："闺女……记住，你是划船港清白人家的女儿，就是死也要清清白白！你……明白了吗？"

女儿死命咬住嘴唇用力点头。她丢下母亲慢慢站起来，用那仇恨的目光盯着面前的一个小鬼子。那牲口害怕了连忙后退，旁边两个鬼子端着刺刀冲过来，女儿没等靠近，拼尽全身力气猛扑过去，任由几把刺刀同时刺穿她的身体……

小鬼子们拍手欢笑，一阵得意忘形。在场的人们泪如泉涌，忍辱含羞，饮恨铭仇。接着，有个鬼子又拖来即将分娩的孕妇，强迫她脱光衣服，遭到坚决拒绝。禽兽们竟残忍地给年轻孕妇开了膛，母子当场被活活地刺死。

竹田咧开大嘴，露出满口的大黄牙，一双罗圈腿叉成八字形，手拄指挥刀洋洋得意地喊："哟西！哟西！"

在愤怒的人海中，有人跳起来把一个小鬼子拉下马，人们在他身上踏来踩去。就在这时划船港街东北方向，一片荒芜的乱坟场附近突然传来一阵枪声，操场上鬼子和伪军都恐慌地聚集到竹田周围。

竹田举着望远镜看了一下，将滑下的眼镜向上推了推，冷笑着说："土把子的农民军，想引逗我的打游击，先不用管！”

拉下马的那个小鬼子，在人群中被踩踏得奄奄一息，但他骑的那匹大白马还在胡蹬乱踢。有人试着想把它抓住，但就是难以靠近。

竹田看到那个“神明子孙”躺地不动，恼怒地举起洋刀要大开杀戒。当他看到大白马仍旧在人群中疯狂冲撞，不免又得到点安慰，把举起来的指挥刀斜扛在肩上，幸灾乐祸地观望，还不停地摇晃着脑袋。

大白马威胁乡亲们的生命，人们都惶恐地躲闪，有的猝不及防被马踢倒，有的被马撞伤……在这十分危急的关键时刻，谁也没注意到一个英雄好汉，飞快从操场西侧冲了上来。他一把薅住马鬃纵身一跃，闪电似的蹿上马背。不服驾驭的大白马先是腾起将双蹄悬空，接着身子直立而向后猛尥蹶子，一块块冰雪疙瘩，被铁蹄刨起来甩向空中。那汉子紧贴住马颈，在马背上颠簸了几个回合，但仍一直稳当地骑在马上。大白马服帖了，最终还是乖乖地停下来。

竹田惊诧地竖起眉毛，眼镜滑到鼻尖子上，说：“你的，人似虎马如龙的，伊撒麻细！”

送人命看得蛤蟆眼珠子差点蹦出来：没想到这家伙竟能降住大白马。见问，他连忙满脸堆笑凑到竹田耳边，说：“此人是我宋府的长工伙计，名字叫柏大喜。”

柏大喜为保护乡亲们的生命安全，勇敢无畏地降伏了烈马。他看上去已五十开外，十多岁就到宋府里做长工。地主残酷的压迫和剥削，使他胸中积满了仇恨、愤怒和力量。他沉着稳重，属于那种不易激动不善言辞的人。但他很精明，感情细腻，性格内敛，爱憎分明。他曾在划船港里救过当年的五虎，宋府里收租房失火时他牵头毛驴给孙云龙逃生。他在划船港和孙广盛一样，是最早加入共产党的。现在他骑在大白马上，沉着脸冲出了人群。

竹田的洋刀在空中一晃：“你的，站住！”

柏大喜勒了下马。

竹田竖起大拇指：“大大的勇敢，替皇军的干活吧！”

柏大喜没有思想准备，心想按组织纪律，得请示孙广盛才能确定，他一下子无法答应。

送人命在一旁接过话说：“愿为太君效劳吗？”

柏大喜抑制住心头的怒火，一偏腿跳下大白马。刚准备离开，乱坟场附近又响起一阵枪声，子弹在头顶子上不停地飞过。

竹田和二蜡嘴用望远镜看来看去，二蜡嘴突然惊喜地说："哎，那个人模样真的很像！噢，肯定是孙猴子！"

送人命接过二蜡嘴手里望远镜，也看了一下，说："嗯，一点也不假。太君阁下，快去抓他吧，就是那么几个人！"

"不！"竹田十分狡猾地撅起鼻孔底下一绺小黑胡子，将指挥刀"嗖"地打回刀鞘，说，"他的想引逗我过去，我的不会上当！闯桑，你的过来！"

竹田把宋闯招到身边，用手指在宋闯鼻子底下动了动："这些人的里面肯定的有共产党，你的准能查出杀死皇军的人！"

"嗨！"宋闯举起手在头顶上做关目一画，谍报队的特务像蝗虫似的扑向人群。

一帮面目狰狞的特务，横膀子歪屁股地穿插在人群中，想以察言观色的方法找出谁是共产党，谁是杀死皇军的凶手。这种愚拙的手法毫无效果，乡亲们人人都是凛然的神态，几乎都像共产党，都像是杀死小鬼子的人。

第十九章

麻雀战智退日伪军
寇气恼炮轰孙祖坟

“砰！砰砰！”枪声越来越近，操场上的鬼子有点惶恐不安，都担心子弹不长眼睛会飞到自己身上。有人躲到教室的墙根脚下，就连送人命这条老狗也一头钻进女厕所，而且还吓了一裤裆黄尿。竹田暴躁地向上一蹿：“你们的胆小鬼，天的塌不下来，这帮支那人的兴不起风浪，害怕的不要，给我统统的站好！”

只听“吱溜”一声，二蜡嘴感到有颗子弹好像在耳旁擦过，急忙摘下狗皮帽子看看，帽顶子真穿了个小煳眼子，他的虾米腰更弯了，结巴地说：“联队长阁下，太、太危险啦，可能都是孙猴子干的，派兵去抄他们后路吧！”

“孙猴子的不要怕，小小的农民军，黄海滩涂湿地大大的，随便的就能跑，不用管！就是真的像孙悟空的，谅他翻千个跟头的，也在我皇军如来佛的手掌心。”竹田嘴上说得好听，实际上心里如惊弓之鸟怕得要命，便一头躲到大洋马后面观察动静。他看到小树林里有支队伍，踏着雪走前头是个模样像孙广盛的人，头上戴顶新四军棉帽子，手里举着一把盒子枪，想这大概就是那烈火也没烧死的猴精！

是的，真是孙广盛。刚才，乡中队在乱坟场附近放了几枪，敌人根本就不买账，孙广盛觉得距离太远，领几个人就到划船港街北侧，钻进一处小树林。在那里再打上几枪，操场上的敌人还是无动于衷。孙广盛着急了，凝目思索片刻，说：“索性再靠近些，把敌人引出来打。”他们走出小树林，一直摸到学校的壕河边上，“砰砰叭叭”地又打一阵子。静静地等了会儿，操场上还是没有一点动静。英子急得直喘气，将胸前的大辫子使劲朝后一甩，扭头对孙广盛说：“冲进去吧！就对准竹田和二蜡嘴打。”大兰芬也急躁地将巴掌“噗”地一下拍在雪塄坎子上，说："来个猛打猛冲，打死一个捞个本，打死两个赚一个！小日本瞧不起泥腿子民兵，我们就给他厉害尝尝！"说着就有点儿耐不住的样子。三俊子在旁心想：要不是有纪律约束，这个愣头青还真能豁出去，那不知要有多少乡亲们遭殃呢。"趴下！心慌不能吃热粥。大伙儿先消消火，莫着急！"三俊子摁了一下大兰芬制止道。

孙广盛转头向周边扫视，没把敌人逗上火，倒把自己憋出一肚子气。他焦急不安地反复思索着，刚才从乱坟场向南，经过很长一段开阔地，不是明显地暴露了吗？为什么敌人还不理睬呢？

孙广盛终于回忆起孙海光说过的那段话：竹田是个老奸巨猾的家伙，会讲一口流利的中国话，也算是个中国通，遇事相当沉着。不过有时候肝火也很旺，一旦犟起来，就跟一头凶猛莽撞的牯子牛差不多，不碰掉犄角就没有个完。今年春上，在建湖（建阳）、阜宁向北一带，他咬住新四军三师的一支部队。当初很谨慎，怕钻进新四军布下的口袋阵，小路一概不走。可新四军硬在前面引逗，后来被撩得急起来了，就不顾一切地拼命跟在屁股后头追，结果被新四军某部牵住了鼻子，在大片的水网地区转悠，把他拖得精疲力竭。当处在进退两难的关键时刻，新四军突然从身后合围，打得小鬼子伤亡惨重，被吃掉大半个中队。这下竹田真的火了，而新四军某部却转移得无影无踪。

现在孙广盛一边注意着周围动静，一边继续反复思考着：难道竹田这回真的就死盯在操场上了吗？再用什么好的法子来激一激呢？

眼所能及的空间，全被当头太阳照得明晃晃的。学校大操场上的情形，民兵们看得一清二楚。敌人闪亮的刺刀在对着乡亲们，大伙儿满腔仇恨，眼睛里喷射出愤怒的火焰，恨不得一个箭步冲上去，拼个你死我活鱼死网破。但孙广盛想到的是：以乡中队目前实力还不能冒这个险，蛮干只能是白白地去送死。

三俊子夜里出去侦察，一直没有睡觉，早上也未吃一口饭，饿得肚皮贴着脊梁骨，嗓子里像鸡毛扫的一样发干。他张开嘴巴在沟边上含了口雪，然后扭头说："老鼠打洞碰到块砖头，还晓得拐个弯喃。爹，不能老趴在这里不动，这条路走不通，为何不改道呢？总得想个办法呀？"

孙广盛用手枪指了指右前方，十分果断地说："三俊子，现在让你跟大兰芬去开一回洋荤，带上那歪把子铁疙瘩，从沟头子那边绕到土地庙后面。"边说边转过脸问大兰芬，"子弹还剩多少？"

大兰芬有点不太愿意的样子："您不是叫不打吗，弹斗里还是满满一梭子。"

孙广盛点了点头又说："土地庙子后头，有个台阶能爬上去，把那洋玩意就架在庙屋顶上，缺口、准心对住竹田和他身边的军官，三点成一线瞄准操场上目标就打，这叫野狼战术咬一口就跑。把子弹打完赶紧撤，快打快收越快越好。"

三俊子站起来，拍着胸脯上的雪，问："爹，还撤到这里来吧？"

孙广盛忙说："不能，就撤到乱坟场以北去。切记，动作必须快，要隐蔽好。"

三俊子把兔皮帽往下按了按："上！"

大兰芬提着徐树庭前天缴来的歪把子机枪，跟着三俊子顺沟浜往东去。膝盖深的积雪行动很不方便，他俩好不容易越过一处小堤，擦着几行灌木林带，猫着腰朝土地庙子方向跋涉过去。

孙广盛目不转睛地看着，紧张地屏住气息，担心被操场上的敌人发现。

一切挺顺利，大兰芬手里歪把子机枪架到庙屋顶子的积雪上，三俊子在后头稳稳地掯住他的一双腿子。很快，大兰芬就扣动扳机，机枪的火舌疯狂地舔着敌群，"哒哒哒"的枪声朝操场打响。孙广盛这边也配合着，"啪啦啪啦"地打一阵子，敌人骚动了惊恐得到处躲藏。大兰芬一梭子扫过去，弹斗里还未打完，连续放倒两三个鬼子，其中有颗子弹打中了宪兵队长宫原，只听他"嗷——"地嚎叫一声，"噗咚"就倒在雪地上，脑袋如同打破染料坛子般裂开，把雪地染红一大块。

"什么的干活！"竹田叫喊。

"报告大佐，支那人打来一阵乱枪，宫原太君的中弹殉国！"中村曹长跑来向竹田报丧。

二蜡嘴、送人命、韩翻译、山甫、曹小头等，都吓得瞪大眼睛，看着宪兵队长宫原不知所措。

"八嘎牙路！"竹田气得直跳，豆青的脸变成了茄子皮，他抽出洋刀凌空刺去，发疯似地猛吼："大大的吹号！"

一阵"嘀嘀嗒嗒"的号声过后，学校操场及周边步枪和机关枪爆豆似地响起，还夹杂着一阵炮弹的爆炸声。伪军打前阵，鬼子跟后头，黑压压一片涌向了土地庙。

孙广盛和徐树庭、英子、网箍子、薛广益等人，已安全转移到小树林里，隐蔽在那里是为等三俊子和大兰芬。眼看敌人很快包围了土地庙，可那里既没有枪声，也不见三俊子和大兰芬的影子。孙广盛焦灼地盯着那里望，撅了根干树枝子，下意识地掰掉一截又一截。

南北方向围上来的敌人合拢了，他们在土地庙周边搜索后，一无所获，但雪地上倒是看到一些脚印。很快，竹田举着洋刀也从操场直插过去。他低着头到处察看，在土地庙子前面一处空地，凝视被炮弹炸的一个坑，心中有些茫然：咦？奇怪了，难道真的这么神乎，钻到泥底下去了吗？

二蜡嘴用望远镜又看了看，发现树林子里有人急忙报告，竹田单腿跪在雪地上顺着方向看去，气急败坏地喊："向前进！"

大皮靴过齐膝盖深的雪地实在够呛，竹田多次被蒿草藤蔓绊倒。尽管天气十分寒冷，但他却是浑身大汗淋漓。到了小树林附近，警备队伪军一个中队长报告，连个人影子也没搜到。

背后，一条小沟浜上，又打来冷枪，竹田转身一边喘着粗气，一边大声吼："追！"

这下连警备队的伪军也已体力耗尽，无论长官们在后面怎样叫喊和谩骂，冲锋也只能变成散步，慢吞吞的一步三摇。二蜡嘴费了九牛二虎之力，总算把这群穿着黄狗皮衣裳的伪军吆喝到北侧的小沟子边。在那里又扑了个空，乱哄哄地吵闹成一团，有的还相互指责。竹田气得挺直了脖子"呼噜呼噜"喘气，先觉得乡中队的人就在眼前咫尺可见，而赶到时又不见了。他恍然想起了以前的教训，拍了一下后脖颈，自言自语地说："啊，可恶的孙猴子，想大大的疲劳本太君，诱我打一场消耗战……他的是当地人，熟悉滩涂湿地上沟沟坎坎，而我的不能再走了，或许前面的就有埋伏？大大的要冷静，吃过一回亏的，要学一回乖，绝不能再上当。"

竹田越想越害怕，慌忙地收拢部队，返回划船港据点。

此时，操场上的乡亲们早已离去，空旷的雪地里只有几具鬼子尸体，直挺挺地还躺在那儿。竹田觉得偷鸡未成蚀把米，搬起石头砸了自己的脚，恼羞成怒指派二蜡嘴下令伪军，用迫击炮发起攻击。

"轰轰轰"一阵吼叫，密集的炮弹倾泻在徐大圪附近的孙（广盛）家三座老祖坟上……

接着又喘粗气狂骂："八嘎牙路，统统蠢货的！"把山甫、曹小头、二蜡嘴和送人命等人叫来，指着鼻子狠狠地臭骂了一顿。

竹田又下令集合部队，马背上驮着小鬼子尸首，灰溜溜地回城去了。

日军一零七联队和伪军的首次"清剿"，就这样慌慌张张收场。

孙广盛带着乡中队作适当休整，绕回东北上救命墩子村已是傍晚时分，残阳血染似的挂在天边。俯视划船港街上，敌人都已撤走，那里又像往日一样，凄清、寥落而阴森，没有一点生息。站上黄土墩子极目西望，可清楚地看到大洋河堤上有两个人影，沐浴在紫红色的霞光里。

“那人是干什么的？”孙广盛打着眼罩望了望说。

徐树庭摘下头上兔皮帽子，在空中舞了几个圈儿。远远地看过去，那两人也在不停地做动作回应。

英子眼睛尖，激动地指着手，说：“是三俊子和大兰芬呀。”

孙广盛有点不解：“他俩怎么会跑到那里去了呢？”

大伙儿回到海神庙里，一个个都围着火盆取暖，人多火旺很快就把身子烤暖。不一会三俊子和大兰芬跨进门，大家赶快给他俩让座，都以非常敬佩的口气，问他们是怎样突破敌人围堵的。

火盆里红色的火焰，照着三俊子闪光的脸。他故意用手捂住嘴巴，一连干咳了几声，说：“好险呀！可说是只差一点点儿，就被小鬼子活脱脱逮个正着。”

大兰芬坐在小板凳上，屁股稍微挪动一下，就发出“咯吱咯吱”的响声。他把那挺日式歪把子机枪夹在两腿中间，慢声慢语地说了一句：“真吓得不轻，全怪这个铁疙瘩！”

第二十章

三俊子机灵出死地
孙海光定计灭凶顽

大兰芬从没摸过真枪实弹，更不用说机关枪了，能把歪把子打响，也是三俊子昨夜根据步枪原理教的。他先将屋面上积雪扒个窝，把机枪架到庙屋顶子上，拉开枪栓三点成一线，对着操场上当官的瞄了瞄，一击发机枪果然清脆地叫起来，但一会儿就成了哑巴。最让人吃惊的是机枪卡壳后，瞎摸着再击发枪管子竟然脱离枪身，飞落到前面的封锁沟里。

真是开得洋荤出洋相。光剩枪身子有个屁用啊，可说连根烧火棍也不如，就是丢掉小命也要把枪管子找回来。大兰芬这样想着，把机枪身子往腋下一夹，从庙屋墙头上跳下直奔封锁沟。他这突如其来的举动，把三俊子真的搞糊涂了。

“你不要命啦?”三俊子急得在后头边追边喊。

“枪管子!”大兰芬蹲在沟子底下，两只手插在雪窠里，不停地摸来摸去，十分焦急地答，“你也快点过来啊!”

叔侄俩在封锁沟里慌张地找了好大一会，终于从半人深的雪坑里掏出打飞的枪管子。此时，敌人枪炮子弹像下雷暴雨似的，倾泻在土地庙子周围。说来也巧，封锁沟这边，倒是个挺保险的地方。可当敌人从两面包抄过来时，他俩想再返回土地庙已不可能了。三俊子沉思片刻，探头向划船港街上望了一下，尔后果断地喊：“嗨，跟我走，钻到街上去!”

大兰芬迟疑了，问：“安全吗? 可不能被活捉去当小鬼子的俘虏啊!”

三俊子将手一挥：“莫瞎说，只要冲过封锁线到街上，那就是龙归大海、鹰飞九天。快跑!”

凭着对划船港街上地形地貌的熟悉，东藏藏西躲躲，再加上被围在学校操场上数千群众的哄然而散，他俩就趁着这个混乱之际，迅速摸到港口码头附近，绕到了北边的大洋河堆堤上。

惊险而紧张的一段叙说，个个听得津津有味，叔侄俩讲到精彩之处还不时迎来掌声，大家不由得都长长地舒了口气。稍停了一会儿，三傻子又神秘地说：“还有更精彩的喃，一到大洋河边刚爬上堆堤，抬头就碰到个老相识的。这个人……请大家猜猜能是谁?”

三傻子卖了个关子，借火柴棒子的光亮环视一周，就慢吞吞地说：“是陈霸川个老家伙！真的吓了一大跳，他脱去当伪军的一身狗皮换上便装，手里还拎着两把盒子枪。”

大伙儿又都感到很惊奇地注视着三傻子。孙广盛疑惑地问：“他又想干什么?”

三傻子摇了摇头，说：“不晓得。但他看到我俩也吓一大跳，慌慌张张地举起手枪连忙喊：‘井水不犯河水，大路朝天各走半边，王八爬滩蛇钻洞，各行各的道……’我当下很纳闷，依性子冲上去肯定能把他乖乖拿下。可再琢磨一下，不怕一万就怕万一，若双方一动起家伙来，街上敌人听到可麻烦嘞，所以就没啰唆。他顺着河浜向南去了。”

“陈霸川可是个跳蚤，跳到哪儿都没得安稳。他这个人心术不正一肚子坏水，是个危险分子，标准的搅屎棍，哪里有他哪里就不太平！……”大伙儿你一言我一语议论开了。由于陈霸川一贯行动诡秘，谁也估计不透他这次跑出来的真正目的。

一会儿饭煮好了。大家又饿又渴又疲惫，先解决肚子问题，接着孙广盛就安排大家休息，并派后勤保障小队的一个班协助乡民办理丧事。

孙广盛站了第一班岗，之后又查了几次哨，等他刚进入梦乡时，远近村庄已传来阵阵雄鸡打鸣声。

东方刚破晓，孙广盛迷糊听到外面有说话声，似乎人还挺多的，嗓音压得都很低。他一骨碌爬起来，掩着怀扒住门缝向外看，看着看着不觉两肩一耸，很快地打开了门。外面站在檐下的石阶上，一个身材魁梧的汉子，原来正是县委书记孙海光。

“早上好！老本家。”孙海光操一口浑厚的侉侉调，一声亲切的问候。

“首长好!”孙广盛抑制不住兴奋，迎上前伸出手，说，“什么风把您又刮过来了？”

“刚到。”孙海光热情地与孙广盛握手，笑呵呵地说，“本想让你再睡一会儿，结果还是把你给闹醒了。”

“天已大亮，早该起来啦。上点年纪觉少，养成个老习惯到时不起床也睡不着，有如卧针毡之感。”孙广盛说完将孙海光让进房间，偏腿坐在床沿上。三俊子愣头愣脑地一脚跨进门，站在房间里冲着孙海光憨笑。

“坐，坐一会儿吧！”孙海光笑眯眯地打量着对方，“这刀越磨越亮，给小鬼子个下马威，打得还不怎么过瘾吧？”

“首长，您真是火眼金睛啊。是诸葛亮还是刘伯温？怎么我的心思您全晓得？”

孙海光又微笑着，说：“哎，今天给你先讲个小事。以后不要再首长不首长的了，如你看得起就称大哥吧，我比你痴长几岁。”

“因我俩是同姓本家，一笔写不出两个‘孙’字来。老话说同姓三分亲嘛！再说辈分又没叙过，如称兄道弟按平辈论交不宜！”

“言之有理！那就互称老本家或同志。从小听爷爷讲，老家连云港灌云的上马台（村）一带，这支孙姓人家，与盐阜地区的老本家属同一支根脉。那是明朝洪武年间一次大移民，后来民间称‘洪武赶散’，使得数十万江南百姓人家，沿京杭大运河经苏州阊门迁至苏北……五百年前是一家！”

“对对对，就应称老本家或同志。等赶走小鬼子掰家谱再好好叙叙。”

孙海光是从黄家尖来的，根据中共盐东县委的决定，县大队暂时化整为零保存实力，部队全部以班为单位，组成若干个战斗小组，分进合击迅速向敌占区渗透，化装成平民百姓到各“治安村”，分散在老百姓家里，宣传党的政策，发动当地穷苦人，组织民兵开展对敌武装斗争。县大队成立时间不长，与区分队一样，干部都是从三师七旅二十一团、二十三团及其他野战部队调配的，战士大多数是本县青壮年农渔民。县武装大队共有六个中队，一千二三百人。刚组建时不要说打仗，大家就连怎样操枪都是门外汉。他们穿的是农渔民衣裳，手里有点武器主要是从日本人那里夺来的，还有就是“老套筒子”“水连珠”等五花八门的杂牌货。有什么头膛二膛三膛的驳壳枪、快三板、三七快、左轮、右轮、王八盒子、天门跳、五十响快慢机、四寸掌心雷等牌号繁多，其中有几支看上去是鸟枪似的老式火器，枪身竟然有七八尺长。这种超长的巨型鸟枪，就是传说中的大清抬枪。还有就是些土造的大眼铳子和独角牛。有的人没有火枪，就只好拿着扎枪和大刀片等。而日本人武器装备名列亚洲第一，连国民政府的正规军都比不上。日式步枪“三八大盖”，一般有效射程为一百四五十丈，士兵都能在百丈距离击中目标。再说县大队的子弹也不规范，三四十丈内能打中目标就不容易嘞。莫说打小鬼子脑袋了，有时就是瞄准一口铁锅都未必能中。他们当中有的人还没打过仗，上了阵地把屁股撅得老高，枪一响腿子就软了。但他们不怕艰苦和牺牲，目前所欠缺的就是战斗经验。这个不是什么问题，可从战争中学习战争。孙海光常对民兵们讲：“打仗也是学来的，开始谁也不会打，打过几次就有点经验了。没武器可从敌人手里夺。今天是民兵组织，明天发展升级成地方部队，后天也许就能成为野战部队……”

孙广盛在孙海光对面挨着坐下，英子来了靠住窗户，两条腿就骑在小板凳上。三俊子放着宽敞地方不坐，偏挤到英子屁股后头小板凳头子上支着，英子将垂落在胸前的麻花辫子使劲向后一甩，差点就潲到了三俊的眼睛上。

“哎哟——”

“小点声。”英子掐了三俊子一把。

“好好好，我投降。”

他俩在县大队首长孙海光面前，看上去都很随便，没有一点拘谨的感觉。孙海光表情总是那么亲切、和蔼、庄重，看人笑眯眯的，并兴致勃勃地听了汇报。

“干得漂亮！乡中队首战胜利意义重大，是个十分了不起的事情。”孙海光激动得几次站起来鼓掌，微笑着说，“敌人越是想消灭乡中队，甚至来烧、杀、抢等，就越充分证明你们做对了。如其他地方都像划船港这样，人自为战，家自为战，村自为战，乡自为战……老是把敌人搞得晕乎乎的，他在这里就没法存身。老百姓都站出来跟敌人斗，使小日本处处挨打。”

孙海光的一番话，对孙广盛很有启发，思路也拓展了许多，眼里迸发出火花，仿佛看到黄海之滨沿海滩涂湿地上一幅人民战争的宏伟图景。想起在江城汉口分别时，周恩来副主席殷殷嘱托：“在民族危亡的关键时刻，你就作为一颗革命的火种……”孙广盛无比兴奋地说：“人心齐，泰山移，大伙儿要是齐声吼一下，就能把敌人吓得半死。再说我们还有地理环境优势，就算竹田是一条龙，谅他在没有水的地方也翻不起大浪来。”

孙海光接着又说：“打得敌人越疼，敌人就越要报复。若乡亲们都跟敌人斗争，就像大暴雨把沟河都下满了，沿海滩涂湿地成了汪洋大海一样。使敌人藏无可藏，挡也不可挡，不用说什么‘讨伐’‘整肃’‘清剿’，恐怕连招架之力也没有了，终将会被人民战争的汪洋大海把他们统统淹死。要知道我们打的主要是滩涂湿地上的游击战，有优势就打几下，不好打就躲起来，跑滩头、过草地、钻河沟，这是我们擅长的。敌人的行动就没有那么利索，他们情况不熟，人多装备笨重，在滩涂湿地上打起游击来，我们随便往那里一躲，敌人就找不到了。当然，敌人也会用各种阴谋手段来想方设法对付。你有再新的招法，我定想出更新的办法来击破你。只要我们不断总结经验，发挥人民群众的聪明智慧，利用沿海滩涂湿地上地形地貌的特点，不管出现什么难题都能迎刃而解。”

“明白！”孙广盛神态刚毅语气坚定地说，“请首长尽管放心，哪怕敌人再厉害，也只是一个肩膀上扛一颗脑袋，没有什么可怕。有共产党的英明领导，有人民群众的大力支持，我们肯定能把东洋小鬼子尽快揍回老家喝海水去！”

“不过不能轻敌，轻敌是兵家之大忌。”孙海光严肃认真地嘱咐，“另外，你们通过让大家诉苦，使保丁们受到了极大的心理冲击，他们的灵魂被重塑了，采取即俘即补的方法很好，刚俘虏过来的伪军和地主的护院家丁，只要不是罪大恶极，就及时整训提高他们政治思想觉悟，然后补充到队伍里，战斗力马上立竿见影。为尊重这些人员，消除他们心理上的隔阂、赢得大伙儿发自内心的‘一家人’认同感，取名统称为‘家人民兵’，这个方法不错，也非常有必要。总之，不但扩大了队伍，还节省了训练的工夫，怪不得你老喊要配备政工人员，原来如此。”

孙海光又说：“我想最近在你们划船港开个会，县武装大队的同志都参加，各区乡的领导干部能来的尽量来，由你在会上介绍一下经验。”

“我？”孙广盛紧张了，“介绍经验？不敢当，差远呐。”

“对啊。你代表划船港乡中队。”孙海光微笑着。

“不行，我们没有资格，谈不上有什么经验，不值得向大家介绍。”孙广盛诚恳地推辞着。

孙海光显然已考虑成熟，加重语气说：“为什么不行？组织上认为行就行，你们是个很好的典型，盐阜军区洪学智司令员对政治部杨光池主任讲，有必要将划船港的经验形成个文字材料，在更大范围内推广开来。你好好准备一下，先讲那些战斗经过，然后就如实谈谈体会。要让大伙儿都听明白，什么据点、碉堡、炮楼及铁丝网、封锁沟等都没啥了不起，看起来挺吓唬人，其实也就像只没牙的老虎，根本不可怕。”

……

外面传来一阵“嗡嗡”的马达声，听上去越来越近，连糊在窗户上的旧报纸都被气流震动得一鼓一鼓的。歇在院子里的徐树庭讲，以前曾多次听过这种声音，大家都睁大眼睛望着天空。

孙海光也跑出去，站在门台子上踮起脚，打眼罩向空中望了望。

“敌机，快隐蔽！”孙海光大声喊。

两架银白色飞机自西南方向飞来，翅膀下边还贴着个“膏药”，带着震耳欲聋的响声，在海神庙的上空盘旋了几圈，屁股一掉就朝划船港方向飞去。

孙海光迎着早晨的阳光，望着天空渐渐化小的两个亮白点，深有感触地说：“初战胜利了，敌人肯定不死心，有可能要进行疯狂反扑，这个绝东西对我们很不利。”

第二十一章

斗地主收编伪保丁
巧运筹村长候选人

转眼又到草木返青季节。划船港乡中队已有二百多号人，三俊子是中队长。乡长孙广盛兼任政治教导员和党委书记，党政和军事职务双肩挑。平民百姓中流传着许多脍炙人口的故事，把孙广盛描绘得深懂兵法、两手打枪、行走如风等等，说得简直神乎其神。不过孙广盛领导的划船港乡中队，确实是支神秘的队伍，来无影去无踪，神出鬼没。子丑寅卯东奔西跑，辰巳午未蒙头大睡……把小鬼子弄得十分头疼。竹田“讨伐”讨不着，“清乡”清不到，别提有多烦恼，将孙广盛视为眼中钉、肉中刺，欲除之而后快。

竹田曾数次下令宪兵队、警备队和伪警察大队，都去搞划船港乡中队的情报，妄想把这支农渔武装一网打尽。可情报跟雪片一样飞来飞去，但每次组织“清剿”不是吃亏上当，就是连个人影子都找不到。

日子最难过的是据点和碉堡、炮楼里的敌人，还有就是死心塌地效命的伪村(保甲)长，他们昼夜提心吊胆，弄不清什么时候乡中队会摸上门。孙广盛几次组织民兵去宋府“掏窝”，只因送人命躲到炮楼里而扑了空。

送人命这么一躲，宋府里一下子也就乱了套。

脑子转得快的长工和丫鬟们，一听到风声干脆就趁乱开溜，因都晓得送人命为讨好小日本，可说是坏事做绝，新四军和孙大侠早晚要找他算账。护院家丁人数虽不少，除了欺负老百姓战斗力能摆在哪块呢？指望这帮杂碎去守护大院，简直就是天方夜谭。不赶快跑还等待何时？当民兵们把宋府包围起来时，送人命的大小老婆都忙着收拾细软行头准备跑路，谁也不愿陪大汉奸殉葬。

那天，孙广盛带领民兵攻打宋府，很快用白床单制成的旗子就飘在大门楼子上空。“四老爷，饶命！”讨饶声叫成一片。

“嘿嘿！”看着跪地的家丁们，大兰芬笑着说，“他们有点像‘蚊子咬菩萨——认错人’，把我们当新四军了。”

孙广盛接着试探性地问：“你认为怎么处置？”

大兰芬答：“‘墙上挂棋盘——一个不留，全部活埋。这些没心没肺的家伙明明都是中国人，偏跟送人命帮小鬼子欺负百姓！”

“哪日后大伙儿还想不想在划船港这地盘上混下去？”孙广盛若有所思地又问。

“不知乡长所指的什么？”徐树庭突然有所警觉。

“也得分个子丑寅卯。这些武装家丁中除洋枪队长、‘大乌鱼’‘二混子’‘假丫头’等血债较重外，大多数并非十恶不赦，当保丁也就是为混口饭吃。再说，这些家丁毕竟是中国人，有时作恶也属被逼无奈。都是划船港附近的农渔民家子弟，有很多是被抓来的壮丁，虽做了地主的护院保丁，但也罪不至死。俗话说，龙无云不行，鱼无水不生。尽量不要妄动杀机，以免断了乡中队日后的生路！”孙广盛说。

“难道就这样放过他们？不是太便宜了吗？”大兰芬问。

“你们该听说过《水浒传》吧。林冲初上梁山，为什么有人要他去杀人？”孙广盛问。

“您所说的是‘投名状’①？”徐树庭吃惊地问。

“正是如此。我有个一石多鸟的计策，可利于划船港这革命大本营人丁兴旺平安无忧，让乡中队像只出山的猛虎，似条入海的蛟龙。其一，巧妇难为无米之炊，干大事手上没钱不行。可先将宋府里的浮财全部没收，至于不便搬运的粮食等，统统分给贫苦农户。这是一种温暖人心的事情，有了人气乡中队在划船港就能要风得风想雨有雨。其二，听孙海光讲共产党已在江西打土豪分田地，替穷苦人打天下。为给今后抗鬼子打下群众基础，请示县委及上级组织特许，在划船港也学着来个‘斗地主’，将宋家的三万多亩地，分给六千佃户耕种，同时每户再发一石粮食和五块大洋，并当众销毁所有地契。其三，对于保丁本着自愿的原则，愿留下参加民兵抗日的欢迎。俗话说，捆绑不成夫妻，强扭的瓜不甜。怕死要走的不强求，发两块大洋盘缠走人。与其让他们去当‘二鬼子’成

---

① 投名状，是加入非法团体表示忠心的保证书。

为我们的后患，还不如做好分化瓦解工作，将其收编调整到乡中队里，眼下正是急需用人的当口，让每小队渗入十来个人进去。这些'家人民兵'多少受过一些训练，比刚放下锄头、网兜的庄稼汉和渔民军事素质要强得多，只要经过扎实的政治教育和思想洗礼，肯定能把他们变成真正的革命战士……"孙广盛心平气和地说。

看着抖得像脱了毛鹌鹑鸟一样的家眷和保丁们，英子开口讲话："大家不要害怕，划船港乡中队是支抗鬼子的队伍，只杀小鬼子锄汉奸，不会伤害你们的，但有些事情还得请配合一下。"

……

送人命被吓破了心胆，逃到城里还花天酒地，成日跟一些野女人瞎混。后来就在瓢城的十字街头，以警备队为靠山，开了个"海鲜野味"烟花铺子，由一个日本女子和鲤鱼精帮着照应，还配有包括日本妓女在内的几名妓女。其中有几个当地妓女，多为贫家女，因生活所迫或被拐骗而卖身，受尽了凌辱和蹂躏。

划船港的救命墩子村，还得补选个伪村长。这角色由谁来做呢？连日来，各方人马为此争得很激烈。

当晚，一镰弯月挂在半空，黄海之滨的沿海滩涂湿地上，吹起了一阵阵清凉的春风，孙广盛带着几个民兵绕过海神庙，来到了救命墩子村。

这里虽说是划船港乡公所所在地，但也与其他地方一样，天刚擦黑敌人就躲到炮楼里去，一般是不轻易出来的，那天下就交给了乡中队。在洪书家里，孙广盛找来朱铁匠问情况。

朱铁匠把烟袋锅里嵌满烟末，点上火"嘶哒嘶达"地吸几口，不紧不慢地说："宪兵队派来一趟人，把我的铁砧和锤子、火剪都没收了，眼下已看死不准生炉子，就连镰刀和锄头也不许打。嘿嘿！好在已昼夜不停赶制出一百把大刀、八十支扎枪。"

孙广盛接过话说："不错，别的地方也是一样。"

朱铁匠又说："黄阿黄想当村长，这阵子活动频繁，前天小傍中，他送去两瓶牛气冲天的'牛栏山烧酒'，听说伪军中队长曹小头已把话他了。"

送人命逃走后，黄阿黄一直在宋府里替姐夫看家护院。他想谋这个村长的差使，把话说穿了，这也是送人命的鬼主意。另外，当上村长可搜刮民财，那油水大着呢。村里还有几个游手好闲的小痞子，都削尖脑袋往里钻，挖空心思地想竞争，几个方面人都在不停地活动。再说这帮臭小子都是亡命之徒，打算以两面派的手段，在双方斗争的夹缝里寻找揩油发财的机会。

孙广盛语气坚定地说："决不能让黄阿黄当上，要对他和送人命提出警告。"

朱铁匠说："对付黄阿黄好办，给他写个条子，讲清共产党的政策就行了。可当下最难办的，是这个村长到底由谁来当？"

孙广盛毫不犹豫地说："张百顺嘛。说死了他是个中等富裕的农户，这样在敌人那边能勉强通过，我们这里也可以争取。"

朱铁匠跷起腿子在鞋底上磕去烟袋灰，说："唉！'蜘蛛害屁眼——不来丝(斯)'。"

孙广盛说："事在人为，可再开导开导嘛！"

朱铁匠说："扳头不拢，铁板一块，水都戽不进，连根针也插不上。我好话说了八箩筐，就是一句不听死活不肯，莫去碰钉子啦。再说，明天炮楼里就下来人搞'选举'了。"

孙广盛皱起眉头思索着。

稍坐片刻朱铁匠又说："要不然，让蒋富贵当着试试看。"

孙广盛连忙摇头反对："那，动不得。豇豆藤不能往葫芦架上爬，牵上去葫芦会遭殃。他也是个地主，从阶级的角度讲，利益大体上是一致的。如蒋富贵真的当上村长，很可能也就这么一当就当过去了。富人对革命的态度毕竟与穷人有着一定的区别。"

孙广盛沉默寻思许久，决定亲自找张百顺再劝劝。朱铁匠跟他一块儿去了。他们在街上走了一会，悄手蹑脚地翻过张百顺家院墙，蹲在东窗户脚下。西天上银钩般的月牙早已落了，外面一片漆黑。

朱铁匠贴着窗户格子上一层纸，轻轻地干咳一下，悄声喊："百顺，请你开个门！"

"哎——"张百顺在屋内答应了一声，接着就疑惑不解地问："有什么着急的事吗？等天亮再说吧。"

朱铁匠又说："等天亮可就迟了，请你现在就开门。"

张百顺问："还有什么人呀？"

朱铁匠犹豫了一会儿，心想还是先瞒着点，如来个实话实说，有可能连门都不开，赶紧说："噢，没旁人，就我一个。"

张百顺平时有点油舍不得吃，把仅有的几滴香油珠子都倒在门窝里，开门时没有一点响声。

朱铁匠和孙广盛一起挤进屋，张百顺看到是两个人，满脸不快地忙插上门闩子，掉头就气鼓牢骚地问："深更半夜的来有什么重要事情啊？还有个是谁？"

孙广盛说："是我。百顺大哥。"

这让张百顺更加紧张，声音哆嗦着说："你们也真是的，半夜三更，找我有啥事啊？到东房间里去。"

张百顺是个心窝子浅有句话搁不住的人，上来就问："二位究竟为什么事来？不必拐弯抹角兜圈子，就请开门见山吧。"

孙广盛靠船插篙子，轻轻地笑了声，说："噢，那就来个弯弓射箭照直绷。最近大家都在议论新村长的人选，我们一致认为，你当最合适。"

烟鬼子张百顺腰里总是别着根一尺来长深褐色烟袋杆，一头是田螺状的烟锅，另一头是指头粗的黄铜烟嘴子，正常擦得锃亮锃亮。烟袋杆上挂只用黑布缝的烟荷包，里面装着香喷喷的烟末。他点了袋烟，说："真是有点好笑，这牛不喝水却拼命摁头，摁得住吗？你们凭什么偏要逼着我当？看来又是你铁匠吃剩饭菜长大，出的个馊主意。"

孙广盛说："敌人现在已不怀疑你了，你当能通得过。"

张百顺生怕外面有人听见似的，竭力压低着嗓音干脆地说："不要强人所难，哪怕就是八人大轿十人抬，也莫想我当！你们就放我一条生路吧。"

"你若不肯当，这村长恐怕就被阿黄弄去。"孙广盛耐心地劝解，"黄阿黄想当村长，他既是为了小鬼子，也是为自己发财，见机再捞上一把，这下大伙儿不是更倒霉了吗？俗话说，打一巴掌长记性。你手捂心口里想想，他们害你害得还轻吗？"

人心都是肉长的，张百顺语气陡然又软下来，说："那就让铁匠师傅当，不是也蛮好吗？"

朱铁匠马上接过话茬："想当可就是当不到，这年头我与敌人斗得凶，说什么他们也不信任我呀。百顺，依我看你当这个村长，对划船港的大伙儿都有好处，对抗鬼子也有贡献，乡亲们正巴不得呢！再说这份特殊的差使，万一被哪个不三不四的人弄去，老百姓可就又要受黑头大罪了。"

孙广盛诚恳地说："大家希望你为抗鬼子出把力，当个'两面'的村长，外表上应付敌人，暗地里为抗鬼子做点事情，替救命墩子村几千口老少护佑着点。百顺大哥，我俩是带着十二分诚意上门的，是不是我们这年把工作没做好？如有不到之处就请尽管提。"

张百顺一阵沉默不语。

孙广盛想：做人的思想工作不能急，特别是像张百顺这个人。他慢慢地站起来，和风细雨地说："你还记得吗？敌人骂你，打你，抢你，讹你，难道就不恨？据我所知，农救会从来没有亏待过你，慰问新四军、支援前线抗鬼子，大家都是一视同仁，没让你多负担一点点。农救会要办个什么事情，都是大家一起坐下来商量，每次你不是也参加的嘛。俗话说，人心换人心，八两(旧制秤)换半斤；人心隔肚皮，见外不见里。谁靠得住，谁靠不住，你是'哑巴吃饺子——一肚子数'。乡亲们个个都晓得，你还是往我们这边弯的，对抗鬼子不是也帮过忙吗！"

张百顺疑惑地看着孙广盛："我？帮过啥忙？"

"真是贵人多忘事啊。远的不谈，去年冬天你不是借给我家三傻子一把大扫帚吗？"孙广盛用事例来提醒他。

张百顺不由手往大腿上一拍："你真是铁记性啊！不要再提啦，把人丑死嘞，让我脸都没处搁，实际上当时已被吓得不知东南西北了。"他话锋一转，说，"我心里有数，你们也帮过我大忙呀。那次，小鬼子把我当马骑，不是你铁匠师傅挺身而出，我也许就被那群王八蛋弄死。"他把挺直的身子又缩了回头，尔后长叹了一口气说，"我这个人就莫谈了，像茶壶里煮饺子，肚里有货就是嘴上倒不出来，属豆腐渣做菜端不上桌子，生来就怕个出头露面，怎么能当这个村长呢？"

孙广盛说："你性格是有点内向，但脑袋瓜子非常灵活，遇到事情善于思考，这叫开水不响，响水不开，当村长是块蛮好的料子。常言说，不下水一辈子不敢游泳，不上船一世也不会摇橹。以后遇到什么难处，就让大伙儿帮你想法子，万一碰到啥过不去的坎，有一大家子给你撑腰，你不用老是前怕狼后怕虎。"

砂锅不捣不漏，木头不凿不通。张百顺吞吞吐吐地回答："说一千道一万，都是一个理。我如真当……炮楼里的人能认可吗？"

孙广盛说："那是我们的事情。这个你就尽管放心。"

雄鸡已报晓，远近相争着啼叫起来。张百顺生怕耽搁迟了不安全，自己也担风险。水滴石穿，绳锯木断。他开始点头答应："容我再考虑考虑！时辰不早啦，你们赶紧先回吧！"

第二十二章

朱铁匠打点曹小头
张百顺当选新村长

启明星升起，东方现出微弱的白光。孙广盛和朱铁匠离开了张百顺家。

朱铁匠跟洪书及几个民兵秘密商量，认为不能“倚仗草鞋戳了脚”，应采取分工包片方法，登门“挤个眼”。他们按孙广盛说的办法，早饭前就在乡邻里布置行动开了。

午后，喝了几两白酒的曹小头一边用火柴棒子剔牙，一边带着几个伪军从炮楼里大摇大摆地出来。过了吊桥刚进村子，有个伪军就敲起破锣，扯着沙哑的嗓门喊：“哎，各家各户注意喽！到划船港学校去选村长，小孩子顶大人的不算，家长缺席罚一斗五升小麦……”

朱铁匠坐在风箱头子上抽旱烟，不停地朝门口街面上望着。当破锣响到铁匠店前时，他急忙磕掉烟袋灰迎上去：“曹长官，我正打算去找你，噢，赶巧了。”

曹小头收住脚步，眼皮子向上一翻，龇着被烟熏得黑乎乎的牙，喷出一嘴酒气，问：“看来有什么事吧？”

朱铁匠恭敬地贴住曹小头耳朵低声说：“这里有点小意思，是受张百顺委托，转交给你曹长官。他愿追随你鞍前马后做点事，能否给个薄面收下？”只见曹小头将下巴朝几个伪军一噘：“你们先去吧，让我跟铁匠谈个事，一会儿就到。”说罢，他就转身进了铁匠店。

朱铁匠从房门口的大笆斗里，拎出斗地主时的战利品——两瓶贴标签的汾酒，还有一把精美的锡酒壶，故意往高处举了举，说：“一点小小心意。”

曹小头是个出了名的酒鬼，三朝两日都喝得脸皮子发青，眼珠子充血。那双像吃死人的红眼睛一个劲盯着两瓶老酒，说：“官不打送礼之人（谚语），来得早不如来得巧！想请我办什么事啊？”

朱铁匠把汾酒和锡酒壶又放进大笆斗，靠近曹小头耳朵说：“今天选村长，张百顺想请你关关心。”

曹小头从驻防伪军胡冠军部另一个单位刚调来不久，因救命墩子村是划船港乡抗日民主政府所在地，村子包括港口、码头范围太广，濒海重镇人口又多又复杂，有些人他根本就对不上号。不过对张百顺倒是印象很深，认为此人胆小，也没得什么魄力，因此他将信将疑地摇了摇头说：“姓张的想当村长？有点不太适合吧？”

朱铁匠解释说：“这年头，光死种田和上滩搞小取及做点小生意没出息，张百顺也想开了，愿跟在你曹长官后头跑跑腿……”一席话过后，曹小头颠着肩膀哈哈大笑：“怪了，真没想到，连个地地道道老实巴交的泥腿子，也想捞这个肥缺！”

陡然，他把脸又拉得老长，露出一副凶相，嘴巴子咧了咧，说：“啊，这两瓶小酒，就想换个村长当当？也有点太便宜了吧。”

朱铁匠连忙将准备好的“黄货”，塞进了曹小头的手里，说：“先给你这个。只要当上喽，有数！”

曹小头非常得意，攥住用手帕包着的一只大金戒指，心里暗暗盘算：真他妈的逗巧，这个竹杠就算敲定了。阿黄进贡的比他姓张的还大得多呢。

朱铁匠看了曹小头一眼，心想：打了点好歹总算把你狗嘴堵住，今天这台戏怎样演下去，那就来个“骑毛驴看唱本——走着瞧”吧。

曹小头脸上堆着假笑，装得非常豪爽的样子，将手一舞，说：“叫老顺放心，我曹某人认可啦。”

曹小头歪歪跄跄哼着黄色小调去学校，朱铁匠紧跟着也进了选举会场。

今天的会在校园里开，门口有几个伪军把守，来人只准进不许出。不大一会儿，先后来了三四百人，清一色的男子汉。这些庄户人心里都清楚，在日伪军统治下的划船港，哪有公开选村长的美事？只不过是以选举的名义，把村长人选当众宣布一下建立威信，“选举”只是个幌子，糊弄人而已。

会场乱哄哄的，有点跟鸭吵塘差不多。曹小头从几张学桌搭的主席台前站起来，一连干咳了好多声，两只兔子眼睛在人群中一刷，说：“安静，大家都静一静。现在开始选村长了。什么人能当呢？头一条得拥护皇军，第二条有‘通共产党’嫌疑的不能当，第三条家里穷得叮当响的也不行。”讲着讲着忽然想起，要再用一条把张百顺限制住。他低着头想了想又离开主席台，手背在后头来回走几步，陡然停下来喊："家景虽不算怎么穷，过着中不溜的日子，但没有出头露面过的，没得场面的人也不能当。"

曹小头本来可直接叫出黄阿黄名字，但考虑也已收了张百顺的礼，得多说几句走个过场。他一边向站在前排的阿黄递眼色，一边又大声喊："选哪个呢？请大家来看看。"

还没让人们反应过来，曹小头紧接着就说："噢，谁最适合呀？"

"父老乡亲们——"黄阿黄站到了前头，冲着大伙儿皮笑肉不笑地说，"我也晓得，谁都不愿干这个苦差使，但好歹总得有人当哪。我想，实在没人愿意伸手，那就让我来替大伙儿效劳效劳吧！"

"好。黄阿黄当村长蛮好。"曹小头马上应和地说，"有没有反对意见？啊！大家咋都不说话？那就是全默认啦。俗话说得好，不吱声有几分。就这样定了！"

"张百顺当村长！"人群中有人大喊出声。

"同意！好！好！"人们几乎异口同声地大喊起来。

毫无疑问，这是朱铁匠按孙广盛的意思，预先在大伙儿中串通好的。黄阿黄始料未及，当头一棒被打得两眼直眨，急得大半天说不出话来。而后，哭丧似的表白道："曹中队长，这可咋办啊？你快给我作主吧！"

曹小头也感到很奇怪，民众为什么这样心齐呢？大概是有人在背后搞小动作，是共产党吗？是乡中队吗？一下子很难说清楚。

"张百顺当村长！坚决拥护张百顺当村长！"人群中不停有人呼喊着。

眼看这场面已发展到不好收拾的地步，曹小头犯难地挠了挠脑袋，心想孙广盛已给我传过几次警告信了。这回若不顺着点行吗？他像热锅上的蚂蚁，把手背在后头来回打起了转。

张百顺一进会场，就钻进人群里不敢露面。他虽口头上答应孙广盛当村长，但心里却一直是"十五只吊桶打水——七上八下"。当人们一个劲地喊出他的名字，他忐忑不安的心情顷刻之间又上升到恐慌恐惧的地步，黄铜烟袋嘴子含着含着，额头上渗出了豆大的汗珠。

一提到孙广盛，曹小头就毛骨悚然。他心想话不要说死，路不宜走绝。便决定先退让一下，给自己日后再留条路走走，免得做过了难回头。正好这个村长差使也没啥了不起，跟自己毫无利害关系，就是为了应付日本人罢了。他把阿黄放在旁边一字不提，扬了扬双手喊："大家静一静，都不要讲话！……别再闹了！"

吵闹的会场逐渐平息下来。

曹小头脸上挂着微笑大声说："好，那就张百顺当选，散会。"

朱铁匠如释重负地站在人群中带头鼓起了掌。

"哎哎——再等等！"曹小头眼珠子滴溜一转，又出了个鬼主意，扯着嗓门喊，"各位少安勿躁，都听着还有话要说，每户交选举费折玉米一斗，限三天之内交齐。都给我滚吧！"

人群中又出现一阵阵骚动，许多人朝他吐了口唾沫。

黄阿黄傻呵呵地瞪着双眼，大半天才醒悟过来，双手拉住曹小头的胳膊："曹大长官啊，你这做的什么事儿？"

曹小头用力把膀子一甩，说："你狗鼻子没闻出啥腥味？摆下的这个阵势，我胳膊那拗得过孙猴子大腿呀？"

黄阿黄呆若木鸡似的站着。

张百顺铁青着脸，夹在人群中走出学校大门。他说不出心里是什么滋味。

入春以来，盐东县大队和划船港乡中队，把周边数十个伪村公所砸了三分之二，这样各村的伪村长几乎都换成了"两面"村长。

张百顺当上伪村长后，没有帮敌人干过坏事，但有时他觉得自己很为难，一看到孙广盛就喊冤："我快要去宪兵队报到啦。"

孙广盛一本正经地说："不要瞎讲，这阵子你支应得不是蛮好吗！"

张百顺说："一言难尽，真是活受罪。"

孙广盛笑着说："不光是活受罪，还得担惊受怕吧？老与敌人打交道，万一有点看不顺眼，就能让你脑袋搬家。"

"一点也不假。我每天从早到晚都是提心吊胆做事，这样下去到哪天才是个头啊！"

"就是脑袋拎在手里也得干啊。要抗鬼子这个村长总得有人当，百顺大哥你说呢？"孙广盛进一步为他撑腰打气。

"当然喽！全是你这张苏秦说六国的嘴，挑我的好事。否则，哪会轻而易举地松口？"

孙广盛待人一贯是实打实。张百顺非常喜欢他那诚恳坦率的态度，如遇上有什么别扭及想不通的事，都愿意与孙广盛直说。他觉得孙广盛能理解人体谅人，说出来的话也中听，叫人感到很亲切、温暖，使得你不得不按他说的去做。张百顺还越来越觉得，共产党统一战线政策也确实有一种无比巨大的威力。眼面前在这种团结抗鬼子的形势下，共产党人表现出的真诚和无私，即使是略有一点民族自尊心的人，也愿意与他们合作。因此，张百顺这阵子的工作，也确实比较积极，甚至在关键时刻，还真的能来个“大肚子过独木桥——铤（挺）而走险”。

这天早晨，张百顺正准备去东小海滩上勾蛏、挖蛤蜊，在村口遇上孙广盛。

“百顺大哥，你去炮楼告诉小鬼子，就说我前半夜来救命墩子，后半夜去了沃滩村。”张百顺给敌人送过好多次假情报，每次都经受很大的风险，然而胆量和智慧却在不断得到锻炼和提高。前阵子，敌人经常上当吃闷亏，后来对一些村长送去的情报便产生了怀疑，有个别人还被当场吊起来拷打，甚至关到了宪兵队里。路湿早脱鞋，遇事先安排。其实，孙广盛对张百顺的人身安全心中是非常关心的，只是嘴上没说。张百顺硬着头皮去了炮楼，鬼子小队长果然有疑心，把洋刀架在他脖子上：“你的大大的说谎，孙猴子的支那农民军在月亮滩，怎么屁股一掉的就跑到这里？”接着又做个掐断脖子的动作，表示如向皇军撒谎要死了死了的。

张百顺脸吓得煞白：“太君，我是你们的村长，辛辛苦苦地送情报来，反而还被这样子对待，往后有谁还敢当呢？”

鬼子小队长说：“许多村长的都‘通共’了，你的良心的，也大大的坏，我的知道！”

话音刚落，沃滩村的村长也跑来报告：“孙广盛的乡中队，后半夜去我们那里，天亮前越过大洋河向西去了。”

这下鬼子小队长信以为真，把两个村长打发走之后，就向本部司令官报告。

竹田心里有数，知道这些情报都是假的，又是孙广盛玩的个骗术。近几个月来，他似乎患上了抑郁症，一直是情绪消沉，白天吃不好夜里睡不香，日夜疑神见鬼的。对付在沿海滩涂湿地上打游击的支那农民军，他始终思谋不出有效举措。

想不出来也得想。竹田又苦思冥想了几天，把搜集来的所谓可靠情报，进行反复地综合分析，决定召开个作战会议。早饭过后，他撑着浮肿的眼皮子，带着疲倦的神态，把本部各大队、宪兵队和皇协军警备队的头儿们及伪三十三师所属一二九、一三零两个团的团长、参谋长等，还有一群狗头参谋都统统集中起来。

联队司令部作战室内静得出奇，二十多个与会者都默不作声，就连一根针掉在地上都能听见。竹田正在一脸愤怒地看着面前的情报，自己却一下子又无能为力："八嘎，支那人的太可恶了！这孙猴子混蛋的到处生事，又把皇军驻南洋岸中队的武器弹药抢了，大大的该千刀万剐！"

竹田指着墙上挂着的"支那中部地图"，讲了当前盐东的军事剿灭形势，而后便急不可待地催促："谁的聪明的？'清剿'的好办法，大大的贡献出来的。"

一阵沉默过后，竹田对面前耷拉着脑袋一言不发的日伪军军官们咆哮着，把桌上的电文撕得粉碎。

仍然没有一个人敢吭声，全都低头默默不语地站在那儿，空气中弥漫着浓浓的火药味。

看着平时牛皮哄哄，而现在却一言不发的那些长官们，竹田闭上双眼长叹口气，平复了一下心中的怒火。

这群饭桶，能说出个什么来呢？在"大太君"的面前，他们也只能连声答应"哈伊！嗨！"

"八嘎牙路！统统的废物、蠢货！"竹田依次看着每个人的脸，都是那种十分为难的样子，心想他们的都不行，还是太君大大的聪明。竹田对着与会人员，愤怒地大声狂吼。

过了一会儿，竹田操起十分精美的指挥棒，对墙上的地图已标注着红圈儿位置处来回指点："孙海光的县大队都藏在这里！"随后指挥棒又陡然向左移动，在一些蓝箭头图案的地方，使劲杵了杵说："新四军的部队，大大的都在范公堤以西这个的地方。划船港支那农民军，到海边月亮滩的去了。孙猴子的声东击西，放出风来说又钻到划船港，这可能是个大大的欺骗。"竹田说着掉头问二蜡嘴，"什么？情报真的可靠吗？"二蜡嘴极有把握地回答："绝对准确。那一带已安插许多暗哨和密探，孙猴子真是前天晚上回了划船港。"

竹田故意闷着不语，用指挥棒轻轻地拄着："孙猴子大大的危险！"他两只眼珠子透过镜片，射出毒蛇般凶狠的绿光，"拿出足够兵力的，尽最快的速度，先把孙猴子的除掉，绝不让他在世上多活一分钟！"

第二十三章

月亮滩民兵大整训
取海鲜情人意缠绵

正当竹田秘密筹划“清剿”方案的同时，乡中队在月亮滩开展大整训，孙广盛把前阶段工作进行了总结。紧张的战斗生活已告一段落，大家也就没有拘束地轻松一下，吹（牛）拉（呱）谈（情）唱（歌），气氛热烈。

春天里来暖洋洋，
船港姑娘针线忙；
绣朵红花与绿叶呀，
配对蜜蜂飞进房。

夏天里来热难当，
河畔姑娘洗衣忙；
清澈河水涟漪荡呀，
鱼儿成对戏水上。

秋天里来芦花香，
上滩姑娘小取忙；
蛤蜊鲜蛏难分开呀，
愿嫁民兵知心郎。

冬天里来迎风霜，

巧手姑娘缝补忙；
郎君扛枪上前线呀，
妹子两眼泪汪汪。
……

女子小队党代表兼指导员浦慧姑娘歌声一落，一阵热烈的掌声骤然响起，歌声、掌声调动了大伙儿的激情。一向活跃又能识文断字的徐树庭清清嗓子，给大家唱起了淮剧《杨六郎告御状》：

耳听得金殿上一声宣召，
步玉阶难平静起伏的心潮，
哎呀，我的老爹爹呀，
……杨延昭前后掩护，
血染战袍杀出重围穿小道，
我九死一生才回朝。

“好！”唱得有板有眼的老淮调，着实吊起了大家的胃口，“下面再请欣赏淮剧《空城计》诸葛亮的唱段。”英子这边一报幕，很快又是一阵掌声响起，孙广盛一张口就把大家都惊呆了，不是唱得不好，而是大大出人意料。

我正在城楼观山景，
耳听得城外乱纷纷。
旌旗招展空泛影，
却原来是司马发来的兵。
……

淮剧，又名江淮戏，流行于苏北、皖北及沪宁沿线，有一百多年的历史。淮剧的语音腔调是以盐阜一带方言为基础，并兼顾淮安的方言而戏曲化的一种舞台剧。清代中叶，在盐阜、淮安、宝应等地流行着一种由家民号子和田歌雷雷腔、栽秧调发展而成的说唱形式门叹词，形式为一人单唱或二人对唱，仅以竹板击节。后与苏北民间酬神的香火戏结合，称为江北小戏。进而受徽剧和京剧的影响，在唱腔的表现形式上，有自由调、老淮调、下河调、蓝桥调等；在表演剧目等方面逐渐丰富，比较出名的戏有《珍珠塔》《牙痕记》《白蛇传》等，形成了在苏北里下河一带独有风格的地方戏种。当地的男女老少都会哼上几句，就连大上海也有专业的淮剧艺术演出团体。

休假一天，大伙儿真是高兴极了，捞鱼摸虾，勾蛏挖蛤，盥洗衣物，不亦乐乎！

月亮滩这一带的湿地，分潮上滩、潮间滩和潮下滩。潮上滩芦苇杂草丛生，蒹葭苍苍；潮间滩是贝类的乐园，盛产文蛤、蛏子、蛤蜊、蛤子、泥螺、蟛蜞等十多种滩珍。涨潮时它们从泥沙中钻出来觅食，退潮一个个又藏了进去，只有少量的蟛蜞在光溜溜的滩上游玩嬉戏；潮下滩有肥嘟嘟的鲻鱼、活蹦乱跳的条虾等，肉嫩味鲜，营养丰富……

清晨，阳光被阻隔在云雾里，附在柴草上的露水还未蒸发，就像珍珠一样亮晶晶的耀眼。

“快，哥们姐们，晃蛤子去。”

“哎，滩头离这好几里，咋去啊？”

“笨蛋，你在海边上长这么大，没听说海里每天两潮汐（涨落），一潮（汐）迟三刻吗？也就是十二个时辰中，海水的涨落在白天叫潮，发生在夜间称汐。老祖宗早已注意到这种自然现象，将其潮起潮落赋予一个美丽名字为潮汐。开始落潮时用条船下去，屁大个工夫就到海边了，在滩头晃上个把时辰，每人弄二三十斤蛤子，然后再趁着涨潮上来啊！”

一条木船顺风顺水，不消小半个时辰就到东沙滩，一群男女民兵开始晃起蛤子。滩头上晃蛤子的人很多，大姑娘和小伙子三个一群五个一趟，拎着网兜和芦柴篾小篮子，寻找个地方就叉开双腿晃起来。这晃蛤子多少也有点怪，正常情况下蛤子都藏在泥沙里，要是用大锹或洋铲去挖，一个潮水顶多能弄几斤，但如用上两条腿去晃，少说也能收获小半石。经男人女人叉开两腿不停左右晃动，滩头水汪汪的沼泽地上，那块被晃动的泥沙一会儿就变成流沙淌走，明摆着白胖胖的蛤子。

“不能赖滩，快收拾东西上船，马上海潮就涨来了。”大兰芬严肃地板着脸催促。于是大家就拖着袋子和网兜上船，不大工夫，涨潮流就像钱塘江潮汹涌而来。大伙儿赶快起锚拔篙，把船儿撑离沙滩头，然后双桨齐开……

靠山吃山，靠海吃海。大海给予人类多少馈赠谁也说不清楚，划船港这一代代人，就是靠大海养活着。海边人把到滩上去勾蛏、挖蛤蜊、晃蛤子、捉蟛蜞、拾泥螺等叫做赶海。虽说乡中队驻地靠在海边，但离滩头湿地还有好几里远。傍晚，大家又组织起来，背着带蒙口的蟹篓儿，手提小马灯，怀揣干粮带着淡水，一支捉蟛蜞的队伍又出发了。

过了红顶大白鸟（丹顶鹤）村向东，便是一片茫茫的草滩，没过膝盖的茅草随风起伏，像一片绿色海洋。大家走在草滩里的弯弯曲曲小道上，说着唱着不知不觉，就进入了湿地的芦苇荡滩。太阳已下山，四周渐渐黑暗。网箍子说："芦苇滩像迷魂阵，一旦迷失方向，本事再大也难摸出去。"听这么一说，大家个个心里发怵，刚才说唱嬉闹的兴致荡然无存。茂密的芦苇超过头顶，窄窄的小路被淹没了。大家双手将芦苇分开，一步步慢慢地前行。眼下一片漆黑，稍不留神就会掉队，只好相互喊着名字，男女拉拉拽拽地前进着。一阵海风吹过，芦苇压着头顶，发出"呼啦呼啦"的声音，淹没了同伴们的呼喊。于是，后边人就抓住前边的蟹篓，一步也不敢落下。

摸索了好久总算出了芦苇滩，大家忽然眼睛一亮，宽阔的海滩展现在面前。

蟛蜞这小东西就在滩头沼泽地的草丛里，白天一只也捉不住，人如若靠近点就"嗖"地一下钻进洞里。只有在晚上，用小马灯一照，它就成了睁眼瞎子。不过捉它时得眼疾手快，略一迟钝就有可能被大螯夹伤。蟛蜞的吃法有好多种，可用盐打成卤水炝后当咸菜吃，也可捣碎用盐卤水做成"蟹渣"吃，还可以滤出蟹肉汁，精制成美味的"蟹豆腐"。不过最能充饥吃到嘴里嘣脆透酥、连壳带肉一起下肚的，还是放点油盐炒了吃。

男女民兵们三个一搭、五人一伙地捉起了蟛蜞，滩涂湿地上一阵阵嘻嘻哈哈，那笑声跟着脚步走。三俊子过去曾多次逮过这玩意，动作非常麻利。英子却是"乡下奶奶吃海参——头一回"，刚刚捉了几只，就"哎呀哎呀"地手被螯夹出了血。

三俊子说："米是米，糠是糠，芦柴不能当小（木）桩。我的卞大小姐哎，这是哥们干的事，你就不要流血牺牲了，帮哥拎马灯做做小工就行。"英子捏了把三俊子的膀子，说："几天没见，你三猴崽子毛长全啦？长本事啦？总是门缝里看人，把人看扁了。姐怎么呀？还不是同你们一样跟小鬼子拼吗！"三俊子笑笑说："对对对！哥快嘴又说错了。古有木兰从军行，今有英勇船港女民兵，姐就是不服输！"

英子很高兴，在这战火纷飞的年代，在这广袤的滩头湿地上，在这大海边的夜晚，能与自己的心上人在一起，这是再惬意不过的事情。

“哎呀，手被芦柴桩子一戳。”三俊子用膀弯有意搗了英子一下。

英子心头一热，一本正经地说：“那赶快回去看看，找块布包起来。”说着将小马灯和蟹篓往网箍子手里一塞：“走，姐陪你。”

英子趁势拉住三俊子那只手，跑出沼泽芦苇滩，在处地势稍高名叫凤凰窝的茅草丛边上坐下。

屁股一着地，三俊子就猴急猴急地搂住英子，解开几粒蝴蝶结盘扣。英子“噗哧”一声笑了起来，使劲抓住三俊子手嗔怪着说：“你手痒病又来了！现在爪子已不疼啦？也不让人家先喘口气！”

三俊子轻声说：“这凤凰窝的茅草窠紧靠路边，要是被滩上走夜路的人撞见，人嘴两块皮三传两传就猫儿变成狗了。”说着，就搂住英子躺在茅草地上。

月黑风高，一阵阵海风呼呼刮过，把干枯的茅草吹得瑟瑟作响。

这黄海湿地的一片茅草滩，感受着人类的气息，倾听着人类特有的情调，听着听着天地人一起都陶醉了。一阵清凉的海风吹过，雨露中悄悄伸直了的草叶，与同伴们相互抓挠和摩挲，茅草滩上顷刻间发出了沙沙的响声。

三俊子揉揉眼睛问英子：“我俩打算啥时正式成亲？”

英子说：“这个你着急什么？假如姐被宋府里抢去，你还不捱呢！”

“哎，晓得吗？你被抢走的时候，就是三哥我去颖川堂酒店找的。”

“已说过好几遍了，就不要再卖这个人情啦。你若是不去找，谅他姓宋的铁链子也莫想把姑奶奶扣住。”

“哎！你晓得什么叫缘分？缘分就是一种前世的命运，是千年万年之前，在菩萨面前的约定，选择了今生今世来践约。缘是天意，分是人为！缘的意思是因我无意中被组织上安排去城里找你，而产生的一面之缘。你说那分是什么意思呢？”

“分，也就是让你产生了好感，又爱上我了呗！也真是的，要不是参加革命打鬼子，姐可早就儿女双全了。”

有一颗流星从天空飞过，留下一道闪光的亮痕，瞬间又消失得无影无踪。英子一惊搂紧三俊子：“好亮的一颗星呀！”

三俊子说：“地上有个人，天上就有颗星。当天上有颗星坠落下来，地上就要有个人归天。夏天晚上在打谷场纳凉，一见到流星从头顶上穿过，摇着蒲扇的老人就赶紧齐刷刷跪下。”

“跪下干什么呀?”英子好奇地问。

“祈祷苍天,保佑划船港这一方平安,不要让流星降落到地上。”

“难道是真的吗?”英子有点半信半疑。

“那是老人讲的从前故事。看,这条密密麻麻的星带叫‘银河’,左岸是牛郎星,右边是织女星……”三俊子又讲起了牛郎织女的故事。

英子听得十分入神,默不作声地仰望着星空。有只萤火虫飞来,落在不远处一棵蒿草上。英子轻轻地走过去,小心捉住了萤火虫捂手里,在黑暗中仔细端详好大一会,又把萤火虫放飞夜空,嘴里还喃喃地说:“去吧,去吧,去把滩涂湿地上迷路的人们送回家!”

夜已深了,浓浓的露水浸湿了头发,使人感到一丝凉意。

三俊子头一抬,看到捉蟛蜞那边柴草滩里的灯光已没有了,就赶紧牵住英子的手急急往回赶。

翌日清晨,太阳被阻隔在浓雾里,附在滩涂湿地柴草上的露水,像一串串珍珠似的晶亮。为尽快将乡中队打造成有战斗力的坚强队伍,孙广盛经请示县委同意,对手下二百多民兵搞起政治和军事大整训。

三俊子带领新入队的队员和“家人民兵”宣誓后,孙广盛对大家提出要求:“听党指挥,严格训练,争取优秀,杀敌建功……”

孙广盛安排将现有武器装备统统拿出来,重新进行合理化分配。把所有人员根据强弱搭配,整编成五个民兵战斗小队,其中一个加强小队,一个女子基干小队。将未年满十八周岁的小民兵和三十五周岁以上的老民兵,及体力差的民兵挑选出来组建后勤保障小队,负责救护、担架、帮厨等。党员多队伍正气就足。对已打报告申请入党的民兵,按简易程序赶快让其参加过组织生活。为确保党对民兵组织的绝对领导,由原来派党代表改成支部建在小队上。每个小队编三个班,都设党小组,每个班共有十一人组成,中共党员确保三人以上。加强了的第一小队作为全中队的精英,党员人数多设总支,五个班除各配备一支冲锋枪外,班副以上人员加配短枪。孙广盛给他们起了个响亮名字,叫“蓝狐精英小队”,让三俊子兼小队长,网簖子任武装指导员兼党总支书记。沿海滩涂湿地上的狐狸,足智多谋动作迅速,蓝狐精英小队要练成中队的拳头,比那狐狸还要迅猛和精明。

“蓝狐精英小队名字好,以后就这样称呼。”孙广盛的话传出后,一会儿“蓝狐精英小队”名声就从人群中响起来。这一喊,惊飞了滩涂湿地上的鸟儿,震撼着黄海之滨的广袤大地。

此外，由于枪支不足的原因，将长短枪和子弹及手榴弹等，也来了个统一分配。剩下十八个赤手空拳的人员，就组成两个临时直属机动大刀班。

队伍得到很好的休整和补充后，又投入了紧张的军事技能强化训练。只见训练场上插着一面鲜红的旗帜，上面绣着：镰刀、斧头、五角星和“划船港民兵中队”七个字。这是孙海光亲授的队旗，孙广盛精心设计了图案，民兵姑娘们在油灯下一针一线绣的。训练科目主要包括体能、队列、刺杀、射击、擒拿格斗及登高、爬树、奔滩作战等。白天进行军事训练，晚上开会学习，使乡中队的军政素质提高很快。总教练孙广盛给大家讲战术课时，让同志们都学会了战场上的生存技能、陷阱设置等游击战术。他反复强调：“在与敌人进行白刃战之前，枪膛里必须保留至少一发子弹，而这样做的目的，其实就是为在肉搏战斗中遇到不测时使用。通常情况下如遇难缠的敌人，在近距离内瞄都不要瞄，‘砰’的一枪就解决掉一个小鬼子，还有敌人的话，就再跟他玩拼刺刀。”

射击场上枪声阵阵，以班为单位选出的神枪手，更是枪枪都打出了九环以上。手榴弹没有落在十五丈之内的，有人还投到了近二十丈。

在孙广盛的提议下，乡中队拿点钱给民兵们统一配发小布兜，里面有红布箍儿民兵标志、毛巾、粗瓷二碗、竹筷子、搪瓷茶缸、针线包等，另外还有一双草鞋和一只粮袋。

第二十四章

陈霸川投靠乡中队
陆玉桂星夜传敌情

夜深了，洋卯尖的人们都已进入梦乡，只有孙广泉家东房间里还闪着暗淡的灯光。

孙广盛在一盏细高香油灯下，翻阅着《马克思主义浅说》一书，然后又拿起一本油印小册子，专心致志地读着毛泽东军事著作《论持久战》。

海滨的夜晚十分宁静，偶尔从外面传来一阵阵成群结队飞向海边的鸟儿，“叽叽喳喳”的鸣叫不停。孙广泉翻来覆去地在床上睡不着，忽然抬头看到五哥那聚精会神的样子，说：“转移到洋卯尖这阵子，白天你跟民兵一起摸爬滚打，夜里又熬得很晚，吃得消吗？”

孙广盛眼不离书，说：“嗯，这个问题不大。”革命的理论和实践让他获得了知识，增长了才干，懂得一个军政主官应该怎样指挥打仗。根据毛主席制定的“敌进我退，敌疲我打，敌驻我扰，敌退我追”十六字诀游击战术，结合上级对打滩涂湿地游击战的指示，他几乎无时无刻不在思考和研究，在滩涂湿地上打游击的特点和绝招及如何利用自然地理条件，去顽强地同敌人作斗争。他深深地懂得，脚下划船港沿海一带的滩涂湿地上，游击战发展的规模越大，对盘踞在盐阜区的敌人威胁就越大，对新四军三师主力部队正规作战的配合也就越起作用。

雄鸡叫过头遍，孙广泉一觉醒来看着五哥，说：“你已几天夜里没睡什么觉了，要是累倒了，哪队伍咋办呢？时辰不早喽，快点休息吧！”

“哎，你说爹还在吗？”广盛问。

“看来没得把握。那年海上刮大风，牛湾河那儿去的十几条渔船都翻沉了，一起出海的百把人，听说没有一个回头，哪个晓得他会怎样？哎，你为啥老提爹啊？”广泉回应着。

“不知咋的，我总是想起爹。”

这话是真的。在某种程度上，孙广盛的情感比弟弟要细腻得多。他常怀念亲人想到过去，而每当想到那个时候，万丈怒火就在胸中燃烧，烧得他意志刚强，烧得他浑身有使不完的劲。

有个人从外面进来，听脚步声，孙广盛就知道是三俊子。三俊子轻手轻脚地推开东房门：“爹，有你一封信。”

孙广盛拆开信，看着看着眉头皱得越来越紧，问：“他人在什么地方？”

“西房间里呐。”

“真是有点奇怪了。”

孙广泉插话问：“咋回事？你说的是谁呀？”

孙广盛又看了看信，说：“老相识的，陈霸川。”

清晨，孙广盛去芦苇荡里检查各小队民兵操练情况。村里未参加民兵的一些青壮年人，也都很早起来下地劳动和上滩小取。孙广泉家的西房间里，却还躺着个瘦精精的汉子，他就是陈霸川。

陈霸川十分困乏，一觉睡到早上太阳八丈高。他睁开眼睛凝望窗户上的阳光，回想起昨晚的情形。来到洋卯尖已是深更半夜，尽管还没与孙广盛照上面，但仅凭简单接触和表面观察，就已让人颇为惊异。这个庄户人家出身的泥腿子，不起眼的农民大老粗，谁不晓得几斤几两，怎么一下子就成了共产党领兵打仗的长官，而且还拿得起放得下，真是风水轮流转，十年河东十年河西，士别三日当刮目相看哪！

陈霸川听到房门响动，抬头一看是孙广泉开门进来。

“睡得怎么样呀？”

“嗯——”陈霸川展开双臂，伸了个懒腰。

“再睡一会儿吧。”

“已经不早了。”

孙广泉打开缸盖子，掠点黄豆炒盐霜豆子，给民兵们当早饭咸菜。

“他们人喃？”陈霸川指着东房间问。

“去操练啦。”孙广泉边说边端着半小笸子黄豆出去。

陈霸川又躺了一阵子，觉得怪寂寞的，就穿好衣服洗完脸去东房间里。他站在箱柜子旁，好奇地翻着孙广盛阅读的《巴黎公社史》《布尔什维克》及油印小册子《民运工作》《兵民是胜利之本》等书籍，不解地摇摇头，然后懒散地走出房门。

洋卯尖境内的水系以划船港流域为主，但因其离干流和支流较远，无论水上运输还是行洪灌溉都不方便。民国初期，为废灶开垦和放碱需要，大佑棉垦公司开挖了一条东西走向的卯酉河，西端直通大洋河湾尖降低地下水位，后来人们就将洋头处取名——洋卯尖。庄子上很清静，周围的芦苇荡里和几处密林中，不时传来民兵操练的口令声，雄壮的厮杀声和“嘟嘟嘟”的哨子声。这里紧靠大洋河湾子东岸，是划船港与洋马港的中间地段，地势有点低洼，河边是一望无际的芦苇荡滩，离日伪军活动区较远，基层抗日民主政权比较巩固，群众的革命情绪相当高涨。武装的敌人还未来过，只有个别特务曾到这里张望，都被机警的民兵给逮住了。

村庄坐落在芦苇荡滩的深处，房子盖得又有点分散，总共才百十户人家。一进入村子，荡滩、树木一片绿荫遮天，花香鸟语犹如置身瑶池仙境，令人心旷神怡。其实说起来，洋卯尖跟月亮滩差不多，看上去日不见村、夜不见灯，偏僻而又隐蔽，是打游击的极好根据地。村庄上水陆路皆通，从任何地方出去都可进入滩涂湿地。

洋卯尖村子中央有个土墩儿，大约在五六丈见方、八尺来高的样子，前面是一块相当大的场地。老人们说：这个土墩子是前清留下来的风水宝地，先是用于从事海捕人们涨潮时躲避海潮的潮墩，后改建为祭祀神灵的祭坛。尽管靠近大海边上，可老天爷一旦发起倔脾气，有时连续两三个月不下雨，地上干得火星子直溅，盐碱就像初冬早晨的严霜一样雪白，土墩子上下都是一片白茫茫的。每逢干旱的年份，当地的庄户人家便祭神求雨。土墩子中央供奉着一尊泥塑龙王，摆着刚宰杀的整猪整羊，四周还排放着香烛纸马。村子里的男女老少，黑压压在祭坛前场地上跪成一片。身穿黑色长袍，在台上求神作法的人叫方士。只见他手舞宝剑，口中念念有词，跳上窜下地表演一番后，那宝剑在臂膀处一划，顿时就鲜血淋漓，方士[①]便把血挨个抹上孩子们的脑门。据说那是神血可避邪气。顿时，八个壮汉立即搭起龙王，另有一群男子就抬着猪羊，绕村子不停地转圈儿。方士举着宝剑紧随其后，洋卯尖人便呼啦啦地排成长龙似的队伍跟在后

① 方士指有法术的人，在古代是一种很神秘的职业，主要负责求雨、祭祀等。

头奔跑，嘴里还不停地祈祷着："龙王爷，下雨吧——龙王爷，快开开恩哪——"哀声遍野，凄凄切切。龙王爷究竟有没有显灵圣？一些当地年长的庄户人说，抬过龙王爷不久，隔或长或短一段日子，老天总会下雨的……

陈霸川整了整别在腰里的盒子枪，挺起胸脯竭力做出一副威武的神态，步履潇洒地绕过大土墩子，向村子西头走去。

他走着走着，往日的事情又历历在目：当年面黄肌瘦的小五虎，手里抓着一把烂淤泥巴，背后是滚滚的划船港河水……他耳畔响起小五虎的声音："鱼是野生的，谁戽到就是谁的！"二蜡嘴的声音："给他点颜色看看！"陈霸川自己的声音："滚蛋，让这鱼放生去吧！"小五虎在波浪滔滔的划船港里挣扎着……此刻，陈霸川的心激烈地跳动，眼角上的肌肉在不停地抽搐着。他努力眨眨一双眍瞜眼，迅速地晃了晃脑袋，以便使自己的心情能够静下来。

走着，遇上了孙广盛。"哎呀哎呀，孙大长官！"陈霸川慌忙地收住脚步，微笑着跑上前。

"噢，原来是霸川呀。"

他们一边往村子里走，一边遇话答话。陈霸川总想探探孙广盛对他现在的印象，是否欢迎他加入民兵组织。孙广盛一向是坦率的，可却很少吱声，只是偶尔含蓄地点头听着对方的话。陈霸川心里一直记住西方那句谚语："上帝之所以给人一个嘴巴、两只耳朵，就是要人多听少说。"而陈霸川原想克制住自己，该说的也要少说，不过到了激动时，说起来就滔滔不绝地没个完。他似乎存在着满腹的不平而无处宣泄，现在要全部倾倒出来。讲自己是个有能耐的人，只是在现实生活中，没选准方向也未把握好，走了点倒霉的弯路，命运在他的前途上安排了几次障碍，社会上也老有人在暗处坑他，不然早就出人头地了。他声明参加民兵是坚决的，即使跟着队伍血洒疆场也心甘情愿。

"死有什么可怕！头砍掉了不过碗大个疤！"他激动地拍着胸口，说，"再过十八年，陈某人又是一条好汉！孙大长官，我一定死心塌地跟着你好好干！"

陈霸川究竟是为啥又脱离伪军呢？在救命墩子村几乎人尽皆知，老婆鲤鱼精给他戴了绿帽子，人们公开地都叫他"龟怂"。伪军中队长曹小头，常常打压他。说实话当大头兵也太窝囊，他想不如出去再闯闯，于是便偷了两把盒子枪跑了。他先想去拉几个弟兄当土匪，可惜就是找不到个帮手。根据地进不去，敌占区又去不了，他感到实在无法再混下去，幸运地碰上了付区长。经一阵子接触和央求之后，付扣宝对他的印象挺好，觉得此人见多识广，特别是在军事上，还是个有一套的难得人才。论打仗比起农渔民出身的大老粗，不知要精上多少倍。付扣宝以区长的口气，写了一封长信给孙广盛，把他推荐到乡中队，并指令一定要收下，同时还要使用好、团结住。

孙广盛通过思考，认为我党现时确有这样的政策，即改编旧军队和收容那些散兵游勇参加抗鬼子。如陈霸川真心抗日救亡，那简直是再好不过的事情。孙广盛的心灵深处却起了很大波动，他在反复地思索着：像陈霸川这种人，究竟能否彻底改变呢？根据他刚才暴露的思想动态，让人真假难辨。

回村后，操练的民兵们都在孙广泉家屋里屋外吃早饭。

篱笆墙旁，小黄狗“呜哇呜哇”地叫了几声。不大一会儿，英子领来一位老人。孙广盛脸上立刻闪出喜悦的神色，疾步上前叫了声：“爹！”

“嗯。”陆玉桂拄着根树棍子，由于星夜钻树林、过荡滩，衣服都被露水湿透了。坐在一旁的陈霸川引起了他注意，两眼闪出疑惑的光。

陈霸川苦笑着挪挪身子，客气地说：“啊——辛苦了，坐下一起吃早饭。”

陆玉桂淡漠地哼了声：“不着急，呆会儿吧。”

孙广盛领岳父去了主屋东房间，英子也跟着进来，随手关好房门，又放下窗户上卷着的柴帘子。陆玉桂靠在箱柜子旁，摘下潮湿湿的“麻虎”帽子，从内帽檐里抠出小纸捻。孙广盛接过去展开扎头一细看，突然脸色沉下来，眉头皱成了疙瘩，两眼凝视着窗外，许久不说一句话。

英子沉不住气了，一个劲地往前凑，问：“是什么重要的事情？”孙广盛把纸条顺手递过去。她小声念：“敌人半夜出城，竹田带两个中队从东门走南路，二蜡嘴的警备队已过北门，宪兵队、伪警察大队及别动队也都出动了。”

英子看完后，把纸条子攥在手里，丰腴的双腮气成紫葡萄色：“这下子肯定又是出来‘扫荡’了！”

孙广盛征询地看着，问：“你说敌人这次出来‘清剿’谁啊？”

英子没有作答。

孙广盛慢慢转过身，站到梳妆台前头，胳膊肘支在柜角上，双手托着脸腮。陆玉桂毫无表情地注意着孙广盛的一举一动，他从戳在箱柜子上的梳妆镜中，看到孙广盛一张苦思的面孔，发现近些日子女婿明显消瘦多了。是啊，带着乡中队打游击，领着同志们干大事非常危险，肩上的担子重千斤啊！

县大队已化整为零，人员食宿均分散在老百姓家里，新四军三师二旅十九团、二十团都在范公堤以西一带，一师二旅四团也已赶往薛家桥、刘家渡附近增援，目前正跟小鬼子交战激烈……莫非敌人的打击目标就落在洋卯尖？想一口把乡中队吞掉？乡中队满打满算总共才二百多号人，连洋卯尖当地老百姓加起来也就一千三四百，值得动用上千的兵力吗？想到这里孙广盛掉过头去，问："爹，这份情报，是从哪儿转过来的？"

"刚从城里。"

孙广盛认为这是柏大喜亲手搞的，情报应相当可靠。自从那次送人命为讨好竹田，把柏大喜弄去替"皇军"当差，这也正好合乎孙广盛的意思，巴不得能往敌人窝里打进个自己人。柏大喜被安排在宪兵队喂马，知道的事情多，肯定不会有误。

陆玉桂在琢磨，陈霸川怎么又钻到这里来了呢？他将嘴向西房间噘噘，低声问女婿："哎，他来干什么？"

"参加民兵，是付区长刚介绍过来的。"

陆玉桂又怀疑地问："心术不正，够格吗？"

孙广盛贴着岳父耳朵，说："好人上天自会眷顾，坏人上天不会饶恕。只有先试试看，是骡子是马遛遛再说。"

陆玉桂忧心忡忡地撂下一句："喂不熟的狼，日后必定是个后患！"

陈霸川吃完早饭，站在院子里甩了甩双臂，他认为自己已参加民兵了。常言道：大丈夫不可一日无权，小丈夫不可一日无财。按常理我是付区长介绍过来的，孙广盛应给个小头儿当当。而他却在接收情报时还把我当外人，心里有点儿不舒服。过了会儿陈霸川再一想，觉得也没得什么了不起，就是想谋一官半职还有个过程，自己初来乍到板凳还未坐热，画龙画虎难画骨，知人知面不知心，人家当然得提防着点。

第二十五章

日伪军包围洋卵尖
孙广盛巧施空城计

孙广盛住的东房间里，整个一上午不停地他来你去，新的情报又从四面八方汇集而来。比较明显地看出，南北两拨敌人走小路于五更天渡过大洋河，黎明前隐蔽在芦苇丛中和密林里。孙广盛心中思量：敌人之所以提前打点夜行晓宿，为的是不过早地惊动乡中队。这次兵分两路东西夹击，是想用大迂回大包抄的方法，等到包围圈形成，就以最快的速度收缩，企图把我们压缩在一个点上消灭。

“这，不能耽误，时间就是生命。”中午，孙广盛连饭都没顾上吃，就同徐树庭、英子等人商量，召开紧急党委扩大会议，并吸收村干部参加。

徐树庭是长工出身，这人外表上沉默寡言，但脑瓜子非常灵活，又善于思考。上级新近下了命令，他为划船港乡民兵中队副中队长，英子为副教导员兼女子民兵小队长。徐树庭非常尊重孙广盛，各方面都关心和帮助孙乡长。他遇事爱追问个为什么，大胆地提出自己的看法，促使孙广盛把问题考虑得周到些。孙广盛也特别喜欢这种性格的搭档。有个经常问问为什么，喜欢钻钻眼子的人，可逼着自己去深思熟虑，避免决策主观片面。

目前，敌情严重，孙广盛心上像压块沉甸甸的石头。他说：“根据各方情报分析，竹田是冲着我们来的，具体包围的时间很可能跟上次差不多，应该是半夜后到天亮前。请大家都动脑筋思考怎样才能夺回主动权？贻误了战机，就将无法战胜敌人这次围攻。”

“依我看趁敌人大网还没完全撒开，就赶紧先跳出敌人的包围圈。”坐在箱柜子旁的英子是个直肠子，见说便先插上一句。

“就现在的态势，乡中队当然可以跳出去。走，是脱离被动恢复主动的最佳方法。走，迟早是要走的。怎么个走法？啥时走？如果我们现在就走，那老百姓咋办呢？就忍心把一千多群众都留在敌人包围圈里吗？”

“哪有这么复杂呢！”英子觉得孙广盛没有真正理解她的意思，显得有些急躁地说：“乡亲们可跟着队伍一起转移嘛！”

“不行，肯定欠妥。”孙广盛连连摇头说，“越是在这时越不能盲动，大家越要沉住气，只有稳住阵脚才能发挥聪明才智。小鬼子又不是痴子，这么大个动作，附近肯定会藏有暗哨和密探。这里一旦有点动静，他们就会看得清清楚楚。民兵打的是滩涂湿地游击战，要利用好能躲能藏的地形优势，打敌人个措手不及。现在敌人明显吃一次亏而学一回乖了，也想利用滩涂湿地的密林、荡滩和沟沟坎坎来对付我们。竹田白天把部队埋伏在周围，这不光是想等到天黑来个突然袭击，恐怕还有一个阴谋，也就是希望白天撤离，这样让他们看清楚以便调动优势兵力，将我们兜在布下的口袋里消灭。敌人打夜仗打怕了，恨不得我们能在白天暴露出来。”

孙广盛正说着，一个满头大汗的侦察员闯进来，气喘吁吁地说：“南边碱水沟子附近，出现大批敌人。”

孙广盛问：“究竟有多少？”

“好多，看上去，像是大队人马。”

“都过来了吗？”

“已停下啦。现在正三个一群五人一搭地吃饭呢。”侦察员说。

顿时，在座的人心上都罩起一层乌云，谁也不吱声都望着孙广盛的脸。

愈是沉闷，空气就愈显得紧张。整个房间里静得犹如空气凝固了一般，人人都感觉到事态的严重性。碱水沟子附近出现敌情，这就说明日伪军对洋卯尖的包围圈已基本形成。

战争的主动权只有一个，敌我双方都在争夺。乡中队目前正处在被敌人的包围之中，孙广盛心里在反复地思考，如何把这主动权夺回来。过了片刻，他对大伙儿说：“我们要设法先跳到外线去，然后再寻找机会向敌人发起袭扰，打破敌人的‘清剿’计划，牵着日军一零七联队的鼻子走。万事开头难，可这第一步怎么走呢？在什么时候动身？从啥地方突出重围？人多智谋广，柴多火焰高，请大家各抒己见。”

孙广盛眼睛转向坐在房门后的三俊子。人称“鬼见愁”的三俊子，即刻领会了父亲的意思，陡然从小凳子旁站起来，挺了挺胸脯整着衣襟，说："有什么任务？请尽管吩咐。"

孙广盛说："让你这中队长挑个民兵做警卫，到碱水沟子去一趟，无论如何要弄清楚，鬼子和伪军的结合部位究竟在啥地方。越快越好，最迟不能超过傍晚。"

三俊子说："没问题，保证抓个活口回来。"

孙广盛说："不能办悬事，你小子应悠着点，一定要见机行事。"

英子红着脸，朝三俊子屁股上拍了一巴掌。

三俊子回答："好嘞，已记住了。你们尽管宽心吧，能放倒我小三爷的子弹，世上还没造出来呐！"

孙广盛又对参会的刘村长说："马上动员乡亲们把粮食和东西都藏起来，将控制对象管理好，派民兵先封锁村子。特别要注意掌握内紧外松，从表面看像啥事也没发生的样子。"

洋卯尖村的刘志恺村长三十刚出头，性格刚强、办事稳重，黑方脸上长满络腮胡子，是个经得起考验的共产党员。他晓得事态的严重性，深知压在孙广盛肩上担子的分量，他露出体贴关怀的表情，说："我的想法是让乡中队，趁能跳时就先赶快向外突围，村里群众由我带几个人组织掩护转移。"

"不行，肯定不行。"孙广盛坚定地说，"我是乡长，怎能离开老百姓呢，要走大家一起走。"

"孙乡长，"刘村长加重语气地说，"这么多群众，老的老小的小，拖家带口的会把你们腿子绊住！"

"话可不能这样讲，群众是抗鬼子的生力军。没有老百姓的支持，啥事情也办不成。"孙广盛深情地望着刘村长，语重心长地说，"共产党领导的抗日队伍，就不能与人民群众分开，特别是在这生死存亡的关头，请抓紧赶快去布置吧！"刘志恺沉默了，觉得乡长说得在理。他习惯性地摸了摸络腮胡子，十分理解地点点头。

一直沉默寡言的徐树庭这时开了腔："哪牲口咋办？"

孙广盛问："一共有多少？"

刘村长略微思考一下，说："九头耕牛、十七条小毛驴，还有五匹骡子。"

"好藏起来吗？"

"没问题，这么多荡荡滩滩。关键是能不能确保安全，不怕一万就怕万一。

若被敌人搜到了咋办？要藏牲口，还得留几个人。”

“耕牛和骡子好办，怕就怕小毛驴子，那家伙会死叫。”孙广盛说。

“那要看在什么时候。”徐树庭接过话说，“一般在夜里添草时它才鬼叫。”

“这样吧，”孙广盛果断地说，“除带走的外，剩余小毛驴都给它戴上嘴罩，绳子要系个紧些，尾巴上就吊块砖头。让它张不开嘴，撅不起尾，也就叫不出声来了。”

“蛮好的。”刘村长觉得这个法子相当管用，说，“我现在就去安排，并把青抗会、妇救会等都动员起来，也学着部队的那一套，把所有人按户口和区域划分，都给松散地编成班排连，这样就便于统一管理和相互照顾。”他一口气说完，就跨出东房门槛子，可走了几步又突然转过身子，犹豫地说：“这个……听上去好像傍晚转移。你得说个具体的时间，让我心里有点数。”

孙广盛说：“初步打算，是天黑了以后。群众人多，要早点吃晚饭，另外再准备好带三五天的干粮。夜里海边气温比较低，要尽量多穿点衣服。”

“噢，晓得啦。”刘村长刚掉头走，孙广盛又上前把他喊住：“哎，还有喃，如敌人白天发起进攻，那我们就启动第二套方案，在碱水沟子附近阻击敌人，派几个同志带领群众，就顺着北侧大洋河边上小路，直往东北方向转移，经黄家尖穿过鹤影里去月亮滩，路上千万不能一窝蜂地拥挤。有乡中队的掩护，是不会轻易被敌人发现的。”

刘村长大步流星地走了。

孙广盛又回头吩咐徐树庭，由他带新组建的第二民兵小队去西圪头子上搞训练，主要练习射击、投弹等动作。

孙广盛说：“得想个法子拖住，不能让其提前发起进攻。敌人在附近可能安了许多眼线，就来迷惑一下让他们误认为啥事也没发生。民兵要做得很平常些，练一会儿就歇一歇，再搞点摔跤、拔河、讲故事和唱歌等文体活动，总之越热闹越精彩越好。”

徐树庭说：“也得嘱咐站哨的民兵，能回避的先回避一下。好啦，我现在就出发。”

孙广盛又对英子说：“今天晚上小小洋卯尖，注定有一场精彩的好戏，到时候就请竹田搬把椅子，坐下来一出一出地好好看吧！现我们是在做戏，一定要把这出假戏做真，你同网箍子去找那喜欢热闹的一班人，把村子中央大土墩子祭坛当戏台，用芦柴箔子将三面围上。太阳离落山还有一竿高的辰光，再把那块大幕布扯上，让敌人看了像准备演出的样子，然后将锣鼓家伙敲起来。哎！莫忙走，还有叫小牛把儿童团员，都集中到大柳树下去唱歌。"

英子微微一笑："哎，弄得这样热闹，成了什么日子？"

孙广盛严肃地说："能叫啥呢？就叫民兵又打了胜仗，让乡亲们庆贺庆贺！"

英子说："不晓得是沉还是浮的喃，庆贺什么啊！"

孙广盛说："天机不可泄露。"

网箍子着急地插话："大伙儿都在云里雾里，乡长您就直说吧！"

"你小子看过《三国演义》吗？诸葛亮给那些将军们分发锦囊妙计，为什么不到时候不能打开？"

"难道是天机不可泄露吗？"

"这就好比煸山芋，过早地打开锅盖，那热气就会跑光，山芋肯定煸不熟。"

"噢，逗了！"

"又忘了保密纪律啦？"

"不该问的不问，不该说的不说，我想起来了。"

"那你们就耐心地等待吧！"

英子点着头说："相信五伯父的锦囊妙计，一定会出人意料。"

网箍子把话又抢过去："诸葛亮给将军们的锦囊也有是空的呐！"

孙广盛幽默风趣地说："那也是计啊，应叫空城锦囊妙计！"

"好！"英子手一挥，"网箍子，赶快去分头准备吧……"

第二十六章

趁夜幕兵民大转移
想包抄敌寇触地雷

洋卯尖村热闹非凡,歌声、笑声、锣鼓声都混在一起,里里外外就像过大年。

其实,在这一派喧腾景象的背后,却掩藏着一片十分紧张的气氛,几乎是每个人的心弦都绷得紧紧的。作为一名指挥员,孙广盛来到南边不远处的碱水沟,详细观察地形地貌。经分析认为:这条河沟可能就是日伪两个部队的分界线,因这是条九曲回肠的自然河沟。正所谓越是最危险的地方也就越安全,用兵最大的玄机就在于此。虚虚实实,实实虚虚,运用之妙,存乎于心。孙广盛打算天一黑,就在日伪军之间的夹缝中突围转移。他反复目测河沟的宽度,测试了水的深浅,又到河浜上试走。接着,就很快返回村里,同刘村长一起,检查乡亲们空室清野的情况。随后,他再把所有要道口都察看一遍,研究地雷的布设。

太阳不知不觉从地平线上坠落,随夕阳而失落天边的片片瑰丽彩纱被海风卷走,光线渐渐暗了下来。三俊子还没有返回,孙广盛掩身在一个草垛旁,焦急地向村子南边眺望。

孙广泉站在背后轻声喊:“五哥,快回去吃点吧!”

“嗯。”孙广盛听出是六弟的声音,“你们先吃。”

“我们都已吃过了。”孙广泉近前一看,五哥双臂都是大汗淋漓。

“中午你就没有吃饭。人是铁饭是钢,一顿不吃饿得慌。你只晓得疼别人,就不考虑自己。再说吃过了,也好让我们早点收拾锅碗。”

孙广盛觉得这倒也是的,决定回去。

吃着饭孙广盛越想越紧张:三俊子已去几个时辰了,莫非是发生了什么意外吧!但他又觉得不可能。三俊子在四个儿子和一个义子中要数最滑溜,算得上是个机灵鬼儿，一般不会轻易出事的。

村中央土墩子戏台上，锣鼓家伙还在不停而有节奏地敲着："咚咚锵，咚咚锵，咚锵咚锵咚咚锵……"

孙广盛刚把饭碗一撂，三俊子和大兰芬叔侄俩就急匆匆地跨进门。三俊子说在碱水沟子北段，那个叫推浪鱼窝的地方，逮住警备队的一个小班副，从他嘴里得到的跟侦察得来的情报差不多，敌人就是以碱水沟子为界，作为鬼子和伪军的结合部位。东面是灶民们的晒盐池子，光秃秃没处躲的地方是伪军，西面紧靠荡滩可隐蔽的地方是小鬼子。

孙广盛问："俘虏呢？"

三俊子说："那兔崽子不听话想跑，被大兰芬捶了几下子就断气啦。"

大兰芬说："我可没用多大劲呀！"

现在敌情已基本搞清楚，孙广盛心里有底了。他叫三俊子赶紧弄晚饭吃，自己一个人匆匆出去。刚走不远又撞见刘村长，反复叮咛："把当地养的狗子，都要扣起来关在家里，千万不能带出去。安排一些人家点上灯，无论如何不得疏忽。"

一切安排停当，天已完全黑了。西北方向跳起两颗亮星，犹如一双明亮的眼睛，俯视着这个充满紧张气氛的荡滩小村。

乡亲们组织得很好，大约一顿饭的光景就全集中起来，站在中心路上黑压压一片。刘村长走到孙广盛跟前，肩上扛一把铁叉，柄头子挑着小包袱。在昏暗的光线中，孙广盛又看了看站着的乡亲们，对前面带路的大兰芬挥挥手："走吧，出发！"

乡亲们在民兵和村干部的带领下，鸦雀无声一个个跟着上路了。

队伍向西南穿过一段芦苇荡，再拐过九十度的直角陡弯，进入大洋河南岸河坎子小道。孙广盛在缓缓前行的队伍中，来回地奔走催促："快点走，大胆地走，莫回头望来望去的，当心脚底下绊跟头。"

人们在大洋河南岸芦苇丛中走着，名叫兰芳大嫂子的中年妇女，背着才过生日的女儿，忽然一脚踩空被野藤蔓绊倒，"噗通"跌在河坎子上。

"孩子摔伤没有？"孙广盛将她扶起来。

"不碍事。"兰芳大嫂子站稳后，将耳朵贴在女儿的小脸蛋上听听，还在呼呼大睡喃。这时，大兰芬正好从后头赶上来，孙广盛吩咐他帮兰芳大嫂抱孩子。大兰芬把机枪斜挎在膀子上，腾出一只手来接过孩子。

刘村长刚走到妇救会护老队旁，就被他婆娘一把拽住了，卸下铁叉柄上的小包袱自己背后头。她想丈夫可能还饿着肚子，问："包袱里有小麦面水饼，你吃点了吗?"

刘村长说："摸了老大一会儿，赶路不好拿就算了吧。"

女人心疼地说："你个傻瓜，饿出病来咋办?"

孙广盛把玉米面饼袋子往刘村长手里一塞："呐，先拿去吧，该管管肚子了，这是广泉给你准备的。"刘村长死活也不肯接。

"我已吃饱了。"孙广盛硬是把饼袋子塞到刘村长手里。

实际上，孙广盛只吃了一块水饼。他特别佩服这个刘村长，战争年代，当个共产党的村干部多么不容易啊！不拿公家一文钱，不收大伙一粒粮，还要处处走在前头。特别是赶上小鬼子"扫荡"那就更辛苦了，有时为保护群众和掩护新四军，还要同敌人作殊死的斗争。

前面的队伍里偶然出现一星光亮，一闪即逝。孙广盛急步撵上去："是哪个抽烟的？快掐了！"

陈霸川听孙广盛这严厉的语气，吓得身子一抖。将缩在袖筒子里的小半截卷烟屁股，又狠狠地吸了几口就顺手扔进水里。

"光顾自己抽烟，不管大伙儿安全。右边河堤附近也许就有敌人，万一队伍被暴露了咋办?"孙广盛的话比较严厉。

"我躲在袖筒里抽的，一般看不见。"

"那我为什么看见了？夜间火光最容易暴露，这个常识你应该懂。"

陈霸川无可争辩，就不再说多少了。

网箍子气愤地小声说："陈霸川又开始作死嘞。茅缸还有三天新呢，而他来了连屁大个空子也没新气过。"

人们顺着南侧九曲十八弯的大洋河边，一直不停地向东走。七八里路后，透过微弱的星光，只见东边平坦的旷野里，光秃秃没有树木和草丛。有人说这下好嘞，马上快到黄家尖了。

没走多远，从西南方向慢慢涌上一块乌云，像张大网似的渐渐散开，盖住头顶上的天空。

瞬间，伸手不见五指，面前什么也看不清了，全靠脚下的感觉探着慢慢向前摸索。

英子忽然身子一闪站住了，紧张地小声说："不好，有情况！"

孙广盛挨着英子，俯身睁大眼睛观察，发现右边模模糊糊出现许多移动的人影。多么危险啊！敌我双方相距只有十几丈远，而敌人的先头部队已走过去了，擦肩而过彼此都没有觉察。孙广盛悄声发出指令："有异动，就地隐蔽！"

大伙儿都沉着而迅速，一个跟一个地小声传达就地蹲下，只有队伍里带的牲口，还在河浜上孤单地站着。实际上每个人的动作，并不是那么利索的，有人往下一蹲就势坐倒了，有的棍棒磕着行李发出响声。好在有一阵阵海风刮过，喧闹的大洋河水做了极好的掩护。

"闷死啦，海狗子、蚊虫叮在身上咬！"一个伪军说着摸到河边，蹲下身子用手掬起水，像老牛似的扎下头，"咕噜咕噜"地连喝了几口。忽然，大吃一惊地指着个黑影子，说："哎！快看，那不是毛驴吗？"

另一个伪军凑上前瞪大眼睛："我说过嘛，狗眼就是比人眼尖。那黑乎乎的好像真是头驴。"

"我说你不要嘴里不干净伤人，当心老子揍你。"

"开玩笑的，哪个当真是小狗。"

"嘿，累死啦，逮住它正好骑着走，让老子也享受享受。"

"我说你呀，不要没事找事做，若被小当官的发现了，不把你一枪崩了才怪呢。"

"哎，有驴就有人。"那个喝水的伪军虚张声势地吆喝，"干什么的？快给我出来！你跑不了啦，投降吧！"

"河边无青草，不养多嘴驴，快闭上臭嘴。神经兮兮的，你小子咋呼什么啊？"后面那伪军又看了看，一片漆黑啥也没见到，"真是大惊小怪的，哪有人？也许是谁家的驴没拴好跑过来了。"

"莫着急，让我靠近点再看看。"

"算啦，多一事不如少一事，走吧！"

在伪军的后头，又传来鬼子"叽叽咕咕"的声音。手电光不停地闪到河坎子上，在大伙儿的头顶掠过。蹲伏着的人们心快提到嗓子眼。孙广盛最怕有人沉不住气而乱动。好在没有人惊慌，全都像钉子钉在那里一样，一动也不动。

不一会，敌人沿着大洋河堆外青坎向西去了。民兵带领乡亲们顺着大洋河坎子上的羊肠小道，擦过鹤影里以最快的速度继续东进。

洋卯尖被拴在家里的狗一个劲地叫，有些点着的香油灯还亮呢。村子里的灯光及一阵阵狗叫，使竹田喜上眉梢精神大振。他挺腰撅肚地坐在大洋马上，心想：支那农民军的麻痹了！这下子有他的好看，大大的痛快！

敌人把小小洋卯尖围了三圈，用的是所谓“梳篦式战术”军事“清剿”，哪怕是一根草，都得从篦齿中梳过。竹田想：孙猴子这次跑不了啦，肯定死了死了的。马上弄死他的，就打掉了乡中队的主心骨。

鬼子和伪军气势汹汹地开始向洋卯尖居住区逼近。二蜡嘴在东南方向碱水沟子附近与竹田会合。谍报队长宋闯特意赶来报告：“乡中队和村里的人折腾大半天，又是敲又是打，又是唱又是跳，看上去已都累了，现睡得死死的在做大梦。”

竹田拍了拍宋闯的肩膀：“好！闯桑，你的干得不错，情报大大的准确。”

“轰轰！”这是一股伪军的前锋部队在村东头踩响了地雷。

“轰轰轰！”村子南边又有几个日军被地雷炸死炸伤。连续响起的爆炸声，让日伪军惊惶失措，乱作一团。竹田死死盯着村子，暗暗地纳闷：真怪了，孙猴子的人一枪也不打，为什么村子里还是那么静悄悄的？

“八嘎！支那人良心大大的坏了！为什么让皇军的在前面带路？你的先开路的！”竹田看着抬到面前的死伤鬼子，对二蜡嘴大吼。

“嗨！”二蜡嘴连忙应付。

很快，一群群伪军极不情愿地被赶到小鬼子前头，二蜡嘴跟着督战。

警备队的伪军们一个个战战兢兢，用脚尖子试探着向前挪儿蹭的。有几个家伙，好不容易摸到一户屋檐底下，不料有人碰到挂着的“葫芦”，“轰”的一响死伤四五个……

第二十七章

竹田愠反扑又搜滩
老交通杀敌勇献身

善恶到头终有报，只等来早与来迟。宋闯蹑手蹑脚来到一家门前，屋里的灯还亮着，想看究竟里面有没有人。他提心吊胆地轻轻推开门，只听"吡吡吡"的声音，连忙仰起头一看："我的妈呀！"绑在门框上的手榴弹正冒着烟呢，他转身拔腿就跑，"轰"的一声爆炸，从侧面飞过来的弹片把他的鼻子削掉了。

"收队！"宋闯双手捂住血肉模糊的脸，一个劲地在哭喊。满脸鲜血分不清鼻子和嘴，手电光照上去只看到一双光溜溜的眼珠子在转，下面便是一口大黄牙。

几个伪军架住宋闯拼命往回赶，哪晓得正一步步踏入死亡的陷阱。只听"轰隆轰隆"一阵阵爆炸声，宋闯的队伍里又倒下十多个。由于民兵们埋的是跳雷，一旦有人碰巧中了彩，地雷马上就从雷坑里飞起二三尺高爆炸，对丈把范围内的目标，进行一次无差别全覆盖攻击。走在前面的几个伪军，身上中了弹片如同筛子眼一样鲜血直喷。

"我的个亲妈妈，疼死啦……"伴随着受伤伪军的惨叫，宋闯的整个队伍就像一盘散沙而乱了套。

"轰隆轰隆"又是一阵爆炸声，逃跑的一伙伪军，如同砍玉米秸秆似的倒地，抱着流血不止的身躯在惨叫！

这时，一颗跳雷在宋闯面前腾空而起，瞬间"轰隆"一声爆炸，宋闯感到裆部突然疼痛厉害，眨眼工夫就站立不住，像只煮熟了的对虾，弓着腰躺在地上发出杀猪般嚎叫，几声后便昏了过去。

"宋队长，宋队长，你快醒醒。"

“医护兵，担架，快快快!”一个伪军勒起嗓子大声喊。手提急救包的医护兵赶忙跑过来，把浑身是血的宋闯搭上担架，送往小鬼子一零七联队临时救护所。

军医在宋闯胯下清理出十多块小弹片，说:“宋队长伤的也太不是地方，要想保住性命得马上手术，切除睾丸，截去将会坏死的生殖器头子，要不就眼巴巴地等死!”

这次敌人又扑了个空，为发泄怨气毙掉村子里所有的狗。谍报队的一帮特务来到打谷场，其中有几个沮丧地捂着伤口骂:“这霉的洋卯尖，连个‘葫芦’都咬人!”

竹田大佐来了，一道手电光照在伤员的脸上。宋闯的副手“野猫子”也负了伤。他忍痛点头哈腰:“太君息怒，孙猴子聪明的狡猾……”

竹田见他满脸鲜血，不由地倒吸一口冷气:“你的……”

“野猫子”做出一副可怜相:“我的也挂彩啦，脸上和头发茬里有好多弹片。”

竹田说:“你们的都挂彩，我的上当啦！孙猴子的哪里去了？上天啦？入地啦?”

二蜡嘴表面上不得不点头随声附和，而内心却也愤恨不平:我们都是上了孙猴子的当！东洋人总觉得自己能耐大，其实这帮泥腿子队伍是很有智慧的。现在人家早已溜走了，鬼子还在这吹胡子瞪眼睛地装糊涂，这纯粹是拐弯子把责任推给我们。

竹田上了孙广盛的大当，十分恼火。他见二蜡嘴不吱声，就对在场的别动队长邹黑熊吼:“大大地搜查，粮食、牲口、好东西的统统带走!”

邹黑熊将手一挥，带着一帮人去搜了好大一会儿，可什么也没有得到，反而又抬回几具尸体和一些伤员。

竹田越看越气，如同一头斗恼了的牯子牛，在场上来回兜着圈儿。不一会也许是累了，想在场边石磙子上坐下来歇歇，谁知屁股还没沾到边，又神经兮兮地向上蹿起，一下子跑得大老远。二蜡嘴有意背过身子，在旁捂着嘴光闷笑。心想:噢，大太君也怕地雷咬屁股。

竹田又把谍报队和别动队都派出去，命令一定要查出孙猴子的去向。

拂晓，邹黑熊拎着一只湿漉漉的布鞋和烟荷包，来到竹田面前点头哈腰地说:“太君，这是刚从大洋河边上水里捞起来的。”

竹田摸着脑袋，心想:那肯定是仓皇逃跑的村民丢了的。他们到底会往哪里跑呢？向西？向北？都是波涛汹涌的大洋河。向南？出了碱水沟就是平坦的晒盐池子，那里容易暴露目标，再向南去可就到戒备森严的划船港防区，那是大大的更不可能。竹田十分有把握地断定，乡中队和老百姓向东去了。那一带是准“治安区”，滩涂湿地上有茅草地、芦苇滩和小树林，既可以隐蔽又能临时生活。

竹田越想越愠恼，大大的皇军一零七联队千余兵马，就这样被孙猴子支那农民军又给耍了？他为此恨之入骨，心神不定地站着光挠头，最终决定搜滩“兜剿”。

竹田把参战的所有部队，像一捧豆子样的都撒出去，以中队为战斗单位，在整个包围圈内进行地毯式搜滩。他决定由二蜡嘴带领警备队向东直插，自己指挥本部的几个中队撤兵回头向南，再从南边向东迂回包抄，同时派出骑兵小队，分三路搜索前进。

命令下达完毕，竹田骑上马对站在对面的别动队长邹黑熊挥舞指挥刀吼着嗓子：“跑得了和尚的走不了庙，烧！把所有房子的，统统都烧掉，让这村子的在地球上消失。”

这时，从洋卯尖转移出来的乡亲们，经一夜的长途跋涉，全都疲惫不堪。孙广盛安排大家在一片柴草滩里休息。

兰芳大嫂子抱着女儿坐在小包袱上。

孙广盛亲切地问：“宝宝咋样？”

兰芳大嫂子脸上露出喜色：“不碍事，蛮好的。”

孙广泉问：“五哥，还走吗？”

“走啊。”

“现敌人在什么地方？”

孙广盛说：“目前不太清楚，已派人去侦察了。”

沉静片刻，孙广泉低声说：“大伙儿可比不上民兵呀，老的老小的小，再这样走下去，可就吃不消啦！”

孙广盛也正为这而忧虑，点了点头扬了一下手：“晓得。”

有个民兵急忙跑到孙广盛身边，附身嘀咕了几句。孙广盛的两道眉毛一闪，现出十分惊异的神色，迅速地随着那民兵去了。

出了柴草滩，他们沿着沟头子走过去，在一棵小松树附近停下来。左边的土堆坎子上横着一具伪军的尸体，半边脸的脑壳子破碎了，地上淌了一大摊鲜血。仰头再往上看看，挺拔苍翠的小松树下，躺着一位白发苍苍的老人，可惜已咽气了。

孙广盛走近一看,惊得差点叫了出声。原来这位老人是区里的交通员,孙广盛在他手里曾多次接过情报。印象中老人家是名共产党员,姓潘,家住划船港南街上,什么名字一时想不起来了。

潘老爷爷的右手还紧握着一把大砍刀,深蓝色洋布褂子上溅了许多已发紫的血点子。孙广盛立刻联想到他可能是从牛湾河来,在这里遇上向西去包围洋卯尖的伪军,经搏斗砍死那条哈巴狗,终因寡不敌众而牺牲。

老人家是在执行任务途中与敌人相遇,也许身上还带有什么情报或信件。他摸遍了老人的衣角和鞋窝、帽檐等,什么都没发现。藏到啥地方去了呢?莫非是落到了敌人手里?这个念头刚在脑海里一闪,孙广盛又打消了,他不信敌人会在这漆黑的夜晚从老人身上能搜走情报或信件。在这条沿海红色交通线上,孙广盛曾接触过许多中共地下交通员,包括岳父陆玉桂、大儿子孙洪兆及眼前的潘老爷爷等。这些人对革命无限忠诚,有着高度的责任感,把为新四军传送情报看成比自己生命还重要,都是整天在刀尖上行走的无名英雄。一般他们把情报藏起来,莫说敌人不会轻易搜去,就连自己的同志也无法找到。

孙广盛看到,潘老爷爷的眼睛还睁着,似乎心中牵挂着个什么事情。孙广盛忽然注意到,老人家左手伸展的方向,好像是指着那不远处一棵老槐树。他跑过去一看,果然发现獾狗洞旁有块砖头,揭开后里面藏着一封鸡毛信。

信,是牛湾河区区委书记杨景云写的。

广盛同志:

竹田出兵千余去洋卯尖,欲对划船港乡中队下毒手。你们要带领乡亲们突出重围,利用滩涂湿地有利地形同敌人周旋。区里主导意见是甩掉敌人后,速向黄海边的潮间带方向突围,并把转移出来的群众,分散到沿途各村去。尔后,则根据情况再寻机迎敌。另县委孙书记非常关心你们乡中队,他已令县大队和滩头、红顶大白鸟、海潮墩、芳草地、港梢子等村民兵组织,对驻防盐东的伪军一二九团和一三零团采取袭扰措施,设法全力牵制该敌,不能参加增援对其围攻,给敌人留下后顾之忧,争取迫使竹田把兵力早点撤回,以减轻对你们的压力……

孙广盛双手捧着信,望着英勇献身年逾花甲的潘老交通员,浑身热血沸腾。

他从挎包上解下白毛巾，轻轻擦去老英雄脸上的灰土。

几位民兵按传统习俗掩埋了老人，在小松树旁堆起一座新坟，大家都肃穆低头哀悼。孙广盛喊道："同志们，让我们与永远留在这湿地上的老战友再见吧，敬礼！"

天空划过一道闪电，紧接着响起了隆隆的雷声，不一会暴雨滂沱。孙广盛也曾想把群众都安置到沿途各村去，现在又有区委的指示，他决定尽快执行。但眼下还没有完全摸清敌人的动向和所处具体位置，不能盲目行动。他回到柴草滩中，看到民兵和乡亲们都站在雨地里。有个观察哨的同志从黄土墩子上跑过来，指着西边急促地说："不好了，敌人又兜过来啦！是骑兵。"

孙广盛立即下令："趴下！快！"

转眼间，大家迅速在柴草丛中隐蔽起来。民兵们掩藏在沟头子后边，子弹也上了膛，枪口都端得平平的，紧张地屏住喘气。

孙广盛对刘村长说："万一开起火来，你就带着大伙儿赶快向北边撤，然后再直奔东……"

风声雷鸣声及打在身上的雨水声浑然一体，整个滩涂湿地都喧腾起来。骑兵挨着柴草滩外围的茅草滩，由西向东飞奔过来。埋伏在土沟里的孙广盛全神贯注地盯视，心中一五一十地数着。"喔哇——喔哇——"兰芳大嫂子的女儿忽然啼哭起来。孩子的啼哭声，让每个人都捏了把汗，急剧跳动的心一个劲地往上提，快堵到嗓子眼了。兰芳大嫂使劲地颠着哄女儿莫哭，数次把乳头塞进她的小嘴里，都被吐了出来。给孩子奶不吃，是响雷让她受惊了吗？是大雨淋湿身子难受吗？若啼哭声被敌人听到，暴露目标不得了呀！这可咋办呢？兰芳大嫂子连拍带哄急得心如刀割。

一个披着雨衣的鬼子伍长，似乎听到有小孩的啼哭声，他一下子勒住了马，连喊数声口令。鬼子的马队停了下来，伍长指令两个鬼子骑兵，到柴草滩里去寻找。

骑兵跃马扬鞭冲进柴草滩，来到兰芳大嫂子的附近。

真是万幸，兰芳大嫂子女儿的啼哭声陡然停住了。

天公也算作美。雷声响过，大雨就像断了线的珠子一样往下落，构成一面面庞大迷离的雨网。两个鬼子骑兵用手做着挡雨眼罩张望一阵，没有发现任何异常现象，只好又掉转马头。

这支骑兵就是竹田派出的搜索部队，接着又向东开进。

鬼子的骑兵刚走，孙广盛急忙奔到兰芳大嫂子面前。看到她正一个劲地扳着女儿耷拉在肩膀上的小脑袋，见女儿一点也不吭声了，身子侧倾晕厥过去。孙广盛一把夺过孩子，小家伙脸色青紫，双眼和小嘴巴都紧闭。孙广盛的两只手颤动着，不住地大声喊："小宝，醒一醒！宝宝……"

原来是兰芳大嫂子为止住小伯英的哭声，便用乳房捂住孩子的嘴巴，使女儿出现了窒息。

孙广盛拎起小伯英的一条腿，让她头朝下并拍打着屁股。孩子身子猛然一抖吐出一口气，"哇"的一声又啼哭起来，在场的人都松了口气。

第二十八章

遇围堵折返月亮滩
大兰芬机枪扫敌机

一阵雷雨刚过，滩涂湿地上空已明亮多了，滴滴答答的小雨也逐渐停止。出去侦察的三俊子跑回来，浑身都是湿漉漉的。他一遇到孙广盛就说："爹，涵水洞那边有鬼子，乱哄哄地直向东开，我估计是包围洋卯尖的又掉头了。另外，还有一支骑兵队伍，看样子好像是从这边过去的。"

孙广盛忙问："现在向哪里了？"

"直奔东，朝着月亮滩斜插过去。"

孙广盛听完三俊子的汇报，默默地走出柴草滩，踩着荒野的茅草地继续向前。一阵海风吹来，草叶和芦苇梢子上挂着的水珠"刷刷"落下，让人感到一阵凉意。孙广盛意识到，这场雷暴雨给转移带来了不小的困难。大伙儿本来就很疲劳了，雨后的草滩会变得更难走，脚下一滑一跐老远，每走一步都很吃力。涵水洞附近有了鬼子，向东去如再有新的情况，这就说明敌人又在做包围圈，咋办？

往往正确的判断都来自周密侦察和可靠的情报。去北边侦察的同志杳无音信，也不知那里是否有敌人。因此，孙广盛一下子还不能判断，是否处在敌人包围圈内。但有一点很重要，此地不可久留。万一敌人从西边兜上来，而东边再有敌人封锁，民兵和乡亲们将被"包饺子"。走，赶快走！可该向何处去呢？孙广盛苦苦地盘算着，忘记了身上的冷，忘记了脚下泥水的滑溜，登上附近黄土墩子朝四周瞭望。

太阳升到了十几丈高，无数道强光穿透乌云向下直射。刚被雨水冲洗过的滩涂湿地上，一草一木都在闪烁光亮。

孙广盛观察着地形，最终把视线集中到东边不远的月亮滩。他突然想起，到搜索过的地方去，敌人总不至于再回头找吧？决心一下，孙广盛与刘村长说：“走！向东奔月亮滩。你跟大家讲一下，就说现可能还在敌人包围圈内，请大伙儿尽量走快些。有病号吗？”

刘村长说：“目前还未出现。一些裹小脚的女人有点走不动，但没得问题，年纪大的可骑牲口。”

孙广盛发现刘村长光着脚丫，赶忙一把拉住了问：“哎，你的鞋子呢？”

刘村长跷起一只满是泥巴的大脚，看了看后笑着说：“夏三爹在大洋河边上丢掉一只鞋，我脱下来给他穿了。”

孙广盛说：“光着脚丫在草滩里跑，弄得不好会戳破脚的。”

“不碍事。我这双脚是硬练出来的。从小给地主家放牛时，一年四季很少穿鞋子，已光脚惯了。前些年扛长工，秋天还光着脚下柴滩割柴呢！这两年我更是常年光脚丫，东奔西跑忙村里事情，组织民工替新四军做后勤。划船港人都晓得，我的外号叫‘刘铁脚’。”刘村长说着，一双长得像笆门子似的大脚，稳健地在草滩里不停向前走。孙广盛很有感触地望着刘志恺的背影，笑道：“我早就听说过这个‘刘铁脚’了，真是名不虚传！”

大伙儿又继续出发。孙广盛留下三俊子，叫他蹲在这里等去北边侦察的同志过来，再一起赶上前面的大队伍。

孙广盛说：“根据这个情形来看，敌人也许还想包围我们。你认为呢？”

三俊子说：“爹，我看竹田已使出了那么大劲头，在洋卯尖扑了空，恐怕不可能轻易地就把部队乖乖地撤回去。”

孙广盛说：“竹田老家伙刁钻古怪得很，不到黄河心不死，撞了南墙也不回头。这次他想包抄我们，可能还是采取撒大网的方法分进合击。但我估计一下子也很难合拢，所以要争取钻空子跳出去。我现在非常着急，不知道北边有没有敌人，如确实有的话，究竟离队伍多远？情况不明难下决心。”

三俊子说：“我全明白了。您放心，一接上头就使劲撵上去。”

孙广盛来到一棵老槐树下，阳光当头照射，树影子围着树根缩成一团。绿色的滩涂湿地上，到处都散发着热乎乎的水蒸气。为了不暴露目标，人们一会儿在柴草滩中穿行，一会儿在沼泽地和小沟港里跋涉。被太阳晒干了的衣服，马上又被汗水湿透，大伙儿实在走得太累，都很疲乏。

大兰芬扛着歪把子机枪，急匆匆地赶到队伍前头。当走近孙广盛身旁时，五爷爷用膀弯子摁了他一下："哎，包袱里有鞋吗？"

"有啊，哪个穿？"

孙广盛指着走在前头的刘村长："你的鞋子，他能穿吗？"

大兰芬毫不犹豫地从腰间解下小包袱，拿出一双布鞋夹在胳肢窝里。接着，将小包袱又往机枪把子上一缠，大步流星地去追赶刘村长了。

"嗯，穿上！"大兰芬手里拿着布鞋，朝刘村长腰眼里一杵。

"哈哈！"刘村长掉头一看，同大兰芬肩并肩往前走，"谢谢！我光脚光惯啦，鞋子上脚穿不住。"

"不要讲故事了，快穿上。"

"都说你们民兵是飞毛腿，没有几双鞋子不行，就自己留着备用吧。"

"快穿上，我包袱里还有呐。"大兰芬把那双布鞋硬往刘村长手里塞。

"这，这个……"刘村长迟疑地捧着那双鞋，小半晌说不出话来。

"还'这个'什么？那就是去年春上，洋卯尖乡亲们给民兵做的。"大兰芬收住脚步，竖起他手里的鞋子说，"得好好地看看，是不是你老婆的巧手杰作。"

刘村长接过去仔细地望了望，那鞋窝里的一双垫子上用紫红色丝线，绣着"船港民兵，抗战到底"八个字。他看着看着哈哈大笑："简直也太传奇啦，可能还真是我婆娘的手艺喃！记得当时将一张草纸放在地上，穿着鞋子用千层底在上面一踩，印出那'笆门子'剪的这双鞋样子。"

"物归原主，那就请你乖乖地穿上。"

"好，我穿，现在就穿。过一阵子发动小娘们不偏心，跟对新四军一个样子的打扮，再给乡中队每人也做一双。"

大兰芬看着刘村长把鞋子蹬上，真的不大不小很合脚。就站在旁边等孙广盛。

见到五爷爷，大兰芬就低声叨咕说："陈霸川够现人眼的，又倚老卖老地骑上毛驴啦。"孙广盛皱起眉头沉思片刻，说："去叫他注意点群众纪律，讲讲部队'三大纪律八项注意'。"大兰芬说："看来他情绪比较低落。刚才有个老乡问，会不会与敌人碰头？他回答'早遇上了才好呢，反正是今朝不遇明朝遇，躲得了十五逃不过十六！'你听听，这些话搁在哪块儿？"孙广盛略有所思地向前走一阵后，他跟大兰芬轻声叮咛："对陈霸川这个人，要高度警惕。日防夜防家贼最难防，这内奸与叛徒，历来都是让人最头疼的。"

时间已至午后，民兵和乡亲们都赶到了月亮滩。

这藏在滩涂湿地深处的偏远小渔村，是上滩赶海人们的临时歇脚地，疏疏落落地住着二三十户人家，茅草房子盖得很简陋，四周的墙用柴笆和树棍子搭起，外面涂上一层泥巴，屋面的梁上钉芦席苫茅草挡风避雨。不管在什么地图上，都查找不到这个小自然村。

俗话说：十里不同天。刚才西边几阵子雷暴雨，这边却一滴也没下，似乎已干旱好久，树叶子和草梢子都被太阳晒得打蔫了。队伍停在一块晒鱼虾的大场附近草地上，乡亲们三三两两席地而坐。

鬼子骑兵刚洗劫了这小渔村，庄子上到处死气沉沉，人几乎都已跑光了。

孙广盛挨门逐户地进行察看。一个吃奶的小女孩溺亡在水缸里，有位白发苍苍的老大爷死在茅坑旁，胳膊下还压着一把鱼叉。一切都被糟蹋得不像样子，连锅碗瓢勺和缸坛盆罐都被统统砸得粉碎。

逃走幸存下来的人们，看到乡中队来了，都回村哭诉鬼子的滔天罪行。民兵们带着满腔的愤怒，含泪帮户主收敛了遇害者的遗体。

天气燥热，淌汗过多，人人都感到口渴。可小渔村的淡水河与海潮相通，咸得不能进嘴。一口淡咸的甜水井，也被敌人撒下毒药，走到井口附近就能闻到浓浓药味儿。

三俊子赶上来了，用手抹一把满脸的汗水，说：“西北边的小鬼子已追过来，离这里最多只有五六里路。”

去前边侦察的网箍子，也风风火火地跑来报告：“站在高一点的地方就能看到，从狗尾滩掉头过来的伪军，向东南上看过去成黑压压一片。”

西边的敌情在预料之中，东南方向出现伪军是孙广盛所没有估计到的。眼下正是前有恶狼后有猛虎，形势比昨天还要严峻，已到了火烧眉毛的时候。

屋漏偏遭连天雨，船破又遇顶头风。几个民兵小队长和村干部都呆呆地站着不动，谁也没得多话说，脸上的表情非常难看，心情就不言而喻了。

孙广盛的一举一动，哪怕是轻轻地叹口气，都会使这些焦躁不安的心，如火上浇油带来慌张。孙广盛现在并没有什么好法子可想，脑子也好像有点不听使唤了，怎么也想不出个道道来。他将身后的手枪转到前头，一边把耸起的衣服扯平舒展皮带，一边加紧动脑筋想办法。青天白日，这么多老少乡亲向外突围，那肯定不是个办法。退一步讲即使冲了出去，也会带来惨重伤亡。在这广袤的滩涂湿地上，如选择个熟悉的突破口跳出包围圈，是完全有可能的。但怎样选择突破口？这个突破口在哪里？选准了又怎样向外钻？一连串的棘手问题，让孙广盛感到很难解决，他像拿住棋子，不知下哪一着才好。

突然，天边传来一阵"嗡嗡"的响声，很快惊动了所有的人，这是飞机的马达声。大伙儿都仰起头朝空中望去，只见西南方向出现两架敌机。

孙广盛急忙下令："同志们，赶快带领大伙儿隐蔽，到柴草滩里去，趴在沟浜上！"

人群中出现一阵慌乱，刘村长疾风般地蹿上晒场，手在不停地挥舞："快到柴草滩里去，卧倒！快去沟坎子上，趴下！快……"

两架敌机，先在洋卯尖上空盘旋一阵，接着就到月亮滩上空兜圈子。后来圈子由大变小，飞得很慢也很低，声音越来越大。有架机号 105 和"太阳旗"徽标，坐在机舱里的飞行员都能看得一清二楚。

敌机顺着村后条排沟俯冲过来，发出刺耳的声音，"哒哒哒……"射出一梭子弹，打得地上直冒青烟。

有人沉不住气想跑。孙广盛大喊："不能跑，赶快隐蔽，都趴在沟浜上不准动！"

敌机又从大家的头顶凌空掠过，飞得很低嗥叫声刺耳。前头一架的两个翅膀一仄歪，撂下个黑不溜秋东西就压坡度右转飞走。孙广盛赶忙一回身，立刻趴到一位老大爷身上。炸弹就在附近不远处炸开，发出震耳欲聋的爆炸声，蹿起几丈高的烟柱，泥土四下飞溅落了他满身。孙广盛连吐几口泥浆，忍不住地骂："天杀的小鬼子，龌龊！"

这下可把乡亲们吓得不轻，孩子嚎女人哭，人们仓皇地往四面八方猛奔。小毛驴也挣脱了缰绳，在纷乱的人群中到处乱跑。

后头一架敌机在村子里又扔下第二枚炸弹，一幢茅草房子燃起了大火。

乡亲们一阵乱奔，敌机就更好寻找地面目标。一个大嫂倒下了，一位老大爷躺在沟浜上呻吟，一群孩子在晒场边上哭喊着。

敌机一次次俯冲，机关枪一阵阵扫射。孙广盛看到群众已乱了，就对三俊子喊："赶快带大伙儿到右前方的小树林里隐蔽！"

孙广盛仰望猖狂的敌机，眼睛里喷出仇恨的火焰，挥着手大声喊："大兰芬，机枪准备。同志们，打！"

大伙儿攥紧拳头，牙齿咬得出了声，发狂似的骂："豺狼，都见鬼去吧！"一阵"哒哒哒""砰砰砰"，机枪和步枪同时对准空中目标吐出道道火舌。这一招还真灵，有架敌机陡然抬头直上，越拔越高地又兜了个圈子，就去西南方向返回老窝了。

大兰芬把机枪往地上一戳，撸了把脸上的汗水，骂："统统都是纸老虎，飞机也怕打！"

随后，大兰芬的歪把子刚装满弹斗，忽见先头那架敌机从东南上兜过来。就在飞抵最近点刚要下蛋（弹）时，网箍子又迅速叉开双腿两手举起枪架，大兰芬用右肩顶住后托瞄准目标，歪把子"哒哒哒"地再次张开了口。

也许是飞行员太大意，忘记了飞这么低会挨揍。大兰芬的一弹斗还没扫光，那架 105 号敌机就受了伤，铁家伙的马达声出现变化，"哼哼哼"地不像刚才那么均匀。大兰芬这下更来精神，干脆就将那膛里子弹打个精光。

敌机紧急一个拉升，像头"怪兽"嗷叫着向上猛钻，屁大个工夫就摇着尾巴，吐出浓烟往草滩俯冲而栽下。

"打中了，打中了！……"大伙儿欢呼起来。

第二十九章

率乡亲转移潮间带
牵日伪转圈东沙滩

被轰炸的茅草房子腾起火舌。孙广盛知道，如不尽快扑灭大火，蔓延开来会让小渔村全部着火。于是，他大声喊："同志们，赶快去救火！"

民兵和老乡们都争先恐后地向烟火腾起的地方奔去……

大火扑灭后，孙广盛带着被熏燎的痕迹，走进了小树林里。

敌机空袭带来乡亲们的伤亡，有女人伏在死者身上悲痛欲绝，有孩童在大声嚎啕，有老人在声声叹息。孙广盛看到这个情景，心潮像大海里的波涛一样不住地翻滚。他敏捷地感觉到时间的宝贵，分秒也不能耽误，得赶紧突出重围，按区委领导的指示，把群众转移到安全地带。

"嗒嗒嘀、嗒嗒嘀……"洋号声从东面响起。

接着，西边又传过来一阵，好像还彼此呼应。

"不好！敌人的包围圈越来越小了，快被'包饺子'啦。"

孙广盛焦躁不安，心里像刚烧开的一锅油，汗珠子从两鬓直朝下滚。他苦苦地思索着，脑子猛地一亮，想起孙海光曾讲过红军长征途中"四渡赤水"的故事。"四渡赤水"之战，国民党用几十万重兵，对红军三万多人围追堵截。红军运用灵活机动的战略战术，声东击西地造成敌人错觉，从空隙间穿插猛进牵住鼻子打转，使其疲于奔命，在运动中歼灭了大量敌军……他说："不管怎么讲，我现在也是二三百号人的头。乡中队好不容易攒了点本钱，一定要保存实力，决不能与鬼子硬拼，切记存在就是真理！"

徐树庭说："红军能在国民党大军围剿下越发新生、越发壮大，不能不说其有过人之处。"

对了，你追你的，我走我的，把队伍运动起来。时间不多了，孙广盛开门见山地说："现在我们是身处重围，已暴露在敌人眼皮底下。我的意见是乡中队向东北，群众朝东南方向转移。这一带的地形我很熟悉，南边的东南方向有条小河，正常通海上的涨落潮，这几天小汛潮水又不大，那河边有条尺把宽的便道，大伙儿可顺着向东南边潮间带方向走，小路两侧还有人把高的芦苇，日伪军肯定是走的大路。"

"要走滩上路，先问地头人。我替你们当向导。"常年在东沙滩搞小取的孙寿芳是划船港老乡，他自告奋勇地从人群中钻了出来，说，"五爷爷，向东北这条小路，我上滩赶海经常走，闭着眼睛也能摸过去，绝对保险。"

孙广盛望着小寿芳那张纯朴厚道的面孔，无限感激地点点头："好的，那就请你带路。"说完他指着东北上的大海边，问，"哎，那不就是东沙滩吗?"

小寿芳忙说："对啊。不过到东沙滩就没地方躲了，滩头上只要往那里一站，就成'秃子头上的虱子——明摆'，一点挡头都没得。"

孙广盛看了看大伙儿，说："乡中队暂不考虑，头等大事是先转移好群众。刘村长，你看这样走行不行?"

刘村长问："什么时候动身?"

孙广盛说："等我们一出现在东沙滩上，你们就赶快走。放心吧，肯定能把敌人乖乖地引到东北方向去。"

"好嘞。不过……牲口不太好办。"刘村长有些犯难。

孙广盛说："给民兵们带上两三头，剩下的就先留在这里。"

"撂在这块咋办?"

"嗨——刘大叔，请尽管放心!"孙寿芳拍着胸口说，"就交给我先养着，大草滩里还怕把它饿死啦? 保证蚀不了膘，过一阵子你派人来牵。要不然我回划船港老家时，稍弯点路替你带过去。"

队伍就开到东北上的潮间带去，潮汐规律初一、十五涨大潮时才会被海水淹没，正巧这几天遇上小汛。俗话说"二十一二三(农历)，潮水不上滩"，留下大片绵软的泥沙湿地。在那里即使敌人追上来，能打就打，不能打就再撤，不像这芦苇滩里，一旦钻进去，连东南西北都分不清。通过反复思考，大家都觉得这一招应该管用，于是就决定向东沙滩进发。

孙广盛攒起劲来说："三俊子，集合队伍。"

"是!"三俊子一路小跑地去了。孙广盛把海燕喊住，说："你带两个民兵配合刘村长，照顾好群众转移，有事大家一起商量。”

海燕问：“那回头的时候，我们到什么地方找队伍？”

孙广盛看出海燕有点迟疑的样子，想了想用肯定的口气说：“会合地点还是老地方——洋卯尖。告诉乡亲们，我们一定会再见的，保重！”

“呜呜呜”乡中队的号角响遍滩野，二百多个民兵很快地集合好队伍，站在最后的三人各牵一头毛驴。孙广盛来到队伍前头，一双炯炯有神的大眼睛把队伍扫视一下，简短而有力地做了动员，讲明这次行动的意图，随即拔出手枪，朝东北方向的大海边一指：“同志们，出发！”

乡中队在孙广盛的带领下，快步如飞地突出重围，奔向东沙滩正前方北侧的潮间带目的地，以迅雷不及掩耳之势，一举冲出了鬼子的包围圈。

刚才那架敌机真的被打中了，就在冒着浓烟朝东南上向下俯冲时，有两个小黑点从飞机的上弹射出来。

“是开飞机的人跳伞了！”涵水洞村的群众一起呼喊起来。

黑点子离开飞机后，一眨眼工夫就撑开两个椭圆形乳白色降落伞，那失去操控的敌机像头猛兽，拖着烟雾声音怪异地向下俯冲，在空中连打几个滚，随着“轰隆”一声巨响，敌机一头就栽在涵水洞旁不远处的蛤蟆滩附近。

冲天的大火和滚滚浓烟，瞬间就将敌机吞没。

那降落伞随着海边吹来的一阵阵东北风，向西南方向飘落。

“快去，把飞行员先捉起来，不许动枪！”村民兵小队长王财源打着手势，立刻下达命令大声喊着，向降落伞坠地的方向跑去。

除了偶尔看过空中飞机，地面从来没有近距离望过飞机的老百姓，一见村民兵小队出动了，于是就欢呼着从四面八方涌过去，像看景致似的凑热闹。王财源连忙吩咐小队副陈大炮（正国），带一部分民兵控制现场，以防再有弹药燃烧后引爆伤人。

王财源声音洪亮地喊：“一班二班跟我上！”队伍立刻分成两拨人马，向着不同的方向奔去。

涵水洞西南上二三里处的蛤蟆滩，民兵们很快先找到一个飞行员，接着在里把远外又发现另一名，王财源叫民兵分别下了他们的手枪和应急刀。

随后，王财源带领民兵跑步前进，赶到正在熊熊燃烧的敌机旁。

“不能让它再烧下去。”王财源对大家说，“这敌机不管飞多远，小鬼子在窝里都晓得具体位置。一旦失去与地面联系，就说明飞机已失事了，马上会派别的飞机来找，这样烧下去就将暴露目标。”

有人紧张地问：“那咋办呢？”

王财源着急地说：“汽油用水是浇不灭的，看来只有在上面封一层土。请大家分头到老乡家去借大锹、铁锹和泥兜子、柳框、畚箕等，把这铁疙瘩用土埋起来。”

民兵和当地群众上百人，环绕着敌机的四周围一起填土。这个活计让人真够呛，靠近了热焰烤人，离远了泥土又难抛上去。大伙儿只好轮番上阵，真是人多力量大，经过将近半个时辰的抛撒，大火终于被扑灭了，将那铁家伙上面堆了一层土，看上去像一座大坟茔似的。

不一会，远方西南上的云层里，又传来一阵“隆隆”马达声，这架敌机飞得很高，当飞到大家的头顶子上空时，打转儿发出的怪叫声，闹得地面隐蔽在草丛里的人们一个个心神不宁。不过很快就飞走了，消失在西南方向。

按照我军对敌人员的政策，凡是捉住或投诚过来的飞行员、电译员、翻译人员一律都要宽待处理，并认真做好感化工作，尽量争取为我效力。民兵小队长王财源派通信员火速向孙广盛报告……

再说竹田，随部队折腾了一昼夜，先让烈日晒，后被大雨淋，虽骑在大洋马上，但那滋味也实在不好受。他的头脑“嗡嗡”胀痛，萎头耷颈地提不起精神来，似乎有点感冒发烧。选了个制高点，在草地上铺块油布，四爪朝天地仰着，医官小野君赶忙给他安排吃药打吊针。

竹田想：等马上彻底消灭孙猴子的支那农民军，再向十五师团长石井报告。想着想着，他发现了问题：命令各路急进的号音已吹响好久，怎么到现在还没动静？

“喂，喂，月亮滩的情况怎么样？”

“还在附近小树林里，一直没有新的变化。”

韩翻译回答完毕，捧起水壶“咕噜咕噜”一顿狂饮，而后就在竹田身旁坐下。

爬在树杈上的那个小鬼子，举着望远镜四处观望，突然大声喊：“不好的，孙猴子的又跑啦！”

竹田半撑起身子：“噢，跑啦，朝哪里的跑？”

此时乡中队真的出现在东沙滩，稀稀拉拉的队伍中还夹着几头小毛驴，看上去像一副仓促逃跑的模样。

孙广盛知道竹田就在咸潮墩子的大槐树下，挂在树上的“膏药旗”[①]非常扎眼。因此，就安排乡中队的少数人，在东沙滩的潮间带由南向北跑，有意暴露给敌人看。他们走在一条干枯的南北小沟里，看上去有深有浅，走起来人头忽上忽下。从敌人站的角度观察东沙滩，就能看到有许多人在运动，并完全处于一种无组织的混乱状态。

竹田叉着腿站在大槐树下，左手举起望远镜，右手勾住皮带扣。韩翻译和作战参谋各站一边。

“哈哈哈……”竹田笑得活像只老麻鸭叫，“支那农民军的，老百姓的，统统的害怕皇军！”

韩翻译向东北上手一指，说：“看，那不是孙猴子吗！”

“八嘎牙路！孙猴子的狡猾狡猾，这次决不放过的！他的——跑不了啦！”竹田发狠地咬住肥厚的嘴唇，伸出右手张开五指猛力向回一抓，那老脸上的横肉抖了几下，恶狠狠地吼道。随后，竹田又叫作战参谋让司号员和旗语兵，通知各路部队快速向东沙滩合围。只见红白小旗子在空中不停地舞动，急骤的洋号声立刻吹响起来。

合围开始了，竹田催促各路加快速度前进。骑在马上的二蜡嘴热得也有点受不了，伸脖咧嘴拧下巴，骂：“催命鬼，滚他个臭蛋！”走在一旁的“野猫子”临时代理宋闯谍报队长职务。他的脸浮肿得滚圆，跟小铜盆差不多，艰难地用唾沫润了润发干的喉咙，问：“已把孙猴子包围啦？”二蜡嘴激动地说：“狗屁，是做的个低级游戏。你是划船港当地人，这点还不晓得吗？孙猴子玩的叫滩涂湿地游击战。你懂的！一眼望不到边的大海滩，不是这滩就是那滩，反正到处都是滩，要藏个千把人一点不费劲。小日本和我们的兵力再多，也不可能把所有的滩都搜遍。退一步讲就是搜遍了，搜过这滩又跑到那滩，让你哭笑不得。我估计划船港的这帮泥腿子，可能早已到什么地方去睡大觉喽。”

---

① 日军的军旗，像中医的膏药图案，人们记忆深刻就称“膏药旗”。

第三十章

乡中队歇脚龙王庙
合围梦破灭搞三光

被困滩涂湿地荒野里的伪军绝粮几天后，一路上像群“蝗虫”似的，遇到能吃的野菜、野果子和树花等都已吃光。不少人因水土不服而浑身浮肿，上呕下泻，连裤子都提不起来。有个伪军躺在草地上，渴得张着大嘴光喘气。二蜡嘴扬起马鞭子，狠狠地抽了几下：“懒鬼，去了东沙滩，就有水喝了。快起来走!”

那伪军拖着哭腔，喊：“队长，这里没有淡水，东沙滩哪来的淡水呀?”

二蜡嘴气急败坏地吼：“逮住孙猴子的人，就喝他们身上的血。走，快走!”

东面一路伪军和南边的鬼子，虽听到了“急速前进”的号令，但由于这几天疲惫至极，任那号声催得再紧，也是“小山羊屙屎——稀稀拉拉”，慢得简直如蜗牛速度向前行进。

眼看着乡中队在东沙滩上奔跑，三面围攻的部队老不见影子，这下让竹田急了。“喔——八嘎牙路！狡猾的支那农民军，皇军会送你们上西天!”竹田指着右前方，那里集结着炮兵小队和预备队。他先命令预备队直接向东沙滩的潮间带发起攻击，又命令炮兵小队向东迂回，待达到一定的有效距离，进行全力拦阻射击。

作战参谋跑去传达竹田的命令。

一会儿，百十个鬼子采取一线式队形，从那片高芦苇滩冲了过去，一个劲地向东爬行。很快，小钢炮的炮弹接二连三地落到东沙滩上的潮间带，在乡中队民兵奔跑的前面“轰隆轰隆”爆炸。竹田“唰”地抽出指挥刀愤怒地吼：“帝国的勇士们，全速前进——”随后领着前线临时指挥部的人马，冲下了咸潮墩子，穿过一小片芦苇滩，跟在队伍的后头督战。

此时，孙广盛立即指挥民兵，后退到十五丈开外就地趴下。南边又落下一阵密集的炮弹，“轰隆轰隆”地发出爆炸声，眨眼工夫腾起漫天的烟尘。左边戴着“屁帘儿”战斗帽的鬼子，眼看已爬得很近了，“叮当叮当”地打起冷枪，子弹在头上“嗖嗖”飞过。

“左前方注意！”孙广盛一个箭步，跃到大兰芬身边喊道：“机枪准备，同志们，手榴弹！”

大兰芬抬起油黑光亮的大脸，伸着脖子向前看了看，眼睛里喷射出仇恨的怒火。“好啊，真不少，‘屎壳郎出洞——找屎（死）’来啦！”他架好歪把子机枪，又用劲将枪架向下压稳，“咔”地拉开枪栓，摩擦了一下手掌心。

鬼子兵弯着腰“吭哧吭哧”地向前拱，眼看越来越近了。还有十五六丈远的光景，孙广盛大喊一声：“打！”

民兵们个个虎气生生，几十枚土制手榴弹下冰雹样的落入敌群，随着“轰轰轰”的爆炸声，腾起一股股乌黑的浓烟。

一会儿，机枪和步枪也猛烈地张开了口，子弹伴着火焰在敌群中直窜，穿过一个胸膛之后，又窜进另一个的脑壳，血水四溅脑浆飞迸，慌乱的敌军在这突如其来的袭击面前，不知所措地就被打成了马蜂窝。后面赶上来的鬼子如同刚从噩梦中惊醒，也十分配合地朝着大海边，“乒乒乓乓——哒哒哒哒”地狂射一阵，然后撂掉枪械抛下同伴的尸体，“唧里哇啦”地退了回去。

竹田小半天才反应过来，气得站在沟浜上拔出指挥刀，大骂了一声“八嘎”，一刀砍断酒杯子粗的小槐树，暴怒地抖动着洋刀咆哮：“啊！我的苦啦——”

当那些败阵下来的鬼子兵走近时，一张张血脸都被手榴弹的黑烟，熏得跟荡滩上的牛屎饼子差不多，分不清哪是嘴和鼻子了，只见一对光溜溜的眼珠子在不停地转动，竹田看着不觉倒吸一口冷气：“唉！大和民族的荣誉，武士们的形象怎么了？八嘎牙路，可恶的支那人，追！”竹田，将洋刀在头上绕个圈子，指向了东沙滩。

看来这出戏越演越精彩。溃退下来的鬼子兵，又平推地向前移动。小钢炮也接连发射，机关枪及步枪一齐开火，密集的子弹和炮弹，都倾注到所谓的民兵阵地上。

片刻，东沙滩的潮间带被硝烟淹没。

竹田累了，斜躺在行军床上，两眼盯着帐篷顶的小天窗，心里像打翻了五味瓶，说不出是什么味道。忽然，从小天窗的角落处坠下一只大蜘蛛，扯着纤细的蛛丝，颤了一会儿又爬上去。竹田想：动用骑兵搜索和飞机侦察轰炸，都没找到孙猴子的最终下落，真的怪了究竟又躲到啥地方？难道这场“清剿”就不了了之了吗？不行，绝对不能！

竹田睁开本来就不大的虾米眼，忽地撑起身子下床，大声喊：“闯桑！闯桑！”二蜡嘴担心竹田要拿宋闯撒气，忐忑不安地走进帐篷，说：“宋闯不在，术后伤情还未痊愈。”竹田问：“孙猴子的，有新的下落了吗？”二蜡嘴吓得结巴着说：“太君，没，没有，还没有呐。”竹田怒气冲冲：“谍报队的，通通的到海边去，把孙猴子的搜出来。不好好搜的，大大的不行！”

“嗨！”二蜡嘴走出帐篷，悄悄地擦去头上的汗水。

通讯参谋又进了帐篷：“报告！”

竹田说：“讲。”

“增援的盟军一二九团刚来电：孙海光在伍佑场（灶地）、南洋岸、划船港一带活动得很厉害，请求把那三个连再调回去。”

竹田打断通讯参谋的话：“告诉他们不必害怕，孙海光是在配合孙猴子的行动，先集中兵力把他的打跑。”

通讯参谋接着又说：“通向江南的范公堤路段，现在已有几处被截断了，沿途还有些公路也被破坏得非常严重，请求……”

毁坏交通大动脉范公堤，等于切断江南的陆上补给线，对支持苏北正面战场作战将起到十分巨大的作用。

“请求的什么？”竹田明知道这个利害关系，却佯装着肝火又上来了，“命令他们的，要确保公路大动脉的畅通！”

过了刚才的气头上，竹田泄泄火又仔细一想：到现在还未揪住孙猴子，留那么多兵力在这干啥？苏北一带还没有修铁路，通往江南的公路非常重要，如皇军的公路大动脉万一被支那人给掐断了，这可不得了！再说海上补给线的划船港三朝两日又时常吃紧，江南第十五和十六师团及十二旅团司令官等都会怪罪。想到这里竹田答复：“盟军一二九团的三个连，可以让他们的先撤回。”

“哈伊！”通讯参谋退去，心里嘀咕：“大水冲了龙王庙，一家人不认一家人”，哪还有三个连呢？实际上有一个多连的兵力，在东沙滩上让皇军炮火误当支那农民军给灭了。

二蜡嘴从他的营地过来，在帐篷前下了马。

竹田正一个劲地在那棵要死不活的老槐树下舞剑。他光着发亮的“油葫芦”和尚头，穿件没得领子的衣衫，扎一副宽板式健康带子，屁股后头还吊着个小铜佛儿。那凶神恶煞的样子跟头野牯子牛差不多。这个相当狡猾的老鬼子，就是天塌下来，每天都要抽出空子折腾一阵，练练劈刺功夫，强身健体好杀人。

二蜡嘴靠近竹田，先用日语问了声好：“哦哈腰依玛斯(早上好)！”

竹田没有理睬，连眼皮子也未抬，把洋刀猛地落下，侧过身子斜劈过去，接着又来个骑马蹲裆式，对着正前方一阵子挥刀大砍，嘴里狂吼了一声：“杀——”

他慢吞吞地收起洋刀，一边扯下挂在老歪脖子槐树桠杈子上的毛巾，一边回答二蜡嘴的问候：“哦，早安！”一前一后走进了帐篷。

竹田擦着脸上的汗水，问：“宋君，你的，什么的干活？”

二蜡嘴轻声说：“部队减员不少，大多数人已拉稀。”

“拉稀的？”

“是的，屙稀屎，也就是腹泻拉肚子。”

“什么的拉肚子？”

“饿得受不了啦，随便采些野果子、树花和野菜吃，出现严重的水土不服。”

“粮食呢？”

“已出来五六天，可只带了三天粮食。”

“那命令后勤的，快快的供应粮食。”

“不行。已有好几次了，粮食补给一上路就被切断，都让沿途村的民兵抢走了，看来是有预谋配合孙猴子作战。中国兵法中有句古话，叫做‘计毒莫过于断粮道’，现在我们的粮道已断，只能吃些野果子、树花和野菜混日子，更糟糕的是还有那么多伤病员，这样会消耗很多精力。再说，后方也没有那么多粮食啊。”

“粮食……没有粮食……”竹田焦虑地仰起头，望着帐篷上的小天窗，两只手互换着，“咯咯咯”撅起指关节。

远处又传来飞机的马达声，一会儿声音越来越近。敌机飞得很低很低，像从头顶子上凌空掠过，就连坐在机舱里开飞机的人也能看得清楚，那声音跟号丧似的，在上空不停地“嗡嗡”叫着。

坐在行军床旁的二蜡嘴忧伤地摇了摇头，说：“唉，恐怕是侦察机来了，也难找到孙猴子的影子。因这绝事就绝在民兵跟老百姓差不多，随便往哪里一混，就没法分清了，真是伤透脑筋！”

“吊死鬼擦粉——死要面子。”竹田用两个伸直的指头杵住二蜡嘴鼻子：“你的，失败的情绪，大大的不好，皇军倒霉的没有！”

差点吓掉大魂的二蜡嘴，顺从地站起来回答：“太君，是，是是！”但他心里却说：我个堂堂的宋某人，跟你东洋小鬼子当条狗，好心好意提个醒反而挨你一顿训，真够倒霉的了！

竹田突然离开二蜡嘴，往前一连走了几步，又猛地回转过身子，继续用那半生不熟的中国话，结结巴巴地对二蜡嘴说：“支那地域的这么广，人口又这么的多，支那农民军和老百姓的一样，大大的狡猾狡猾的，亦兵亦民的干活，真的很难分得清。不过，皇军的绝对不会善罢甘休。”

二蜡嘴说：“对呀！联队长阁下，民兵就是武装起来的老百姓，而老百姓枪一扛就又成了民兵。”

竹田伸出双手做了个合围的动作，咬着后槽牙：“八嘎，支那人的真是太可恶了，良心大大的坏，统统的死了死了的！”

竹田在行军床上，摊开“支那东部沿海军用地图”，把划船港一带滩涂湿地上的自然村庄数了数，大小共计九十六座。他残忍地搞起了“三光”，也就是所谓的“烬灭作战”。烧尽杀绝抢光：即把准“治安区”的这些村子，一间房子不留地烧光，一个人不放地杀光，一点东西不剩地抢光。

竹田真的作孽了，一个村庄被点燃，烧成一片火海，又一个村庄被点着，浑浊的烟雾腾入高空，渐渐地凝成一团团乌云。

黄海之滨到处是烟火冲天，浓浓的血腥味和焦煳味，在空气中弥漫着。

一阵海风吹过，那乌云在民兵驻地上空飘游，罩在每个同志的心上！

昨天夜里，乡中队赶到了龙王庙，大伙儿都睡了个安稳觉，消除了几天来的劳累。

广袤的沿海滩涂湿地上，这片郁郁葱葱的树林，掩隐在林中深处那金黄色屋脊的龙王庙里供养着海龙王。不管是出海的渔民，还是进牛湾河港口的人们，都要前来烧炷香磕个头。出海的祈求保佑，进入港口的以谢赐恩。有些民兵也来磕头烧香，双手合十举在胸前，虔诚地祷告：“求海龙王开开眼吧，让前来追击的敌人，在大海边上被涨上来的潮水活活淹死，省得让大伙儿劳心费神的。”

满以为竹田这回认输了，要把部队马上撤回头，可未曾想到这天杀的恶鬼子恼羞成怒，像匹脱了缰的野马，又搞起了惨绝人寰的“大动作”，妄想把乡中队的抗日根据地化为灰烬，把坚强的黎民百姓统统杀绝，把抗鬼子的村庄都荡平。

乡中队的同志们一听说竹田烧村子，有的爬到树上、站在围墙顶，有的甚至登上龙王庙屋脊子，向那西北方向瞭望。夕阳西下，一望无际的滩涂湿地上，墨绿色的波涛间一处升起了浓烟，又一处冒起冲天火光……

大兰芬怒不可遏地嚷："嗨，不能再等了，赶快打回去吧！"

"冲着竹田打，以牙还牙，以血还血，砍下他的头来祭祖！"

"不打跑小鬼子，绝不算好汉！"

孙广盛考虑：此时得平平大伙儿的冲动，把这种对敌人的仇恨及求战杀敌劲头引向正道。他站在龙王庙的石阶上说："同志们！现在就硬碰硬地打回去，绝对不是个好办法。杀敌一千自损八百，把家底子都掏光了，算起账来一点也不划算，哪有本钱与小鬼子硬拼。再说，竹田巴不得我们上钩钻进他撒下的大网呐。只有设法争取主动，牵住竹田鼻子走才行。"他的话只能先讲到这份上，因暂时还未拿出个具体路数。

第三十一章

集众智筹划炸军库
趁夜色索庄摸敌情

孙广盛是牛湾河区区委常委、划船港乡乡长兼乡中队政治教导员和党委书记，他深深懂得，一个人就算浑身是铁，能打几根钉？没有革命的集体，便没有革命的事业。在乡中队里，如没有党委班子成员、支部委员、普通党员和革命进步青年，他就失去了依靠，就没有人给他出主意想办法，帮他来分析判断问题，以便在错综复杂的环境中，找出解决问题的最佳方法。

孙广盛对大家说："总得想个法子，让竹田听我们的，不把这头犟驴牵回去，看来是肯定不行。"

大兰芬气呼呼地说："以我看那是头犟红了眼的野牛，一般不容易牵得动呀！"

孙广盛进一步启发："老话讲，打蛇要打七寸，牵牛要牵牛鼻。竹田这头野牛十分狡猾很难牵，若牵得不得法就是力气再大也没有用。一定要想办法牵住其'鼻子'，让他乖乖地按我们的意图走！"

大兰芬也是个直肠子，问："咋牵？有啥好办法？你就快点下命令吧！"

孙广盛说："'三个臭皮匠——赛过诸葛亮'，听听大伙儿的！"

大家都沉默着，有的歪着脑袋思考，有的皱起眉头在琢磨。三俊子考虑了一会，说："他能放火，我们就敢点火！"

英子受到启发忙说："对了，到竹田后院去点把火，也许他就顾不上前头放火了。"

孙广盛觉得有点道理，心里亮堂多了，但还不够具体，便又提出一些疑问："常言道，鼓要敲在点子上，箫要吹到眼里头，大家说说看，这把火应点在什么地方?”

网箍子说:“去城里点,烧掉他的老窝巢!”

三俊子摇着头:“不行!那简直是‘戴斗篷亲嘴——差距太大’。没得好牙口,啃不动这块硬骨头,眼下实力悬殊太大,不宜去冒这个险。”

英子说:“回划船港?”

大兰芬说:“咳,烧个炮楼顶屁用,过几天马上又修好了。”

徐树庭慢条斯理地说:“小打小敲,弄得不疼不痒的竹田是不会买账的。”

大伙儿一下子沉默下来,都在反复思考,把这火究竟该点在什么地方,才算点到竹田的要害穴位。

这把火到底应点在何处?可是个举足轻重的事情。如选不准部位,反而失去宝贵时间,一着不慎,全盘皆输。

沉默了一阵,三俊子突然将手举过头顶,说:“回划船港,掏鬼子的军火老窝!”

孙广盛非常赞赏三俊子那灵活的脑袋瓜子,高兴地大声说:“你不愧是个中队长,这下子可说在点子上嘞,军火库是小日本的命根子,只要设法把那里火一点,肯定能把竹田这野牛牵回头。”

大兰芬说:“噢,我想起来了,曾听说驻苏北日军的第十五、十六师团和十二旅团所属部队,都有大量军火存放在里面,万一就是竹田不想回去,第十五师团长石井也得催。否则,小鬼子驻华中方面军司令官松井石根知道了,他们都没法交代。”

话音刚落,大家异口同声地说:“对,拿下军火库!”

孙广盛说:“敌人不让我们过初一,我们就不让他过十五,马上就行动。多争取一点时间,竹田就会少毁掉一些村庄。树庭,在建军火库时你曾被抓进去当过劳工,先回忆一下吧。”

徐树庭说:“这个……我现在已记不清了。”

孙广盛沉默了一下,说:“我们对那里的地形、敌情都不太熟悉,烧军火库可不是个简单事情。”

大兰芬说:“眼看这天色已不早了,我们该抓紧上路!”

孙广盛说:“再等会吧,小鬼子的飞机还在空中转着呢。天一黑它就成瞎子,发现不了我们的行踪,这样就能安全一些,星夜兼程先返回海神庙,争取上半夜赶到下半夜动手。由副中队长同志负责带路，并安排侦察班打前站[①]。”

一直坐在地上不说话的陈霸川，伸了个懒腰指着脚：“孙长官，你是晓得的，撤出鬼子炮击阵地的当口，我一只脚脖子扭伤了，怕……”

孙广盛直截了当地说：“晓得。你先跟着走，到时候再说。”

陈霸川听了不太高兴，说：“那我可能要掉队了。”

趁着天空中的一轮弯月，队伍踏上了征程。

乡中队来到海神庙，夜已深了，周围静悄悄，一片漆黑看不清房屋和道路。

“同志们，前面就是索庄，大家打起十二分精神来。”孙广盛带着民兵悄无声息地摸进了大地主索汉洲家“一进五堂”[②]的院子。姓索的是个伪保长，大院门卫房里住着两个保丁。大兰芬趁一保丁出来解小手的当口，像老鹰抓小鸡似的上去将其一刀割断喉咙，拖到屋里扔在地上。

“兵爷饶命！‘四老爷’饶命！求求不杀，小的上有八十高堂，下有未过周的小儿啊！”另一保丁哭诉着，可怜巴巴跪地叩头哀求。

孙广盛严厉地说：“放老实点，先缴械！”

那保丁又捣蒜似的磕头作揖：“小的保证说实话，肯定！”

他讲院子里没得外人，索汉洲和小老婆就睡在东屋里。这时，墙根脚下突然响起“噗通噗通”鸡鸭的挣扎声。孙广盛扭头一看，地上摆着三四只新鲜的牙獐肉，墙角放着捆住的野鸡和野鸭，猎枪打的野兔堆了一大箩筐，荷花缸养着大洋河里的鸳鸯水鲈鱼，几副水桶盛满对虾、鲜蛏、蛤蜊等，还有三、四蒲包正在吐白沫的大螃蟹。

孙广盛问：“这是做什么？”

保丁答：“军火库里要的。”

“啥时送过去？”

“明早他们派人来拿。那里是军事禁区，老百姓一个也不让进。”

“你领我们去找保长，就说军火库来人了，有着急的事情。”

“是。”保丁捣蒜似的直点头。

大兰芬的一双大手，像把老虎钳子紧紧咬住保丁的肩胛骨：“你小子要是耍滑头，老子把你的胳膊捏碎了，让你给地上死鬼陪葬！”说着将嘴向那里一噘。

---

① 打前站是行军或集体出行时，先有人到将要停留或到达的地点去办理食宿等。

② 一进五堂：平房的一宅内分前后几排，一排称为一进。进，即旧式房院层次。

保丁疼得直叫:“哎哎哎,小的不敢,不敢!”

他们蹑手蹑脚来到东屋的窗户下,孙广盛和大兰芬等人贴着墙根蹲下。

屋里,光屁股郎当的索汉洲,将已脱掉内衣的九姨太小红粉,抱坐到大腿上:“这是男人的事,女人不懂。我说你九儿,只要把我索爷给陪痛快,保证几个老娘们不敢欺负!”索汉洲说着,一只手搂住小蛮腰,另一只手摸着九儿大腿淫笑道。

“还是索爷最疼小九!”九姨太小红粉娇声娇气地说。

当九儿转过脸去,准备将舌头伸进索爷嘴里时,保丁在玻璃窗上“笃笃笃”地敲开了,轻声喊:“保长,保长,军火库来人喽。”

好大一会,索汉洲才哼了声,说:“东西全办好了,叫他们天亮来人拿。都是按单子上办的,一样也不少。”

保丁说:“不是为的这个,另外有要紧的事找你。”

索汉洲说:“有事等天亮了再说,又不是天要塌下来的。”

保丁停着不说话。孙广盛把枪口在保丁腰眼里一杵。保丁又继续说:“不行啊,他们说有着急的事情,现在就要跟你面谈。”

窗子玻璃上立刻露出一双诡秘的眼睛,索汉洲伏在窗前的梳妆台旁,问:“他们到底在什么地方?”

保丁说:“都在门卫房里。”

“瞎说。我好像觉得外面还有人?”

“真的,不骗你,就我一个。”

索汉洲打了个哈欠,没好气地嘟囔:“真烦死了。”

索汉洲磨蹭着打开门,孙广盛和大兰芬冷不丁闯进去,枪口抵住他的脑袋。索汉洲当即吓得瘫在地上,小便尿了一裤裆。因他晓得一旦共产党或孙大侠摸到自己,等待的下场就是躺下。唯一可能有差别的,也就是死法不同而已,枪毙、砍头还是吊灯笼。这年把他总共带小鬼子烧过多少老百姓房子、杀了多少划船港的乡亲们,就连自己也说不清楚。

大兰芬把索汉洲捆了,嘴里堵块布巾。九姨太小红粉已吓得说不出话来,身子像筛糠似的裹在床单里,紧张的肌肤抽动着,一张娇嫩的面孔已无人色,如同《西游记》里描述的白骨精。大兰芬说:“莫害怕,我们只杀汉奸,不虐待妇女。”

民兵们都来到索家院子里。孙广盛审问了索汉洲后,将其关到西屋里,派上两个民兵看守。徐树庭找到了木匠刘春阳，他俩从小就一块儿在地主家放牛。

眼下刘春阳已是划船港出名的木匠大师傅，水（造船）旱（建房）方（家具）圆（箍桶）样样都精，门下带出许多精明的徒弟。而徒弟的徒弟也都带一大帮徒弟。他这棵大树伸出的杈儿，加起来一百好几。老话说：手艺不精，不能养命。正因他的木匠做功好，徒子徒孙又多，划船港周边方圆百十里，大户人家做木工活都请他领作[①]。不管是白道黑道，还是吃租子搞绑票的，都从来没有人拿他过不去。刘春阳就是在这个特定条件下，按上级指示组建起中共索庄地下支部，并任书记兼流动箍桶党小组组长。

现在由刘春阳和师兄陈连琪组织一些人，负责协助乡中队封锁周边的一定范围。三俊子带着孙佐芳和网箍子，去军火库附近侦察敌情。

堂屋里的大钟“当当当”地敲了十二响。

孙广盛叫大家抓紧时间睡一会儿，万一有啥情况就从后院的墙头上出去，直奔北面那片树林子里。岗亭上的哨兵已被摸掉，安排一挺轻机枪，有情况足够掩护的了。孙广盛又找来附近几位老乡，了解一下军火库的情况，个个都讲那个鬼地方，敌人看管得比较严，实行十户联保，气氛非常恐怖，当地的老百姓整天都在刀尖子上过日子，库区也很不容易摸进去。

雄鸡叫了第二遍，还不见三俊子他们回来，孙广盛心里有些着急。他站在院子里的台阶上，望着这月光笼罩的滩涂湿地原野，心想事情不一定就那么顺当，本来对这里就不太熟，再加上仓促行事，万一弄巧成拙就有可能出纰漏。情况摸不准确，没有一定的把握，是不能轻举妄动的，再说这个风险也冒不起。要掌握取胜的技巧，千万不能蛮干！

刘春阳来了。他急匆匆地跨进屋里，黑灯瞎火没有掌灯，孙广盛看不清面孔，只见他细长条的个子，浓眉大眼，虽然清瘦了点，但精神十足，一看上去就是个受过苦的人，从他的举动，再听听声音，约摸在三十开外的岁数。

刘春阳压低嗓音，说：“东边海神庙狗子咬得凶，好像发生了什么事情。我已叫人去打探了。”

孙广盛问：“军火库那个地方，这边岗亭里的敌人常去吗？”

刘春阳说：“因战乱的缘故，那座破烂不堪的老砖窑周围，已长满了高大粗

---

①　技艺高的人，带领其他人做工。

壮的老槐树，树冠上繁茂的细枝碎叶缠在一起，像厚重的乌云挡住视线，只有稀疏之处才见到丝丝缕缕的光亮。尽管草丛里有鸟儿喜欢的蚂蚱、螳螂、白蛾、豆蚜等美味，可它们都嫌那儿沉闷、阳光暗淡而不愿涉足。原来大片取土制坯的废泥塘，早已荒得老鼠也养不活了。军火库和油料库就建在老砖窑隔壁，紧靠大洋河边上南北一溜子，地理位置相当偏僻，所以根本就没得人去。噢，离这里大约五六里路，去打探的人一会儿就回来。”

孙广盛沉默片刻，用肯定的口气打招呼：“在这个地方做工作，确实不容易啊。地下党的同志们更辛苦，为我们做了大量的事情，我代表党组织感谢大家！”

刘春阳说：“一家人就不要说两家话了。虽然鬼子、伪军、汉奸、特务整天往这里跑，就差点踏破每家每户的门槛子，但地下党组织一直还在暗暗活动着。年初根据上级的指示精神，我们也秘密组建起民兵小队。”

第三十二章

三俊子探秘火药桶
徐树庭周旋黑狗队

一阵紧急的脚步声，接着进来个毛头小伙子。他的诨名叫大沼虾，连喘了几口粗气，说:“海神庙那边也有队伍在活动。”

孙广盛忙着带有疑惑地问:“是哪里来的?”

“暂时还不清楚。”

“你亲眼看见的?”

“遇了个面对面。不过没有答得上腔。”

“你看你这伢子，嘴上没毛，做事不牢，真是个小呆瓜!”刘春阳着急地插话埋怨，“耳朵听不真，脚下就乱奔。为啥不打听一下喃?”

孙广盛清楚，县大队和区分队目前都在伍佑场、新兴(盐)场北洋岸一带，这队伍是从哪里来的呢？是一支什么样的队伍？必须尽快摸清楚。

孙广盛忙说:“小同志，麻烦你再跑一趟。我派个人跟你一起去。”

远近的庄子上，又传来一阵阵雄鸡的报晓声。

再说三俊子带着孙佐芳和网箍子，一溜小跑到了军火库附近，拐过荒芜的老砖窑废泥坑，伏在一片黄豆窠里向军火库方向探望。

军火库占了好大一块地方，远看只见四个角岗楼上都亮着暗淡的灯光，隐隐约约的，跟乱坟场里雨露天气的鬼火差不多。西边紧靠大洋河，北面挨着个港汊子，东边和南面挖了条三五丈宽的壕河，正常通大洋河里涨落潮，壕河外沿都拦起铁丝网。南面全封闭的大铁门，以日本人为主重点防卫。东边小便门用吊桥走行人，现由伪警察大队的警卫队正常把守。鬼子和伪警有时还抽人不定期地调防轮值，要想靠近真的是很难，更莫提点军火库这“火药桶”了。

死气沉沉的库区内，看上去没有一点动静，库房建筑物的黑体仿佛像一座阴影小山。三俊子他们埋伏的黄豆田距库房太远，加上原老砖窑旧址一溜子蓬乱杂树的遮挡，只能隐约看到黑乎乎库区旁的吊桥和大树。

三俊子轻声说："砍柴要上山，捉鸟得爬树。你们在这里看着，我到前面去侦察一下，也许骑着毛驴去找马，还能干成一单大买卖。"

网箍子有些担心地念叨："你这叫'电线杆子上绑鸡毛——好大掸(胆)子'。万一暴露目标咋办？"

三俊子说："我做事你还不放心？啥场合掉过链子？小心点就是了！"

孙佐芳说："网箍子你闭嘴！祝中队长同志旗开得胜，到辰光喝庆功酒！"

残月西斜，洒下清幽的光。趴在开阔地上的三俊子每蠕动一下，两位战友在后头都看得非常清楚。只见他突然加快了速度，顺着藤蔓爬到壕河边上。铁丝网有的地方空隙较大，顺着点人就能通过。"不入虎穴，焉得虎子。"要想弄到库区的详细情况，只有设法深入进去。

三俊子嘴里叼着手枪，悄悄钻过铁丝网，轻手轻脚地下了壕河。"咕呱咕呱"乱叫的青蛙，陡然安静下来，四周显得一片寂然。

三俊子不声不响地游到对岸，趴在大树下的河浜上观察。那棵高高的大白杨，还是建库时没砍掉的老古董，高得好像要戳到天上的星星和月亮。前面是一块不大的草坪，往里就是一幢幢库房。沿着壕河边向南，是座斜竖起的吊桥，桥头旁岗亭里站着哨兵。三俊子心里盘算着：到时先派两个人，从那里钻铁丝网过壕河，然后运动到吊桥底下，冷不防干掉哨兵后放下吊桥，这样就可以大踏步地深入库区。

星月暗淡，东方露出点鱼肚白。从滩涂湿地深处的村庄，又传来一阵雄鸡打鸣声。

三俊子把所有地形地物都清楚地记在心上，退到水里后又轻悄地游回头。刚爬上东岸的河坎子，水淋淋身子把壕河边泥土润得很湿，三俊子一脚没把稳，"嘭"的一个翻"咕噜"，滑溜一下又掉进河里。

"快，快点，有情况。"吊桥旁岗亭里的哨兵大声喊，"不准动！干什么的？"

霎时，南北两头岗楼上汽油发电机带的探照灯亮了，一对粗大的白色光柱，交叉着在壕河外的农田里扫来扫去。很快一趟巡逻的哨兵，大喊大叫地朝这里跑来，当他们快到大白杨树下时，探照灯就照在水面上，壕河里的水在强光的照射下，像面镜子闪闪发亮。三俊子急忙将头缩进水里，一个猛子就扎到吊桥底下。他慢慢地把头又露出水面，眼睛一睁上方的吊桥，宛如一顶翘起的伪警大盖帽。从木板缝里向上看，略微透着一线灰暗的天空。

天刚麻花亮，一切又恢复往日的平静。趴在农田里的孙佐芳和网箍子都非常焦急，他们晓得敌人没有发现目标，估计三俊子还在壕河里。可究竟藏在什么地方？到底怎样才能脱险？如何与他加以配合？心中却没得一点底细。

孙佐芳说："网箍子，我在这里盯着，你赶快回去报告。"

"你回去，让我留下。"网箍子说。

"不要再争了，你快点走吧。敌人要是注意到这里，我还得挪一下窝。就是换地方也是在附近。"

网箍子走了。

孙佐芳两眼紧紧地盯着壕河。

太阳还未露脸，早饭前门卫换岗，东便门新到班的那个家伙，好像夜里没有睡好觉，一个接着一个地伸懒腰，不断张开嘴巴打哈欠。三俊子抓住一把矮脚芦爬上了岸，从吊桥的板缝里看着哨兵。那家伙是军火库警卫队的，一看就晓得是个老兵痞子，头上歪戴着顶大盖帽，穿一身黑皮像个老鸹。他提着一把三八大枪，嘴里哼着下流的黄色小调，慢跶逍遥地向吊桥走来。

三俊子赶忙又下了水，将头露在水面上。东边大海里开始涨潮了，随着水溜从大洋河面上漂来一团子槐树枝子混缠着的杂草，像鹿砦布。一只大青蛙蹲伏在上面，两只凸起的大眼睛，一个劲地与三俊子发出光亮的眼球对望，好像发现可捕食的一对萤火虫，两只强壮的后肢收了回头，做出将要弹跳的态势。三俊子感到有点心悬，青蛙跃跃欲试似要冲过来。三俊子只好紧闭双眼，慢慢地将头又缩进水里。一会儿，当三俊子再将头浮出水面，那团树枝杂草被吊桥腿子刮住，大青蛙仍不肯离去，不过它已转换了个角度，不再注视三俊子的眼珠子了。这下似乎又带来不妙，青蛙鼓动起两片白色的音膜，"呱呱呱呱"地叫起来，引起了岸上哨兵的兴趣，一个用脚把块砖角踢到水里，另一个上前骂了一句："捣蛋鬼！"便顺手拿起一把藏在壕河边上草丛里的鱼叉，然后就蹲在岸边上，不停地寻找那青蛙想戳了玩。这下三俊子更加紧张，躲在吊桥底下连大气都不敢喘。他已想好了，如一旦被那哨兵发现，就猛地豁出去将其拖入水中。

青蛙受惊后，"滴笃"一声跳到了水里。哨兵没有找到青蛙，就乱捣了几叉扫兴地离去，三俊子这才松了口气。

树挪死，人挪活。老蹲在这里也不是个办法。这时天已将大亮，三俊子在寻求个安全脱身的法子。

早饭后，从警卫队库房值班室门前，过来几个穿黑狗队制服的人，过吊桥朝东边索庄去了。后来，吊桥上就很少有人来往，“咯吱吱”，颤悠悠，三俊子的心就随着桥板颤动而一紧一弛。过了一会儿，有个穿黄色制服像个小长官模样的人，晃荡晃荡地来到哨兵跟前。他脸色白得如同一张纸似的，走起路来看上去还有点儿打飘，那样子一阵风就能把他刮倒。三俊子感到有点奇怪：军火库是日军一零七联队的防守重点，负责看守的鬼子有两个小队，主要守卫在南大门。再就是范德林伪警察大队的人，分工负责守在东便门。伪警察大队穿的是黑狗皮，咋忽然又出现穿黄色制服的“二鬼子”呢？

“小队副，请你指导指导！”穿黑狗皮制服的哨兵跑上前，说，“皇军让友军来换防，我们早已做好交接准备了，欢迎，欢迎，非常欢迎！”

“不，不不，我是出来躲疟（疾）子的。”那个被称小队副的“二鬼子”，摇着手爱答不理地说，“打‘摆子（疟疾）’，打得身上一点劲也没有，不是冷得要命，就是热得半死，还恶心想呕。”

“对啊，这日子真不是人过的。”哨兵给小队副边指路边说，“你得靠着河边上走，南面长一层厚厚‘扒地草’的地方可要当点心，那一段有地雷……”

小队副就朝树的方向走去。大白杨紧靠在壕河边上，而河坎子又长了茂密的芦苇杂草。他一屁股就坐在杨树斜对面，稍微不注意的话，一般在四周都很难看见。

听口音小队副是北方人，一会儿面对河水，一会儿脸朝杨树，闭着一双眼睛，两手合成作揖的样子，嘴里不停地像小和尚念经似的：“树有树神，河有河仙，我求‘神仙’显灵，赶走疟子，保吾平安……”

不知是谁给他出的馊主意，说树神与河仙可帮他躲过疟子。那小队副念着念着，冷得牙齿直打战嘴唇哆嗦开了，随即四肢也像筛起筛子。他疟疾又发作了，晒着太阳蜷缩在杨树下的河坎子上，嘴里还不停地瞎说胡话：“冷死了，树神呀！河仙啊！……”

三俊子看着，认为自己在骑驴找马，这下机会来了。只要刚才那个哨兵不过来，收拾掉这小队副是没问题。三俊子一个猛子很快到了树的对面，不声不响地爬上西岸河坎子，将那小队副来个“闷杀鸡”，接着就扒下衣服自己穿上，然后用小褂子兜几块砖头，再用裤腿子将砖头兜儿绑在小队副腰间，就轻松地将其沉入河底。

三俊子蹲在树下，一边察看一边急剧地思考：看来这下子一切似乎都顺理成章了。“二鬼子”刚来换防，跟库房里的人肯定还不够熟悉，我就假扮成这个小队副，到“火药桶”里面去逛荡逛荡踩踩点，把有关情况先弄到手。舍不得孩子套不住狼，洗头就别怕掉头发。父亲常教诲，胆要大，心要细！走！

三俊子顺着树干直起身子，耸了耸肩将头脸缩进衣服领子里，帽檐子压到眉毛，两只手互抱着膀子，急匆匆地向西走去。

哨兵显得关心地说：“哎呀，躲这么长时间啦，长官请走好！”

三俊子装着疟子发得厉害顾不上搭腔，便随口一答：“唉。”直往库区里去。

就在三俊子佯装那个小队副，在库区进行窥探的当口，几个穿黑狗皮制服的来到索庄。他们都懒散得很，领头的那个班长姓孔是山东人，大名叫孔德福。他面容憔悴，一看就知是个大烟鬼子，戳在地上像盐碱地里的高粱秆，是个瘦骨伶仃的细长个儿。实际上，警卫队里有六成人都是“双枪”兵。皇军嫌警卫队这帮是蛀虫，光捧住大烟枪不肯干事，生怕拖了后腿，这样下去库房早晚要出乱子，便从“二鬼子”里抽调两个小队来替换，昨天刚到现在正忙着准备搞交接。俗话说：“麻子管事——点子多。”警卫队长佟七爷是个核桃大麻子，想办个当地特色的野味瓢城“八大碗”，让弟兄们畅快地吃喝一顿。牙獐、野鸡、野鸭、野兔和贝类、鱼虾蟹等八碗八碟，这些菜的筹集被派在索庄村。

警卫队的人在去索庄的路上，看到河边水码头处有个人，正弯着腰在那里洗东西。

“喂，干啥的？”

“噢，洗麻萝卜。”

徐树庭不慌不忙地，先掉过头来看了一眼，然后又俯身去颠簸着手里的柳箬子，麻萝卜“忽噜忽噜”地直打滚儿。

“咦，怎么没见过？”

“我可认识你长官呀，要是没猜错的话，你不是堂堂的孔大班长吗！”

这个孔德福比狐狸还狡猾，他对谁都信不过，包括身边的一些弟兄。正常情况下，他存了一些烟膏，生怕小狗崽子们偷吃，后来就将子弹头掰下来，倒掉火药后将烟膏灌进去，冒充实弹插进子弹袋随身带着。

孔德福不停地两眼盯着徐树庭：“哪家的？”

徐树庭沉着地将大拇指一竖：“索庄。”

“我咋认不识？”

“长官啊！真是贵人多忘事。见过，你不是常跟东家老爷子在西屋家里抽烟谈闲吗？前一阵子，索老爷让我上滩赶海取海鲜，昨天下晚刚回来。唉，对了，你们今天办的野味瓢城‘八大碗’，就可品尝到我取的海鲜啦！”

孔德福有点将信将疑：“有良民证吗？”

徐树庭摇了摇手：“实话实说，没得。小人替保长家做事，那玩意用不上。”

“保长呢？”

“在家呐！噢，菜都已准备好，飞禽走兽是昨天下午猎捕的，河鲜、海鲜都是新鲜货。”

“一块儿回去吧。”

“好啊，等我把麻萝卜洗好带上。”

徐树庭故意磨蹭周旋着，为多给孙广盛一些准备时间。那孔德福存着戒心，老是用眼瞟着这个挑麻萝卜担子的人。

第三十三章

陈霸川违纪露本性
县乡队相遇索家庄

前面警卫队的几个人，进了索保长家院子。孔德福却东张西望，忽然发现门里边南墙根贴着个举枪的人。他大叫一声："不得了！"拔腿就跑。

这家伙还真灵巧，只见身子一纵"嗖"地越过墙头，滑到茅缸那边去了。徐树庭赶紧追过去，隔着墙头向厕所里搜寻。这时，孔德福早已从出粪处的后门洞溜走。

进院子的那些家伙都被民兵们擒住了。

孔德福绕到庄子后，正想前去岗楼，可跑了一截子路，忽然想到去不得。既然保长家有了民兵，那岗楼肯定被占了，去那里也就是白白送死。他在一棵老槐树下停住脚步，现在最担心的就是身上的宝贝烟膏。他看中了老槐树下的那个窟窿，心想万一被抓住了情愿缴枪，"命疙瘩"也不能丢，这年头那东西比金子还贵。

孔德福惶惶地解下子弹袋，将其揣进树洞里，顺手又搬几块砖头堵上。

这时，陈霸川正在岗楼下的一条小路上转悠，头一抬看到姓孔的就喊："干啥？"

孔德福光听到喊声没见人，环顾一周后便拔腿赶快跑。

陈霸川撵过来，用枪口杵住他的胸膛："不许动！"

孔德福"噗通"一下跪在地上，把大枪横着举过头顶。

陈霸川卸下孔德福的枪栓扔一边，尔后将搜到的储备票子（伪币）和几块银洋揣进口袋，接着就从腰里解下皮带子，用右手抓住两端双环头在俘虏屁股上抽几下，吼："老实交代，刚才把啥东西藏起来了？"

孔德福恐惧地眨着双眼："没有啊，什么也未藏。"

陈霸川手里的皮带子"呼噜呼噜"地抽打着，孔德福苦苦地抱头哀叫。

"我看见你在那做动作，臭嘴还挺硬的。"

陈霸川说着就来到老槐树下，从树窟窿里掏出子弹袋，十分内行地在手里掂了掂，觉得分量太轻，应是大烟土。他取出一颗子弹，将弹头插进枪口里一掰，凑上鼻子闻了闻，说："噢，原来还真是个'命疙瘩'！"

鱼落馋猫口。陈霸川不由自主地两眼发亮，拿起来摸摸爱不释手，像是一盆脂(猪)油倒在心。可他还是扬起皮带子抽打，孔德福痛叫着跪地求饶。

"住手！"

孙广盛和徐树庭出现在背后，见陈霸川这样肆意地抽打着俘虏，孙广盛声色俱厉地问："你这是做的哪一出？"

陈霸川说："臭小子耍滑头，让老子教训教训。"

徐树庭严肃地说："晓得吗？你现在不是土匪，而是共产党领导的抗鬼子民兵！"

孙广盛让徐树庭把俘虏押走，嘱咐给对方好好解释一下新四军的政策，并将情况了解清楚，如有必要就刚才陈霸川这做法，向姓孔的再道个歉。

孙广盛令陈霸川一同到索汉洲家堂屋里。

"刚才，你在树洞里掏到了啥东西？"孙广盛问。

陈霸川知道已瞒不住了，把子弹袋往八仙桌上一扔："这里面都是烟膏。"

孙广盛坐在椅子上，问："还拿了些什么东西？"

陈霸川咽了口唾沫，说："别的没有啊。"

孙广盛说："三大纪律八项注意，不知已给你讲过多少遍了，为啥还当耳边风呢？"

陈霸川坐在一张大板凳中间，脸上的肌肉耸动得非常丑陋，冷笑了一声，说："你们这是民兵，跟老百姓差不多，土'四老爷'，谈不上什么正规的新四军。不要'麻虾子戴斗篷——假充大头虾'。"

"这是什么话？"孙广盛说，"民兵也是共产党领导的抗鬼子武装，都是为老百姓打仗的。遵守革命纪律，人人都要自觉。"

陈霸川睁大两只失神的眼睛，说："我实在受不了这些穷规矩，不要再强人所难。"

孙广盛脸色霍然一变从椅子上站起来，离开八仙桌对陈霸川说："你得讲个清楚，是谁强人所难？你到乡中队这阵子到底干了些什么？”

紧急转移时骑老乡毛驴子，接二连三地放冷空气，散布了许多松劲的言论；撤鬼子炮击阵地时，假装扭伤了脚，赖在担架上不下来，逼着民兵们抬住跑；昨天晚上懒死了不肯走，徐树庭和大兰芬背了他好几里……

孙广盛说：“为了教育和帮助你，有些事情不知说过多少遍，你的心就是块石头也该焐热。我们一忍再忍，以为你慢慢会提高认识，可你倒好越来越不像话，成了一盆烂泥巴粘不上墙！”

“够啦！”陈霸川陡然站起来，摆出一副江湖样子，竖起大拇指在肩头上向后一甩：“不要墙倒众人推，什么事都往我头上赖。我陈某人早就打算好，脚后跟要朝住你们了，反正又没把我当回事。”

“想走？”

“走！大丈夫，一言九鼎。”陈霸川实在受不了这个规矩，觉得自己失去许多自由，蒙受了让他无法忍受的限制，于是决定离开乡中队。他接着又说：“堂堂的汉子，明人不做暗事，来得光明去得正大。乡中队没给我什么好处，我也未给你们带来拖累。好嘞，再见吧！”

“回来！”孙广盛厉声喝道，“这是一支抗日的革命队伍，是有纪律和信仰的，不是个开饭店的，想来就来说走就走。”

“我为什么不能走？”陈霸川要起流氓，一跳老高地鬼喊鬼叫，“凭什么不让我走，我又不是卖给共产党的，你们就把我当棺材底下一枚锈钉子，烂就烂掉了吧。”

“简直太不像话。”孙广盛盯着陈霸川，“想不到你竟然能说出这样的话来！”

站在门外听得实在憋不住气的大兰芬，一脚跨进来拉大嗓门说：“陈霸川，你应放明智点，少给组织上打哈哈。乡中队待你又不薄，你就不要得寸进尺了。你现在要走？摸摸自己的良心想想，你是怎么来的？是有人用绳子把你捆来的吗？我看不是吧，听说你是跪在付区长面前打躬作揖请求参加民兵队伍。再说乡中队对你又咋啦？打你还是骂你了？现在你要走，看你是上天还是下海？你不抗鬼子还有什么路可走？”

陈霸川说：“乡中队白天追太阳，夜里追星星，追来追去到头来还是个穷光蛋，实在没得干头。一把破枪，两颗‘土造子’（土法制造）手榴弹，打起仗来活送死。”说着，他举起拳头鬼喊起来，“你们不要这样激我，我一个人同样能去抗日！”

孙广盛断然驳斥："瞎说！只有在组织的领导下拧成一股绳，才能真正抗鬼子。"

陈霸川撇拉着嘴，说："反正尿不到一个壶里，我已是吃下秤砣铁了心嘞，你们就是用铁链子也莫想把我拴住。"

大兰芬蓦地抢先一步，下了陈霸川腰间的手枪，说："这叫'晚妈妈打儿子——早晚要发生'的事。你是个标准扶不起来的阿斗，跟你再说一万遍也是对牛弹琴。是走是留先得丢下家伙，等组织上商量过了再说吧。"

"你，你们这是弄的哪出呀?"陈霸川脚一跺手一舞，"咣啷"一声搡了把门扬长而去。

"行了，天要下雨，娘要嫁人，就随他去吧！"孙广盛摆着手对大兰芬说，"必须注意，这人是个危险分子，以防闷头狗暗下口，马上得先把他控制起来，还要派人好好看着。如若溜掉那麻烦就大了。"

大兰芬应了声："是!"就快步带着小跑地追出去。

现在最着急的事情，是如何端掉敌人军火库。孙广盛把陈霸川的事先暂时放一旁，等腾出手来再与他算总账。接着就去后院审讯俘虏孔德福等人，详细了解军火库的一些情况。

网箍子回来报告，说三俊子已换上"二鬼子"的制服，顺利地混进库区。这就促使孙广盛进一步思考"化装奇袭"的方案。到时三俊子如还潜伏在里面，当然里应外合是再好不过。倘若三俊子已出来了，那就由他当向导。孙广盛同时也悬着一颗心，生怕三俊子冒险出事，但心里也有点底，一般困难是难不住这小子的。

去海神庙打探的两个人回来了，他们讲县大队已开到那里。孙海光捎来口信，要跟孙广盛会面商量事情，地点就在索庄的岗楼里。

孙广盛知道这事不能耽误，估计孙海光快到了。正巧，两人在半路上就相遇，孙海光伸出手微笑着，说："老本家，如我没猜错的话，你这次来是准备有'大动作'的。"

孙广盛握住孙海光的手，说："正所谓外行看热闹，内行看门道，看来行家就是行家啊。实情不瞒您讲，真的让首长猜对了。那你们呢?"

孙海光满意地点点头："县大队和乡中队不谋而合想到一块，现又在索庄走到一起了，也真是太有缘分啦。"

孙广盛兴奋得脸上放出光彩："这是大家伙的主意。不过军火库究竟怎么弄，我正发愁呢！”

孙海光说：“不，我猜你心里已有谱嘞。”

“那方案不能算数。您来了，我得听首长的，请您亲自指挥。”

孙广盛向孙海光作了简要汇报，从月亮滩上转移开始，讲到三俊子混进库区的情况及自己心里的打算。孙海光听了后，说：“海燕这丫头风风火火的挺能干，刚参加革命就很快进入角色，我已收到一封鸡毛信。她同刘村长那边也很顺利，从潮间带撤出后乡亲们都安置到沿途各村了。等竹田老鬼子退兵，再组织大伙儿返回洋卯尖。海燕在信中打听你们的情况，我已回信告诉她了，划船港的孙乡长神通广大，正在牵竹田这头野疯牛的鼻子，不把他转晕了决不收兵。”

孙广盛也笑了：“看您说的。竹田那老家伙真的狡猾得很，有几次差点儿让他给套住了。”

“套不住！在沿海滩涂湿地上打游击，特点就是回旋余地大。那每一寸熟悉的土地，都是我们老百姓的衣胞之地，现乡亲们已觉悟起来了，我们可自由自在地运动。敌人不行呀，如盲人骑瞎马到处乱撞，这一望无际的柴草滩，能把他们烧得一干二净，化骨扬灰。”两人边谈边走，一会儿就到了索庄岗楼。

阴暗的岗楼里，有一股发霉的气味，床铺的草垫子上，散落着许多杂乱“小纸牌①”和扑克片。有个民兵在岗楼下的值班室里，守着一部挂在墙上的电话机，电话是直通库房里的。

孙海光和孙广盛登上岗楼的阳台，太阳已直射头顶上，晴朗的天空中飘着一朵朵白云。远远地可看到军火库的全景：六排十二幢高大库房紧靠在大洋河边上。南面是生活区，北边还有四排长房子，再向北就是几个看不清而闪着光亮的大白东西……

孙海光用手指了指，说：“昨天夜里，县大队主力就隐蔽到西南角小闸塘子附近。只要把那个岗楼封锁住，部队就可顺东岸河浜直向北，很快到达西北上拿下另一个岗楼。有八九个划船港当地参军的战士，曾被抓进去做劳工参加建军火库，对里面的地形地貌都很熟悉。但听说后来还有一批人，进去就再也未得出来，估计是建什么秘密库而被灭口。我部本来也准备今天夜里动手，不过有着一定的风险。你那个化装奇袭的办法，把握性就更大了。这样可迅速把竹

---

① 小纸牌是传统的窄长条形，一般用牛皮纸浸桐油制成，玩法和麻将一样。

田那头野疯牛早点牵回来。在伍佑场以北和南洋岸一带,我们刚缠住增援的一二九团,毁断了通往江南的范公堤交通线,其目的是为把敌人注意力引过来,从而减轻对你们的压力,可小鬼子马上就作出快速反应,撤回三个连的伪军,真是太好了!”孙海光高兴地说。

“这就是兵法上的‘攻其所必救’。只要切断了南北交通线,敌人就一定会想办法救援,你说竹田老家伙能不急吗?”孙广盛一脸得意地笑着。

孙海光说:“可竹田本部和警备队又搞起‘三光’。他们丧心病狂地屠村,我就知道你们已跳出来啦。事情就是这样,敌人放火烧老百姓村庄,就启发了大家去点他的军火库。”

孙广盛说:“我们就是这样想的,竹田敢放火,我们也会点火。”

“这就对了,叫竹田早点回来救火。敌人在东滩头上已烧十多个庄子了,今天上午可能还要烧掉几个。现在最宝贵的就是时间。”孙海光说。

在岗楼下边看守电话的民兵气喘吁吁地跑上来报告:“军火库警卫队值班室来电话,问那个叫孔班长的人,什么时候把菜拿回去? 越快越好伙房等着办饭。”

孙广盛眉头紧锁,自言自语地说:“啥时候呢?”他转过身子向孙海光投去征询的目光。孙海光没回话,故意沉静不言语。意思是这突如其来的棘手问题,让你再做个答案看看。稍停片刻,孙广盛一个拳头猛击另一只掌心,说:“马上就到!”

孙海光赞同地点点头:“对对对,快告诉值班室,一会儿就到了。”

第三十四章

乔装扮奇袭军火库
劫军车冲出鬼门关

孙海光再次通过这短暂的接触，发现经过对敌斗争的锤炼，孙广盛成熟了，接着说："来，我们再细细地理理，把方案做实。"

他们反复研究怎样乔装打入、怎样速战速决、怎样敌变我变、怎样联系配合及怎样打、如何撤……

徐树庭从岗楼的下边火急火燎地上来。孙广盛从他的神情里发现可能又出了什么意外。

"快讲，咋回事?"

"不好啦，陈霸川溜掉了。"徐树庭说。

孙广盛有点发急："怎么跑的？向哪个方向?"

"大兰芬把临时看守的任务交给吕三驼子，陈霸川趁驼子出去解手的当口，一眨眼工夫打开后窗户跑了。我带人去追老远连影子都没见到。"

孙海光听着，心里估量这事的发展趋势及可能出现的危险。他在这次出发前才接到孙广盛的来信，说付扣宝把陈霸川安插到乡中队里。孙海光想找付扣宝谈谈，可最近一直没有机会碰面。

孙广盛向孙海光简述了陈霸川的情况，尔后十分生气地说："狗行千里吃屎。在节骨眼上这家伙跑了，我担心原计划可能要泡汤。"

"不管咋讲，对我们绝不是好事。"

"现在唯一的办法，就是提前动手。"

孙海光说："我完全同意。万一陈霸川真的变节投敌，那就采用第二套方案……"

一辆报废的旧吉普车，外壳上积了厚厚的一层灰，像只从污泥里钻出来的癞蛤蟆，死气沉沉地趴在路边。三俊子就躲藏在里面，把军火库情况侦察得一清二楚。三俊子按进来的那条路，想赶快再混出去。他离开那吉普车，顺着一条土路大大方方地向东走。

天气十分炎热，什么东西都显得懒洋洋的。库区西围墙根脚处，有约一个小队的鬼子在沙坑里训练摔跤，个个都是裸胸露背，三八大枪架在一块儿，子弹盒就撂地上。库房东侧两三丈远的地方，有个把小队的警卫队人员，在挖一条贯穿南北的排水沟。刚准备来换防的“二鬼子”，都歇脚在北面一排房子门口，当官的像拦小鸡小鸭似的，在吆喝着不让当兵的走远，几十号人都挤在不大的空间里。为躲避炎热的太阳，有的蹲在墙根里抽烟，有的三五成群地吹牛皮闲扯。

三俊子来到东便门的出口处，发现这次岗亭上哨兵换了，带班的头儿是个老兵痞子，另外搭上个新兵蛋子。哨兵向三俊子行了个礼，恭敬地说：“长官好!”三俊子也傲慢地把眼睛皮子往下一麻达，还了个举手礼。就这一瞬间，三俊子忽然发现那老兵痞子用怀疑的眼光朝他上下不停地打量。三俊子知道自己身上这套衣裳不够合身，瘦了点加上邋遢些。三俊子淡然地笑了一声，说：“怎么啦？看着不顺眼吧？噢，我的衣服脱下来洗了，这穿的是其他弟兄的。”

“确实是不太合身。”老兵痞子说着双眼仍然疑惑，心里在嘀咕：此人块头不小，看上去也就十八九岁，这么嫩就当了官？真少见。

三俊子试探性一脚跨上吊桥头，弄得像要出去的样子，老兵痞子急忙跑上前拦住，客气地解释，说：“长官，皇军有新规定，没通行证任何人不准进出。”

三俊子把脸往下一冷：“快闷死了，老子想外去透口气散散心，要啥通行证!”

老兵痞子说：“这是太君的新规定。”

三俊子说：“我是友军，初来乍到，还没听说过有这个怂规矩。”

“哎哎，库房是太君的，这就叫进啥庙烧什么香。好，你先莫急，让小人向上峰请示一下。”老兵痞子掉头走进岗亭，顺手拿起话筒。

三俊子一把按断通话，他看出老兵痞子的疑心，哪是向上峰“请示”，分明是想通风报信。三俊子忙把话筒抢过来，又挂到墙上的座机上，说：“免了吧！老子只不过是想出去转悠转悠散散心而已，哪用得上惊动大长官。”

三俊子的这一举动，更加引起老兵痞子哨兵的怀疑，他一再坚持要向上峰

"请示"。三俊子有点火了,脸红脖子粗地对其狠狠训斥一顿,说:"这是什么意思?是不是对我身份有怀疑啊?你真是眼睛长补丁了,看不出我是堂堂的正规军!难道是'四老爷'化装的吗?是孙猴子的人冒充的吗?你快打电话让上峰派人来抓啊。现在老子不走了,就坐在这里等着。快,你快打电话呀!"

三俊子的一阵牢骚,发得老兵痞子哨兵反而软下来。他慌忙地双脚并拢,"叭"地打个立正:"恕在下愚钝。算我有眼无珠,还请长官多多见谅!"三俊子拍了拍胸脯,说:"看老子们是来干什么的?怪不得太君既看不起又信不过你们这帮混蛋才换防。"说着,他抬头看到吊桥东边路上,来了一群穿警卫队黑色制服的人,队伍里还夹着两三头驮着东西的小毛驴。真奇怪嘞,明明早上出去八九个人,怎么现在回来二三十个了呢?有的穿黑制服,有的穿便衣,他们是干什么的?三俊子朝东边嘴一噘。"噢!"老兵痞子哨兵朝岗亭侧面小窗子望了望,说,"回来了,是去索庄拿菜的,赶快放吊桥。唉,都是麻爷队长自作多情,想办个地道的野味瓢城'八大碗',给友军们犒赏一顿接风洗尘。咦?不是说去一个班的人,咋回来这么多?"

老兵痞子哨兵发现异常,引起了三俊子的注意。他紧紧地盯着越来越近的队伍。当走到离吊桥不远处,三俊子一眼就认出前面高个子是大兰芬。呵,所有的面孔全都熟识。孙广盛就走在队伍中间,也穿一身警卫队黑制服。

"咦!这些人怎么一个也不认识了呢?"老兵痞子哨兵走出岗亭,注视着一阵子,忽然像吃错了药似的大喊大叫起来:"不好了,有情况!快起吊桥。"

三俊子紧随其后,来了个明知故问:"你大惊小怪的,干什么啊?"

"人不对头了!"老兵痞子哨兵说着,就动手去收吊桥的绳索。

"请你先靠边站吧!"三俊子身大力不亏,用胳膊肘儿扣住老兵痞子哨兵的脖颈,给他来了个慢动作"锁喉"。另一个屁颠屁颠上厕所回岗亭的新兵蛋子,看到有点不对劲刚要鬼喊,三俊子眼疾手快,又上去一把将其拽住,只见新兵蛋子哨兵脖子一歪,喉管里"咕咕"地响了几下子,脖子就被扭断像一团烂泥瘫在地上。这时,大兰芬带着队伍上了吊桥。小毛驴在吊桥上踏得"得隆得隆"作响。三俊子站在吊桥里面,喊:"大家莫害怕,跟我走。"孙广盛紧步抢到前头小声问:"进去有点把握吗?"三俊子充满了自信:"请首长放心!就是块铁板,我也要把它烧红了!"

把两具哨兵尸体拖到墙角落里,孙广盛带着队伍大摇大摆走在库区混凝土路上。鬼子和伪军都在六七十丈外,还有一幢幢库房挡住视线。三俊子边走边介绍:“这三排房子是轻武器装备库,门口有小鬼子站岗,那几幢是重型武器装备库,连着这边两排子八幢是弹药库。除各类库区配有专门岗哨外,一般正常还有些流动哨和暗哨。刚来准备换防的‘二鬼子’,都暂时挤在北边一排空库房里。另外还有个军需油料库。真是‘风吹草帽扣鹌鹑,运气来了不由人’,西北靠河边敞亮的地方是油库,里面耸立着三个巨型大家伙,每只油罐子相距大约五六十丈,油料是日本‘大和’号油轮抵达黄海中部后用油船驳运过来的。那是个重要的袭击目标。”

根据三俊子的报告,孙广盛即刻分配任务:“第一小组炸军火库;第二小组炸油料库;第三小组负责阻击出头的敌人……”

三个小组都已进入库房的核心部位,这里是绝对的禁区。靠大洋河边的西面围墙上,还横着一块很大的牌子,上面用红漆分别写着醒目的中日文字:“严禁烟火!”警卫队的伙房在生活区西侧,队伍朝那个方向走是没人怀疑的。但这车辆通行的主干道,按规定是不准走的,行人应绕到南面便道。

放流动哨的两个小鬼子,一边“叽里哇啦”地乱叫,一边比画着手势跑过来。

三俊子小声说:“作好准备,把那两个家伙一干掉就分头行动。”

“好!”孙广盛让队伍停下,接着向大兰芬噘了一下嘴。那两个小鬼子跑过来,马着脸大声训斥并竖起手还想打人。大兰芬一双小簸箕似的大手,蒙头捂脸地捧住一个小脑袋,就像摘西瓜一样稍带点劲儿一扭,只听到“咔嚓”的断骨声过后,脑袋瞬间转了个二百七十度,马上就彻底地死透了。另一个小鬼子刚拔腿逃跑,又被网箍子下飞镖戳住脊梁骨倒地。

“砰砰砰”孙广盛向天空连鸣三枪,向隐蔽在闸塘子附近的孙海光发出信号。

“八嘎!敌袭,射击!”一名日军小队长马上向开枪的方向,疯狂地挥舞着指挥刀叫嚣起来。

顿时,西南方向枪声大作,敌人注意力都被吸引到那里。整个库区很快就乱得像一锅粥。练摔跤的鬼子忙把子弹盒系上,又一窝蜂地争着拿架在一起的三八大枪,警卫队的家伙们扔下铁锹、洋镐、工兵铲等用具跟没头苍蝇似的。刚来换防的“二鬼子”到处乱窜,光听当官的吹哨子鬼喊鬼叫,不见当兵的出来集合。趁着这混乱之际,三个民兵战斗小组根据分工,奔向各自的袭击目标和指定位置。

西北角大洋河边上,与军火库隔着一定安全距离的高爆油罐中弹后,开始起火燃烧了,"轰隆"的巨大响声过后,就是一阵子地动山摇,一团蘑菇云腾空。紧接着又是两个储油罐被引爆,熊熊大火应声而起,火舌似的火油流四处飞溢,浓烟滚滚。

"嗵嗵嗵",一幢幢弹药库房很快在手榴弹的爆炸声中也接上火,从而引起了连环爆炸。与此同时,军火库和油料库的上方,一个个火球冲天而起,此起彼伏的爆炸声响彻天际。"轰轰……砰砰……"连续从军火库区传出,整个大地似乎都在颤抖,空气中弥漫着呛人的粉尘和浓烟。这迅雷不及掩耳的袭击,把守护军火库的敌人炸得晕头转向,他们怎么也没想到,大白天会降临这样一股"神兵"。

"敌袭! 支那人突袭!"趴在地上的中尉山口幸四郎一骨碌爬起来,对正在慌乱中的士兵发疯地吼叫。当那些惊魂失魄的日伪(军)警开始组织紧急救援时,更大的爆炸接踵而至。

约莫一袋烟工夫,那些在一线看守值班的日伪(军)警官兵,在爆炸瞬间就被冲击波当场干掉,有的还没反应过来是咋回事,就去了另一个世界。在爆炸现场南侧的缓冲区训练和劳动的大部分官兵,都哀号着迅速朝库区外跑,向南逃到大约三四百丈以外的空旷地带……

紧接着,敌人就利用生活区的墙面和门窗、墙角做依托,步枪和机关枪构成一道密集的火力网,疯狂地向来袭的乡中队阵地射击。

此时,孙广盛早已带着队伍,快速收拢到安全地带,排成个长溜子队形,蹲伏在一条干涸的小沟里。清点了一下人数,孙广盛发现二侄女孙洪霞的儿子薛广益和三名战友暂时失联,另有一个重伤五人轻伤。战斗任务已出色地完成,现在的问题是如何撤离库区。

按原计划是从西南方向冲到大洋河边,与县大队会合或在东南围墙处炸开缺口撤出。不料,这里已被敌人占领了,火力把那里堵死。孙广盛心里一沉:不好,西南和东南方向都出不去了,咋办? 眼看数十个敌人端着枪"叽里哇啦"地冲了上来。早已埋伏在西南角和大洋河边上的县大队机枪开了口,子弹打得鬼子和伪(军)警一个接一个倒地,没死的也急忙趴下。情况发生了变化,孙广盛当机立断,一边组织火力还击,一边向远离库区的南大门撤退。

军火库和油料库已烧成火海,黑烟像浓重的乌云,罩住了索庄村的上空。孙广盛干咳着高声喊:"大兰芬,快把牺牲的战友背上! 徐树庭、孙佐芳保护好伤员! 三俊子带路,向南大门突出重围,快!"

正巧，一辆尼桑牌军用敞篷卡车停在南北中心路上，响起“嗯嗯嗯”马达的打火声，鬼子几个小军官已爬上了车。马达骤然轰鸣，接着就是几下挂挡位的“嘎嘎”声。眼看着卡车快启动前行，孙广盛灵机一动挥着手，喊：“同志们上车！三俊子，快到驾驶室里去！”

话音未落，孙广盛脚一踮先登上车。民兵们一哗啦都扒了上来。早已登车的几个鬼子小军官，误以为是警卫队的人，连打带骂地吼：“赶快的下去！不下去的死了死了的！”

大伙儿还没让这群混蛋摸到枪，就一个不留将其全部送上阎王殿。此刻，三俊子十分敏捷地干掉副驾驶座位上的少佐，自己坐到司机旁，鬼子司机惊恐地盯住杵在腰眼里的手枪。孙广盛在上面急迫地敲打着驾驶室顶棚，喊：“三俊子，叫司机快开车，冲出鬼门关！”

“嘀嘀”敞篷卡车起动了，很快开到南大门。

“停车！”上来八九个鬼子卫兵，拦在大门口的两侧吼叫着。

三俊子的手枪一个劲地杵住司机肋骨：“加油门！快快开！”

卡车“嘀嘀嘀”地鸣喇叭，鬼子驾驶员一脚油门踩到底，咆哮着冲了过去。一声巨响，木制路障四分五裂，卡车前防撞栏成了弯曲的大麻花。

看到一头冲过去的卡车，开得慌里慌张歪歪扭扭的，鬼子兵都感到有点儿不对劲。再说一帮警卫队的支那人，哪有资格坐上皇军的汽车？于是就在后面拼命地撵，“乒乒乓乓”打起了乱枪……

第三十五章

急回巢石井训竹田
擅离队霸川落敌手

就在孙广盛跃上卡车的当口，大洋河边指挥战斗的孙海光向东北方向瞭望，军火库和油料库上空烟雾弥漫，什么东西也看不清，他让机枪手停止射击。

孙海光焦急地皱紧眉头，乡中队有没有突围出来？是否还在库区里呢？为什么枪声也停了？孙海光决定组织一支精干的党员突击队，打进远离爆炸现场的生活区，去接应乡中队的同志们。孙海光刚要发出命令，又传来一阵零乱的枪声，转而一想：老本家是个聪明人，南大门早已成预料之中的防守重点，而敌人却偏偏在那里放松了，相信他会看出破绽，利用这个机会。孙海光急忙叫来三班长命令道："由你带全班同志，顺着大洋河边向南迅速插过去，接应划船港乡中队。让他们转到东南上会合，然后再一起赶到黄家尖湿地草亭。"

民国初期，位于黄家尖集镇东侧的大片芦苇沼泽地环境优雅，曾是鸟类繁衍的天堂。尤其是从北国飞来的洁白无瑕、丹红一点的丹顶鹤就有千余只，群集于鹤鸣滩沼泽地栖息越冬，黄家尖被称为"东方鹤都"。丹顶鹤一般能活半个世纪以上，被人们奉为长寿的象征，它那飘逸的姿态，与茫茫的灰白色芦花一道，为这里描绘出一幅美丽的图画。当地乡民们在东南上一处洼地就地取材，将树棍、芦苇、茅草等搭建起草苫的小亭子，用于遮阳蔽雨露宿，故此得名"湿地草亭"。亭子前的柱子上刻着：

奇乎　不奇不奇亦奇

亭耶　是亭是亭非亭

共产党来了后，湿地草亭就是苏北沿海一带中共地下组织传递情报的枢纽，现又为新四军提供歇脚的一席之地，成了新四军驻黄家尖的秘密办事处。湿地草亭附近绿树成荫，四季鸟语花香。登亭远眺，蜿蜒的大洋河浮云缭绕，宛若巨龙云游其间。旭日东升或雨后初晴，七色霞虹分外妖娆。夕阳西下，郁郁葱葱的松林中透射出万道霞光，景色蔚为壮观。

孙海光的下一步计划，是在湿地草亭东北上的鹤影里打伏击。

县大队也撤出战斗，紧接着又来个急行军，一口气赶了头二十里路，傍晚到达黄家尖湿地草亭。

再说大爆炸刚发生时，竹田仍在屠村的第一线。他脑海里陡然一闪，想起了 1923 年关东发生的大地震，一下子就死了十四万人。那年他才二十六岁。当"轰隆轰隆"的爆炸声，接连不断地从划船港方向传来，而且是越来越剧烈，竹田才有所醒悟，其中有三声巨响让滩涂湿地都在颤抖，连架在鼻梁上的眼镜差点儿也被震掉下来。竹田清楚，伴随着"轰隆轰隆"的爆炸声响起，这个日军联勤总部花费巨大心血和财力，在苏北建成的重要补给基地，囤积的大量军火和油料就彻底完蛋了。

"八嘎！糟糕透顶的干活！让帝国的心血付之一炬。"竹田无奈地仰望苍天大吼。作为职业特工出身的他，知道划船港已出大事了。刚才地动山摇并不是什么地震，而是军火库和油料库爆炸所致，这肯定又是孙猴子干的。

竹田匆匆忙忙收拢部队，从东北方向的庙港急行军往索庄赶。当行进到陆家墩子渡口附近时，这个狡猾的老狐狸忽然把队伍又停下来，进退犹豫不决。他骑在大洋马上，望着面前奔腾不息的大洋河，心想又是个危险地带，若急于赶回索庄也是亡羊补牢。观察了一下地形，发现这里是大洋河陡弯冒出的尖子地形，引起了他的警惕：要是有埋伏，万一再钻进新四军布下的口袋阵，弄得不好就会全军覆没！他命令部队来个向后转，将后卫变前卫绕道而行，向南改走李家灶，然后直插南洋岸先回城。

孙海光原来也是两手准备，如伏击不成就在黄家尖湿地草亭宿营。部队刚从鹤影里撤下来就进了村子。

村民兵小队长、孙广盛的十外甥杨哉培突然赶来报告："在太阳快落山时，来了个乡中队的侦察员，急急忙忙地吃了点饭，又带上些干粮就向西南方向去了。"杨哉培还说："那个号称侦察员的人，年纪大约四十岁，穿一身洋布小褂裤，一双老鼠眼睛像钩子，让人看了浑身不自在，此人的模样有点像陈霸川。"孙海光听了后，眉头紧皱：陈霸川没有急于投敌，到这里来又想干什么呢？

一个礼拜过后，竹田被石井召到江南日军十五师团总部。

司令部里死气沉沉，石井司令官对竹田破口大骂：“八嘎！简直是废物！大大的蠢货！堂堂帝国的一零七陆军联队，竟然连一座军火库和油料库都看守不住，而被一群支那农民军重创，这让我如何向大本营交代？你的把大日本帝国脸都丢尽啦！这是帝国军人的耻辱！大大的耻辱！”

石井司令官平复了一下情绪，又恶狠狠地说：“像厥硬屎的，搁在谁的肠子里都不好受。尽快设法把孙猴子的解决了，拔掉支那农民军的旗子，留下会给皇军带来更多的麻烦！”

竹田心惊肉跳地站着，像根钉在地上的木头桩。

石井把竹田留在江南反省过失。个把月以后，听说石井司令官准备对竹田进行撤换，他马上喘起了粗气，激动地找到石井中将：“司令官阁下，作为一名帝国的军人，只有战死疆场才是无上光荣，绝对不可苟且偷生。如阁下真的要让我离开瓢城，还不如一枪送我去天照大神那儿报到，我的决不会离开战场！”

石井考虑再三，还是让竹田继续回苏北瓢城恢复原职，准其戴罪立功补过，等打完下一仗再作具体处置。

就在这一个多月里，孙海光指挥全县军民开展了群众性武装斗争，将大码头、盘湾子、卢公祠、小关子等一带内线据点和碉堡、炮楼等拔掉七八个，硬是把敌人挤到了沿海滩涂湿地深处的大洋河下游两岸。竹田怎么也咽不下这口气，又预备着一个极端的阴谋，曾数次想出兵狠狠地反扑。十五师团长石井中将制止道：目前，驻华中方面军司令官松井石根正酝酿大规模的“扫荡”计划，将重写大日本皇军的辉煌。叫竹田坚守巩固好以划船港为中心的大洋河两岸“治安区”，整肃部队原地战备待命。

就在这个当口，陈霸川来到南洋岸、北洋岸、伍佑场等地转悠，想磨蹭着去城里再混点事做做，无奈没有通行证到哪都行不通。可这天下之大，又有何处是他的栖身之所？这个不速之客实在站不住脚时，想起了一句老话：“人在屋檐下，不得不低头。”于是，他只好壮胆厚着脸皮，又回到了救命墩子村。他像一只中了箭的老鸹，想找个安全静谧的地方疗伤。

划船港初次得到解放，一切都变了样。人们在街上公开谈论抗鬼子形势，咒骂小鬼子和狗汉奸，称颂共产党、新四军和乡中队。

方圆百里的各路乡绅也陆续来到这海滨重镇划船港，遇到都不时地相互寒暄着，加上各家的女人们都来赶热闹，“叽叽喳喳、嘻嘻哈哈”。俗话说：三个女人一台戏。要是一大堆女人在一起，不知演了多少台戏，气氛非常热烈，张家长、李家短的八卦新闻满天飞。

送人命和二蜡嘴是汉奸，抗日民主政府没收了他家的土地和全部财产。但从军事角度上来讲，划船港一带还是个“阴阳”地区，来往的人员相当复杂，老百姓得随时提防敌人“清剿”及地主、恶霸和反动势力的秋后算账。

陈霸川一副失魂落魄的样子，就住在老孙巷孙广盛家重盖的那两间“介”字形灰不溜秋的茅草丁头屋里。墙是土坌头一块块垒起来的，屋面是用毛竹和杂棍搭的，上面盖一层柴笆再苫厚厚的茅草，门就开在南山墙上，一进去右边是间土灶，左侧是土墩上加树棍子搁的小铺，紧挨着锅台子旁放张小桌子。屋子中间用芦柴笆墙隔着，里面是个小房间。这几乎是沿海滩涂湿地上所有穷人的居家模样。由于土灶没有出烟囱，屋上的桁条和柴笆等被熏成酱黄色。外面人一跨进门槛子，就能闻到满屋呛鼻子的烟煳味。陈霸川钻进小屋就睡觉，一直睡到天黑才慢吞吞地爬起来，迷迷瞪瞪像个小瘪三走出门，站在场边上的大楝树底下，张着嘴一连伸了几个懒腰。

扑棱一声，一只黑嘴鸟从大楝树上飞起，在朦胧的晚空中绕了一大圈子，又飞回来落到树枝子上。

陈霸川觉得自己就像这只鸟一样，被一种空虚和寂寞困住了，潜意识中的怨恨一下子又冲上了心头，“唉，真是运气不好就连喝口凉水都塞牙，天下这么大，我陈某人竟没得个立锥之地！”

他返回屋里，无聊地躺在床上，凝望着用一块破芦苇席子遮挡住的小窗户，面对冥冥苍天，悲叹着自己的命运，郁闷地呼出一口长气，盘算起日后的生路。下一步该咋走呢？

门轻轻地打开了，有个人出现在门膛里。

“谁？”陈霸川霍然而起。

“回来啦！”

“噢，铁匠师傅。”陈霸川一骨碌地下了床，“坐，请坐。你近来忙啊？”

“不忙。”朱铁匠环视一周，屋子里几乎是一无所有。他又接着说，“唉，我已早就不生炉子啦，铁砧子被宪兵队的人搭跑了。”

“真是蛮不讲理，手艺人不要吃饭吗？”陈霸川说。

"怕我打扎枪和大刀片。"朱铁匠走进屋里停了一会儿，说，"霸川，听说你从乡中队回来啦？"

"唉，没得意思，不想干了。"陈霸川仿佛把回答的话早已准备好，张口闭口就不停地唠叨，"解甲归田，乐守田园，当个小小的划船港老百姓。"

"不想出去啦？"

"老在外边跑来跑去的，真是伤透了心。铁匠大师傅，你若遇见孙某人，请替我打声招呼，就说我姓陈的硬气，不管哪边拉拢都不去，一门心思地老实在家待着。"

"你真的能做到吗？"朱铁匠问。

"能，肯定能！"陈霸川突然大声说，"这回你看着，我保证讲信用，什么地方都不去。如再说假话就是丫头养的，或者嘴巴子任你打！"

朱铁匠心里清楚，像陈霸川这种人，没有什么信用可讲，不管怎么样，就是说本"天书[①]"下来，反正对他也得要提防着。

"孙广盛已发话了，你是个地道的划船港人，既不准你叛变投敌，也不让你出去当土匪，要你在村里好好种地或上滩搞小取。生活上如有困难，大伙儿可帮帮。"

"放心吧，铁匠大师傅。"

陈霸川送走了朱铁匠，感到没得事情干，又在床上睁眼躺着。夜渐渐深了，茅草丁头屋里蟋蟀发出"瞿瞿"叫声。陈霸川的晚饭还没有着落，肚子饿得两墙靠一墙，饥肠辘辘"咕噜咕噜"直叫。他凄凉地叹息了一声，扔下一个响屁，接着，便情不自禁地哼起一段老淮调："第一杯茶，敬我的妈，我去当兵……"

"不准动！"一声喝令，床前出现两个身影。陈霸川吓得浑身直抖："你们……"

随即那冰凉的枪口，在陈霸川嘴巴子上杵了一下："快起来，跟我们走一趟。"

宋闯那次被转送野战医院后，下身睾丸和生殖器头子已被切除，接着胡子也就掉得精光，成了个非男非女的人妖。陈霸川已听出来，喊话的人还有点像宋闯。他掉过头吓得傻了眼，因宋闯脸上涂着紫药水，戴鼻具用橡皮筋刮住耳朵，活像个戏里的小丑。他想：日本人已撤到南洋岸据点，我刚回来一阵子，这小子怎么很快就晓得了呢？

---

① "天书"指神仙写的书或信（迷信）。比喻难认的文字或难懂的文章。

第三十六章

陈霸川为敌当坐探
欲擒王悬赏五万洋

陈霸川回到村里的消息原是黄阿黄报告的。阿黄曾声明与送人命脱离关系,村里鉴于他没有大的罪恶,还让他住在空旷的宋家大院耳房里,要他今后以劳作为生,却不知又跟宋闯当上特务。下晚,阿黄躲过民兵们的视线,将情报送了出去。

宋闯同随从的特务一前一后押着陈霸川,从村子西南方向农田里偷偷爬了出去,先钻到顾家的荷花塘,尔后就过大洋河向西,穿越大码头直奔北洋岸。待到他们进城时,太阳已一竿高了。

宋闯把陈霸川带到颖川堂酒店,上些好的酒菜让他吃个够。在酒店跑堂的贾福禄看到后,因都是划船港老乡,便毫无顾忌地问:“霸川兄,晓得犯的是什么罪啊?”

“唉!”陈霸川叹了口气,不加隐讳地说,“善恶随人作,祸福自己招。看来这次是‘瞎子闻见臭——离屎(死)不远了’。砍首是一刀,剁头也是一刀,就把眼睛闭起来随它去吧。感谢划船港宋老乡用酒菜送行,还让我吃一顿当个饱死鬼。”

宋闯将陈霸川领进“老盐渎”照相馆,给他拍了个标准的相片。陈霸川心想:看来是要把小照也一同登在枪毙的布告上,为的是好验明正身。也真是的,一看我那死色样子,可就像个挨枪崩掉的鬼。

接着,陈霸川又随宋闯来到送人命开的“海鲜野味”烟花铺子。一位年轻漂亮的日本女子,过来给他烧了个烟泡。陈霸川感激送人命的关照,估计这大概也是看在婆娘鲤鱼精的情分上吧。唉,她也不跟我照个面,好歹还是夫妻一场呀！陈霸川心里叹息：人常说夫妻本是同林鸟，大难来临各自飞。看来一点也不假，她的良心被狗子吃掉了，哪晓得我是个冤屈鬼呀！

陈霸川抽完大烟，飘飘然地随同宋闯去宪兵队，接着就进了拷问室，马上过来两个彪形大汉，实实在在地把他毒打一顿。陈霸川一边不住地惨叫，一边在寻思：咋不一枪崩了啊？砍头不是也能吗？为啥要这样让我受凌辱罪呢？噢，怪不得我一做缺德事时，划船港就有人骂我没得好死，现在真的应验了。

傍晚，陈霸川被带到警备司令部。宋闯指定他在一张凳子上坐下。袋把烟工夫，二蜡嘴和送人命从房间里出来，隔着办公桌坐在太师椅子上。

其实，送人命这个恶名在外的好色之徒，在陈霸川进拷问室时，他正与鲤鱼精行风运雨做那苟且之事。为掩人耳目，送人命同鲤鱼精要做这事都在"海鲜野味"烟花铺子里。当送人命刚抱住鲤鱼精正折腾时，门外有人喊，叫他去警备司令部……

送人命在城里开了烟花铺子后，就常出头露面参与所谓"清剿"的事情。面对狼狈不堪的陈霸川，他摆出一副傲慢的神态："霸川，这阵子混得不错吧？"

鲤鱼精也来了，靠在送人命身边磨来蹭去。陈霸川见了，不禁醋火中烧：这臭不要脸的破货，当着你男人的面竟敢如此放肆！再一想，自己现已成这个怂样，能保住小命就不错了，还问什么女人哟。于是便咬牙忍受着伤痛，硬着头皮听送人命的奚落和问话。不管说啥都点头，其实送人命说的什么，他一句也没听清楚。

二蜡嘴从桌子上拿起一张表格，上面贴有陈霸川的照片。他看了一眼，然后对陈霸川说："你现已成为宪兵队和警备队的谍报员了，晓得吗？"

陈霸川惊讶地抬起头，两眼望着二蜡嘴。他直接怀疑是不是自己耳朵听错了。

二蜡嘴接着又说："你什么也不要干，就集中精力做好一件事，卧底划船港的救命墩子村，等待时机策应皇军的'擒王行动'。"

送人命又加重语气说："对了，抓孙猴子，就是要想尽一切办法，不惜任何代价将他逮住。这家伙屙屎把胆屙掉了，竟然敢跟大日本皇军作对，绝没有好下场！"

二蜡嘴说："共产党里确有高人。想抓孙猴子也不是那么容易的事，这回他炸了军火库和油料库，还神气地坐上日军的汽车逃跑。明明在洋高圩刚把他兜住了，可外面不知从哪突然上来一拨人马，就这样里应外合那么一打，让他来个脚踏西瓜皮，很快又溜之大吉。”

送人命从骨子里恨共产党，马上咬牙切齿地说：“我姓宋的祖传到今天的所有家当，全被一帮子穷鬼们弄去分掉了。君子复仇，十年不晚，这个道理你应懂。有朝一日我宋某人再回去，得让他们还上十倍加百倍，抓到孙猴子我要剐他身上的肉用油炸了吃！不出这口恶气我死不瞑目。”

“孙猴子像根钉子插在竹田联队长的喉咙里。打蛇要打头，擒贼先擒王。现在一零七联队已策划出个‘擒王行动’，下令宪兵队到处贴出告示，悬赏五万大洋缉拿孙猴子，死活都算。自古道，重赏之下，必有勇夫。霸川啊，我给你再担个保，要是你抓到孙猴子，不光是这五万大洋的事，还可给你个警察分队长当当，将来‘公鸡戴帽子——冠（官）上加冠（官）’。你从脚下起，必须在划船港救命墩子村好好地隐蔽起来，监视孙猴子的一举一动，有什么情况，就立刻向我报告！”二蜡嘴详细地交待了一番。

陈霸川听后连连点头：“听你们的。”

第二天下晚，陈霸川在鲤鱼精的搀扶下，做着骑大马挎洋枪的美梦，回到划船港的救命墩子村。

一些人立刻好奇地像看景致似的凑热闹，把他俩一下子围起来。

陈霸川哼了一阵子后，又咳喘着坐到街中心大转盘旁的石墩子上。逢人便说：“唉，还不是因我眼馋，带走人家两把盒子炮（枪）去投奔乡中队，结果被发现了，把我打得死去活来，差点儿还被一枪崩掉。”

鲤鱼精撩起陈霸川的衣服，让大伙儿看他身上的伤，哭声呜啦地说：“请大家再细看看，一条铁骨铮铮的汉子，被打成这样子多可怜啊！要不是我跪下来给他们磕头作揖，川子的小命早就上西天了。”

陈霸川这会也顾不得戴绿帽子羞耻，觍着脸叹口气：“唉，我不讲大家心里也有数，还是我家小清（李玉清）跟宋参议、仁明大会长有点面子。不管怎么讲，千只猪肘子朝里弯！”

鲤鱼精噘起嘴故作娇嗔：“我不疼你疼哪个？一日夫妻百日恩呐！”

孙广盛炸毁军火库和油料库，与敌遭遇脱险后，来到了东头灶村。这村位于大洋河下游北岸的滩涂湿地深处，有二三百户人家。原先是个小鬼子的“治安村”，孙广盛领着民兵砸了伪村公所，把敌人挤到大洋河南岸后，就在这里又开辟了新的根据地，发动群众建立起抗日民主政权，组建了一些基层群众组织。

此刻，大家正为重创日军一零七联队而高兴。孙广盛说："这下该知道民兵的厉害啦，军火库和油料库刹那间灰飞烟灭，竹田已没法向上司交差了！"英子心中窃喜不已，但表面上却装着很天真地说："油料没了，还可从国内再运过来！"三俊子说："你不懂，这不是想运就能运来的。小日本是个贫油国，那燃油是德国一家叫克虏伯的商行，为做亚洲生意而租日本人'大和'号油轮运过来的。"孙广盛说："他去运吧，来多少就给他烧多少！"众人听了发出一阵大笑。

傍晚，民兵在村头给乡亲们宣讲在滩涂湿地上如何打游击、发现鬼子怎样转移等方面知识。孙广盛主持召开临时党委会议。在讨论对敌斗争形势时，孙广盛对当前的敌情作了总结："胜不骄傲，败不气馁。我们虽然取得一些胜利，但敌人也从多次失败教训中发现自己的短处，那就是小看了滩涂湿地游击战。同时也增强了对乡中队的注意力，很可能今后一段日子里，江南日军第十五师团会调整对盐东的作战计划，让划船港不落入新四军之手，日军必将乡中队当作要打击的重点目标。接下来，我们的游击战可就更难打了，大家千万不能盲目乐观，要积极做好艰苦细致的战备工作。"

有人的地方就有江湖。乡中队看似非常团结，但内部一些小团体还是存在的。这样的小团体孙广盛没有过多理睬，反而觉得有点分歧也是件好事。但只要都能服从命令，互相之间不拆台就行。

英子说："只是还未搞清，小鬼子下一步葫芦里想卖什么药？"

"不管卖什么药，面对穷凶极恶的敌人，我们所面临的压力将会是非常巨大的，从现在起就必须认真做好应对敌人疯狂反扑的准备。"徐树庭接过话茬。

不知不觉太阳下山了，余晖把天边的白云映成一片火红。

西南方向的大洋河边上，突然响起一阵枪声。人们以为鬼子和伪军又要过河了，男女老少都拥到村里。

暮色中，从大洋河北岸的河坎子上，一溜烟跑回三个民兵，中间的三俊子还背着个女同志。进了原伪村公所的院子，不少群众都簇拥着跟在后头。北房是乡中队的临时队部，即刻掌起一盏仅有黄豆粒儿大火苗的香油灯，摇摇曳曳地照着一张黝黑的脸。

孙广盛帮三俊子把背上的女同志放下。

三俊子擦着汗，说："我刚准备赶回来参加会议，头一抬发现了这位女同志，她是从西边向东的，河南岸的敌人一连打了好几枪，马被打伤瘫在河坎子上，这位……"

“不碍事！我的脚脖子崴了一下。”这位军人模样的中年妇女说着，就把一条腿顺到板凳头上，俯下身子去揉。

孙广盛端过香油灯来一照，不禁惊喜地喊：“三凤！”

陆三凤心里“咯噔”一震。“海生”，猛抬头惊讶地叫起来。

这对夫妇在那战火纷飞的岁月，一别转眼间已四五年没见面了，互相间一直音讯全无。孙广盛兴奋地睁大眼睛，高兴得像个孩子。他仔细地看了看陆三凤被灯光照红的面孔：“听讲是在上海那年冬天，你随月娥小表妹读书会的青年骨干去找红军，而我伤愈不久，被划船港老乡周平山引荐，进入商务印书馆，接着就秘密加入了共产党。半年之后，从上海辗转到汉口，在地下党组织的安排下，进了武汉卫戍司令部教导队受训一年。1938年春，在汉口路长春街的一幢四层小洋楼里，见到了失散三十多年的三哥广咸。临回来之前，三哥按孙家辈分字序，替我把名字由黄海生改为孙广盛。”

“噢！孙广盛大侠原来是你哟?”陆三凤惊讶地说。

陆三凤在《江淮日报》上经常看到孙广盛的英雄事迹，那时她简直想象不出，划船港的“孙大侠”到底是个啥样子的人，现在她看到了眼前自己的男人，真和报纸上登的差不多，壮壮实实，威风凛凛！

第三十七章

送密件夫妻巧相逢
话离别深情诉衷肠

围在门外的乡亲们，一听说这个女人原来是孙乡长的妻子陆三凤，都好奇地往屋内挤，把这对夫妇围了个严严实实。

孙广盛也万万没有想到，在这频繁的战斗生活中，会遇到自己的爱妻。突然的邂逅，他颇有点不知所措，端着的香油灯老朝怀口里歪，不仅没有觉察到竟对着喘粗气，不经意将那火苗给吹灭了。

英子要看陆三凤脚脖子的伤情，“啪嚓”顺手划火把灯又点亮，叫孙广盛端住照着。她开玩笑地说：“五伯父，你可不要再吹熄啦。”

孙广盛噘了一下嘴，笑着说：“痴丫头，什么话该你说啊！”

三俊子把英子的膀子一捣，说：“对了，小把戏不要说话没大没小，目无尊长。”

英子往前挪挪，白了三俊子一眼，并拍上一巴掌：“就你像个小大人，这么会说话。”接着，英子就帮陆三凤捋起裤脚子，解下裤管里的绑腿一看，吃惊地说：“哎呀呀，脚面子已肿起老高了。”

“疼吗？”孙广盛轻声问。

“有点酸溜溜的胀痛。”

三俊子见妈妈回来了，既兴奋又激动，对网箍子说：“赶快去煮点好吃的端过来。”

网箍子在门旁边答应一声：“是！现在就去。”

“三俊子，这几年跟在你爹后头，警卫员当得怎样啊？”陆三凤高兴地问。

英子弄来滚热的毛巾敷在陆三凤脚上，连忙插话说：“五伯母，俊子哥已是上级组织任命的划船港乡民兵中队长了!”

陆三凤点点头,说:“好嘛,进步不小。哎,不能扯得太远。我这次过来送信,已跑小半天了。没想到又碰上大洋河南岸敌人的巡逻队,幸亏遇到了你们。”

“我们是出去侦察的,刚准备赶回来参加会议,真是太巧了。”三俊子说。

“这里有一封信,今天夜里无论如何都要送到孙海光书记手中。听说他在黄家尖湿地草亭。”

孙广盛把香油灯搁在桌子上,转过头来说:“马上派人替你送去。”

“不能有闪失。我得亲自送到位,这是一封十分重要的信。”

“妈,让我去,保证连夜送到。”三俊子说。

英子也说:“五伯母,我陪俊子哥一起去,多个人手多份方便,多个人多份保障。”

“这是军区首长给孙书记写的,团里的孙参谋长指示我一定要亲自交到他手。”

孙广盛沉思了一会儿,说:“那你这脚咋办?”

陆三凤把一条腿子撑起来试试,但另一只受伤的脚仍不敢落地:“可能有点淤血了,胀痛得很厉害。”孙广盛又扶她坐了下来。

陆三凤犯愁地说:“哪咋办呢? 信! 我必须亲自送去,这是参谋长的命令。看看能不能想点办法? 哎,搞到马或驴吗?”

孙广盛说:“就是有马有驴,你这脚肿得连鞋子都穿不上,怎么骑啊!”

“咬咬牙,也就过去了。”

“用担架送你吧。”孙广盛想了想,提出这个方案。

陆三凤犹豫地说:“这……还有二三十里路呐!”

“看来问题不太大,沿途哪个村都有民兵,一村一站地掼,准能把你很快送过去。”孙广盛坚定而有信心地说。

“赶快准备担架!”三俊子在旁将手一挥。

英子对大伙儿发出逐客令:“都看够了吧? 怎么样? 陆三凤同志马上还要出发,现让她先歇会儿。孙佐芳别再钻来钻去,快领大伙儿出去。”

谁都明白英子的意思,是想给这对伴侣腾点空间说说话。大家伙逐渐散了,屋里只剩下孙广盛和陆三凤。

乍一相逢,两人都好像有说不完的心里话。尽管这一切神奇得像做梦,彼此也只是互相打量着，发现对方较先前大不一样。这不仅仅是双双都走上抗日的前线，就连举止风度、形体装束也变了。在孙广盛看来，三凤比过去更精干、标致和大方。虽然她现在是新四军女军官，英姿飒爽，却也不失过去的温柔。在陆三凤眼里，面前的广盛比以前威武英俊多了，真像报纸上所说的“孙大侠”。两人目光相对，看到对方的成长进步及那种革命朝气，彼此心里都感到有一种莫大的宽慰，会心地笑了。

陆三凤容光焕发，滔滔不绝地讲起这些年所走过的路。1935 年春，她往上海找黄海生，第二年冬天随月娥小表妹读书会的青年一起去延安，找到红军后走上了革命征途。后来西北红军改编，接着就东渡黄河参加了八路军。1940 年 8 月，随黄克诚率领的八路军第五纵队，跨过黄河进入苏北淮海地区。同年 10 月 10 日，与陈毅、粟裕的新四军江南主力部队，在刘庄（盐课司驻地）与白驹（盐）场之间的狮子口会师。部队开赴盐阜区后，第五纵队改编为新四军第三师，三凤被整编到新四军一师二旅四团，从战士、女兵班长到排长，三个月前转任团司令部通信参谋；先后负过两次轻伤，曾立过三次战功，并光荣地加入中国共产党。

陆三凤发现孙广盛褂子肩头被刮了个洞，就从挎包里取出针线，一条腿盘在板凳头子上，紧挨着丈夫飞针走线地缝起来。接着，孙广盛讲了当前盐东对敌斗争形势，又说了岳父母和四个儿子及一个义子的情况。岳父母在黄家尖东北上的陆家墩子渡口做地下交通员，还经常念叨三凤呢。这次路过那里有可能就遇到。

孙广盛两腿垂直坐着，正像三凤从前给他缝身上补丁一样，显得有些拘束，腰板挺直，双手搭在膝盖上，脑袋微微偏向一边，似乎在担心爱妻的飞针走线会扎到脸。陆三凤停下手里针线活，沉思片刻说：“驻江南日军第十五师团可能又要对苏北发动大‘扫荡’，详细情况我也讲不准，听团里的大胡子孙参谋长说，这回‘扫荡’是大规模的，部队正在紧张地做各项战备。首长听我的口音是瓢城当地人，把送信这份差事就交给我了，并指示完成任务后迅速归队。”

听说团里大胡子参谋长姓孙，广盛立刻就联想到孙家祖传男人的面相都是络腮胡子，父亲孙云龙当初逃出去时就留有一脸胡子。以前，隐隐约约地听人讲过，父亲在东南方向的牛湾河跟人家出海捕鱼，海上刮大风一起去的十几条船都翻沉了，百十号人没有一个上岸，后来就一点消息也听不到了。

三凤又缝了几针，停下来凝视着丈夫的侧影。

“哎，你们团的大胡子参谋长，他叫什么名字？是哪个地方的人呐？”

“他的大名叫孙海根，听口音也像盐阜一带人。”

孙广盛只是顺便问问，他略有所思，在这动荡的战争年代里，哪还有指望能找到自己父亲啊。

衣裳缝好了，陆三凤低着头去咬线，嘴巴压在孙广盛的肩膀上，前额贴住丈夫的脸颊。线很快被咬断了，三凤慢慢地抬起头来，她凝望着自己的爱人，要过饭、放过牛、当过长工，经过几年的革命锻炼变化可真大，实在可敬又可爱！久别重逢，三凤有些忍不住了，一下子扑进丈夫的怀里。拥着心爱的妻子，孙广盛那颗坚强的心也不禁化成绕指柔情，他不由得低下了头，深情地吻了吻三凤。“海生，这几年辛苦你啦，可一定要保护好自己啊！”三凤说着泛起满脸的红晕。

“三凤，等把小日本赶跑，建立新中国，我们再也不分开，安安分分地过日子。”

“是的，盼着这一天呢！”

“胜利的天平已向我们倾斜，快了，马上就会来到！”

看着三凤动情的样子，孙广盛一把将爱妻紧紧搂住：“你没有变，还是那么好看……”

人生也许就是这样，夫妻俩正常在一起，或许感觉不到什么，当有一天突然要离开的时候，才晓得曾经的拥有是多么的美好啊！

“妈，吃饭啦！”三俊子突然闯了进来。

陆三凤立刻闪开，又慌又喜地接过一盘子红烧鲜鲻鱼，一粗瓷大碗山芋干煮玉米糁子粥。三俊子又出去了。

“嘿嘿，你看我俩都像个小孩子。”

陆三凤坐下来开始吃饭，孙广盛在一旁看着。

“老大、老二和老四、老五跟老三一样，也都长壮成人了吧？”陆三凤边吃边问。

“都已长成一米七八的个子，人高树大的小大人喽。”

陆三凤看了看开着的门，仿佛走进了大儿子洪兆、二儿子洪恩、四儿子洪景及排行老五的义子小周福领，问：“孩子们现都在划船港吗？”

孙广盛脸上挂着微笑，说：“嘿嘿，眼下几个孩子都已成了抗鬼子的战士。洪兆是县大队的地下交通员，洪恩带着四弟洪景装扮成贩运大米的伙计，长期活动在瓢城、泰州、常熟一带，以常熟西施河畔永大米厂的工人身份为掩护，接受地下党组织交给的各项任务，在我的指派下做事情。隔壁东庄上死鬼周二爷家刚出生十三朝撂下来，吃你奶水养出来的孤儿，我们认作干儿子，排行老五的小周福领这孩子，他先组织爱国青年成立读书会，接着就参与了划船港学校的创建，现在从事党的文化教育事业，也秘密地加入共产党组织。外公和外婆就在大洋河的下游陆家墩子渡口当地下交通员，很少与孩子们遇头。"孙广盛又幽默地说："往后过日子就不用愁了，我这颗笨脑袋越来越值钱嘞！竹田一口价开出五万大洋，想捉拿我……"

"去去去！不要再讲那些不吉利的话。海生，你说着说着咋就跑题啦，还是谈谈家里事情吧。"三凤说，"短短几年光景，孩子们的变化这么大，我是不称职的母亲，欠他们的太多，你这当父亲的可受累了。"

"噢，还有就是你离家后，在外公和外婆的操持下，咱俩的二儿子洪恩很快成了家，当年就生个胖小子。"孙广盛脸上又堆起笑容，"记得诗经中有个词汇叫'小康'，我专门查了《康熙字典》，给宝宝取名为'孙小康'，意为跟着共产党，赶走鬼子建立新中国，让大伙儿都过上小康生活。孩子们都已成小大人了，个个非常懂事。他们能有你这样一位新四军母亲，该知足喽！对了，你从陆家墩子渡口回头时，可再弯到划船港去看看，也许遇巧有的孩子还能在家。"

"不，时间已来不及，我从那边就直接回部队去了。"

陆三凤参加革命刚走那阵子，五个孩子还是毛头小伙，现在都已长大成人，几乎不敢认了。她脸上挂着淡淡的微笑，说："估计孩子中的大兄弟四个，应该长得都像你。"

孙广盛笑着说："要我看都像你！常言道，吃哪家饭像哪家人，就连干儿子小周福领，长得也有点像你和我了。"

晚饭后，孙广盛扶着一瘸一拐的陆三凤，躺上担架让民兵们连夜送上路。

黄家尖附近的大洋河九曲十八弯，蜿蜒曲折出多处"几"字形洋湾子，鹤影里两岸有一座座凉亭式牛车棚。这种车棚是纯木质的结构，四周以十根木柱撑起顶子上的许多趴梁，而一根根车辐形趴梁都集中于顶部，形成个大蘑菇形的牛车棚子。每根趴梁之间，又以若干根长短各异的木棍连接，再在顶子上覆盖柴笆或芦柴箔子，形成完整的屋面，苫盖着滩涂湿地上的茅草，这样，一座牛车棚就完工了。它通风透光而不漏雨，牛儿拉车翻水不受日晒雨淋。亭中立起一根用于旋转的大木头柱子，将那车辋和跨轴部件安装到位，只要牛儿将车辋拉着转起来，就可将大洋河里的水翻上渠，流入田间地头。青壮年人大多数参加新四军或当民兵抗日去了。农忙时,只需一位老人或一个孩子,坐在车辋上手执鞭子或桑树条子,便可优哉游哉地赶牛翻水。

这牛车棚农忙时是庄户人家赖以劳作的场所,闲暇时便成了一群孩子玩耍的乐园。小伙伴们可不避风雨地在棚中嬉戏打闹,有时也会猛推一阵子车辋,使牛车转动到一定转速,便敏捷地爬上车辋,让其自动转上几圈,以之为乐。每到春夏黑咕隆咚的晚上,孩子们就坐在牛车棚底下,听老人一遍遍地重复着讲那老掉牙的故事。不知疲倦的是远近的蛙鸣声,灌得满耳朵嗡嗡作响,把那故事冲得七零八落。而孩子们最喜欢的,是那星星点点的萤火虫,在黑夜里发出绿幽幽的光,仿佛一颗颗小星星,跌落在大洋河湾子处的草丛中,顺手掐来一朵南瓜花,捉了许多只萤火虫放花里,捏住喇叭口活像小灯笼。但更多的时候小伙伴们组织起来,在满河浜和牛车棚里乱窜,玩那“赢是民兵输是鬼子”的游戏。这种游戏很有刺激性,小伙伴分成两个战斗小组,头头们划拳赢方为“民兵”,输者扮演“鬼子”。“鬼子”小组四处躲藏,“民兵”小组便到处去捉拿。一路的牛车棚子和大洋河浜上,到处响着“咚咚咚”的脚步声,后面留下一片助威的呐喊……

牛车棚还是左邻右舍小聚的地方,也是农家百业的工场和作坊。各人带上材料和工具,干起各自相关的手艺活计。如修农具、搓草绳、纳鞋底、拿针线等,一边干活一边闲谈。牛车棚是大人和小孩喜欢聚集的地方,因此也成了中共沿海地下交通线上接头的场所,为我党组织和新四军传递着重要的情报,那些监听户、接头人及群众骨干,一个个都掺和在里头。

第三十八章

陆墩渡妙设交通站
孙广盛交锋付扣宝

只剩半张脸的夕阳,神情漠然地缩在西天的尽头。

孙广盛顺路来到大洋河下游的陆家墩子渡口,一为看望岳父母,二是了解刚秘密建起的中共盐东县海涂地下交通站的情况。

踮脚新滩头鹤影里向东眺望,大洋河从东北方向延伸过来与黄海交汇,绕个圈儿形成了"东(袁家)尖岛",凸现出一处高堆子土地,而转了个马蹄形弯子,然后又顺着弯曲的滩面向西偏北延展。对岸是刚崛起的广滩儿,晚霞中远远看上去,呈现出七月巧云天的美景,西边天上一片玫瑰色,这是大自然的神奇杰作。交通站就设在北侧鲻鱼港陆家小高墩子旁,过往行人出进必经的渡口。

刚到港汊附近,一条小黄狗"哇呜哇呜"地迎上地前。陆二妈拎着小水桶,从墩子上的茅草屋里走出来。孙广盛亲热地叫了声:"妈!"

陆二妈抬头一看:"哟,是海生啊!"

孙广盛随手把挎包挂在瓜棚的槐树柱子上,看了眼丈母娘。觉得她比过去苍老多了,眉棱和颧骨也明显地突出,额上抬头纹和鱼尾纹增了不少,但精神状态还不错。

"爹哪去了?"孙广盛问。

"又出去送信了,明天晚上才能回来。"

"三凤来过吗?"

"她讲有点儿着急,刚刚风风火火一瘸一拐地才走,在家只待了半个时辰,也没见到她老子。"

孙广盛又问:"妈,你这是做什么啊?"

“天已快晚了，我去拎水，明天煮早饭。”

“让我来拎。”

“你先坐着歇歇，走这么远的路一定很累吧。”

“不累。”孙广盛拎起水桶说，“三日肩膀四日腿，乡中队与小鬼子打游击，把我的腿功可练出来啦。”

“噢，付区长刚才来了，你晓得吗？”陆二妈忽然想起，“他说等你明天早上一起去南洋岸到县里。”

“等我？”孙广盛觉得奇怪。

“说有事要与你商量。”

“他人呐？”

“到河边上去散步了。”

孙广盛拎着水桶朝大洋河边上走去。一群浮游在水面上透气甩着尾巴的小鱼儿搅起一个个涟漪。水边几只受了惊的青蛙，“滴笃滴笃”地从岸边草丛跳入水里。头顶树杈上高高低低垒起的八九个喜鹊窝旁，忙碌的一群小喜鹊，从这枝头跳上那枝头，时而“喳喳”鸣唱，时而又追逐嬉戏，给人一种吉祥快乐的感觉。孙广盛心想：这个地方确实太美，等赶走小鬼子，天下太平了，我将带三凤和孩子们到这里砌屋安生。

火烧云辉映着碧波荡漾的大洋河，河岸青翠的柳条在微风中摇曳。一条细麻绳拴在柳树上，牵扯着漂摇在河边的小舢板。陆老夫妇俩就用这小舢板摆渡，迎来送往过河的人们，同时也昼夜不停地在这条滩涂湿地的红色血脉上，为新四军秘密传递着一份份情报。

孙广盛打好水刚上岸，身左侧有人喊了一声：“广盛！”

“噢，是付区长啊。听说你有事要找我？”孙广盛转身放下手里的水桶。

“对啊。”付扣宝走了过来。

今年春上，孙海光曾跟付扣宝谈过一次话，向他严肃认真地指出：你这人在对国民党顽固派的斗争上表现出有点“右倾”，对开展敌后游击战也有畏难情绪。付扣宝当时还作了检讨，但自从那次以后，付扣宝借口分管财粮及渔业、盐业和农业生产为主，避开了对武装斗争的直接领导。他工作比较消极，一直是深居简出，县委和区委领导很少见到他的面。

付扣宝回转过身子，向后反剪起双手缓慢地移动着步子，这意思是叫孙广盛随他同行。

“广盛呀，我真的弄不明白。”付扣宝立即皱起眉头，脸上显得“晴转多云”，露出不甚满意的神色，“你为什么要把陈霸川又赶走呢？”

孙广盛一听感到很不舒服，问：“谁撵他走的？是他自己偷偷溜了。”

付扣宝将下巴一噘：“咳！我已说过好多次，搞统一战线嘛要团结。陈霸川这个人我很了解，还是愿意抗日的。”

“他根本就不想抗鬼子，跟我们不是一路人。在队伍里肯定干不长，今天不溜走，明天也要跑掉。”孙广盛直接亮出了自己的观点。

“不能这样看待一个人。他有些小毛病，这点我不否认，可你一棍子把人家打死，也就太过分了。要学会帮助他嘛！人无完人，金无足赤。哪个敢说自己没得小缺点、小毛病呢？”

孙广盛说：“他不是一般的小玩意。”

“不能把问题看得那么复杂，对待这样的人，要少些批评，多讲点团结。”付扣宝进一步为陈霸川开脱。

“他与我们走的不是一条路，谈不上批评与团结的问题，而是思想改造和立场转变的关系。把话说穿了，也就是他的根子问题，心术当然也就不正。”

“陈霸川的出身我了解，不要老刨人家古根子。他出身地主家庭，但后来就渐渐被改造过来了。”付扣宝仍然坚持自己的观点。

“他根本就没有变！”

“怎么没变呢？贾福禄替他家扛过长工，我向贾福禄调查过。陈家从前在划船港是很阔，父辈曾是首屈一指的大地主，后来逐渐就破产了。广盛同志，你现已不是个普通群众，是一名中共党员，是一位革命干部。俗话说，‘宰相肚里能撑船’，男子汉心胸要开阔些，不能因以前姓陈的与你有过节，更不能稍有点说不上嘴的事情，就老揪住人家小辫子不放。”

孙广盛一怔：“啥老揪住小辫子不放？”

付扣宝用脚尖子踩了一撮小草，下意识地用力又碾一下，阴沉着脸：“对啊，陈霸川与宋魁不是曾把你推到划船港里吗？这件事离现在太遥远啦，那是孩童时代的事情，几十年的老皇历该早就翻过去了。陈霸川也向我说过，他已把这事忘到九霄云外了。”

孙广盛的心里好像被一块石头压住似的，使他喘气都有些不匀。无论如何他也没想到付区长会提出这个。虽那是儿时发生的事情，可他一直没有忘记二蜡嘴和陈霸川对自己的伤害，这是富人家孩子与穷人孩子的争斗，俗话说“从小定八十”,人的本性难改,那情景他是记忆犹新。

“这件事我忘不了,是会永远记住的。”孙广盛激动地说,“陈霸川讲他早就忘掉,那为什么又向你提出来呢? 可见他并未忘怀嘛。”

“问题就在这。”付扣宝笑着说,“你之所以不喜欢陈霸川,就是因你老想着从前。那阵子的事情就让它过去吧,还想着干什么呢? 现在一切情况都变了嘛! 我不晓得跟你说过多少回,为了团结抗日要消除一切隔阂,不管是阶级的还是私人的。你说不是吗?”

“话不能这样讲。”孙广盛非常认真地说,“现阶段阶级斗争是根本,这个是不能忘记的。”

付扣宝气得脸上脱色,放开嗓子嚷:“你这个人就是太固执,说死了也听不进去!”

晚饭后,付扣宝和孙广盛同睡一张小床,陆二妈熄了小马灯。

外面,夜间海风吹得棚架上的瓜叶瑟瑟作响,从窗户里可清楚地看到一小块青灰色的天空,星星仿佛怀着某种心事在不安地眨巴着眼睛。孙广盛思绪纷乱:付区长老是帮陈霸川说话,他还是过去那个立场和观点,都搞的是一些无原则的折中、让步和妥协。陈霸川是个危险分子,要尽快把具体情况查清楚,想办法把他控制起来……

第二天大清早,陆二妈肩扛一根长长的竹篙子,领着乡长和区长来到河边。他们二人一前一后,跨上随风浪飘摇不定的小舢板。陆二妈解开拴在柳树上的缆绳,先使劲将小舢板向深水里一推,随后竹篙子一点也跳上了船。

陆二妈在后梢稳健地摇着橹,小船儿悄无声息地滑行在宽阔平静的大洋河面上,劈开的水纹向两侧散去,在半明不暗的晨光下,似一条游动的小蟒蛇。一转眼小舢板到达对岸,陆二妈将四齿小铁锚抛向岸边,接着就来了个“跳帮”,距离丈把远脚一踮篙一挑,即飞身到了河坎子上,孙、付二人也先后上了岸。

瓢城的东门城内,紧靠城墙根脚底下不远处,搭起个临时的铁匠棚子,大风箱日夜不停“呼噜呼噜”地响,燃烧的炭火发出熊熊红光。六个铁匠在鬼子的严格看守下,个个累得汗流浃背。

朱铁匠也是通过内线关系,经多方介绍来到这里,给小鬼子和“二鬼子”的马儿锻造铁掌子。

近来,敌人为确保南北交通要道范公堤一线公路大动脉畅通,以便蚕食我盐阜抗日根据地，企图北进淮安、宿迁、连云港一带大“扫荡”。日军集中第十五和三十五师团的万余兵力，伪军以李实甫、胡冠军、朱保元等部及地方伪军九千余人，咬住我盐阜军区及三师主力决战，妄想消灭我军于阜东的八滩一带。日军苏北大“扫荡”前线司令官第十五师团长石井，令驻盐东的小鬼子一零七联队为预备队，随时准备北上增援。

孙海光接到军区司令员洪学智指示后，立即召开紧急联席作战会议，号召全县军民积极配合主力部队，把敌人的后方变为前方。划船港乡中队的主要活动区域还是在瓢城以东一带，也就是串场河向东，由簸箕形开阔地向大海延伸，南至牛湾河，北到野潮洋两岸，沿海百余里的海岸防区。他们要从各个方面扰乱、打击和钳制驻盐东境内的日伪军，紧紧地咬住敌人的尾巴，在竹田屁股后头不停地点火，烧得竹田坐不住也走不动，离开盐东不放心，守着盐东不安宁。

盐东是苏中和苏北两大战略区接壤地带，是盐阜区东部沿海的前哨阵地。而大洋河中游的濒海重镇划船港，又是盐阜区抗日民主根据地唯一对外贸易内河港口。丢了盐东这块风水宝地，就如同一条大动脉被切断。放弃了划船港，就等于把一捆财团白白扔进黄海。盐东是敌人的重点驻屯区，划船港也就成了鬼子的心头之患。前一阵，日军一零七联队淘汰一批战马和驮马，都是从四川弄来的土马，接着就补上又高又壮的西北蒙疆马，大多数蹄子已挂上铁掌。现牵来的主要是宪兵队和警备队的一批性子烈有点野的上等马。朱铁匠不管马性子有多烈、有多野和有多调皮及怎样的嘶叫，到他手里就能乖乖地把那铁掌钉上。

第三十九章

柏大喜存心探库房
捡火柴宽慰李木子

太阳西沉，人群熙攘的瓢城街上渐渐变得冷清。在宪兵队养马的柏大喜牵几匹马儿从便门出来，顺着城墙根的马路走向铁匠棚。

朱铁匠赶紧站起来，扯下脖子上的布巾擦汗水，扮着想与他拉呱的样子，说:“大喜子，你遛马呀?”

“对啊，今天和昨天一样，还是‘外甥子打灯笼——照舅(旧)’。”

柏大喜就是利用早晚遛马的机会，正常与朱铁匠接头，这是比较方便的，不会引起鬼子和特务的怀疑。他刚才回的话是个暗语，其意思是说没有新的情报。

“喂，你的，说话的不要!”坐在一旁监工的鬼子指着朱铁匠喊，“你的，快快干活的。”

朱铁匠不吱声，又弯腰打起手里的马掌。

从江南的马塘一带，开来一辆溅满泥浆的尼桑牌军用敞篷卡车，车上装着许多只洋货箱子，两个押车的小鬼子坐在后面，眉毛和睫毛上都挂着灰尘，好像又长了一层毛似的。

马儿挡在卡车的前头，鬼子司机从车窗里伸出头:“马的，开路的!”

柏大喜将马儿牵到路旁，同时不露声色地向副驾驶座位上窥视一眼，里面坐着的是个头戴黑色礼帽，身穿青灰西服，粗壮结实的男子，怀里搂着一只黑色公文包，鼻子下还有一绺小黑胡子，一看就知道“母鸡飞上树——不是好鸟”。

伴随着旋起的路边落叶，卡车开向宪兵队大门。

朱铁匠又站起来，一边擦了把汗直直腰，一边活动着胳膊，问:“是什么人?”

柏大喜摇了摇头，说："眼生，认不得。"他牵着马回去了，走进宪兵队的后院大门，进棚里把马儿拴好。

"毛西毛西，这边来的！"山甫站在卡车旁，指挥几个小鬼子把洋货箱子从车上往下搬，也喊柏大喜去帮助卸货。

山甫原先在划船港据点是鬼子的中队长，因贪污伙食费一事被竹田革职，调回城里在宪兵队临时负责后勤事务。他叫两个小鬼子把长方形洋货箱子搭到柏大喜肩上。这只洋货箱子很沉，柏大喜费了九牛二虎之力，才勉强地扛起来。

山甫在前面领着柏大喜穿过牲口草料房，来到宪兵队几间堆放废旧物品的仓库前。这么笨重的洋货箱子，几乎使柏大喜无法招架，而山甫却拿着一大串子钥匙，慢吞吞地扒来找去。铁锁总算被打开了，柏大喜竭力地保持着身体平衡，叉着腿子艰难而吃力地走进仓库。看上去所有的高矮小窗户，都被用铁皮子包着的木板条封死，里面到处都是黑咕隆咚。柏大喜一不小心，脚底下被啥东西绊了一下，险些扔掉洋货箱子而摔倒。山甫吓得忙喊："你的，当心的！"

慢慢把洋货箱子支住砖头堆垫把劲而放下，柏大喜喘着粗气，问："啥东西？这么笨重。"

山甫比画着用手枪射击的动作，对着柏大喜的脑袋，鼓起丑陋的脸腮："嘣！嘣！"

接着几个小鬼子又搭了两只沉甸甸的小扁洋货箱子进来，让人一看就心知肚明，那是配发小手枪的子弹。

刚才还一片漆黑，一会儿后眼睛渐渐适应点，柏大喜发现绊脚的东西，是前阵子宪兵队从各铁匠店里搜缴的铁砧子，有大有小像"王八"似的趴在地上。

这几间后勤杂物仓库，存放的是一些破钢盔、生锈刺刀、训练木枪、射击靶子及工兵铲、洋镐、坏桌凳之类，乱七八糟的。柏大喜心想：孙乡长讲过，要从各个方面设法干扰敌人，把竹田的后院搅得越乱越好，可我怎么不在宪兵队里先搞出点动作来呢？他觉得现在机会到了，可以在这些小手枪和子弹上打点主意。柏大喜出门时，特别留心观察了一眼，山甫手里刚才开锁的钥匙……

卡车一溜烟地开往军械库方向去继续卸货。

同柏大喜合睡一张床铺的叫李木子，这人在划船港据点当过一阵伪军，后到城里替鬼子烧洗澡堂子和擦背，近来又调到宪兵队喂马。李木子与陈霸川当伪军时，曾被三俊子俘虏过，孙广盛提出几个条件后就放了。陈霸川当时强迫李木子拜把子，不准李木子说出被俘的事情，李木子一直放心不下，常常有一种忐忑不安的感觉。他也想过要脱离伪军，又怕跑到半路上被再撵回头。在宪兵队养马也是做一天和尚撞一日钟。

今天是李木子值夜班，半夜三更迷迷糊糊地爬起来，摸黑去了不远处的草料房，准备给牲口添点草料。他忽然听到隔壁杂物仓库里发出一种“嘎嘎嘎”的声音。再仔细一听，判断好像是有人在木板上拔钉子。

李木子来到杂物仓库门口，伸出手去一摸，心里“咯噔”一下：妈呀，门咋还开着条缝呐？

他站在外头轻轻地喊：“哎，里面有人吗？”

库房里悄然无声。

他试探着摸了进去，小心取出口袋里一盒子火柴，“嚓”地一下划出亮来，捏着那根火柴棒子，双手拱住火苗寻过四周，看不出任何可疑迹象。他心里有点儿纳闷：明明听到有响声，门又开着却不见人，真是奇怪了。

此刻，柏大喜就站在李木子背后那黑暗的墙角里，一手紧握着老虎钳子，一手拎着撬棍。他猜不透李木子这家伙为啥要摸到这里，紧张地屏住呼吸，悄悄地看他来干什么。

站着的李木子不由得倒抽一口冷气，感到自己太莽撞了，这是皇军的军事禁区，没有山甫太君的许可，任何人都不能进来，他决定赶快回头。不料就在匆忙转身的当口，心一慌将手里的那盒子火柴掉落地上。他连忙紧张地蹲下身子，像瞎子摸墙似的在脚底下半天也没找到门，却摸到了冰冷的铁砧子，摸到了被子弹打穿的破钢盔，摸到了一堆准备砌腰墙子的砖头，就是摸不到那盒子火柴。不能耽误，万一被人发现我在这里，岂不是白布掉进染缸，洗死了也洗不清嘛，他慌乱地摸出库房。

李木子走了，柏大喜又轻轻地关好门，并用手里的撬棍顶一下。尔后，找到了李木子掉在地上的那盒火柴揣怀里。大洋货箱盖子被撬开后，手一摸就知道，是一支支特型袖珍小手枪嵌在软垫中。再打开两只小扁洋货箱子，是一包包蜡纸裹着像粉笔头似的小手枪子弹。随即，他迅速把小手枪和子弹一一放进两条麻袋里。斜对过西厢房的门突然“吱呀”一响，柏大喜的心头一颤：不好，山甫起来查更了。

柏大喜急忙躲到门后，手里又抓起那把老虎钳子。其实他早已想好，如山甫一旦进门，就给他来个迎头痛击。

“毛西毛西!”是院子里山甫的声音。

“哦。”马棚里的李木子答。

柏大喜把耳朵贴近门缝细听，好似李木子在马棚里同山甫“叽咕”一阵。稍后，山甫又返回来。

柏大喜的心跳，随着那“咔嚓咔嚓”越来越近的皮靴子声，一阵比一阵子紧。他看到山甫的手电光射到那半人高的小矮窗户，铁皮包着的格子小孔里透进一道光柱，正照在盛手枪和子弹的麻袋上。接着手电光又向右移动，刚对准那两扇开的大板门，明晃晃的光线从门缝里挤进来，照住了柏大喜手中的老虎钳子。而柏大喜的一双粗糙大手，也已攥出了汗水。

“咣当当”马棚里陡然又发出响声。

“什么的干活?”山甫拔腿就向马棚方向奔去。

柏大喜这才松了口气。

在马棚里的李木子，生怕山甫进库房发现那盒子火柴，陡然心里一慌，脚底下就踢倒戗在墙上的洋锹。李木子慌忙地扶起，吓得躲避直刺过来的手电光，结巴着连忙上前解释:“太君，洋、洋锹，被我抱草料没小心碰倒了。”

“洋锹倒了的不要，我的害怕一下。”山甫说完，就气哼哼地走了。

一直等山甫又进西厢房，李木子才拖着沉重的脚步回到住宿的柴房里。他往床上的另一头摸摸，发现柏大喜不在，心想很可能是出去解手了吧。等好大一会儿，柏大喜还是没有回来，李木子心里又添一分疑虑:二人住在一起已好久，柏大喜夜里一般是不出门的，今天到啥地方去了呢?

李木子头朝里横躺在床上，怅然地望着黑暗中的屋梁，心里不停地在想:坏就坏在那火柴外盒上，还套个洋锡皮子做成的夹子包着，如被山甫发现了，我就成“和尚头上的虱子——无处藏身”，肯定一有事就要找到我身上。假如库房再丢东西更不得了，我就是浑身有嘴都无法说得清，也就等于人家把牛偷了，而我去拔桩当替死鬼，弄不好肯定死路一条，这下可咋办呢?

柏大喜已从库房里出来，又很快到了马棚，把装着手枪和子弹的麻袋埋在马粪堆里。稍微休息一会儿，走出马棚回柴房宿舍。

“到什么地方去啦?”李木子闷闷不乐地上来就是这么一句。

“有点拉肚子，蹲在茅坑上老是起不来。”柏大喜说着就脱衣上床。

李木子从外表看像个钝汉，其实心眼并不迟钝。他立刻觉察到柏大喜的回话，纯属一种搪塞而已，也许是干了什么不可告人的事情。

“你简直在骗小狗！我才不相信呢。”他陡然从铺上坐起来。

“相信不相信由你，哪个骗人叫他肚子疼。”柏大喜又慢慢地躺下去。

两人都不说话了，屋子里很静很静，静得能够清晰地听到隔壁不远处马儿嚼草料的声音。

李木子有心思，像只将要下蛋的母鸡似的，反复辗转不能入睡。又过了一阵子，听到柏大喜微微打起鼾声，他便悄悄地下了床。其实柏大喜一直在睁着眼睛，朦胧中见李木子摸索着出去了，估计是到废旧物品仓库找那盒烦恼的火柴。

没得屁大个空子，李木子急匆匆地回来，硬撅撅地一头又倒在床上，心中懊恼不已：真是活见鬼，门又被锁上了，这次看来要倒大霉。

清晨，阳光被阻隔在云雾里，附着树木上的露水还没被蒸发，一滴滴挂在枝叶上，好似刚刚下过一阵细雨。

李木子一觉醒来时，天已大亮了。

柏大喜走进宿舍，见李木子凄怆愁闷的样子，便关心地问：“哎，你今天怎么啦？”

李木子脸上冷冰冰的，抬头看一眼没搭腔。

柏大喜对李木子怀着怜悯而又好笑的心情，可也想不出个两全其美的法子，既能解除他的精神负担，又不至于使他对自己产生怀疑。其实那盒火柴就在柏大喜口袋里，但他不能拿出来。如若现在就告诉李木子，便等于向对方透露了机密。刚接触日子还不长，对面看人心不透，知人知面不知心。哪个晓得姓李的是否靠得住呢！

“毛西毛西，柏！”山甫在院子里喊。

“哎，太君！”柏大喜应声出去。

李木子无意中向窗外瞥了一眼，脸上又立刻现出惶恐的神色。他发现山甫领着柏大喜，摇摇摆摆地进了废旧物品仓库。

袋把烟工夫，柏大喜跟在山甫后头又出来。山甫一边“哼哼唧唧”地唱着小曲，一边手里舞着两根小木棒儿，向院子西便门走去。

山甫是个恶魔，喝过人血，吃过人心，一天不打人手爪子就作痒。他闲下就去西院监狱里，找点儿教训“犯人”的乐趣。“老子一衣兜的黄豆，正愁没锅的炒喃，谁敢找死的……”那家伙壮得像头牯子牛，最喜爱打棒球。他在划船港据点当中队长时，就曾用球棒打死几个说是替共产党做事的老乡。当看到被活活打死的人躺在血泊中颤动时，他还得意地仰起脸哈哈大笑。

柏大喜回来了，李木子忙上前问："哎！山甫喊你去干啥？"

"叫我帮他找球棒子，昨天在监狱里那两根又打断了。"

正是无巧不成书，无曲不成戏。说起来事情也真凑巧得很，刚想睡觉就来个枕头。柏大喜本来苦思冥想，一直没章程帮李木子解困，可当他去了废旧物品仓库后，办法说来也就到了。

"哎！我头一低，捡到一盒子火柴。"

"啊，你说什么？"

"有盒火柴掉在铁砧子旁边，一看就像是你常用的。壳子外面还用洋锡皮夹子包住，我眼疾手快悄悄把它捡回来了。"

柏大喜掏出那盒子火柴，往李木子手里一塞："嗯，拿去看看。"

李木子接过火柴陡然眼睛一亮："真是我的。哎，山甫看到了吗？"

柏大喜说："让他个狗杂种看见，哪还得了。"

李木子带着余惊，小声而神秘地叙述了夜里进废旧物品仓库的过程。

柏大喜听后用责备的口气说："你长五六斤的脑袋就好像木鱼似的，真是个标准的傻瓜，哪怕杀你一刀，也不该进去。"

"我怕库房里丢东西。"

"小日本是个强盗，跑到中国来干坏事。他丢东西挨你个屁事啊？我巴不得全丢光了才好呢！"

"咳，莫谈了！怪我'六指挠痒——多一道指印'，自寻烦恼惹的祸。"

"让我送你两个字：'愚蠢'！再送上两个字，就是'愚蠢之极'！"

第四十章

小牛哥粪车运枪支
陈霸川半途生事端

看上去李木子的情绪转眼松快多了，他一连干咳几声，坐在床沿边装上袋烟，捧着“呼噜呼噜”地猛吸。稍停顿一下，说：“夜里睡不着的辰光，我把章程早已拿好，要是火柴被山甫捡去，那就准备离开这鬼地方。”

柏大喜说：“瞎说，你真胆大呢，往哪块跑啊？”

李木子悄声说：“小鸡不撒尿，各有各的道。到东门划船港去，找孙大侠乡中队入个伙，当‘家人民兵’也蛮好的，听说还收人呐。”

“你晓得他们在哪块？再说就是把你收编了，那也不叫‘入伙’啊，应说成是‘参加革命’！”

“好找，去划船港肯定能打听到。据说不论出身，只要愿意参加民兵抗鬼子的都欢迎。前阵子，这边有个地主家的少爷小长官被俘，听说后来在那里参加了‘家人民兵’混得挺神气，由于在军事上有一套，还入了共产党提升为教官和小队副。何况我是自己主动跑过去的喃。”

柏大喜一下子还弄不清李木子暴露的想法，是真的还是在卖水，故乘机拿话来套套他，免得到时眼一翻，认不识你个张老三。柏大喜想：还得先摸着石头过河，探个深浅。他佯装忧心忡忡地说：“哎，你晓得吗？到乡中队去，那可是九死一生呀。难道你胆子真有这么大？”

李木子一反常态，激动得锁眉撇嘴，连声音都有些发抖：“当国军，做‘二鬼子’，烧洗澡堂子，给一帮混蛋擦背，现又干起了马夫的差事，不都一个样嘛！反正小命在人家手里攥着，也说不准哪一天就能把你捏死。再说我是地道的划船港人，民国二十年大西水（洪灾），父亲为躲壮丁，深夜被追得跳进划船港里，两天后尸首淌到了洋马港。第二年春天，我饿得骨瘦如柴面无血色，孤儿寡母的只得外出逃荒，沿门乞讨。在宋府的大墩子上，母亲被几条狼狗活活咬死。我九岁那年就没家了，唉，姥姥不疼，舅舅不爱，太阳不照，月亮不瞧，好可怜哟！老话说，挑出来就是卖的。豁出去闯闯也好，我巴不得离开这鬼地方。大喜哥，我跟你说真心话吧！其实我早就想溜了，去找孙大侠或投奔新四军，就是死也要死在咱穷人自己的队伍里。"

柏大喜听后，觉得李木子不像说的是假话，便开始鼓动道："对啊，人几十截子才过到头喃！唉，这乱世出去闯荡闯荡也好。凭什么老要憋屈在这个鬼地方？腿子长在你屁股上，想走你就走。我也跟你说个实话吧，小鬼子已像秋后的蚂蚱，蹦跶不了几天，早晚得滚蛋。我俩都是穷苦人出身，被送人命逼得只剩一口气了，做事得多长个心眼儿。当汉奸，会留下千古骂名。我认为你如有机会，去找划船港的孙大侠，向新四军那边靠拢是对的。革命不分先后，关键是观念的转变，树挪死人挪活，就看你立场能不能坚定。"

柏大喜的一番话，像一泓清泉流进李木子枯涩的心田。李木子信服地点了点头，说："真是一觉醒来，以为自己长高了，其实原来是把被子盖横喇。我太傻！你说得很在理。容我再好好考虑一下，早作个定夺。"

柏大喜不宜暴露自己的真实身份，也只能先说到这份上。他要去马棚清粪，便伸手摸了摸李木子的脑壳子，安慰道："你身体不舒服，那就多睡会吧。"

柏大喜去了马棚。

李木子在床上觉得有点寂寞，心想：躺在这里也睡不着，再说那么多活，撂给大喜一个人，可实在够累的了，不如起来去一起干。

李木子刚走进马棚，一看柏大喜不在里头，只见有一把铁锹插在马粪堆上，他顺手操起铁锹，铲了一锹马粪从墙洞里伸外去。当铲到五六锹时，马粪堆里露出两只鼓鼓囊囊的麻袋。再用手上去一摸感觉挺硬的，解开麻袋口一看是小手枪和盛子弹的包装盒。李木子的头脑子"嗡"地一响，心里跳得像打鼓似的。此时，他听到墙外好像有人走动，便弯着腰向洞外探望。不料，脸正好抵住了柏大喜的面。

李木子紧张地说："哎，你做什么的？"

墙外的柏大喜"嘿嘿"地笑着回答："不好意思啦。老弟，小事一桩，请你帮个忙，把麻口袋递过来。"

事已到了这个地步，柏大喜还能说什么喃，只好有求于他。

李木子很为难，面对此情此景只好说："那你来接吧！"

柏大喜从墙洞里接过麻口袋，又埋进棚下干松松的马粪堆里。

李木子吓出一身冷汗，心快要跳出来了。

太阳渐渐升高，鸟儿啁啾，蝉儿嘶鸣，两人又回到了柴房宿舍，彼此间的心思谁都明白。

袋把烟过后，柏大喜终于主动开口了："老弟，谢谢你！"

李木子说："我应谢谢你才是。你若不把那盒火柴给我，要是被他们捡着了，我就是跳进黄河也洗不清。大喜哥，你这人心眼好，小弟算佩服你！"

"不是我心眼好，因我俩苦命相连，都是同一根藤上的苦瓜儿。"

李木子的眼眶沁出一层泪水："大喜哥，你不晓得，我从记事起，所有的富人都欺负我，好像这个世界就是他们的。我从小没爹没妈，十来岁开始替地主家放牛、扛长工。像送人命这些有钱人，在他眼里我就和耕田的牛、拉磨的驴差不多，给吃给穿是为了替他做工，他们的心比锅底子还要黑哩。而如今倒下去是横，爬起来成竖，活得人不像人鬼不像鬼的光棍一条，要不是我命大，骨头早就打鼓了！"

柏大喜的心里也涌上一阵酸痛："是啊，我们穷人在他们眼里根本就不算人，而是一块垫脚石而已，现在没有别的出路，只有铁心跟着共产党，参加革命，赶走小鬼子、建立新中国，才能过上有奔头的日子。"

李木子点了点头："是啊！树的方向风决定，人的路子自己走。我将永世不生二心，跟着共产党闹革命去，掉转枪口打鬼子。"

一阵狂风刮起，天空乌云翻滚，一道道闪电一声声炸雷过后，雷暴雨骤至。

在颍川堂酒店，宋闯留陈霸川撮了一顿。

宋闯穿着一身灰黑色上浅下深的绅士装，梳着油光锃亮的三七开小分头，戴鼻具架着平光眼镜，三颗前门牙包着金套。他端起酒盅吮了一小口，咬一小块猪耳片嚼着，说："在盐东这个地方，只要'擒王行动'一成功，能把孙猴子逮住了，或者设法把他弄死、搞垮，别的民兵组织也就快完蛋了。"

蓬头垢面的陈霸川脸上脏兮兮的，好像几天没洗过的样子，缩头夹颈地坐在宋闯与对面的四仙桌上，活像只艺人在街头耍的猴。他搛一块猪头肉进嘴，一连又扔进四五个油氽花生米，边嚼边摇头，说："不好逮，那人神乎呐！"

提起孙广盛，宋闯那没鼻子的小洞孔里，仿佛就一阵阵酸痛得淌水。

宋闯说："霸川，警备队的二魁子队长讲了，以后天掉下来你也不要管，专门埋在划船港当个'坐地虎'，收集情报策应皇军的'擒王行动'。记住！与我保持单线联系，黄阿黄就交给你指挥，有情报叫他送过来。万一情况紧急，实在没办法，让你老婆进城。可千万不能暴露目标，弄得不好他们就能怀疑上你。"

有酒有菜，吃得陈霸川心情不坏。他已吃那么多酒菜，按理应早点回去了，但还是穷神吼吼的那副德行，不识相弄得个馋鬼样子，舔嘴辣形的还在嘲筷头子。宋闯一脸不高兴地喊："哎——来人，添酒！"

贾福禄已不是当年戴破狗皮帽子的了，陈鹤川把酒店转让给他，现在是堂堂正正的酒店掌柜。他只管做生意，心里把抗鬼子的事早就抛到九霄云外。只见他提着一把酒壶来到桌前："唉，来——啦——"点着头，哈着腰，脸显微笑地说："再添点熏烧肥大肠？"

宋闯不乐意地说："你看着办吧。"

"哎，陈鹤川最近有消息吗？"宋闯问。

贾福禄说："没得。人家在上海做的是大生意，不像这个蹩脚的地方。"

"你讨便宜啦。"宋闯把大拇指竖起来，说，"花了一只手，就把这个酒铺拿下来，面子可真不小啊！"

"嘿嘿，实话实说，贵倒是不贵，生意也蛮好，马马虎虎还算能混。"贾福禄笑了笑说，"但不怕你老乡发笑，东借西挪我已掉下债窠啦，可就是外面的欠账收不起来，拆东墙补西墙，差要把婆娘裤子都当掉。"

"去去去！"宋闯急忙挥着手，"好一个贾掌柜的，本队长还未欠你几笔小账，就开始向我哭穷啦！"

外边的雨又下大了，打得门板"噼啦噼啦"地作响。

宋闯另外还有点事，他伸着懒腰站起来说："霸川，你也赶紧回去吧。"

杯举筷子奔，又是一阵唇忙舌头乱，随着酒精囤积和美味入喉，陈霸川搛块肥大肠头子进嘴，"吧咂吧咂"一会儿，突然眼睛眯成一条线，"阿嚏——"一个大喷嚏，吐得桌子上满是菜渣，接着舌头好像短一截子，心里明白吐出来就含糊不清："晓得——了，我……"说着"哇"地一声，连酒搭上秽物就喷了一桌，嘴里还念着"水水水"，从凳子上就瘫到了桌肚里。

宋闯厌恶地骂："看你这副德行！福禄，给他猪脑壳子上浇瓢冷水。"

贾福禄殷勤地回答："好——咧——"

午后，雨逐渐停了。

小牛赶着驴车进城。驴车是张百顺家的，因宪兵队下达任务，指定每村都要种植一定面积的罂粟。救命墩子村由张百顺和阿黄及十几个中等富裕农户合伙种植。张百顺当上村长后，人眼熟要了点小聪明，找到宪兵队负责后勤的山甫，每年给宪兵队提供一百只野鸡、一百只野鸭、一百只野兔、三石红筷子长的乌鱼贴补伙食，包下三处大厕所的人粪尿和院里所有马粪，回来作长罂粟的基肥。

今天，小牛借了宪兵队发给张百顺的通行证，到城里看望师傅朱铁匠，张百顺也就一把拽住小牛，给他打个小小的白差，顺便拉一车子马粪回来。

小牛先到了铁匠棚。返回时他师傅小声嘱咐："装上马粪后一点不能耽搁，得赶快上路。"

小家伙从师傅那脸色上，猜出这次任务的重要性，他小声地点着头回答："明白！"

小牛赶着驴车，来到宪兵队牲口棚的东墙根棚外。柏大喜先把那两只麻袋搬上车，然后又盛满干松松的马粪，将上面和周边都拍得紧紧的。

"这是什么东西？"小牛问。

柏大喜悄声说："小手枪和'花生米子'。"

小牛吓愣住了，仔细端详一会儿笑着说："乖乖隆的咚，一下子就弄这么多，大喜伯伯你还真有两下子！"小牛说不出是兴奋还是紧张，脑门上冷汗一阵接着一阵地出。

"路上无论如何要沉着。"柏大喜叮嘱。

小牛手一挥："明白，请尽管放心！"

坐在驴车上的小牛仰起头，故意将手中鞭子在空中甩个响，嘴里喊："嘚儿嘚儿——驾——"

约莫小半个时辰，小牛赶着驴车顺利地从东门出了城。

眼看着西边的太阳快靠近地平线，晚霞把瓦蓝的天空映红一大片。驴车在七弓八弯空旷的土路上，发出"吱吱扭扭"的声音。当驴车缓缓行驶出了南洋岸街快到十三里墩桥时，小牛觉得车子骤然负荷加重，掉头一看不觉吓了一大跳：原来，是陈霸川已坐在车上。

小牛心头一紧:这个老家伙怎么神出鬼没?从哪个坟茔塘里冒出来的?

坐在后头的陈霸川,把手插进干燥松软的马粪里,问:“这下面挺硬的,好像有啥东西?”

小牛猛力把陈霸川从车子上推下去。他闻到一般浓烈的酒味,此人又是到城里去的,不知是否请假没有?

陈霸川左看右瞧,觉得驴车挺沉,与上面马粪的分量不对劲,里面可能有蹊跷。到达一座小木桥时,他假惺惺地说:“小牛,这车太重桥陡上不去。你在前头帮驴拉,我在后面带把劲推。”

小牛急忙摆手拒绝:“哎,不要不要,你走你的吧,莫再啰唆了。”

陈霸川无可奈何地吐出一口气,说:“咳,小猴崽子,好心当个驴肝肺!”

木桥真的上不去。小牛跳下车,“叭”的一声甩个响鞭,拉车时眼睛监视着跟在后头的“老滑头”。

陈霸川双手掳住车帮子,假装“吭哧吭哧”的使劲。小牛看得一清二楚,他分明是在借机探秘,两眼直勾勾地盯着车上,一只手又慢慢地靠近车后的马粪。小牛“噌”地一下蹿过去,将小脑袋对着他胸前用力一拱,陈霸川跟头踉跄地往后连退几步,跌了个仰八叉。

“好好好,你小子狗咬吕洞宾,不识好人心。我诚心诚意帮你推车,你倒对老子撒起野来了。”陈霸川一骨碌爬起来,在车帮子上蹭蹭手,撸胳膊挽袖子要打架。小牛拍了下胸脯子,瞪着双眼无所畏惧地走上前:“想动手?来啊,有种朝这里打!”

“嘿,你小子还想让老子试试。”陈霸川精神陡振,一下子猛扑过去。小牛来了个急转身,敏捷地闪到驴车的另一侧。“老滑头”误认为小牛败阵了,凶焰更加高涨,一双脚蹦起尺把高,嗓子勒起来吼:“小猴崽子,看你能往哪块逃!”当他刚要再扑过来的当口,只见小牛举着手里的“家伙”喝道:“站住!”陈霸川定目惊视,头胀得比笆斗大:咋一下子就从裤腰里掏出一颗手榴弹?看上去还是个日本货。“不准动,再动就炸死你!”小牛将大臂带动小臂往后一拉,做出个准备投弹的慢动作。“我的妈呀!”陈霸川吓得抱头鼠窜,落荒而逃。

这颗手榴弹,是年初敌人进攻划船港时,小牛打扫战场从死鬼子身上摘下的。他正常悄悄地带在身上,连五伯父和自己师傅都没告诉。

陈霸川跑得无影无踪,小牛把那宝贝又拴上裤腰带子。他“嗖”地扬起手里的鞭子，鞭绳儿在半空中画了个圆，“叭”的一声鞭梢抽在小毛驴脊背上，凸显出一道暗暗的白痕。

月亮圆盘似的已挂上树梢，稀疏的星星眨巴着眼睛，四周一片静悄悄的，只有驴车发出“吱吱扭扭”的响声。小牛一个劲“驾——驾——”地催毛驴快跑……

第四十一章

柏大喜意外获情报
二蜡嘴盯上贾福禄

乡中队在紧张地忙着做进城的准备。

城里驻盐东日军一零七联队也正收拾行李，即将出发北上。

丸山中佐是刚上任不久的宪兵队长，也就是柏大喜在铁匠棚子前看到坐在卡车副驾驶位置上的那个人。他和竹田是多年的老同学，来中国也已十几年了，会讲一口北方中国话，是竹田点将把他从江南要过来的。丸山刚到任不久，就听说孙广盛十分厉害。部队开拔前，竹田命令丸山强化治安管理。丸山正所谓新官上任三把火，劲头铆得特别足，他把隐蔽在各村的坐探都统统召集上来开会。一是给大家配枪发子弹，二是全力以赴搜集乡中队情报，三是死死紧盯孙广盛行踪，确保“擒王行动”顺利实施。

接近中午时分，几十个坐探来到宪兵队院子里，都是些臭名昭著的流氓、地痞、懒汉、二流子和一些大烟鬼。他们躲避夏日火辣辣的太阳，溜到房子檐头底下，有的东扯葫芦西扯瓢地吹牛皮，有的将卷烟叼在嘴里抽着，有的斜睨眼睛评头论足，还有的就干脆蹲在地上玩跳子棋。

丸山和山甫从正房出来，宋闯尾随在后头活像条跟屁狗。山甫两手叉腰站在门口。

“喂喂，集合，开始站队。大家都不要讲话啦！”宋闯一边挥舞着手一边喊。

“探子”这群人赶紧都去排队。

宋闯从口袋里掏出花名册，清了清嗓子开始点名。

正在马棚外面为马儿刷洗的柏大喜，估计来的可能都不是什么好人，就把宋闯读的那些名字一一记在心里。

“陈……”宋闯最后光念到姓，此人的名字没有念出来。柏大喜心想应该就是救命墩子村陈霸川，而今天他却没到场。

“毛西！”山甫大摇大摆地走过来，打手势招呼柏大喜。

柏大喜跟着进了废旧物品仓库。

山甫将手一挥，叫柏大喜把洋货箱子扛出去。

柏大喜心里哆嗦了一下：里面的手枪和子弹已调过包，为什么又偏叫我来扛？难道是特意安排的吗？

大洋货箱子有点搬不动，用力使了使劲也扛不上肩，山甫又帮他搭了一把。这箱子似乎比以前更沉，柏大喜扛起来东扭西歪脚底下直打飘。两只小扁洋货箱子也被扛过来放在天井里。

山甫用根撬棍撬开洋货箱盖子一看，陡然大吃一惊，一双眼珠子瞪得几乎快要蹦出来。

丸山发现山甫神色不对劲，走过来往箱子里一看，长满酒刺的大扁脸顿时变成铁青色。大洋货箱子里装的是小铁砧子和破钢盔等，像一个个王八似的趴着。小洋货箱子里盛的是一些砖头。丸山扭头注视着山甫，额头上沁出了许多汗珠子。山甫胆怯而小心地凑近丸山，不知捣鬼嚼蛆地说了些什么，却一个劲地用眼瞟着柏大喜。丸山静静地听着，一股狰狞的凶光突然出现在眼睛里，好像一条红了眼的疯狗，快要去掏人心肺似的，直盯盯地瞪着。柏大喜极力作出一副平静而无事的样子，假装对他们的事情既不关心也不好奇，他对山甫轻声说：“太君，我去继续刷马了。”

“等等！”丸山在旁扬了一下手，“慢，本太君的要训话，大家的听着。”

丸山显出雨过天晴的开朗面孔，叫山甫把那洋货箱子再盖好，然后两只脚就站上盛子弹的小扁洋货箱子上，交迭起双手开始对这群特务训话。

柏大喜原以为丸山会暴跳一阵子，没想到这个刁鬼子却显得意外冷静，看来老奸巨猾不好对付。他心想：敌人可能已怀疑自己了，刚才山甫好像对丸山说这箱子是我扛进库房，唯有我晓得里面的底细。

丸山目光一会儿就掠过柏大喜的脸。他心里有点儿紧张，打算躲开丸山那狡黠的眼神，但立即又觉得这时回避不得，那样更会引起丸山怀疑，柏大喜又想到：我显然是敌人注意的唯一目标，他们是不会轻易放过这个线索的，幸亏早上遛马时，把孙广盛“半夜开城门”的指示，传达给东门内线伪军辛鲳鱼，不然麻烦就大了。他现在担心的不是自己可能要被捕，而最着急的是如何把记在脑子里那些名字，尽快传递给组织上。眼前这群“闷头狗”，比起公开拿枪的敌人危害更大。柏大喜镇定地注视着丸山，没有听到讲了些什么，心里老是重复着宋闯读过的名单。

训话刚结束，这群人就乱哄哄地都散去。

丸山把柏大喜叫到办公室。

一眼看过去，丸山背后墙上挂着天皇画像，下面吊了一把大洋刀。丸山伏在桌子上，双手托住下巴盯着柏大喜，足有袋把烟工夫屁不放一个。他这是在施加威风，想给对方造成一种心理压力。

柏大喜努力控制住紧张的情绪，面不改色地站着。他暗暗鼓励自己：要镇定！丸山现在并没有抓住什么确切证据，相信李木子是不会告密的。

丸山原在关东军，七七事变后到华北。前一阵刚去江南，接着就被竹田点将亲自要到瓢城，在华已十几年了，也算是个中国通吧。他终于开口发话：“你的，去过仓库的吧？”

柏大喜神态从容地答：“还是那次卸车时，山甫太君叫我往里面扛洋货箱子。”

“后来呢？”

“没有。”

丸山从桌子上捏起一根火柴棒子竖着，问：“这是什么的干活？”

柏大喜摇了摇头：“那个我就不晓得了。”

“噢，你的不抽烟。李的抽烟吗？”

“抽。”

“是他的吗？”

“不清楚。”

丸山的一席问话，使柏大喜摸到了点底细：敌人还没有获得真凭实据，仅仅是一种猜疑而已。但敌人会沿着这根火柴棒子线索，去进一步怀疑李木子，他又开始担心起李了。

一会儿后，丸山突然站起来，皮笑肉不笑地“嘿嘿嘿”几声：“你的，良心大大的，是皇军的好朋友，去吧！”

柏大喜走了出去，顺手轻轻地把门带上。

稍等片刻，山甫又推门进来。

丸山的拳头“咚咚咚”地敲在桌角上，尔后瞪着眼睛怒火中烧地嚎叫：“八嘎、八嘎……”对山甫破口大骂一阵子。接着又说，“山甫君，你的已让大日本皇军蒙羞，必须马上的彻查，大本营对你非常的失望，正准备要将你的送上军事法庭。现在给你的，再来一次戴罪立功的机会！”

“哈伊！多谢队长阁下，我决不会让你的再次失望，否则的话我就切腹自杀，以死谢罪！”山甫向丸山说。

丸山下令：“把柏和李的，统统的秘密监视起来。”

山甫胸一挺：“哈伊！”

宋闯把宪兵队丢枪和子弹的事，向二蜡嘴也作了汇报，讲丸山队长直接怀疑是那两个马夫作的案。

二蜡嘴正听取几个参谋人员汇报出发前的准备工作，挥了挥手把其支开去。凑上前问宋闯：“哎哎，那不是有个姓柏的吗？”

宋闯说：“对呀，还有个叫李木子。”

“姓柏的这人值得怀疑。”二蜡嘴一口咬定，“早先，孙猴子爹在我府上放火时，丢了一头小毛驴，老爷子就怀疑跟他脱不了干系，可能就是他捣鼓出去的，当时因未抓住什么把柄，就没有跟他啰唆多少。哎，姓柏的还跟哪些人有来往？”

“这个嘛？我到没注意。”宋闯寻思了一下又说，“他去过颖川堂酒店，跟贾福禄可能有点联系。”

二蜡嘴的脑子好像开窍多了，一只手摸着下巴凝眉思索一阵子，接着又站起身倒背双手，在院子里不停地来回走动，自言自语：“唉，这还真有点可能性……而姓贾的这个人，在划船港也是有来历的。”

二蜡嘴晓得贾福禄是个国民党员，于是也就“哑巴娶媳妇——暗自高兴”。贾福禄那次向朱铁匠打听可否一人兼入两党，其实他早已加入国民党了，介绍人是二蜡嘴的姨父陈鹤川。他们都是国民党中统潜伏下来的特务，领导人就是海神庙里的胡大仙。正因有这种关系，陈鹤川才把酒店降半价转让给贾福禄。二蜡嘴只不过是没跟姓贾的发生横向联系，但他早就猜测到，贾福禄十拿九稳也是共产党员，因送人命说过，贾福禄在救命墩子村时，常与孙猴子接触开会等。

二蜡嘴拍拍那谢了顶的脑袋，想出个一石多鸟的毒计。

晚饭后，宋闯领着贾福禄来到宪兵队拷问室旁的一间办公室。贾福禄感到莫名其妙，有点胆怯地嘀咕起来：看来找我肯定有事。为什么偏要在这个绝地方呢？

小小的家雀子，陡然变凤凰了。小老板的贾福禄装束跟以前大不一样，上身穿米色杭绸小褂，下身是青洋布裤子，腰里还故意透出个小巴掌大的腰带扣子，脚上穿的是圆蛤蜊口底包帮布鞋，看上去非常时髦，三七开小分头还带点“波浪儿”，脸上也养得白净净的，完全是一派小掌柜的风度。他略显拘束地坐在椅子上，目不斜视地看着二蜡嘴：“宋队长，找我有事吗？”

二蜡嘴的椅子靠着后檐墙，两只前椅腿跷起老高，双膝抵在桌子边框上，默默地抽着卷烟，眯眼看着吐在空中的一个个白色烟圈儿，沉默了一会，说：“生意做得怎么样啦？比陈鹤川开的那会好多了吧？抬抬手让我沾光也搭上一股啊？”

贾福禄心知肚明，二蜡嘴这些话纯属胡扯，但也猜不透他葫芦里到底卖的是什么药，便微笑着应付：“没得大的交易，也是个小本生意，只能赚个饱肚子，养副油肠子。”

“啊，这么一说，我就不腥手了。”二蜡嘴看看那块日产表，故作焦急地说：“丸山队长约我有点事，眼看时间快要到了。我只是顺便请你来聊聊，没得什么事，你就先回去吧。”

“好的，那我就先走了。”贾福禄知趣地站了起来，绕过椅子要出去。

“唉，你走后门吧。”二蜡嘴显得非常关照地拍着贾福禄肩膀：“哪个愿意来这地方？从大门出去容易让人误解。”

宋闯把贾福禄送出后院。贾福禄怀揣不安地溜出宪兵队后门，其实根本就没料到，一出去便遇上柏大喜，他惊愕地站住了。

柏大喜每天在这个时候，都要从西边遛马走此路过。一见贾福禄从宪兵队里出来，神态又是那样的慌里慌张，心中便产生了怀疑。他回头望了望，那个监视的特务离得老远，就轻声问：“哎，你是来做什么的？咋从这里……”

贾福禄见瞒不住了，马上脸红到脖子根，仓促解释却又不知从何说起，就只好像“吃柳条编筐子，小伙属鸡姑娘属狗”地吞吞吐吐瞎编：“啊，我是……”

盯梢的特务从后面赶来了，柏大喜也没敢说多少，牵着马儿继续向东遛。

伏在院子墙头上隐藏在老槐树背面的二蜡嘴，一个劲地伸头探脑朝外望着，那双发出贼光的眼睛，把柏大喜与贾福禄之间这短暂接触的举动都丝毫不漏地捕捉去。

二蜡嘴从架靠在墙上的梯子爬下来，满脸露出一阵子兴奋，拍着灰尘对宋闯说：“闯子，把贾福禄再叫到宪兵队拷问室来一趟。”

“是！”

第四十二章

软骨头变节暗投敌
三俊子机智脱险境

滩涂湿地上太阳仿佛落得迟，晚饭后还要有一段时间天才黑。这时夕阳余晖照在一条灰暗的路上，贾福禄正闷头向前走着。看上去离酒店还有老远，宋闯从后边追了上来，喊："警备队的二魁子队长，再次有请贾老板去一趟。"

"噢，好的。"贾福禄心里陡然一惊：看来这下子没得了！

他被请到一间阴气森森的房子里，二蜡嘴来个好茶相待。他被迷惑住了，太阳穴旁青筋直跳，但脸上还是堆出笑容。他似乎想说点什么，话到嘴边又不知从何说起。

二蜡嘴和他在小四仙桌前对坐，不时地摸着下巴。过了一会，二蜡嘴慢吞吞地说："没想到，老哥你比我还精明，真是有着一定的眼光。俗话说，人过八十八，不知瘸和瞎。日后，万一共产党坐起了江山，你可是个有功之臣。如国民党继续得势，你也功不可没。我就没得你聪明了，若日本人拍屁股走路，青天白日满地红旗子再一倒，那举锤头和镰刀旗子的人，就肯定会把我当汉奸除掉。"

贾福禄听出对方话中有话，但他还是佯装不知地问："宋大长官，你这话搁哪块？"

二蜡嘴冷笑着说："嘿嘿，什么意思？鼓不打不响，锣不敲不鸣。实话跟你讲，在你刚加入国民党时，我已是县党部委员了。贾老板，今天正式告诉你，我的顶头上司是胡大仙。"

贾福禄心里乱得很。二蜡嘴挑明了他们之间的关系，他却不知自己怎样表现，是高兴还是紧张。只好看着二蜡嘴，呆呆地一言不发。

二蜡嘴接着又说："福禄，我俩都是划船港人，本乡本土的，就不要再拐弯抹角兜圈子。你可不能不讲仁义啊，有件事你应还记得吧？当年孙云龙在把小孙猴子卖给龙王庙人家时，你不是个中介人吗？我虽年龄小一点，可还清楚地记得，是你跟我爹拿的章程，欺骗了穷鬼孙云龙，把小孙猴子抢到我府上抵债，老爷子手接手给你一块大洋。那事可能孙广盛早就晓得了吧？"

这话戳到了贾福禄的要害之处，使他如同四九天里被一桶冷水从头淋到脚，他脸上肌肉痉挛，眼皮直跳，好似大难临头。但他很快又镇定下来，带着点结巴："我刚与柏大喜遇头，是你，是你故意安排的……"

二蜡嘴微笑着，说："这个你尽管放心，柏大喜同你不能比，人家几代人都是长工，他爹又是个穷得叮当响的铁匠。柏大喜性情耿直、脾气倔强，他跟共产党是'王八吃秤砣——铁了心'，不管什么也不会说。而你呢？是个骑墙头两边看的人，哪边给你好处就倒向哪边去。"

……

"来人哪，上点大菜。"宋闯在拷问室对身后的人喊。

立刻，隔壁的门开了，里面有口大水缸。

"啪！啪！"伴随着宋闯的掌声，一对八九岁孪生龙凤胎被带进来，接着就是一位二十来岁的少妇，被两个大汉子架着。

"爹——爹！"

"福禄——福禄！"

不一会，室内马上就静了下来。两个孩子被那要吃人的神情给吓呆，一点也不敢出声，惊恐地睁大眼睛看着这一切。

二蜡嘴把嘴一呶，两个大汉立刻把贾福禄绑到一根梁柱上。

接着，打手将哭喊的孩子抱进大水缸。那口缸又粗又高，平视根本就看不到孩子的头。

"你们姐夫和小姨子两口子，给我把驴耳朵竖起来听好了，我闯爷也不是个不讲道义的人，只要老实交代，保证你们一家子平安无事，桌上'黄鱼'(金条)和银票也统统跟贾家姓。如你贾老板不识趣，还在装聋作哑，又要当婊子，又想立牌坊[①]，那就别怪我不客气！"宋闯说完打了个开始的手势，身后两个打手立刻向大缸里倒沙子。

缸内的孩子吓得大哭起来："爹呀，妈呀，救救我，快救救我们吧！"

---

① 俗语，比喻既要做坏事，又想落个好名声。

“孩子是无辜的，求求你们放了！”

面对那少妇苦苦哀求，面对孩子们的哭喊，宋闯不为所动，反而大叫：“加，加，闷死小兔崽子！”

伴随着一桶桶黄沙倒入缸内，眼看快埋到孩子脖颈，贾福禄一下子就服了软。他声嘶力竭地喊：“放了孩子，听你们的，叫我做什么都行！”

宋闯轻巧地突破了贾福禄的心理防线。

贾福禄被松绑后，脸红一阵白一阵地喘粗气，问：“你们到底想叫我干什么？”

二蜡嘴干脆地说：“其实，你是‘念佛奶奶不吃荤——一肚子素（数）’，也就是跟我们合作，一起搞‘曲线救国’呗。”

“什么曲线救国？”

“这个我讲给你听：当下我们最大的敌人是谁？不是日本人而是共产党。他们主张什么共产共妻，下一步就是杀人放火，见到有钱人就杀。而东洋人的主张同我们一样，归根到底还是有钱人的天下。你很聪明地跨了党，这对我们非常有利。你必须用‘红皮白心’的斗争方法，从内部帮我们尽快搞掉共产党，这就是曲线救国。来来来，请先用茶。”

贾福禄哆嗦着端起茶碗，像老牛喝水“咕咚咕咚”地一口气喝了。

老话说：“狗要变成人是来生的事，人要变成狗是眼面前的事。”这个由付扣宝一手考察发展、一直跟组织离心离德的“软骨头”就这样叛变了。

宪兵队不是人来的地方，来宪兵队的也不是好人。贾福禄的出现，使柏大喜不光感到危险已逼近，而且证明情况十分复杂，形势也相当严峻。柏大喜想：如若姓贾的真叛变革命，在盐东党的地下组织将要遭到严重破坏，许多同志就会被捕入狱。眼下自己完全可利用这个遛马机会逃生，也就是往街巷里一钻，就可甩掉后边的“尾巴”。但不能这样做，就是死也不可叛党求荣，留得个遗臭万年的骂名。叫我做狗，休想！他曾经向组织上表过决心，会像颗钢钉一样牢牢钉在敌人骨头眼里。柏大喜跟贾福禄一直是单线联系，至于贾福禄的下线是谁，他自己也不晓得，可朱铁匠进城贾福禄是看到的。要尽快把今天发生的情况向党组织报告，立即设法通知朱铁匠转移。

黄昏时分的海滨瓢城，天空中笼罩着褐色炊烟，空气里充满浓烈的煳味儿。柏大喜有点受不了这种刺激，感到憋气老要咳嗽。

柏大喜逐渐摸索出马剽悍、勇猛、驯良、耐劳和忠实的性格，终于成了马儿的知己。他悠悠荡荡地牵着头马，一连散跟着七八匹，再后头就是两个盯梢的尾巴。按往常柏大喜该回去了，可今天他一直朝前遛。绕过宪兵队的北院墙，右拐再顺着内东环阜路直向南，来到那铁匠棚子。

两个特务觉得柏大喜不是在遛马，而是在有意地遛他们人，心头的火气不打一处来。看看天色已很晚了，实在压不住性子，一个特务快步跑到前头，愤怒地冲着柏大喜嚷："你个混蛋穷遛到什么时候？挡住路口里不想走，老子还饿着肚子呢！"

"请把嘴里放个干净点，你走你的，我遛马碍你啥事！"柏大喜故意扯高嗓门，好让在棚子里的朱铁匠听到。

那特务扬着手，冲上前喷着唾沫星子："混蛋，你不要再装聋作哑了！"

听到外边有人叫嚷，朱铁匠和另外五个铁匠，都很快扔下手里活走出棚子，不知道发生了什么事，站在路边像看西洋景似的。机智的朱铁匠发觉柏大喜脸色有点异常，就会意地凑上前去。

朱铁匠扮着拉劝架的角色："唉唉，请几位都省上句把，就不要再抬杠子了，有话慢慢说嘛！"

当着两个特务的面，柏大喜有话不宜直讲，只好呶呶嘴示意他们马上离开。两个特务把朱铁匠掀了个趔趄，尔后拔出手枪对着柏大喜，说："你这个混蛋，成心想折腾老子。给我回去，走，快走！"

柏大喜眼睛斜着朱铁匠，接住特务的话茬往下说："好！走，走，现在就走。赶快离开这鬼地方！"刚走出几步，忽然又转过头大声说："哎！我请二位去颍川堂酒店？不！他家的酒太丑，喝了会晕头！"

"滚蛋！"那特务恶狠狠地给柏大喜后背捶一拳："快，快点！不要跟老子再打哈哈了！"

朱铁匠悟了一阵子，终于领会了柏大喜的意思，仓促地返回铁匠棚，披上小褂子悄悄地离开了。

朱铁匠前脚一走，几个特务就闯进来，横眉立目地在棚子里翻腾好大一阵子，没有抓住朱铁匠，反而把另外五个铁匠押走。

朱铁匠溜到城墙根疾走，继而听到北面有人大喊："抓住他——向北！"

"嘟嘟"，响起一阵急促的哨子声。"砰！砰！砰！"又传来几声枪响。朱铁匠为柏大喜的险境而拎着一颗心。

朱铁匠打算去东城门附近，现在出城还不迟。可忽然又想到柏大喜提到颍川堂酒店，是不是叫我去通知贾福禄呢？这个看来很有可能。想着想着就去了黄海东路，紧贴路旁的左侧一边留心着周围的动静，一边朝颖川堂酒店走去。

一个幽灵似的别动队员在昏暗的街道上，喊："戒严！全城戒严啦！"

三俊子昨天来到城里，按孙广盛的要求，几件事情都已办完。今天上午，他在瓢城客栈休息，下午又勘察了有关地形，现就等着半夜迎接孙广盛队伍进城。

东北方向陡然响起枪声，特务在满街抓人。三俊子不知发生啥事，是否会影响乡中队进城？想去找朱铁匠联系一下。他出了瓢城客栈，避开宽敞的大路，钻着街巷到东城墙根脚底下。站在胡同的拐弯角探头一看，铁匠棚子里黑咕隆咚，一点动静也没有，不觉浑身冒一阵冷汗："不好！看来出事了。"

"不准动！干什么的?"从旁边小巷子里飞来一声。三俊子清楚这是特务独有的腔调。他不屑理睬地转身往回走，装着以为特务是在喊旁人似的。他心想：你若敢过来，我就突然拔枪抓活的。不过最好不要轻举妄动，万一不顺手，惊动敌人就会因小失大，影响乡中队进城。

"站住！你是哪来的？现在戒严了!"特务在后头喊着撵过来，那语气听上去还含有敲诈勒索的意思。"我已到家了。"三俊子回答了一声，急中生智往右边一拐，来了个斗胆私闯民宅，大方地走进一户人家的小门楼子里。瞬间，他发现堂屋门口站着个女人，便故意大声喊："大嫂子，晚饭好了吗？今天可把我饿死喽!"再一细看，这人不是"大嫂子"，而是梳着独辫子的年轻姑娘，年龄与自己相仿。三俊子咽了口唾沫，有点结巴地说："小，小大姐，不好意思，莫害怕!"他闪电似的掠过屋里一眼，向姑娘噘嘴暗示：不要吱声，门外有狗！

姑娘长着一张白果脸，看上去细皮嫩肉，一双俊秀的眼睛水灵灵的，神情中充满着疑虑。这时，厨房里走出一位头发花白的大妈，满脸狐疑地打量着面前这鲁莽闯进来的陌生小伙。三俊子发现院外那特务，正扒在墙头上朝天井里张望，三俊子大声喊："妈妈，我饿死了，好不容易才跑回来！妈妈，快点盛晚饭吃吧，妈妈……"他不给对方说话的机会，暗中还不停地打着手势："大嫂子去娘家，说今天回来的喃？她也真是的，明天让我去接……"老人家眼睛一瞄，发现院墙外真有个鬼鬼祟祟的人，又看到三俊子在不停地作暗示，心里陡然明白。她也来了个随机应变，故意大声埋怨："你个小绝寿子，真没出息！还未到家就鬼喊饿，难道就真的饿死啦!"

这场小戏演得还蛮好，那特务信以为真地撤了。

第四十三章

贾福禄前后做鬼事
朱铁匠藏身颖川堂

俗话说:山不藏人,人藏人。乡中队不管走到哪里,只要有人民群众,就和在家里一样。老人家重新打量一下,似乎明白了三俊子的身份,心中油然升起一种母子间那特殊的情感。她拉住三俊子手,说:"好小伙,你还真有两下子!"接着轻声问:"是孙大侠那边的?"

三俊子微笑着点了点头。

"划船港的?"姑娘站在大妈身后,眼睛里放出兴奋的光彩。

"嗯!嗯嗯!"

母女俩顿时十分客气起来,请三俊子坐坐,要去烧水泡蛋给三俊子吃,被婉言谢绝。

"刚才莽撞了,还望见谅!我有任务在身,马上就走。"

老人家见三俊子要走,伸手摘下挂着的小篮子,上前拦住,说:"孩子,带着路上吃。"

篮子里是胡萝卜干,三俊子抓了一把。

天已黑了,大妈要掌灯,三俊子说:"不能!让我走了再点。"

大妈说:"外面还有狗子咬,岗哨布得多,到处都在鸡飞狗跳地抓人哩!"

"不碍事,请放心!大妈,姐,我先走了。"

辞别母女走出大门,三俊子回头看了看门牌:黄海东路南巷六十八号。

在黑暗的街巷里走着,三俊子想起父亲在政治课上曾说过:鱼若离开了水,很快就会干死渴死。抗鬼子离开广大人民群众的拥护,必将寸步难行。也真是啊,乡中队无论走到哪里,都得到老百姓的热情支持和帮助。

三俊子巧妙地躲过夜巡别动队，来到城东墙根脚底下，在靠近城门的渣土洞旁藏起来。

夜已深了，天上的云儿朵朵飘散，月色一下子变得亮点起来，满天的星斗也闪烁着光。偶尔有一两颗流星飞过，眨眼间便消逝在黑暗中。

城门紧紧地关闭，上方矗立着炮楼，鬼子和伪军就住在炮楼里。驻守城门的一些敌人，夜间最怕乡中队攻城、摸哨、打冷枪，时常虚张声势地喊出几声："干什么的？口令！"一般人都清楚，这喊声与其说是要吓唬对方，还不如说是为自己壮胆。三俊子蹲的那个渣土洞附近，突然过来两个人，一个是伪县公署通讯员孙兰香，另一个是搬运工头子蔡四杠爷。这两人都是中共地下工作者，他们将为乡中队进城做向导。伪县公署和鬼子的西郊三号军械库，是今天夜里袭击的主要目标。

"情况有没有新的变化？"三俊子问。

"伪县公署这边没得。仓公笑未回家，住在隔壁北屋最东头一间。今晚的口令是：伊撒麻细——勇敢。"大侄子孙兰香随即回答道。

"伊撒麻细——说起来真有点别扭。"三俊子又问蔡四杠爷，"你那边情况怎样？"

"也没有新的变化。库房附近那条排水沟子的出口处，早上我又扒大些，钻个人肯定没问题。"

洞里沉默了，蛐蛐在不停"唧唧唧"地叫着。

现就剩朱铁匠没有到位。三俊子想：是不是出了什么岔子？要不然他到哪去了呢？这会不会影响到队伍的行动？

从城门那边走来个人影，一下子看不出是干啥的。三俊子机警地拔出腰刀："注意，有个人来啦。"

他是柏大喜在伪军里发展的内线叫唐小海，来到洞口蹲下，说："时间已差不多了，赶快行动吧。"

三俊子又追问一句："会不会再遇到啥麻烦？"

唐小海说："没问题，尽管放心！"

三人随唐小海来到城门洞。洞里乌漆墨黑，犹如钻进灶膛里。沉重的大门慢慢开了一条缝，乡中队的民兵轻悄无声地摸了进来。三俊子带路直朝北，在铁匠棚子旁一条干涸的小排水沟停下，后面的同志都蹲在城墙根脚暗影处。几路人同孙广盛的队伍会合后，还是不见朱铁匠。三俊子感到有些不安："敌人抄了铁匠棚。朱铁匠到哪里去了呢?”正嘀咕着,忽然传来一阵脚步声。左前方的马路上,懒洋洋地过来十几个人。三俊子低声说:“不好,别动队来啦。”孙广盛一边注视着一边惦念着朱铁匠:难道真出什么事啦?

原来,傍晚朱铁匠匆匆离开铁匠棚,来到中心街躲在一处废旧小楼阁上,不停地观察周边的动静,一眼看上去满街的铺子都已打烊关门,斜对面一家飘动的青灰门帘上,用白布缀着“颍川堂酒店”几个字,屋里掌着灯。他大胆而迅速地向酒店走去。老板贾福禄刚从宪兵队回来,站在吧台里正注意街上的动静。他想:看来朱铁匠差不多已被抓起来了。这时门外走进一个人,贾福禄以为是位吃客,便随口说道:“早打烊关门啦,连炭炉子都封了。”来人没吱声。贾福禄挪开洋油灯,用手遮住半边光线,一看心头不觉一紧:“你? 原来是铁匠师傅!”朱铁匠伸出食指靠住嘴:“嘘——小点声,外面正在抓人,你没听见吗?”贾福禄想:死铁匠咋又摸到这儿来? 他慌乱地把洋油灯端到左边,接着又挪向右侧,抓起吧台上一块搌布,去擦抹溜滑发光的小酒坛子,说:“他们在抓人? 噢,既来之,则安之。到里面坐坐。”朱铁匠说:“不能坐了,我看还是先找地方躲躲吧。柏大喜……”

“他咋回事? 已被抓啦?”贾福禄更加惶惑,眼睛盯着朱铁匠,“你看见了吗?他说些什么啊?”

“莫慌! 他叫你立即转移。”朱铁匠对贾福禄惊慌失措的神态不满,出于对组织和同志负责才费尽周折冒险找来。他对贾福禄没有防备,更谈不上怀疑,只是担心贾福禄也会遭到意外。因此,他就照直说:“柏大喜只与我照了一面,当时他心里有话没敢讲,不知他是被抓了,还是过后又逃掉。福禄,我俩也赶紧躲躲吧。”贾福禄前后做鬼事,猜不透朱铁匠讲的是真是假,疑心是拿话来套探,怀里好像揣了只小兔子,蹬得越来越厉害,心跳也陡然加快许多。他觉得朱铁匠的目光像把锋利宝剑,吓得他不敢正视。朱铁匠疑惑地问:“你怎么还不去躲躲。”贾福禄局促不安地说:“外面正在戒严,到哪去躲啊?”

街上传来急促而纷乱的脚步声和一阵呵斥:“走! 混蛋,快点走!”

朱铁匠和贾福禄一左一右贴住门框,透过玻璃往外边窥视。街上,几个全副武装的特务押着个青年人刚走过去。

朱铁匠问:“他是什么人?”

贾福禄摇了摇头说:“眼生,认不识。”

“那你是跟谁联系的?”

“我的下线是瓢城客栈跑堂的汤蛤蜊。”

“你再看看清楚。”

“嗯，看背影有点像。”

“我们得赶快离开这地方。”

“街上尽是特务和别动队。”

稍停一会儿，贾福禄拉着朱铁匠的胳膊，说：“先到里面去躲躲吧。万一前头有动静，就来个下小溜。”

朱铁匠犹豫说：“这样保险吗？”

贾福禄肯定地说：“绝对没事，你放心，快走！”

朱铁匠被贾福禄拉进里门，穿过一段狭窄而黑暗的过道，到贾福禄与补房老婆花蚂蚱休息的里间。

说起花蚂蚱，这里还有一段故事。

贾福禄父亲因一次参与骂地主事件捅了马蜂窝，大地主柴八斗发了无穷之狠：“谁给老爷出丑，老爷得叫他出丧。”于是就将贾福禄父亲抓来活活整死，排行老二的贾福禄，走投无路后选择到姓陈的大地主家去当长工。一天，接到母亲病危的消息，回家发现等待他的是一场简单的婚礼，一个比他年长三岁、素未谋面的大姑娘——花蝴蝶，就此成了他的妻子。贾福禄心里不如意，但又无力反抗，最终选择了消极对待。婚后与花氏整整十九个年头都未同过房。一次贾福禄偶然想到：唷，海滩多俊鸟，湿地出美人啊！这花氏人家还有个长得很精干，身材圆润，走路习惯性有点像蚂蚱蹦跳的小八姨子，从小家人按姐姐蝴蝶、燕子、凤凰、海鸥、鸽子、牡丹等而替她起的名字叫蚂蚱。在这有钱男人普遍三妻四妾风流成性的年代，贾福禄已快人到中年，还是个老童男子。不！我贾小二，不减当年那阳光帅气的小伙子，庄稼还有早收晚收呢！他最终决定迈出爱的一步，把小八姨子娶回来做偏房。这事过去不是没想过，只因年龄悬殊二十多岁，怕引起左邻右舍人家的闲话。有次贾福禄抛过去一把饴糖，让小八姨子花蚂蚱吃了，还吃得“咯咯咯”地笑。俗话说：男人好吃要背账，女人嘴馋准上当。八月半快到了，一向乖巧的小八姨子花蚂蚱，抠着半箬子菱角送去给大姐过节，路上遇到大姐夫贾福禄，这下情人眼里出西施，小姨子成了他的猎物。小八姨子吃了饴糖后，面对大姐夫的执意，只好随着他去大海边上看海，玩了一阵子见天色已晚，花蚂蚱一把眼泪一把鼻涕地“呜呜”哭起来，并闹着要赶快回家。这时，大姐夫张开双臂，突然从背后一把将她抱住，接着就横在怀里凑过嘴唇吻。花蚂蚱脸通红通红仿佛血泼似的，不管怎样拼命挣扎和哭喊，兽性大发的贾福禄全然不顾，终于将其按在一处看滩民夫的旧草棚子里过了夜。那年，花蚂蚱才十三四岁。身心受到伤害的花蚂蚱闷闷不乐，大姐夫三朝两日地常用饴糖为诱饵，让花蚂蚱越吃越馋，越吃越懒。接着，贾福禄又对她花言巧语哄骗和不停地性骚扰，这样让个还未懂事的豆蔻少女，朦胧中知道些啥叫作爱。有了一次次情感的升温，贾福禄觉得还真有点艳福呐，便斗胆再起贼心，来个"外婆养双子——两舅舅(就就)"，于是便偷偷摸摸地常在一起鬼混。"你倒好，老是这一回回的，哪肚子怀上了咋办?"快像个小大人的花蚂蚱不无忧心。贾福禄打圆场说："姐夫戏小姨，本来不稀奇。有喜那好办，没得个活人嘴里长青草，我有的是办法。"直至生米煮成熟饭，小八姨子真的挺起大肚子快怀身足月，眼看纸已包不住火了，就假惺惺地征求花蚂蚱意见。"嫁乞随乞，嫁叟随叟。不管你姓贾(假)还是姓曾(真)，反正我花小八子跟定了！天字出头夫作主，你说咋办就咋办。"花蚂蚱说。贾福禄没法，只好先哄住小八姨子："我肯定娶，你再等等。"

一天，花蝴蝶回娘家的途中，在划船港渡口"突然落水"，撒手人寰，成了贾氏门上的死鬼。不长时间，花蚂蚱来补姐姐的缺，也就顺理成章了。

当朱铁匠和贾福禄跨进房门时，花蚂蚱正在灯下做针线活。去拷问室惊吓得不轻的龙凤胎孩子，在另一个房间里已熟睡了。见朱铁匠进来，花蚂蚱连忙起身，"哦，是铁匠大师傅，你来……"

贾福禄说："去去去，婆娘家莫多话，快把灯先熄掉!"

他俩顺着床沿坐下，一边听外面的动静，一边轻声说话。

"陈鹤川住在什么地方?"朱铁匠问。

"他不在这里了，酒店已转让给我啦。"

"现在你一个人开呀?"

"对啊，与你铁匠店差不多!"

花蚂蚱抢着说："又当掌柜又跑堂，一天忙到晚的累死了!"

"男主外女主内。男人说话婆娘家莫岔嘴饶舌的，去照应好伢子……噢噢，感觉蛮好，还算能混!"贾福禄边指点老婆边回话。

朱铁匠说："向组织上汇报了吗?"

"这个，没有必要吧!"

"咋能这样。因你是党组织派到城里的，而不单单是自己来做买卖。"

贾福禄一阵沉默不语。

朱铁匠问:“后面有便门吗?”

“有,有啊。”

贾福禄坐在房门后头的小板凳上。屋里静得很,朱铁匠听到他呼呼的喘气声,心想:这姓贾的胆子也太小了,吓得个熊样!

“我到前面去一下。”贾福禄着急地站起来,声音里透着不安,“吧台上的灯还没有熄掉呢。”

第四十四章

乡中队出击分两路
伪县长丧命赴黄泉

贾福禄出去了。朱铁匠装上袋旱烟，借着划火点烟的当口，顺便看了眼室内，发现摆设得很阔气，心想：现在的贾福禄，看来已不是盏省油的灯了。

朱铁匠想起贾福禄曾问过，一人能否兼入两党的事，说有个朋友与他讲过。这人应是谁呢？是陈鹤川？他还记得此人曾回过划船港，跟贾福禄来往比较多。那阵子同胡大仙也有接触，不晓得有什么具体内情。贾福禄在陈家当过长工，曾得到陈鹤川的关照。陈家破产后，贾福禄也多次接济过陈鹤川，两人关系一直比较密切。陈鹤川不像弟弟陈霸川那样锋芒毕露，但也是满肚子坏水，一贯阴险行动诡秘。他为啥要把酒店转让出去？贾福禄又哪来这么多钱？是否他们合穿一条裤子？陈鹤川为什么又冷不丁销声匿迹？最近他到底去哪了……这些非正常的现象，不能不引起朱铁匠的警觉和怀疑。

朱铁匠又想：跟贾福禄联系的柏大喜和汤蛤蜊，两人都已先后出事，而贾福禄这里却没动静，似乎敌人对他毫不介意。眼下情况这么紧急，他却不愿意出去躲避。贾福禄人生的第一桶金，听下来是陈鹤川给的……这一连串的问号，朱铁匠思来想去打算尽快离开这是非之地。他刚站起来想走，贾福禄又进来了。

"你咋啦？想现在就走？深更半夜的风声这么紧，一出门就能把你抓去。"

"这么长时间，你到哪去了？"

"前门关上后，又拖张桌子顶一下，把窗子都已挡好了。我说你呀，就安心地住下吧。这个时候可千万不能走！"

外面有几个别动队的人，正在黑沉沉的街巷里不停地转悠着……

月亮套上个乳白色的圈儿，星星不停地眨眼，银河也变得混沌起来。上了年纪的人都晓得，这预示着海洋性气候的黄海之滨又将变天刮大风了。

隐蔽在城墙脚下的民兵们，正悄声传着孙广盛的指示："副中队长和副教导员过来！"徐树庭和英子很快到了小土沟里，一左一右蹲在他的身边。孙广盛把兵分两路出击的联络暗号、集合地点和任务分工又重申一遍，接着就提几点要求和注意事项。大家装扮成一支特别行动队，有了敌人的口令，估计行动起来应不太复杂。徐树庭带的第一战斗小分队爆破西郊三号军械库，英子领着第二战斗小分队去掏仓公笑的老窝捣毁伪县公署，孙广盛就参加英子小分队的行动。临行前，孙广盛作了进一步的交待："干掉仓公笑，再炸了西郊三号军械库，必然会震动竹田，这样就能拖住日军北上的脚步，延误一零七联队的增援时间。扰乱和消耗小鬼子的有生力量，绊住竹田的后腿不让动，这是为大局而战。好嘞，马上行动吧！"

"我的任务喃？"三俊子在一旁问。

"噢，来来来。"孙广盛把三俊子叫到一边悄声说，"你再去颖川堂酒店一趟，找贾福禄了解情况，敌人为什么突如其来地抓人？已逮捕了哪几个？另再打听一下朱铁匠的下落。"

"放心，不管遇到多大困难，我保证完成任务。"三俊子说完就走。

民兵们出发了，第一小分队由蔡四杠爷带路，目标是日军西郊三号军械库。第二小分队直奔伪县公署。他们走出一片开阔地，大摇大摆地行进在马路上，沿途有岗哨问口令，就由大兰芬负责回答。

"口令！"伪县公署岗楼前的哨兵，离得大老远就喊叫起来。

"伊撒麻细！"

"勇敢！干什么的？"哨兵对完口令又问一声。

"别动队。"大兰芬沉着地回答。

那哨兵似乎不太放心，一步步走了过来。将要接近时，大兰芬动作麻利地猛转身，一腿甩过去将哨兵像张纸片一样打飞，另一个哨兵还没来得及喊出口，就被孙佐芳捂住嘴撂倒成断了线的风筝。随后，民兵们一个挨一个贴着岗楼，很快进入伪县公署院子，沿着墙根脚摸进了后院，穿过便门在一条长廊里停住。

孙兰香手一指，说："那边就是。"

一幢五六间的小平房，最东头的房间里还亮着灯，有个光着脑袋的人影子印在窗户上，"哦，好的，啊！……"在接电话，听不清具体内容。这人就是伪县长仓公笑。

孙广盛打出个前进的手势，跟着的民兵立即包围了房子，屋顶上也爬了两三个人。英子、大兰芬、孙佐芳等都在屋檐下。孙广盛没叫他们进去，避免仓公笑在电话里喊叫。必须干净利索，绝不能大吵大闹，因隔壁西院子就是警备司令部。而宪兵队的营房，也在附近大约百十丈处。

仓公笑打完电话，窗户上的黑影子离开了。

门是虚掩着的，英子一行轻手轻脚地摸进房间，向东拐了一点点，又越过第二道移门。

此时，仓公笑正在卧室内与日本特务欢子小姐调情。

“仓桑，你说我的美吗?”欢子小姐妖媚地问正吸食鸦片的仓公笑。

“美，当然美喽，而且还不是一般的美，简直是美死了，知道吗？我的个小亲乖乖，要不是为了你，今天老爷才不会住这里，府上少说也有几个娘们等着。”仓公笑一脸淫笑，对着身穿日本和服的欢子小姐说。

这个三十刚出头的败类，早已丧失自己是个中国人的基本良知和气节，几个大小老婆已替他生了一堆孩子，他仍然在外面和日本军妓鬼混。

“你的想妹子，常在身边吗?”欢子小姐问着，将身子俯在仓公笑的胯下开始经典的日式特服。

“美人，你说呢？老子连做梦都在想，要不干嘛叫你过来呢。中国有句俗话，叫色字头上一把刀。竹田太君的大部队马上就要开拔，若划船港乡中队一脚摸过来，弄得不好小命也难保。”吸了两口大烟，仓公笑看着窗外寂静的夜空，兴奋而一脸淫笑地对已脱去和服及内衣的欢子小姐说，接着就一把将她抱住……

英子等人轻轻地拉开用木格子隔起的里间屏风进去，摸到仓公笑休息的卧室门口，此刻欢子小姐正骑在仓公笑的身上，娇情地颠狂着。

“谁?”欢子小姐似乎觉察到门外有动静，边喊边伸手去摸枕头底下的小手枪。这时英子一行破门而入，一把捺住她的胳膊，迅速将已事先准备好沾满乙醚的麻药混合物小布巾，捂住了她的口鼻。这个日本女特务挣扎了几下，便很快就赤身裸体地趴在床上，像落地知了似的没声了。接着，英子顺手用一条被单把欢子裹了，并捆得像肉粽子一样扔在地板上。

躺床闭着眼睛的仓公笑，还沉浸在快活的享受之中，根本就没注意屋里发生的一切。也许是觉得欢子小姐不在身上了，才倦怠地撑开一双眼皮，就在他还没反应过来时，已被几根短枪杵住了，他不禁“啊”了一声。

英子厉声喝道：“不许动！”

仓公笑吓傻了，浑身筛糠似的哆嗦着，好大一阵子才趿鞋下地。

孙佐芳从枕头底下摸出一把手枪，又将被褥等翻了个遍，问：“仓公笑，你不是还有一支名牌小手枪吗？”

“就……就是这一支。”

“胡说！”孙广盛走进来，一手叉腰一手指着仓公笑，“你忘记啦？投降小鬼子那天，竹田给你的一支美制勃朗宁手枪。老实交代，藏在什么地方！”

仓公笑知道瞒不住了，指着桌子：“锁在那里喃。”

大兰芬从仓公笑腰带上拽下一串钥匙，挨个抽屉搜查，找到了那支手枪和子弹，一块比烟盒小点儿的“劳力士”怀表，还有一叠叠储备票子和文件。其中，有两张委任状，一张是委任仓公笑当县长的，另一张是任命仓公笑任警备队长的。仓公笑是当地的三尖港人，江苏省主席韩德勤对他特别器重，明确他的主要任务是“曲线救国”。投靠日本人那阵子，认贼作父为讨好主子，他亲自领着小鬼子到瓢城北门的大袁庄、新兴（盐）场，杀害了百十个乡亲，真是罪恶累累，民愤极大。

孙广盛把玻璃罩子灯端到窗台，指着桌上电话机说：“刚才你是跟谁通电话的？”

“警备队的宋队长。”

“谈的什么内容？”

“随便扯扯。”

“简直是胡说八道，半夜三更不睡觉在扯啥？”

这时，善于登高爬树的网簏子一骨碌从屋上下来，隔着窗户小声报告：“西边院子里有许多敌人，好像是在准备集合出发。”

孙广盛说：“继续观察。”

仓公笑注意听着屋内外的对话。

孙广盛的眼睛射出威严和冰冷的光，压低声音问：“仓公笑，隔壁西院子里，警备司令部在干什么？”

“不晓得。”

“他们是不是在准备出发？”

“不清楚。”

有个民兵把书记官押进来，这家伙吓得浑身发抖，一跨进门槛子就主动交代："报告长官，警备队马上要开拔，竹田联队走西门，警备队走北门。因仓县长与宋队长二人关系搞得紧张，仓县长叫我到西边院子里去，带他口信慰问为其壮行。宋队长也出于面子，给仓县长回了电话，就讲他现在要出发，叫仓县长多保重点，这样寒暄了几句。"

英子不解地问："二蜡嘴不是副队长吗？"

书记官回答："是副队长。但他喜欢别人喊队长，经常喊就习惯了。"

孙广盛问："什么时候出发？"

书记官答："凌晨三点半钟。是竹田定的。"

孙广盛问："现在几点了？仓公笑，看看你的表。"

仓公笑看了看手表："三点……已三点了……"

孙广盛问："究竟是多少？"

大兰芬抓起仓公笑的手腕，看了下确认地说："正好是三点整。"

孙广盛两道锐利的目光直刺在仓公笑那死灰色的脸上，重重地扔出一声："人民该判决了。"仓公笑一听"噗通"跪在地上，仰起一双黯然失色的眼睛，边哭边抹着泪水："我说，我保证老实全说……"

孙广盛懒得看，对大兰芬果断地将头一甩："去！立即执行！"

仓公笑好像吃了什么壮胆药，如同一只准备搏斗的瘦公鸡，伸长着脖子，喊："你们这算什么？朗朗乾坤竟敢私闯官府！我可是堂堂国民政府的一县之长，现在是'国共合作'时期，谁敢动手就是千古罪人。再说做得也不光明正大，半夜三更闯进来闹事，应晓得外面都是我的人，枪一响你们就会被包围。"

大兰芬用胳膊弯扣住仓公笑脖子："你已吓糊涂了，哪用得着动枪动刀的。"他跟拖死狗似的捂住仓公笑的嘴，挥刀而下，一会儿工夫伪县长仓公笑扭动几下就见了阎王。

英子从挎包里掏出一张准备好的判决书：划船港抗日民主特别法庭，判处伪县长仓公笑死刑！

第四十五章

日伪军遇袭大搜捕
锄奸队乔装出瓢城

孙广盛不动声色地站着，两眼凝视窗台上那盏玻璃罩子灯。他想锄奸后将这场战斗再向前延伸一下：袭击西院的警备司令部。孙广盛把自己的意见刚一讲，英子他们都完全赞成。

民兵们顿时又紧张地忙碌起来，在西墙根脚下架起了桌凳，悄悄监视警备队伪军的动静。

一些参谋和勤杂人员聚集在院子的天井里，看上去都是全副武装，肃静地站立等待着。

就在这时，“轰！轰轰！”西南方向传来一阵巨大的爆炸声，只见轮船码头西南上火光冲天，“乒乒乓乓”的枪声响个不停，蓝色和红色曳光弹在半空中乱飞，鬼子西郊三号军械库爆炸了。

孙广盛这里喊了一声：“打！”几十颗手榴弹从墙头上飞了过去，落在西院子里连续炸响。敌人被这突如其来的两处爆炸，搞得晕头转向乱成一团。霎时，一大片浓重的烟雾，很快就遮住了头上的星月。

英子的小分队扔完手榴弹，就迅速撤离到安全地带。

院子里伪军死伤二十多个，活着的都痛苦地在爹呀妈呀地惨叫。屋里二蜡嘴也已被吓破了胆，一头钻到桌子底下，等爆炸声停了才战战兢兢地爬出来。看到玻璃上被弹片炸穿许多大小窟窿，心想这可太危险啦，一个劲地摇电话，可县公署就是一直叫不上，又要日军一零七联队司令部，也都是无法接通。他下令伪军包围伪县公署，尔后就带上随身护卫骑马直奔竹田的住所。

日军的一些部队已集中在城西门口广场，竹田骑在大洋马上正准备发号施令，西南和东北方向先后发生爆炸，他在马上望着冲天火光和传来的爆炸声，一时急得不知所措。

西郊三号军械库跑来两个鬼子，报告说弹药和装备还没上车，就被一群农民军抢占库房引爆。二蜡嘴也随后赶到，说乡中队已占领了伪县公署。“八嘎！”竹田随即命令一个中队去军械库，自己带一个中队向伪县公署进发，其余部队统统原地待命。

部分伪军摸进伪县公署院子，搜遍各个角落也没找到人影子。二蜡嘴领着竹田走进仓公笑的卧室，一眼就看到桌上的判决书和地上躺着的伪县长。竹田刚要转身出去，忽然发现还有个熟睡中被捆着的女人，上前仔细一看是帝国的欢子小姐，随即派手下扯掉塞在她嘴里的小布巾，将其松绑让卫生兵救治，然后又用脚尖摁摁仓公笑的尸体，哀叹了一声。

二蜡嘴把那书记官提来。书记官依然吓得浑身发抖，结巴着说：“是……是孙猴子的乡中队，来的人很多很多，他们都是从大门出去的……”

竹田瞪着一双血红狼眼，一个劲地拍着桌子狂吼：“八嘎牙路！全城戒严，紧急搜查！”

二蜡嘴轻声说：“联队长阁下，城里一直在戒严呐，一刻也没停。”

竹田语气坚定地说：“给我的挨家挨户的搜，一只苍蝇的也不让飞掉，就是挖地三尺，也要把孙猴子找出来！”

此时，孙广盛带着一行人很快穿过宪兵队大门口，正沿着马路朝北走。他们刚到丁字街的巷子里，迎面出现一支十几个人的队伍。

“口令！”大兰芬来了个先发制人。

“伊撒麻细。”对方答话的是个驴嗓子，声音也特别大。

“勇敢。干什么的？”大兰芬接着发问。

“别动队。你们是干啥的？”

大兰芬心里“咯噔”一下：这可不得了，瞎猫碰到死老鼠，凑巧撞上点子。真假别动队遇头了，他手心里捏出一把汗。孙广盛灵机一动，连忙用胳膊摁一下大兰芬，低声说：“快回答，是纠察队。”

大兰芬拉起高嗓门：“纠察队！”

双方渐走渐近了。对面驴嗓子家伙是别动队的小队长。此人曾杀过猪、打过猎，当过土匪，盘过死人，个子不算高却长一身肥膘，绰号叫“二胖洋种”。他发现这些“纠察队”的人大部分都不戴帽子，有的还扛着大枪。再说这夜里纠什么察？看着，他不觉吸了口冷气。心想：我的妈唉，是不是遇上孙大侠队伍了呀？他把手电筒揿亮，正好照在孙广盛脸上。大兰芬跨前一步，抬腿一脚将二胖洋种的手电踢飞，厉声喝道："你这混蛋东西，凭什么用手电光照长官脸？真没教养！"

二胖洋种从来没遇过敢在自己面前耍横的人，顿时气不打一处来，只听"咔嚓"一声，王八盒子的子弹顶上膛："弟兄们，给我上！"

十多个别动队员呼啦一下子就拥上来，在大兰芬背后围成个弧形。

大兰芬不甘示弱，也随即喊了一声："同志们，礼尚往来！"

在场的二三十个民兵，把别动队围个严严实实。

二胖洋种凶声恶气地喊："我看你们这帮人，根本就不像纠察队。"

大兰芬故意把脑袋贴近二胖洋种的脸前头："我倒要好好看看，你小子是不是别动队的。"

两个人的鼻尖子几乎要靠上。大兰芬趁机一把夺下二胖洋种的枪，随后一匕首扎进了他的心窝子。其他民兵们也跟着一起行动，就这样三下五除二，很快把别动队的人都结果了。

孙广盛带领着队伍继续前进，在铁匠棚子附近碰到了朱铁匠、三俊子和贾福禄。朱铁匠一边随着孙广盛向前走，一边低声讲述着他对贾福禄的看法。朱铁匠说："我已叫贾福禄暂时先离开酒店，同我们一起出城，看上去他还有点舍不得，我与三俊子硬把他押了过来。"

孙广盛赞许地说："这就对了，完全正确。"

贾福禄从队伍后头一路小跑地撵上来，声音有点干涩："叫我跟你们走，酒店咋办？"

朱铁匠说："不是与你讲好了吗？由你老婆花蚂蚱先看着点。"

"现在城里空气太紧张啦，有的同志已被捕，你跟大家一起回划船港，到乡下去躲会儿再说。酒店做生意先放一放。"孙广盛补上一句。

贾福禄忧心忡忡："照这么说，你们不打算让我开啦？"

三俊子在旁制止："声音小一点，快跟上去！"

敌人开始大搜查了，到处响着杂乱的脚步声、"咣叽咣当"的砸门声和野蛮的谩骂声。

徐树庭一行从西郊也过来了。

两支队伍胜利会合后，孙广盛问徐树庭："干得怎么样？"

"痛快，一切都比较顺当，简直太够意思了。武器弹药还有已装车的粮食，全部在一张单子上报销。"徐树庭利索地回答。

孙广盛十分满意,说:"这次能偷袭成功,是拖住竹田北上的初战。小胜之所以能成功,关键是城里有我们的地下情报网,因此才神不知鬼不觉地混进来,把日军一零七联队的狗牙拔掉!"

随后,乡中队抄近路,不一会便赶到东门的城防日伪军据点附近。

路南靠城墙根脚下的弄堂(巷),一扇小门"吱呀"开个半,里面闪着黯淡的灯光,曹小头晃荡晃荡地走出来。此人由划船港驻防伪军中队长刚调回城里不久,现被安排在东门负责警卫,他叫手下人称自己为"城防司令"。

曹小头站在门口,看到街上黑乎乎地走着许多人,勒起嗓子来大声问:"干什么的?"

"别动队。"

"到哪里去。"

"出城。"

"嘿嘿,竹田本部有新的命令,天王老子也不准。"

"有的是这个,大大的特别通行证。"

"什么证?拿过来看看。"

大兰芬不慌不忙地走上前去,孙佐芳和网簖子紧随其后。曹小头这家伙比狐狸还狡猾,他一眼就认出来了,原来是划船港乡中队的老熟人,顿时吓得寒毛直竖。他慢慢地挪到紧靠门旁边的墙根里,准备如有情况就来个"脚板底下擦油——溜之大吉"。大兰芬便慢吞吞地把手揣到怀里,似笑非笑地说:"生怕把宝贝弄丢了,放在胸口里保险些。特别通行证你没看过?"

"没有,真的。"

大兰芬特别通行证未掏出来,反而亮出一把寒光闪闪的匕首,对准了曹小头的下巴。网簖子和孙佐芳把曹小头紧紧夹在中间,使他一点也动弹不得。

大兰芬下了曹小头腰间手枪,然后将匕首在他脑袋上比划两下子,说:"你要是老实点,就乖乖跟老子走,不然的话……。"

曹小头马上双脚肃立:"老实,保证都听你们的。鄙人在划船港混了几年,一贯做事还是留后路的。"

大兰芬等人押着曹小头,很快进了城门洞。

"唷!"随着一声惊呼城门打开,乡中队顺利撤离瓢城。出门前曹小头还假惺惺地喊:"弟兄们,把城门开个大些点。共产党人宽待俘虏,这个我早就晓得了……"

第四十六章

小鬼子增援赴八滩
二蜡嘴受命去抢粮

东门城防日伪军据点伙房里，一个满脸皱纹的老头儿，正一瘸一拐地劈柴准备煮饭。这不是别人，是孙广盛安插在里面的内应——老钟头。

老钟头以前是划船港街上港城食府的掌勺大厨，烧得一手地道的淮扬菜。当初二蜡嘴抓壮丁，老钟头就拼命地跑，结果人未跑得过子弹，被打碎了膝盖骨。那抓壮丁的士兵撵上去一看，这人已残疾了，也就把他撂下。后来，老钟头加入救命墩子村地下党组织，所以才出现开城门的一幕。

乡中队出城后，下了通往南洋岸方向的公路，消失在茫茫的滩涂湿地深处。

瓢城的东门已关闭，北门只准进不准出。大搜查两三天抓几十个所谓共产党"嫌疑分子"，都囚禁在宪兵队监狱里。

日军一零七联队这次出发前，准备携带的武器弹药和粮食等已化为灰烬，竹田向第十五师团长石井中将发去一份急电，报告孙广盛在城里的活动情况，说现部队供给出了问题，不能立即北上增援。此刻，他焦急地等待石井师团长回电。

仓公笑被乡中队除掉的消息，很快家喻户晓，人们拍手称快。

上午，竹田和丸山穿着和服，在二蜡嘴的照应下去为仓公笑吊丧。在仓公笑的灵堂里，竹田假惺惺地挤了几滴眼泪，便又一起去西院的警备司令部。

竹田一坐下来就说："宋君，我的已向上推荐你当县长，南京方面也基本答应，委任状不日就将到位。"

当县长兼警备队队长，既有地盘又有一个团的兵权，这肥差事二蜡嘴早已梦寐以求。他挺起腰杆子大声说："十分感谢联队长的栽培！属下一定为皇军效犬马之劳!”

竹田站起来,拍着二蜡嘴的肩膀,说:“好,你的挺好! 我的粮食没有了,你得去找老百姓大大的征粮。”

这就让二蜡嘴感到很为难了,但他又没有胆量说个“不”字,于是便试探性地说:“大佐阁下,你是知道的,我们每次下乡征粮,还没靠近村子老百姓们就全跑光了。”

竹田挺着脖子,说:“喔,那就偷偷的去,来个悄悄的进庄。”

二蜡嘴说:“此处是黄海滩涂湿地,又有不少是刚改良的盐碱田,能长庄稼的土地少产量低。再说秋季的庄稼当下还未成熟,老百姓早已青黄不接,吃了上顿没下顿。就是有一点点余粮,也搞起‘坚壁清野’,即使开进村子,恐怕也很难找到粮食。加上孙猴子他们神出鬼没……”

“不要再说了。”竹田不耐烦地发起了火,“东边有划船港的孙猴子,那边的不去。到南边远些的牛湾河,北边的野潮洋一带去吧,把警备队统统的开过去!皇军的没有粮食,怎么的好出去‘讨伐’? 你要多多地搞来粮食的。”

“叮铃铃……”

二蜡嘴拿起话筒:“毛西毛西! ……嗯嗯。”随后把话筒又交到竹田手里。

电话是竹田本部的韩翻译打来的。他在电话中讲:“第十五师团长石井司令官回电,北边阜东的八滩一带战事吃紧,令担任预备队的一零七联队火速北上增援,弹药由师团部解决,但粮食必须设法自备。”

竹田接完电话对二蜡嘴说:“宋君,战争打的就是后勤,本部今天连夜地就要出发。兵马未动,粮草先行,这是支那人自古以来用兵的老规矩。你的要赶快先准备三千人半个月的粮食,限三天之内的务必送到,要特别提防孙猴子的支那农民军。”

一提到乡中队,丸山就谈虎色变。他站在竹田的后头,紧张地说:“倘若本部一开拔,警备队的再下乡去征粮,城里……”

二蜡嘴又接过去说:“恐怕瓢城就不保险了。”

竹田皮笑肉不笑地说:“你的胆小鬼,害怕的不要! 现在这座城的,支那人看不上。他们不停地制造麻烦,闹得六神无主的目的是拖延皇军的北上增援时间。”继而又回转过身子对丸山用日语讲上几句,要他严密封锁瓢城,加强对划船港的整肃,不让乡中队混进城里及在划船港一带搞捣乱。如得到孙猴子活动的可靠情报,要采取突袭的方法出击,万万不可在城外久留,把乡中队的谍报分子统统逮尽杀绝。

二蜡嘴送走了竹田和丸山，一个人又默默返回自己办公室，一屁股坐到椅子上，心想：这个县长，说起来蛮好听的，实际上当与不当也没得什么了不起。过去说三年清知县，十万雪花银，眼下地盘越来越小，有油水也不大了。再说限三天之内送过去，哪有这么容易？城外天下是人家孙猴子乡中队的，我到哪去搞到粮食啊？这个竹田小鬼子，真是站着说话腰不疼！

宋闯走了进来，看二蜡嘴萎靡不振，低声说："二哥县长，不行啊！那汤蛤蜊就是千刀不开口，神仙也难下手啊。"

二蜡嘴有点奇怪："到现在他是一声也没吭？"

宋闯无奈地摊开双手："一问三不知，神仙没法治。什么刑都用过了，就是金口难开。真说得上是铁嘴钢牙。"

敌人内部有个规定，无论哪个部门或系统所抓的人，最终都要交宪兵队处置，因宪兵队是日本人一手掌控。二蜡嘴把瓢城客栈跑堂的汤蛤蜊抓到后，用尽了各种刑罚，他仍一言不发。警备队不敢把汤蛤蜊交给宪兵队，怕暴露贾福禄这条线，以防扯动荷花带动藕。二蜡嘴气急败坏地说："这个家伙，花岗岩的脑袋，真是顽固不化！共产党也真怪了，用的人全差不多！"

宋闯说："像贾福禄这样的'软骨头'，那是打起灯笼也难找。我反复问他老婆花蚂蚱，确实是被朱铁匠逼走了。贾福禄是付区长介绍加入共产党，可不可通过他再把付区长笼络住？即使一下子拉不过来，往我们这边靠近点也行。"

二蜡嘴说："那是以后的事情了。我怕就怕孙猴子对他起疑心。"

"这个很有可能。孙猴子精灵着呢，隔着肚皮能看到你的心。"

"哪个柏大喜怎样？"二蜡嘴问。

"都是一路的货色，全是铁板一块，打死了也没得个屁。"

宋闯这个谍报队长，正常来往于警备队与宪兵队之间，双方抓人及情报方面事情大多数是由他出面。俗话说：强龙压不住地头蛇，他对瓢城和划船港一带非常熟悉，因此宪兵队才高看一眼。但他心里还是偏向于二蜡嘴，因二蜡嘴是日本人的哈巴狗，他又是哈巴狗的哈巴狗。在敌人内部他还为二蜡嘴弄情报，去观察小鬼子的脸色。那天，他亲自带人对柏大喜实施抓捕，柏大喜逃跑时在河浜上摔伤腿。宋闯先审讯了柏大喜，看其坚强不屈，估计不会供出贾福禄，这才把柏大喜交给宪兵队。

宋闯这几天才弄清楚各村种植的罂粟，并不是宪兵队为创收搞的名堂，再说宪兵队也没这个胆，而是江南师团部直接下的密令。

日寇挑起“卢沟桥事变”，发动全面侵华战争后，小算盘打得更精，实施“以战养战”的战略，对华所使用的是昭和十二年版军票，日军称其为“甲号票子”，总发行量（试行版）八百万日元，主要流通在比较富饶的江浙一带沿海地区。最初，军票只限于军费的支付，但随着日军“以战养战”战略的实施，日本大本营内阁决定，将军票当作一般货币，在江浙一带沿海地区全面流通，并不断增加发行量。

由宪兵队出面在各村种植罂粟，这也是汪伪南京国民政府与日本人达成的协议。企图利用划船港这个盐阜抗日根据地唯一对外贸易内河港口，将淮盐、棉花及大量粮油渔农副产品等重要资源，强行纳入市场交易，再加上热门货罂粟的助推，把划船港打造成在华“以战养战”的典型基地，以便贯彻日寇“以华制华”的战略方针，从而解决部分军费来源。

二蜡嘴本打算从中也捞点儿好处，结果一听说是上头的主意，就不敢轻易伸手了。上面是“高压电”，他一点也不敢乱触碰。

近来，宪兵队好多事对二蜡嘴保密，这让他非常生气。心想：你个小鬼子，连句中国话都说不周全蛮七侉八的，不依靠我一县之长，就很难在此立足。要走山里路，先问地头人。所以，他在基本利益一致的情况下，还要设法从主子身上揩点油。

二蜡嘴沉思片刻，站起来直了下身子，说：“闯子，罂粟砍掉都扔了吗?”

“扔了，不过数量有限。”

“这次你下去，帮我悄悄地弄些烟膏回来。”

宋闯提醒说：“那是‘高压电’触人呐，你还是不碰为好。”

“打着宪兵队的旗号，回来给丸山也带一点。他初来乍到，还不晓得头高头低呢。糊弄这些小鬼子，那还不是小菜一碟。”二蜡嘴进一步交待着。

宋闯点了点头，说：“这也真是的。那汤蛤蜊怎么个处理法?”

二蜡嘴眼一挤：“除掉！但要保密，千万不能让宪兵队晓得嘞。”

“明白!”宋闯爽快地回答。

贾福禄出卖的我党地下工作者汤蛤蜊，就这样被杀害了。

江淮一带到了秋雨连绵季节，一会儿像筛糠的蒙蒙细雨，一会儿又像扬豆子似的阵阵大雨，交替地下个不停。警备队已集合好，正准备去牛湾河、龙王庙一带抢粮，竹田本部即将北上八滩增援，划船港乡中队去各村铲罂粟。黄昏时分,竹田和二蜡嘴的部队一南一北冒着风雨上路时,孙广盛带着民兵队伍也出发了。

天黑后,“哗啦哗啦”的大雨陡停,变成一星半点的零星小雨,淅淅沥沥不紧不慢地下着,就像蚕儿咬嚼桑叶“沙沙”地发出声响。孙广盛和英子一路踏着泥水,来到救命墩子村,浑身都淋透了。在划船港北街头子上,他们遇见了朱铁匠、民兵小队长洪书和海燕姑娘。几个人都戴着斗笠和篾篷、披着蓑衣,手里拄着树棍子。海燕也是个泼辣的姑娘。春上,她六哥张海鸥参加新四军,在泰州黄桥的一次战斗中牺牲了。海燕对小鬼子有着刻骨仇恨,一直走在斗争的最前沿并加入了党组织,现已接替英子原村妇救会主任职务。她,窈窕的身材,妩媚的脸蛋上长着一双炯炯有神的大眼睛。一到村里,她就遇上了新的目标,与民兵小队长洪书打得热火,成天卿卿我我甜甜蜜蜜,要不怎么叫女人心、海底针呢!

“孙乡长。”朱铁匠声音里带着气愤,“‘软骨头’贾福禄闹了半天,最后还是走了。说是付区长批准他回城的,我叫等一会儿,可死活也不肯。”

“付区长是咋说的?”

朱铁匠说:“具体贾福禄没讲清楚。”

“那付区长人呢?”孙广盛又问。

“他下午到村里转了一圈,问给部队筹粮的情况,晚上就不晓得到哪里去了。”

海燕插话说:“看到他向东南方向走的。”

孙广盛果断地说:“洪书,你赶快去把贾福禄撵回头。”

“他若不肯呢?”

孙广盛说:“就是拼个老命,也要把他拽回来。”

洪书提着大枪向西南方向追去,他估计贾福禄还没跑多远。

第四十七章

大突击连晚铲罂粟
防不测追回贾福禄

一行人冒雨来到宋家大院。这是送人命外逃后丢下的院落，现在已成了村公所、农救会、乡中队的临时办公场所。

进了后院北屋，朱铁匠端来一小笸箩鲜玉米棒头，英子和海燕找来树枝柴火，在地上燃起一堆火开始烤棒头。英子脱下外面湿透的水红小褂子，拧了水后用手捧着在火头上烘。

孙广盛坐在后边黑暗处，朱铁匠不停地抽旱烟，小烟袋锅发出“嘶嘶啦啦”的响声。沉闷了一会儿，朱铁匠叹息一声：“不知洪书能不能把贾福禄追回来。唉，这个人哪，大小道理我给他讲得够多的，可老是不长进，简直没药医！”

英子说：“这叫麻袋绣花，底子太差。大家热心帮助而他却有反感。划船港哪个不晓得，他就没干过一天正儿八经的活。过去替陈鹤川家扛长工时，也就是整天跟在主子后头跑的小‘狗腿子’。”

孙广盛对朱铁匠说：“你已问过了吧？柏大喜和汤蛤蜊的被捕，难道他真的一点不知情？”

“他赌咒发誓说一点也不晓得。”

孙广盛不解：“上下与他单线联系的人同时被抓，就留下中间个‘宝贝’。真是有点太奇怪了！”

朱铁匠说：“那次小牛从城里运枪回来，陈霸川假装帮着推车子，怀疑马粪车里藏有秘密，小牛察觉后将他赶跑了。那次陈霸川进城就没请假，还喝得醉醺醺的。姓贾的死活不承认遇过，可见他说话不老实。”

英子说：“这回叫他在村里先好好待着，不要再出去鬼混了。”

孙广盛说："贾福禄属革命队伍内部不坚定分子，暂时什么地方也不能去，等把柏大喜和汤蛤蜊被捕原因弄清楚再说。"

"我赞同。说实在的，目前斗争形势相当复杂，有好些事情很难弄得清。再说这个贾（假）大老爷，确实有些不靠谱的地方，做事情也不够积极。哎，对了，能否跟他谈开来。"朱铁匠征询地问着孙乡长。

孙广盛说："我也是这样认为，一针见血地把问题说到位、讲清楚，对党的事业负责，对他个人也有所交待。"

"还要向他正式声明一下，不要老是隔着村里和乡里直接去找付区长。"英子补充说。

孙广盛是牛湾河区区委常委、划船港乡乡长、乡中队政治教导员兼党委书记，朱铁匠是救命墩子村党支部书记。贾福禄是救命墩子村派出去的，工作应由乡中队直接领导，所以关于他的问题，不能由区里某个领导自作主张。在城里的地下工作有五条线，贾福禄这条线瘫痪后，情报并没有中断，不过柏大喜被捕了，宪兵队里的消息一下子就很难得到。

结合贾福禄的一贯表现，孙广盛考虑得很多很多，陈鹤川与他的关系不寻常，胡大仙跟他也有过多次接触。陈鹤川已有多日不露面，有些情况无法了解，孙广盛曾专门派人观察过胡大仙，但并没有发现什么破绽，他打算抽空亲自去接触一下。

稍微停顿了一会，孙广盛对朱铁匠和海燕说："今天晚上，乡中队化整为零，到各村去配合村干部连晚突击，把小鬼子要的罂粟统统铲掉。"

朱铁匠吐出一口旱烟，说："我已晓得了，三俊子刚才同我讲过。他们向村东头罂粟田里去啦。那些是张百顺和阿黄合种的。黄阿黄没敢吱声，而张百顺却有点想不通，他认为种罂粟是条财路，少说秋后也能多买几亩地。后来，慢慢讲道理给他听，告诉他小鬼子是拿罂粟制成大烟土赚钱，'以战养战'，毒害的全是中国人。他沉默了大半天，才不得不松口同意让铲掉。"

孙广盛根据敌人的重视程度，先铲除大洋河以北和西侧的罂粟。竹田很可能要派兵看守大洋河以南及东侧的罂粟田，这样会使他分散兵力，便于乡中队各个袭扰。孙广盛要求分散到各村铲除罂粟的小组，前半夜完成任务后到板港子集中。他同英子等人来到救命墩子村是路过，顺便了解一下陈霸川最近的表现。

据洪书和小牛提供的情报，陈霸川前一阵子确实出去过，是否进城却没有确凿的证据，仅是怀疑而已，所以一直就未惊动。孙广盛说明了来意，朱铁匠一五一十地汇报了陈霸川的情况，说他最近比以前老实多了，见人总是客气得很，也不往外跑了，没有发现任何异常现象。不过村里一直未放松对他的警惕，总是安排专人跟踪观察，对其严加监视。

英子把烘得半湿不干的小褂子，抓在手里甩甩又套上了身。海燕给孙广盛和朱铁匠一人烤好一个玉米棒头，孙广盛一边吃着一边说："假和尚不吃荤就会憋死。我考虑路条还是要给陈霸川的，他愿去哪就去哪。我就不信他能一直待着不动，就没人与他接头。"

英子接过话说："只要陈霸川一动，不管怎么个伪装法，耍啥样的花招，总会露出马脚来。"

海燕拆开英子湿漉漉的大辫子，用手抖落着长发，说："我估计陈霸川可能是个坐探，要不然最近怎么这样安稳，一点也不动了呢?"

孙广盛说："坐探不光是坐着，而且还要探，当探到情报后还得送出去，只要大家死死地看住，再狡猾的狐狸也会露出尾巴。"

英子愤然地说："姓陈的倘若真是个坐探，我不拿刀把他身上肉一块一块剐下来才怪呢!"

"明枪易躲，暗箭难防。公开的敌人一眼就能看出，隐蔽的敌人不好斗，我们要处处留神，一时一刻也不能麻痹大意。"孙广盛叮嘱大家。

海燕五指当梳，替英子梳理一头长而密的黑发，接着把辫子又重新编好。海燕从怀里掏出一把剪刀，佯装做起剪辫子的动作，将剪刀靠住辫根子"咔嚓咔嚓"地一连空夹几下，吓得英子脸都脱了色，掉头一看是假的。英子一把夺过剪子："你真胆大呢。要剪先给你剪!"海燕双手抱头跳将开来："不剪，不剪，剪掉难看死了，活像鸭屁股。"

朱铁匠说："留大辫子是封建社会的东西，像压在妇女头上的一块石头。你们能思想解放冲破封建观念束缚不再裹小脚，义无反顾地走出家门参加革命抗日，这就是一大进步！再说人家新四军女兵，全是清一色的齐耳短发，多么神气啊。我说你俩都剪掉算了。"

英子想：这倒也是！妇女解放是我们自己的事，留着还真是个麻烦，上次在战场上，我差一点点大辫子就被小鬼子拽住，还不如剪掉干净利爽些。

"燕子，姐先剪，让真凤凰变成假小子，你剪不剪?"

海燕坚定地回答："姐剪，我也剪!"

"咔嚓、咔嚓……"姐妹俩很快都剪成个"三面齐"。

朱铁匠点了点头，说："你们妇女的未来，就是要靠自己去创造。"

英子转身拍了海燕一巴掌，夺过剪子，问："哎，你怀里揣这个'宝贝'东西，想什么心思？"

海燕红着脸蛋儿："传说明朝末年，二三百年前，我小泉高祖发明了剪刀工具。民国初(1915)，在美洲巴拿马'万国博览会'上获奖，他老人家成了剪刀的鼻祖后，江淮一带好些张姓人家，都有一个小小的传家宝——张小泉剪刀。"

朱铁匠说："哎，当下带把剪刀对啊，也是一件很好的防身武器。"

海燕说："姐还有支小手枪哩，我连根烧火棍也没得。要不然同你换，把小手枪给我玩玩，我把这剪刀给你。"

英子拍了拍海燕的肩膀，一个劲地哄着说："燕子妹妹，只要你放乖了，等以后有机会，姐再缴到一支就送给你。"

海燕说："唉，不要不要，真是丢人现眼的，有本事自己到战场上去缴。"

朱铁匠赞同地说："这就对了。上次柏大喜搞那么多日产'南部式'小手枪和子弹，有人磨蹭着想伸手，我就不顺眼地直说，'三大纪律'，缴获归公，一支一发也不能动，应全部上交新四军，这是组织纪律。"

孙广盛站起来说："去看看铲除罂粟的情况吧。"

朱铁匠就跟着出了宋家大院。

雨又大了，而且不停地下着。

贾福禄跟洪书从十三里墩回来，一路上跌滑得活像个泥人似的。路过划船港街中心大转盘时，迎面遇上了孙广盛。

贾福禄十分不满，捋了一把脸上的雨水，杵头杵脑地说："凭什么又把我撵回头？难道付区长真是'丫鬟拿钥匙——做不了主'，说话就没用吗？"

朱铁匠说："莫着急，有话慢慢讲。付区长是怎么跟你说的呀？"

"付区长讲工作要做，酒店也要开，叫我迅速回城。"

孙广盛要去了解铲除罂粟的情况，心想贾福禄这事可先放放，反正眼下三言两语也说不出个米和豆子来，总不能站在这街上讲那么多话，因此就对贾福禄说："我们先去有点事，你可在家等或去村公所也行，回来后再细细谈。"

贾福禄将衣袖子一甩，转过身子嘟哝一阵子，接着就老气横秋地说："真不够意思。用人向前，不用人朝后，谁都已看透了。我刚稍挣点钱，一个个都眼红。"

朱铁匠拽了拽孙广盛衣边角提醒："听见了吗？这人是个什么心态？"

"放心，不用多久就会与他算总账。大局为重先放一马。"孙广盛说着，大步流星地走了。

朱铁匠转身对洪书说："你要对岗哨认真地查。越是恶劣天气，越不能麻痹大意。"

第四十八章

敌马队突袭救命墩
孙小牛深夜搬救兵

孙广盛走到村头三岔路口旁的茅草丁头屋前，随后门慢慢开了一条缝，里面伸出个脑袋，鬼鬼祟祟地张望一下又赶紧缩回去。

此人是鲤鱼精。她在屋内抖动着落到头上的水珠子，说："我看得清清楚楚，肯定是孙猴子，还有死铁匠跟在后面。"

陈霸川一骨碌披衣下床，歪着脑袋凑近鲤鱼精的脸，两只眼睛在黑暗中发出贼光："照这么说，孙猴子这回死定啦。树大招风，我现在不宜走动，你赶快去找阿黄，叫他立即把情报送到大洋河西张家墩子的大白果树下，那儿有人会来拿。"

鲤鱼精有些胆怯，一把抓住陈霸川的胳膊，说："还叫我去呀？大路不敢走，跟狗样的在庄稼地里钻来钻去，我害怕死了。"

陈霸川笑眯眯地哄着："怕什么？两口子嘛，都拴在一条船上，命运连在一起，为了能好好地活下去，还有啥怕不怕的呢？你就再辛苦一趟吧！据我掌握当下村子里就是孙猴子几个人，只要城里队伍一出动，肯定能把他逮住或弄死。这是个千载难逢的机会！"

"雨大，能不能缓一缓呢？"

"不行！或许过了这个村也就没有那个店。现在吃点苦，不是为了将来享清福嘛。你就快去吧！"陈霸川催促着鲤鱼精。

"真是不要命了，外面下这么大的雨，假如阿黄不愿去呢？"

陈霸川板着脸，说："重赏之下必有勇夫。就是天上下刀子也得去。他要是不肯，你就说如错过了这次机会，日本人会把他剁碎喂狼狗。"

鲤鱼精听这话，不觉倒抽了一口凉气。心想：若自己现在耽误了，说不定也要被剁碎喂狼狗。知道陈霸川什么卑鄙龌龊的事都做得出来，她不得已拿起一条破洋面口袋，将两个角对叠起来，像民间奔丧妇女戴孝布似的，顶在头上轻轻地打开门出去了。

外面，雨越下越大，瓢浇碗倒，从屋面上流下的雨水，好似喧嚣的瀑布，与田塄坎子间"哗啦哗啦"的雨水，在田野里汇成一片泽国。

陈霸川独自一人，在乌黑的茅草丁头屋里静坐着，侥幸的心境里掺夹着些胆怯，他要用牺牲阿黄来换取自己的成功和奖赏，心想：只要放哨的民兵发现阿黄，我就平安无事了。民兵连后脑勺都长着眼睛，他相信绝对不会放过阿黄。想到民兵的厉害，陈霸川不禁又毛骨悚然。他来到门口，扒着门缝向外看了看，大雨滂沱，一片漆黑，不由连打几个寒战。然后他急忙抽回身子，扯下挂在墙上的一根细麻绳，操起菜刀剁成两截，把鞋子和脚板底勒得紧紧，又在地上左跺右跺一阵子，估计遇到烂泥巴也不会拔掉，于是就打开门一头冲出去。

陈霸川在一片黄豆田里踉跄地奔跑着，两只脚陷进烂泥里，有时又被豆藤绊倒，他不得不扯掉爬起来继续跑。到了一片盐池子沟边上，蹚着齐腰深的水，接近大洋河堆堤时，就顺势匍匐在河坎子。大约等了小半个时辰，西南方向的大堤上传来民兵喊声，接着就"砰砰"响起两枪。

听到枪响，在大堤上放哨的民兵都顺着朝南奔。陈霸川想：阿黄他小子这下完蛋啦，民兵们果真被吸引住了，我该冲过去啦。他飞快地越过大洋河堤，跳进湍急的潮水中，拼着老命终于游到西岸。

陈霸川有一种死到临头的恐惧，一只鞋子跑掉了，就光着脚向前跑，生怕有人在后头或从庄稼地里撵上来将他一把擒住。

跌跌爬爬地跑到瓢城北门，陈霸川浑身都是泥水，已像刚从淤泥里掏出来的大尾巴狗。

"站住！干什么的？这么晚招呼不打就往里闯，"站岗的哨兵跑上前将陈霸川拦住。

"我有紧急情报，要向丸山队长报告。快让我进去，再迟可就来不及了。"陈霸川心急火燎地对哨兵说。

"放屁！没手续莫找老子揍，就凭你这个怂相样子，连狗遇到都掉头走的人，还想见丸山太君，也不撒泡尿在牛脚塘里去照照自己的脸！"那卫兵用枪管子杵住陈霸川嚷。

“你小子有种一枪打死老子，看长官不扒了你的皮!”陈霸川眯缝着眼睛，一连叨咕了好几句暗语，十分嚣张地对那卫兵厉声喝道。

卫兵看陈霸川硬起来，心想：此人可能真有点来头，于是就乖乖地放他进了城。

陈霸川才四十开外，只是显得不太年轻，额头上皱纹似一条条干裂的小沟，花白头发如同滩涂湿地上的一蓬蒿草，就连走路都显得蹒跚迟缓，邋遢得像头老猪婆。他一个人在街上走着，觉得自己已看到了生机。心想：如这次“擒王行动”成了，可直通天庭[1]，除领赏金五万大洋外，说不定还能弄个警察所长当当。老话说：黄牛能耕田，水牛就不值钱了。做着黄粱美梦的陈霸川，走着走着忽然觉得要躲着点，千万不能在到达宪兵队前被二蜡嘴撞上，这家伙是属狗的，翻脸不认人，如被他知道了，说不定能把老子的功劳抢过去。于是，陈霸川偷偷越过皇协军驻盐东警备司令部门口，一路带小跑地直接去了宪兵队。

丸山还没有睡觉，他听了陈霸川的报告，用怀疑的目光打量着这个陌生人。

“空尼西哇(你好)！太君，我是宪兵队和警备队的谍报员、救命墩子村的线人，名叫陈霸川，划船港真有条大鱼!”陈霸川一扫浑身疲倦，满脸堆笑地学着用日语问好并介绍了自己。

丸山沉默一阵子，对陈霸川的身份得到确认。他慢慢站起来，突然一个箭步上前，靠近陈霸川伸长脖子，问：

“你的，情报的可靠?”

“可靠，肯定可靠，绝对可靠!”

“孙猴子乡中队的，哪里去了?”

“都分散到各村去铲罂粟啦，现在救命墩子村只剩几个人。”

陈霸川声音有些沙哑，身子好像又矮了一截，脸皮子皱得像被太阳晒软的胡萝卜。他紧张地看着在面前晃来晃去拿不定主意的丸山。

“太君，把救命墩子村悄悄包围起来，就有把握抓住孙猴子。噢，还有大大的粮食，也就是给新四军准备的，都藏在一些老百姓家里。”

丸山并不关心粮食的事情，看重的是抓住孙广盛。他反复地搓着双手，眼睛里冒出狠毒的光：“呵！孙猴子……”

丸山相信了陈霸川的情报，指着他的鼻子，说：“抓孙猴子的，你的带路?”

---

① 天庭是神话中天神居住的地方。

陈霸川佝偻着身躯仰视丸山："是！太君，我的带路。"

"哪抓不住孙猴子呢?"

"军法从事，死了死了的！我的明白！"

丸山下令集合宪兵队的骑兵。外面还下着雨，开始出发了。

这时的陈霸川疲惫得像头瘦驴，蹒跚着两腿上气不接下气跟在丸山马后头。出了北门天妃闸向东不远，他坐在小鬼子的马上，很快意识到这样做有些欠妥：明晃晃当汉奸领着小鬼子进村，如被划船港的熟人撞见后告诉孙大侠，日后我这条小命还保得住吗？他越想越觉得不对劲。

快到划船港西边的大洋河，陈霸川突然提出要下马，迅速往路边上一闪屙泡屎，接着就头朝下拱倒在地，将那身子缩成一团，两手捂着肚子鬼喊起来："哎哟，哎哟，疼死我啦……"

丸山勒住马奇怪地大声问："你的，什么的干活?"

"疼！肚子疼死啦，可能是盲肠炎吧！"陈霸川又偷偷地将两个手指头伸到嘴里，把舌头根子一摁，"哇啦哇啦"地干呕一阵子。

"八嘎！"丸山被那股恶臭熏得头脑发胀，看到陈霸川似乎真的得了急病，觉得让谍报人员回避一下也不无道理。于是就腻烦地骂了一句："鬼东西的！死了的不要！"便继续策马前行。

陈霸川见丸山的马队已很快渡过大洋河，自己带着一身泥巴，狗记路猫记家地找到先前过河的那个熟悉地方，一口气泅到东岸擦着河堤绕到划船港街东北上。长着盐蒿子的坑洼碱地里，有堆乱坟场，星星点点的坟茔散落其间，一条歪斜小路横穿当中，这是路人为抄近而走出来的。他壮着胆子穿过坟地，跟狗一样地爬进由贝壳和泥巴垒起来的低矮土地庙。

陈霸川被恐惧所笼罩，哆嗦得牙齿不住打战，脑瓜子仿佛在无限地胀大，恍惚间觉得自己像是走进阴曹地府。但他心里还在做着美梦：只要小鬼子把孙猴子抓走，我陈某人立即就能去宪兵队领赏……

大雨还在铺天盖地下个不停，四周"哗啦哗啦"响成一片。

丸山趁着这密匝匝的夜雨，指挥骑兵队突袭了救命墩子村。睡梦中的乡亲们被鬼子的吼叫声，及"咣里咣当"的砸门声惊醒。

朱铁匠和徒弟小牛刚从村公所回来。小牛躺到床上去了，朱铁匠也正准备休息，听到外面嘈杂声一阵紧似一阵，赶忙对着门缝向外观察：发现风雨里有许多鬼子骑兵。他惊呆了：不好，孙乡长还在村公所里呢！

朱铁匠急忙闩好门去喊小牛："快起来，快！"

疲困的小牛，一倒在床上睡得就像堆烂泥似的，把他拖了坐起来，转眼又睡倒过去。朱铁匠把他推醒后，套着耳朵小声说："鬼子到啦！快点起来！"

一听说鬼子来了，小牛立刻精神抖擞，一骨碌爬着坐起："鬼子在哪？"

朱铁匠帮小牛穿好鞋，急切地说："划船港街上来了鬼子的马队，你五伯父可能已被鬼子包围。赶快从后门出去，到板港子找乡中队，约定好子时（辰）在那里集合。你就从玉米地里穿过去，走贝壳庙绕一下。看好了再出村，千万别让鬼子发现。快，快点，越快越好！"

朱铁匠刚送走小牛，鬼子兵一脚就踹开前门，各个旮旯搜了一遍，恶狠狠地问："孙猴子的有？"

朱铁匠摇着头，说："我是做手艺的铁匠，又不是耍猴的艺人，不知什么猴子不猴子的！"

几个呜里哇啦的小鬼子，用马枪杵了朱铁匠几把子，踢踏着大马靴走了。

小牛冒着大雨出了村，路上也没碰到鬼子。在过那小土沟时，被沟浜上烂泥巴拔坏一只鞋，深一脚浅一脚地跑起来很不自然。到了贝壳庙，他一把扶住庙台柱子，心想：索性将另一只鞋也脱下先藏着，刚摸到庙门的当口，里面伸出一只大手，碰到了小牛的手腕子。这下可把小牛吓得不轻，脑袋就随之有些发蒙，小腿肚子也软了下来。

原来，是先前躲在里面的陈霸川。他不敢出声，心里却恶狠狠地骂：小猴崽子，这下你跑不了啦！

陈霸川像一条偷食的狗，一下子从庙门里窜过来。

小牛惧怕而急剧跳动的心，本来快从喉咙里蹦出，一看不是什么鬼呀怪的，而是个大活人，心想：这家伙说不定就是个特务，要不然躲在这儿干什么？他抡起一只带泥巴的鞋子，"叭"地一下打在陈霸川的脑壳子上。只听"哎呀"叫了声，小牛觉得此人好像有点熟悉，但又不能确认究竟是谁。小牛刚拔腿跑开，陈霸川突然蹿上去，死死地揪住他的衣领子。小牛脑海里想起：五伯父曾说过，在坏人面前就是遇到天大的困难都不能怯阵，只要敢壮起胆子针锋相对，敌手就得怕上你几分。他大喝一声："跟你拼了！"

小牛把陈霸川从庙台子上拖了下来，两个人扭打在一起。小牛抱住陈霸川一条腿子，陈霸川搂住小牛的腰，只听"啪唧"一声，二人同时摔倒在雨水地里。小牛终因年幼，翻滚几下被陈霸川压在身子底下。陈霸川丧心病狂地掐住小牛脖颈，心中不解恨地骂：乡中队的小狗腿子，你小子才吃几天素，就想让老子送你上西天，也有点太心急了吧。

小牛刚看到一眼此人的面孔，无奈又被雨水浇得睁不开了。他奋力挣扎扭动着身子，一双脚在不停地蹬踢，心想：可不能被他掐死，鬼子把五伯父包围了，要赶快去板港子把乡中队找回来。在这千钧一发之际，不知从哪来的一股劲头，他前身猛地翘起，抽出胳膊攥起拳头，对准陈霸川的太阳穴猛击过去。陈霸川下意识地松开手。小牛使出全身力气，将他死死地缠住，一把又勒住了陈霸川的睾丸。陈霸川顿时像触电般的，眼冒火花浑身抽搐起来，小牛趁机把陈霸川掀下，快速撤到庙堂的东山头，掏出身上的"杀手锏"。陈霸川看到小牛举着的东西直冒烟，惶恐地爬起来踉踉跄跄地逃跑。小牛将手榴弹甩了出去，因用力过猛落到陈霸川前头老远。"轰"！随着爆炸声闪起火光，照亮了条条雨线，陈霸川应声倒地趴在烂泥塘里，摊开的手脚在不停地痉挛。小牛想认认此人究竟是谁，刚弯腰去扳他的身子，陈霸川一骨碌爬起来向南飞奔。小牛深一脚浅一脚地追了一阵，想到自己肩上有重任，不能因小失大耽误时间，只得先放那个家伙一马，随即转身继续去板港子，多争取一分钟，五伯父他们就少一分危险。

第四十九章

鲤鱼精指认孙广盛
三俊子出奇解重围

雨，还在不停地下，落在路旁的树叶子上，发出“啪嚓啪嚓”的响声。小牛沿着大洋河湾子，上了河坎子倾斜的羊肠小道，过大洋河就拼命地向西赶，直跑得上气不接下气，头昏眼花两腿像灌了铅似的。为尽快赶到板港子，他咬牙坚持着向前奔，被藤蔓绊倒后爬起来继续跑。

快到了，他忽然感到胸腔里发热，有点憋闷窒息呼吸短促，怎么大口地喘气觉得也不够用。一条小土沟的斜堆坎子，小牛无论怎样也爬不过去。他感到有些头重脚轻，只觉得身体下滑仿佛掉进深渊，一屁股跌坐在堆坎子上，心里顿时涌出一股油煎似的灼热，嗓子里“咕咚咕咚”响了几声又咳不出来，接着就“哇哇”地呕吐出数口鲜血。

小牛神志还很清醒。他努力地昂起头呼喊，却又怎么也发不出声音。想到情报的紧急，便咬着牙支撑起身子。一道闪电过后，接着又刮来一阵大风。雨越下越大，雨点打在脸上麻酥酥的，小牛撑起身子又倒了下去。

“轰隆轰隆”的雷声，不停地在沿海滩涂湿地上空回荡……

此时，在救命墩子村，鬼子把一些中年男子都从家里逼出来，驱赶到宋家大院内。人们都拥在西北角上的木枣树下，这一片漆黑的雨夜里，伸手不见五指，尽管都是身子贴着身子，也很难看清对方的面孔。孙广盛就夹在乡亲们的中间，而在场的人谁也看不清是谁。

杀气腾腾的鬼子兵端着大枪，将四面包围得跟铁桶一般。

丸山用耀眼的手电筒光在人群里扫来扫去，野兽般地吼叫着：“谁是孙猴子？快出来！”

高高举起的火把，将大院照得通亮，整个场面看不出一点动静。

丸山又凶神恶煞地来回走动着吼叫："把孙猴子的交出来，不交的统统死了死了的！"

不知是谁回答了一声："他不在！"

紧接着人群中一起喊："他不在！他不在！"

这震耳欲聋的呼喊声似晴天霹雳，齐刷刷向天而起的拳头，像竖起的一杆杆长枪，欲刺破这暗无天日的苍穹。呼喊声与风雨声及雷电声交织在一起，整个院内都回荡着轰鸣声。

浇得像落汤鸡似的丸山，抓把眼窝儿的雨水一甩，大声嚎叫："在！孙猴子的，就在这里的。皇军的很快就能找到。喔！"接着，他又将手一挥，"哈牙哭（快）！"

"哈伊！"两个小鬼子回答后，就到人群里拉出一位中年男子："你的，出来！"

丸山用手电筒一照，那男子长得实在不像。

鬼子又拖出另一个年轻些男子，再照了照头摇摇，说："也不像。"

这么多人要想都带到城里去，那是不太现实的，丸山决定挑出一部分带走。

大伙儿目不转睛，每人胸中都郁结着无比的愤怒和仇恨，不过人们却真不知道孙广盛现藏何处。

站在大伙儿中间，没法考虑自己生死问题的孙广盛，心想：屋内不烧火，屋外没烟冒。敌人来得这样突然，究竟是谁替小鬼子通风报信的？

木枣树下人群里的英子和海燕等，都在为孙乡长担着一颗心，倘若有人看到把他认出来，那咋得了？

洪书暗自设想：如有人主动承认是孙广盛，鬼子岂不是就真假难分了吗？他用手分别摁了一下周围的人，断然地悄声说："哎，我们都说自己是孙广盛。"

风雨声中，黑暗的子夜里，人们都悄声传递着："我是孙广盛！我是孙广盛……"

大家互相传着，当孙广盛听到时两眼一阵灼热，抑制不住心潮奔腾。为了革命，为抗鬼子，人民群众宁愿舍弃自己生命，也要掩护党的干部，保存革命的力量。大伙儿这一举动，深深地感动着孙广盛。

丸山吩咐小鬼子按二十人一批次挑选出来，用手电筒逐个照着，看谁像孙广盛就留下。他接连发现一百八十多个有点像孙广盛模样的人，且人人都是目光刚毅，沉稳自若，看上去似乎都像，却又不可能都是孙广盛。

当丸山手电筒光亮逐个扫到每人脸上时，人们真的认出了孙广盛，发现他镇定而凛然地站在群众中。

大雨还在瓢浇碗倒，隆隆雷声在广袤的滩涂湿地上不断震响，回荡。

丸山见找不出孙广盛，急得暴跳如雷，两眼在雨雾中放出凶光。他把挑选出的一百八十多个像孙广盛模样的人都赶到一起，声嘶力竭地喊："谁是孙猴子的，赶快的出来，不出来统统的枪毙！把救命墩子的变成你们的坟墓，机枪的准备！"

人们都沉默着，沉默就是最有力的反抗。

木枣树后，好像有人开始骚动。

丸山的手电筒光柱迅速射了过去。

俗话说，不叫的狗子最咬人。在手电筒光亮的照射下，陈霸川老婆李玉清悄悄地从人群里挤出来。只见她站在丸山的前头，用颤抖的声音结巴着说："太、太君，这些都不是的，孙猴子我认识。"

在高举着的火把下，丸山又用手电筒对着把鲤鱼精从头到脚照一遍，说："哟西，你的大大的良民！"

鲤鱼精惶恐地向后瞥了一眼，说："孙猴子就在这里面，刚才我还看见的呢！"

丸山十分高兴，用手拍了拍鲤鱼精肩膀："你的，良心大大的好！去把孙猴子的认出来，皇军马上的给你赏金。"

鲤鱼精转过身子，用可怜大家的音调高声喊："何必跟着共产党在一条道上走到黑呢！人的生命只有一次，如没了就回不来。想必大家都明白，太君又不是冲你们来的，可不能都陪着去送死啊！"

"鲤鱼精！"洪书毅然从人群里冲出来，骂，"你睁开狗眼看看，我是不是孙广盛？"

丸山指着洪书，问："他的是孙猴子吗？"

鲤鱼精默默地摇了摇头。

又是一名中年汉子勇敢地走上前，也像洪书一样大声说："鲤鱼精，看看老子是不是孙广盛？"

丸山又问："是吗？"

鲤鱼精将头摇得像拨浪鼓。

丸山猛地一掌，击倒那中年男子。洪书赶忙将他扶起，在场人都不约而同地冲了上来，拍着自己的胸口大声吼：

“我是孙广盛！”

“我也是孙广盛！”

“我们都是孙广盛！”

人们的情绪一下子被激愤起来，对鲤鱼精发起声讨。鲤鱼精急忙向丸山求救：“请太君替小人作主，太君……”接着“哇”的一声大哭起来。

丸山愣着还未回话，忽然听到有个女子大喊一声：“姐妹们，跟我上！”

英子和海燕等十多个女同胞，从人群里冲出来一把揪住鲤鱼精，接着就是拳打脚踢，有的拽头发，有的打嘴巴子，还有的就用拳头猛击她胸部。海燕把怀里那把张氏祖传剪刀掏出来，一下子就插进鲤鱼精腋下肋骨里，鲤鱼精立刻蜷缩着身子倒下。

丸山对空中鸣了一枪，几十个小鬼子扑过去把姐妹们打散。鲤鱼精挣扎着又爬起来，只见她身子摇摇晃晃，“噗通”一下又倒在地上。海燕一剪子刺破了她大动脉，鲜血从鲤鱼精短袖衬衫的袖口里喷出溅了一地。

“八嘎！机枪开火的！”丸山狂暴地跳起来大喊。

话音刚落，院外传来枪响，丸山“嗷——”地叫了一声，随即向前跨出一步趴下。其他鬼子兵乱着一团，端着大枪四处寻找来袭目标。一个鬼子哨兵在门外大叫：“乡中队来啦……”院里的鬼子一听，立马架起丸山向外逃窜。敌人的机枪手一边端着扫射一边撤退。孙广盛高声大喊：“快！关起门来打狗！”大伙儿打开农具库操起扁担、锄头、钉耙、鱼叉和棍棒等，同没逃出大院的二三十个鬼子兵展开激烈的搏斗和厮打。中队长三俊子带着队伍炸开围墙，冲进大院打得日军鬼哭狼嚎……

三俊子是在板港子村头发现小牛的，见他面色青紫，呼吸困难，听完汇报后就立马赶来。

宋家大院里，雷声、雨声、枪声、呐喊声全都混在一起。院外痛苦呻吟着的丸山，被几个小鬼子搭上马背十几匹马簇拥着，在机枪的掩护下，一路狼狈不堪地逃跑了。

约莫一顿饭的光景，这场战斗很快就结束。我方共计牺牲十三人，其中妇女四名，有二十三人被枪打伤或刀刺伤。没有逃出大院、顽固抵抗的二十五个鬼子全被砸死、掐死和击毙。

孙广盛指挥乡中队和大伙儿迅速打扫战场和安顿好伤员，把刚牺牲的战友和群众遗体，全部摆放到北屋大厅里。清点战利品完毕，将死鬼子拖到一起存放待后处理。

洪书背上两支刚缴获的三八马枪，头上戴着钢盔，在大院的过道里找到孙广盛，懊悔地跺着脚，说："怪我，全怪我！打伤了黄阿黄后，光顾去审讯个死人呐，而忽视了岗哨……结果鬼子进村也不晓得，是我麻痹大意闯下的祸，请求组织上处分。"

孙广盛问："阿黄招出什么啦？"

洪书说："也太巧了，子弹左嘴巴进右嘴巴子出，把两边的后槽牙都打碎了，舌头没法子动，喉咙里发出声音又听不懂。"

孙广盛又问："你们注意到陈霸川了吗？"

洪书说："我刚去过。他躺在床上喃，泥巴衣裳水叽叽的脱了一堆。说是出去找老婆鲤鱼精的，后来遭了雨。"

孙广盛说："鲤鱼精死了，他晓得吗？"

洪书说："好像还不知道。"

三俊子从孙广盛身后走过来，说："是小牛送的信，他已累得吐血啦。"

"现小牛人在哪里？"

"大兰芬把他送到师傅店里了。"

孙广盛对三俊子叮咛："要把岗哨再放远些，这回让丸山又吃了个闷头亏，警惕敌人可能要反扑。"说完他就同洪书一起去朱铁匠家看望小牛。

第五十章

孙乡长部署藏军粮
柏奶奶上街寻大喜

雨已停了，乌云在慢慢消散，东方渐渐地现出了曙光。

小牛在床上安静地昏睡着，床对面的小柜子上，搁着乡邻们送来给他补身子的野鸡蛋、大对虾、银鱼干和花生米子等。

在朱铁匠家里，孙乡长主持召开临时紧急碰头会。他说："敌人可能要进行疯狂报复，大家必须做好充分的思想准备。怎样组织群众转移，到什么地方去隐蔽，这些都按拟定好的方案进行，现讨论一些物资和军粮的'坚壁'问题……"

俗话说：开头饭好吃，开头话难说。谁都不肯先开口，只是你看着我我看着你大眼望小眼。男子汉有几个会吸烟，抽得满屋子烟雾缭绕。又是朱铁匠打头阵，他环视一下在场的人，说："住家的东西好办，方便的都带走，不能带的桌子、条台、箱柜子及捕猎和上滩取海鲜的用具等，谅敌人又拿不走，还有一些坛坛罐罐、棍棍棒棒，也没什么了不起，关键是那些重中之重的军粮，可一粒也不能让敌人抢了。"

孙广盛不无担心地说："军粮分散到各家各户隐蔽，这个办法蛮好。目标也不算大，就是被敌人翻出来数量有限。问题在大家是否都藏好了？负责藏粮的农户究竟可靠不可靠？"

朱铁匠说："我已看了一下，有的人家藏得不行，稍微找找就露馅了。藏粮农户本身问题不大，都是农救会的群众骨干和堡垒户。"

"这些粮食是给新四军准备的，拼命也得保护好，一粒不能受损失，不然部队来了就没得吃。"孙广盛进一步强调着。

有人插话，问："部队什么时候来？仗又哪天打？"

网簸子做个鬼脸子调皮地说："丑媳妇见公婆——早晚的事。"

孙广盛说："很难讲。具体啥时来，仗又什么时候打，可急不得，打仗嘛要找准时机。"

"军事秘密，谁也说不清。不过依我看快了，现正在泰州那边打，可能用不了多久。问题是小鬼子说到就到，一有点风声就来瞎闹。"朱铁匠说。

洪书猛推门进来。

"五伯父，五伯父！"看洪书紧张的样子，孙广盛估计出了什么事。

洪书说："我在审黄阿黄的时候，突然去了几个死者家属，都是些当地的妇女，她们拳打脚踢一阵子，也许击中要害部位把阿黄打死了。"

英子说："咳，这种人打死了好，去替狗死吧！让我们还省颗子弹打小鬼子呢。"

洪书十分焦急地拍枪把子："五伯父说啦，活着比死的更有用处，还要在阿黄嘴里掏出点东西！"

孙广盛深思片刻，说："死了就算了吧，让大家出出气也好，反正审也审不出什么名堂来。"

"他嘴巴说不了话，又不会写字，比划了大半天我们都弄不懂。后来就叫他画图，看那意思好像是说，他自己是个探子，而且各村都有。"

"最近一阵子，这些'坐探虎'坏了不少事。"朱铁匠的络腮胡子抖动着，痛恨地说："鹤影里、雀子窝、港梢子和红顶大白鸟等村，都是因'坐探虎'告的密，民兵小队长和一些党员干部被宪兵队抓去杀掉了。"

孙广盛凝眉苦思，自言自语地说："明的特务好捉，暗的坐探难防。"他又望了一眼洪书，问，"还有什么啊？"

洪书急忙说："噢，陈霸川中途也去了一趟。看黄阿黄不能说话，甩起来踢了两脚，骂他是狗汉奸，还说鲤鱼精死得也活该。"

孙广盛思索片刻，说："对陈霸川这个人，大家要特别当心。"

海燕暗暗寻思一会儿，看了孙广盛一眼，说："没有家贼，引不来外鬼。这次如是陈霸川告的密，那他就没讨到便宜，偷鸡不成蚀把米，赔了夫人又折兵。好在丸山来未提到军粮，看上去有可能就不知道。"

孙广盛马上接话说："不能这样想。丸山这次来得急，且兵力又不多，主要是冲着来抓我这个孙猴子，没有必要再提军粮。敌人现在最缺的就是粮食，为了粮食快逼疯了。我们一点不能麻痹大意。"说着他来到朱铁匠面前："走，我们再挨家挨户去跑跑，看看军粮藏得是否牢靠?”

朱铁匠建议:“最好还是悄悄地察看，防止村里再有坐探。”

孙广盛赞同，进一步布置工作:“十几名牺牲同志的后事要抓紧办，让其尽早入土为安，还要跟家属做好解释，不然敌人一来就不好办了。二十多个伤病员都是革命的宝贵财富，把伤情重些的转移到洋卯尖去，那里有芦苇荡好躲避，孙广泉家还有专人照顾。家属如愿意去那就更好了。”

会议结束，大伙儿陆续散去。

孙广盛又到东房间里，看了卧床休养的小牛，对朱铁匠说:“你的这个小徒弟，得好好补补觉，再调养一段日子。”

朱铁匠担忧地说:“实不相瞒，这宝贝当上儿童团长后就跑野了，怕一下子关不住。”

“要不然，捎信给他老子孙广泉，赶快把他带回去好好养养，学手艺暂时先停一停。”

“好吧，只有这样了。”

孙广盛刚准备走，当檐门站着一位老奶奶，拄着根细条树棍子，扎着青灰色旧头巾，看上去颤巍巍的，黑而瘦的脸上布满忧愁，用求助的目光盯着朱铁匠望，有气无力地问:“你家是姓朱吧?”

朱铁匠答:“是啊。奶奶，您找我?”

老奶奶说:“好了，这下子才摸对门，终于找到啦。人老眼睛有点花，可鼻子还很尖，虽说你有日辰不打铁，可我还能闻出铁匠店的味道。也真是的，这生铁的味儿十年已闻惯了。我是南门柏家墩子的，今天专来找你朱师傅。”

听说是柏家墩子的，二人就猜出奶奶应是柏大喜的老母亲，便急忙上前搀住老人，让她坐在小凳子上。老人倚在门旁边，把树棍子搂怀里。她说自己丈夫年轻时是个打铁的，去年秋后日寇“扫荡”，被几个小鬼子活活打死。大儿子也是个打铁的，民国二十四年跟一个远房亲戚，到上海后一起去参加革命了。二儿子就是柏大喜，在宋府里当长工。三儿子遇上国军抓壮丁，逃跑时被当场枪杀。跟前还有个小儿子也打铁，去年春上被抓到这里当劳工修炮楼至今未归。

柏奶奶脸上现出凄凉和悲苦，叹口气说:“二儿子大喜，听说在划船港‘通共产党’，被小鬼子抓去了，这次来是想打听打听消息。”

朱铁匠不知如何回答老人的话，自从柏大喜和五个铁匠被捕后，现关押在何处谁都不清楚。他婉转地对老人说："老妈妈，大喜被敌人先弄去养马，那时我们都不在场，后来的情况怎样一个人也不晓得。老妈妈，您不要难过，大喜好样的，是个有骨气的中国人。您老人家不要着急，我们一定会想办法打探出消息。"

柏奶奶眼泪汪汪地看着朱铁匠，说："能不能把他救出来啊？"说着老人慢慢地站起来，贴在朱铁匠的耳边："他通的是划船港孙大侠，鬼子能开恩放过吗？"朱铁匠扶着老人坐下，明白老人是受了一辈子压迫，在凄风苦雨中挣扎过来，对抗鬼子肯定是非常拥护和支持的，对共产党也是最放心的。

孙广盛看到柏奶奶心情异常沉重，他挨着老人坐在小板凳上，慢声细语地安慰了一阵。老人用手背抹着眼泪，竭力睁大眼睛盯着看了看，问："你是哪位啊？"

"哦，晚辈姓孙，就是孙广盛。"

"你，你……"柏奶奶激动起来，一把拉住孙广盛的手，仰头仔细地打量着，"哎呀呀，真了不得，你就是小鬼子都害怕的孙大侠呀！"说着，两行老泪夺眶而出，"做梦也没想到，我这个晚上脱了鞋，早上不知来不来的老花子，真的还能见上大世面，亲眼看到孙乡长这个父母官，你可是划船港救苦救难的活菩萨啊！"

老人的心情好了点："我是个要饭花子，今天讨到划船港了，顺便摸过来问问我儿大喜子的情况。跟你们说个实情话，南边也就更苦啦，家家户户都揭不开锅。就这样那些'二鬼子'还出来抢粮，挨门逐户的搜查，看见个漂亮些姑娘和小娘们就瞎揩，稍好些的东西一抢就跑。昨天我亲眼所见，就是划船港送人命个老狗，冒雨将'二鬼子'带过去的。"

"是傍晚吗？"

"嗯。大雨'哗哗'的闯进村子。"

孙广盛天亮时就接到情报，说日军一零七联队和皇协军驻盐东警备队，都是前天夜里出发的，但去向没有说明。根据老人家提供的线索，孙广盛心里有点矛盾：敌人为什么不一起北上增援，"二鬼子"反倒出去抢粮？日军第十五师团长石井司令官催他们火速北上啊。……莫非是驻盐东的伪军不去阜东八滩，是否命令竹田联队单独行动呢？

老人想走，朱铁匠诚心诚意地挽留。他恳切地说："老妈妈，我家也快没有吃的了，凑凑还能混一阵子。您就在这里住住吧，我跟大喜是同志是好兄弟。"

小牛在房间里，一阵细声弱气地喊："渴，要喝水。"

朱铁匠一把夺住老人手里的树棍子:“老妈妈,我这里还有个受了伤的徒弟,您就帮我照应,留下暂时不走吧!”

孙广盛也在一旁打圆场:“近来确实很忙,您老人家就替朱师傅当点帮手?”

老人沉思片刻,说:“我晓得,你们都是忙着去抗鬼子,好吧,我这个老太婆就听劝,在这里住一阵子。”

孙乡长与朱铁匠将柏奶奶安顿好后,就在村子里串门,把有关农户藏的军粮检查了一遍,大部分都盛在缸、坛、盆、罐里,深埋在泥底下,有的就藏在地窖里。傍晚,朱铁匠去组织人员,打算把伤病员送到相对安全的洋卯尖去。孙广盛独自一人,走在村子西边的大洋河堤上,他想察看一下地形地貌,研究敌人昨夜是从哪个地段过的河,从什么地方上岸进村,如敌人再从这条路线上过来,能否埋些地雷或打个伏击。

第五十一章

贼丸山负伤受闷气
北援寇绕道走东线

天空还没完全放晴，太阳一会儿躲到云里，一会儿又露出笑脸。滩涂湿地的沙泥土被雨水泡得松软了，凡是坑洼的地方都汪着水，遍野散发水蒸气，看上去整个海滨都是雾蒙蒙的。大洋河又涨个满潮，河面一宽再宽，白茫茫一大片。河里的水溜很大，看上去波涛滚滚，太阳光在浪尖上不停地跳动。

孙广盛收住脚步，在带着咸腥味的海风中仔细寻找，他怎么也看不出一点点敌人践踏过的痕迹，一切都被雨水冲洗得光滑发亮。

孙广盛向西南方向的瓢城望去，耳畔回响着柏奶奶的话："把他救出来吧。"其实，自己焦虑的心情并不比柏奶奶轻松。落在敌人魔爪下的不光是柏大喜和五个铁匠，还有被囚狱中的几十个革命同志。可眼面前又有什么好的法子呢？乡中队进城与敌人干一番，除了伪县长仓公笑，炸掉西郊三号军械库，使竹田出发的期限拖延近三天，无疑给反"扫荡"赢得了一点宝贵时间。他想：是否再钻进城里去，设法把柏大喜和同志们营救出来？

接着向南走，不远处划船港渡口附近有两个人正摇摆着小木船，在河面打捞被上游洪水冲下来的杂物。孙广盛走近一看，原是张百顺和贾福禄，为桌子、箱柜子和木料等分摊而争吵。一个是共产党员，另一个是一村之长，在这你死我活的斗争关口，竟为这点东西而争执，也太不知轻重了。孙广盛把火压在心里，气得脚直跺，不屑一顾转身往回走。

沟河港汊流过来的雨水汇集到大洋河里，形成一股汹涌奔腾的洪流，气势磅礴无可阻挡，冲涤着前进中的一切障碍，最后汇入滔滔的黄海。孙广盛正大步走在河堤上，前面传来一声："海生！"他抬头一看，原来是自己的岳父陆玉桂。

“爹，您什么时候来的？”

“刚刚才到。”陆玉桂递过去一封鸡毛信。

孙广盛拆开一看，是孙海光亲笔写的：

乡中队在城里的活动，拖住日军一零七联队迟三天出窝，直接支援了八滩的反“扫荡”。现竹田又出城北犯，你们要继续同敌人斗智斗勇，广泛发动群众，设法再拖住敌人，务必在日后的六天之内，不让小鬼子靠近阜东的八滩。

这是县委书记布置的任务和提出的具体要求。孙广盛扶着岳父走下河堤，沿着田埂向村里去，边走边思索着：任务大于天啊，如何运作好下一步？最有效的办法是竹田走到哪里，我们就像他的影子一样跟到哪里，弄得他不安宁……

孙广盛把救命墩子村昨夜发生的事情向岳父详细讲述一遍。心想：全坏在“坐探虎”身上。这些坐探潜伏在乡下，一下子又不容易被识破。别的地方也发生过类似情况，敌人突然进村子抓人，且抓得是非常准。孙广盛又想起了宋闯，这小子虽鼻子被弹片削平，下身也已炸废了，看上去人不像人鬼不像鬼的样子，但他还掌管着所有的特务和坐探，是个头号大坏种。

在街上大转盘处，孙广盛遇见了朱铁匠，他把孙海光的信递过去，说：“这次里下河地区发大水，看来十天八日是退不掉的，敌人暂时不会过来偷袭报复。”

朱铁匠一只脚蹬到大转盘石柱子上，边看信边说：“会不会再从十三里墩桥过来？”

“那明晃晃的，就不叫偷袭了。”

朱铁匠看完信，说：“好的，你们就宽心地走吧。后方的事情莫老放心不下。只要把大伙儿发动起来，不管什么事情都好办。噢，这阵子先后又有些人家主动献出仅有的粮油盐及瓜菜等，有三五十位父母把够年龄杠子的儿女都带来，还有个地主家正在念书的表兄妹俩，也悄悄地跑来提出要参加民兵。东边大佑棉垦公司几个业主，集中送来五石皮花，正便乡南舍村东海支部负责人张汉文派人捎来《国际歌》《游击队之歌》《十二月花名》《妇女解放》等革命歌曲。盐东渔业商会主席商茂林、船员工会主席蔡四康，合捐三十块大洋和五匹粗布。街上医疗诊所的姚绍元和你的外甥‘杨（庆培）四胖子’等大夫，送来许多治伤的中药材。三傻子把炸军火库时区里奖励自己的一块银圆也捐了。还有附近的一些乡民们组织起来，抬着口空棺材上街声援打鬼子……”

“那太好啦，抗鬼子的气氛说上就上来了。这滩涂湿地游击战更要好好打，否则就对不起划船港的父老乡亲。正赶上这次民兵整组的机会，又有了粮食、物资、经费等保障，那就再扩编一个基干民兵小队，剩余人员都充实到交通运输和战场救护小分队吧。”

陆玉桂默默地站在大转盘边上，慢吞吞地装上一袋烟，又划了根火柴棒子举着没有点，而是一个劲地含住黄铜烟袋嘴，在想怎样对付那些坐探的事。他靠在石墩子边上磕去烟袋锅里烟末，说：“近来小鬼子又抓了不少人，都是特务和坐探作的怪，得好好打打这方面主意！”

朱铁匠接过话茬：“虎吃人易躲，人吃人难防。坐探就好比当地的闷头狗暗下口，叫你见不到又摸不着。”

“宋闯是这些人的头，得想点办法敲打敲打才好，否则迟早是个大祸害。”陆玉桂说。

大家伙都巴不得哪个能出绝招把宋闯除掉，朱铁匠凑到陆玉桂面前蹲下，问：“老人家，您有什么好的法子？”

孙广盛也凑过去：“宋闯是小鬼子身边红得发紫的人，比条鳗鱼还要滑，就怕一下子弄不住！”

陆玉桂挠了挠头，说：“‘盲郎中动手术——碰碰运气’，有效果更好，不行以后再商量。今天早晨，我听县委孙书记说，警备队与宪兵队之间也有矛盾，两个头头一直面和心不和，二蜡嘴偷偷地在村里收烟膏，宪兵队却一点也不知情。这次还是宋闯手下坐探送去情报，让丸山成了‘癞蛤蟆吃黄蜂——倒挨一锥’，兴师动众的骑兵队，到这里自己挨顿揍不算，还丢了二十多个小鬼子的命。听说丸山把送情报的人恨得要死，后来对宋闯就不那么信任了。宋闯这个杂种一般不轻易出城，就是在城里活动，也有两个贴身保镖跟着。看来想硬碰硬揪住他不是那么容易的事。县委孙书记指示我们利用敌人之间的矛盾，想办法早点把宋闯除掉，否则，不知还要害死多少人呐。”

孙广盛听了只觉眼前一亮，孙海光的话带来启发。他向远处看了片刻，然后舒展眉头，说：“我想这样，你们看能不能试试？”

他仨凑到一块儿，足足商量小半天。

朱铁匠紫铜色的脸上现出了喜悦，两手一拍，说：“能！真蛮好的，把清除这个祸害的任务就交给我们吧！”

在瓢城以北临近上冈滩的王家灶附近，范公堤与野潮洋交叉的三丫桥，被阜宁县委书记、县武装大队政委唐棣华[1]指挥工兵毁掉，目的是切断鬼子向阜东八滩的增援及交通运输。河面宽阔而水溜湍急的野潮洋，就成了一道“天堑”，泄洪时渡河难度极大。老天爷恐怕又打起瞌睡，忘记了关水闸门，最近“秋呆子”雨眉眼不睁地连下半个月不停歇，里下河一带已洪水成灾。率部担任预备队北上的日军一零七联队，竹田大佐下令让小股部队抢先渡河，眼看着不少士兵被洪水卷走，大部队便不敢再冒险了。天渐渐地黑下来，部队只好拥挤在河南的范公堤绝头子(末端)上，在雨地里熬过一夜，好不容易盼到天明，再放眼望去一片汪洋泽国，两岸的庄稼地和晒盐池子都被洪水淹没。这季节正是汛期上游洪水暴发之时，巨大的洪峰像一堵平推过来的矮墙，伴随着“呜呜”的呼啸声，由西向东奔腾而下入海。

竹田一夜没合眼，矮小的身材又瘦了一圈，走路脚下也打起了飘，像一棵滩涂湿地上晚秋的芦苇，蔫蔫然没了生气。但他敏锐地觉察到，盐东县大队和新四军主力，正虎视眈眈地在附近盯着，担心去不了阜东的八滩，反而被这“拦路虎”咬伤。竹田心里已酝酿好：宁走十里远，不走一步险。条条大路通罗马，该走哪条呢？他决定来个舍近求远，改道走东线，绕过野潮洋上的三丫桥，命令部队向后转，后卫变前卫，往瓢城撤退，从北门进再走东门出，直奔滩涂湿地上的十三里墩方向。

鬼子的部队返回瓢城后，竹田专门抽空去驻地医院看望丸山。

丸山的屁股中了一枪，子弹从侧面打进去，两片屁股蛋子上的肉被穿透，他整天只能搂着枕头趴在病床上。竹田拄着指挥刀坐在椅子上，对丸山这种冒失莽撞的行为很生气，他先是“叽里呱啦”说个没完，严厉责备一番后就板下脸：“丸山君，去划船港，大大的‘擒王行动’，情报的可靠吗？”

丸山沉吟着说：“大佐阁下，这个……还有待于进一步查清。”

竹田推了推快滑落到鼻尖上的眼镜，瞥了一眼墙上的横幅标语“日中亲善，共存共荣”，狂傲地拍拍丸山胳膊，说：“支那人的都是奴隶，只能让他们去做点具体事，不可信任。好！你的受苦，安心养伤吧，我的先走了。”

“哈伊！作为一名帝国的军人，为天皇陛下尽忠，为大东亚圣战贡献生命

---

① 黄克诚之妻。

的，义不容辞！”丸山随口而出。

竹田转身刚出去，宋闯就悄手蹑脚来了，拎着瓢城黄海饭店特产——热气腾腾的小笼蒸饺和蟹黄点心。他先鞠个九十度的大躬，毕恭毕敬地扶起丸山，笑容凝结在脸上，低声细气地说：“空尼西哇！太君受惊啦。您的屁股……该好些了吧？”

丸山其实就没法往下坐，顺手将那白枕头又搂在怀里，冷漠地看着宋闯，稍过了一会儿，说：“那个陈的，是你的人？”

宋闯点头哈腰地答：“对啊！是我手下划船港的眼线。”

“对皇军的忠诚吗？”

“忠诚，那是绝对的。”

丸山的脸被憋得青一阵紫一阵地摇摇头：“他良心的不好！大大的坏！”

宋闯的腰又弯得快成九十度：“是的，他的不好。不是情报不准确，而是孙猴子太狡猾。”宋闯凑近了些看着丸山的脸，说，“太君，警备队下乡征粮，顺便收了一些烟膏，已送到队部交给山甫太君了。”

“那大洋河以南的怎么样啦？还能收到吗？”

“已没有了。孙猴子他们在一夜之内，把那罂粟都铲掉。眼看白哗哗的银子撂下水，真的是太可惜啦。”

近些日子，丸山越来越觉得宋闯这个谍报队长像饭桶，所搞来的情报都不太靠谱。手枪和子弹被盗，仓公笑被除，西郊三号军械库被炸，自己的屁股又被打，这就说明在城里、军政机关里、宪兵队里，甚至在谍报队里，都有孙猴子的线人，而宋闯掌握的那些情报人员不可靠。宋闯的装腔作势和假心假意，使丸山产生了一种厌恶感。他心情一烦躁起来，就有事没事地去找宋闯，结果是三天两头都摸空，不知道这小子忙些什么。昨天晚饭后，丸山想找宋闯问些事情，可就是找不到，打听谍报队的人，都是一问三不知。丸山愈来愈感到宋闯这个谍报队长有点不对劲，虽还没掌握可靠证据，但已开始产生疑心。

“闯桑，昨天晚上，你的哪里去了？”

“太君，我是随维持会的宋仁明会长出去逛逛。”

到救命墩子村未抓到孙广盛，自己反而受了伤，丸山闷一肚子气发作不出来：“嗯！你的走吧，我的要睡觉。”

“嗨！”

宋闯慢慢地退了出去。他感到丸山一反常态，心中不免嘀咕起来：这些东洋人实在难侍候，拼着个老命替他们做事，总是让人提心吊胆，时不时的找个事弄得你魂不附体。唉，小鬼子这口牢食①也真不好吃。人常说伴君如伴虎，这小鬼子比老虎还要狠！

城里的街上，竹田一零七联队北上增援的部队，还在劳心费神地向东开进。天气虽已过了立秋，但“秋老虎”依然很厉害。日头快近中午，灼热的阳光在头顶上火辣辣地烤着。小鬼子单兵负重少说也有四十斤上下，一个个都热得汗流浃背，像条奔累了的大狼狗，无精打采地在路上挪腾。

宋闯一路小跑穿过马路，来到颖川堂酒店。

“哎！福禄呐？”

“他不在。”

“这么些天，还没回来？”

“也真是的，快急死人了。”

花蚂蚱对自己男人脚踩两只船心知肚明，后来又目睹了他变脸投靠小鬼子。作为一个女人，在这兵荒马乱到处都打仗和死人的岁月，守着个小酒店，花蚂蚱整天提心吊胆，她真的期盼丈夫能早点平安回来。

① 牢饭，方言，是骂人的一种说法。

第五十二章

乡中队巧施离间计
日酋怒令拿没鼻鬼

宋闯那次在宪兵队里遇上少妇花蚂蚱之后，睡梦中一直沉浸在一种幸福而甜蜜的回忆里。那副修长的身材，那鹅蛋形的脸庞，那高挑的眉毛，那迷人的小嘴，那挺直的鼻梁，那细白粉嫩的皮肤，那柔软的小手……无不勾起宋闯这条光棍心中的遐想。难道这就是一见钟情？难道这就是所谓的爱情？宋闯心中渐渐萌发出细细的嫩芽。此刻，花蚂蚱又站在自己的眼前，单薄的衣裳裹着身体，优美的线条显山露水，一对丰满乳房像扣在胸口里的两只小海碗。什么叫仙女？这就是九天仙女飘然而至呀！宋闯不敢再多看了。他像做错事的孩子，没吱声地低下了头。因他已不是过去的宋闯，下身残疾了还看人家婆娘做什么？他让花蚂蚱打瓶散装大麦酒，自己抓起一把油炸花生米。

宋闯在路上边走边盘算：贾福禄这混蛋家伙，也是个没得根的东西靠不住。我现在应把花蚂蚱打发动身，一来探听贾福禄的消息，再就是叫她完成一点侦察任务。宋闯打着如意算盘，又急忙返回了酒店……

这会儿，贾福禄正跟在小驴车后头闷头走着。他神情沮丧，脚步迟缓。组织上决定让他暂先关掉酒店，把老婆孩子接到乡下住。贾福禄因心里有鬼，没有敢硬顶。他在反复地思考：背着孙广盛又参加国民党，投靠了日本人当起走狗，向二蜡嘴暴露党的秘密，出卖了柏大喜和汤蛤蜊，就这些早已足够杀头了，想着想着就从心里往外不停地发寒。转而又觉得把小酒店关了也好，暂时先跟二蜡嘴和宋闯来个一刀两断，一了百了避避风再说。他认为汤蛤蜊已死，无处对证了。只要柏大喜不出宪兵队，那就不会犯事。就让孙广盛去怀疑吧，反正全本都烂在我肚子里，只要自己守口如瓶啥也不讲，谅他们就没得什么胡子翘。

贾福禄虽然这样自我安慰，可心里还是像十五只吊桶打水，总是七上八下，要是有人在背后提到自己的名字，都会吓得心惊肉跳。

小驴车上装着三尖港的西瓜，行起路来“吱呀吱呀”地作响。上坡了洪书跳下车在前头拉，两个民兵在后面推。刚出了村头才不远，朱铁匠就急匆匆追上来。他一把拉住跟在后面的贾福禄，气喘吁吁地说：“福禄，你现在不宜进城！”

贾福禄气鼓鼓地：“为什么啊？几个民兵都能去。”

朱铁匠说：“民兵去是有点任务。你不就是搬个家嘛，我已安排停当了，保证把你老婆和孩子平安地接回来，东西一样也少不了，这个你就放心吧。”

“我还有点私事，也就是外边吃喝的小账，到现在还没全收到手。”贾福禄说。

朱铁匠有些迷惑：“瞎胡闹，这个辰光你怎么能去收欠账呢！”

“铁匠师傅，你尽管放心，不会对我怎样。”

“你说什么？”

看到朱铁匠一脸惊讶，贾福禄意识到自己说漏嘴。他竭力地镇定下来，连忙改口：“我来个悄悄进城，溜达一下就回来，不会出啥问题。”

“你的事由组织上来办，你现在不宜去城里露面，还是跟我先回村里吧！”朱铁匠坚定地说。

路的另一边玉米地里有点响声，张百顺手里抓把镰刀，肩上挑着刚割的早熟黄豆秸秆去打谷场。他似乎觉得小驴车已超载，急忙气呼呼地撂下担子追上去，一把拽住车帮子：“先莫着急走，这驴不是自己家的一点不心疼。快来看看，车子已超载啦。小毛驴是个畜生，有嘴又不会说，你们就别再作贱它，看，已出汗了。”

洪书用手掠了把额头上汗水，一脸不太高兴：“你真是瞎说，我长这么大，还没听说过毛驴出汗呢！”

朱铁匠上前扒开张百顺的手腕，急切地说：“不要耽误时间啦。条件不是早就谈好了嘛，两个民兵替小毛驴换工，反正你又不吃亏。走吧走吧！”

张百顺摆着一副老脸：“实话说，我真有点不放心，不怕一万就怕万一，把毛驴累死了咋办？”

洪书将手一扬赌气地说：“赔你一匹大洋马，这下子可快活了吧！”

“哎，红口白牙，人口说的人话！”张百顺故意挑高嗓门。

洪书仰起头喊：“大丈夫一言既出，五马难追。”

张百顺急忙纠正："那是驷马难追！咋搞成五马的喃？"

洪书把脸冷下来回答："咋的，我个堂堂男汉子，就不够算一匹马？"

张百顺知趣地结巴着说："好，能能，能能能！"

在场的人一片喝彩。

朱铁匠笑着摆了摆手："不谈多少，快赶路去吧！"

张百顺脱下小褂子，兜住一个大西瓜，脸上浮现出满意的笑容。朱铁匠无可奈何地摇摇头，说："百顺老弟，你这叫雁过拔根毛啊！"

张百顺不以为然地白了朱铁匠一眼，将镰刀塞在前头那捆黄豆秸秆上，手里拎住个大西瓜，挑着担子走了。

大洋河的水溢到田间地头，十三里墩桥北有段路淹在水里。小驴车在水中辚辚地行驶，速度反而感到快点儿了。洪书怕车子侧滑到沟里，小心谨慎地操纵着车辕，两眼不住地盯着前方，车子快到九里墩桥时，他再抬头仔细向前看，不禁大吃一惊，喊："不得了，遇上小鬼子啦！"

后头推车的夏大鲇鱼和另一个民兵，也惶急地直起腰，只见桥南头大路上，鬼子队伍正大摇大摆、浩浩荡荡地向北开进。

洪书摸了一下后脑勺子，眼睛眨了眨高兴地说："这下逗巧了，省得咱哥仨往城里赶。夏大鲇鱼，你们过来，快快卸驴，把车子扔掉。"

刚把毛驴从辕里牵出来，十三里墩桥南"砰砰"打来两枪，洪书边跑边喊："快！赶快跑！"

他仨飞快跑到路旁的小河边，跳下水游到对岸一头钻进玉米地。

火辣辣的太阳晒得人头发昏。敌人仿佛坠入了五里雾中，一个个正渴得嗓子眼冒青烟。前卫部队刚到十三里墩桥头，小鬼子忽拉围住了驴车，可就是没人敢先动手，生怕车上有埋伏，你看着我，我看着你，不知如何是好。过了一会儿，有个鬼子从车上抱个大西瓜搁在大腿上，拔出腰间东洋刀劈开，贪婪地啃了几口，喊："哟西，哟西！好吃，好吃的！"接着，鬼子兵都拥了过来，如同一群饿狼扑食似的，转眼就把车上西瓜抢光了。

有个鬼子不小心手一滑，把抱着的西瓜掉下地跌成两瓣，他惊讶地睁圆绿豆眼："唔呀(哇)！"掏空的西瓜里出现两条小黄鱼(金条)，还有一封用油纸裹着的信。

黄鱼和信很快转交给大太君。歇脚在南桥头炮楼里的竹田大佐拆开一看，吃惊地吼："呐尼？闯，八嘎！良心大大的坏啦！"但一转念又眨着眼珠子，"这是不是孙猴子施的诡计?”为稳重起见,他命令随行的通讯参谋,立即回头把信转送丸山。

怀里抱着个白枕头趴在联队驻地医院病床上的丸山,看过信后感到有点儿不解。

闯:

承蒙协助,前日除仓毁库,昨又毙寇二十余。惜丸滚,望寻机再打。赠“黄鱼”薄礼,望笑纳。川另有赏。

港

这信上说的是什么意思?丸山找来特高课长筱田太郎和金翻译官,几个人一起破译,最终还是弄懂了。

宪兵队的金翻译官指着那信,说:“前几天除掉仓公笑,毁了西郊三号军械库。昨天又打死二十多个皇军。可惜丸山球形的小东西……”

“八嘎!”丸山一把夺过信扔到地上。

筱田太郎少佐说:“信是写给闯的,‘黄鱼’就是金条,‘川’指的是陈霸川,坐村密探名册里有此人,‘港’是划船港乡中队,也就是孙猴子的队伍。”

丸山怒不可遏,一拳捶在枕头上。正看着宋闯不顺眼的当口,又得到这封信,丸山更加怀疑了,当即命令筱田太郎立刻将“没鼻鬼”拿下。

很快,宋闯被宪兵抓来了,他弄不清自己犯的是什么罪,吓得像三伏天发疟子,浑身哆嗦个不停,还没赶上用刑,就一五一十供出二蜡嘴偷偷弄烟膏的事。

“烟膏的现在哪?”筱田太郎问。

“都藏在‘海鲜野味’烟花铺子里。”

宋闯被拘的消息传进二蜡嘴耳朵,他急躁不安地来宪兵队找丸山,笔直地站在丸山的病床前,用试探的口气,问:“丸山队长,宋闯到底出了什么问题?”

丸山慢吞吞地抬起头,冷笑着看了二蜡嘴一眼:“你的,把烟膏的都收去啦?”

二蜡嘴一听原来如此,心里的石头很快就落了地。暗自想:糊弄日本人的事多着呢,何止是收点儿烟膏?不碍事!纯属小菜一碟,搪塞一下就会过去。他露出一副满不在乎的样子,笑了笑,说:“这事不能全怪宋闯,那是本人出的馊主意。我下乡找老百姓征粮,看到罂粟割后扔个遍地,生怕孙猴子抢去赚钱,就顺便收了点烟膏。实不相瞒太君，可只收一点点啊。”

没想到丸山也太精，针眼大个洞，非得挤出拳头来。他轻蔑地哼了一声：“你的，什么的一点点，不一点点的！”

坐在丸山病床前椅子上的二蜡嘴，故意做出一副镇静的神态：“丸山队长，你若有什么想法？那就统统拿出来。我对皇军，大大的忠诚！”

丸山说：“闯，是孙猴子的奸细，你知道吗？”

二蜡嘴把头摇得像拨浪鼓，说：“那？不可能，绝对的。他非常可靠，大大良民。”

丸山指了指地上那信，说：“你的看看！”

二蜡嘴拾起信浏览一下，脸上露出惊异的神色连声说：“这，肯定不可能！不要冤枉好人。又是孙猴子玩的‘离间计’。”

“呐尼？‘离间计’的？”

“是的。也就是他们……”

副官慌张地跑进屋：“报告宋县长，竹田联队长命令立即出发。”

二蜡嘴忠告：“丸山队长，你可千万别上当啊！”

丸山缄默不语。

二蜡嘴无奈，一溜烟地跑出去。刚到门外，副官低声说：“烟花铺子被宪兵队抄了，所有烟膏都已没收，里外砸得一塌糊涂。”

二蜡嘴气得咬牙切齿，准备回头找丸山算账，可又想也没这个必要，东洋小鬼子简直混蛋，都是些蛮不讲理的畜生东西，公开闹翻了不好收场。他在门外转了圈，想来想去只好先忍下这口气。

“老爷子怎么样？”

副官小声回答：“宪兵队的人没有敢碰老爷。他在店里闷着头光抽烟不说话，叫你抽空过去一趟。”

第五十三章

孙大侠巧布口袋阵
放兔子专逮大灰狼

近几天，皇协军的警备队冒雨开到乡下，几乎连塞牙缝的粮食也未抢到。二蜡嘴在送人命指点下使出“啃大户”的绝招：把大小地主都动员起来交粮，什么稻谷、小麦、玉米、黄豆及山芋、萝卜、南瓜等，七拼八凑地加起来有几万斤，装了二十多辆大车，勉强也算把竹田应付过去。现在队伍已集合好了，正准备出发北上，就等一声令下。

二蜡嘴想到烟花铺子去看看老爷子，顺便再告个别。可刚准备前往，从东边跑来骑兵传令，叫他立即出发。二蜡嘴只好恼怒地骂：“王八蛋，催命鬼又来嘞……”

警备队随着竹田本部的后卫出城了。

孙广盛知道，日军一零七联队已在途中撤回掉头走东线十三里墩，舍近求远绕道向北开拔。他同大家一起反复研究，依敌人的行进路线和运动速度，大约在子夜后，才能到达李家灶附近向北，次日辰时接近黄家尖边缘。遵照县委的指示，要与敌人进行斗智。咋个斗法？临时紧急党委（军事）扩大会会议上，一班人很快就形成个初步预案：控制李家灶这个咽喉部位，迫使竹田大路不走再行小道，让其钻进已布好的口袋阵“鬼门关”。拖延敌人前进的速度，也就为阜东八滩反“扫荡”争取了宝贵时间。

乡中队冒着炎热的骄阳从划船港出发，踏着坑坑洼洼的滩涂湿地小路，向李家灶方向开进。

三俊子的蓝狐精英小队走前头，英子带着女子基干小队跟后边，孙广盛和徐树庭就插在队伍中间。孙广盛满头大汗，摘下孙海光赠送的新四军军帽放挎包里。他看到徐树庭好像在考虑啥事情，便偏身错后与其平行，问：“又在琢磨什么呀？”

“我在想：倘若竹田不走黄家尖咋办？”

“敌人这次是大部队行动带的装备多，前边有掷弹筒、轻重机枪，后面还跟着几十辆大小车子。俗话说，宁走十里光，不走一里荒。必走‘华容道’，其他路线很难通过。”

“会不会把部队分开走？比如东走陆家墩子渡口，西边斜对过儿直奔洋马港。”

“这个有可能，但车子还得走黄家尖，需调集大量船艇搭浮桥应急渡河。如分开走的话，那打起来我们就更顺手了。敌人在滩涂湿地上作战已吃不少苦头，所以他们会非常慎重。依我估计，竹田胆再大也不敢轻易把部队分开。他不会不考虑给养问题，万一其中有哪一路被截住，又不能丢下不管。这种多路行进的方法，对敌人十分不利。”

“我们顶不住咋办？”

孙广盛显然早已想好，说：“打得赢就打，打不过就赶紧跑。反正滩涂湿地上大伙儿都透熟，跑到敌人行进路线的前头再打个埋伏，这样拦上几次就达到目的了。”

事实也正如孙广盛所料，乡中队在滩涂湿地上来去如风，搞得日军的辎重部队大为头痛。

李家灶，因原是瓢城东门一户李姓人家煮盐的灶地而得名。现在已成连接滩涂湿地南北交通的重要枢纽，也是竹田绕道北上的必经之路，可说是个设伏的绝佳位置。竹田却不知正一步步地掉入死亡陷阱之中。

黄昏时分，乡中队神不知鬼不觉地赶到李家灶周边。大伙儿分头动员附近九个自然村的交通运输队员、自卫队员和联防队员共一百三十余人，先在敌人前行的相关路段摆下地雷阵，接着又挖了二十多道地沟陷阱，人称抗日沟（阱），阻滞汽车行驶。然后再到马路两旁，筑起许多简易工事。

明月，从东方的海平面上冉冉升起。站在黄泥墩子上远望，一条灰蒙蒙的泥泞马路，从南洋岸蜿蜒穿过滩涂湿地向东，到了李家灶便朝北一拐。民兵们就埋伏在道路两侧土坡上的树林里。方圆二三里外的主要路口岔道，都已安排自卫队员或联防队员望风放哨，一旦发现情况立刻报告。

孙广盛蹲在刚挖好的单人掩体里，正准备去阵地上看看，突然见到一个黑影子过来，连忙迎上前去，原来是李盐巴老先生挑着副水桶担子，便小声喊老人停下来歇会儿。在这之前，孙广盛曾到老先生居住的村子里去过，为防止敌人进村烧杀淫掠，群众都已很快转移了，院落里全是空壳子，屋内连一口淡水也找不到。唯有村头旧学堂附近李盐巴老先生家烟囱里还冒着烟。孙广盛连忙赶过去催促："李老先生，快把火熄掉，走吧！"老人说："就走，就走，马上就走！"没想又摸到这儿来。

李盐巴老先生的身板像大洋河畔老柳树一般结实，满脸皱纹刀刻一样深邃。但耳不聋眼不花，见有人喊便上前咧开没了牙的瘪嘴，贴近孙广盛笑开了："噢，你就是大侠乡长吧？活菩萨！吃辛受苦抗鬼子不容易啊！估计现在大伙儿肚子都饿了，在老夫的地盘上没得好招待，只能尽点地主之谊，熥了些山芋给充饥。另外，我还让弟子宰了自家一只老山羊，已送炊事班给孩子们开荤打牙祭……"

孙广盛感到一股暖流涌遍全身。他叫来两个民兵马上把熟山芋分给大家，回头对老先生说："老人家，您为什么客气送东西来？……"

"人生七十古来稀，问君还有几春秋！何况老夫已耄耋之年了。实不相瞒，想当回民兵过把隐，能上战场打鬼子也算没白活。值！"老汉文绉绉的越说越激动，脸上容光焕发，皱纹条条绽开，像黄家尖朱氏牡丹园里刚盛开的牡丹花儿，并不停用手捋着胡须："老夫八十有三，阎王爷不搀，黄土快埋到腮，赚来的！听说小鬼子要经这里走，准备拿这把老骨头拼一下，日后死了才甘心情愿闭上眼。今夜老夫就是死，也要拖几个小鬼子垫背。"

天上浮云渐渐飘散，一轮明月给沉静的滩涂湿地洒下淡淡银光。民兵们严阵以待，衣衫早被露水浸湿，深更半夜的海风吹在身上显得凉爽。不远处的茅草滩里，传来一阵阵雄野鸡"咽——咽——咽"的叫声。眼看东方已出亮星了，敌人还是没动静，大家等得有点儿焦急。

"是否日伪军又改道走别的路了呢?"大伙儿的脑子里，画起一个个问号。

孙广盛来到徐树庭身边，心中有点不安："咋回事，难道真的是'瞎子点灯——白费油'了吗?"

徐树庭像是孙广盛的"参谋长"，每到关键时刻，孙广盛都要听听他的意见。徐树庭思考片刻，说："我认为你的分析应该没有错，竹田肯定必走'华容道'，我们就耐心等待吧！"

孙广盛也挨着徐树庭蹲下，停了一会儿，说："我一直在想，这地方太重要，也非常危险，竹田不会没有顾忌，他哪敢大摇大摆地向前走呢！”

正说着，西南土地庙方向草滩里传来一趟雌野鸡“咽咽咽”的惊叫声。孙广盛兴奋地站起来，说：“好！快啦，看来埋塘在李家灶的‘兔子’就要出窝了！”徐树庭笑笑，说：“只要它跳出来，那就跑不了喽！”

顿时，阵地上所有人的心情都开始紧张起来。

孙广盛回到指挥位置，发现身旁又多了个人，仔细一看还是李老先生：“您怎么还不走啊？”

李盐巴老先生反而往他身边靠靠：“我等着打鬼子呀！”

孙广盛拽了拽老人的衣袖子，接着催促：“快走吧，这里太危险！”

老先生将身板子挺了一下，用手拍拍：“打鬼子老夫也有份，已这么大年纪了还怕啥？怕死就不来了！你们不危险啊？瞧，我这儿也有‘家伙’呐！”

孙广盛贴近一看，李老先生的腰眼里吊着四枚手榴弹。原来，老人是位从划船港被请来的“村塾①”先生。今年春上，鬼子和伪军各一个小队开往李家灶“扫荡”，学堂里的弟子都已跑光。新四军三师十五团二连闻讯赶来打了一仗，击毙了许多日伪军士兵，给李盐巴老先生留下未上缴的这些“宝贝”。

很快，土路上隐约传来纷乱的马蹄声。孙广盛举起望远镜看了看，这就是小牛吊在脖子上刚交公的那玩意儿。透过昏暗的暮色，孙广盛发现一支二三十人的马队正从南边疾驰而来。

民兵们打起精神，枪口随着敌人骑兵的黑影移动着，都屏息静气地在等待射击的命令。孙广盛立刻意识到，很可能是敌人故意抛出的诱饵，这小股骑兵打不得！

马队很快奔到北边黄家尖附近，不知怎么的又快速回头，慢悠悠地向李家灶方向退缩。

李盐巴老先生摁下孙广盛的膀子，不解地悄声问：“这趟王八蛋神气活现的，跑来跑去想干啥？跑龙套啊！”

孙广盛清楚，越是没有小鬼子动静，越说明后头有大动作。这可能又是竹田玩的鬼把戏，先派骑兵在前头探探路，实际上是“老鼠拖板锨——大头子在后面”。这当口孙广盛决定：不能一见到“兔子”就放箭，必须等“大灰狼”出来再动手。他最担心的是阵地上突然冒出个愣头愣脑的、沉不住气就乱开枪。太好

---

① 村塾，指旧时农村中的私塾，也叫村学。

了，就连刚集训补充进来新入队的民兵，也都很守战场纪律。直到敌人骑兵回头向南没了影子，孙广盛才松口气。

果然不出所料，约莫一顿饭工夫，黑压压一片敌人接连不断地由南向北开来。快到跟前了，可还是没有准备射击的信号，同志们都等得有些发急，一个个把脖子伸老长，朝孙广盛这边不停地张望。

孙广盛发现向北开进的是伪军，这又是竹田惯用的手法，把伪军摆在前头送死。孙广盛这次要放过伪军专打鬼子，因鬼子是去阜东八滩增援的预备队主力。眼看几个中队伪军过去了，再也没有部队跟进，空着足足有近小半个时辰，仿佛敌人的部队都已走光。埋伏着的民兵中有人低声抱怨起来……

第五十四章

李家灶鬼子遭伏击
湿地上打起破袭战

大伙儿仍然在耐心地等待着。孙广盛想:竹田真的比以前更狡猾,说明他的胆子也越来越小,先让骑兵在前头探路,接着是伪军跟进,最后本部才出动。孙广盛又传令下去:“继续沉住气,没有命令不准开枪。”指示在阵地上小声地传着,民兵们也都憋住劲儿静静地等候。

时间又过去两三炷香的工夫,不知是谁嘀咕一句:“哎呀,真神了,终于号准了小鬼子的脉,把一趟‘大灰狼’等来了。”同志们隐约地听到,鬼子刺刀、水壶撞击和皮鞋的“咔嚓咔嚓”声。不一会,大批鬼子戴着挂屁帘儿战斗帽,荷枪实弹分两路纵队向这边开来。

将是兵的胆。阵地上民兵们看到孙广盛沉着冷静的样子,纷纷安下心等待小鬼子靠近。眼看敌人已进入伏击圈,距离阵地十来丈远,孙广盛大喊一声:“打!”随后抬手“砰”的一枪,前头的那小指挥官脑袋立刻开瓢。

顷刻,机枪、步枪一齐开口,手榴弹犹如下冰雹似的落到敌群里,“嘎嘎咕咕”“乒乒乓乓”“轰轰隆隆”,枪声和爆炸声响成一片,震动了沿海滩涂湿地。“通!通!通!”六门用于打野鸭的土铳,改造成杀伤力更强的土炮又发出巨大响声,射出的铁弹子像把大扫帚似的,带着浓烟烈火扑向敌群,给这次李家灶阻击战增添了威力。小鬼子死的死伤的伤,实在吃不消这猛烈的打击,撂下几十个死伤鬼子仓皇地退了回去。其实有部分小鬼子,则是被活活震死,身上看不出来受伤,但七窍鲜血淋漓。还有些死相更为恐怖,浑身上下尽是血窟窿,都是被钢珠铁弹子崩了的。

这半路上杀出个“程咬金”,让竹田惊得眼镜滑到鼻尖上。他急忙翻身下马，慌张地躲到大洋马屁股后面，像个缩头乌龟似的探出头来观察动静。土炮的轰鸣，使他感到十分诧异，开始怀疑是遇上了新四军主力，但这渐渐稀疏下来的枪炮声，让他又考虑到这很可能还是一支农民军。他本来就担心会遇上埋伏，绞尽脑汁想出一个主意，先是骑兵侦察，接着是伪军蹚路，结果还是遭到了伏击。他简直要把肺气炸了，一只手搭在马腿上眼看前方，张着大嘴“呼哧呼哧”地喘气。

退下来的骑兵和步兵一下子穿插到炮兵里，人喊马叫乱成一片。有个满脸鲜血吊着一只膀子的中队长，摇晃着身子跑到竹田面前，没说上几句就“噗通”倒地。竹田让两个士兵将其拖走。他龇牙咧嘴地使劲把双手指头关节撅响，先望了望前边灰蒙蒙的路，又看了看西侧的大弓子河，想下令派兵再冲上去，但考虑前方的火力难以预料，河宽水深溜急形势十分严峻；如从背后再迂回吧，又怕沟河港汊繁多，费时费力效果难以预测，他只好命令炮兵就地发起攻击。

迫击炮(掷弹筒)“轰轰轰”吼叫起来，密集的炮弹倾泻在乡中队的阵地上，烟尘蔽天，弹片纷飞。

此刻，同志们都按孙广盛的命令，后退十五丈陆续撤出阵地，可不幸还是出现了九死十七伤。在后撤的当口，一枚迫击炮弹在前面不远处爆炸，孙广盛被气浪掀倒，后脑壳磕在小土坡上，顿时眼冒金星，浑身发软失去了知觉。李盐巴老先生一把扳起他的身子，大声喊：“乡长！大侠！孙大侠！”

孙广盛晕了过去，脑袋有气无力地垂在肩膀上。李老先生想把他叫醒，可就是怎么也不答应。老人招手喊来大个子民兵，背起孙广盛小心翼翼地往下去，一直到了黄泥墩子脚下，涉过一条涨满水的小河来到大盐庄。他俩把孙广盛轻轻放在农家的草堆旁。想找点水给他喝，可庄上的人都跑光了，到处都是黑乎乎的。

此时，李家灶附近的枪炮声已停，周围一片也恢复了往常的寂静。

孙广盛动了动身子，嘴里像在说些什么。李老先生连忙蹲下，贴着他耳朵，喊：“大侠！乡长！你醒醒！”

乡中队陆续撤到村子里。听说乡长负伤了，大家都十分紧张地跑来。孙广盛苏醒后，李老先生扶住他慢慢地站起。徐树庭挤过来借着头顶上的月光，仔细地打量着，担心地问：“当家的，你怎么啦？”

“没有伤，就是被炸晕了一会儿，不碍事。同志们撤下来了吗？”

“都已下来。我们刚撤退时，敌人又吹起集结号，估计马上可能要从两边再绕道转(拐)过去。”

徐树庭话音未落,东南和西南方向,同时传来连续的爆炸声。一个小同志高兴得跳起来:“好,这下好,地雷又开口了!”

徐树庭说:“大盐庄民兵和自卫队将地雷埋出二三里远。不管小鬼子走东边还是西侧,要想绕过这段路,起码也得磨蹭到天亮。”

孙广盛感觉老是有点恶心,不停咽唾沫强力地抑制着,他喘了口气,谨慎地说:“此地不宜久留,集合队伍,马上出发!”

大兰芬凑上前将舌头一伸,微笑着幽默地说:“小的命不值钱,天生是瓢瘪高粱、大麦糠喂猪的料,而您的命好比小麦磨出来的白面,五爷爷啊,可要悠着点,您的脑袋比金子还贵重呐。”

李老先生拉住孙广盛手说:“不能走,你已伤得不轻,赶快找个地方歇歇。那颗炮弹,连我的脑子也震得好疼,到现在耳朵里还嗡嗡地响呢!”

孙广盛笑笑说:“李老先生,您放心,我是属猫的,有九条命,不会那么轻易就死掉,现在不是挺好的吗。歇不得,还要赶到前面去拦几次拖住敌人,再见吧李老先生!”

乡中队又出发了。

第二天晚上,敌人接近根据地边沿地段。因遭到了伏击,诡计多端的竹田行动更加谨慎。这下子他把主力摆在前头,变成四路纵队向前开进,中间不留空隙,尽量缩短距离,以便前后互相有个照应。在茫茫苍苍的月色里,这支队伍像滩涂湿地上一条夜间出洞的“火赤链”蛇,缓缓地蠕动在原野间。

箍紧必炸。其实竹田走的这条路,是孙广盛故意给晕头转向的敌人让出的。在通往龙王庙方向的路上,民兵已给竹田摆好了滩涂湿地“迷魂阵”。

徐树庭带领乡中队杀了个回马枪,这就是滩涂湿地打游击的长处,便于隐蔽,容易迂回,随心所欲地打击敌人。孙广盛选择了一处既能发挥火力、又便于迅速转移的有利地形,咬住了敌阵的尾巴,先是一顿猛打,趁敌人混乱之际来个猛冲。

这一招果然很管用,那条毒蛇的头迅速地蜷缩回来,等敌人挤成一团,埋伏在各个阵地上的民兵一齐开火,顷刻间枪声和手榴弹爆炸声响起。接着,民兵们又灵活机动地展开小小麻雀战,一忽儿消失,一忽儿又出现,这里啄上几嘴,那里叼上两下,弄得敌人晕头转向,欲走不能,想打又找不到具体目标,气得“嗷嗷”直叫。

接二连三地遭到袭击，使得本来就神经紧张的日伪军更加惶恐，一股不安的情绪就像瘟疫一样在敌人队伍里蔓延开了，所有人都不由自主将目光呆呆地转向茫茫滩涂湿地，有些官兵发泄地朝天上乱放枪。

在滩涂湿地被缠了一天一夜，看到渐渐升高的日头，竹田大骂：“八嘎！支那人的都是懦夫，只会在背后放黑枪，不敢明的站出来，与大大的帝国皇军干一仗！”

正午时分，经半天的连续急行军，敌人大队人马都已精疲力竭。

三俊子在蓝狐精英小队里挑选出一伙人，装扮成私盐贩子在西潮港的汊头，两条木船舱里装上满满的淮盐。船头站着一位满脸刀疤，看上去非常凶狠而身材高大的中年汉子。扮龙像龙，装虎像虎。他不是别人，正是头脑子还昏昏沉沉，就摇身一变成盐帮老大的孙大侠，现他所谓的身份是江阴港时记盐行把头——时运来，眼下正准备去上海四号码头送货。

突然，一阵子枪声在前方不远处传来。

在滩涂湿地上，转晕了头的竹田立即翻身下马：“八嘎！什么情况的！”

很快，一个尖嘴猴腮浑身上下满是泥垢的伪军，屁颠屁颠地跑过来：“报告太君，前头的搜索队在西潮港附近，发现一帮私盐贩子，交上火后被打跑了。”

“私盐贩子？”竹田突然若有所思地向身边二蜡嘴问。

“太君，这盐东历来盛产淮盐，也是各路盐商走私淮盐的必经之道，每年县里损失掉的盐税，不下百十万法币(流通货币)。”二蜡嘴说。

显然，二蜡嘴已从跑来报告的那个伪军身上嗅出浓浓的铜臭味道，他晓得每伙走私淮盐的贩子，基本都在二百石左右的量，一般只有三四十个人的规模。今天纯属是走了狗屎运，让我在这滩涂湿地港汊里拾到个“金砣子”，这些私盐贩子肯定是被浩浩荡荡的队伍给吓跑了。

“私盐呐？”二蜡嘴问。

“报告宋县长，百十石的两条盐船基本足载，已被弟兄们追过去扣下！”伪军得意地答。

还没等二蜡嘴和竹田赶到那被扣私盐船的港汊边，就让空气中弥漫的一股肉香味给吸引。

原来这锅肉，正是刚才被日伪军打跑的那些私盐贩子没来得及吃的午餐。而就在二蜡嘴他们还未到来之前，二十多个饿得饥肠辘辘的日伪军，都兴奋得

“嗷嗷”狂叫，两眼直放绿光，围着一大锅熏烧牙獐肉狼吞虎咽起来。幸好二蜡嘴和竹田来得及时，不然再过一阵子，那后头一趟人赶上来，恐怕是连点汤也喝不到了。

“八嘎！统统的让开！”在竹田的一声呵斥下，忙得连头都来不及抬的日伪军，马上都被轰到了一边。

“你们这帮馋嘴家伙，真是炒虾等不到红，不晓得死活的猪，要是这肉里有毒咋办？那不是死路一条吗。”二蜡嘴对正打着饱嗝的伪军骂开了。

“报告长官，晓得喽，已停下来不吃了。”一个伪军小队长站得笔直地说。

“现在知道已迟了，尽放马后炮说些屁话！”

第五十五章

熏獐肉吸引馋嘴狗
迷魂阵转晕日伪军

天上掉馅饼的事是没有的，只能下冰雹砸破头，一场因日伪军吃牙獐肉而引发的命案由此产生。

在敌人就地休息进餐时，远方一处黄土墩子的小松树下，英子正举着望远镜观察其动静。

“哎，为啥到现在还没得一点反应？是不是药量不够到位？”看着这些日伪军还那么神气十足，英子有点担心地问。

“这个一点也不用怀疑，网箍子刚才放的药量足够能给吃过肉、喝了汤的全迷趴下。你就有所不知了，划船港姚二先生的迷药性子慢，通常要半个时辰才能发挥作用。蒙汗药主要成分是被称为‘曼陀罗’的一味中药，这种花来自古印度，药性特别厉害，可说保证让这些王八、蛤蟆一个个全好看！”孙广盛充满信心地说。

姚(绍元)二先生家祖代行医，他年轻时师从连云港一位留德医学博士，且精通中医和西医，在盐阜一带很有名气。

“现该咋办，总不能干巴巴地在这里等？”英子又问。

“当然喽，少说两条船也有头二百石盐，可都是些上等货，哪能便宜了这趟兔崽子，我们要连本带利都收回。走！先到前面大嘴狗滩去，估计馋鬼们马上都得乖乖趴下。”孙广盛说。

几个日伪军士兵不一会儿，又将刚吃剩下的熏烧獐肉汤喝光。

“太君，不好了，看来这下子中招啦！”二蜡嘴十分惊恐地说。

“什么‘中招’的？”显然竹田那老鬼子对二蜡嘴“中招”一词搞不懂。

“太君,我的是说可能中了私盐贩子下的迷药毒。你看,吃肉和喝汤的人都感到头昏想睡觉。”

“迷药,蒙汗药的干活?八嘎!”竹田马上勒起嗓子十分吃惊地喊。

“据我掌握的情况,这些私盐贩子有刀有枪有武装坏绝种,惹上了比海边的土匪和海匪还厉害,他们中确有一种蒙汗药,看来刚才吃肉喝汤的都已中毒了。”

“这么说,私盐贩子的,就在附近的!”竹田看着那踉踉跄跄的官兵,接着又惊恐地问。

“太君,应该没错!”

“八嘎!这种蒙汗药的,什么时候的才能醒?”

“不解救起码要三天。如用冷水敷面清洗,少说也要两天。当然,有解救药不停抠嗓子,把迷药吐出来一天也能醒。”二蜡嘴说。

当部队快开到黄土墩子南侧,半个时辰前还抢肉吃和喝汤的一帮日伪军官兵,这时已全部躺上了担架。

“这帮龟孙子活该,‘吃独食’的报应!刚才吃肉喝汤没老子的份,现在吃苦受累的事都摊上了!”一个伪军发起牢骚。

“我说就少讲两句吧,没人把你当哑巴。谁叫我们是后娘养的呢!”另一个伪军也牢骚满腹。

……

这时,在黄土墩子旁的小树林里,孙广盛交待大家:“同志们都听好了,要专门瞄准当官的打。千万要记住了,不能暴露目标,打一枪换个地方,不能放空枪,让敌人弄不清我们队伍里究竟有多少人。”

“要是敌人追过来咋办?我们就这么一点点人,他们的数量是十几倍啊!”一位“家人民兵”担心。

“能打就打,不便打就跑。一定要记住,千万不要恋战,绝不宜跟敌人硬拼,目的是捉迷藏式绊住敌人后腿,只要把这几天拖过去,那就大功告成。听到我哨子一吹响,马上就全部后撤,绝对不要逞能!”

“放心,晓得了!”众民兵纷纷表态。

此时,敌人看着黄土墩子旁茂密的小树林,正想前去避阳。可就在这当口,“砰砰”!不知从哪响起两声,一个鬼子小指挥官半边脑袋被打飞,其他鬼子立刻趴下。接下来又是一阵“乒乒乓乓”的乱枪,十几个日伪军相继倒地。

枪是民兵队伍里打的。划船港乡中队的民兵，有一部分都是滩涂湿地上的猎户，他们的枪法非常准，加之刚换上比鸟铳子要好许多倍的三八大盖，那命中率就可想而知了。有位父亲对十四岁儿子小猎狗说："狗啊，岁月不饶人，节令不饶天。爹在滩涂湿地上打猎已跑不动了，你要好好跟孙大侠干，有队伍在划船港就安宁。你参加民兵年龄还不够，就跟着队伍先跑跑吧。"小猎狗真的去了。网箍子看到小猎狗个头比自己还矮，嫌弃他没得枪高，太嫩！说："你能打个屁仗啊？回家吃奶去！"小猎狗就不买账地说："个子大有屁用啊，你别看我人小，可我八九岁就打野鸡、掏狼窝了，枪法比你们准。"孙广盛拿来一把三八枪让他试试，结果一百二十丈的距离，连打出了五发满环。一次乡中队在大洋河下游九曲湾设伏，当时队伍里有支美制 M1 步枪，许多人都争着想心思。孙广盛说："大家都别争了，就干脆定下来吧，这支枪给小猎狗用。你们谁的两下子，也不见得能把威力发挥出来，莫看小猎狗这孩子小，可天生就是个狙击手的料子，比你们潜力大。"小猎狗的任务是狙击前头指挥官，发起攻击更是以他的枪声为号。小猎狗以前毕竟用的是土枪，打的是滩涂湿地上的獐狍鹿兔，可从来也没有对人开过枪，刚刚第一枪并未击中那小指挥官的头部，而子弹打偏到右肩上。不过还得感谢孙广盛，给他配发的美制 M1 步枪，这个"家伙"也太牛了，全自动快速装弹。就在那小指挥官中弹的当口，小猎狗的第二枪马上又补过去，直接将那牲口的脑袋开了瓢。领头的小指挥官一倒下，整个鬼子的队伍就乱了套，哭爹喊妈到处瞎放枪。小猎狗击毙了鬼子小指挥官后，胆子越来越大，战斗中他像拾豆子似的一枪一个，消灭掉十多个鬼子。不过在最后冲锋时，孙广盛一把拉住小猎狗，说什么也不让上去。他笑着说："小屁孩，你今天的任务完成得非常出色，放乖点听大人话，像这擦屁股的活你就别去了，老实待着莫动……"

滩涂湿地上这些"乒乓乒乓"的枪声，成了日伪军挥之不去的噩梦。他们尽管抱着枪东逃西窜，但还是一个接一个倒地。伪军中有两个小头头，因吃肉喝汤而昏迷不醒，所以他们带的一支部队就失去了指挥，乱作一团纷纷夺路而逃。

"大佐阁下，昏睡不醒的，已抬不动了，咋办的？"一个长得像矮冬瓜样浑身满是血污的日军曹长跑过来报告。

"八嘎，死了死了的！开路开路。"竹田忽地窜上前去，挥舞着手里的洋刀大声叫嚷。

"哈伊！"

伪军小队长郑大眼问二蜡嘴伤员咋办？二蜡嘴吼道："没有用的只会浪费

粮食，送馋嘴鬼们见阎王去吧！注意，执行人要封口。”

“是！”

“哪尸体咋办?”郑大眼随即指着地上那些已死透的日伪军问了一句。

“记住！有仇不报非丈夫。对付日军心也不能慈，因小鬼子残杀中国人手就从没软过，南京大屠杀有三十万同胞遇难啊！可不是那矮子天皇一个人能干出来的。其中，遇难者中也有我的几个嫡系亲戚……是弟兄们的全部埋掉，小鬼子尸体原地不动留着，让其成为这滩涂湿地上猛兽的果腹之物吧。”

竹田脖子上青筋突突，脸气得像一挂灌满水的猪肚肺。他想出出这口恶气，一下子动用四个中队的兵力，拉网式在滩涂湿地上挨着搜索、追击。这一来，正有利于乡中队打游击发挥特长，引着敌人在草滩里转悠。日伪军到了东滩头，民兵在西盐池子旁打上几枪，日伪军扑向人头港，民兵又在涵水洞南边扔上一阵手榴弹。有时双方遥望相对，中间仅隔一条小沟港，乡中队存心惹敌人生气，几个人一起还把手弯成个喇叭形，拖长着声音喊:“小鬼子——‘二鬼子’——是条汉子就过来吧——”有时就看准时机，穿插到敌人中间去，将鞭炮放在铁皮筒内燃放，虚张声势分散敌人的注意力。

孙广盛就是这样用智慧和计谋，以极小的损失换来最大的胜利，指挥队伍阻击敌人，伏击敌人，拖住敌人，使敌人疲惫不堪，迟滞小鬼子北上的步伐。竹田也明知是在拖延时间，却又不能脱身，急得像热锅上的蚂蚁，只好下令把所有部队调回来，稍微休整一下继续前进。

五六个吃肉喝汤的小鬼子醒来后便成了替罪的羔羊，被竹田一一枪杀。

第三天拂晓，乡中队来到了黄家尖，在鹤影里一片树林中休息准备早饭。朝霞给一望无际的滩涂湿地镀上金色。连续行军和不停地战斗，使同志们感到非常疲乏，但他们似乎听到八滩反“扫荡”的炮声，那胜利在望的喜悦从人们的嘴角处和眉宇间流露开来。

孙广盛头部受到震荡，因没有得到及时休息恢复，身子感到像灌了铅似的沉重，老是一阵阵隐隐的疼，眼皮子也沉重得撑不开，昏昏糊糊的想睡觉。他瞒住同志们，又强打起精神，同炊事班长去村里操持早饭。

一夜劳累，民兵们疲惫不堪。有的“天当房地作床”倒地就睡，有的在沼泽上拔把蒿草，坐下来盘膝打个坐桩，两只手肘顶住双膝，十根指头错成个指叉，脑袋落在上头东倒西歪地小睡着。歇在小树林里的同志们，有的聚在一起谈论着战斗，有的把战利品亮出来摆谱，有的擦枪数子弹，还有的就倚着树干闭目养神。

徐树庭头一抬，发现大兰芬坐在对面树根脚下的小草把子上，两膝盖夹住一只张了嘴的布鞋，正蹙眉凝目地穿针引线。

“哎，请女同胞们代劳吧。”徐树庭微笑着说。

“缝了半天也没缝好。”大兰芬眨巴着瞪涩的眼睛，说，“我这抓机枪把子的手，做针线活确实是‘接生婆摸屁眼——外行’。外行就是外行，粗手笨脚的已被针戳几下了。”说着大兰芬就站起来，将座位让给在旁主动靠上来帮忙的表妹小鸽（葛）子姑娘。

“去去去！干你哥们的事吧！这鞋头脚脑、针头线脑的就让妹子来。哎哎！我也只能算个三脚猫手艺，这阵子跟着队伍打游击，把针线活全搁了……”

大兰芬就挨着坐在旁边，倚靠树干儿，很快就打起了瞌睡，身子软软地慢慢斜倚住小鸽子。大兰芬睡得很香，小鸽子抵住了却一点也不动。大兰芬梦到已赶走小鬼子，建立起新中国，孩子们自由自在嬉戏，“湿地明珠”“东方鹤都”——黄家尖开满五颜六色的牡丹花。他还梦见自己似一只展翅彩蝶，与同样幻变的亲爱战友小鸽子姑娘，双双拍打着美丽的翅膀，在滩涂湿地鹤影里上空飘飘扬扬，仿佛如同被海风吹起的片片彩绸。蜜蜂在牡丹花丛中飞来飞去，那嗡嗡的声音时强时弱，好像在演奏一支美妙的乐曲。二三百个丹顶鹤家族，越冬后即将飞向北方而结成的鹤群，与数以万计的鸟儿在空中不停地鸣叫，犹如歌唱家在展示那动听歌喉……一梦醒来，不由深深吸了一口新鲜空气。是的，生活于这块四季分明，气候宜人，素有“东方鹤都”美誉的湿润地里，绝不亚于陶渊明笔下的世外桃源。

孙广盛和炊事班长抬着饭菜，从乡间小路上走来。倏地，他感到自己的头晕得很，周围树木仿佛在不停地摇晃。他咬紧牙关，使劲挺住肩膀，两手握住扁担，竭力走稳脚步。英子见了急忙奔来夺过扁担，一个劲地埋怨：“这事哪要你亲自去呢！”孙广盛说：“大家都累啦。我到那里去看地形，顺便帮抬过来。”

第五十六章

乡中队休整黄家尖
大洋河取鲜野趣浓

“开饭啦！太阳已晒到屁股了，还在懒睡。”司务长小刘关子喊，“玉米糁子南瓜饭，小芋头烧虾米羹，蚬肉子炒韭菜，这是黄家尖的乡亲们慰劳大伙的！”

其实，黄家尖属于游击区的边缘地段，盘踞划船港一带的敌人常来烧杀抢掠，老百姓的生活非常清苦。这里共产党刚建立起政权，也已有了民兵组织。

在乡中队吃饭过程中，陆续来了一些当地老乡，晓得这支队伍是刚从敌后过来的，他们还带着青菜、萝卜、花生米子、野鸡蛋、大对虾和咸马鲛鱼等慰问品。

有关划船港乡中队的小道消息满天飞，很快成了当地老百姓茶余饭后的话题。

“人说孙广盛是文曲星下凡，就该做个领兵打仗的官。听说他妈生他时，划船港上空忽然架起了彩虹，这就是贵人出世的兆头。”

“瞎编吧！”

“真的假的？”

“那还有假，肯定没错！听讲这孙大侠是赵子龙转世，杀起小鬼子来比切瓜还快！眨眼‘咔嚓’就是那么一刀！”

“怪不得前一阵小鬼子用五万大洋买他人头呢！”

大伙儿七嘴八舌谈论时，孙广盛发现自己被老乡们围住了，每个人脸上都显露出尊敬和钦佩的神色。

“像块打鬼子的料子！”

“闻名不如见人，果然是副勇武的模样。”

白花花的阳光刺得人眼睛发酸，天气变得异常闷热，知了躲在树丛中嘶哑地叫着。坐在树下阴凉处的大兰芬，汗水也不住地往下淌。在滩涂湿地上打游击几天了，大伙儿的衣裳上都结了一层厚厚的盐霜。英子对小鸽子姑娘说："男子汉们打游击辛苦了，叫这些爷们哥们把衣裳脱下来，让姐妹们帮助洗洗。"

小鸽子说："好！"

大兰芬说："褂子可脱下来洗，但裤子却不能。"

小鸽子满脸绯红地问："这是为什么呀？"

大兰芬笑着说："有的人就这么一条裤子，里面没短裤，把裤子脱下来洗，那他不就光屁股了！"英子说："去去去，莫拿人家小姑娘寻开心！"有位上年纪的老民兵说："这个就不用麻烦了，后面大洋河就是个天然浴盆，连人带衣裳跳进去洗，上岸拧一拧再穿上身，屁大个工夫连焐带晒就干了。"小鸽子掉头向河边望去，发现已有不少小伙子正在河里洗澡打水仗。她向大兰芬嫣然一笑："看你老扛住那铁家伙，把身上弄得脏兮兮的。快！也到河里去洗洗澡吧。"

"好的，这就去，那机枪请你替我先看着点。"

"哎！不行不行，要是敌人突然过来，我又不会打。"

"那你就大声地喊呗，我就是裤子来不及穿，光屁股也要先爬上岸与鬼子拼。"

小鸽子红着脸蛋儿，说："哎哎，不能不能，把人还吓死了喃。"

放眼望去，只见河边上叉起许多竹竿和树枝子，上面已晾满了衣裳。

这时，牛湾河区区委副书记、区民兵分队长陈一新领着民兵干部队，还有三个小队的民兵赶来了。他们刚接到县委书记孙海光指示，为全力阻击北上增援的敌人，区乡民兵组织之间要联防作战，军事上统一由孙广盛全权指挥。

陈一新与孙广盛握了握手，说："广盛同志，刚才又有情报显示，南边大批鬼子正朝黄家尖方向移动。"

孙广盛看着这些民兵干部们，脸上挂着微笑，说："好！大家都向前凑合点，坐下来一起再商量下。"

中午，敌人已到达东南上十多里外的尸骨墩附近。

黄家尖紧挨大洋河。明代前，这里还是黄海之尖的一部分，随着海岸滩涂湿地不断东移，黄家尖逐渐成陆。境内沟汊纵横，塘洼密布，苇草丛生，水产资源丰富，飞禽走兽很多，是个天然的动植物繁殖场。丰富的自然资源吸引了盐阜乡民来黄家尖一带烧卤煎盐，捕鱼采猎，开荒种植。至清朝乾隆五十五年(1790)，黄家尖境内开始有人定居，繁衍生息。清末年间，因位于大洋河下游拐弯内的尖头上，正巧有户为当地盐商看守草滩的黄姓独家居住，往来船只和陆地行人为识别水陆路径，故称“黄家尖”。民国二十六年(1937)，《盐城县志》正式给这里载名为“黄家尖”。由于地理位置独特，背滩面海，交通便利，居者日渐增多。随着岁月的递嬗，黄家尖逐步发展成小集镇。站在高处极目远眺，黄家尖就像一块绿色的绒毯丰饶美丽，是黄海之尖、湿地眼儿出了名的鱼米之乡。时刚入秋，田间棉花青枝绿叶，娇艳异常。水稻正抽穗，嫩绿带黄，像刚咬破茧钻出的蚕蛹。秋玉米吐着一绺棕色长须，在海风中轻柔地摇动。东侧一望无际由茅草滩、芦苇荡、大片水面构成的滩涂湿地上，资源更是得天独厚。栖息着四百多种鸟类，二百多种鱼虾贝类和众多两栖动物、爬行动物。贝类有文蛤、牡蛎、蛤蜊、蛤子、蛏子等，鱼虾类有鲻鱼、鲈鱼、胖头鱼、舌鳎、鳐鱼及对虾、条虾等。咸水与淡水交汇的鸳鸯水里，那鳗鱼、螃蟹、大小银鱼等美味无穷。另还有白肚皮的黄獐、黑脊梁的獾狗、灰褐色的野兔、黄亮毛的狐狸和黑的野鸭、灰的大雁、褐的海燕、花的野鸡、白的仙鹤和天鹅、长腿鹭鸶、尖嘴褐鹳以及神奇物种黑扁嘴呈小勺子形的勺嘴鹬(鸟中大熊猫)。沼泽地里主要有海癞子、泥螺、蟛蜞等等，是亚洲东方规模最大的滩涂湿地，是太平洋西海岸最完好的原始海涂地带。春夏苇叶青青，秋冬芦花怒放，四季飞鸟云集，是丹顶鹤、白天鹅等候鸟的家园。

今年又遇风调雨顺好年景，庄稼茂盛鱼虾蟹肥。有人在唱：

麦子田间难走牛，
玉米地里没了头；
早上赶个好潮水呀，
傍晚回来鱼满船。
……

大洋河内湾的陆地上，密如蛛网的大河小港中，随处可见捕鱼撒网、放线收卡、鱼鹰吆喝的恬然和忙碌，人们尽享捕鱼捉虾的快乐。每当彩霞满天晚风飘忽之时，分散于大小河沟中的渔舟，又三五聚首鹤影里晾网休憩。渔婆们点上灶火袅袅炊烟升起，随着一阵海风飘散在河道上空。燃烧柴草的苦涩味儿伴和着渔家一天忙碌，一并送到美丽的滩涂湿地深处。姑娘小伙又亮起歌喉，悦耳动听的歌声随着海风悠悠传来，引得大人小孩驻足聆听，带来岸上欢声笑语一片。小舟上的鱼鹰扑打着双翅，在船舷插着的树杈上左跳右跳，美美地享受自己的收获。养鱼鹰的老汉轻咳了几声，对着河堤上那半边如血残阳引吭高歌："啊……呵……嗨……哟……"嗓音洪亮而浑厚激越，曲调悠扬中夹着力量，激昂中含着温柔，放浪中也夹杂着哀怨。

三更天过后，雄鸡刚叫过头遍，勤劳的黄家尖人就忙碌起来，在月光下耕田、耙地、打场、车水。一阵阵"嘞嘞""嗬嗬噢噢""噢呵来来……来来伊噢"让你欣赏到各种不同的牛号子声。有时一嗓子能持续小半袋烟的工夫，声音在五六里外都能听到。他们各有各的谱，各哼各的调，全凭农夫犁手们信口哼来，且下遍与上遍又不一样，但每句都含有实在的内容，或催牛快走，或夸牛勤奋，或赞牛功绩，或慰牛辛苦，一声声回荡在广袤的海滨田野。那高亢悠扬的牛号子声，不时引来孩童们乌溜溜的小眼睛，如问老汉打这牛号子干啥？其实，这是犁手们心里那些不便言表的喜怒哀乐和爱恨情仇的另一种表达。牛号子是老祖宗们一辈辈传下来的，那些没有文字和音符组成的歌儿、调儿是啥意思，就连唱的人都是一脸茫然。划船港有人曾专门将这种用牛老汉打的牛号子，编成一个顺口溜：

我有一首诗，
天下人不知；
谁若问明白，
连己笑成痴。
……

黄家尖旁边的大洋河，据说是一只神羊掘下的。这里还有个美丽的传说：从前这苏北中部沿海瓢城向东，本来就没有这条大河，但中小河流倒是不少，按理说风调雨顺，五谷丰登。可事情偏偏不是这样，不知是天灾还是人祸，那些年一直是十年九旱，眼看中小河流都已干涸，莫说浇地，就连人畜饮水都很困难。人们盼望能有条永不干涸的大河，助当地百姓安居乐业。也许是一片诚意感动上苍，玉皇豢养的大神羊气愤难忍，掩儿带女义无反顾地来到人间，挥动一双锐角为人间掘河。从上游的蟒蛇河出发经冈门绕过瓢城一路向东北，大神羊所到之处，一条宽阔碧清的大河赫然出现。大神羊每走一段，就回过头来看看跟在后面的儿女，而每回一次头，河就多了道弯。随着海潮的渐近，为让儿女们免遭水淹厄运，大神羊在黄家尖向东鹤影里不远的袁家尖，便绕圈儿掘个马蹄形河湾，以成后来的“东（袁家）尖岛”儿，接着就将儿女们留在岛上玩耍。自己又一路向东弯弯曲曲掘河去了黄海，结果被咆哮的洪涛卷走。那大神羊共回头九十九次，于是大洋河就有九十九道弯。后来，人们为纪念这只拯救人类而献身的大神羊，将这条河叫做大羊河。时间长了，“大羊河”就演变成今天的大洋河。

大洋河是盐东人民的母亲河，如今上游和中游的瓢城、划船港正遭受小鬼子蹂躏，而下游美丽的黄家尖却又是另一番景象：

河上九十九道弯，
弯弯都是宝贝滩。
水涨送来鱼虾蟹，
潮落献出金疙瘩。
……

“金疙瘩”就是“东（袁家）尖岛”，岛上地势平坦、水草丰盛。绵延的河沟、春秋的花草、冬季的冰雪将其装扮得分外妖娆，人们在此繁衍生息，炊烟袅袅，风吹草低见牛羊……

古谓东南西北四方与天地共六合，“鹿鹤同春”也称“六合同春”，“鹿”与“六”谐音，“鹤”与“合”谐音而构成“六合同春”。鹤为仙禽，鹿为瑞兽，意在颂扬春满乾坤、万物滋润的美好情景。北国飞来滩涂湿地越冬的丹顶鹤，看中了黄家尖东北上大洋河畔新滩处的沼泽地。丹顶鹤羽色素朴纯洁，体态飘逸雅致，鸣声超凡不俗。在《诗经·鹤鸣》中就有“鹤鸣于九皋，声闻于野”的精彩描述。丹顶鹤在中国古代神话和民间传说中被誉为“仙鹤”，成为高雅长寿的象征，在诗词和中国画里，常被文学家、艺术家们作为主题而称颂。丹顶鹤春上择偶时，每天清晨或傍晚在新滩湿地，常听到它们发出的求偶声，频繁响亮传遍十里八乡。选择伴侣时雄鹤主动求爱，引颈耸翅，总是“嗝——嗝”叫个不停；雌鹤则翩翩起舞，报以“嗝啊——嗝啊”的回应。双方对歌对舞，你来我往，一旦婚配成对就偕老至终。生活于海涂盐沼地带水域的麋鹿，到了冬季也将此作为栖息的理想环境。由于人类捕捉猎杀等因素，后来麋鹿就跑得远远的了，迁徙新滩处越冬的丹顶鹤族群也逐渐没了踪影，去了东方海边的新湿地美丽家园（红顶大白鸟村）。传说，从划船港来了位白胡须名叫大尧的园艺老人，在十多个春秋里，用原鹤鸣滩湿地上的油泥土，筑起高墩培植黄杨、女贞和牡丹、芍药等苗木花卉，修剪长成一尊“鹿鹤同春”造型的植物塑像。上方是一行展翅飞翔的丹顶鹤，下面则为湿地草滩上一群麋鹿在奔跑，花似胭脂，芬芳馥郁。后来群居在“东方鹤都”——黄家尖这块风水宝地附近的乡民们发现丹顶鹤，每年来越冬和翌年春夏之交飞回北国之前，都恋恋不舍地来到故地上空盘旋啼鸣……于是，就将大洋河畔的原鹤鸣滩又喊成了“鹤影里”。

碧蓝碧蓝的大洋河水，蓝得像晶莹剔透的蓝宝库。大兰芬下河逮河鲜，刚跳到水里就踩住一只螃蟹。那家伙特别大，因它很少受到其他生物的侵害，所以在河坎子旁做的窟就浅。大兰芬顺着河浜儿，一溜子逮着好几只。那大螃蟹嘴里吐白沫，摆动着一对螯，欲寻机逃跑，又想攻击人。大兰芬捏住螃蟹的命门儿，将其一只只揣进蟹篓里。

老鳖塘旁边的窟里没有蟹，网箍子把手伸进一只蟹窟里，却逮住一条乌鱼，足有二三斤重。网箍子刚逮住它时乌鱼显得很温顺，既不挣扎也没逃脱。网箍子激动得失去警惕，谁知就在双手提出水面的当口，那乌鱼陡然收缩身子，“忽噜”挣脱出手而逃之夭夭。

黄家尖有道好菜，那就是大洋河蚬肉子炒韭菜，当地人都好这筷子。大洋河里蚬子真多，蹲下一撸就是一大把，那跟其他河里的绝对不一样，不仅个大而且肉美，青郁郁的壳子嫩滋滋的肉又鲜又下饭。不过蚬肉子和焯的汤是道大凉的菜，要放足量的胡椒粉，如果吃多了有的人容易肚子疼。

徐树庭惬意地在河里游着，偶尔又去摸几把河蚌。河蚌也是一种当地的河鲜。河蚌不像蚬子那么好摸，蚬子就散布在河坎子的一层淤泥上，而河蚌则是背部深埋于淤泥中，只露出它那张开的宽阔大嘴，以过滤从嘴里流过的水，从中摄取小鱼小虾及微生物。摸蚌不仅要有丰富的经验，还要有相当不错的水性，扎个猛子到水底，要憋住气把河蚌从淤泥中掏出来。民兵们摸上许多只肥硕大蚌，司务长小刘关子吩咐炊事班把蚌肉劈出，切成细长条子，配上韭菜和鸡蛋等佐料烧成河蚌汤，味道简直妙不可言，让几个病号吃了补补身子。民兵们苦中有乐，个个精神抖擞蓄势待发。

第五十七章

阻日伪相持鹤影里
扰援敌追寇范公堤

一条弯弯曲曲的土路，穿过尸骨墩通往黄家尖向东的鹤影里。尸骨墩位于划船港东侧十多里的海滩附近，占地数十亩。历次海难事故无数遗体按当地习俗，都集中摆放在一起，上面覆盖着泥土。为什么要将尸骨堆成高墩子而不就地深埋，恐怕起初只不过是后人为死难者亲属的葬地留个记号，否则单个埋在滩涂湿地上，过几年因潮汐的作用泥沙淤积就没了影子。站在人头港黄泥墩子上俯瞰，行进中的敌人好像一条黄色带子，伸向沿海滩涂湿地深处。敌人在路上摆了个前不见首，后不见尾的“长蛇阵”，由南向北缓缓地运动。竹田走在最中间，后头跟着二三十辆拉着装备、弹药和给养的大车。

怕两侧草丛里放冷枪，竹田连马都不敢骑。他走在几匹马的中间，觉得心里踏实多了，除非子弹从天上掉下来。他深知民兵最爱用芦苇荡、茅草滩打伏击，所以在部队进入黄家尖之前，反复地拿望远镜看来看去，派侦察兵在前面打探，组织小分队搜索，确定没有发现任何可疑迹象，才命令部队通过这段令人担心的土路。

鬼子兵端着上了刺刀的大枪，在马路上“咵咵”地走着，屁帘儿战斗帽的帘子，有节奏地在脑壳后“忽嗒忽嗒”地扇动。由于两侧的芦苇荡密不透风，鬼子一张张布满土尘的脸上，被汗水淋成了许多条小沟儿。后头的伪军却松松垮垮，有的敞怀捋袖子，有的把大枪横扛在肩上当扁担挑，有的摘下帽子扇风纳凉。

“砰！砰！砰！”一阵枪声，打破了滩涂湿地上的沉寂。

枪声由小猎狗先发出。孙广盛与陈一新蹲在芦苇荡的小圪头坟包后面，发现敌人的大车都已进入伏击圈，就叫小猎狗放枪下达攻击令。埋伏在芦苇丛中的乡中队和区分队的民兵小队及干部小队，各种武器一齐开火，子弹雨点似的打得日伪军人仰马翻。随即又响起一片震耳欲聋的厮杀声，民兵们像一只只小老虎，冲出芦苇荡和茅草滩扑向敌阵。

行进在马路上的敌人，好比一条蚯蚓被截成若干小段，而每段仓促地蜷曲成一个环形，应付着四面八方民兵的攻击。惊慌失措的竹田把身子掩在马肚子下，手里指挥刀像打花鼓似的忽东刺忽西劈。鬼子和伪军无处躲藏，马路上又没有任何掩体，惊恐万状地"嗷嗷"狂叫，两眼直放绿光，跟没头苍蝇一样乱飞乱撞。群龙无首的骑兵和步兵，混在一起互相践踏，步兵放枪打骑兵，骑兵挥刀砍伪军，就这么海水冲了龙王庙，自家人干起自己人来了……

马路南段两侧的茅草地里，冲出三百多个自卫队员、交通运输队员和联防队员，一会儿围住重载的军用卡车，用独轮车推、担子挑、肩膀扛，很快就将弹药和粮食等卸个精光。

速战速决，大约半个时辰就结束战斗。清点了一下战果：缴获掷弹筒（迫击炮）八具（门）、重机枪一挺、轻机枪三挺、步枪六十八支、手枪十三支、子弹九千三百余发。抢运弹药和粮食的自卫队员、交通运输队员及联防队员，都顺利隐藏到涵水洞以南一带芦苇丛中。

大伙儿欣喜若狂，很快收拢到人头港以北。这一仗打得非常漂亮，乡中队又发了个横财，夺来的武器弹药和给养等照单全收，一下子由土野鸡变成了金凤凰。"没有枪，没有炮，敌人给我们造……"这首民兵们最爱唱的《游击队之歌》，再次在滩涂湿地上嘹亮响起。

乡中队由于军事装备的改良，增强了对日伪军的抵抗能力。小仗小获得，大仗大获得，每次打游击，队伍都得到了充实。

金色的阳光，照耀着一望无垠的滩涂湿地，照耀着民兵们喜悦的笑脸。

慌乱中竹田将部队收拢到黄家尖学校附近，下午半天也没有动静。民兵们在周围多次袭扰，鬼子可就是一直不理睬，有时只是打上几枪壮壮胆而已。

敌人又搞的什么名堂？难道不想北进了吗？孙广盛将队伍转折到鹤影里，他站在黄泥墩子上向敌方观察。太阳已西沉，天边燃起一片火红晚霞，霞光照着孙广盛焦灼的面容。几天来，他显然清瘦多了，两颊微微地塌下去。

大兰芬焦灼地睁大了眼睛："还不动手啊？"

孙广盛说："着急有什么用！"

在这里干等了大半天，可孙广盛不发话，谁也不敢动，这是一条铁纪。

眼看着煮熟的鸭子要飞了，大兰芬心里实在有些不甘："是不是让我带人从东边冲过去，撂他二三十个？"

"继续原地休息，等待新的命令，加强警戒。"孙广盛看了看身旁的陈一新说，"你看到了吧？这个'大力士'就晓得朝前冲。"他回过头来又说，"真是块笨石头，一下子再把敌人冲跑了咋办？"

大兰芬仿佛得了理似的，把肩上的机枪掂了掂："万一敌人埋伏在那里不动，也不能就干巴巴等着。哎！我的个五爷爷，你不是常说嘛，在运动中消灭敌人！只有把他引了动起来才好收拾。"

孙广盛说："那是当然喽，我们最终目的是消灭敌寇。俗话说下棋之人，应看三步之外。当下杀敌的确不是第一要务，重中之重是吸引敌人拖延时间，想方设法不让敌人北去增援，要是竹田再在这里坐上两三天，那不更好吗？这叫不战而胜！"

大兰芬不说多少了，"嘿嘿嘿"地笑着摸住后脑壳退回去。

黄昏时辰，四野雾气弥漫，沿海滩涂湿地的上空灰蒙蒙的。敌人还是没有一点动静，看上去像是要安营露宿了。这里直线距离阜东的八滩路程只有几十里。那边的炮声时紧时松，仿佛还能隐约听到搂机关枪的声音。孙广盛清楚地知道，现在已到了反"扫荡"最吃紧的节骨眼，不得有半点麻痹大意。他为尽快弄清敌情，派出由七名党员组成的夜袭摸营小分队。

孙广盛和陈一新站在鹤影里的黄泥墩子上，观察敌情的变化，等待着夜摸队归来。

看着看着，只见西北方向的路上升起一道烟尘。孙广盛将大腿一拍："糟糕！敌人跑了！"

"竹田既然还接着向西北，那为什么白天不走呢？"陈一新疑惑着。

这个问题使孙广盛感到有点焦躁不安，事实上他一直在琢磨，连头发都被拽掉了一小把，敌人为啥在这里耽搁小半天呢？他想竹田是否考虑已贻误战机，没有北上增援的价值？再就是因深入到根据地，胆怯得不敢继续前进，加之部队饥饿疲劳，不休整一下也确实拉不动。是的，老虎还有个打盹的时候呢！他觉得这个分析把握性不大，因此也没从正面回答陈一新的问话。他又沉思一会儿，说："也许敌人在我们打盹时，天黑前偷偷地溜了，而这是最后放的烟幕弹。"

“很有可能，竹田怕我们跟在后头追。”

“这就说明敌人没有敢走大路。”

不出所料，夜摸队回来报告：敌人刚天黑时溜了，他们顺着大路追了一截子，未有发现任何踪迹，现弄不清敌人的去向。

这个消息使每个人都紧张起来。孙广盛一边命令集合队伍，一边与陈一新及几个小队干部，研究敌人可能走的路线。

事物都是一分为二的。民兵们打掉了后卫大车等，使日伪军失去了装备、弹药和粮食。没有辎重的拖累，轻装上阵敌人从西侧洋湾子处河面上，用早已备好的汽艇、木船等搭起浮桥，抢渡大洋河甩开膀子赶路，避过阻击以最快的速度前进。

孙广盛讲了这个意思，而后问陈一新：“你估计敌人会从哪里向西北？”

陈一新是个土生土长的当地人，对这一带的沟沟坎坎相当熟悉。他不假思索地说：“那个很简单，只有两条路可走，一条就是顺着向西北拐，走洋马港过草地到肖家邗子，直插盘湾子北小旱船去格头股；再走老厦到削滩奔王家灶。但这条路不保险，竹田是不可能从这里走的。再一条路就是脚下直朝北，走新灶滩到中兴桥，插过去走上冈滩的北圩，越过野潮洋交叉口三丫桥一带，再上范公堤是最安全。不过在这条路上，有两个地方还得横穿马路。”

孙广盛问：“两个交叉口距离这里有多远？”

陈一新说：“第一个是卢公祠，直走二三十里，第二个是王家灶的上冈滩北圩，大约三四十里的光景。”

孙广盛果断地说：“追！除简单的武器装备外，其余的‘宝贝’东西都扔掉，急行军、强行军抄近从小路上插过去。要说敌我双方跑路比赛，光脚的比穿鞋的快双倍。”

陈一新说：“不过前头是会有民兵阻击的，按县大队的指示精神都已布置好了。不管敌人走哪条路，也不会让其轻易通过。”

“追！一定要追住小鬼子！”大家一致下了决心。

民兵们都十分清楚，要是不把敌人追上拖住了，那就将前功尽弃，不叫圆满完成上级交给的任务，责任大于天啊。

乡中队的同志们又打起十二分精神，脱掉鞋子赤着脚出发了。陈一新带着区分队的干部小队和几个民兵小队也随后跟上。

夜茫茫，路非路，大水滂滂。这支追击敌寇援军的队伍不顾疲劳，强忍饥渴，脚踏“风火轮”似的疾奔着。他们个个都虎气生生，心急火燎，恨不得长出一对翅膀飞到敌人前头去。

这支精干的队伍，在孙广盛的带领下，遇河过河，逢港过港。每个人都是飞毛腿，一口气就追到了第一个交叉口卢公祠。

路旁的小沟子里隐伏着二三十个伪军，他们已被乡中队打怕了，一看到路上有人影子，听到脚步声就胡乱地放枪。

精明的人都晓得，这是竹田玩的个“金蝉脱壳计”，故意丢下一点兵力，在这里牵制后面追击的民兵。

徐树庭问：“打不打？”

孙广盛一口回绝：“莫理，全速前进！”

队伍走捷径小岔路，直插西北上的靠渔湾，再到大缺口去草堰方向，绕到敌人正前方范公堤北延路前头。

队伍跑进一片荆棘地，大伙儿双脚被扎得钻心痛也只好咬牙忍着。

东方拂晓时，民兵们终于抄近少走二十多里，抢在了敌人的前面，越过王家灶的上冈滩北圩，而直达贯通南北的大动脉——范公堤。

眼前直北偏东方向，就是阜东八滩的王桥反“扫荡”主战场，那里打得正十分激烈。虽相隔还较远，看不到那里激战的情形，光听那震动滩涂湿地的枪炮声，民兵们那一夜的疲劳也都跑光了。

孙广盛站在路口，迅速地观察地形，立刻指挥队伍从范公堤大路撤出，分散着登上黄泥墩子，准备在那里再打个伏击。

天已大亮，敌人大部队从王家灶的上冈滩朝北缓缓向前开进，夹在队伍中间的竹田，望远镜里忽然发现前面有活动的人影，随即将手一竖，命令部队停止前进。

竹田误以为已接近主战场边缘，可能是新四军主力在这里准备阻击打援，于是便嚎叫着让部队抢占右侧有利地形，控制制高点。

一部分鬼子和伪军迅速离开范公堤北延马路，像一股混浊的流水朝右侧的盐池碱地里拥去。不料，竹田这群傻头呆脑的部下，在接近盐灶民们简易的棚舍时，踩响了地雷，接连不断发生爆炸，顿时烟尘四起血肉横飞，一片鬼哭狼嚎。侥幸逃命的敌人，像受了惊的一群羊，在马路上挤成一团。

竹田躲在路边小沟里，地雷爆炸声简直要把他的心给炸碎，鼻子也快气歪。他狂叫着把指挥刀举起来，吼：“继续前进！”

伪军在前面，鬼子兵缩后头。他们这下子学乖了，一步三摇，生怕踩破鸭蛋似的，腿子光动就是走不上前，慢慢蠕动着。

竹田举住望远镜东瞧西望，发现雾蒙蒙的前边似乎有人在构筑工事。他又惊恐地大叫起来："八嘎！新四军的大大的有！"他立刻命令部队又停止前进。

哪里是新四军？这场景原是民兵们故意给敌人造成的一种声势。几个人穿着新四军的衣服，有的扛着枪，有的手持铁锹，有的挑着担子，箩筐里放上几块砖头用稻草盖住，佯装在修筑工事和运送弹药，同时还用树干、木桩等做成十余门假炮，阵地上还扎了许多穿着军装的假人……

这一招还真灵，让敌人大路不敢走。前进不成后退不能，竹田又到进退两难的地步。

二蜡嘴从后头赶上来，急促地说："联队长，一路上跟我们捣乱的，都是孙猴子的队伍。"

竹田大吃一惊："什么的干活？孙猴子？"

"是的，太君请看这个！"

"这个什么的干活？"

竹田从二蜡嘴手里接住已爆炸过的手榴弹木柄，仔细地看了看，上面印有"船港民兵"的字样。

竹田刚要发作，通讯参谋跑过来递上一份急电。电报是石井司令官发来的，意思说阜东八滩的王桥大"扫荡"已结束，命令竹田撤兵速回瓢城。

竹田十分懊丧："八嘎！这个可恶的孙猴子，他不敢与皇军的决战，只会躲在阴暗处的放黑枪！"

少顷，竹田咬着牙问二蜡嘴："宋君，孙猴子的，哪里去了？"

二蜡嘴说："可能还在正前方。"

竹田将手榴弹的木柄往地上一扔："呸！孙猴子的，太诡秘，我的回去后，要剥你的猴皮，抽你的猴筋，挖你的猴心！"

"嘀嘀嗒、嘀嗒……"一阵急促刺耳的军号声响过，所有敌人都很快掉头，互相拥挤着争先恐后往瓢城方向回撤。

阜东八滩的王桥战场上枪炮声停了，反"扫荡"战斗已取得阶段性胜利。激动的民兵们将网簖子和小牛、小猎狗等，搭起来高高地抛向空中……

一轮红日，从东方海平面上冉冉升起，红遍滩涂湿地，光彩耀眼夺目。

孙广盛命令集合队伍，将手一挥大声喊："同志们，除留两个班打扫战场外，其余人员迅速撤退，返回老家划船港！"

第五十八章

柏大喜智斗贼丸山
没鼻鬼出卖二蜡嘴

躺在驻地医院病床上的丸山，现在啥都不想了，唯一使他费尽心机的是宋闯案子。他觉得如能在竹田回来之前办个水落石出，再抓上几个乡中队的地下党，也算不辜负竹田对他的信任。一来自己能在业务上露一手，二来也为竹田主子撑点面儿。但宋闯究竟是不是奸细，他心里还是没得底。二蜡嘴的忠告似乎有点道理，但又不能轻易相信。他思前想后了大半天，决定亲自审讯试探一下深浅。

屁股上的枪伤给丸山带来极大的痛苦，每次换药时都要咒骂几句，把仇恨都集中在孙广盛身上，并多次发誓不报这个仇死不瞑目。他支撑着站起身子，叫手下在桌上点几支蜡烛，右边摆张小茶几，筱田太郎威严地坐在里头，宪兵队的金翻译官也站在旁边，脸上都是毫无表情，门的里外站着几个宪兵。经一番布置，雅静的病房瞬间变成森严恐怖的临时审讯室。

外面响起一阵沉重杂沓的脚步声，随即门灯影子下出现一个身材高大的人，步履从容地走到桌子前头，目光把病房里扫视一遍，这人就是柏大喜。他衣衫破烂，血迹斑斑，面容憔悴，显然是经受了数次的严刑拷打，但脸上显现出一副大义凛然的神色。

丸山撅起屁股躬着腰，双手撑在桌子边框上，还跟往常一样让人对他的喜怒捉摸不定。他要先震慑一下对方，凶横地瞪起那双滚圆的狼眼睛，沉默了袋把烟工夫，突然奸笑着，说:“柏，你的一些活动，我的统统知道，闯的都说了。”

柏大喜嘴唇紧闭，脸上露出一丝冷淡的嘲笑，心里在说:宋闯能晓得什么呢？充其量也不过就是从贾福禄那里得知我是地下党。

丸山陡然拍了下桌子:“你的,快说话!”

柏大喜注视着丸山狰狞的面孔,轻描淡写地说:“我的相关活动,你不是统统晓得了吗？还要我说什么呢?”

其实,丸山并未过高地估计这次审讯,明知从柏大喜嘴里不会得到啥新的东西,而真实意图是想打探宋闯与柏大喜到底是什么关系。他已提前晓得宋闯跟柏大喜的历史背景,估计是乡中队通过柏大喜收买了宋闯。

“你与闯的,是好朋友?”

“那个谈不上,早就熟悉。”

“是闯把你的介绍过来?”

“这个……好像是那次竹田叫我来的,也许宋闯从中帮了忙。”

“你与闯的,经常的会面吗?”

“会啊,都是在宪兵队里,常遇见。”

柏大喜觉得,这无关紧要的问话可直说,反正我是“瘫子掉井里——捞起也是坐”。丸山有空愿意磨嘴皮子,那就跟他磨呗。可突然又感到有点莫名其妙:为啥老是围绕宋闯而询问？知道这些又有什么用呢？宋闯咋啦？莫非……

锣鼓听声,听话听音。柏大喜警觉起来,立刻意识到敌人绝不是用闲聊来消磨时间,这里肯定大有文章可做,要从言谈中去窥视丸山的险恶用心。柏大喜接着说:“实不瞒太君,我与宋闯可是‘十月里的苹果——熟透了’。他从小帮大伯父送人命看家护院,像条乖乖的狗。他跟我……”

“他跟你的一个样?”丸山打断柏大喜的话。

“不一样。我是长工,是受剥削,受压迫……”

“不,不不,跟你一样的,也是这个!”丸山迫不及待地竖起四个指头。

柏大喜一愣,简直叫人难以置信:宋闯是敌人的忠实走狗,怎么就能轻而易举地把他与“四老爷”联在一块呢？这个暴徒居然愚蠢到如此地步？他察觉到丸山渴求的脸色上,非常明显地暴露出内心已怀疑了宋闯,这为啥呢？无论是肯定还是否定,柏大喜暂时都不宜作答,需要进一步察言观色并作好分析。他决定以沉默继续推动丸山摸不着头高头低作出错误判断,故意耸动了一下眉毛,现出个惊讶的神态,然后又若无其事地昂起头,仿佛对丸山的问话不屑一理。

丸山看着柏大喜这一连串的举动,脸上露出一种笑眯眯的模样,可能是认为柏大喜已泄露了秘密:一刹那的惊惶就足以证明,他同宋闯的关系非同一般。

“你的老实说吧，害怕的不要。”

柏大喜依然沉静地，不露丝毫声色。

“我的知道，你的是他长官。快说吧！……”

敌人为啥对个特务头子怀疑到这种程度？柏大喜一下子揣摸不出其中的奥妙，他直接怀疑丸山是否神经有毛病。

丸山的脸上现出一丝冷笑，他特意用一种卖弄的口吻慢吞吞地说：“我的什么都知道，闯和你的……把孙猴子乡中队秘密的……”丸山的中国话半生不熟，说着说着就卡住了，转过头来噘着嘴巴，向金翻译官打手势请其帮腔。

金翻译官连忙上前，说：“太君的意思是，宋闯与你都通共产党的新四军，把孙猴子的乡中队引到城里来瞎闹腾，炸毁西郊三号军械库，打死县长仓公笑。宋闯良心大大的坏，对皇军的不忠诚，又叫陈霸川送假情报，欺骗了丸山队长。这些情况太君都已知道，只要承认宋闯是你的下属，马上就可网开一面。”

柏大喜还是默不作声，只是在静听着，思考着，判断着。

丸山看到柏大喜那种高傲轻蔑的神态，脸色突变刚想发怒，但即刻又被压制住：怒火是冲不开他嘴巴的。倘若再用刑？不！各种刑法都没有用了。霎时，丸山的脸上渐渐浮现出一种得意的神态，他觉得宋闯的相关身份已从柏大喜的态度上得到证实，预期的效果基本达到。于是，他把手扬了扬：“开路的！开路开路的！”

柏大喜鄙夷地瞟了丸山一眼，转身从容地走出病房。

稍等片刻，门外又传来一阵杂沓脚步声，这回带来的是宋闯。

丸山开门见山地说：“闯，你的就统统的说了吧。放心，杀头的没有。”

宋闯惊魂未定，先是九十度的大鞠躬，尔后，偷眼看了丸山又乖乖地低下头：“太君，凡是我知道的，真的都说了。”

金翻译官在后头不耐烦地催促：“放老实点，快说吧，不要再啰唆啦！”

筱田太郎也起横地吼：“说，你的，快快的说！”

宋闯稍定了定神，抬起头痛苦地皱缩一下眼睛，抽抽那两个小洞洞眼鼻孔，咬了咬牙，说：“我这回随宋队长出去，一共收了三百八十两烟膏，都放在宋老爷烟花铺子里。噢，另外还有，那次宋队长在东门外，打死位小太君。实际上是那个上等兵先看不起宋队长，还往他脸上吐唾沫，后来宋队长火了才拔出枪，就……”

“啊！”丸山愤怒地吼叫起来：“把皇军的打死了！你……”

“不！不是我，是警备队的宋队长。我已知道错了，不应帮他隐瞒到今天，而说是民兵打死的。”

宋闯被抓起来后，当初摸不着头高头低，不晓得犯的哪个方面案子。后来筱田太郎在审讯中追问，跟二蜡嘴背着皇军还干了些什么勾当，他误认为可能是二蜡嘴出事了，便拔起萝卜带了泥，把老底子就兜喽。“田鸡要命蛇要饱”。为了保住自己的狗命，宋闯才决定出卖二蜡嘴。

这下子事情变得复杂了。宋闯那些口供，使丸山对宋二魁子产生重大怀疑。他声色俱厉地喊：“还有什么的，快说！”

一束烛光，一跳一跳不安地闪动着。宋闯没鼻子的脸上，恐惧得沁出一层发亮的细汗珠子。“哦！我，我说。”宋闯吓得有点口吃起来，“还，还有宋队长，一心磨蹭着想当县长。他，他曾几次暗地里叫除掉仓公笑，我一直也没敢下手，结果是被乡中队打……打死了。”

听到这里，丸山认为已打开缺口，应再来个跟踪追击，便做出一副和蔼的样子，把上半截身子探向前去，说：“好的，你的挺好！孙猴子是你带到城里的？”

宋闯像当头又挨一闷棍子，被揍得浑身猛然一抖，光张嘴却说不出话来。

丸山接着又说：“不要的害怕，你的责任的没有，是宋队长的命令。你的说实话，就是大大的好！”

丸山刚说完，陡然又来了火气，一个大耳光对宋闯甩去。只听“啪”的一声，宋闯的鼻孔小洞洞里鲜血直淌。

宋闯木然地呆了一阵，接着就很快醒悟过来，“噗通”一下子跪在地上，哭丧似的表白：“太君！丸山太君！我宋某人对天发誓，是大大的良民，是大日本皇军的朋友，是绝对忠诚绝无二心，否则的话，叫我不得好死，天打雷劈，断子绝孙！我真是被孙猴子陷害的，一万个特大冤枉啊！天地良心说实话，我与乡中队没有任何关系！真的没关系！宋队长也没有……”

两个宪兵把宋闯拉了站起来。宋闯揉着眼睛，浑身又哆嗦起来，也许是怕再挨打，苦苦地哀求说：“太君，我的良心不好，把宋队长干的坏事隐瞒到现在，对皇军不忠诚。可我与乡中队实在没有关系啊！孙猴子是大仇人，你看看我的鼻子，都已被啃掉，只剩下两个小洞眼，让我成了没鼻鬼儿，死后哪有脸去见列祖列宗。还有我下身的那个……”

丸山似怒非怒地狞笑了一声，连忙摇了摇头，说：“你刚才的很好，现大大的不行。”他从抽屉里拿出那封信，摆在桌子角上，又轻轻地一连敲了几下：“你的好好看看，这是什么的干活！”

宋闯惊恐不安地把头慢慢地伸过去，借着蜡烛的光亮，粗略地看了一遍。他不够理解其中的意思，但马上意识到，纰漏就出在这封信上。他抬起头心里焦灼得像猫爪子抓的一样，两手猛地扒开衣襟，露出长满乌黑毛发的胸脯拍得应天响，嚷："孙猴子缺了八辈子德，最不是个东西，把脏水往我身上泼！我敢对天发誓，这封信不是写给我的，这些事情我一点也不知情！"

丸山的眼睛里又冒出凶光："真的不知道?"

宋闯断然地说："绝对，绝对的绝对。"

"看看你的绝对！"丸山疾言厉色喊道，"来人的！"

两个宪兵把宋闯拖回拷问室。打手从炉火中取出烧红的烙铁，在宋闯的面前比划着。看到打手那狰狞可畏的面孔，宋闯吓得一泡黄尿顺大腿就淌下来。打手笑着把火红的烙铁放在宋闯的大腿上，"嗞——"的一声，一股皮毛烧焦的味道，混合着尿骚味在空气中弥漫开来。

"啊——啊——"宋闯大叫几声就昏了过去。

"就这个怂样子，成天不男不女的，连老子的一下都经不起！"打手骂着把一瓢凉水浇在宋闯头上。

经这么一浇，宋闯又醒过来。

"我说你宋闯也真是的，人样子长得又不丑，小脸白白净净的，鼻子削掉成个'没鼻鬼'，好好的爷们不做……"那打手一脸奸笑着对宋闯说，接着还用起了踩杠子、坐老虎凳、十指连心等刑法。又是一桶冰凉的冷水，把宋闯泼醒后拖回病房。

丸山咬着牙恶狠狠地问："你的说，绝对不绝对了?"

宋闯像一条刚被咬的小土狗，遍体鳞伤趴在地上痛苦呻吟。他缓缓地抬起头，声音微弱地哆嗦着，说："我，知道……"

"知道的，那就快快的说！"

"我，我……"

丸山竖起两只驴耳朵听了半天，也没听清宋闯到底说的什么。金翻译官主动走上前去，弯着身子把耳朵贴近宋闯嘴边，耐心细致地听了老大一阵，然后直起腰来，说："他讲已实在吃不消了，央求还是先回宪兵队，以后再慢慢地说。"

丸山不可通融地高声喊："说，就现在的说！"

宋闯想再抬起头来说点什么，可白痴眼睛一眨，就又昏了过去。

第五十九章

宋二魁受命当县长
柏大喜暗挖逃生洞

几个宪兵押着柏大喜又回到宪兵队，仍旧被单独关在那间牢房里。他坐在潮湿的破草帘子上，倚靠在墙根脚下闭上眼睛沉思，心情十分复杂，充满焦急与忧虑：小鬼子为什么怀疑宋闯，这里边是否还有其他诡计？柏大喜眼下难以找出正确答案。当前对决的态势非常复杂，在没有摸清敌人真实意图之前，也只能以不置可否的态度，去回答敌人的追问。他心中老是在嘱咐自己：一定要小心加谨慎，遇事看准后再行事。如敌人确把宋闯当成乡中队的奸细，那就设法来个顺水推舟，让他狼咬死狗也好，狗咬死狼也罢，促使敌人自己窝里斗，正好除掉这个民族的败类。

宪兵队是个鬼门关，只要进去就莫想活着出来。这一点柏大喜早已想好：老子决不当汉奸，就是死也要当鬼雄。他有充分的思想准备，到了阴曹地府也要同鬼子和汉奸拼一拼。所以，柏大喜现在最焦急的是那些坐探名字，通过什么有效方法，才能让组织上晓得呢？

两天前，李木子趁早晚遛马的机会，从牢房的后头路过，就故意吹口哨和吆喝牲口，探寻柏大喜关在哪一间里。柏大喜用大声连续咳嗽的方法，已与李木子沟通。昨天傍晚，一把镰刀头子从牢门铁窗洞里扔进来。大喜心里十分明白，这是提示自己：可以想办法或是掏墙洞逃生。夜深人静，他在墙上刻下一副对联：

生前不作汉奸
死后愿为雄鬼

柏大喜临死前表明抗鬼子决心，给五个铁匠和李木子留下绝命诗。

他小心翼翼地撬下几块有着瓢城字样的老城砖。墙壁结构是里外砌的立砖，中间夹着泥垡头，撬下几块大城砖过后，再掏那土坯就容易了。不料，就在大喜坐下歇口气的当口，山甫突然打开牢门，冲进两个宪兵急忙把他押走，又来到丸山的病房。

……

再次提审后回到牢房里，柏大喜想：还是要尽快把墙洞挖通，也许天亮或明晚，李木子就有可能在外边接应我出去。比较起来，那些坐探的危害性更大，要尽一切努力，让乡中队把那些“坐探虎”一网打尽。

牢房里黑洞洞，又闷又热，只有一道惨淡的月光从门缝里透进来。无数蚊虫在寂静中“嗡嗡”地叫个不停，特别是灰星子大的小海狗子，一个劲地叮在毛孔里咬。铁窗外面，夜晚的海风一阵轻轻拂过，阔大的杨树枝子撞击在窗户前沙沙作响。

柏大喜紧张有序地掏着墙洞，把这散发着霉味的城砖和坯土铺到草帘子下面。

瓢城上空笼罩着淡褐色的暮霭，一切景物都变得模糊不清。

二蜡嘴在警备队门前跳下马，从阜东八滩大“扫荡”的前沿刚回来，感到极度疲惫，身上所有的关节都酸疼。他在大门口望了望死气沉沉的街巷和马路两侧房屋，似乎一切是“外甥子打灯笼——照舅(旧)”。

在家留守的副官跑步迎上来。殷勤地接过二蜡嘴的马鞭子和军刀。

二蜡嘴缓步往院子里边走边问：“这阵子，家里怎么样?”

副官带着愉快的心情，说：“一切都蛮好的，孙猴子乡中队也没敢进城闹腾。”

二蜡嘴余惊未消，说：“一路上，孙猴子拼命捣蛋，不然早就赶到阜东八滩的王桥，与那‘四老爷’接上火。”

“怪不得听说盟军这次大‘扫荡’又败阵了。”

“冤有头债有主，这账全记在孙猴子身上，逮住后要把猴毛拔掉炖肉下酒。”二蜡嘴咬着牙恶狠狠地说。

瓢城的南区是处景致不错的水街，进入东墙边副官歪着脑袋说：“队长，您当县长的命令早下来嘞。我已通知县公署的人，把办公室和房间收拾好了。”

这个喜讯给二蜡嘴添了点精神，感到身上轻松好多。他慢吞吞地停下来，眼睛里露出欣悦的神情，看了看副官又接着向前走。

副官又说："谍报队的宋闯队长还关在宪兵队里呐，听说丸山对您也有怀疑。"

二蜡嘴诧异地收住脚步，说："那封信是孙猴子的'离间计'，东洋人还蒙在鼓里呐！丸山脑子糊涂，看来已进了水啦！哎，他怀疑老子什么啊？"

副官说："还不是那个暗通新四军和乡中队。"

当县长的美梦终于如愿以偿，可还未正式上任，丸山就在后头瞎捣蛋，宋二魁愤怒地骂："放屁，南京方面任命老子当县长，而他在这里却怀疑我'通共'！"

骂归骂，但二蜡嘴清楚，日本人狡诈、凶狠，这事万万不可惹恼丸山，要想办法慢慢把他的毛捋顺，若能把竹田说通就更好。

满身尘土的二蜡嘴刚跨进办公室门，竹田的电话就来了。

二蜡嘴很快赶到日军一零七联队，直接去司令部联队长办公室。可竹田大佐不在，只有韩翻译带着疲倦的神情，站在玻璃罩子吊灯下默默不语。

二蜡嘴不解地问："哎！太君人呢？"

韩翻译朝隔壁嘴一噘："那。"

二蜡嘴把窗帘布撩起一个角，隔着玻璃向外一望，后院厨房的窗户前，有个传令兵挑着一盏小马灯，竹田跟烫死猪似的，蹲在热气腾腾的大水缸里泡澡，刚刮光的秃脑袋成了"油葫芦"，灯一照明晃晃的，发出显眼的青光。

二蜡嘴蹑手蹑脚地上前："刚回来，不知太君叫我有何要事？"

韩翻译说："情报显示，孙猴子又回到划船港了。"

二蜡嘴不以为然地回答："这一点也不奇怪，因猴窝就在那里。"

韩翻译从身边拉过一把椅子，让二蜡嘴坐下弯弯腿子，拖长着音调，说："瞒不过你的，这两年皇军已连输几局，竹田大佐不会善罢甘休，想再来一场生死决战，扳回一盘洗刷耻辱。"

二蜡嘴不解地直视着韩翻译，说："决战？怎么个决战法？人家又不跟你摆阵势打。还想被牵着鼻子转啊？弄得我们疲于奔命。说实在的，真正凭实力打，孙猴子不算老几，而皇军是被硬拖垮了。眼下村村又玩起地雷，那玩意更伤透脑筋，这次北上吃的亏还少啊？也应接受点教训啦。"

韩翻译挠挠头，说："石井司令官大概又骂了竹田大佐，说预备队成了'拖拉队'，没有按时到达阜东的八滩，贻误增援战机而造成重大失败，江南方面很不痛快。吃尽了孙猴子的苦头，太君想狠狠地报这个仇，还打算集中联队的全部兵力，再与孙猴子决一雌雄。”

二蜡嘴担忧地叹口气，说：“就看他大太君了，还有什么绝妙的高招吧！而我却不要好看，反正一点办法也没得。人家打的是滩涂湿地游击战，在海边上的大草滩、芦苇荡里三转两转的，就把皇军转到圈套里。再说，共产党善于收买人心，老百姓都听他们的话，拼命地与我们作对，你说皇军怎么吃得消啊？”

竹田洗完澡，穿着浴衣过来了。“太君，大大的辛苦！”二蜡嘴像条狗见到主人一样，连忙点头哈腰地迎上去。

“噢，你的来啦。”竹田说着就走进来，将上衣煞在下裤里，脚上拖一双木屐子，一边用毛巾擦脸上的汗水，一边点着头又说，“县长当上了，升官的好！大大的怎么庆贺？”

二蜡嘴完全理解竹田，大敌当前特别是正酝酿与孙猴子决战的节骨眼，所提出来的庆贺，绝非是杀猪宰羊和摆宴碰杯。他敏感地灵机一动，笔直地站在竹田身边，说：“感谢阁下的栽培与器重，若能把孙猴子逮住，我肯定将他活剐了一锅烩。”

“活剐！那是什么的意思？”竹田显然对“活剐”这词似懂非懂，便疑惑不解地问。

二蜡嘴马上激动地解释：“报告大佐阁下，那是一种古老的刑罚，就是用刀将犯人身上的肉一刀一刀慢慢割下来，但要保证不马上死去，通常是割上一百零八刀，才能把犯人杀死！”

“哟西！哟西！支那人非常的聪明！”竹田显现出少有的兴奋，伸出右手的两个指头，在二蜡嘴的胸脯子上连弹几下，“好极了！宋君，你的，大大的好！”

奴才随着主子眼珠子转，韩翻译说：“宋县长讲得真是入木三分，让属下佩服，高！当下您这个县长，就应在快完蛋共产党的一片哭声中走马上任。”

竹田扬起手又向下压了压，示意宋二魁和韩翻译先坐下。他在吊灯下缓缓挪动着脚步，木屐子在小青砖铺的地坪上，磕出“嗒嗒嗒”的响声。二蜡嘴同韩翻译靠墙根坐着，眼睛不停地随竹田的身影而转动。

“孙猴子在划船港的，可有详细的情报，我的不知。”竹田忽然停住脚步，眼睛盯着二蜡嘴，“宋君，你的那里，有情报吗？”

“我也没有。”二蜡嘴将两手一摊。

“谍报人员，什么的干活去了？”

二蜡嘴忧闷地长叹口气:“咳! 谍报队已失灵啦。”

竹田惊讶地问:“为什么的?”

二蜡嘴觉得是时候了,应把丸山的蛮干向竹田挑明。但他想东洋人终究是要偏袒自家人,话要说得既婉转又有分寸。他声音低沉而缓缓地说:“宋闯被丸山队长关起来了,是因孙猴子的那封信。其实呢,宋闯这个谍报队长很能干,瓢城一带特别是东门划船港,他是‘四爪白,家家熟’,方圆百里哪家的门朝那里开,哪家生男养女他都知道,所有情报网络都是由他一手建立起来的。可以说谁在被窝里放个屁,他都能查得出来。丸山队长刚来时间不长,可能对宋闯不够了解,再加上他在救命墩子村屁股受了伤,心里有气没地方出……”

“你说孙猴子的,那封信是怎么的回事?”竹田细听着。丸山干了些什么,宋闯的功劳有多大,对他来说都无足轻重。而他最关心的是那封信,急于辨别真伪以免上当受骗。

“依我看那是孙猴子施的‘离间计’。”二蜡嘴注意窥测竹田的脸色,生怕说出对方不喜欢听的话。他停了停又接着说,“宋闯是个划船港的‘地头蛇’,俗话说,强龙还压不住‘地头蛇’呐! 他在各村安插许多坐探,我们抓了一批共党分子,孙猴子恨宋闯要超过我。再说,这种送信方法也并不怎么样。城里有乡中队的谍报人员,又何必要藏匿在西瓜里而不来直接送信呢? 再说……”

“不要再说了!”竹田伸出手指头抵住二蜡嘴,皮笑肉不笑地说,“我马上叫他的,快快的把闯放了。”

竹田拿起话筒,对方接电话的是筱田太郎,他表示立刻向丸山传达联队长的命令。

第六十章

欲清剿竹田左右难
求生路宋闯趁虚逃

“报告!”情报参谋进来。

“讲。”竹田放下电话,倚靠在办公桌子旁。

“孙猴子确实在救命墩子村,正准备起运军粮。”情报参谋退去。

竹田忽地离开了桌子,背手拖着木屐子来回走动,玻璃吊灯下的身影子,一会缩小一会儿又放大。他有点儿心慌意乱,若再去“清剿”孙猴子,成不成就看天意了,希望这次能取胜,却又感到十分胆怯,就好比一条急于求食、而又胆小多疑的野狗,在它准备进攻之前,总是躲躲闪闪地犹豫不决,唯恐再掉进陷阱中。竹田心里非常空虚,怎样对付孙广盛,用什么样的谋略,采取那种战术,心里一点底也没有。

二蜡嘴和韩翻译好像看出竹田复杂的心态,两人偷偷地交流一下眼色,又盯着面前晃荡着的竹田。

头上的吊灯闪了几下,竹田仿佛已考虑成熟,他把眼镜往鼻梁上推了推,一本正经地对二蜡嘴说:“统统的开到救命墩子村去,一来悄悄地‘清剿’孙猴子,二来的还可弄到粮食。你的说怎么样?”

二蜡嘴起初没搭腔,似乎在猜测竹田是否最终决定。过了一会儿,他才冒了句模棱两可的话:“有把握就去,如没一定的胜算,就不如暂时先不动。”

竹田眉头一皱,对二蜡嘴的回答表示不满。二蜡嘴低下了头,内心实际上是不主张去。韩翻译担心竹田又要对他发问,于是就扭头躲过竹田的目光。

他仨沉闷着都不说话,室内的空气显得有些紧张。

接着又是一阵令人窒息的沉默。

竹田表现得不太快活，转过身子绕到办公桌子后头，坐在椅子上。他似乎憋住一口气，牙齿咬住下嘴唇，满脸涨得通红。过了支把烟工夫，才吐出一口大气，眉头也略微松了一下，很不痛快地对二蜡嘴说："你的已当上县长，大大的升官了。救命墩子村是你的故乡，到划船港去庆贺一下吧！那里的有孙猴子，还有大大的粮食。这次去要的是看结果，而不是那空头支票的，你的懂吗？"

二蜡嘴强打精神忙站起来："请太君放心，我一定为大东亚共荣圈贡献全部力量。阁下，您打算具体什么时候去划船港？"

竹田说："去的时间，怎样的去法，还要斟酌。你的准备好，先回县公署的去吧。"

二蜡嘴虽已当上县长，但面对当地日本驻军的最高长官，斗胆也不敢牙缝里吐个"不"字。他立正敬了个礼："撒油啦啦(再见)！"

二蜡嘴走出日军一零七联队司令部，穿过几条昏暗的街巷，取捷径回到伪县长官邸，一眼就看到办公室正中的墙上挂着大幅太阳旗。

送人命早在门口等候，见到二蜡嘴进了院门，就连忙迎上去，顿时老泪纵横，泣不成声。

一个三十来岁的女人，裹着个圆溜溜的小头鬏，穿一身艳丽的丝绸服饰，烫发用油搽得乌亮，看到二蜡嘴过来了，妖里妖气地捏住嗓音，忸怩着身子迎上去叫起来："哎哟哟，亲爱的，你刚回来呀！"

二蜡嘴敷衍地"嗯"了声，径直地拐入左边的小会客厅。勤务兵很快端来洗脸水，二蜡嘴挂起帽子脱掉上衣，"噗噜噗噜"地洗了把脸。

送人命站在他后头，哭丧似的说："烟花铺子已全完了，要不是几个娘们陪着玩玩，那就亏得更惨。宪兵队的人来玩女人，都是我亲自提着灯笼，让他自己挑选又嫩又有感觉的。特别是丸山这头色狼，可说是已尝遍铺子里的妹子，不但没出一文银子，还要陪上大烟和老酒……真是天变一瞬间，人变眼一翻哪。没想到几天工夫，说不认人就翻脸不认人，连一两烟膏也没留。"

二蜡嘴看了自己老子一眼，等那勤务兵出去打水的当口，才愤然地说："丸山这狗杂种，真是混蛋透顶！连这点面子都不给，往后有谁还愿替东洋人办事？"

送人命一屁股坐在太师椅子上，心疼地捧起水烟袋子，一连吹几口火折子[①]，然后拖着哭腔，说："将你收的烟膏拿走了不算，还把原来店里的存货都抢

① 火折子是土纸卷成的纸卷，点燃后再将火苗吹灭，余火能在里面保持很长时间，抽水烟时用嘴吹而燃烧。

跑，加起来四五百两啊！”

二蜡嘴叹口气，一阵子大骂起来：“唉，坏就坏在孙猴子那封害死人的信上，卑鄙龌龊，典型的‘下三滥’子、促狭佬。”

“听副官讲，把闯子往死里打。我看弄得不好，早晚真要出人命。”送人命说。

刚才那个扭着腰肢的女人，是二蜡嘴的三姨太鲜贝贝，正忙着过来倒茶水，看上去比以前漂亮多了，身上好像洒了一种香水，还没到人面前就闻到一股香喷喷的味道。她背着公爹对二蜡嘴叨咕：“闯子同你是嫡叔伯，虽你俩爹不是一奶同胞，属隔腹兄弟关系，可他在我家二十多年了，没有功劳也有苦劳，你要想法子把他救出来。要是真死在东洋人手里，可不是就给孙猴子出了气吗！”

二蜡嘴呷了一口茶，说：“我跟竹田已说好，马上放人。”

送人命听了有点怀疑：“那丸山能答应吗？”

“竹田的话他不敢不听。再说，好丑我也是县长喽，他们哪能用不着？水还有个面子呢。”二蜡嘴说。

“烟膏能再弄点回头吗？”

“看来危险，没得什么把握。因第十五师团长石井非常重视，要用这个来开支一批军费喃。”

院外大门上的铁环一连响几下，好像有人在小声说话，接着就是一阵急促而杂乱的脚步声。二蜡嘴立刻从椅子旁站起来，倾着身子伸出脑袋往外看，只见勤务兵陪着个人慌里慌张地跑过来。

这头发蓬乱、衣衫破烂、踉踉跄跄闯进里屋的人，先看了眼二蜡嘴和送人命，而后就有气无力地倚在门框上，急剧地喘息着。

送人命一惊，脱口喊出一声：“闯子！”

二蜡嘴上下打量着宋闯说：“已放你出来啦？”

宋闯扯起破袖子往脸上抹把汗水，声音嘶哑地说：“不是的，我自己虎口脱脸的。”

二蜡嘴坐下又突地站起来，脸上立时布满惊慌：“是怎么个逃出来？”

宋闯一双眼睛直盯着二蜡嘴的茶碗，伸着脖子吞唾沫。二蜡嘴把桌上那碗茶端过去，宋闯捧起灌驴似的，“咕噜咕噜”一口气喝得精光，用手背揩了揩嘴，说：“我是上茅房的辰光，趁看守的宪兵没注意开了小差。”

二蜡嘴焦躁地拧紧眉头，一拳头捶在八仙桌上，差点儿把洋油灯震翻。他大骂："你个笨蛋！真是猪脑子，这一跑不是就弄巧成拙了吗。我已跟竹田讲好，马上放人，官复原职，这叫我咋讲！"

送人命也惶恐不安地说："这下全完啦。'小伢子玩蚂蚱——大腿弄掉了'。你这娄子捅得要多大有多大！我说你呀，咋就这样沉不住气喃？我们能见死不救吗？"

二蜡嘴决然地对送人命说："你也先歇会吧！不要跟他再啰唆了。"接着又对宋闯说，"赶紧回去！就说怕打和怕用大刑才跑的。"

宋闯的头像被棍棒猛击了一下，浑身一抖茶碗脱手落地开花。他觉得自己好像又进刑场，几个吹胡子瞪眼的打手在面前出现。他受不了宪兵队的刑罚，一想起来就惊悚得有些支撑不住，声音颤抖地哀求着说："亲二哥呀，怕的就是有一万张嘴也讲不清，我比窦娥还冤啊！就是死也不能再回去了。"

二蜡嘴气得脸色铁青，大声说："一定要回去！现在就走还不迟。"

送人命也劝："不要害怕，回去好好讲，肯定会把你放出来的。"

宋闯眼睛里噙着泪水，声音哽咽地哭着："'小鸡见小鸭——人家嘴大我嘴小'。说什么……我也不能再回去。那些刽子手就是不砍掉我的头，也要把我活活地弄死。现在身处乱世，到处都打仗死人，我想跑，逃得远远的……再说，回炉的烧饼也不香。小鬼子就是把我放出来，以后也不会再信任了。万一孙猴子再来一招，我还是死路一条啊。"

二蜡嘴觉得宋闯讲的也不无道理，可转而一想，觉得宋闯这么一跑，日本人就毫无疑问地会认定他通新四军和乡中队，这样岂不是让我这当县长的就成"癞蛤蟆跳门槛子——既碰屁股又打脸"嘛！甚至这群东洋牲口对我也能产生怀疑。他权衡利弊认为，宋闯还是回去为上策。

看出二蜡嘴在踌躇不定，宋闯"噗通"一下跪在地上，泪眼婆娑哭着央求道："亲大伯、亲二哥，你俩是这世上我唯一的亲人，求你们放我一条生路吧！我爹死得早，他临终时把我托付于你家，我跟你们快半辈子啦，一直都是忠心耿耿。事到如今，什么也不求，只想再拉一把，让我多活上几年……"

"叮铃叮铃……"桌上的电话响了。

二蜡嘴抓起话筒："毛西，毛西！"

对方讲话的是特高课长筱田太郎。他在电话里粗野地喊："八嘎！闯的逃跑了，你的知道吗？快说！"

这种蛮横无理的态度，使二蜡嘴很反感。特别是他现在的身份，已是名正言顺的一县之长了，就算你东洋人是天王老子，也总应客气点吧？不过奴才毕竟还是奴才，二蜡嘴只好低三下四地说："哎呀，宋闯跑啦！他……他……"

双膝跪地央求的宋闯，一听说电话是为找他的，立刻像小鸡啄米似的，朝着二蜡嘴连作揖再磕响头。二蜡嘴看着宋闯这副可怜相，开始有点动心了，再加上对方不停地骂"八嘎八嘎"，命令式催促道快点回话，二蜡嘴心一横，来了个假装不知情，便惊讶地说："他怎么跑啦？啊？呵，没有过来，我也不知道。"

二蜡嘴挂下电话，一巴掌拍在桌子上，骂："这群狗杂种！不分青红皂白，只要是中国人都当孙子待。"看到宋闯那可怜巴巴的样子，他用脚尖子摁了宋闯的膝盖，板下脸说，"看你哭得个死样，做人要硬气些，我宋家从没人丢孬！"

宋闯战战兢兢地站了起来。

送人命捧住水烟袋叹口气："唉，俗话说'救人救到底，送佛送上天'！"

二蜡嘴说："只有一个办法，明天早上有汽车去江南，你现在偷着去找个地方，把头发剪剪再洗洗澡，换换衣裳搭个便车。"

宋闯一双泪眼立刻露出惊喜的光芒："上江南？"

二蜡嘴说："我有个同窗好友叫祝迪，在'青年救国军'当司令，去找他混点事情做做，马上写封信给你带着。"

宋闯又慢慢地弯下了腰："亲二哥的大恩大德，弟弟永世不忘！"

天，早就黑了下来，初头的月色刚露小半边脸，就很快又躲进云端。宋闯在一家理发店里脸朝镜子，往面部试贴着假胡须和鼻子，鼻梁左旁还加个小赤豆大的黑痣，他自信化装后肯定没人认得出来。

第六十一章

中元节广盛说民俗
方丈楼试探胡大仙

古老的海神庙，既是乡中队临时休整队伍的地方，更是作为情报联络的场所。除初一和十五有香客敬香外，一般没事很少有人来。

孙广盛带领乡中队与陈一新的区分队分手后，从阜东的八滩附近往回赶，走了大半天才返回到海神庙，大家肚子早就饥肠辘辘“闹工潮”了。英子和网簏子忙着去山门(门楼)外头旷野间找柴火生火煮饭，其他人就在佛殿、斋堂等空闲地方休息。网簏子头一抬，那粗得两人抱的老楝树上，一条三四尺长红黑相间的火赤链蛇，正沿树干悄无声息地逶迤上蹿。网簏子轻声告诉英子:“蛇痴心想偷袭巢里的小雏鹊，只是不知美味能否到嘴，因喜鹊警惕性极高。”遮天蔽日的庞大树冠里，果然有八九个大草团似的鹊巢，小雏鹊有的蹲在巢外树枝上，转动着脑袋好奇地张张望望，还有的就在巢里“叽叽喳喳”乱叫。英子细看着老楝树，说:“真是蛇胆包天，敢偷喜鹊大营!”网簏子说:“结果同小鬼子一样的下场呗，找死!”

火赤链蛇转眼爬完主干上树杈，当离鹊巢尚剩尺把远时，一对老喜鹊不期而归，它们显然嘴里含着虫儿，是回来给雏鹊喂食的。就在入巢的瞬间，发现了这条悄然入侵祸害邻里的蛇，一只喜鹊毅然飞扑过去，用尖喙向蛇发起攻击，另一只则飞上天空“喳喳”鸣叫，向同伴们发出报警信号。在附近滩涂湿地上觅食的喜鹊，闻讯立即展翅升空，一边疾速飞向老楝树周围，一边示威性地狂叫，远处大海边上的喜鹊，也成群结队火速飞来增援，就连一些斑鸠、紫燕、鹧鸪等都前来助阵。一会儿，海神庙外老楝树周围百鸟飞腾，鸟鸣鼎沸，它们同仇敌忾扑棱着翅膀，以喙为武器轮番发起攻击，火赤链蛇被迫退回至树杈，盘缩着身躯，张嘴吐舌以利齿还击。悄然发生的这一切，令网簏子和英子大感意外，他俩将兴奋放心里，屏声敛气一动也不动静观其景，生怕惊动交战双方，而终止这场千载难逢的鹊蛇大战。结果，火赤链蛇终因寡不敌众，只好主动从树杈上撤下，一头钻进杂草丛中而逃之夭夭。

网簏子一阵惊呼："好！太神啦！果然侵略者'小日本'被赶跑了！"

刚才团结奋战的喜鹊及前来声援的鸟群，全部"呼啦呼啦"落在树枝上，放开歌喉"喀喀喀、喳喳喳"摇头摆尾欢唱……

炊事班迅速地忙开，很快就将饭菜烧好，因吃饭没桌凳，都是端着饭碗，把炒韭菜和冬瓜汤摆在地上。饭后一刻，大家美美地倒头便睡，一觉睡到第二天傍晚。

乡中队的清苦生活，可说真让人难以想象。在海神庙大殿东墙头的《星火燎滩》墙报上，孙广盛写下打油诗鼓励同志们：

大地做饭桌，
粗糁果腹乐；
神龛作铺枕，
佛爷共睡觉。

廊檐殿山头，
开会歇脚留；
风雨同行路，
星月伴吾走。
……

孙广盛将佛殿里男同志叫醒，又去西侧云会堂（禅堂）①敲门："女同胞们，快起来吧！英子，马上过来一下。"英子迷迷瞪瞪出了门，随孙广盛向西南张家墩子大银杏树方向走去。

提到那棵银杏树，这里还有段故事。相传元末明初年间，战乱频仍，民众四处逃散。朱明王朝建立后，为发展经济，增加税源，启动了被百姓称为"洪武赶散"的强制性移民屯垦政策，大量平民百姓从苏州阊门码头被赶至苏北。当初

① 云会堂，以容四海云游僧人而得名。

有户姓张的人家，来到淮安府管辖的瓢城东门划船港一带滩涂湿地落脚，烧卤煎盐定居谋生。为方便来往行人识别路径，而筑起高墩栽下这棵雄性银杏树，如今已长得葱郁高挺，蓬展的枝叶遮天蔽日。银杏树有几个人合抱那么粗，五六丈高，被远近出海的商船、渔船当作航标，一看到大银杏树，就晓得瓢城东门划船港到了。大银杏树不仅成为沿海天然的航标，而且还充满着神奇色彩。盛夏炎热，婆娑的枝叶，遮下一片浓浓的绿荫，星星跟捉迷藏似的，在树叶的空隙间闪烁不定。划船港、板港子、大码头的人们便聚集树下，有的看“小纸牌”、下象棋、打扑克，有的拉呱、打瞌睡等；还有的就挤在一起，听“土秀才”神侃“唐僧九九八十一难”“嫦娥偷吃仙丹”“包公狄青换头颅”等神仙鬼怪故事，尽情享用着先人恩赐的清凉。这时，老人就不厌其烦地向后生们唠叨前人栽树后人乘凉的道理。大银杏树庇佑平安健康，造福一方人。人们日出而作，日落而息，总填不饱肚皮，一旦有谁害头痛脑热得病生灾，家人便到银杏树下，虔诚地祷告一番，再采把树叶回家煎熬服用，病人便能很快康复。老人们不停地念叨着：“东有‘神庙’，西有‘神树’，这是在为划船港人驱灾辟邪！”大银杏“神树”能治病的消息，被人们越传越神乎其神，越传越远，以至数百里开外及大上海的人，都赶来求“树神”消灾治病。为表达虔诚，有人焚香点烛，有人敬供“三牲四果”，还有人在树枝上系红绸带……银杏“神树”下香烟缭绕，求神问卜者摩肩接踵。

英子揉揉眼睛抬头向东一看，不禁惊奇地说：“看，今天的月亮好圆啊！”

一轮明月从树梢上徐徐升起，给这夜晚增添了幽静之感。

孙广盛说：“哎呀，今天是七月半中元节，也就是鬼节。民国以来，民间传承着以家庭为主，把祭祖先、荐时食等老习俗，作为中元节的首选关目。这时毛豆角、鲜花生等刚上市，中元之夜祭奠过后就放河灯。河灯也叫荷花灯，一般是在底座上点着灯盏或蜡烛，放在河中漂流。放河灯其目的是普渡[①]落水而亡故的亲人及其他一些孤魂野鬼等。人们就着初秋的月色，边品尝新上市的果品边聊天，远比‘七夕’‘清明’还热闹。特别是进入抗鬼子以后，大小寺庙里还增设了祈请佛力普渡‘抗日阵亡将士’英灵的祭台……”

英子说：“七月半是中元节，那八月半为啥叫中秋节呀？”

孙广盛说：“中秋节是我国的传统节日，时在农历八月十五，因其恰值三秋

---

① 普渡，鬼魂崇拜的主要表现形式，是一种民风民俗。原是佛教术语，意为广施法力，使众生遍得解脱。

之半。传说中秋节是为纪念嫦娥，又称月夕、秋节、仲秋节、八月节、八月会、追月节、玩月节、拜月节、女儿节及团圆节等。中秋节始于唐初盛于宋，明清两朝已成与春节、清明节、端午节齐名并称为中国‘四大’传统节日。中秋节以月之圆兆人之团圆，为寄托思念故乡和亲人之情，祈盼丰收、幸福，成为丰富多彩、弥足珍贵的民族文化遗产。”

“我长这么大个人，还没吃过月饼喃。”英子说。

“你晓得八月半吃月饼的习俗吗？”孙广盛问。

“这个不要好看，我是‘马尾穿豆腐——提不起来’！”

“那就再讲点给你听听吧。其一是月饼，它象征着团圆，寓意着圆满，是对人们亲情的一种寄托。八月半的晚上，一家人围在香案前吃月饼，这是象征着团圆。其二是设香案。八月半也是个祭月的日子，人们点上香，摆上水果、花生、菱角等。香案设在院子天井中间，表达了对月亮的祭拜，也就是人们对月神的敬仰。其三是赏月。这天月亮很圆很美，由古代文人骚客发起用吟诗作词猜谜语的赏月活动，逐渐成为中华民族的一种习俗。全家人共同赏月叫圆满，一个人漂泊在外，就是赏月也会感觉孤单，总觉得月是故乡明，人是故乡亲。”

英子听着，想起了自己的父母。母亲已被地主逼得去了另一个世界，父亲还在太行山上打鬼子……

孙广盛半开玩笑地说：“好了，不讲这些。等到打鬼子胜利时，乡中队的老辈同晚辈们一块去南京、逛上海，到时也买个月饼尝尝。”

英子一本正经地说：“哟，那你早就把小的甩啦，同新四军的三凤阿姨去逛了！”

“这场战争何时结束，一时还很难说得清。孙海光同志讲过，抗鬼子是个持久战，也许等到胜利时我们就‘光荣’啦，这可是正儿八经的话。打仗嘛，枪炮一响就要死人，流血牺牲是家常便饭。好嘞，不能扯得太远，还是说眼面前的吧。孙海光派人送来一封信，讲八滩的王桥反扫荡战斗又有新进展，接下来怎么打，他没有讲具体路数，只叫我们做好充分准备，随时等待上级命令。噢，刚才洪书和海燕过来，说贾福禄老婆花蚂蚱从城里回来，像只泄掉气的皮球，看上去情绪有点不对劲，两口子这天把老是愁眉苦脸，有点魂不附体的样子。另外，胡大仙也去过救命墩子村，不晓得与贾福禄又有什么花头精？”孙广盛调转了话题。

英子问：“陈霸川喃？”

“他一直待在家里，看不出啥眉目来。我想趁有点空子先调查一下贾福禄。”孙广盛说。

“对了，没有家贼，肯定引不来外鬼。我们内部看来有奸细！那怎么个调查法呢？”

“是蛇一身冷，是狼一身臊。在这没凭没据的情况下，只有去找胡大仙，从侧面了解一下，先掏问点底细。”

英子说：“胡大仙可不好惹。乡中队每次住这里，总要派人偷偷监视。他从来不出去，表面上对我们比较客气，是真心还是假意，谁也摸不透人心。哪个晓得他骨子里怎么样？”

“一羽示风向，一草示流水，先随便聊聊探探口气。国民党当旺（盛）时，胡大仙有一阵比较活跃，三天两头往城里跑，说不定也许就有什么瓜葛。海光书记说过，在革命阵营内部及外围有很多潜伏下来的国民党特务，若贾福禄真的骑墙跨了党，那就可能与他有联系。”孙广盛稍加思索地说着。

英子曾与孙广盛、朱铁匠一起，多次分析过贾福禄的问题，依她的看法早就要与贾福禄当面谈开来了。孙广盛说贾福禄如真有玩意，可能比想象的要复杂，他主张还是稳妥些好。一方面对贾福禄的行动适当加以限制，另一方面注意留心观察。同时，也是因那会儿急于出发北上，所以就把贾福禄的事情暂时先搁一阵。

急性子的英子听说要找胡大仙探深浅，再调查一下贾福禄的情况，拉住孙广盛的手，说：“拣日不如撞日，事不宜迟。说话看势头，办事得趁风。走，现在就去。”

孙广盛微笑着说：“海到天边天做岸，山登绝顶我为峰。你个疯丫头，以后遇事要沉住气，只有站在高处，才能看得远些。不要听到个风就是雨，更不能动不动就上火。”

“好，我听五伯父的。”

“不怕乱如麻，就怕不调查。对胡大仙这个人，我们讲话特别要注意火候，有点艺术和策略，更要学会把握好分寸。”孙广盛认真地说。

他们向东过了低矮的小便门，在空旷、寂静的庙院里，边走边商量着与胡大仙谈话的内容。这一老一少踏上台阶，穿过黑暗阴森的殿堂来到东北角。

方丈楼上，正中三间都掌着灯。

孙广盛走在前头，英子随后跟上，一步步踏上木板楼梯，踩得“咯吱咯吱”地作响。

胡大仙一听到有动静，就急匆匆地走出寮房（僧寮）[①]。等孙广盛和英子来到跟前，他连忙双手合十，低下头慢声慢语地说："南无阿弥陀佛！"

孙广盛一进门就看到，靠北墙根里条桌上供奉着观音菩萨，香炉里青烟缭绕。东西两间是寮房，门上挂着黑色的珠帘。

孙广盛和英子在八仙桌旁坐下，胡大仙就站在右侧鼓凳旁。他身着海青僧袍，脚穿白口济公鞋，手腕挂着淡黄色的念珠，看上去年纪在五十开外，颧骨有点高突，嘴巴儿略尖，胡须稀疏而微黄，脸色和肤质发着光泽并不显老。

望着胡大仙和蔼的微笑，孙广盛客气地打招呼："我们常来打扰，在这里吃住作遢，给大法师添了不少麻烦。"

胡大仙沉稳而彬彬有礼地欠下身子："不碍紧，老衲只是尽了点地主之谊。"

"这兵荒马乱的年代，到处都在打仗死人，不光是平民百姓过不上安稳日子，就连出家人生活秩序也已打乱，免不了担惊受怕。"孙广盛顺口说着。

"出家人不问国事，没人来为难老衲，清贫日子倒也安稳。"胡大仙不快不慢地答道。

在这战火纷飞的年代，胡大仙居然过得这样清闲，穿得这样讲究，养得这样红光满面。"这么说，大法师日子过得很舒服喽？"英子紧插了一句。

胡大仙并没回答英子的话，依然含笑着说："我有'香火地'，度日无虞。"

孙广盛担心英子打乱预先商量好的话题，没等她再开口赶紧把话茬就牵过去，开门见山："那，法师大人，你对抗鬼子有什么高见？"

"没有，一点看法也没得。长年累月就在这庙里，哪儿也不去。特别是公府里的事情，老衲从不过问。"

"你不是去过救命墩子村吗？"孙广盛一语点破了话题。

---

① 寮房，僧人住的房间。

第六十二章

海神庙邂逅付扣宝
打嘴仗双方各说理

其实，胡大仙原是国民党中统特务。去年他跟竹田一勾上，就成了日军一零七联队的密探。以前，乡中队每次来到海神庙，都没有正面与他接触，今天孙广盛与英子在门口一出现，他就断定是有来由，心里"咚咚咚"地不停打鼓，但即刻又镇定下来，做足了思想准备，坦然行事言语谨慎。他警惕地掂量着对方的每句话，见问救命墩子村的事，不慌不忙地回答说："不错，老衲曾去过，那是替贾福禄送药的。"

孙广盛佯装惊异："哟，贾福禄生病啦？你是怎么知道的？得的什么病？"

"他曾到门上来讨过药，吃了后明显有好转，所以又来找老衲再配上几服。"胡大仙应答着。

"你看划船港的抗鬼子工作，做得怎么样啊？"孙广盛来个靠船插篙子。

胡大仙摆摆手："出家之人，修心为上，与政治无缘。"

英子又插话："大法师你也是个中国人吧，怎么能对抗鬼子就一点不关心呢？日本人快把大半个中国吞掉了，难道你真的不知情吗？"

胡大仙慢条斯理地说："怎么不知道。中国这块大田里桑叶多得很，就让他们去吃吧，等不到吃完自己就变成蚕蛹了。"

英子霍地一下站起来："这可是从你嘴里说出来的啊，话不讲不明，鼓不打不响，这可是顽固派常讲的套话，是他们的口头禅！"

老谋深算、遇事不乱的胡大仙，晓得自己说漏嘴，就忙着打起补丁："刚才老衲之言不中听，权当没说吧。"

英子肚子里火气像揭了盖的小香槟，"嗞——"地一下子就喷出来："冲你刚才说的，我看就是胳膊肘子朝外弯！”

胡大仙转而一想：出笼的鸟儿难回、出口的话儿难收，便甩动一下肥大的僧袍袖子，双手合十：“妄语！妄语！”

孙广盛真没想到，英子上去几句就把胡大仙顶进死胡同，这下子看来有点僵了。他想：胡大仙真的不是个凡人，正经人也不会讲出那种话来。行船赶顺风，打铁趁火红。他试着让英子与其再吵吵，看看胡大仙在激动的时候，还能说出一些什么话来。

胡大仙不知是生气还是害怕，脸色煞白头上的僧帽显得有些颤抖，老山羊胡须也在哆嗦。

英子往椅子上一坐，俨然似个审判官的姿态，将手往桌上一拍：“说实话！你到底与贾福禄是啥关系？去救命墩子村‘叽咕’了什么？”

这时，从西寮房里突然传来一声斥责：“小鬼丫头，火气真不小啊！怎么能这样和大法师说话呢！”

孙广盛与英子都感诧异，付区长怎么会在这儿呢？看来他显然是在里间休息。

付扣宝披件小褂子，脚上趿着一双布鞋，左手挑起那串珠儿的门帘，面带愠色地说：“人家是脱俗之人，争议这些有啥意义？”

“付区长，你是什么时候来的？”孙广盛问。

付扣宝一脚迈出门槛儿，门帘在背后“啪啦”一声垂下。他仰起头咂着嘴，说：“昨天下午刚到，还不是为那军粮的事。”

付扣宝前天接到县里通知，叫他把粮食替新四军准备好，说可能最近就要用了。他打算把救命墩子村的军粮集中到洋卵尖去，指示各藏粮农户将军粮都倒腾出来，结果没有运输工具，各家各户就只好明晃晃地摆在家里。洪书和海燕已及时向孙广盛汇报了这个情况，对付区长的主张很有看法。孙广盛打算找付扣宝商量，正发愁找不到人，没想在这里遇上了。

方丈楼是付区长来往借住的老地方，他同胡大仙两人很投机，经常天南海北地闲聊。昨天，胡大仙得知救命墩子村农户正从地窖里往外搬运军粮，便假借送药给贾福禄，亲自去侦察了一下，回来就将情报由密探送出去了。

“好嘞，好嘞，到什么时辰啦，一老一小还在抬杠子，都给我省两句吧，不要再争了！”付扣宝像个和事佬，满脸堆笑地推着胡大仙，“不要同她一般见识的，这丫头年轻，说话不晓得轻重，你别介意，走吧，快走！”

胡大仙神情一转，又变得亲切和善地微笑着说："不碍事，老衲先失陪啦。"

孙广盛发觉他们的关系非同寻常，似乎已打得很热火，心里就有一种反感。他想警告付扣宝几句，可话到嘴边还是咽下肚子，在这种场合下也不好说多少。英子却不加掩饰地露出心里的不满，一双冒火的眼睛盯着付区长。

"英子，你个小鬼丫头，怎么还是改不掉爆竹脾气。"付扣宝显得关心的样子，在英子肩膀上轻轻拍两下，以老上级和长辈的口气说，"参加革命几年了，大小还是位干部，要学着成熟点嘛。"

英子将膀子一甩迅速闪开，并白了付扣宝一眼："我这人就是巷子里扛木头，喜欢直来直去！"

孙广盛和英子气冲冲地下楼，付扣宝"噔噔噔"撵在后头。在殿堂北侧一块大石头旁停住。付扣宝喊住孙广盛和英子，用埋怨的口气说："我早已说过多次，乡中队就只管打游击，不要学狗子逮老鼠，管野闲事。"

孙广盛把手一扬："这是正儿八经的事。"

付扣宝眨着眼无奈地一连干咳几声，叹了口气："唉，我俩看来是前世里的冤家对头，什么话都说不到一块。现在已听出来了，你们可能怀疑胡大仙。"

站在孙广盛身后的英子马上抢过去说："一点也不假，我看这人来路不正。"

付扣宝慢声细语地说："中国现有一个大党是国民党，还有个大些的党是共产党。你信的是共产党，就不让人家信国民党啦？这哪用得着大惊小怪？再退一步讲，他即使真的是国民党，又能把人家咋样？况且当下正是国共合作时期。"

孙广盛十分生气地说："人家姓国，我们姓共，问题的焦点不在这里，关键是国民党里有顽固派，这些人不抗鬼子专反共，有的还投靠了小日本。另外，如贾福禄与胡大仙有勾搭，也可能就真的脚踩两只船又参加了国民党。"

"你们说的这个意思，我已听出来了。贾福禄如秘密加入国民党，这一人兼入两党固然不好，可又有什么了不起呢？国共合作时期，这种事情也难免。再说我看他跨了党也好，那才真正地统一在一块呢！"付扣宝不以为然地说。

"这肯定不行。共产党有共产党的使命，国民党有国民党的主张，一个人不能信仰两个主义。他到底为哪个党服务？"孙广盛断然地说。

付扣宝嗓子勒起来大声喊："为共产主义而奋斗，这是未来的事情，可说还远着呢。现在是统一战线，合作起来先抗日。"

"付区长，你把问题混在一起，这就完全不对了。共产党的统一战线，是要团结全国人民抗日，包括国民党里愿意抗鬼子的人士，团结也是有底线的，决不是把国共两党不分青红皂白地捏合在一块儿不分彼此。按你的这种说法，不是就把共产党统一到国民党里去了吗?”孙广盛寸步不让。

付扣宝说:“这道理早已明白。我讲这话的意思，没有主张把共产党合并到国民党里去，而是为了搞好统一战线。我们讲话办事情都应慎重些，不能把国民党讲得一无是处，他们是抗鬼子的主力军。不要忘了现在中国只有一个领袖，无论是国际还是国内，被公认的是蒋委员长，是他在领导全国抗日。”

孙广盛针锋相对地说:“眼下外寇入侵，国家危亡，大好河山惨遭涂炭。然而拥有几百万军队的蒋氏集团，在弹丸之地小日本的进攻面前却无所作为，听凭小鬼子占东北、攻上海、屠南京，真正领导抗鬼子的是共产党!”

英子愤愤地说:“付大区长，看来你墨水喝多嘞，讲的全是国民党顽固派那一套。”

付扣宝有点沉不住气，不满地“哼”了声，站在原地转个圈子，好久没讲一句话。

一个小石子被付扣宝踢进平静的水潭，激起了一道道波纹，照在潭水中的月亮和星星，霎时也都混淆不清了。英子倒像用洗澡堂子里的毛巾，没上没下没头没脸地把付区长搓了一顿:“一个共产党员背着组织又参加国民党，那就是个典型的两面派，是革命的叛变分子!”实际上英子这话是有意识地说贾福禄，一语双关让付扣宝也听听。

付扣宝脸上冷冰冰的，说:“丫头啊，今天的风太大，这顶帽子我戴不住！现在最大的敌人是小鬼子，投降日本人才算是叛变。”

“阶级投降和民族投降都叫叛变革命，能搞阶级投降，就会搞民族投降。”孙广盛一步紧上一步地扳着理。

付扣宝感到浑身像一盆凉水从头浇到脚后跟，不禁连打几个寒噤，但内心里却像着了火似的烧得不得安宁，越来越明显地感到，自己在他们心目中已没分量了，不然怎么会放肆到如此地步？他脸上不易显见地掠过一丝惶遽，但立刻色厉内荏地对孙广盛和英子吼:“轮不到你们来教训老子。少上纲上线一套一套地替我上课，老实讲在牛湾河这地方，还没人敢对本区长指手画脚!”

方丈楼上，胡大仙站在门口，虽然隔着十几丈远，屋里的灯光明显地映衬出他的身影。

他仨默默地站了一会，孙广盛忧心忡忡地说:“付区长，常言道害人之心不可有，防人之心不可无。你对楼上的那个人要防着点。”

付扣宝一巴掌在耳根里，拍住一只吸得饱饱的血蚊子：“不要睡不着觉怪床歪，这个你就莫操心了，老是疑神疑鬼的。”

说完，付扣宝转身走了，“笃笃笃”地踏着楼梯。等候在门口的胡大仙，十分客气地将他迎进去。

孙广盛和英子回到斋堂。

孙广盛心绪烦乱，三扒两咽地吃几口饭，去佛殿找副中队长徐树庭，轻声说：“不在被中睡，不知被儿宽。我想去救命墩子村一趟，总觉得贾福禄有点儿不对劲，此人看上去似乎比陈霸川还要危险。”

“凭什么这样讲?”徐树庭问。

“新的证据没有，还是同上次分析的差不多。我始终弄不懂，跟他有联系的柏大喜和汤蛤蜊都已被抓，而偏偏就丢下他个‘现世宝’。两头的线人都出事了，中间反而平安逍遥自在。另外，五个铁匠还在狱里。朱铁匠要不是跑得快，也没得了。”

“拿不出一定的证据，怎么好动?”

“先去了解一下情况。听洪书讲花蚂蚱从城里回来，情绪特别低落。”

“好，那你去吧，带上两个人。”

孙广盛出了海神庙直奔救命墩子村。一路上，他又想起陈霸川，狗改不了吃屎，是疖子总要出头，相信他一定还会出现，只要派人紧盯着，肯定能钓出内鬼大鱼。

是的，陈霸川并没有停止活动，只是更隐蔽了。

第六十三章

孙小牛戏耍老滑头
陈霸川死缠贾福禄

陈霸川摸黑在茅草丁头屋里烧火弄吃的，蒿子杂草有些潮湿，熏了一屋子烟。他坐在灶膛门口，用顶破草帽对锅膛门扇风，锅里“咕嘟咕嘟”作响。

烟，把陈霸川熏得眼泪直淌。他刚打开门想出出烟，一看时间不早了，天上的云儿朵朵飘散，已是繁星满天，月亮一露脸就显得分外明亮。他刚转身回屋，突然觉得后面跟着个人，吓得浑身立刻瘆起鸡皮疙瘩。再回头一看，原来是孙小牛。

小牛脸面朝里，斜着身子倚在门框旁站着，月光从背后射进屋内。他的嗅觉很灵敏，耸起鼻子抽了几下，说：“煮鲜玉米棒头的？”

陈霸川忙说：“小馋猫鼻子真尖。不错，肚子饿了？”

“老实告诉我，是从哪里弄来的？”

陈霸川照直回答：“实不相瞒，在邻居田里顺手掰的。”

“哪家的？”

“蒋富贵家。”

“蒋富贵是个开明的地主，你这样偷别人家的东西，死了变成鬼都会跌跟头的。”

这段日子，陈霸川脑子里一直是乱糟糟，老觉得好像有把小攮子在抵住脖子，说不定眼睛一眨脑袋就要搬家。他一怕黄阿黄老实交待，二怕被小牛抓住把柄。又是一阵子过去了，第一怕逐渐解除，因阿黄讲话让人无法听懂，过后很快又被打死，死了死了，一了百了，也就没法子对质。小牛这边，陈霸川一直放心不下。听说在师傅家养病，打探不到消息无法去访，不料小牛自己送上门来了，为此感到一阵高兴。

人啊，有时碰的是运气，运气好逢凶化吉，跌个跟头能拾到金元宝；运气差就烦事不断，连放个屁都砸脚后跟。陈霸川想起几天前发生的事，真让他捏了一把汗，如不是运气好恐怕小命都玩掉。他打算通过闲聊，来试探小牛的口气。

茅草丁头屋里支的是锅腔[①]，没有出烟囱，陈霸川被烟熏得不住淌眼泪。他揩了揩轻咳一声，说："月过十五光阴少，人到中年万事休。这过了四十岁，如太阳偏西，表面上看还是红红火火，但内骨子里已火不灼人。唉，不怕你见笑，我刚'不惑'挂零就满头染霜，脸皮子粗糙得像核桃，可说是走一步老一步，就逞强不起来了。再说，这眼睛也不能见风和被烟熏，软壳子蛋儿一碰就淌知了尿。你现在晓得我为啥要回来了吧！"

"你并不老，看上去还很年轻。"小牛说。

陈霸川又捂住嘴，佯装被烟呛咳了几声，接着"咕噜"扔下个响屁。他红着脸："人老力气衰，撒尿尿不开，遇风淌眼泪，一咳屁出来。实在不好意思啦！小牛啊，我说的这个顺口溜，都是古人总结出来的。你们小青年感觉不到，我算深有体会了。唉，真是人小不如人，人老更不如人。牛老能卖钱，人老不值钱。上头说话牙齿不关风，下面那个屁眼也不能憋。人有力气，全凭肚子里的一股气，人老了用点劲儿，那气就关不住，很自然地'咕噜'就放出来了，你说还有什么用啊！"

小牛被陈霸川逗得"噗哧"一声笑起来。

陈霸川心想：小牛你这个猴崽子，老像狗样的跟在我屁股后头想啥心思？

小牛的确是有心思。柏奶奶负责看护他养病，不料今天没看住就溜了出来。这几天，小牛总是翻来覆去地回忆那天晚上，在贝壳庙前遭遇一段难忘的情景。他怀疑这个人就是陈霸川，好像长得瘦精精的，搂住腰眼时就感到身上没多少肉，都是些排骨。如今，小牛还可清晰地体会到对方攥住手腕时，是一种什么样的感觉，其握力有多大，现在心里还有数。小牛想试探一下眼前这个"老滑头"。

陈霸川拎起锅盖，从热气腾腾的锅里捞起一个鲜玉米棒头，烫得两只手来去换着抓："嗯，也弄个尝尝鲜。"

---

① 锅腔指土灶，比大灶小，无烟囱，多用土或陶制。

小牛拍着肚子："刚吃过，饱饱的，吃不下去。"

"尝一个呗，俗话说，跨个缺口还多吃一碗饭喃！"

"我又不能把石头往山上背啊？宁可锅里放坏，也不能往肚里硬塞。"

陈霸川把滚烫的鲜玉米棒头搁在锅台上凉一会，然后便狼吞虎咽地啃了起来。他边吃边假惺惺装着关心地说："听讲你那天累得吐血，现在已好些啦？"

小牛毫不在乎地淡然一笑："好了。毛毛雨，小菜一碟！"

陈霸川竖起大拇指："你可真有两下子，使出吃奶的劲头子把那家伙打跑，真勇敢！哎，是当地人吗？"

小牛心想：他问这干啥？是不是做贼心虚？小牛摇了摇头，说："不太像。要是当地人，我早就认出来了。"

陈霸川一直提着的心终于放下来，接着他又故意用爱护的口气说："花有重开日，人无再少年。听说你已跑出'血满心'（咳血）来了，那是小嫩身子的劲用过啦，要好好地补补，调养调养！哎，老牛肉有嚼头，老人话有听头，你可千万别忘啦！"

小牛走到陈霸川的前头，扭摆着身子，说："现在我已全好了，就是有劲没处使。来，我俩掰下手腕玩玩。"

陈霸川微笑着说："掰什么啊？你还嫩着呢！"

小牛陡然伸出手，极其认真地说："来啊，比试比试看呗？"

陈霸川生怕小牛不怀好意，急忙退后一步，说："真掰就不来了！小祖宗啊，我心甘情愿承认输，算你凶！还不行吗？"

"莫说掰手腕，就是摔跤你也不是我对手！"小牛说着冷不防一把抱住陈霸川的腰，小脑袋向前一拱，陈霸川跌个仰八叉，脑壳子磕在锅台子旁。

嗯，差不多，摸上去感到全是些肋排骨。小牛这样想着，把手给伸了出去。陈霸川一把抓住他的手腕。小牛用力向后一拽，陈霸川就势又站起来。

这手的劲头跟那天晚上有点相似，小牛敏锐地觉察到这里，将胳膊猛地抽回头，转身"噌"的跑出去。

陈霸川恼怒地追出门，见小牛已消失在夜幕里，便骂："小猴崽子，把老子折腾一阵就跑啦？"

陈霸川脑壳子被磕的地方，慢慢起鹌鹑蛋大个包。他一边用手揉，一边咒骂着返回屋内，心里有种孤独感，茅草丁头屋寂寞得令人窒息，便横倒在床上躺着，昏头昏脑地胡思乱想。想到自己的处境，想到将来的出路，想到万一的后果……想来想去,觉得自己好像走进了死胡同。他从床上猛地坐起来:不行,老子还得赌一把,决不能让煮熟的鸭子就这么眼睁睁地飞了。逮不住孙猴子,就没得出头日子过。可想到抓孙广盛,又觉得比登天还难。脑壳子上的包儿还挺疼,用手摸摸心里不由自主地抽搐了一下:哎呀,那小猴崽子是不是怀疑上我了? 他呆呆地想了一炷香的空子,觉得事不宜迟,赶快找贾福禄去。

门外月黑风高,已快二更天了,一块乌云遮住月亮。人们早已关门睡觉,划船港的街巷里,除了有几个民兵在夜巡无人走动。

陈霸川小心谨慎地出了门,先四周张望一会,然后像幽灵似的越过街巷,贴着墙根向南走。到了贾福禄家的小宅旁,从破围墙洞钻进院子,鬼鬼祟祟地蹲在窗户脚下,用手指头在窗户格子上轻轻地点了几下。

听到外面有动静,贾福禄忙叫花蚂蚱披衣下床,躲在窗台前梳头桌子角旁,小声地问:"谁?"

"我,霸川。"

"深更半夜,摸过来有什么事?"

"肚子疼得厉害,听说你家有药,请做点好事。"

"没有了。"

"可怜可怜吧,乡里乡亲的,你可不能见死不救啊! 放心,我给你现钱。"

海边上一阵子冷风,飕飕地旋进小院子,刮得陈霸川一阵哆嗦。他伸出头又望了一会儿,街上静悄悄。门缓缓地开了,陈霸川动作快得像老鼠,"哧溜"一下子就钻进去。花蚂蚱点亮了高脚香油灯,端到床头的箱柜子上。贾福禄盘腿倚坐在床东头,脑门间还印着拔火罐留下的椭圆形紫红圈儿,疑惑地问:"你怎么晓得我有药?"

陈霸川坐到床铺边沿上,"噗"地一下子吹熄香油灯,小声说:"胡大仙不是替你送过药吗?"

"那是治头疼和恶心的。"

"治肚子疼也同样有效啊。"

"你是怎么晓得胡大仙替我送药?"

"我什么都知道。"陈霸川说,"打开天窗说亮话,我俩是同一条船上的人,有财一起发,出事共同扛。"

贾福禄心里一颤,恐惧得连气都不敢喘。他动来动去地有点坐不住,倚住山墙,说:"霸川,这玩笑可开不得呀,我啥底细是瞒不过人的,你在哪条船上,做了些什么事情，我可一点不晓得，再说也不想听，快走吧！你一来我就有点担心，民兵和联防队街上有许多岗哨……”

“唉唉，看你吓的。”陈霸川拍着贾福禄的肩头，说，“这深更半夜，别人像癞蛤蟆似的鞠在老婆身上快活呐，而我却跟夜猫子样的，特地摸到你门上来还不领情。坐精神点，也许你对我情况真的不晓得，而我对你却早已了如指掌。夫人带回的那信已全说白了，胡大仙不光能管你，同时也是我的顶头上司。”

花蚂蚱是被宋闯派回来的，他给贾福禄下达两个死任务：一是了解军粮坚壁在哪些人家，弄清藏在什么地方；二是争取把付扣宝拉到手，并指令快去跟胡大仙联系。宋闯还威胁花蚂蚱：“我俩都是本乡本土，福禄如若不好好干，我就把事情全抖出去，让孙猴子毙了这个叛徒，或者交给日本人把他办掉。”花蚂蚱从城里回到救命墩子村，贾福禄听婆娘学了宋闯这番话，吓得浑身发抖，两三天茶汤未进，脑袋老是晕乎乎的。经过一番痛苦的折磨，贾福禄无奈地对花蚂蚱说：“现在已上了强盗船，只好跟着摇橹啊！”于是，他就主动找胡大仙接上线。

“牛轭头已架上脖子，这车你不拉也得拉。既然湿了鞋，就莫想再上岸。”陈霸川威逼着说。

贾福禄清楚，这次陈霸川给他送来的，不是麻烦而是麻布，是民间办丧事披麻戴孝的那种麻布。他只觉得脑子里有些天旋地转，连忙用双手托住前额。

陈霸川凑近贾福禄耳朵旁，小声说：“明天，付区长为军粮的事可能还过来，我们要设法把他缠住。这里我写了个条子，劳驾贵夫人去城里一趟，抄近路走大码头，天一亮就去。只要一来人肯定能弄到粮食，还可揪住那个姓付的区长。人不要来多，有七八十个就足了，正好乡中队不在。要是这事办成，功劳可不小，仅次于抓住孙猴子。你的意下如何？”

贾福禄好像被吓蒙了，有点精神不正常地喃喃说：“你已跳进火坑，想把我也拉进去？”接着就好长一阵子不吭声，一泡大便吓得拉在裤裆里，弄得满屋子臭气，身子渐渐侧倾，耷拉着的脑袋也慢慢地垂到肩膀上，已晕过去了。陈霸川连忙拍肩揉胸掐人中，还喊快灌点凉水。

“手脚轻点，是杀猪的还是急救人？”花蚂蚱一头扑上去，惊恐地叫着，“福禄，福禄！你怎么啦？快醒醒，不要吓唬人，你可千万不能走啊！”

陈霸川将耳朵贴在贾福禄胸口听一阵子，然后放心地抬起头来，说：“你鬼喊啥？小点声行不？这里又没聋子，就不怕被外边人听见了！”

一会儿，贾福禄慢慢缓过气来。

“福禄是被吓坏的，你马上帮他叫叫魂。”陈霸川安慰着。

吩咐花蚂蚱后，陈霸川像小瘪三似的又溜回茅草丁头屋，关好门准备睡觉。而就在这时，墩子边暗处跟踪的洪书，蹲在窗户脚下听一会儿，认为陈霸川真的躺下了，才匆忙去朱铁匠家。

第六十四章

运军粮孙付再理论
花蚂蚱进城被撵回

孙广盛与朱铁匠、海燕等村里党员干部听了小牛的报告，几个人围着一盏昏黄的香油灯，对陈霸川的问题进行分析和研究，大家争论得很激烈。有的建议马上把陈霸川关起来，责令他老实交待罪行；有人认为证据还不够充分，万一陈霸川拒不坦白，弄僵了可就不好收场。孙广盛坐着没吱声，他觉得对陈霸川不能孤立地草率行事，如急于下手会打草惊蛇。他主张放长线钓大鱼，先钉桩后系驴，继续跟踪监视。大家听了孙广盛的意见，都静下心来思考，洪书的出现打破了沉默。

洪书带着一股海滨夜晚的凉爽，凑到香油灯前，说："陈霸川溜进贾福禄家，刚点起来的灯又被吹熄。我就爬上小阁楼，听陈霸川说什么'同一条船'，后来又说'走抄近路，天一亮就去'，怎么也弄不懂意思。"

朱铁匠赶忙问："就听到这几句?"

"声音非常低的叽里咕噜着，别的啥都没听清楚。最后，贾福禄好像又在床上装死。"

孙广盛皱起眉头想了想，自言自语地说："'同一条船'……'走抄近路，天一亮就去'……什么船？走哪里？派谁去?"

朱铁匠吸了口烟，小烟袋锅里闪出紫光，摇了摇头说："应还有个重量级人物，也就是'花八姐'!"

孙广盛点头，说："这就对了，不能小看那个花八姐。她扔下酒店和两个孩子自己跑回来，这里头应有点名堂。洪书和海燕带民兵把岗哨布好，严密监视。我明天去找贾福禄先聊聊，再探探口气，倒要看看他怎么说。这事无论如何要做得稳当，千万不能操之过急。”

朱铁匠跷起脚在鞋底上磕去烟袋灰，说：“就这样吧，时辰已不早啦。洪书他们明天还要装地雷。我去仓库看了，从阜东兵工厂领回来五花八门的地雷壳子，才装不到六成，要抓紧把所有的都装好。如火药不够，可弄些杨树枝子烧成灰加上硝磺，再制成一批土地雷和土手榴弹。到时哪里需要，随时拉得出炸得响，省得临阵再手忙脚乱的。”

洪书说：“付区长不是讲明天要运军粮吗？”

孙广盛说：“你们还是先服从装地雷。关于运军粮的事，等我与付区长商量好了再说。”

朱铁匠站起来：“就这样，没有其他事情就散吧。”

清晨，立在街心里的那棵银杏树，第一时间接受到太阳光的照射，挂着露珠的树叶闪闪发光。这里地势比别处高出一丈好几，因内洪泄海和海潮回流，而逐年自然形成泥沙和海滩贝壳沙的堆积。银杏树长得也特别茂盛高大，周边百里方圆都能影影绰绰一眼就望到。从房檐飞出来的小麻雀聚在树上，“叽叽喳喳”地喧闹不停。

孙广盛想跟贾福禄谈谈，可连找几个回合都没见到他人影子。

“看到贾福禄了吗？”孙广盛在银杏树下又遇见朱铁匠。

“嘿嘿，真是冰川着火、太阳要从西边出来了。”朱铁匠双手向外一摊，说，“这人陡然积极起来，挨门逐户地去张罗运军粮的事，叫人们把军粮晒干簸净，扎牢口袋口，不管遇到哪个都要交待几句。与人说话嘴上像抹了蜜，甜得大伙儿要发笑。”

“‘稗（草）子不莠稻（倒）来了’，这是一种反常现象。”朱铁匠又说，“不能再让他乱跑。运军粮的事情，与他没有任何关系，‘八尺沟浜六尺跳板——搭不上’。刚才我遇见了，就没给好脸色，已向他挑明：‘这个不是你管的事，就不要再操心劳碌啦！’你猜他回答什么？‘我是个堂堂的共产党员，应为群众服务多干点事，不能做只收香火而不施雨露的泥菩萨。老让我闲着没事干着急，那你们快给我分配工作呀！’海燕正好也在旁就直说，运军粮的事就不要‘六指搔痒——多一道’出来。你若是真闲得没事，就一起去往地雷壳里装火药吧。硬是把他拽到仓库去了。”

孙广盛有些忧心忡忡：“这么早就把军粮弄出来，一下子运不走，这消息万一被透露出去，可能要带来麻烦。”

朱铁匠也气愤，把脚一跺："这个付区长要人命呐！真是猪脑子，不晓得他是怎么想的。你先到村公所等一会儿，我去找贾福禄。"

朱铁匠说完，转身进入一条巷子。

孙广盛刚想去村公所，头一抬正好瞥见付扣宝从西边过来。

付扣宝皱着眉头在路上走着，遇到熟人抬眼点下头，哼一声继续往前走。

"你有事？"付扣宝见孙广盛站在银杏树下等候，心想看来又要理论闹别扭打嘴仗了，于是语气和表情上就不加掩饰地露出点厌烦。

"有件小事。"无论付扣宝显得多么不友好，孙广盛也是尽量做到对其尊重。他和颜悦色地说，"区长，你考虑过吗？这么早就把军粮弄出来咋办？"

"废话！有什么不合适？"付扣宝的一对长眉毛陡然从两边拧到一起。

"部队过来的具体时间，现在还没数呢！"

"等人到了，再去准备就迟啦。总不能让官兵们连皮带糠吃吧？还得碾成米、磨成面，这个都需要一定的时间。"

"那也来得及。到时各村一发动就行了。"

"要是赶不上呢？这不全是我的责任吗！军粮的事情一切由我负责，你就别操这个心吧。"

"现在各户都把军粮倒腾出来，万一消息透露出去，小鬼子来抢怎么办？"

"打游击是分内之事，你去考虑吧。"

"不能分内分外分得这样清，打仗以外的事我们都要考虑。"

"你不用操这个心思，今天我就把军粮运走。"

"离洋卯尖这么远，一下子运得了吗？"

"运不走也得运，车到山前必有路。我自然有办法。"

"三万多斤军粮，一没车子，二没船只，三又没牲口，拿什么运？"

"发动群众，担子挑，肩膀扛，再找点小独轮车来推。"

"救命墩子村总共能出多少劳力？运得过来吗？"

"这么大个划船港乡，难道就是救命墩子？村子多着呢！一个人平均运五十斤，十个人就运五百斤，一百个人就运五千斤，一千个人……"

"动员上千人运军粮，目标这么大，没有部队掩护行吗？"

这一问，付扣宝好像挨一巴掌，一下子怔住了。这笔账确实没有细算过。他只想快些把军粮运到洋卯尖去，以保证部队能够得到及时供应。他觉得这样就可显示自己的工作能力，就可暂时扭转一下自己在孙海光心目中的印象，就能堵住人们的嘴巴，不再说“受批评后工作消极”了。他明知道孙广盛意见正确，胸襟狭隘和所谓的自尊心，使他不愿意示弱，硬着头皮在错误的路上继续走下去。

“说句不客气的话，这事你不要管。我没有你聪明，可也不比你傻。”付扣宝傲慢地白了孙广盛一眼，而后将手使劲一甩扬长而去。

孙广盛感到心里涌起一股说不出的滋味，但他还是极力克制住自己。他快步追了上去，依然耐心地说：“区长，你再考虑考虑吧，军粮一下子运不走，是否再‘坚壁’起来？”

“坚壁？”付扣宝脚头里停下，眨着眼睛厉声说，“动不得！这样再来回折腾，老百姓要骂娘。”

“向大家解释一下。”孙广盛慢声细语地说，“群众也都担心哪！不会有什么意见。连我也捏着一把汗……”

“少说几句不把你当哑巴！在党内虽说我是副书记你是常委，但你不要以为桌子和板凳一样高，可平起平坐。论行政职务我是区长，你乡长就得服从区长领导，否则，我这区长不就成了‘聋子的耳朵——摆设’。再说我又不是三岁小孩子，让你哄了玩啊！用不着说三道四，你也没有资格在我面前指手画脚。”付扣宝说完，用手指头将三七开小分头梳了梳，然后转身走了，留下被他呛得目瞪口呆的孙广盛。

在银杏树上吵闹的小麻雀轰地一下飞走。孙广盛心情沉重地去村公所，他要在这里等贾福禄。一连三间村房空荡荡，中间摆张落满灰尘的小四仙桌子和几条板凳。孙广盛面对被阳光照半截子的窗户坐下。贾福禄还没有来，而花蚂蚱却已到了，她是在去城里的路上被撵回头的，海燕就跟在后面。

花蚂蚱腋下夹着个小包袱，脸拉得老长，一双眼睛哭得像红透了的杏子，嘴巴噘起老高能挂油瓶，侧着身子站在桌子斜对面，用眼角瞟了瞟孙广盛。

海燕套着孙广盛耳朵，说：“身上都已搜过了，小包袱里就是孩子几件衣裳。连发鬏也放开来看过，没有发现任何名堂。”

一人藏物，十人难寻。其实陈霸川写的小纸条，就塞在头发根里用夹针子别着，海燕粗心没有发现。花蚂蚱担忧让人再去搜她发鬏，但孙广盛并没有说什么，只是朝她头上瞥了一眼，问：“准备到哪里去呀？”

花蚂蚱泪眼婆娑，另有一番滋味涌上心头：“男人是女人的山，女人是孩子的伞。我去城里看孩子，姓花的堂堂正正做人，却被当着乡邻们面搜身，多么丢人啊！”

孙广盛态度温和，嘴角上挂着微笑，说：“不要哭了，民兵们也是例行公事。村里有规定，出去的人都要带上路条，你怎么连个招呼也不打就走了呢？”

花蚂蚱又哭着说：“我刚回来，还不晓得有这个规定。”

海燕在旁作证，说：“你个‘下三滥’样子，弄得一哭二闹三上吊，装的什么痴？是我亲自跟你讲的，那天就在锅台子前边。”

花蚂蚱甩了一把鼻涕低下头，声音小得像蚊子哼的，说：“我忘掉了。”

“昨天晚上，邻居看到陈霸川去你家的，有这回事吧？”孙广盛问。

花蚂蚱慌忙地抬起头：“不错。他说肚子疼，去跟我家福禄找药吃。哎，天地良心，你可不能冤枉好人哪！”

“待了多少时间？”

“也就一会儿。”

“他谈到啥事情吗？”

“没说什么。”

孙广盛一直在观察对方的神色。看上去这女人平常还是比较老实，很少出头露面，但为达到不可告人的目的，不排除她在说谎。可以看出她心里是相当虚的，前额和鼻子上已沁出许多细小的汗珠子。孙广盛站起来，显得关心的样子，说：“陈霸川这人跟你们不一样，村里早就叫他不要乱跑，以后还是少与他接触为好。”

“噢。晓得了！”

“你一个女人家，单独跑来跑去的，也不怕出事？过了十三里墩桥就是敌占区，一路上都是鬼子、伪军和特务。福禄他也真是的，胆大呐！”

“没得办法，他确实也不放心，可孩子在城里。”

“今天就不要去了，等民兵们有空子，派几个人送你进城。”

“谢谢乡长大人。”花蚂蚱悻悻而去，只好先回家。

第六十五章

孙乡长严查贾福禄
加强班稻田歼敌骑

花蚂蚱起初以为被孙广盛怀疑上了，像有只手攥住她的心，一直在紧缩着。让她没想到的是孙广盛态度很和气，对自己又挺关怀体贴，心里慢慢放松下来，将小包袱往膀弯子上一挂，就离开了村公所。

刚走到一棵小槐树下，看到周围没人，便抬手摸起松垮了的发鬏。那个搓成纸捻子的小纸条，还掖在头发根里，十分庆幸没露马脚，一路小跑地穿过几道街巷，逗巧与贾福禄迎面撞上。

贾福禄吃惊地睁大眼睛，问："咋回事？"

"民兵把我又撵回头了。快走，这儿不是讲话的地方，家去说。"花蚂蚱拉着男人往回赶。

此刻，孙广盛正在村公所苦思冥想。他一只手按住腰间的手枪，在北檐墙根来回走动，想着想着收住脚步对海燕说："'天一亮就去'，这是否就指的去城里？"

海燕会过意来说："很有可能。"

孙广盛像是提问，也像是自语："去干什么？送情报吗？"

海燕反问："送啥情报？"

"别的我猜不上，各家各户把军粮都弄出来了，这就有一定的价值。"

"也真有可能。怪不得我搜她身的当口，脸上吓得煞白。"

"你又没搜出什么证据来！"停顿了一下，孙广盛又转过身子，一边漫步一边自言自语地说，"当然，送情报也可口头直说，看样子花八姐已上了同一条贼船。"

贾福禄来了，一进门就喊开："你这父母官说得对！孙乡长，人常说男人是棵大树，女人像只小鸟。男人护不住老婆孩子，还算什么大丈夫呢？这兵荒马乱的一个女人家单独出去，我确实不放心，万一落到偷腥的猫子嘴，那就丢人现眼的了。再说孩子在城里，我就更不放心了！按理讲干革命嘛，就不应去考虑这些家里的私事，为了当前抗鬼子命都要豁出去，老婆孩子算个啥？可我那两个孩子太小啊，把他们扔在城里可怜巴巴的，也实在有点不忍心。我说孙乡长，你大人大量就批个假吧，让我去把他们接回来。至于那个小酒店嘛，组织上不同意开就关了，心疼也只好忍着，为抗鬼子我姓贾的什么都舍得。"

锣鼓听声，听话听音。孙广盛边听边想：贾福禄确实变了，过去对公家的事向来摇摆不定，现在居然公开又说假话，而且还说得冠冕堂皇，好像已经过一番培训似的。他看着贾福禄眼角上拔火罐留下的紫色椭圆形圈儿，晓得这是故意做给人看的，以掩饰胡大仙来救命墩子村的真实用意。孙广盛的两道眉毛略微闪动了一下，语气坚定地说："你现在不宜进城。"

"这是为什么？"

"你敢说敌人真的不抓你吗？"

贾福禄近些日子心里一直在矛盾着，有人对他不理睬，就怀疑人家是否已看透了，遇上有人把他当回事，三句话说不到就发毛。孙广盛究竟对自己怎么样，心里是丈二和尚摸不着头脑。他估计孙广盛对自己已有戒心，但是否就看到骨子里，一下子还很难说清楚。所以，他也是在察言观色，细细地品味孙广盛的每句话，探索着孙广盛的内心活动。他把一双手撑在桌子边框上，说："我看敌人不一定抓，难道柏大喜和汤蛤蜊就这样没得骨气，真的把我招啦？"

听这话，孙广盛有些震惊了。觉得不能小看贾福禄，居然越来越狡猾，还想耍小聪明施诡计，来个贼喊捉贼！他严肃地说："这一点你不要瞎怀疑，他们两人我很了解，绝不会出卖革命同志。"

贾福禄不敢与孙广盛双目对视，低下头用试探的口气说："听我婆娘讲，那帮王八蛋好像没为难过她，这就说明我还未暴露。哎，你是不是对我不放心啊？"

"对你，我心里的确没底，与你联系的两个同志都已被捕，可偏偏就把你放过了，这之间又没有特殊的关系，这是为什么？"

孙广盛的话使贾福禄惶恐不安的心，一忽儿跳得厉害，一忽儿又松弛下来。他捉摸不透孙广盛的用意，心想还是离个远些吧，老围着这个话题聊，万一不注意再说漏了嘴，那就真的成“三人坐一桌——吃不了兜着跑”。他显得似乎不太乐意的样子，说：“瞒不过你乡长的眼睛，我这人乡下的农活丢了几年，什么种庄稼和捞鱼摸虾及滩头小取，现在都弄不惯了。年轻时虽当过几年长工，后来撂下不干就做点小本生意，做惯了还就舍不得丢。为了买那小酒店混日子，我是拆东墙补西墙，借了一屁股的债。不怕你笑话，至今仍有一大堆子未还。如组织上不让我继续开，那我得要想办法租出去，否则一身的债务没法清。”

“酒店是不会再开下去了，上次早就定下来了嘛。接下来到底咋办，是租给人家还是卖掉，由组织上出面处理，反正不会让你吃亏。”孙广盛说。

贾福禄有点不痛快，嘟囔着：“这个还不知要拖到驴年还是马月哩！”

“近些日子太忙，过段时间想法子替你解决。”

“全忙的打游击的事情，乡中队刚从前线才返回，你又不是不晓得。”站在旁边的海燕跟着帮腔。

“砰！砰！砰！……”外面传来一阵急促的枪声。

根据枪响的方向，孙广盛估计是在大洋河西二三里远。他走出屋子，站在刺眼的阳光下，双手一弯打着个眼罩子眺望，视线越过波光粼粼的大洋河，只见一大片金黄色的稻谷在秋风中摇曳，没看出有什么动静。

洪书“嘟嘟嘟”地吹响集合哨子，男女民兵从四面八方都拎着枪赶来。一袋烟工夫，村小队几十个民兵就到齐。

这时，孙广盛正好过来。

洪书急忙跑步上前：“报告乡长，河西出现敌情。”

孙广盛说：“你先带个加强班，火速赶去侦察情况，其他人员到树林里待命。”

“是！”

民兵小队长洪书精神抖擞地站到队伍前头，急促地大声喊起口令：

“全体都有，立——正！稍息！”

“第一加强班注意，跟我到河西去执行任务。其余各班随小队副渔姑同志到西南上树林子里待命。开始行动吧！”

贾福禄生怕孙广盛没完没了地刨根问底，早就想找个借口溜了，这下正好求之不得。

村里的群众听到枪响，都人心惶惶地跑出家门互相询问，谁也不晓得是咋回事。当看到孙广盛依然沉着地站在那里，加上枪声已停，就都放心地去忙各自的事情。聚集在老槐树下的人们看到民兵队伍去了树林里，洪书又带着一班人泅过大洋河，钻进玉米地，心里多少有些不安起来。

“哎——鬼子来啦。是骑兵!”爬上老槐树瞭望的小牛大声喊。

“看看有多少?”孙广盛仰起头问。

“三……六……九!共计九匹大洋马!”

“具体在什么位置?”

“南港汉子的西高圪上,噢,现在已到稻田边上乱窜……”

“究竟是在干什么?”

“哎呀,在撵着抓人!”小牛的每句话都牵动着人们的心。

一阵过后,河西又“砰砰啪啪”地打起枪。孙广盛听出来了,这很可能是民兵们开的火,因枪是向南打的,听不到流弹的声音。

“怎么回事?”孙广盛问。

“好好,太棒啦!”小牛兴奋地叫了起来,“马队已追到水稻田里,越来越跑不动啦,民兵们把小鬼子已打下马,在忽左忽右地腾挪闪躲。噢,已都陷在稻田烂泥里了,看上去连拔腿子都……好哇!好哇!洪书哥带的民兵把小鬼子都已打趴,马也被抢过来啦!”

张百顺在人群里大声问:“民兵真的抢到马啦?”

近来,只要有人一提到牲口,张百顺都会想起他那被鬼子打死的小毛驴,同时也忘不了洪书承诺赔一匹大洋马的事,他又用双手弯成个喇叭型,仰面朝树上喊:“小牛,是大洋马吗?你有没有看清楚呀?”

“真的,不骗你……”小牛在树上回答,“噢,被打仰了一匹,还剩凶奔凶跑的八匹。”

陈霸川也在场,撸把挂在脑门的一绺头发,举起双手喊:“太好啦!又放个响炮仗!”

“抓住小鬼子了吧?”人群中又有人问。

“看不清楚,还在水稻田里呐。”小牛有点纳闷地说,“真奇怪啦,在那里干什么呢?”

大家都猜测不透这到底是咋回事,小鬼子为什么会窜到这里来?是竹田的侦察兵吗?这有点不太像,一般侦察兵是不打枪的,也许是在追什么人吧?

“到底是啥情况?”付扣宝出现在孙广盛的背后,一边望着树上的小牛,一边问孙广盛。

“八九个鬼子骑兵。”孙广盛掉过头说,“不晓得是来想干什么,被民兵们一下子揪住了。”

“噢。”付扣宝接着又问,“不会有大的动作吧?”

“可能性不大。”孙广盛说，“要是有什么动静，城里就会来情报。”

尔后，付扣宝又转过头来，说：“我已叫贾福禄回城里去了。”

孙广盛感到十分诧异：“这是为什么？”

“工作要干，生意也要做。”付扣宝说完将眼睛往下一麻达，接着又仰头望着树上小牛，“这个小家伙胆真不小，爬得这么高就不怕跌下来啊！是铁匠的小徒弟吧。”

“不能！赶快把贾福禄撵回头。”孙广盛朝人群中喊，“海燕，你快去追贾福禄！”

“不准去！”付扣宝猛喝一声，目光像尖刀似地刺过来，并连声逼问，“我这区长说话究竟有没有用？你的眼里还有哪个？我说你姓孙的也不要太过分！”

付扣宝突如其来的举动使人难以理解，这种像重锤似的言语，不管打在谁身上都难以承受。孙广盛浑身的血液好像都涌到头上，撑得几乎站立不住。他觉得眼前的付区长已彻底变了样，真不敢相信他会说出这样的话来，让自己一时不知所措，无言以对。

老槐树下的空气仿佛凝固了。

人们无法猜测，这位上任不久的区长脾气究竟为何如此火爆，一双双迷惑不解的目光，一会儿扫向满脸怒气的付扣宝，一会儿又转向孙乡长。张百顺怕二位领导人吵起来，双手哆哆嗦嗦地伸过去做出劝解姿态，但不晓得说什么话合适，嘴唇抖动着却没说出一句。

陈霸川幸灾乐祸地躲在树干后面窥视，心想：莫说吵起来，就是双方打起来，甚至拔出“家伙”干起来才好呐，让孙某人在大家面前出出洋相！

海燕看着装腔作势的付区长，又瞧了眼呆站着不动的孙乡长，心头一酸两行热泪涌了出来。

孙广盛强抑胸中的怒火，眉宇紧锁面色严峻。他觉得河西打枪的原因虽还未弄清，但估计不会有多大问题，就向前走几步，心平气和地说：“付区长，我俩找个地方去扯扯吧。”

付扣宝环视周边围观群众，也意识到自己这种冲动似乎欠妥，不免有失区长身份，但那火气并未减，决定要与孙广盛较量一下试个高低。

“到哪里去？”

“上村公所吧。”

孙广盛说着就转过身子，走了。

付扣宝迟疑地望着孙广盛背影，双手往后头一背，气鼓鼓地也跟随而去。

第六十六章

假借口夫妇去瓢城
村公所孙付再交锋

孙广盛平静地站在桌子旁，一双眼睛直视着匆匆走进村公所的付扣宝。少顷，他微笑着问："区长，今天你哪来这么大火气啊？"

付扣宝气势汹汹地说："这口气我咽不下去。"

"不管咋样，在这非常时期，可千万不能让贾福禄进城。我已几次拒绝了。他屁股一掉又找了你，钻了我俩未及时沟通的空子。"孙广盛说。

付扣宝反问着："我感到奇怪的是，这时他们为啥就不能进城呐？"

"区长，你冷静地思考一下，各家各户把藏的军粮都已倒腾出来，看样子一时半会又运不完，万一这消息被人透露出去咋办？"

"你到底怎么看贾福禄？他究竟是个什么人？"付扣宝还是反问着。

"我不是向你报告过了吗？有些事情在他身上是无法弄清白。根据以前所掌握的，再加上昨天晚上的情况，可以认定贾福禄是有问题。区长你先不要急，听我把话讲完。"

随后，孙广盛把贾福禄的所有事情讲一遍。当提到贾福禄同胡大仙及陈霸川关系时，付扣宝突然发出一阵干涩的笑声，轻蔑地斜视孙广盛一眼，伸出小指头的长指甲，慢吞吞地搔了搔头皮子，说："那是'树叶子掉下来捂脑袋——小心过分'。你警惕性也有点太高了，老是神经兮兮的。不管听得进还是听不进，我得对你说句真心话，对某些同志老是怀疑而缺乏信任感，这肯定不对。怎么样？又不舒服了吧！"

孙广盛觉得浑身发凉，但心里却很坦然，也没有表现出激动。他推断不出那"怀疑"是对谁讲的，心想：如果"某些同志"是指着贾福禄讲的，那也就算他说对了。

“我很早就想听听你对我的看法，对与不对可交换意见。你说的那个怀疑，不晓得是指哪些方面？希望能讲具体一些。”

“远的不说，就讲眼面前的吧。你对贾福禄、胡大仙和陈霸川，可能都有疑心。不应听到风就是雨，见到毛就是鸭。人有缺点在所难免，哪能一棍子打死？甚至推向敌对的一方。大敌当前的关键时刻，无论对待谁，首先要信任，不能老在别人头上打问号。这样不利于团结，更不便于统一战线。”

“我怀疑是有根据的，并不是一种胡乱的猜疑。区长你可不能光靠自己的主观印象，就轻易地去认准一个同志。可能这些人与你感情深，你就听信溢美之词，我的意见你就听不进。”

“听不进别人的意见，在我身上可能是有的。但你又怎么样？不是更严重吗？我晓得这几年你的进步很快，也做出了一些成绩。不过我得提醒你是否应注意谦虚点？不要把尾巴翘得太高！”

“这些我肯定注意克服。其实，本人并没有什么值得骄傲的。我的情况你是清清楚楚，是共产党把我从苦海中救出来，培养和教育我懂得点革命道理。这只能是才刚刚学步，还没有什么所谓的本事，正如那二万五千里长征才抬起一只脚，而离党的要求，简直相差十万八千里呢！”

“对呀！能够正确地看待自己这很重要，但远远还不够，还得学会尊敬别人。”

“你是否感到，我对你不够尊敬？”

“不是够不够的事情，而是‘坐飞机钓鱼——差距太大’。对我不尊敬没关系，严重的是我发现一些群众受你的影响，对我也缺乏爱戴了。”

“要想被群众尊敬，先得尊重群众。”

“划船港的群众都中了你的邪，所以才对我的印象差。”

“不能这样讲，是群众影响了我，而不是我影响了大家。”

“问题就出在这个地方。你不知不觉地当了群众尾巴，连个小孩子的话都能相信。小牛瞎嚼舌头根子，说那天晚上在贝壳庙前扭打的是陈霸川，你就信以为真了，而且还拿来当证据。”

“我相信群众说的都是真情实况，是亲眼所见和亲耳听到。群众的眼睛雪亮，我们不依靠群众，什么事也办不成。共产党指引的革命道路，抗鬼子救亡的路，谁在这条路上肯跑，谁要赖皮不肯走，谁离开了这条路，谁跑到岔道上去了，群众看得最清楚。”

“你言下之意，是我跑到岔路上去了？”

“这就对嘞。说实话你思想上有极右倾向，脱离了共产党的路线，就对许多事情看不惯，把正确的看成是错误的，把坏人当成好人。”

“我有几件事做得确实有点欠缺。自从县委和孙海光同志对我提出批评后，通过反复考虑，我现已开始注意了。”

“你思想上并没有解决问题，同胡大仙不是还走得很近吗？‘瓜田李下’把话人说。”

“你咋能把一般的人情世故、来往接触说成这样呢？再退一步讲，胡大仙顶多是个国民党员，在当下国共合作时期，同国民党员接触，有什么值得非议啊？”

“你为什么老是向着国民党呢？”

“因国军是抗日的主力军哪！”

“把话说穿了，这就是你右倾的病根子，希望你能清醒过来。”

“哎呀，你的理论水平真不错啊！快成马列主义理论罐子了！”

“马列主义不在城里，不在颖川堂酒店内，就应在这沿海滩涂湿地上！”

付扣宝本打算教训一顿孙广盛，结果反而被批评一通。他死也不承认自己极右，然而也最怕人们说他是右倾。由于一阵子激动，他身上出了许多汗，两肩膀都被汗水浸透。他实在说不过孙广盛了，就把那怨气憋在肚子里，脸色由黄变白，双手背后头在桌子周围光打转。他不想再辩论下去，即使再吵上三天三夜，也不会有什么结果。转了几圈，他陡然停住脚步，站在西墙根脚处的坏桌子旁，望着上面布满的灰尘和蜘蛛网，背对着孙广盛说：“少讲点大道理，多说些实在话吧，胡大仙给贾福禄送药，这是千真万确的事。陈霸川肚子疼，去贾福禄家找药也不假，至于‘天一亮就去’，这是贾福禄不放心城里的孩子。”

孙广盛看了看付扣宝后脑勺，摇了摇头，说：“你说的这些都是一种表面现象，关键是要剥开画皮，去看事情的实质。”

付扣宝转过身子，说：“实质上是贾福禄遇到困难，需要组织上帮助解决，而你却漠不关心。贾福禄对工作不够负责，有点私心杂念这都是事实。但作为一个普通农民，能主动站出来抗鬼子和敢于做工作，这已不简单了，不能要求过高。希望越大，失望就越大。”

“他已参加共产党，是个有组织的人。”

“共产党员又怎样，一娘还生九等子呐，又不是一个模子脱出来的，就是上秤称还有高低呢!”付扣宝振振有词。

“我再声明一遍,贾福禄和陈霸川一样,都是革命的危险分子。对这些人一点也不能袒护,丝毫麻痹不得!”孙广盛的话也是掷地有声。

付扣宝被孙广盛这么一顶,感到不知是啥滋味:“我再提醒你一遍,不要太自信,给同志下这样的断语,到时候是会有后果的!”

这几年的斗争实践,使孙广盛逐渐锻炼出一种坚韧不拔的性格,只要他认为符合革命的原则,对党和人民有利,他就全力以赴,挺身而出。即使会出现某种意外的困境,他也会逢山开路,遇水搭桥,勇往直前! 孙广盛锐利的目光,盯着付扣宝加重语气地说:“一人做事一人当,今天我说的愿负全部责任!”

海燕心急火燎地赶来,故意冲着喊:“你们这些当官的,光顾磨嘴皮子,贾福禄已跑远啦,花蚂蚱也跟着一起走了,现在就追还来得及,到底追不追?”

孙广盛斩钉截铁:“追!”

付扣宝手一扬制止:“慢!”

海燕气得把眼珠子一蹬,站到付扣宝面前脚在地上跺跺,不知是哪来的勇气,一席话似刚炒熟的豆子,“嘣嘣嘣”地从嘴里直往外跳:“你,你这个大区长,叫花子都晓得贾福禄有问题,你却一再护着,……你到底想干什么呀?”

“闭嘴,有你说话的份吗?”付扣宝两手叉腰吼,“你个小黄毛丫头,懂得个屁呀,给我少来这一套。老子哪用你来上政治课? 滚!”

“凭什么这样? 吹胡子瞪眼撵我走? 没门!”海燕像连珠炮似的一梭子后,愤然地嘟着嘴,将两只胳膊往胸前一盘倚在门框上,双目虎视就是不走。

霎时,付扣宝脸上现出十分气恼的神情,鼻子几乎快要气歪了。但他对海燕又没啥好办法,想再吓唬又怕这丫头与英子差不多,压不住反而会蹦得更凶,让自己无法下台阶。他被海燕堵得哑口无言,只好无奈地对孙广盛说:“你应设身处地为他们想想,两个几岁的孩子在城里,当娘老子的能扔下不管吗? 不要老是拿革命去压人家,干工作咋能不顾家庭和孩子。革命者也讲人情味,莫让人们感到这些当官的像六月里太阳和晚娘的心一样毒。”

孙广盛听了,认为付扣宝这番话已完全丧失党性原则,掉进了资产阶级人性论的泥潭。他竭力压抑着怒火,说:“我们早已通过内线,设法照顾他家孩子啦。”

“别人照顾得再好,那是另一回事。父母对子女感情是特殊的,任何人都代替不了。他们两口子刚才大闹一场,哭得连我鼻子都发酸。”付扣宝还是不退步。

“他们去看孩子仅仅是个假借口，会另有不可告人的目的。”孙广盛紧补上一句。

“怀疑终究是怀疑，在没有得到可靠证据之前，不能限制人家的自由，不能凭主观想象去决策。我已批准让他们去了，这个决定谁也莫想更改。”付扣宝故意地硬犟着。

“不行！革命利益为重，不让改也得改。海燕，你带个把人去，以最快的速度把他们两口子追回来！”孙广盛果断地下达指令。

“是！”海燕姑娘坚定地回答，头一掉像燕子般地飞走。

“站住！快给我回来！”付扣宝拔腿也奔出了门。

孙广盛紧跟在后面，只见飞跑的海燕掉头看了眼，一拐弯就没了踪影。

付扣宝急得无话可讲，把油亮的三七开小分头使劲向右一甩，转身刚要追过去，被个小伙子撞满怀，把他吓了一大跳。付扣宝随口骂道：“闪开，小猴崽子，往旁边滚滚！”

小牛将身子闪向一旁，惊诧地瞪起眼睛小声说：“你个大干部！真是神经病，我碍你个屁事啊！”

付扣宝气呼呼地走了。

第六十七章

挖墙洞成功越牢笼
柏大喜血洒船港渡

小牛拉住孙广盛的袖子，说："五伯父，洪书哥他们回来了。这下出大纰漏啦！"

孙广盛心中倏地一颤，像被根针猛刺一下："到底是咋回事？"

"大喜叔叔被小鬼子打……三言两语说不清，去看看你就晓得了！"

"他们在哪里？"

"就在队部的临时驻地呐。"说着，两行泪珠从腮帮上滴落下来。

孙广盛与小牛叔侄俩，一溜小跑地去了宋家大院。

民兵们在大洋河西缴获的八匹大洋马，就拴在东北角上原柏大喜当长工时搭的牲口棚里。脑门长一绺花白头发的张百顺，正喜形于色地看着这几匹高大肥壮的马儿，想去掰马的嘴巴看牙板，又怕被踢了。他选中一匹白鼻梁的枣红马，认为个头适当，长得也相当有精神。这时孙广盛进了门，张百顺本想跟他说点什么，见乡长行色匆匆，就没有开口，又继续研究那马儿。

孙广盛走上台阶，见聚了许多人，都堵在门口和窗户旁边，一个个伸长脖子探视着。

屋里站满男女老少，个个都默然无声。孙广盛与小牛挤进去，看到满身血迹的柏大喜，面色安详地躺在用一抱子芦柴垫着的地上，微微含笑的面容没有一点儿血色，双目紧闭仿佛沉睡似的。顿时，孙广盛的心好似被一只无形利爪给攫住，感到一阵钻心的刺痛。他缓缓脱下孙海光送的新四军帽子，庄重地行了个军礼，然后慢慢蹲下身子，两行热泪簌簌地滚落下来："大喜同志，大丈夫、真英雄！你放心地去吧。只可惜划船港的明天，你却看不到了，乡亲们定会替你立好牌位，绘制一幅美丽的图画烧给你，让你在天堂那边看看……”

从牢里一起逃出来的五个铁匠，并排站在孙广盛身后像五尊石雕，目光凝重地注视着柏大喜的遗容。

穿着伪军衣服的李木子抱着脑袋蹲在一旁，见孙广盛饮泣吞声，就控制不住“呜呜呜”地哭出声来。

人们都陷入到悲痛之中，一阵子屋里哭声一片。

柏大喜是怎么牺牲的呢？

昨天早上，特高课长筱田太郎提走隔壁不远牢间里的宋闯后，柏大喜便用李木子扔进来的镰刀头子，掏通与五个铁匠之间的腰墙。傍晚，他又把临街的墙壁挖了个洞。一切准备停当，柏大喜在焦灼地盼望着天亮。因李木子只有利用遛马的机会，才能有空接应他们出狱。

没想到二更天后，山甫突然打开牢门，摸黑将柏大喜又拖出去。他被押到拷问室，筱田太郎嚎叫着，逼问跟宋闯的关系。

“说，快说，不说就死了死了的。”

“宋闯是替乡中队干事的。”柏大喜为把鬼子引向错误判断，一口咬定，是乡中队收买了宋闯，接着就对宋闯破口大骂，说他欺骗了乡中队，这人一点也不仗义。筱田太郎信以为真，又追问：“闯的，究竟跑到哪里去了？”他想知道宋闯的下落。起初，柏大喜迷惘地不知如何应付，后来从筱田太郎的神色上看出这鬼子想要得到的东西，比想象的还要多而且迫切。由此，柏大喜断定宋闯确实是逃跑了。所以，他就来个顺水推舟，说宋闯已出城投奔划船港孙大侠。

宋闯的逃跑，是筱田太郎少佐失职所致，为此受到了丸山的严厉指责。

丸山命令筱田太郎从柏大喜嘴里，掏问出新四军和乡中队在城里地下组织情况。这个阴险毒辣的家伙，把一切的愤怒和恼恨都压在柏大喜身上。他先追问柏大喜是怎样盗走手枪和子弹？又是怎么转运出去的？柏大喜一口否定，根本就没有干过这事。后来又逼问柏大喜，还与哪些人有联系？城里地下党是否都受孙广盛领导？柏大喜说什么也不知道。筱田太郎暴怒地跳起来，拍着桌子吼：“五个铁匠的，是些什么人的？”柏大喜镇定自若地说：“铁匠都是来打马掌，太君派人上门请的，与城里哪有啥关系？”这个残暴的刽子手，见引诱不成又妄想用严刑拷打迫使柏大喜屈服。面对敌人的打手，柏大喜发起反击，他奋力挣脱了绳索束缚，把打手揍得嗷嗷直叫。但终因寡不敌众，柏大喜被用烧红的烙铁烫遍肉体，血水从烧焦的伤口中流淌，接着又被用了“踩扛子”“三上吊”“老牛耕田”和灌辣椒水等种种酷刑，但柏大喜犹如铁打的金刚，不时地大喊：“狗强盗们，我就是粉身碎骨，也决不会向你们这群乌龟王八低头！你们这些无耻畜生，中国人不会屈服。……三民主义万岁！中国共产党万岁！”喊着，朝刽子手“呸”地喷出一口鲜血。

被折磨得死去活来的柏大喜，又被两个打手拖回牢房摔在地上。

当山甫锁好牢门走远，隔壁五个铁匠从柏大喜掏的腰墙洞里爬过来，围住并轻轻呼唤着。

柏大喜慢慢地苏醒了，浑身有气无力呼吸急促。他艰难地睁开眼睛，黑暗中看不清围在身边的人，从那体贴和亲切的话语中，觉得是隔壁的五位铁匠兄弟。他想把鬼子对宋闯的怀疑、渴望在自己身上所要得到的东西及用刑经过都讲述一遍，但被严重摧残的身心使他难以支撑，只是断断续续地，提醒同志们要准备好对付敌人的审讯和毒刑。大喜的嗓子干哑得发不出声音，越来越感到喘气困难，四肢也失去知觉，头脑子昏昏沉沉。一会儿，他又努力睁开眼睛，心里还有好多话没说出来。他期盼着能见到孙广盛，把藏在心底的坐探名字告诉党组织。宋闯供认贾福禄是叛徒，不管此话是真是假，反正姓贾的非常可疑。

“哐当”，牢门再次被打开，山甫带着两个打手又来了。山甫举起小马灯一照，见五个铁匠将柏大喜围在中间，一双双虎视眈眈的瞳孔使他不寒而栗，立刻睁大豺狼似的眼睛，在牢房内不停地寻视。当发现腰墙洞后猛吃一惊，随即大声吼：“八嘎！什么的干活？”

山甫又环视着众怒难犯的铁匠们，感到威胁的来临，蓦地回转身子冲向牢门。正当他要大声呼救的瞬间，躺在草帘子上的柏大喜使出全身力气，一个鹞子翻身坐立起来，从后面一把搂住山甫的双腿猛力向后一拽，山甫“噗通”一个狗吃屎，小马灯在怀口里被压扁。两个打手见势不妙刚想拔腿逃跑，五个铁匠立即拥上去，三下五除二地将其解决掉。随后，铁匠们几双有力的大手，像老虎钳子似的把山甫四肢牢牢咬住，将“柏油桶子”，打夯式地高高举起又忽地摔下，然后就用膝盖顶住他腰部，死死地掐住其脖颈。山甫像一头被揹在大板凳上惨叫的肥猪，腿子稍微蹬了蹬，就软绵绵地躺下不动了。

淡淡的晓色从铁窗外透进来，鸟儿在树上开始欢快地鸣叫，漫长的黑夜总算熬了过去。

外面，一阵马蹄声越来越近。李木子又过来遛马了。柏大喜和铁匠们都屏住气，静悄悄地在牢房里等待着。

李木子把几匹马儿放过去，看周围没人时，就急忙伏下身子，对着墙洞急促地喊："大喜哥，赶快行动吧！快！"

柏大喜从草帘子底下又摸出镰刀头子，对五个铁匠急切地说："快点，你们先出去，切莫耽搁！"

铁匠兄弟们怎么也不肯把遍体鳞伤行动艰难的战友撂下，近乎央求着说："大喜同志，不能再耽误了，还是你先出去吧！"

"大喜哥，你手脚不便……"

"大喜，什么时候啦，能忍心把你撂在后头吗？"

"你们必须先出去，让我断后收尾！"共产党员冲锋在前退却在后的品质，使柏大喜的决心不可动摇，十分坚定地命令着。

柏大喜这掷地有声的言语，使五个铁匠都怔住了，他们知道大喜的话是一口唾沫一根钉，便就不再与他争执，接二连三地爬到墙洞外。当铁匠们把手伸里去，准备接应拉一把柏大喜时，意外再次发生。

筱田太郎提审柏大喜，可这么长时间不见山甫把人押过去。他等急了便亲自跑过来，闯进牢间一看不禁大惊失色，立刻拔出腰间的手枪对准柏大喜。临危不惧的柏大喜冲上去，举起手中的镰刀头子迎面猛砍。只听筱田太郎一阵"嗷嗷"惨叫，喉管已被割断鲜血如同泉涌。然而，不幸的是在柏大喜手里镰刀头子砍的当口，筱田太郎对准他胸膛"砰"的开了枪。

筱田太郎抱着脑袋撅起屁股，一个倒栽葱。

柏大喜一只手捂着胸口，摇晃几下贴着墙根倒下。几个铁匠听见枪响又立刻钻进牢房，迅速捡起手枪，把死鬼子搭过去堵上牢门。仇恨的烈火在胸中燃烧，他们恨不得把这吃人的牢笼踢翻捣碎！五个铁匠站在墙根脚下一字排开，将铁铸般肩臂扛住北檐墙，猛地向外一齐用力，只听"轰隆"一声巨响墙被推倒了。李木子借助小马灯溢出的洋油，划着一根火柴棒，点燃地上的草帘子，顿时牢房里浓烟滚滚，火苗很快蹿上屋脊子。附近几间牢房里的"犯人"们，纷纷越狱逃脱。

敌人听到枪声和发现火光后，院子里"嘟嘟嘟"地吹起紧急集合哨子。五个铁匠背着昏迷不醒的柏大喜，沿着李木子预先查勘好的路线，到城墙的东北角上。这里长着一排排茂密的老槐树，一行人以此为掩护，攀越过高陡的城墙，隐没到荒野间的蒿草地里，接着就在玉米秸秆行间穿行。当越过大码头快跑到划船港渡口时，柏大喜声音微弱地说："莫管我，快放下，有话要说。"

柏大喜半躺在李木子怀里，微微地睁开眼睛，说："我快不行啦，这里有个名单，都是些坏绝种的坐探。切记，千万不能出差错，赶快带给党组织……"

"大喜哥，你说吧。我们绝对记得住！"

"大喜同志请放心！保证在第一时间，不折不扣向孙乡长报告！"

意志刚强的柏大喜，用他最后的一点力气，以顽强的毅力，同死神赛跑，直到生命的最后时光，断断续续说出三十多个坐探的名字。停顿片刻，他只剩下一口游气，也许是听到李木子和铁匠们的呼唤，微微睁开眼睛嗫嚅着嘴唇，又勉强吐出个"贾"字，就慢慢地昏过去。

李木子和五个铁匠使劲地摇动着柏大喜身躯，不顾一切地呼喊：

"大喜哥——"

"大喜同志——"

"好战友，你就放心地走吧！日后如我在战场上不死，家中定设立你的灵位，生孩子替你顶门户。"李木子说着放声大哭。

五个铁汉子也抑制不住心中的悲痛，泪水滚滚而下。

第六十八章

贾福禄被迫返回村
花蚂蚱装死自投河

一会儿,柏大喜又慢慢睁开双眼,看他那不忍离别的样子,显然是还想说些什么。然而仅仅是嘴唇微微动了动,没有发出声音。他要说什么呢?究竟是哪些重要的事情,让他不愿安静地闭上眼睛?

大喜是想最后再交代一下贾福禄变节的情况。可就在这个瞬间,追赶的小鬼子已从北门出城过天妃闸,九个骑兵一溜烟直向东狂奔。李木子同五个铁匠也顾不上柏大喜还要讲些什么,隐约听到大喜的喉咙里"咯咚"一声断了气,永远地闭上眼睛。

鬼子骑兵穿过北洋岸,在海慧寺向东的不远处,发现铁匠们一趟人,一阵阵激烈的射击,使他们的头都抬不起来,接着就被包围在盘洋湾子的水稻田里,万分危急关头,幸亏洪书带着民兵及时赶到,双方激战一阵子,击毙了那帮围追的鬼子骑兵,把五个铁匠等一行接到大洋河东。

孙广盛听完一段叙述后,扯下挎包上的毛巾揩了揩眼角的泪水,吩咐海燕安顿好李木子和铁匠们休息,然后亲自挑选几个民兵,留在队部守卫柏大喜烈士遗体,就同乡亲们一起出了宋家大院。他想去找朱铁匠合计开追悼会的事。

时间已至午后,从西南方向涌来一片乌云,显出暴雨欲来的沉闷气氛。村头的老槐树下,孙广盛遇到了小牛和柏大喜的老母亲。柏奶奶走起路来显得很吃力,又尖又小的"三寸金莲"在不平的路上使劲晃悠着。孙广盛疾步迎上前去,紧握住老人的手,望着慈祥而痛苦的脸,咬住颤抖的嘴唇,大半天才叫出一声:"老妈妈!"

老人脸上如核桃般的皱纹,看上去比先前又密了些,深得跟刀刻的差不多,原是黑褐色，现在好像一张白纸似的。她睁开一双昏花湿润的眼睛，嘴角连续抽动几下，尽力抑制着感情，两行泪水慢慢滚落下来，浑浊的目光盯着孙乡长的脸，低沉而有力地说："人死不能复生，走吧。"

孙广盛会意地点头，同小牛一起扶着老人，又回头向宋家大院走去。

进了阴森森的大门，老人一双皴裂弯曲的小脚，渐渐地变得缓慢迟钝了。孙广盛与小牛叔侄俩一左一右，搀扶着老人上了台阶。守候在这里的民兵，闷声不响地迎上去。老人摸了下蓬乱着的头鬏，慢慢地走近儿子遗体。

柏奶奶蹲下身子，攥住喜儿僵硬冰冷的大手，翻着染满血迹的衣裳，一动也不动地呆望着那张苍白没有血色的脸。

乌云弥漫在救命墩子村上空，屋子里的光线即刻黯淡下来。四处悄然无声，可清晰地听到老人一声声低沉的啜泣，在场的人们眼里都噙着悲伤的泪水。

小牛搬过一张板凳让老人坐下。此刻，柏奶奶虽没放声大哭，但那强忍着失去儿子的悲痛神情，深深刺痛了孙广盛的心。这是一位多么坚强的母亲啊！他再次眼泪不住往下流。

孙广盛不会忘记：二蜡嘴和陈霸川将自己抛到划船港里，是大喜从死神手里把他救回来。父亲孙云龙放火烧掉宋府里的收租房，是大喜牵头小毛驴让他骑着逃向牛湾河。当竹田的烈马肆意践踏划船港乡亲们，大伙儿生命安全遭到威胁的关键时刻，是大喜勇敢无畏冲上去一举制服烈马……孙广盛真想陪老人大哭一场，然而他清楚：哭，在柏奶奶的眼里，无异于懦弱。他挨着老人身边坐下，想宽慰一下柏奶奶的心情，可话到嘴边又咽回去。

老人缓缓侧过脸看着孙广盛，嘴唇抖动了几下啥也没说。面对这位善良的老人，孙广盛心里充满敬仰爱戴的情感。他竭力忍住自己内心的悲痛，劝慰老人说："老妈妈，大喜是共产党的好儿子，是为抗鬼子而死的，他将永远活在人们心中。大喜虽牺牲了，但民兵小伙子们都是您的亲儿子，大喜的血不会白流！"

老人点了点头，说："大喜为抗鬼子，死得光彩，值！人活百岁也是死，树长千年劈柴烧。大喜子死了已不能再复生，老娘也要跟吾儿学，哪怕为抗鬼子做一点点事也好哇！要看着小鬼子怎样被赶出中国，滚到东边大海里去喝咸水！"老人悲愤交集，眼窝里泛起泪花，随即一串泪珠顺腮而下。

外面，从西北方向涌来一片乌云，带着几滴雨点向东南上飘移，太阳很快露出了脸，屋内转眼又显得亮堂起来。

"老妈妈，您一定要节哀。"朱铁匠跨进门先安慰了老人，然后就对孙广盛说，“乡中队带信来，请你速回海神庙。县委孙海光同志在那等你有事，听说是要开个什么紧急会议。”

柏奶奶站起来对孙广盛说：“孩子，去吧，忙你的正经事，有我和乡亲们在这里就行了。”

朱铁匠说：“我已跟党员和干部商量好，明天开追悼会，全村人都参加。你赶紧去吧，这里的事就交给村里办。”

“好吧，那我先到海神庙去一下。”孙广盛心情沉重地走出宋家大院。

刚到老槐树下，忽听大转盘周围人声嘈嚷，一片麻雀抢枝乱喳喳，好像出了什么事情。

原来是贾福禄的老婆花蚂蚱投河了。

花蚂蚱像只落汤鸡，僵卧在大转盘旁的石台子上，眼睛半睁半闭着，脸色如同刚煮熟的鸭蛋青子。贾福禄也浑身湿漉漉的，一副颓丧的面孔，光着上身挺腰撅肚地在拧小褂子上的水。

乡邻们不管闲忙，稍有点小事都喜欢挤着去看热闹。逢集看货样，娶亲看新娘，死人看哭丧……当看到花蚂蚱那副可怜样子，围拢过来的女人们都投去怜悯的目光。不过也有人在背后指指戳戳，都说花蚂蚱小题大做，投河自尽是故弄玄虚。

贾福禄把拧过水的小褂子抖了抖又披上肩，拨拉几下被水浸湿的三七开小分头。他站着环视一周，用煽动的语气说：“咳，婆娘家，头发长见识短，也是被逼得没办法呀！”

“碾谷要碾出米来，讲话要讲出理来。有理说理好歹也不能跳河啊！”大家伙各说各的词。

贾福禄做出一副苦怜相，眉毛呈八字倾斜：“寻短见，还不是为了两个小讨饭子孙！”

站在一旁的海燕看到孙广盛从西边向东走，赶忙迎上去打手势，意思是让他莫过来。

“到底是咋回事？”孙广盛问。

海燕一肚子火没处发，脸被涨得通红。她看了眼刚穿上脚才两三天就被水湿透的新方口布鞋，又回过头来看了眼人群，说：“我和渔姑一直追到十三里墩桥，才撵上贾福禄和花蚂蚱，跟他两口子好说歹说，就是死也不肯回头，渔姑急了把子弹都推上膛，才算把他们硬逼回来。我们顺着河堤往回赶，花蚂蚱装作一副心不在焉的样子。贾福禄向她不停地挤眉弄眼，我发现了就觉得怪怪的有些蹊跷，而姓贾的却闷声不理睬，接着跑上去朝花蚂蚱腰眼里假捶几下，花蚂蚱就一屁股坐地上撒起野，喊天叫地鬼哭狼嚎。我好不容易把她拉起来，哪晓得刚一松手，她就钻进了河里。我笨得不谙水性，渔姑这两天身体也有点特殊，再说心里又憋着一肚子气，就不想下去救。贾福禄跟发疯似的跳起老高，勒眼暴睛地大喊：'逼出人命啦——快救人啊——'他看到我俩没动静，又见花蚂蚱在河里瞎扑腾，'呜噜哇呀'地直呛水，就跳到河里把老婆拖上岸，如再迟点可就真的灌得差不多了。"

付扣宝站在几个群众后头听一会，一转脸看到了孙广盛，便双手往后头一背，大步来到孙广盛面前，说："这下子看到了吧？可说是只差一点就要出人命！"

孙广盛觉得事出有因，正思考其中的怪异。听了付区长这句话，觉得罪过无疑要落在自己头上，他并不顾虑将要负起什么责任，而所担心的是付区长由于思想偏见，不去明察事情的本质，了解花蚂蚱投河的真相，却是模糊着群众的视线，助长坏人的气焰，弄得不好还会造成混乱。为此，孙广盛语重心长地对付扣宝提醒："付区长，最好先不要讲这种话，你是身份特殊的一区之长，言行举止都会产生一定影响。我们不宜急于下结论，待查明投河原因再说也不迟。"

在大转盘的石头台子旁，有个花白头发人称"阴阳先生"的汉子，仰脸大声说："儿女是娘老子身上掉下的肉，儿离寸步母担忧，许多爹妈为想孩子想痴了的，想出病来的，想得寻死觅活的，都有活生生的例子啊！"

"听听老百姓的呼声吧！"付扣宝激动地拍打手掌心，说，"不能再固执了！因你只讲所谓的革命原则，不管民众的死活，造成大家怨气冲天，还差点儿就要逼出人命。这样会影响大伙抗鬼子的情绪，会背离党的统战政策，会造成群众离心离德，会出现大家不团结，会引起社会混乱局面，会……"

孙广盛打断付扣宝的话："这是在什么场合？你这样大吵大喊的合适吗？是否想搞得越乱越好啊？"

"好，好好，我不说。"付扣宝尴尬地撸了把脑门上的一绺头发，把还没有说完的话强咽住，转头望望身后那群人，说，"这个场子，我倒要看你怎么收拾！"

"用不着你操心。我个子比你高，天塌下来先砸我。只要你不插手乱表态，什么问题都会有个水落石出。一码归一码，一人做事一人当。如我有过错，愿接受组织上处分。"

“好，从现在开始，我保证一言不发。”付扣宝说完后冷笑一声，大步跨到路的另一侧，“行！姓孙的算你狠，打人不打脸，本区长的面子这下被你扯得一干二净！”

这时，从大转盘那里又传来贾福禄的声音：“唉，投河也是被逼得没法子，全怪痴婆娘想孩子想疯啦！”

“投河是被逼得没法子？”孙广盛重复着这句话，认为背后一定有着不可告人目的，而绝不是为了孩子。

是的，花蚂蚱投河是玩的个“苦肉计”，其目的就是对抗组织上阻止他们进城。

这场丑剧的导演原是陈霸川。他发现付扣宝来到了救命墩子村，赶忙鼓动贾福禄两口子去找这位大干部，请求进城去看望孩子，叮咛要苦口哀告，用眼泪和鼻涕加以配合。他俩就按陈霸川出的馊主意办了，果然很灵光地得到许可。在动身之前，陈霸川又给交代几句：如有民兵出面阻挠，花蚂蚱就佯装投河自尽，这样既可博得乡邻们的同情，又可对孙广盛施加压力，叫他在群众中出出丑，好好地削弱一下他的威信，让他日后无法开展工作，甚至还可加剧孙广盛与付区长之间的矛盾。

第六十九章

孙广盛部署抓坐探
两本家再遇海神庙

为平息事端，孙广盛来到人群当中。正蛊惑人心的贾福禄看到乡长来了，便立马闭上嘴，往后躲闪一下。当他发现孙广盛还是平平淡淡的样子时，就突然捋起袖子，指着花蚂蚱斥责："你个没出息的臭娘们，学哪一朝的羊角疯，弄得大家替你担惊受怕？真是洋相出尽了！"

怒火在孙广盛的心中燃烧，但他表面上还极力做出平静的样子，看着花蚂蚱，问贾福禄："碍事不碍事？"

"没啥。"贾福禄装着镇定，言不由衷地说，"孙乡长，我姓贾的真对不起人，发生这样的事情，又给干部带来不少麻烦。其实组织上对我家已关心不少了。两个孩子在城里，你早已托人给专门照看，可我那蛮不讲理的疯婆娘，就是说死了都不放心。"

"快回去换换衣裳吧。"孙广盛严肃地说，"老躺在这里，真是丢人现眼的！"

围聚着的乡邻们都揣着各自不同的心态，相互谈论，也渐渐地散去。

贾福禄只好扶住花蚂蚱往回走。

孙广盛望着他俩进了院门后，才扭头对海燕姑娘说："陈霸川哪去了？"

"在家呐。"

"有人看吗？"

"有。"

孙广盛沿着路向南走，现在脑子里盘算的是那二三十个坐探，怎样才能一网打尽！

刚出村头又遇上付扣宝，发现他正与张百顺在闲聊。

“孙海光同志来海神庙啦，说要开紧急会议，咱俩一起去吧。”

“我没接到通知。”付扣宝应答。

“很可能，他不晓得你在这里。”

“未通知，就说明不要我参加。”

“不可能！”

“我要赶到村里去，发动群众来背军粮。”

“打算具体什么时间起运呀？”

“很难讲。不过群众还没组织好呢。”

孙广盛突然厌烦得不想再说了。由于思想上的分歧，他与付扣宝对什么问题都争论不休，他想没有必要再去耗费精力，便意味深长地点点头甩掉付扣宝，迈着大步离开救命墩子村。

孙广盛在弯曲的乡间小路上大步向前走。一边是漫长的大洋河堤，一边是密匝匝的庄稼地，向东望去是一片晒盐的卤池子，再朝东就是一望无际的滩涂湿地及大海。蝈蝈儿在玉米地和黄豆窠里“吱吱吱”地叫着，蚱蜢展开透明的翅膀，不断在路上飞来跳去，发出“噼噼噼”的声音。穿着花衣裳的小燕子不停地在低空飞翔，时而从身边掠过，时而宛转啼鸣。不时还有鸟群在芦苇丛中突然“呼啦啦”地飞起，“叽咕叽咕”欢叫着扑向远方苇滩。看飞姿、听叫声、观毛色，略知其中有麻雀、黄莺、柴刮刮、白头翁，还有金丝雀和太阳鸟等。孙广盛无意观赏这些景致，一种困惑紧紧地抓住他的心。这一连串的事情好像都与付区长有牵连，而付扣宝与这些人究竟是一种什么样的关系呢？当前的斗争形势可真复杂呀！

瓦蓝瓦蓝的天空，飘着朵朵白云。

孙广盛来到海神庙，进了院落的天井，拐进左侧的便门，来到西首的云会堂。一路上，他走得比较快，到那棵大松树下站住歇歇脚，揩了揩脸上汗水，听到有人在不停地讲话，就大步踏上青石台阶。

堂内，民兵们正围住孙海光，兴致勃勃地听讲八滩王桥战斗，说那次反“扫荡”并未结束，还在继续向前延伸。

英子斜着头，问：“能延伸到这边来吗？”

“看样子，快要到了。”孙海光说。

“竹田缩回城里后，好像不敢动啦。”

“这次北上未成，是你们玩命给鬼子造成不可估量的损失，竹田恨你们入骨，就差点把鼻子都气歪。噢，还有个大人物被害苦也已栽了，据说就是以这次大‘扫荡’失败为起因，加之日军第六师团在松江惨败，侵华大本营里对华中方面军司令官松井石根不满的人，拼命叫喊要老家伙向天皇陛下剖腹谢罪。最终，松井石根还是成了替罪羊，以指挥不力丧师辱国的罪名，调回东京受审，而接替他的是中将朝香鸠彦王，此人是日本皇族成员，也是南京大屠杀元凶之一……现竹田还想与你们较量一番，可胆子愈来愈小了，因回回都上当，当当不同样，生怕再上头号大当，所以就一直在顾虑重重。”孙海光绘声绘色地讲着，大家听得既高兴又来劲。

“他是想一口吃掉你们，但又怕被咬掉了牙。”孙海光接着说，“竹田现在尽量控制自己，每一仗都要稳扎稳打。最近有情报显示，他又拟了个围攻的计划，但并没有急于行动，而是在那里等待最佳时机。一旦有机会包围乡中队，肯定会不惜一切代价，企图消灭你们这支农渔民武装。这个死对头吃过几次哑巴亏后，看来真的乖巧多了，一般情况下不会轻易出城。”

孙海光讲得正起劲时头一抬发现孙广盛，立即站起来拍手打招呼，说：“啊，乡长到了，大家欢迎，呱唧呱唧……刚从划船港来？”

“是的。”孙广盛点头微笑着，健步上前与海光书记握了握手。

“饭吃了吗？”英子关心地问。

“还没呐。”孙广盛说完转过身子，从上衣袋里掏出暗黄色斑斑驳驳的纸条，顺手递给了英子。

“你与副中队长同志商量一下，把人员配备足些，马上赶快行动。”

“什么？”

“抓坐探。”

“乖乖隆的咚，名单从哪儿弄到的？”

“现在没空子跟你说。敌人白天一般不过来，各村的民兵查得紧，特务也很少活动。务必在天黑之前，把这些‘闷头桩’一一拔掉。”

“饭来啦！”

“不着急。”

“你不饿？”

“饿！再饿也等我向首长把情况汇报完。”

英子撇了撇嘴离开了。

民兵们知道，县乡两位孙姓领导要研究工作，也不打扰都很快离去。

孙海光说："三师主力在阜东八滩的这仗打得非常漂亮，你们巧妙地阻滞了竹田的增援，给反'扫荡'的全局战事创造了极好的条件，军区首长特地在大会上表扬划船港乡中队。县大队已从海潮滩撤回头了，现驻训在黄家尖东北上的鹤影里，准备迎接新的战斗。我是绕着过来，特意走这里看看。"

孙广盛一面听着，一面脚步沉重地走到老首长跟前，这个堂堂的七尺男子汉，眼眶里突然涌出闪亮的泪水，孙海光瞠目结舌。

"怎么回事？"

孙广盛擦了擦自己脸上的泪水，十分悲痛地说："柏大喜同志牺牲了。"

"咋牺牲的？"孙海光问。

面对淳朴的县委书记，这位培养过自己的大队首长，他刚才在救命墩子村闷在心里的悲痛，就毫无顾忌地倾泻出来，他几乎哭出了声。

过了一会，孙广盛强忍悲痛，详细地讲述了柏大喜牺牲的经过。

孙海光久久默不作声，心里也悲愤交加。他是柏大喜的入党介绍人，对这个长工出身的党员非常熟悉，并有着深厚的阶级感情。自从同柏大喜相识后，常常从大喜身上联想到自己。他原名叫"孙秉球"，号冠吾，也是长工出身，后随客家人远房表姐夫参加革命，上井冈山时改名"孙海光"，化名沈贯苏，经过长征到达陕北，1937 年第一次东渡黄河，他带着刚组建的八路军先遣小分队来到苏北淮海、盐阜一带。在划船港驻防那会，首先认识了孙广盛，其次就是柏大喜。他觉得柏大喜做长工时的一段经历，同自己有些相似，所以印象就格外深刻。

孙海光看到孙广盛十分难过，心想：孙广盛马上将要接受新的特殊战斗任务，这次比任何一次都要艰巨，应让他尽快从悲愤中解脱出来，以便集中精力去思考战斗部署。想到这里，孙海光按捺着内心的悲痛，说："大喜是个革命的好同志，他把生命献给中国人民的抗日事业。直到牺牲前的最后一刻，他想的还是革命。大喜的牺牲使我党又失去一名优秀同志，怎能不让人心痛呢！"说到这儿，孙海光提高嗓门，"我们革命的胜利，是无数先烈用生命换来的。要打败日本侵略者，解放全中国，还会有成千上万人的流血牺牲。柏大喜同志倒下了，我们将踏着烈士血迹继续前进！不要再难过了，赶快擦干眼泪吧，新的战斗任务在等着呢！"

孙海光的一席话，像一股涓涓甘泉注入广盛的心田，内心里的悲痛已转化为巨大力量。他坚定地昂起头，目光停留在孙海光那严峻而坚毅的脸上，问："有什么新的战斗任务？你就快下命令吧！"

“新四军三师二旅五团和八旅二十二团，日前在阜东八滩粉碎了敌人的大‘扫荡’后，就迅速跳到外线。下一个打击目标，是收拾驻盐东的日军一零七联队。”孙海光说，“乡中队还将配合主力部队作战，这次恐怕要承担一些主要任务，因在我盐东县区域内，最好在划船港一带作战。竹田是你的老对手，乡中队在划船港既有地理位置优势，又有当地老百姓支持的人脉优势，再加上你们对敌情、地形等非常熟悉，这天时、地利、人和都占了。至于担负什么任务，目前具体还未定下来。下午，一起去黄家尖湿地草亭报到，新四军某部首长晚上在那里召开军政联席会议，到时就明白了。”

英子叫人送来了大酵饼和绿豆玉米糁子粥。孙海光说自己已吃过，催孙广盛快点吃饱了，马上还要早点启程去黄家尖。

孙广盛边吃饭边汇报陈霸川与贾福禄的情况，又讲了付扣宝组织运军粮的事，以及他与付区长的意见分歧。

孙海光听后面色严肃，立马吩咐随行秘书朱一弘同志把三傻子找来，显得有些激动地说：“中队长同志，你现在去救命墩子村，把付区长找过来。马上去，就说我叫他来开会。快点，跑步前进。”

“是!”三傻子答应一声，“噔噔噔”地跑了出去。

第七十章

没鼻鬼潜逃被活捉
孙海光酝酿纠偏差

敞开门透进的阳光，在郁闷寂静中悄悄地斜向东。

孙海光双臂相抱，默然地在屋子里来回踱步。他想到那知识分子出身的付扣宝，虽生活在疾风骤雨的年代，却没在风口浪尖上得到过锻炼；虽置身于革命队伍，可未在实践中得到很好的思想改造。革命的风暴、抗日运动的兴起，把他卷进了这股洪流之中。由于形势发展的需要，付扣宝被提拔得很快，被安排在领导岗位，实际上是棵嫩苗子。他虽然组织上入了共产党，思想上却并没有真正加入。事实证明，他顶多是个跟路人罢了，一有机会就要行使自己的那一套。什么“一切为了统一战线”“蒋介石是中国唯一合法领袖”，这种言论在中央有，地方上也听到不少。付扣宝的一些错误行为受到了群众的抵制，也挨了县委领导的多次批评，但他执迷不悟，反而更加滋长了抵触情绪，有意地脱离组织和疏远领导，问题已发展到较为严重的地步。

“我将抽点时间，把你们区委的同志集中起来开个会，总结上半年的工作，再好好地整整风，解决一些思想路线上的问题。”孙海光严肃地说，“最近，敌后斗争的形势发展得很快，可有些人总是看不到这大好局面，经多次提醒教育帮助，还是当耳旁风，老是跟不上步伐。”

“什么时候开?”孙广盛扭头问。

孙海光思考了一下，说:“恐怕要等打完这一仗。现在开已来不及了，人员都分散在底下，一时半会很难召集起来。”

孙广盛把碗筷往旁边一推，站起来直截了当地说:“依我看如付区长不在背后支持，今天那姓贾的也不敢闹得这么凶，还有陈霸川也是的。”

“当然啦，党内斗争和党外斗争都是联系在一起的。”孙海光忽然想起一件事情，“噢，倒差点忘记给你讲。这次我带来一个人，他可能对你们了解陈霸川和贾福禄有点帮助。”

“谁？”

“划船港的老熟人，宋闯。”

“是他，那太好了，怎么逮住的？”

“昨天，索庄民兵在地下党支部书记刘春阳和小队长陈连琪的带领下，在通往江南的路上埋下特制三角钉，把几辆尼桑牌卡车的轮胎戳破。不但炸毁了小鬼子的两三辆汽车，而且还逮住这个‘活宝’。从宋闯衣袋里又翻出一封信，那是宋魁写给江南‘青年救国军’司令祝迪的，这个姓祝的是他同窗老友，托其为宋闯推荐一份差使。经审讯，宋闯供认那封藏在西瓜里的信，后来落到了丸山手里，丸山怀疑宋闯通乡中队，把他抓起来严刑拷打，差点丢了小命，后来在放风时逃出来的。”

“哈哈，想不到那封信还真起大作用，能把宋闯揪住了，这叫小方解大痛。哎，宋闯还招了些什么？”

“狗咬狗，两嘴毛，都说了些‘马虎子’咬‘麻胡子’的事情。”孙海光也大笑起来。

“涉及到陈霸川和贾福禄吗？”

“还没有招呐。这家伙死猪不怕开水烫，既顽固又狡猾拒不配合。因他是个特务头子，关于组织活动情况，简直是滴水不漏，连半个字也不开口。这天吧，一直不吃不喝闹绝食，有几次还试图自杀，要不是看得紧的话，估计他小子的尸首早已硬了。我反复考虑他是个土生土长的划船港人，交给你们应还有点用处，所以就把他带过来了，现关押在库房（职事堂）里。”

“让我来审。再不老实交待，就发动乡邻们来斗。”

“噢，还有，宋闯到海神庙后，有点神色不安，是否与胡大仙也有关系？”

“我想大有可能。贾福禄与胡大仙常接头，陈霸川与贾福禄也勾搭上了。陈霸川如是特务，肯定属宋闯这条线上的人。”

孙海光笑了笑点点头，说：“言之有理！”

两人能在百忙之中抽出时间一起分析敌情，交换彼此对这些复杂事情的看法，孙广盛认为是个难得的机会，可从中向老本家学到很多东西。他们正谈论着，从救命墩子村返回的三俊子满头大汗地跨进门槛。

“报告，付区长不在村里，打听小半天，没人晓得他去哪了。”

孙广盛面朝着孙海光：“我刚过来时在村头还遇见，他说要去港梢子村，组织乡亲们背军粮。”

孙海光问：“往什么地方运？”

“洋卯尖。”

“简直是瞎胡闹，这样会暴露战略意图。县里只通知把供给部队的军粮提前做点准备，先统计好各村的具体数字，根本没叫他把军粮现在就集中起来。他好糊涂啊！一点敌情观念也没有。”

“眼下我的意见是把军粮再藏起来。”孙广盛说。

“对呀，要赶快藏起来。三俊子，你这就再去一趟救命墩子村，同朱铁匠说清楚，把军粮迅速坚壁起来，没有县委的指示，谁也不准动。”孙海光果断交代。

孙广盛说：“付区长可能就在附近村子里，要找也不是那么太难。”

“安排几个民兵，到周边村子打听打听，如能找到的话，就通知他直接去黄家尖开会。我们先朝东北方向走，顺便再拢沿途村去遇遇。”孙海光说着，就告辞出了门。

三俊子心急火燎带上民兵，两脚生风地又去了救命墩子村。

孙广盛背上挎包，去跟副中队长徐树庭交代了相关事情，就同孙海光绕过大殿出庙门。警卫员赵虎还同往常一样，活跃地与几个民兵话别，然后手握坠在大腿胯上的枪，颠簸颠簸地紧步追上来。

在路过库房的当口，孙广盛不由地放慢脚步，他想知道被囚禁的宋闯现在怎样。

孙海光看出孙广盛的意图，会意地点点头。

孙广盛走到库房前头，先靠门旁边听一下动静，尔后就贴着门缝向里窥视，他看到这曾经不可一世耀武扬威的宋闯，竟像一条被套上锁链的恶狗，颓丧地蹲在阴暗的角落里。心想：你小子没料到吧，只要与人民为敌，迟早都逃脱不了共产党的手掌心。

这个作恶多年的走狗，曾红得发紫，练出一副灵敏的神经。宋闯感到有人在外面向屋里察看，忙抬起那张灰败的没鼻子脸孔，怀着敌意的目光向门外瞟了一眼。孙广盛知道这姓宋的是个顽固的主，只有在陈霸川和贾福禄身上下点功夫，利用他们之间的矛盾，采取各个击破的战术，方能突破其心理防线。

孙广盛走到站岗的大兰芬身边，轻声说：“要确保看好，千万不能出岔子。”

大兰芬压低大嗓门，非常认真地回答："请放心，扣在桩上的驴子，是跑不掉的。万一它(他)就是跑了，四只蹄子也赶不上我的子弹。"

孙海光和警卫员已到庙前的场边上，见孙广盛来了，孙海光指了指那库房，说："这家伙，可不好对付啊！"

孙广盛淡然一笑，说："他就是嘴上打了个铁锔，我也有法子撬开！"

傍晚，孙海光与孙广盛来到黄家尖。

沿途，他们穿过好几个村子，都没有打听到付扣宝的消息，估计他可能去救命墩子村以南。

黄家尖是有名气的湿地"东方鹤都"，各种抗日组织健全，群众的生活条件较好。这里依滩傍水，庄稼大多数都长在成陆较早的滩头高地，勤劳的黄家尖人对盐碱土进行改良，种植的棉花、水稻、旱谷杂粮等产量也比较高。还有不少群众利用靠海水域优势，从事滩涂湿地种(养)植(殖)和近海捕捞作业，家底比较殷实。

新四军某部加强营就驻扎在鹤影里。为迷惑敌人，不暴露新四军主力，全营指战员都穿上老百姓衣裳，装扮成民兵和联防队的样子。但也有细心人，通过装备、严格的军事作风和操练时的动作，及天南海北的蛮腔侉调，依然能猜估出他们并不是一般的民兵组织和联防队。孙海光曾带过这支队伍，他在调到盐东县之前，就是该部队的团副政委。由于不断改编和换防，当年红军老五团的人员有了很大变化。除在战场上牺牲的外，原战士或班长现在有的已当上排长、连长和指导员，过去的排、连级干部也都升上副营或正营职，有的连、营主官还被提拔到团里。另外有一批同志跟孙海光一样也转到地方任职。铁打的营盘流水的兵，今天这支部队官兵他熟悉的已不多了。

孙海光与孙广盛来到湿地草亭附近姓吴的庄户人家，吃过晚饭后他们就去开会。走在月色朦胧的路上，来往群众和换成便装的军人，不断地从他们身边经过。走着，孙海光拉住一位挑副水桶担子的小战士，亲切地低声问："哎，小同志，你们这个加强营，是团里哪位首长带队的呀？"

小战士有点奇怪，上下打量着孙海光一会儿，说："不对，你问错了吧，我们是当地的民兵啊。"

孙海光微笑着，靠住小战士的耳朵，说："小鬼，你不告诉，我也晓得，应是加强了的一师二旅四团三营吧。"

警卫员赵虎走上前，用胳膊肘轻轻碰一下小战士，诙谐地噘嘴，说："这位是现任中共盐东县委书记、县大队孙海光政委，问话呐，你就放心地说吧，自己人没必要保密。那位是划船港乡的孙乡长，也就是乡中队的一号人物！”

“哦！”小战士放下肩上的水桶担子，凑到小赵面前，说：“县委书记没听说过，划船港的大侠乡长倒经常听到他的新闻，可是上了报纸的大英雄。前几天，团司令部的孙参谋长，上下都喊大胡子参谋长，去后勤炊事班检查工作，还提到过呢！”

“他怎么说？”孙海光很有兴趣地追问。

“参谋长讲同姓三分亲。划船港那小孙乡长，叙起来还是自己晚一辈的小本家呐。”小战士说。

“参谋长叫什么名字？”

“首长叫孙海根。”

“噢，看来又改过了。真的这么巧啊，同我的名字‘海光’只有一字之差了。”

“参谋长姓孙？”孙广盛忽然想起妻子陆三凤曾讲过，她所在团的司令部孙参谋长也是盐阜地方口音，莫非三凤就在这个部队？

小战士问：“你们也是来开会的吗？”

“对啊。”

“直向南二里路，就在黄家尖学校里开。”

“好的，谢谢小鬼。”

第七十一章

众群英聚首黄家尖
军政会共议秋攻势

孙广盛边走边说:“你这老本家首长真有点好奇,一阵子问起来就没完没了。”

“人活七十古来稀,请教不为低。当今乱世社会,舌头打个滚,走遍天下也不蚀本……”孙海光微笑着回应。

来到黄家尖学校。孙海光被施副师长请到教工办公室,孙广盛进了隔壁的小礼堂。只见摆着一排排桌凳,十多个营、连、排干部及团机关的参谋、干事等已在前头左侧坐好了,各区区长、区民兵分队长等都坐右边,大家全是面朝东,跟小学生上课差不多。正前方讲台上放一盏小马灯,照出个昏暗的光圈儿,约有小大箧那么大。有人抽烟,有人交头接耳,有人隔着座位伸长脖子闲聊,会议室内烟雾缭绕,气氛和谐而热闹。

孙广盛不声不响地走进来,一个人坐在最后头,没有引起大家注意。过了一会儿,施副师长和团里孙参谋长陪孙海光、县武装大队大队长魏心一陆续走进来,后面紧跟的是作战股长、侦察股长、敌工部长、政治处主任等。讲台前头一排已坐满,其余同志就插到空余座位里。

副师长兼四团团长施桉森先作开篇讲话:“今天,我们诸位英豪在黄家尖召开军政联席会议,主要是研究部署阜东八滩反‘扫荡’的推进问题,下一个打击目标,就是驻盐东的日军一零七联队……”

师部首长着重讲两点:一是老百姓的生产和生活问题。转眼间夏去秋来,收获季节快到了,今年逢上“五风十雨天时好,又见河西稻秫肥”。俗话说得好,一日无粮千军散。粮食问题是敌我双方争夺的重要战略物资,敌人肯定要趁收获之际大肆抢粮。同时，划船港水旱码头四通八达，是个交通发达的濒海重镇，不但经济繁荣，而且军事上也起着举足轻重的作用，它是瓢城以东沿海一带的咽喉要道，兵家必争之地，所以也引起日军的重视。目前，敌人已逐步形成以划船港为中心的集聚点，实施军事管理和“扫荡”计划。这样，从划船港出海捕捞作业和商贸航行的数百条渔商船，就无法利用收船进港的机会，在划船港进行商贸交易。为确保老百姓的劳动果实不被掠夺，现打算对盘踞在盐东的日军一零七联队，展开强有力的秋季攻势，即使不把敌人全部消灭，也要吃掉一大半，给他以大的杀伤，使其在短时间内不能还魂。这样，处在沿海滩涂湿地游击区的群众，就可放心大胆地搞好秋收，再把划船港的商贸交易红火起来。二是作战方案的说明和解释。施副师长最后要求：“我部四团孙参谋长带领的加强营官兵，就活动在瓢城以东南至牛湾河，北到野潮洋一带边沿区域，已有一个多月了。目前对敌人的兵力部署、战斗能力及调动情况，基本上摸了个八九不离十，至于这一仗怎么打，在哪个位置打，具体啥时打，战前还有哪些事要做，也早已有所考虑。现在，就请孙参谋长给大家详细讲讲。”

在一阵热烈的掌声中，大胡子参谋长走上讲台。

孙海光注意观察了一下，孙参谋长六十开外年纪，腰圆膀粗，身材魁梧，两道卧蚕眉，清瘦的面庞上焕发出红光，留有一脸的大胡子，眉宇间洋溢着一股锐气和豪气。

孙海恨参谋长是个老资格。1937 年 8 月，红军老部队改编八路军抗日的辰光，他就开始留下一脸胡子，据说是跟共产党的老祖宗马克思学的，他曾数次向官兵们发誓：“不赶走小鬼子，决不刮胡子！”

施副师长边听边侧过身去同孙海光低语，介绍了孙海恨的情况。

孙海光调到地方任职后，孙海恨才从某独立支队过来，也是瓢城东门划船港人。当过长工，上过海船。1934 年冬一次海上刮大风，船被浪儿打得散瓣子了，他抓住一块艎板，漂了三天三夜，后被黄海中部潮河北的徐继泰、马洪亮海匪船救起。第二年春上一个半夜三更，他在匪船上被惊涛骇浪声拍醒，爬到舱面上一看，天黑得十分怕人，像口硕大无朋的铁锅倒扣海上。黑乎乎的海面，不时泛起一道道白色的花纹，那是一种让人生畏的开浪花。孙海恨灵机一动，立马组织船上早策划好的十三名船员武装暴动。船在海上似打水漂的瓦片，顺着风浪直向岸边冲去，那爬滩浪足有几尺高。当扔完最后一颗手榴弹，海潮像潽锅一样的上涨，孙海恨高兴地大声呼喊：“人有逆天之时，天无绝人之路，海潮助我来啦。撤！向陈家港方向泅渡。”呐喊声盖过大风和浪涛声，海匪的死尸随潮水漂流，这正是同伴们泅渡的掩护。海上无六月，寒天水刺骨。腊月正是交冬数九，天气酷冷，在海上泅渡，且莫说已负了伤，就是好好的人也很难坚持。但想到要生存下来报仇雪恨，他将自己原名孙云龙改为现在的“孙海根”，意为仇恨深似大海。孙海根泅渡到陈家港才上岸，入秋在你老家灌云附近领着一支渔民自卫队东打打、西杀杀，队伍不断壮大，历时几个月便赶到陕北加入了红军，抗战中他先被整编到八路军第一二九师独立游击支队。这人既实在又能干，头脑机灵，打仗勇猛，指挥有方。

“噢，怪不得他说这次打完仗，可要抽空子回老家看看。”

施副师长又说：“他已没家了，亲人也都离散很久啦，杳无音讯。”

桌子角上的小马灯散出淡红色的光，照到大胡子参谋长的胸口，孙广盛再睁大眼睛也只能看着参谋长的模样，而缀在左臂上新四军的臂章，却吸引住他的视线。

大胡子参谋长将双手往讲台边框上一撑，沉稳地扫视着会堂内的与会者，声若洪钟地开口讲话。

纯正的苏北口音，夹带着瓢城当地方言，孙广盛觉得这大胡子参谋长离自己很近。特别是他的个子和讲话的声韵，有一种似曾相识的感觉。由于注意力不集中，大胡子参谋长开头讲的一段话，孙广盛几乎都没有听进去，好在是介绍敌人的番号、编制和装备及日伪军驻扎地等情况，这些自己了如指掌。他稍微定了下神，极力调整思绪，将胳膊肘支到桌子角上，托住腮帮专心致志地听着。

“敌人驻盐东的部队主要是日军一零七联队，加上皇协军的警备队共有四五千号人马。其中，外围沿海一带的据点驻有头两千，还有两三千人就守在城里。若我们对敌人采取强攻打法，必先扫清外围的障碍。算细账光打十几个据点，大约就要两三天时间，这样等不到正式攻城，驻阜宁的‘二鬼子’及泰州方面的小鬼子就会增援。而城里敌人可凭着城墙和大小工事、护城壕河、碉堡、炮楼等固守待援。这种打法肯定行不通，花费那么大的力气，去啃硬骨头有点不值得！那怎么办呢？最好巧取，千万不能蛮干。还是要按毛主席的指示，采取灵活的运动战。怎么个运动法？敌人若不肯动，死守老营咋办？这确实是个老大难问题。有句老话说得好，没有做不到，就怕想不到。只要我们肯开动脑筋出点子，战术这东西也就那么回事，得用心思下功夫打才能不吃亏。”

讲到这里，大胡子参谋长突然停下来，似乎是在故意给大家留点空间，让每位同志都来思考这个问题。顿时，会场内就开始交头接耳地讨论开了。

孙广盛想，要速战速决，当然打运动的敌人，决不能去攻城。可怎样才能让敌人运动起来呢？先去南洋岸、望海墩、盘湾子、卢公祠、小关子、咸家桥等地包围据点，让城里敌人增援？如围点打援行不通，那样新四军就得渡大洋河，再越过划船港一带，完全运动在敌占区边缘，敌人就会随时发现；要不然等敌人出来再打也不妥，有谁晓得敌人啥时露面在外能待多长时间？等到那时新四军主力再运动进行全面部署，恐怕就来不及了。

孙广盛自开始指挥乡中队打游击以来，为如此大规模的军事行动去费脑筋考虑问题还真没有过。他未留神同志们都在议论什么，只是在聚精会神地思索着。扭头望着窗外，天上的云朵朵飘向远方，满天的星斗密密麻麻，就像他那还没理清的思绪一样。

敞开的门窗，涌进来许多滩涂湿地上秋夜的飞蛾，一个劲地围着小马灯，在不停地打转儿，有的还不知好歹地硬朝玻璃罩子上撞击。

"同志们！"略停顿一下，大胡子参谋长又开了口，"法子有没有呢？常言道，办法总比困难多，现在不妨就请大家开开眼界！"

大胡子参谋长说着，就拎起讲台上的小马灯，在空中慢慢地转了一圈，飞蛾立刻散开。他将小马灯放到讲台另一角上，那些飞蛾又撵过去，围着小马灯不停地旋转，发出翅膀扑打的"嗡嗡"声，有的撞伤了头，还有的被烫掉翅膀，一只只仰在桌上挣扎着。

这移动小马灯的动作，言下之意就是把敌人从城里引出来。大胡子参谋长指着手说："必须跟这盏小马灯一样，它的光源不管移到哪里，都能把飞蛾吸引到哪里。而这盏小马灯呢，不管海边上的风有多大，有多少飞蛾扑打，都要能够顶得住。只要那灯光不熄，就会让许多飞蛾撞死或烫伤。"接着，他把双手在桌面上做出个"包抄"的手势，说，"这时，主力部队就可运动到有利位置，等待最佳时机，出其不意地打击敌人。前阶段我军暂时没打竹田联队，现在一下手就应打断小鬼子的脊梁骨。吸引敌人的任务，得由乡中队来完成，用小股的兵力为诱饵，而主力部队不能过早暴露。敌人又不是痴子，知道你的目的还要吃亏上当，所以他们绝对不会出来找死。这是我个人的想法，是否管用请大家再提提看法。"

在一片"哗哗"的掌声中，大胡子参谋长结束了讲话。

接着，施副师长站起来说："孙参谋长提出'诱敌出城'的方法很有价值，我们就是要把城里敌人调出来打，引到大洋河以东我控制区内，最好是在划船港一带。主力部队做出围城攻城的姿态，但先围而不打，将大部分兵力都部署在大洋河以西。当敌人发觉瓢城被围、准备撤兵回城的辰光，就来个迎头痛击，趁其渡河之际把敌人打散，使其指挥失灵而被一举歼灭！如果东南上的'二鬼子'前来增援，在途中由各路村民兵小队阻击，并全力牵制住援敌。等划船港的战斗一结束，部队就再掉过头来，从右翼迂回包抄'二鬼子'，痛快地吃掉这股敌人。这样，驻扎盐东境内的日伪军离末日就不远了。当然，敌人是不会长时间放弃瓢城的，因盐东地处苏中和苏北两大根据地接壤地带，有贯穿南北的串场河和范公堤水陆交通大动脉，瓢城是连接江南与苏北的枢纽。划船港是日军的主要补给基地，既是陆上物资的中转站，又是海上运输的必经关口，从瓢城北门天妃闸顺大洋河东下，经濒海重镇划船港向东入海。如敌人丢了划船港要塞，就等于失去苏中、苏北部分战场的战略支援。当务之急，得想办法把他们从城里引出来，这是重中之重的事情。走不出这一步，后头的战事就无法展开。由哪支队伍来完成这艰巨任务呢？谁来做这盏'小马灯'呢？盐东县委书记孙海光同志有所考虑，现在就请他发言。"

在一阵掌声中，孙海光站起来说："斧头认凿子，凿子认木头。有句老话说得好，'卤水点豆腐——一物降一物'。我没有什么多讲的。这一仗的具体打法，本人认为划船港乡中队对情况最熟悉，竹田是他们的老对手。现在，就请孙广盛乡长来说说吧！"

霎时，小礼堂里变得异常安静，除飞蛾扑撞在小马灯罩子上发出微小的响声外，再也没有一点其他杂音。孙广盛走上讲台，一字一板地开了腔。

第七十二章

为攻城大侠立军状
追悼会改期藏玄机

“哗哗哗”一阵掌声，孙广盛掠过张张笑脸，从容地往讲台旁一站，只觉脸上阵阵发烫，面对这么多部队干部、老同志和老首长，心里一阵子不安起来，连续擦着额头上的汗水，好大会儿也没说出话，脑海里在做着极为慎重的思考。他猛然意识到，孙海光之所以指名道姓叫自己发言，无疑是把这个诱敌出城的任务交给划船港乡中队。这不是对他个人的推崇，而是对乡中队二三百个民兵的无比信任！组织上把这副担子搁在我们肩上，孙广盛感到莫大荣幸，但也压力千钧。

其实，经这几年滩涂湿地游击战的摔打，孙广盛考虑问题比过去强多了。望着孙海光书记脸上期待和鼓励的神色，他慢慢地冷静下来，挺起胸脯谦虚地说：“在座的各位首长和同志，都是带兵打仗的行家里手，既然领导安排了，那我这滩涂湿地上的大老粗，就只能先献个丑。如有不当的地方，敬请批评指正。”

不知怎么的，孙海光突然恍若觉得，孙广盛的身材、举止、神态等，有点同大胡子参谋长相仿。他想再看看大胡子参谋长与孙广盛作比较，由于光线暗而无法看清：“真是天不绝忠良之后啊，莫非海根与广盛是……”

“共产党领导的抗日队伍，就应无条件听从党的指挥。命令比天大啊！我们一定在这次大行动中不负众望，设法把竹田这头野牛从城里牵到划船港。请首长和同志们放心，保证完成党交给的任务！具体用什么法子来充当诱饵，如何吸引敌人离开城里老窝，怎样再拼命地拖住，及如何配合主力部队将日军一零七联队来个一锅端，请允许我好好地想想，回去再与大家商量研究后，拿出个切实可行的方案……”孙广盛稍停顿了一下，又补上一句，“党交给我们的任务决不还价，我代表划船港乡中队先立个军令状，就是脱层皮，也要把竹田拉进地狱！”

几句表决心的话，铁骨铮铮，铿锵有力！会场上又是一阵掌声。

施副师长兴奋地握住他的手：“孙广盛同志，乡中队如有困难，需要部队帮助解决的，请尽管提出来，我们将以最大的努力，全力以赴支持……”

“好的，如遇到难处，肯定要给首长添麻烦。”孙广盛干脆利索地回答。

大胡子参谋长有点意外，他怎么也没想到，在老家还会出现这样一位能干的小本家。其实，他早已听说过孙广盛的一些事迹，可今天才见到其人。他认为孙广盛的简短发言及表态，既显示出勇敢无畏的气概，又表现得实实在在。看那大方、刚强的样子，那神采焕发的容貌，说明这是个经受过暴风雨的锻炼，经得住生死考验的基层一线指挥员，有着对革命必胜的坚强信念！

大胡子参谋长目不转睛地看着孙广盛从身旁走过，那魁梧的背影，使他联想起在苦难岁月里的孩提时代，一种亲近感使他对这位小老乡产生了兴趣，他掉过头去再仔细地看了看，觉得有点儿奇怪，为什么看到这小子，会想起过去了呢？想到那时的家破人亡，一幕幕往事又勾起他的一阵辛酸……

会议进行小组讨论，接着就是最后总结，到结束时已半夜三更。

散会后大家各自分头去驻地休息了，孙广盛却考虑为参加明天柏大喜的追悼会，打算连夜返回划船港。临走时孙海光说：“要想把敌人引出来，先要把小鬼子的内情摸透，还要分析研究敌人现在想什么。‘知己知彼，方能百战不殆’。只有掌握了敌人的内心活动，才能有法子将其吸引住，使敌人乖乖地跟着走。我相信你们会有好办法，乡中队与竹田打过多次交道啦。”

孙广盛觉得这个任务不能小看，这副担子重似千斤。说实话，信心是有的，但真正谋划出个有效绝招并不容易。他很希望能得到孙海光的指导，因此急切地说：“首长，你什么时候回南洋岸到县里？能绕点路顺便走划船港一趟吗？”

“我还有个会，可能后天才能返回，争取到划船港那里看看。我认为你的大胆设想蛮好！不过莫等，主意拿定了，就大胆闯，大胆地试。”

仲秋下旬，星稀月朗，田野静悄悄的，“纺织娘”草虫儿的“唧唧”声，使海滨秋夜显得更为神秘。一阵海风吹过，让人有种说不出的舒适和惬意，偶尔又传来一声声鸡啼犬吠。孙海光送了孙广盛一程后，望着晴朗的星空想：组织上把这个艰巨任务交给划船港乡中队，是对他们的高度信任，但困难也不小啊！

东方拂晓，疏疏落落地下了几滴小雨。天亮后，太阳又从云眼里露出笑脸，破碎的云块逐渐消失，又是一个天高气爽的秋日。孙广盛一身露水赶到海神庙，在斋堂里他边吃饭边听取部下的汇报。

“昨天下午，根据柏大喜临终前提供的坐探名单，已将那些‘闷头桩’一网打尽，一根一根地都拔掉了。真的非常准确，名字也对上号。有的坐探还供了一些同伙，总共抓了三十六人。其中有十三个当场武力反抗，统统被就地镇压。”徐树庭说。

“都承认了吗？”

“认账！相互之间还熟悉，原来全归谍报队长宋闯管。”

“陈霸川怎么样？”

“都讲不清楚，也没见过。”

“现在宋闯同他们见面了吗？”

“还没有喃。坐探也都关在后边的库房里间，不过已被胡大仙看见了。”

“有什么反常现象？”

“一时半晌还没看得出来。”

孙广盛饭碗一撂，接着召开紧急党委扩大会议，传达了军政联席会议布置的任务和要求，着重研究如何把敌人从城里引出来。他说了自己的初步设想，经大家反复讨论，确定了行动预案。中午时分，孙广盛率领乡中队浩浩荡荡开进救命墩子村。

柏大喜烈士的灵堂就设在宋家大院。大家正忙着筹备开追悼会，庄严肃默的灵堂两侧悬挂着白纸黑字挽联：

卧底守船港视死如归　显抗日义士本色
决心歼敌寇以身许国　为中华民族争光

船老大薛魁海八十岁的老父亲，看到用鲜槐树板材刚赶制的薄皮棺材后，派人用牛栏里的架子车，将自己上好的寿材拉来，慷慨地献给民族义士柏大喜，盛殓壮士，以示敬意。老汉直抒心意：“大喜忠肝义胆，其心可昭日月。为我等生者楷模，诸乡邻当以此作榜样，为国家和民族而贡献自己心力，直到流尽最后一滴血。柏义士为抗鬼子而牺牲，他是划船港人民的优秀儿子。”

渔民刘文俊大爷为表达对烈士的崇敬，用在海上搞来的军用医药酒精，仔细擦洗烈士遗体。

孙广盛脱下新四军春秋上装，给烈士穿好。

网箍子摘下自己的民兵标记，佩戴在烈士的右胳膊。

海燕领几位妇女用彩纸制成缀有金黄色锤头、镰刀党徽图案的鲜红党旗，覆盖在烈士的身上。

李木子按划船港当地习俗，跪在烈士的遗体前，往砖垒的化纸炉子里烧纸，面对跳跃的火焰，不停地祷告："大喜哥呀，这是你亲弟弟烧的钱，带到那边去享用吧！"

英子拽住三俊子一同跪下，"咚咚"地磕了四个头。

灵堂里人人伤心落泪，哭声一片……

朱铁匠为张罗柏大喜的追悼会，从昨天一直忙到现在。一大早，就带两个土工去选墓穴，接着又商量入殓事宜。他刚从灵堂里出来，打算去找两个妇女把会标上的字剪好再别起来。时间很紧了，心里有点儿着急。到街上的老槐树下，他突然发现参加追悼会的人陆续从北边进了村子，心想民兵们都已过来了，这里还没有准备好呢！朱铁匠大步地迎上去，露出一副焦急的神色，大声地对孙广盛说："真是急死人呐，会场还没布置好呢！"

"不开了，暂缓！"

"为什么？"

"吹鼓乐队请了吗？"

"还没呐。"

"赶快喊！各村还要派代表来。追悼会要开隆重点，场面越大越好。来，再商量一下具体要做的一些事情。"

孙广盛拉朱铁匠一把，蹲在老槐树下两人说了一会。朱铁匠像个城府高深的谋士，点头表态："蛮好的，就照你说的去办。"

孙广盛说："到时也许会出现新的变化，有情况大家再碰头商量。"

朱铁匠头一抬，无意向东看一眼，说："噢，说曹操曹操就到了。"

他俩直起身子，看到陈霸川高高地举着松树枝捆扎的花圈，一副招摇过市的样子，在街上慢吞吞地走着，看到人就故意大声说几句，以便吸引乡亲们的注意。当走到孙广盛面前时，朱铁匠就咂咂嘴，说："今天追悼会不开了。"

陈霸川疑惑地眨眨眼："为啥又不开了呢？"

孙广盛不冷不热地低声说："明天开个范围大些的。"

“我给大喜的花圈都做好啦。”

朱铁匠厌恶陈霸川，但又不能全摆在脸上，只是说了句：“先送到灵堂去吧。”

陈霸川去宋家大院，看到灵堂门外摆着口大棺材，灵堂里站着民兵，他迟疑地走过去，将花圈小心翼翼摆在大喜头前的地方，看到张百顺出牲口棚，就来了个“进门喊大嫂——没话找话说”：“顺哥！怎么样？看中哪一匹啦？”

“嗯，一点也不假，真的全是好马。”

陈霸川眯细着一双眍瞜眼故意挑逗说：“那就牵一匹呗！”

“你可别说，我就是要拣匹最好的！”张百顺显然是经过一番思考的。

“这就对了。洪书不是答应拿大洋马赔小毛驴吗？这下你真碰上狗屎运啦！”陈霸川说完笑嘻嘻地走了。张百顺让他说得心里痒痒的，左看右望牲口棚里几匹大洋马，将五根粗糙的手指头并拢起来，轻轻地挠了挠花白的头发，自言自语地说：“就是砸破脑壳子，也要牵它一匹。”

陈霸川给张百顺又烧了一把火，虽然说不上是什么重要的事情，但也把这当成个小小的胜利，他像只刚下过蛋的老母鸭，走路踮起来了，还惬意地吹着口哨一步三摇地走着四方步子。

第七十三章

孙洪书故意撒钓饵
坐探虎游街激众愤

当陈霸川回到街上时，乡中队已按孙广盛的安排，在老槐树下进行具体分工，随后便忙碌起来。有的帮助人家打扫院子，有的整理街道环境卫生，还有的用洗锅刷当大斗笔、锅烟灰兑水作墨汁，在墙上写标语。

陈霸川心里好纳闷：打扫得干干净净，这是在做什么呀？追悼会又怎么改期明天开了呢？陈霸川想揭开谜底。不过这跳梁小丑无论怎么自作聪明，万万没料到所有行动都是精心安排的。他像一只老鼠似的，乖乖地钻进为其布下的笼子，好进却难出了。

傍晚，太阳收敛了耀眼的光芒，晚霞把划船港染得一片火红。一幢幢古色古香的小瓦望砖、五柱落地老式房屋鳞次栉比，葱郁的树木像绿色的翡翠长廊，镶嵌在划船港的周围，一群群归巢鸟儿盘旋天空。陈霸川还在老槐树底下晃悠，窥探风声。这里可浏览救命墩子村的任何地方，有动静都能看得一清二楚。

路斜对面，新写的标语吸引了陈霸川视线。黄土垡头砌的墙上，“铲除汉奸特务”等字样，尤其是“特务”两字，让他看了触目惊心，勾起一番思绪。自从老婆鲤鱼精死后，陈霸川便感到孤独寂寞，他更加痛恨孙广盛，同时还有一种疑虑不安，仿佛周围有许多双眼睛，时时刻刻盯住自己。

陈霸川心想：真不是人过的日子，再这样混下去，说不定早晚就会被乡中队逮住。命里一尺，难求一丈，没必要做无谓的抗争，老天爷早就为我安排好一切，该怎样就怎样，要死仰(面)朝上，不死爬起来。想到这些他心里就充满恐惧和绝望。

近些日子，陈霸川一直在盘算如何离开村子。乖子看一眼，呆子望到晚。

忽然，他意识到不能老转悠，这样容易暴露目标。太危险了，本来就被人盯住，如此下去不是更增加怀疑了吗！

陈霸川惶惶不安，想到别的地方去避避风，可刚走了几步，看到孙洪书正从村东头路上过来，就赶紧往旁边一闪，躲到老槐树背后。

洪书好像有许多事务压在身上，显得疲惫不堪和闷闷不乐的样子。他似乎谁也不想理睬，只是忙着赶路。走着，他向路边上一拐进了铁匠店里，不大一会儿又出来，急匆匆向老槐树走来。

洪书到老槐树下，陈霸川迎上去，点头哈腰笑容可掬地说："洪书小大哥，看你忙得这个样子，刚回来又要出去，有什么要紧的事情，不能让别人帮着做做啊！可不要把身子累伤喽。"

孙洪书一般不搭理陈霸川，也没给他过好脸色，但今天特别给陈霸川面子，破天荒地同他聊了起来："这个追悼会，不知怎么又改期到明天，还说要开得隆重点，我看那些当头头的，全是嘴说腰不疼。"

陈霸川随声附和："哎，小大哥啊，你发牢骚顶个屁用。当官的动动嘴，小兵跑断腿，自古就这样。"

其实，孙洪书同陈霸川拉呱是故意的，这也是孙广盛先撒饵打窝子，尔后再慢慢钓鱼的主意。孙广盛叫他向陈霸川透点风，利用陈霸川去把竹田催过来。洪书故意不停地发牢骚，说："上头千条线，底下一根针。里外就是一个人跑，我又不是条龙啊！刚去鹤影里喊花小网子的吹鼓班子，接着要到各村通知派代表参会。"

陈霸川有点惊奇地问："追悼会要来哪么多人？"

洪书说："是的，附近的区乡也来人呐！大事小事都凑到一块了，再说明天还得运军粮，又是龙灯又是会挺热闹。"

这可是个新情况，而且有一定的价值。陈霸川感到糖已挑在鼻尖上，赶忙追问："军粮不是说暂时不运了吗？"

"上头认为老搁在农户家里不安全，万一小鬼子来抢咋办呢？"洪书说到这儿似乎又想起什么："唉，'咸菜焖豆腐——有言(盐)在先'。我就是随便说说而已，这事情你可千万不能跟别人讲，如说出去我就要倒霉了。"

"小哥哥哎，看你把我当成三岁小伢子？这个我懂，绝对不会跟第二个人讲。"陈霸川边说边打手势，一再挽留洪书停下来再叨会儿。

"忙得脚后跟打屁股，哪有空子再聊？"洪书把挎着的三八大盖换个肩，用袖头子揩把脸上的汗，说着就匆匆走了。

陈霸川不免得意，心想：呵呵，民兵小队长也有说漏嘴的时候，看来这小子肯定累得够呛的嘞，闹情绪才跟老子叨咕。接着，他“哼哼”笑了声，嘴里自言自语：“这下子有戏可看嘞，‘真是怀孕女人的肚子——玩大了’。我又走个小小的狗屎运，想呼风风到，要唤雨雨来。”

陈霸川刚准备回家，没想到村西头又出现新的景象，再次把他吸引住。

“都打起精神来，不要像抽了脊梁骨似的！”

“走！快走！放老实点！”

“跟上！不准掉队！”

三俊子同十二三个民兵押着一趟人，沿着街缓缓地走过来。这帮人个个没精打采，耷拉着脑袋，到了一棵老槐树下，三俊子命令停下。原来这是刚刚抓获的坐探，他们提心吊胆地用眼角瞄着渐渐聚拢过来的人。围观的乡亲们满腔仇恨，马上像“油锅里撒把盐——炸开了”，有的横眉怒目，有的咬牙切齿，还有的向他们身上不停地吐唾沫。

陈霸川在旁看了，感到头脑子猛地一阵发麻。简直不敢相信自己的眼睛，竟然一下子抓来这么多呢！陈霸川强打起精神再仔细一看，有好些还很面熟。令人不解的是，把这些碰过面的探子都抓了，为何又漏掉自己呢？

陈霸川退到人群后头，竭力缩小自己的身子，想马上躲开去，又怕被人发觉他的惊慌，一个劲地控制住情绪。

担负监视陈霸川的小牛混在人群里，那尖锐的目光，一刻不停地注视着他的每个细小动作。

大兰芬端着歪把子机枪，单独押个人走来，这家伙耸肩缩颈，头上戴顶纸糊的高帽子，上面写着“汉奸走狗”四个大字，反绑双手一路游街过来了。

网箍子带一趟人呼起口号：

“铲除汉奸走狗！”

“打倒宋闯！”

“噢，真的是宋闯！”人群里终于有人把这罪大恶极的坏蛋认出来。

听说是宋闯，人们呼拉一下子把“没鼻鬼”围起来。此时，宋闯像被抽掉脊梁骨，半截脸缩在颈项里，腰弯得像只虾米，吓得瘫在地上，浑身筛糠似的抖起来。大兰芬抓住宋闯的衣领子，轻而易举地又把他拎了站起来：“菩萨没让你长骨头呀？站好嘞！”

在一片怒骂声中，柏大喜烈士的老母亲颤颤巍巍地挤进人群，一把揪住宋闯的衣襟："小宋崽子，快说，我儿大喜子是不是被你抓到宪兵队去的？"

"快说啊！"在旁的人们发出一阵怒吼。

宋闯吓得浑身瑟瑟发抖，直打哆嗦。

"小宋崽子，看看我是谁？"柏奶奶的双眼喷出了火。

"宋闯把头抬起来，让大家好好看看！"大兰芬像芭蕉扇似的大手，抓住宋闯头发略微用点劲向后一拽，宋闯没鼻子的鬼脸就朝天仰起。

这时，躲在老槐树后头的陈霸川，心里猛地震动一下：我的天啊，还真是没鼻鬼宋闯。这些坐探看来都是他招的供……可为啥乡中队没抓我呢？

陈霸川向四周瞟了瞟，好像没人注意他。又侥幸地想：莫非是宋闯小子把我瞒住没说？他虽这样宽慰自己，但宋闯现已落到民兵手里，自己随时都会面临被抓的危险。咋办呢？他心里在不停地打着鼓。

"小宋崽子，划船港的败类，害死了多少好人哪！今天，就拿你这条狗命来抵！"柏奶奶哭喊着。

陈霸川清楚，眼下乡邻们这极度愤怒的情绪，就像一个炸药包，遇上一粒火星子便会发生爆炸。转念一想：只要宋闯死了，自己的危险就会解除。他把脸贴在树皮旁，大喊一声："打！打死这狗杂种！"

陈霸川这一喊，真的如点着火药焓子，立刻引爆了人们的情绪。

"打死他！"

"给大喜报仇！"

"报仇！报仇！……"

人们激愤地呼喊着，暴雨般的拳头，飞落在宋闯身上。

"乡亲们！不能再打啦！"正当宋闯被打翻在地的时候，一个响亮的声音传了过来。大家不约而同地转头望去，只见孙广盛站在大转盘石墩子上，太阳光照着他微红的脸，威严的目光在人群中连扫几遍，说："请大家先冷静一下，明天开完追悼会，就开始公审这个败类！"

"让宋闯抵命！"有人又举起愤怒的拳头高呼。

"抵命！肯定要拿他抵命！"孙广盛斩钉截铁地说。随即，向三俊子和大兰芬发出指令："把探子再押到庙里去！"

大伙儿听了孙广盛的话，自动让出一条通道。三俊子把那些"坐探虎"都押到村子东北角上的土地庙，派一个班的民兵看着。大兰芬用歪把子机枪顶住宋闯脊梁骨去了宋家大院，然后把他反绑在灵堂旁柱子上。

聚在老槐树下的乡邻们渐渐散去，街上又恢复了平静。

莫提陈霸川有多么害怕，他脑子里老是回响着孙广盛的那句话："抵命！肯定要抵命！"他担心自己说不定哪天也得抵命。太可怕啦！他怕孙广盛，怕乡中队，怕划船港所有的乡亲们，甚至连自己的影子都感到害怕。他忙着又跑回茅草丁头屋，一下把门闩子拴得紧紧，好像将恐惧都关到门外似的，接着又用后背使劲抵住门，那颗急剧跳动的心简直要从嗓子眼里蹦出来。继而，他感到一阵天崩地裂似的绝望，抱头蹲在地上痛哭起来。

这当口，孙广盛去了铁匠店。

朱铁匠、三俊子、徐树庭、英子等都在这里等候着。大家一致认为：今天演的这出开场戏呱呱叫，估计将会达到预期效果，随即大家又研究了具体实施方案。

第七十四章

孙广盛巧施连环计
促内鬼进城送情报

小牛把观察陈霸川的情况说了。过一会儿，洪书也回来描述了他同陈霸川的那段对话。

听过小牛和洪书的汇报，孙广盛觉得陈霸川已暴露得越来越明显，现在是较劲的关键时刻。

“狗急要跳墙，人急会悬梁，万事万物皆有分寸。我们已摸透陈霸川的心理，可能想逃跑，应尽量给方便促使他去城里送情报而引蛇出洞。”至于竹田老鬼子那里，孙广盛对目前的形势，做出具体客观的分析：“敌人正处在饿狗吃急屎的状态，一心想对乡中队寻机动手进行报复，同时也为找不到粮食而发愁。加之我们又逮住宋闯，捕获了许多坐探，并且就将在救命墩子村开公审大会。这一切，都会促使竹田张开大口，恨不得把乡中队一下子吞掉，按理他是绝对不会错过这次机会的。”

孙广盛说着就站起来，神情中透出一种自信：“竹田是非常狡猾的，但再狡猾狐狸也逃不过好猎手。下午，我们就把‘军粮’集中到学校去，故意再做些动作给他看看。傍晚值勤的民兵，要给陈霸川留条进城的通道。”

徐树庭提出质疑：“假如他不跑呢？”

“不跑也得跑。昨天就叫花蚂蚱往城里送情报，后来被民兵强拉硬拽才弄回头。今天又看到这些场面，能不动心吗？当然，不光是送情报，还要将他吓跑。万一吓不跑，那就想办法撵。”孙广盛胸有成竹。

徐树庭又问：“陈霸川要是不向城里去呢？”

孙广盛说：“不往城里，上天啊？东边是大海，他曾向北、向南都去过，没找到一条生路，不是又回来了吗？把村里所有的路口都堵住，只留条朝西南方向的便道，让他过大洋河走大码头、北洋岸去城里。”孙广盛底气十足。

朱铁匠觉得言之有理。他非常佩服孙广盛的智慧，有种从容不迫、有条不紊的指挥才能。他端着小旱烟袋的一只手，在另一只手掌心里连杵几下，抖掉了烟灰，充满信心地说：“我看陈霸川这个‘妖精’，是出不了孙悟空画的圈儿的，得乖乖地按我们指的路线走。不过，贾福禄怎么一点也没露头啊？”

孙广盛也感到有点蹊跷，便转身问道：“对呀，这一阵他到哪里去啦？”

“我已安排海燕盯着。咋没看见她人呢？”

孙广盛对洪书嘴一噘：“去看看。”

洪书刚跑出门，一拐弯进了巷子，在渔姑家门口的小楝树下，看见海燕正从前面过来。

“小燕子！”洪书喊了一声，迎上去。

各自忙碌手里的事情，一对恋人好长时间没空子亲热了。

海燕一愣，继而也叫起来：“哎，洪书哥哥！”

渔姑闻声连忙跑出门，向他俩边喊边打手势，意思是街上的生人熟人都朝这边看。海燕向渔姑伸了下舌头，随后跟洪书一起走进屋里。

莫看渔姑的年龄还小着点，可是个能干的渔家姑娘，因小鱼小虾吃得多，身子成熟早，那时十五六岁就出落得让人不敢相认。她红着小脸蛋儿，说：“我去河边船上有点事，你俩要是离开的话，就手轻轻把门带上。”

海燕听后“咯咯”地笑起来，上前在渔姑的膀子上拧了一把，说：“你走？野丫头，人小阴魂大，满脑子的坏水。哎，同网箍子谈得怎样啦？也该趁热打铁呀！”

“不晓得是从那块石头缝里崩出来的，八字还没有一撇呢！莫闹，莫闹了！近来全忙的是抗鬼子事，姐跟洪书哥哥难得一聚，再不会会快憋成花痴了，那你们就‘二两棉花八把弓——细弹(谈)细弹(谈)’吧。”

“去去去！你好意思说别人，自己身边还不是成天张哥李哥的前呼后拥……疯得像小草(母)狗似的。”

渔姑做个鬼脸，关上门走了。

屋里就剩下两个人，双方似乎都听到自己的心跳声。

四目相对片刻，洪书终于控制不住了，张开双臂将海燕搂在怀里。

双方的心紧贴在一起，洪书感到海燕的胸口像有只刚从草窠里逮住的小野兔，在急剧起伏地“咚咚咚”乱撞。

自上次那回放驴之后，洪书从没体会过小伙子搂着姑娘的滋味。这是一种什么感觉呵，让人有着无法描述无法言清的快意，只觉得浑身热血沸腾，把他撑得有些不能自制。洪书不说话了，两眼紧紧盯住海燕的脸。海燕也陶醉了，她慢慢将手臂抽出，解开怀里几枚蝴蝶结盘扣，露出了洁白丰腴的胸脯。洪书又一把抓住海燕的手，喘着粗气颤抖着嗓音，说："不！不能！民兵应遵守革命纪律，有战备执勤的任务在身上……"

"你个呆子，现在已是民国时期了，男女可自由恋爱。放心！还傻笑什么？我俩真所谓天生一对，地造一双。不管到哪天，妹迟早是哥的人，待抗鬼子胜利了永不离开。"海燕也抑制着自己的情绪，满脸绯红地抓住洪书的手轻声说："好吧，继续执行任务去。"

远处一对追逐嬉戏的小喜鹊，前面一只上下翻飞，后面一只紧追不舍，双双落在门口的大槐树上，"呷儿呷儿"不停地欢叫着。啊，那高高的树杈上，还有几个用树枝建成的精美喜鹊窝儿。成群结队的麻雀、野鸽、鹧鸪等，一阵子"呼啦呼啦"飞过来，都落在茂密的枝叶下……洪书看了叹口气，说："人要是像鸟儿一样就好了，多么自在啊！"海燕随和地应着："这倒真是的！"

洪书往铁匠店门旁边一闪，抱着拳对大伙儿说："让各位久等了，不好意思。海燕已回来啦。"网箍子上去重重地拍了下他肩膀，说："嗨！你哥哥像是国军长官开会，到了钟点也不进场，让我们坐在这儿干等呀！"

海燕一跨进门槛子，就开门见山地对大家说："花蚂蚱躺在床上，还一个劲地哼哼歪歪，我用手摸了摸她的脑门，感到真有点发高烧，确实像生病的样子，很可能是昨天投河挨凉水激出病来咯。"

"贾福禄人呢？"孙广盛问。

"他坐在床头，不停地干咳和唉声叹气。"海燕答。

"外面的事情他晓得吗？"

"不清楚。看来也没有人向他讲。"

孙广盛凝神沉思片刻，随后对洪书说："要设法尽快让贾福禄与宋闯见面才好。"

不一会，李木子和大兰芬也先后赶到。他们要到小地主蒋富贵家去查看，还有哪些东西没藏好。

蒋富贵一见李木子已脱掉伪军的狗皮装，换成乡中队的一身打扮，右胳膊还戴着红布箍儿的民兵标志，腰里别一把盒子枪，心中暗想：水退石头在，好人说不坏。孙广盛这样相信一个反正的伪军，说明共产党绝不是小肚鸡肠、心眼如针的党派，讲话真算数！

人在廊檐下，不得不低头。魁伟挺拔的“小巨人”大兰芬，跨进蒋家门时本应伏下身子，不然头就要撞到门楣了，看上去却一点儿没这样。而他却是用最大的步子跨过门槛子，趁身体下移的瞬间才算进了屋内。蒋富贵看得一清二楚，心里也相当明了，因他俩曾有过一段不愉快的经历。天下乌鸦一般黑，世上财主一样狠。大兰芬在蒋富贵家做过长工。蒋富贵看中这汉子坚实的体魄，那力大得扳倒牯子牛、赤手空拳打死海边的野狼，干起活来一人顶上几个。但姓蒋的地主嫌他食大如牛，就是吃得太多。如让他放开肚皮，一顿吃只羊连头都不剩。蒋富贵学着王妈妈喂猪似的，一日三顿，全是照见人影子的稀粥，吃是一顿，不吃也算一顿，常常饿得大兰芬四肢无力，走路都嫌腿子重。一天，大兰芬发狠不干了，卷起铺盖就走人，正巧在院子里撞见了蒋富贵。

“我不干了。”

“为什么？”

大兰芬把膀子上松垮的皮扯起老长，说：“你把眼睛睁开来看看，不要再装聋作哑，快把账算了吧！”

蒋富贵奸笑着说：“噢，签字画押又按指印，少一天就不能给工钱。咋啦！想告状吗？行！初一或十五的早上，到瓢城府县衙去上状纸，并留下告状钱。”

“呸！吃药三分毒，告状七分死。鬼才上当呢！”大兰芬憋了一肚子气，挟起自己睡的小被就走了……

现在他俩虽然还经常碰面，但蒋富贵总是显得有点不太自然的样子，大兰芬却始终表现得非常平静，遇话答话不冷不热，因大兰芬理解党的统一战线政策，能够把这些人团结过来，对革命和抗鬼子都有利。

大兰芬把屋子里略微扫视一下，觉得有些家具没有必要掩藏，就直截了当地说：“箱子和柜子等大件，我看就先放在那里吧，其他东西能藏多少就藏多少。你看这样子行吗？”

蒋富贵连连点头：“好！行，行！一切都听你的！”

他们的动作挺快，但由于行动得太迟，直到鸡鸣破晓才算忙完。洪书跑了过来，气喘吁吁地说：“哎，大伙儿早就忙完！快点走，敌人已出城了！”

大兰芬扛起歪把子机枪，操着洪钟似的声音喊：“走，快点走啊！”

而就在全村忙着坚壁清野时，陈霸川趁着夜色，幽灵似的溜了……

第七十五章

乡中队鸣枪祭英灵
日伪军围剿划船港

烈士柏大喜的土坟，就在大洋河畔一处小松柏树林里。划船港的乡亲们臂缠黑纱，手捧着纸折的小白花，自发地伫立于路边送别壮士，寄托哀思。连老人和孩子也都个个面色凝重、悲泪横流。坟墓前面开满白色和橘黄色的野菊花，后头耸立着傲然挺拔的青松，经昨夜一场秋雨洗涤，显得更加苍劲，清光四射，浩气冲天。

追悼会就在新坟地旁召开。肃立在烈士土坟前的，有救命墩子村的乡亲们，划船港乡中队全体民兵，牛湾河区乡村的党员、三级干部和民兵代表，参会的足有上千人，站满一块大田及土坡和沟坎子。在唢呐吹奏的悲壮哀乐声中追悼会开始了，主持人是朱铁匠，他怀着十分沉痛的心情，用洋锡皮子做成的大喇叭，向大家介绍柏大喜同志的生平、牺牲经过和英雄事迹。由于参会人多，加上海风一阵大一阵小地刮，朱铁匠讲着嗓子就显得有些沙哑。

然后，孙广盛走到墓前，怀着对烈士的深情，静默片刻后转过身子，面对肃穆而立的乡亲们，他擦去脸上的泪水，发表了一段鼓舞人心的战前动员令。

“乡亲们、同志们，今天安葬的是革命烈士，明天埋葬的是小鬼子！柏大喜同志为了民族解放、保卫家乡牺牲了，这是革命的英雄主义精神，我们要化悲痛为力量，狠狠地打击敌人、消灭敌人为烈士报仇！

“乡亲们，同志们，在共产党的领导下，我们要坚决战斗下去，直到把小鬼子赶出中国！马上，日伪军又来‘扫荡’了，这次与以前不一样，大家要一如既往，勇往直前……”

说到这里，孙广盛陡然把话顿住，眼睛随之一亮，发现村头不远处老槐树上晾晒的白小褂子不见了，这是小牛发出的敌情信号。

“乡亲们，同志们！”孙广盛面带忧色地接着说，“敌人这次是铁了心，又与乡中队铆上劲了。按照原定方案，大伙儿先不能乱动，都要继续站在这里！”

看着在场的人们一个个焦急的眼神。孙广盛清了清嗓子又说：“孙子兵法上讲究的是‘避实而击虚，致人而不致于人’。现在乡中队也不过二三百人，而进攻的敌人多达两三千，是我们的十倍以上。老话说，蚊多咬死象。群轻折轴，积羽沉舟。我们拿什么同敌人去拼？要是人都搭进去把老本拼光，这仗打得还有什么意思呢？目前，无论小鬼子还是伪军，最想的就是两军对峙拼实力，一旦乡中队的人拼光了，划船港暂时就成了敌人的天地。所以，我们现在需要做的，就是佯装出个死守的样子，布好陷阱，下好夹子，设法迷惑小鬼子，使敌人作出错误的判断，一步步诱敌深入，让新四军主力赶到聚而歼之。”随后，孙广盛大声喊：“全体都有，立正！鸣枪，奏乐，为柏大喜烈士送行！”

顷刻间，“砰砰砰！”一阵清脆的枪声响起，浑厚而悲壮的鼓乐声嘹亮响起，向敌阵冲锋的战斗号角响起，在黄海滩涂湿地上激起一片轰鸣，久久回荡在大洋河畔的划船港上空。

从鹤影里请来的吹鼓手班子，基本上都是由民兵组成的，他们肩上背着枪，腰间挂手榴弹。只要唢呐等家伙一丢，随时就能投入战斗。

自陈霸川昨晚出逃后，孙广盛立刻组织救命墩子村的老人、妇女及小孩进行转移，只留下青年民兵和部分壮年人。宋闯和那群坐探，也被押到湿地深处的东潮头滩上了。夜里洒了几阵子小雨，天气一直是多云到阴，广袤滩涂湿地上又下起特浓的秋雾，大洋河两岸已模糊得看不清。

救命墩子村是共产党在划船港设乡建制时秘密成立的红色政权——抗日民主政府所在地。一阵海风吹过，把迷蒙雾气都驱散了，看上去这里的一切显得清晰和明朗。

海风，使柴草梢儿点头，让杨树枝子微微颤抖。

海风，撩起孙广盛的衣衫，拂动着系在挎包上的毛巾。

海风，把激起的鼓乐声传送得很远，在滩涂湿地上悠悠回荡。

站在孙广盛面前的人们，每双眼睛都一刻不停地注视着他的脸。

孙广盛炯炯有神地瞭望着划船港，瞭望着救命墩子村，瞭望着大洋河畔广袤的滩涂湿地，锐利的目光穿透迷雾，望得极远……

这时，洪书从村里跑来，看那紧迫的样子，估计是又出了什么意外，急得两条眉毛都凑到一起:“不好了,马少掉一匹!”

孙广盛一愣:“已是什么时候啦?你像只花狸猫似的还到处跑?赶快把马牵走!”

洪书连忙跺起脚,说:“真是急死人喃!就是为了找那匹倒霉的马!”

拂晓前洪书遵照孙广盛的指示,准备把八匹马送到鹤影里去。可张百顺死活不肯松手,硬是要扣住一匹,他一口咬定洪书当初的承诺。两人你一句我一句地拉锯式顶了半天。在场的网箍子觉得这样下去可不是办法,就找来孙广盛。他对张百顺解释,说:“这几匹马都要交公,不能随便给个人。你那头小毛驴待抗鬼子结束,由公家想办法还你,并将这事记在抗日救亡簿上,划船港的后生们不会忘记……你也该吸取点教训。上次在学校操场上,小鬼子把马皮披到你身上,把你糟蹋得够苦的了,如这次发现你又有匹大洋马,不把你杀了才怪呢?再说你也应注意点影响,大小是个干部嘛,几千人的一村之长。”

张百顺说:“我当这个村长,不但没有沾到什么光,而且整天都是担惊受怕,还搭上头小毛驴子。”

孙广盛说:“不能这样讲,抗鬼子不是哪个人的事,为了国家和民族以及咱老百姓,有许多人连命都豁出去了,他们得到啥啦?你好好想想吧!说那么多不三不四的话,难道就不怕人家笑话吗?”

“人家笑话值几个钱!”张百顺斜着脑袋撂下一句。

原来,洪书忙完别的事后,回到牲口棚里数数,还是少一匹大洋马。再看全村的人都已转移,就连蒋富贵也找不到了。天已大亮,洪书逼得实在没法子,才赶来汇报。

孙广盛想:肯定是被“扒财鬼”张百顺牵走藏起来了。他又急又气声音激动地说:“不要再找啦,快把另外几匹牵走。快!”

“是。”洪书飞奔而去。

“砰——砰——砰——”大洋河以东的庄稼地里传出急促的枪响,随后北面和南边也响起枪声。

孙广盛断定,这是敌人在以枪声作联络信号,说明划船港已被布下的“口袋阵”包围,而且正在收拢和压缩之中。由于下大雾能见度低,看不清日伪军的具体行动,但从这枪声听下来,估计敌人已靠得很近了。

站在柏大喜坟墓前的民兵和乡亲们有上千人,大家心里都像压了块石头。俗话说:掌舵人稳当,坐船人不慌。人们一动也不动地站着,宛如铸在那里的一尊尊铜像。大伙儿的眼睛都一个劲地盯住孙广盛，等待他发号施令。突然，又是一阵枪声从划船港南面响起，在滩涂湿地上荡起一片回声。孙广盛仍然镇定自若地屹立着。他面色严峻，两眼喷射出无畏的光芒，向鼓乐队挥了挥手，低沉缓慢的鼓乐声一下子就变得高亢而强烈，奏出一首激昂的《大刀进行曲》！从容不迫，果断有力，犹如战斗号角，催人奋进，震撼人心，引导一个个无畏的勇士，挥舞着锋利无比的大刀，寒光闪闪地杀向敌阵。

竹田骑在大洋马上举起望远镜，看到大洋河畔参加追悼会的人还未散，又听到那里的鼓乐声，心情十分舒畅。他像"癞蛤蟆吃糖鸡屎——自得其乐"似的咂咂嘴："伊齐帮要拉西哪（很好）！"随即下令，"向前进！"

一个大队的鬼子，以中队和小队为战斗单位，迅速摆成进攻队形，顺着被雨水浸泡的油泥土田垄，"咵嗒咵嗒"地踹着大皮靴，很快就来到大洋河边上。

"过河！"竹田指挥刀向前一举，小鬼子们像群野狗，乱哄哄地泅渡到东岸。

沉寂的救命墩子村，看不到一点动静，就连小小的麻雀也飞走了。越是感到宁静，敌人越是害怕。从正面进攻的这个大队鬼子，不敢贸然进村，都把湿漉漉的身子紧贴在河堤上，怕得连头也不敢抬。他们一直等到北、东、南三路鬼子和伪军都赶到后，才四路并进在村中心的老槐树下会合。一路上没有碰到地雷，也未遇到乡中队的抵抗，鬼子和伪军们觉得，这是一次史无前例的胜利。于是，便兴高采烈地蹦啊、跳啊，双手把大枪举过头顶狂呼：

"胜利！"

"天皇万岁！"

"大日本帝国万岁！"

这时，沉醉在胜利喜悦中的竹田，马上意识到问题的严重性，自己是否已被人家包围了？

"砰！"一声清脆的枪响，把小鬼子们的嗥叫声打断。

"八嘎！"竹田噘起嘴，吹一下直冒青烟的枪口，然后把王八盒子插进皮套子里。

鬼子兵和伪军们鸦雀无声地离开街心，都溜到墙根下去了。

第七十六章

分三路合围乡中队
搜军粮鬼子又扑空

枪声过后，滩涂湿地上又恢复了平静。

竹田的大马靴在街面上“咵嗒咵嗒”地响着。他登上大转盘的石头台子，手捧望远镜来个环形瞭望。四面八方渺无人迹，原在大洋河边上开追悼会的人已无踪影。对付划船港乡中队的打游击，竹田感到最挠头的就是找不到作战对象，没动静比有情况更可怕。竹田担心这次又要上当受骗，他叫韩翻译把陈霸川喊来。

“噢，你的知道，军粮的在哪里？”

“这边呢。”陈霸川随手向学校方向一指。

竹田说：“大大的带路！”

“好！”陈霸川诚惶诚恐地领着竹田的一队人马去了学校。

到操场东南角一间大教室前，陈霸川打开西门，眼前的景象使他高兴极了，装得鼓鼓囊囊的大麻袋和洋面口袋等，快堆到教室的二路桁条了，连只脚都难插进去。

“太君，军粮大大的！”陈霸川将大拇指一竖。

“啊！”竹田惊叹地张开大嘴，高兴得不停地拍手对陈霸川说，“哟西，哟西！大大的立功，你的是支那人中最好的朋友，你继续的卧底。辛苦的了，皇军有赏！”

陈霸川受宠若惊，浑身骨头眼子好像都抖活起来。他不晓得该怎样来表现自己，像条哈巴狗似的，伸出长长的舌头尖子，去不停地舔那厚嘴唇，屁颠屁颠地跑来跑去，说：“皇军辛苦！为太君做事痛快！”

韩翻译在旁无意地摁了摁大麻袋，觉得有点儿不对劲，诧异地看了竹田一眼，尔后就从扎口处小洞里抠出半把抬起手用嘴轻轻一吹，那所谓的军粮都飞了，只剩一点点泥沙和小砖子。

“什么的军粮？”竹田暴跳如雷地喊着，顺手“啪”地给陈霸川个耳光，打得他眼睛直冒金星，无地自容。但陈霸川还是忍住疼痛，不停地鞠躬眨眼结巴着说：“太，太君息怒，太君息怒！”

竹田“唰”地一下抽出洋刀，朝一只大麻袋砍去，在裂开的一条缝里，流出了黄土和小石子拌稻糠。竹田又是一刀，拦腰斩断一条洋面口袋，“哗哗”滚出的是碎砖渣和草木灰。这第三刀要向哪里砍呢？竹田举起来的洋刀，愣着迟迟地落不下。此刻，陈霸川像梯子爬到半空中折了，如同跌进万丈深渊，吓得魂飞天外，“噗通”一下跪地求饶，磕头作揖喊：“我不好！又是孙猴子玩的骗术。小人大大有罪，请太君饶命……”

“咵哒”一声，陈霸川感到浑身猛地一抖，停了好大一会儿，才意识到洋刀已入鞘。当他慢慢抬起头，发现竹田已走老远。

“霸川，你像个痴子样子，还跪着干啥？”

“唉唉。”陈霸川的身子又“咯噔”一抖。他屏住气慢慢掉头望去，哦，原来是送人命，这下才算把心放下在肚子里。

“还跪着干什么？快起来吧。”送人命的文明棍在陈霸川屁股上杵了杵。

“嗯嗯。”陈霸川动作迟缓地爬起来。

“又怎么啦？”

“我害怕！”

“怕啥？不是那么多人马都到齐了吗？有没有抓住孙猴子呀？”

“又扑了个空。人都跑得无影无踪，军粮也全是做的假象……”

送人命是天亮出的城，先躲在十三里墩桥下，等鬼子和伪军到了救命墩子村后，才急匆匆地赶过来。他朝思暮想的是土地和房产，要看看田里的庄稼长得怎样，要看看房屋有没有损坏，要看看财产被哪些穷鬼们分了，要看小鬼子一零七联队怎样消灭乡中队，要看竹田怎样逮住孙猴子后吊“天灯”。

送人命鼻梁上架了副墨镜，狗仗人势地自个儿拄着“文明棍”去宋府。进院子，他看到搭在门外的灵棚还未拆除，如张开大口似乎要吞噬来人，更加怒气冲天地挥舞手杖大声斥责。他是去年冬天出逃的，虽才离开几个月却有一种离别多年之感，每到一处都要仔细看看摸摸。他觉得变化太大了，心里一阵又一阵地冒火。只有大门旁一对石狮子还跟以前差不多。送人命十分爱惜地抚摸着石狮子头，他发现西窗户脚下，有块砖头已翘起来，就用手杖的棍头子小心翼翼地顶顶好。

送人命登上台阶走进正房，里面空无一人。他疯癫似地舞动起手杖，把贴在中堂旁的几副挽联捣破，接着又将其统统撕掉。墙壁上被烧纸钱熏得黑不溜秋，家具大部分都被搬走，仅剩两张桌子、几条板凳和一对椅子。他一脚踹倒那小杌子，在一把落满纸钱灰的椅子上坐着，一只手就搁在八仙桌旁，大口大口地喘粗气，而后悲哀地喃喃自语："自古历朝历代，从没有像共产党这样在富人中横征暴敛，明火执仗地抢夺田产。这口恶气不出，我上对不起列祖列宗在天之灵，下也无法向儿孙子嗣作出交待！"

胖得像头猪样的送人命，出了一身臭汗之后，待在这阴森森的院子里，冷不丁感到一阵瘆人的阴凉。他想离开这个地方，可又怎么也舍不得。尽管这屋子里满是烧纸钱的烟糊味，但这毕竟还是自己的家。

送人命气急败坏地猛拍桌子，陡然又跳起劲来，嚷："老夫我走南闯北这些年，牛肉、羊肉、猪肉、狗肉都吃过，就是没吃过猴肉，如这次逮住孙猴子，我要亲自剥猴皮、喝猴血，生吃猴脑子！再把猴肉剐下来烤了吃，保证叫他挨上一百零七刀不死，第一百零八刀再结果。"

大门外传来小鬼子"叽里哇啦"的叫喊，紧接着就是一阵大皮靴"咵嗒咵嗒"的响声，竹田在韩翻译和一群参谋、卫兵前呼后拥下走进院子。

送人命殷勤地迎上前去，身体弯成九十度恭敬地说："太君大大的辛苦！"

竹田有些疑惑不解地问："你的，什么的干活？"

送人命咬住后槽牙，说："我也是来找孙猴子报仇的！"

竹田赞许地点头，说："伊齐帮要拉西哪！"

一趟小鬼子很快把正房打扫干净，东墙根里架起一张折叠式的帆布小绷子床，从后窗户拉进一框电线，电话机就搁在行军桌子上。又有个小鬼子戴上白口罩，往墙壁和地上喷洒消毒药水，然后参谋人员才请竹田进去。

八仙桌上，摆放着一张自制《"支那驻地瓢城沿海区域图"》。竹田叉开那双罗圈腿，一只手揹住桌子角，另一只手的大拇指勾住皮带扣，目光在上面不停地来回扫视。

竹田是个杀人不眨眼的刽子手，只要肝火上来就很难扑下去。最近他有所改变了，有时脸上也挂起微笑，尽量克制住自己少发火。他总觉得光凭烧杀抢掠，消灭不了孙广盛的乡中队，也吓唬不住那么多划船港人。要想让老百姓不通新四军和乡中队而偏向皇军，还得使上另一手。他曾绞尽脑汁地研究过乡中队，为啥能够得到那么多老百姓的拥护。其实原因很简单，就是替老百姓着想，一不烧、二不杀、三不抢，就凭这一手就足以换取老百姓的人心。因此，这次出发之前，竹田对部下就明确规定："烧的杀的抢的统统的不要，要的是收买老百姓的人心！"他这次采取的战术是"铁壁合围"，以划船港为中心，共围二十多个自然村庄，将一零七联队各参战部队和皇协军统分为左路、右路和中路三部分。由于宋闯的逃跑，竹田先对二蜡嘴也产生怀疑，后因宋闯落到乡中队手里，对二蜡嘴的怀疑很快解除。他要在二蜡嘴刚上任当县长的兴头上，命令二蜡嘴指挥左路军。宪兵队的举措连连受阻，特别是枪支被盗、柏大喜和五个铁匠越狱、六十多个"人犯"的成功崩监，及各"治安村"的坐探被乡中队一网打尽等，使竹田大发脾气。丸山为弥补自己的过失，屁股上的枪伤还未痊愈，就自告奋勇请战指挥右路军。竹田亲自指挥中路军，三个大队长分别担任各路副手。他提前来到救命墩子，在这里设下临时指挥部，等待着左右两翼的合拢。

其实，竹田这个"清剿"计划几天前就已做好准备，只是摸不清孙广盛的具体位置，才迟迟未行动。当接到胡大仙转去的情报，听了陈霸川的口头报告，竹田原以为这次是"三个指头捏田螺——稳拿"，然而却又扑了空，大失所望。

人见利而不见害，鱼见食而不见钩。竹田在急于找到孙广盛、急于抢到粮食的心态下，连江南的石井师团长也未报告，就来个先斩后奏，紧急命令部队出动了。

竹田让通讯参谋用电报向石井师团长报告，但始终联系不上。电话时断时续。当地民兵组织和联防队、交通运输队等老是割线，有时连电线杆子也被扛走扔到河里，因此竹田对外面的情况知道得很不及时。他心里也老是有点惶惶不安，担心活动在范公堤以西的新四军某部会随时跳到盐东来。眼下又失去了各村的坐探，他对盐东周边的情况知道得很少，真可谓两眼一抹黑。

竹田每次出来"清剿"都像押宝一样，野心勃勃地下赌注，结果都输得很惨。这次行动是凶是吉，竹田心里没底。他离开那张自制驻地区域图，手插在马裤的口袋里，不动声色而慢慢吞吞地在八仙桌周围来回踱步。

一个大鬼子动脑筋，一群小鬼子顺着墙根坐着，有的抽烟，有的闲聊，还有的用火柴棒子掏耳朵……当奴才的更会察看主子的脸色，韩翻译和送人命交换一下目光，两人便轻手轻脚地退了出去。

第七十七章

张百顺贪财落虎口
乡中队布雷板港子

大约一个时辰之后，南面和北边才传来隐隐约约的枪声，这就说明两翼合围的日伪军已接近。竹田十分着急，弄不清乡中队是否在合围的“铁壁”之中。他徘徊了许久，接着就上床闭目养神地躺着，光秃秃的脑袋枕在一双手上。他默默地想：看来那个公审大会可能不开了，军粮是搞的一套假现场，老百姓都已金蝉脱壳跑光，种种迹象表明，孙猴子是做足准备的。他转而又想到：大概是有意把本太君诓骗过来，不然为什么要造假堆一屋子假军粮呢？他深感这次可能又进入孙广盛精心设下的圈套。但现在合围部队还未遇头，周边的情况不太清楚，马上改变计划肯定不宜。竹田从小绷子床上弹跳起来，吩咐立刻把别动队和谍报人员都派出去，一定要侦察到孙广盛和当地老百姓的下落。接着，就让一部分鬼子与伪军去挨门逐户找军粮。

陈霸川又派上了用场，同鬼子和伪军的小队长领着一群黄狼黑狗似的队伍，专到那些可疑的老百姓家，对屋里屋外及房前屋后进行搜寻，用铁条和木棍子这里捅捅、那里敲敲。听到声音有点不对劲，就让伪军用镢头刨、大锹挖，辛苦了大半天却一无所获。鬼子小队长不停地向陈霸川吼叫，警备队一趟牲口们也失去信心，而陈霸川急得头上汗珠子往下滚。看上去没得什么指望了，正盘算着回去向竹田报告。可说来也真巧，小鬼子在一家床铺底下发现几洋面口袋玉米，接着伪军在另一户的寿材里翻到小麦、黄豆等，陈霸川这下子像“香头奶奶打哈气——来神了”，就挨家逐户扒床肚和找棺材撬。

陈霸川来到张百顺家小院外，用铁条插进门鼻子里，先是“咔嘣”一下撬开大铜锁，尔后又打开里屋大门，刚跨过门槛子就不禁惊叫起来：“啊！”跟在后头的鬼子和伪军不知是咋回事，都急忙趴到地上。

在张百顺家的堂屋里，一匹枣红马头朝外站着，缰绳拴在马腿子上。旁边靠水缸的地方，还放着草料和水槽。

陈霸川心领神会，带着一种幸灾乐祸的心情，轻轻地发出一阵冷笑："噢，好你个'扒财鬼'，终于中了我的计啦，还真牵匹大洋马呀！"

他仰起头大声喊："喂，顺子哥！张百顺！"

没有人答应，马蹄子在地上刨得"咚咚咚"作响。

陈霸川生怕靠近了挨马蹄蹶，便小心提防着慢慢走过去，沿墙根脚处偏着身子闪入房间。"啊，好家伙，我估计你是不会离家的。"陈霸川用轻蔑的口气说，"是舍不得这匹大洋马啊！"

"我，我……"张百顺哆嗦着慢慢从床边上站起来。

利欲熏心的张百顺，天刚亮就把枣红马儿安顿好，原计划是想走的，可洪书在街上找马，他躲在院子里一直不敢露头。等到洪书走远了，才急忙准备上路，不料大洋河西响起枪声，以为敌人已进村子了，就索性又回头反锁好大门，翻墙头进院子再躲起来。

张百顺和那匹枣红马儿，被一起带到宋家大院。

后悔药没处买。张百顺悔恨自己没听孙广盛的劝告，上次贪心是朱铁匠救了他命，这回算是"洋辣子掉进火盆里——有命也没毛"了。想到死的可怕，他几乎要大哭一场。但又觉得自己也是一把年纪的人，好歹还是个站着撒尿的男子汉，应立起来堂堂正正，倒下去摔成八瓣，虽没法跟孙广盛和朱铁匠比，可也得跟在后头学着点呀！唉，这下一切都已迟了，再想跟人家去学，那是"三十晚上翻皇历——没日子"了！他思来想去，认为自己死得太不值得，甚至非常可耻。人为财死，鸟为食亡。即便是不死，乡亲们肯定说我是财迷，也会骂我个半死。

见到竹田后，张百顺几乎快要吓瘫了。他磕磕绊绊地跨过门槛子，倚在门框上勉强地支撑住。

竹田歪着光秃秃的脑袋听陈霸川的报告。他啰啰唆唆地说了半天，先从民兵打死追捕柏大喜一行的太君及缴了大洋马说起，一直说到畏缩在眼前的张百顺。最后，他又讨了个好："太君，你的知道吗？这也就是那回在锅里煮马肉的人。"

"噢！煮马肉的？上次马是他杀的？大大的不好。"

竹田态度异乎寻常的平静，微微用眼瞟了瞟张百顺，转身随意地望着桌上的地图。竹田并没有发火，也看不出有什么将要行凶的预兆，仅仅是这两句轻描淡写的责备。这使张百顺茫然了，他的心里还是一阵比一阵紧张，觉得这次鬼子绝对不会发慈悲，也许要用那剥马皮的剔羊刀，慢慢地把自己身上的肉一小块一小块剐下来……他惊恐地闭上双眼，等待那临死前的折磨。

这时，送人命急匆匆地登上台阶。他一眼就看出是张百顺，气得浑身发抖。他恨张百顺篡夺了自己的村长宝座，跟在孙猴子后头跑，没为姓宋的干过一件好事。他停住脚步站在门口，鼓起那双蛤蟆眼，凶横地举起手里的拐杖，就在他即将打下去的一瞬间，竹田大吼一声："呐尼？什么的干活？"

"他，他，打死他个混蛋！"

竹田摆了摆手，"你的，打人的不要！开路的！"

送人命顺从地收回拐杖，讪讪地离开了。

竹田作出一副和蔼的神态，走到张百顺的面前，轻声说："你的，害怕的不要。日中亲善，皇军是中国人的好朋友。你的是村长，没有跑掉的，良心大大的好。哎，先去那里吃饭吧，大大的米西米西的！"

一个疑团像鱼刺卡在嗓子里难受，张百顺的心里在盘算：鬼子真的不杀我啦？还是来个先软后硬想利用我当汉奸？他一下子捉摸不透。竹田这和颜悦色的背后，到底隐藏着什么呢？张百顺惴惴不安地顺着竹田手指的方向，在陈霸川的陪同下，去了烟雾缭绕的西厢房。

乌云笼罩着划船港，眼看天色已阴沉下来，一种紧张气氛正向这里压进。时间已近正午，太阳被乌云遮住。几只乌鸦落在老槐树上，"呱——呱——呱——"地叫个不停。

二蜡嘴和丸山带着浑身的尘土，屁股后头跟着的一趟护兵同时赶到。他俩把"尾巴"甩在院子里，直奔一零七联队临时指挥部。竹田听完报告后，走到八仙桌旁去查看地图。丸山、二蜡嘴、韩翻译等还有几个日军大队长和中队长也都一起围上来，对着那张驻地区域地图在小声比画着。

"南无阿弥陀佛！"胡大仙突然闯了进来。

"你的，哟西！请坐！"竹田扮出一副客气的样子，指着一把椅子说。

道貌岸然的胡大仙没落座，喘了喘粗气，说："孙广盛在板港子村，付区长也在那里。"

竹田急切地问："真的吗？在板港子的？"

胡大仙十分肯定地说："是的，绝对在板港子村。"

鬼子想合围却扑了空，几个人的脑袋仿佛都被一条无形的绳索牵动了似的，忽地一下子又扎到那张地图上。

是的，胡大仙说得没错。中午，孙广盛来到板港子南圩滩，检查地雷的埋设情况。他站在黄土墩上俯视着救命墩子村，见鬼子和伪军像蝗虫样的一片聒噪，在划船港街巷和港区窜荡着。宋家大院的门楼子上方，也飘起一面"膏药旗"。敌人已安营扎寨，宋家大院这时又成了竹田的临时指挥部。

三俊子把已布好地雷阵的区域逐一指给孙广盛看。范围真的不小，凡是能走人的地方，都已埋得满满的，足够小鬼子喝上一壶了。地雷大部分是从龙王庙及阜东兵工厂运回来的，还有一些是自己土制的，有母子雷、连环雷、梅花雷，还有吊挂式飞雷等。不用说敌人无法进板港子，就连一条小狗一只小猫也很难窜过来。唯独在东边的咸水沟子附近，留了一条秘密小通道，不晓得底细的人，就算有天大本事也无法摸得进来。为了便于跟踪监视贾福禄，朱铁匠特意把他安排到埋雷小组，这个任务就交给洪书。贾福禄心里也晓得，宋闯已被乡中队抓住了，但还未亲眼看见，他最担心的就是宋闯把自己也交待出来，整天魂不附体，心思焦虑得如同大洋河水一浪接一浪。他糊里糊涂地跟住洪书后头，在那条留下来的小通道旁埋了两颗地雷。

"哎，你把两颗雷埋到啥地方啦？"

"在这小沟子底下。"

洪书非常生气地说："那是留下来的一条小通道，不是都给你插上记号了吗？简直是瞎胡闹，赶快刨起来重埋！"

贾福禄没法，只好再跑过去挖起一颗，还有一颗就找不到了。他记得好像在地雷控制器土层上面还放块小砖头角做记号，可把附近找了两三遍也未见到。

实话说，贾福禄根本就没把心思放在埋雷上。他暗想：起初谁也看不清前面的路，跨了党脚踩两只船，就是想在双方都能混，谁都不把自己当外人。现在看来却是一心想抓两只兔，反而落得一场空。贪心没有好结果，这个幻想已破灭了。于是心里就发起了牢骚：刚才叫我埋雷，屁股一掉又要挖起来重埋，滚蛋去吧，反正又不关我屁事！

第七十八章

付扣宝侥幸脱魔爪
贾福禄阴险提往事

孙广盛和三俊子父子俩用手扳住松树枝，侧着身子从一处很陡峭的小土坡上过来。贾福禄听到后面有人说话，回过头来一望吓得半傻，感到日夜害怕的事情可能要发生了。不过孙广盛和三俊子只是看他一眼就走了，一句话也没说。贾福禄就跟在后面，想听听说了些什么。后来发现谈的不是他的事，心里顿时就踏实多了。

"老天啊，真是我贾家祖宗的保佑！"贾福禄暗自庆幸。

地雷埋好后，洪书带着埋雷小组的人，还有孙广盛父子俩直奔海慧寺。他们刚走到一条小路上，有个人顺着港边正急匆匆地赶来。当被发现时，他又慌忙躲进小树林里。三俊子大声喊："谁？"

那人答道："啊，是我！"

听声音很熟，孙广盛快步走上前去，这人慢慢地站起，原来是付扣宝。

孙广盛非常吃惊："噢，是付区长啊！"

付扣宝脸色苍白，三七开小分头已被树枝刮乱，更令人奇怪的是他上身穿件肥大僧袍，下身着一条白睡裤，浑身上下都是泥土。这身打扮他自己也感到很难为情，一边把袍子拍拍整整，一边不停地唉声叹气，接着又不自然地笑了笑，脱掉外面那件僧袍，略微折叠一下，就夹到胳肢窝里。

孙广盛问："咋回事？也出家啦？"

付扣宝苦笑笑："没得事，你们现在到哪里去啊？"

"再跑一圈看看，马上回板港子。"

"好，一起去吧！"

三俊子与民兵们走在前面，孙广盛同付扣宝在后头边走边聊。付扣宝脸上浮现出懊悔和气愤的表情，他长叹了一声，说："我大江南北都闯过，今天简直要在小阴沟里翻船。胡大仙差点儿把我卖给日本人，我就是死也咽不下这口气！"

孙广盛忙劝："遇事先冷静些，消消火气再说，莫往心里去！"

付扣宝沉默不语，有口难言地跟在孙广盛后头，顺着崎岖的乡间小路闷闷不乐地走着。过了一阵子他颓丧地说："唉，'棉花店里挂弓子——不弹（谈）'咯。真是遇到个晦气，一言难尽啊！"

孙广盛赶忙又问："究竟是咋回事？"

"大褂子撕掉了，就剩下个摆，还算是万幸的万幸。"走到小港汊旁付扣宝说，"饭后在方丈楼睡午觉，醒来时发现被反锁在寮房里。我惊呆了，知道不是好事，此地不可久留。于是，就像只猫儿从排门下面翻越栏杆，冒险用脚踩在挑出的椽子上踮点劲，以便从窗户里爬出来。当我拎着枪再去找胡大仙时，发现小鬼子来搜查了，可这家伙早已溜之大吉啦。"

付扣宝谈了个大概情况，一些具体细节都没有多讲。孙广盛心想：把一只雏鸟捏死在巢中，远比打一只飞翔的成鸟儿容易。胡大仙之所以要除掉他，是因付扣宝知道的事情太多。孙广盛说："我已提醒过你好多次了，早晚得被老贼卖掉，而你却还蒙在鼓里，一个劲地帮人家数钱呐！这究竟是什么原因啊？"

"唉，真是险险乎，教训太深啦，永世难忘！"

板港子三面环水，上次鬼子"扫荡"被烧毁的房屋还未修好。从周边村庄逃过来的群众，把个小板港子塞得满满的。前面洋高圩处有条小岔沟，水在潺潺地流着。有些拖家带口的，就靠挑着的铁锅和笆斗，在沟坎子的两侧歇歇脚，搭个简易的小草舍子，挖个灶坑支起锅，再抱来蒿子杂草生火煮饭。

一条南北走向的小河上有座独木桥，几根毛竹交叉捆绑着立在河里做桥腿子。碗口粗的树棍子一根接一根，从毛竹的交叉点上穿过，像条蛇从河北边游向河南。桥旁有根小酒盅子粗的茅草绳，顺着桥从这边拉到河那边，是供过桥人扶手用的，当地人称之为"爬桥"。

传说人们对这独木桥，有着难以名状的恐惧，走在桥上两眼不敢向下看，生怕河面上漂着个像"银洋钱"之类的玩意儿。而桥下的"水鬼"常变成"银洋钱"漂浮在水面上，谁要是走在桥上看到了，心一慌腿一软，说不定就会被"水鬼"拖去作"替身"。传说划船港一带有好些人已被"水鬼"拖过，以至人们一般都绕开或"爬桥"过河，连玩耍的孩子都离得远远的。

到了桥头子，付扣宝两腿开始摇晃。孙广盛说："来，我搀你过去。"

付扣宝逞能地说："不必了，我自己能行！"

孙广盛伸开双臂作平衡，踏上独木桥，像走钢丝样的一下子就到达对岸。

付扣宝弓下身子，双膝跪在树棍子上，两手在前支撑着，四肢并用一点一点地爬起桥来。当快到南岸时，也许是心里一慌，脚下一滑，"噗通"一声掉在岸边上。他爬起来跺了跺脚，说："唉唉，真是人越倒霉祸越多，差点儿失足掉下河！"

朱铁匠开了口："乡长啊，这小沟浜上挤的人也太多，起码有千把个。几间刚盖的茅草屋也已挤满。青壮年不成问题，可老人、妇女和小孩晚上都待在露天地里，海风吹，海狗子咬，蚊虫叮得没法睡觉。特别是那讨厌的小海狗子，看起来比灰星子稍大一点，陷在皮肤上的毛孔里，咬得像针扎的一样疼。还有一种花腰蚊子，叮咬后就是个疙瘩，痒得往肉里钻。虽说各村群众都有干部和民兵分工照应，但还是乱哄哄的，得赶紧组织一下划分好区域，这样就便于管理了。"

孙广盛采纳了朱铁匠的意见，立马作出决定："干部和民兵应明确分工，各负其责，不然就乱了套。你们几个人分头去通知一下，马上来开个会。"

"在哪里开？"

"就在这个草舍子里吧。"

朱铁匠去找人了。

孙广盛说："付区长，请你也一起参加，再给大家提提要求。"

付扣宝连忙摆着手，说："哎，不不不，我情况不太熟，话说多了又不好，还是你领着开吧。我的头有点疼。"

"那你就赶快休息。南边有个小草棚子，是设的临时指挥所，就先到那里去。"

付扣宝沿着小港边走到村头。他脑子里还是乱糟糟的，回想起下午那个险境，越来越感到心惊肉跳。他清楚胡大仙分明是要把自己反锁在寮房里，卖给搜庙的小鬼子而置他于死地。这次虽没有被害死，但也出了个大洋相，狼狈不堪的样子，影响要多坏有多坏。我付扣宝真是瞎了眼，遇到个活鬼。这一来，孙广盛和孙海光老讲我偏右，不是让他们说中了吗？不过他也确实佩服孙广盛，带着一帮穷小子打起滩涂湿地游击来，把小鬼子缠得没路走。我本来还是有点前途的，坏就坏在被胡大仙蒙住了眼。要不是他个老狐狸，怎会落到今天这地步！

付扣宝把自己的过错账都记在胡大仙头上，认为他老贼的阴险毒辣，使自己受了蒙蔽而一时失误。然而世界上没有后悔药，付扣宝知道再后悔也是徒劳的。胳肢窝里还夹着胡大仙的衲衣，他不解恨地使劲用牙齿咬住，再将手拽着往下撕，“刺啦刺啦”地撕碎成十七八块后扔地上，然后踩在脚板底连跺几下子，踢到河里随着潮水飘走。

付扣宝一边走着，一边在低头苦思冥想，冷不防路边的玉米地里突然冒出个人来，把他吓一大跳，不由得向后一退，再定睛细看原来是贾福禄。

老百姓都在逃兵荒，贾福禄没处去就躲在玉米地里。正巧遇见了付扣宝一个人，他就强作笑容拨开玉米叶子蹿过来。

付扣宝望着贾福禄，立即又想起孙广盛对他的怀疑。不怕一万，就怕万一，要是他真的脚踩两只船，干起偷鸡摸狗那玩意儿，我这个跟头跌得就更重了。付扣宝感到有点儿摸不着头高头低，打算先盘问一下再说，没想到贾福禄抢先开口。

“付区长，有件事我早就想给你汇报了，可一直没凑着机会。”

“什么事？不要支支吾吾的，直说吧。”

“孙广盛老是对我有疑心。”

“你有什么让人家怀疑？”

“我也弄不清楚，可就是猜忌我……”贾福禄说着又警惕地向四周看了看。

“福禄呀！”还未等贾福禄说完，付扣宝就用一种亲近的语气，说，“我是你的入党介绍人，为了你这个宝贝，孙乡长给我提了许多意见，上面也曾多次批评过，说我对你有偏爱。天在上，地在下，良心在中间，你可无论如何要讲实话啊。”

“放心，绝对的！”贾福禄贴着付扣宝的耳朵，说，“区长大人，您要相信我，不对您讲真话，我还能对谁讲呢？”

“不是我不信任，而是别人一提到你就个个咂嘴。”

贾福禄叹了口气，没吭一声

付扣宝沉默一会儿，郑重地问：“你脚踩两只船，又参加国民党啦？”

贾福禄大声说：“没有这回事啊。我又参加那个干什么？再说入了共产党，就不能跨党，这个我懂。”

“噢，你可不能像‘挑私盐的扁担没带钩——一头抹一头滑’，我听说你同胡大仙走得很近呐，又勾搭上啦？”

“这是无影造西厢，纯属胡说八道。我是请人家看病，他给我配了一些药，这算得了什么呀？哪个敢说自己吃五谷不生灾呐！”

“你与宋闯有来往吗？”

“没得。他去酒店喝过酒，我也曾小招待过。您老领导想想，做开小饭店这行的，来的都是客，全凭嘴一张，哪个去我不要客气点啊！”

“陈霸川同你关系怎样？”

“标准的个窝囊废，我怎能与他混在一块呢！”

“你说的都是真话？”

“头顶三尺有神灵。如有半点不实，我就对不起您，对不起老天爷，天轰雷劈没得好死！”

“共产党人不信赌咒发誓。你说什么都没沾边，这就奇怪了，那人家为啥老对你产生怀疑呢？”

“我晓得别人没这个想法，只有那个姓孙的，总是看不过我。”

“人家为什么老看不惯你呢？”

“咳，真是‘六月冻死老绵羊——说来话长’啊。孙广盛小的时候名叫五虎，他爹孙云龙把他卖给龙王庙姓武的人家，我是个中介人。这事传到宋仁明耳朵里，他往我手里塞一块大洋，叫我有意领着孙家小五虎从宋府门前走，没想到后来被抢去抵债。这个怪我不好贪点小财，凭良心讲是坑了孙家。实话实说，那时还没来共产党，再说已这么多年了，他也不应老记住过去的仇啊！”

“这段经历孙广盛知道吗？”

“晓得！哪有不透风的墙！”

“后来，孙广盛提过吗？”

“他要是早点说破也就好了，我肯定向他赔礼道歉。可就怕有仇不解，老是埋在心里，到时候在背后耍阴招。”

第七十九章

孙广盛布阵保卫战
徐树庭请命担重任

付扣宝低头沉思起来。起初他根本就不相信姓贾的有什么名堂，现在倒有点将信将疑了。提到孙广盛“记仇”，贾福禄又说得有鼻子有眼睛的，付扣宝就疑信参半地点着头，原来是这么一回事。贾福禄是个做小生意的人，他的话不能全信。但鉴于他与孙广盛过去的这一段，让付扣宝多少又信了些。没这事他怎说得起来？付扣宝决定给自己也留一手，对贾福禄的话不作明确表态，故意流露出一种既不太信任、也不太重视的样子：“你们之间的事情比较复杂，前五百年后五百年，陈芝麻烂谷子的，啰嗦起来没完没了，把我也弄糊涂嘞，还是抽点空子你俩直接谈，自个儿交换意见消除隔阂吧。”

“我怕他老戳我的蹩脚，有事没事地坑我。”

“你要是背着组织干了坏事，那就活该！你若是清清白白，就用不着害怕，他又不是那种不讲理的人。”付扣宝显得有点不耐烦的样子，迈着那不快不慢的四方步子，边朝前走着边说。

贾福禄紧随其后，不停地巴结着：“区长大人，听说宋闯也押在这里呢，那家伙像条刚吃过死人红了眼的疯狗，逢人便乱咬，您可千万不能把他的话当真呐。”

付扣宝掉过头，略显有点不快的样子，说：“我怎么能随便相信宋闯的话呢？你不要再说啦，有理莫怕势来压，身正不怕影子歪嘛。”

贾福禄挺了挺胸脯，说：“对啊，只要没做亏心事，半夜敲门心不慌。要是哪个再敢告刁状，看我怎样来收拾他！”

“行了，行了，你该做啥就做啥去吧。”付扣宝朝贾福禄摆手，继续向前走。

贾福禄未在付扣宝那里掏问到什么有价值的东西，心里还是没底细。他未料到的是付区长又摆起官架子，心里说不出是啥滋味。他挠挠头又磨蹭一段路程，觉得付区长实在没心思再搭腔，就讪讪地拐到路旁去。

付扣宝来到靠近村头的茅草棚子，发现挂在墙上用玉米胡须、艾草等搓成的火绳[①]，正徐徐升起一缕烟雾，空气中弥漫着一股驱蚊蝇用的艾蒿气味。付扣宝掏出一根卷烟，在火绳头子上点着便抽起来。他想在此歇一会。

一向比较冷清的板港子，陡然变得热闹起来。人们都警惕地不敢大喊大叫，但到处都可听到交谈的声音，偶尔还传来一阵婴儿的啼哭。敌人的“铁壁合围”，并没有把附近村庄上所有的老百姓都围到这里，也就像用双手在河边上掬水喝一样，不管你手指并拢得多紧，总会在指缝里漏掉一部分。在包围圈外的一些老百姓，因找不到藏身的地方，也都摸到板港子来了。其中约有二三十个老幼妇孺，在民兵网箍子的带领下，来到几庹长的茅草棚子前。

付扣宝觉察到一群人，大概是想占据茅草棚子，他赶紧上前阻拦：“干什么的？这不是住人的地方。走吧，走吧，快走吧。”

网箍子解释，说：“是孙乡长叫来的，让大家先蹲在这里。”

付扣宝有点不相信：“孙广盛？”

“对呀，孙乡长。付区长，我看你先到别的地方歇会吧。哎——乡亲们，快来呀，大家都进去吧，就是挤一点。”

人们一个接着一个地进了茅草棚子。

付扣宝双手抱肩地站在门外，听大伙儿在里面闹哄哄的，心中像塞个草把子似的又烦又乱。仰面朝天一看，只见空中浮游着一团团乌云。再放眼向东望去，大洋河外是一望无际的广袤滩涂湿地。茅草棚子西南角牛汪塘不远处，有几棵已挂果多年的梨树，一阵海风吹过，枝叶正发出“沙沙沙”的响声。付扣宝转过身，发现茅草棚子里已挤满了人，只好往村头走着，心里不免添了些担忧：巴掌大的小村庄，这么多老少挤在一起，敌人来了怎么招架？

孙广盛召集各村党员干部和民兵小队长、武装指导员等开了战前紧急动员会，把乡中队与自卫队、联防队、交通运输队等统编成“保卫划船港抗鬼子战斗队”，明确分工，各负其责，方方面面安排得井井有条。大伙儿纷纷表示，坚决服从命令，听从指挥，决不让一个敌人窜犯到板港子，誓死保卫划船港，人在阵地

① 火绳是用艾草、蒿子等搓成的绳，燃烧发烟，用来驱除蚊虫，也可以引火。

在。大伙积极旺盛的战斗热情，给了孙广盛巨大的鼓舞，随即他带领乡中队的各小队长，仔细察看周围环境，并询问了鬼子的行动情况。

板港子东边是大洋河，河面有上百丈宽，而西岸的河坎子又陡得很，敌人就是想泅渡过来，一下子也无法登陆上岸。孙广盛让铁匠们早打好大量的三角钉子，埋在河床的淤泥中，一旦敌人脚踩上去就会受伤。同时挑选出五十名身强力壮、熟谙水性的民兵和交通运输队员，采伐一批树木和荆棘，在特定水域设鹿砦、渔网。板港子南边的地形也很险要，站在黄土墩子上看过去，晒盐淌卤池子一眼望不到边，只有条唯一的丈把宽行人通道。孙广盛在这里布一个小队民兵，安排四挺机关枪，分两组火力交叉封锁，不管有多少敌人，只要敢来肯定得统统躺下。板港子西边的大荡滩，南北有好几里长，水深五尺有余。西北方向二三里远的地方，突出一个荡中孤岛高地，看上去像个卫士，在那里捍卫着这片水面。孙广盛也安排了两个小队民兵，将这里作为主攻的前沿阵地之一。

大高圪上的小高地，是通往板港子的咽喉要道，只要有足够火力将敌人压住，他们就是插翅也飞不过这道关卡。不过如果一旦失利，后退无路就将导致全军覆没。派谁去呢？同志们都静静地注视着。“你看哪个最适宜，到北边大高圪上去？”孙广盛轻轻地摁了一下徐树庭问。

实际上徐树庭早已深思熟虑，脱口而出：“好钢要用在刀刃上，三俊子是把快刀，让他去吧！但愿老天爷保佑，把大高圪牢牢扛稳。”

孙广盛立即更改：“不是老天爷，而是共产党的老祖宗马克思！”

三俊子是划船港乡民兵中队长，还兼蓝狐精英加强小队的小队长，这支队伍的战斗力最强，不过打阵地防御战，还是“大姑娘坐花轿——头一回”。指战员们都感到心里没底，但孙广盛觉得这是一场运动战中的局部防御战，而这个防御战是积极的，是为了吸引和钳制住敌人，给新四军主力外线速战速决创造条件，以最小的牺牲换取最大的胜利。我们应依照上级首长的指示，担负其所指定的任务。在这场战斗中，只要起到辅助作用就行了。打仗无非是一攻一守，只要有那股勇猛不怕死的劲头，不管是攻还是守都行！

三俊子听见徐树庭提到自己的名字，也看出父亲在费心斟酌，就挺身向前跨出一步，说：“把我们放到大高圪上去吧，保证完成任务，誓与阵地共存亡！”

打虎亲兄弟，上阵父子兵。孙广盛激动地说：“好小子，够种！这才像划船港的后生，不愧是我孙广盛的儿子！人常说，好马配好鞍，好刀配好汉。除了蓝狐精英加强小队外，我再给你两个小队的人手，六挺机枪和六门土炮都给配上。

不过,老子要把丑话说在前头,大高圪阵地上的任务很重,你小子得悠着点,可千万不能掉链子。预备队不到山穷水尽万不得已的时候,是绝不会动的。这场战斗,能否起到四两拨千斤的作用,就看大高圪这个关键节点啦!”

三傻子铿锵有力地回答:“放心!你儿子在阵地就在,你儿子不在阵地还在!”

零星的枪声从四面八方传来。派出去的几路侦察员陆续跑回来报告。

“西南海慧寺附近的伪军,正朝着板港子方向运动!”

“北边的灶头沟发现鬼子骑兵!”

“南面的敌人正在一处晒盐场子上集结!”

一切迹象表明,敌人已陆续合围过来了。每个人的心里都很清楚,一场大战、恶战就在眼前。

临上阵地前,所有参战人员在孙广盛的带领下,来到柏大喜的坟墓前。他目光炯炯地环视着同志们,没有高额悬赏,没有豪言壮语,只有简短而有力的几句战前动员。孙广盛那激情豪迈的语言,震撼着每个指战员的心。

“同志们,抗鬼子是一场正义的战争,最终赢家一定属于中国人民。今天划船港保卫战这一仗,敌我双方力量对比悬殊巨大,乡中队将面临生死存亡的严峻考验。看来我们这次可能都回不来了,请所有同志临上阵地之前,都要留下生日时辰,做好战斗中壮烈的准备。为保证革命火种在划船港永不熄灭,保存乡中队未来的战斗力,让后生们把打鬼子的故事讲下去!现在我宣布,没年满十八周岁的不得参战,家中独子的不得参战,刚结婚还未生养的不得参战,父子多人的由父亲参战。养花一年,赏花一日。眼前这出戏,要看谁能笑到最后,那谁就是戏的主人……”

接着,孙广盛声音洪亮地说:“我再重申一遍,这次战斗我们的任务不是为打赢眼面前的敌人,而是拼命拖住小鬼子一零七联队的后腿,给新四军三师主力部队攻下瓢城争取宝贵时间。另外,还要保住划船港几千乡亲的生命安全!”

孙广盛将手一挥,高声喊:“同志们,能不能顶住?”

“能!能!能!”大家异口同声地回答,声震船港,威扬海涂。

随后,民兵们全体肃立,默哀三分钟。民兵小队长都带着各自的队伍,各就各位跑步向指定阵地奔去!

孙广盛对副中队长徐树庭说:“我就留在这儿。”

“不行!‘帅不离位’,你是队伍的主心骨,是这场保卫战的总指挥。没有我可以，但不能没有你，我必须对你的安全负责，就让我留在这前沿阵地吧。”徐树庭严肃认真地回答。

“这地方肯定是敌人的主攻目标，而我们现在还不清楚，到底要防御到什么时候。”

徐树庭有点着急了：“防御多久也要顶住，当然更不能把敌人顶跑了，快回你的指挥位置去。我留在这里顶，你就放心吧！”

孙广盛握着徐树庭的手：“估计敌人吃过午饭就有可能发起进攻，这个地方是重中之重，你必须全力以赴把敌人顶住。重任在肩啊，那就拜托啦！”

徐树庭坚定地回答：“请放心，保证完成任务！”

第八十章

陆三凤奉命送口信
识大局请战上高圪

半阴半阳的天，时而明亮，时而阴暗。滩涂湿地上被惊扰了的麻雀、鹧鸪鸟儿及海边上成群的海鸥等，老是不安地在头顶上飞来飞去，还“叽叽喳喳”地叫个不停。孙广盛向前走着，心潮翻滚：乡中队自组建以来，队伍里划船港的三百多名优秀儿女，在革命最为艰难的岁月里谁也没开小差，都能同仇敌忾勇猛无私。他相信，这支队伍有杀敌经验，也有一定的战斗力。经受战争锻炼的兵民，定能构筑起抗日的铜墙铁壁，形成来犯小鬼子葬身的汪洋大海。

每临大事有静气，稳住阵脚心不慌。在大高圪头子附近，孙广盛遇到三俊子正带着蓝狐精英小队，由南向北在小沟子里运动。一张张严肃的面孔，从孙广盛的眼前闪过，他站到一个土包上，久久地目送着这些勇士们，直到一百多名健壮身影都登上平地凸起的大高圪。孙广盛知道：这场战斗可能很残酷，民兵们将首当其冲，为消灭盐东境内的敌人，为革命的全局性胜利，划船港儿女付出再大牺牲也是光荣的，都是值得的！

孙广盛回到了板港子，在一条干涸的小河浜上走着，忽然后面有人喊了声：“孙乡长！”一转身，发现朱铁匠正朝他走来，后面还跟着个中年妇女。孙广盛觉得这女人还有点面熟呢，仔细一看眼睛里闪出了光亮，原来是陆三凤。不禁一阵惊喜，快步迎上前去。

“哎！怎么会是你？”孙广盛激动得差点儿语无伦次。在这大战来临之际，他真没想到还会遇上爱妻三凤。

“不欢迎啊？”陆三凤目光像一对飞蛾似的，在孙广盛身上不停地转悠，转着转着脸上就泛出红晕。

“我哪敢啊！”

“哈哈哈……”三人笑成一团。

陆三凤穿着便装，一副当地中年妇女的打扮，汗水顺着黝黑的脸颊直往下淌。

“真神呐，你是怎么摸进来的？”孙广盛问。

“将假发裹个乌溜溜的小鬏，膀子上扛着半箬子炒花生，乍一看，像个地道的划船港小大妈，绕大洋河边上找空当钻进来的呀。噢，你忘啦？老少皆知的瓢城民谣里，就有名不虚传的划船港大妈。”陆三凤嫣然一笑风趣地说：

老厦滩的棉花，色泽如银。
下水港的条虾，肉嫩味美。
陈家洋的烧饼，香脆爽口。
三尖港的西瓜，瓤红沙甜。
伍佑场的麻花，嘎嘣透酥。
划船港的大妈，俊俏能干，会当家……

“我说你们这些大男人呐，就不要小看女同胞嘛，现时民主政府男女都一样，妇女能顶半边天！”

孙广盛微笑着点点头，话锋一转切入正题：“我绝对没有大男子主义的意思。行了，行了，就不讲那些啦，现在谈正事吧。看来这场保卫战，在防御上还是有漏洞的。”

陆三凤说：“真的太难啦。要不是我从小爬遍这些大堆小圪，钻熟那些沟沟港港，就是摸死了，也莫想进得来。开始想从北面进，那沟头子有鬼子骑兵，后来又转到南边，谁知闯到了伪军的阵地……我这次是县委孙书记和施副师长派来给你送信的。”

“噢，哪信呢？”

“怕在路上出问题，首长叫我直接口头传达。”

“好，那你就赶快讲吧。”

“首长指示你们，一定要坚持到明天早上。今夜主力三师二旅五团及八旅二十二团，将跳到大洋河湾子以西沿线，明天拂晓前后战斗准时打响。”

孙广盛说：“这个没问题，让首长尽管放心，我们肯定能坚持到明天早上。”

陆三凤继续说："施副师长讲有个加强营，就是我部四团孙参谋长带队的，早已运动到东北方向去了，就隐藏在敌人的后头，万一这里顶不住，将从背后打过来以钳制住敌人。"

朱铁匠在旁插话："首长想得可真周到啊！"

"不过那是万不得已，敌人如发现这一带有主力部队，就会很快缩回城里，再想诱敌深入就比登天还难。孙书记还特别嘱咐，竹田下面的每一步行动，肯定会更加小心谨慎，一定要设法拖住他，不能让他夜里跑掉。"

"是的，敌人这次要是溜了，想再引出来，那就难上加难。"孙广盛说。

朱铁匠连忙补充："看来摆在我们面前的是双重任务，既不能让敌人跑掉，同时还得把敌人顶住。"

孙广盛十分明确地说："也就是叫小鬼子一零七联队陷在划船港，使其进退两难，天亮时让新四军主力赶来收拾。"

陆三凤眼里放出关切而体贴的光芒："对了，这就是首长的意图。任务可非常艰巨啊！海生——噢广盛，有难处吗？"

孙广盛瞥了陆三凤一眼，接着就转身双手背后，一边来回踱步，一边放任思绪，凝望着北边的大高圪，一个巨大的问号像把镰刀，沉沉地挂在他的心上。陆三凤和朱铁匠也随着朝大高圪望去。

"如说没困难，那是宽人心的话。北边的大高圪，是我感到最吃劲的地方。乡中队过去都是在滩涂湿地上打游击，就像拿棍子打狗，边打边走。打得赢就打，打不赢就跑，从来没与敌人硬拼过。打阵地防御战，凭实力与敌人比悬殊太大，是得不偿失的，弄不好杀敌一千自损八百。乡中队都是些划船港土生土长的后生，没多少人经历过面对面的实战，不少人连防御工事怎么挖也不知道。当然，不管遇到什么情况，都要设法钳制住敌人，迟滞敌人前进，消耗敌人实力，为大部队争取时间。"

陆三凤听了丈夫的分析，脸上显露出坚毅的神色，说："在女兵班当战士和班长时，我曾多次参加过防御战的后勤队。接着当通信排长也参加过集训，又常去阵地上传达首长命令，多少知道一些打法。"

朱铁匠抢过去问："你现在干的什么岗位？"

"去年秋上开始，转为团司令部通信参谋。"

孙广盛又关切地询问："你脚上伤好了吗？"

"早好了，就是下雨阴天有点隐隐疼。广盛，只有上不去的天，没有过不去的山。比山高的是人，比路长的是腿。让我到大高圪上去吧！”

面对陆三凤的请战，孙广盛陡然愣住了，他两眼瞪着陆三凤，不知如何是好，那是最危险的地方啊！

三凤见广盛犹豫了，就急切地板着脸，说：“出发前，首长还指示，若我返回有困难，就留在阵地上与同志们一起参加战斗。”

“首长真是这样讲的？”孙广盛问。

三凤点点头：“军无戏言，还可增加一份战斗力呢！人多出韩信，智多出……出——‘凿壁偷光’，请你猜个《三国》中的历史人物。”

“孔明！孔明呗！”孙广盛脸上堆起可亲笑容，脱口而出。

朱铁匠嘴边挂着微笑，说：“留下来那是求之不得，但也不能让你上大高圪。”

一股崇高的革命感情像汹涌的黄海波涛冲击着陆三凤的心房，她幽默风趣地说：“百年难遇同船渡，千年修得共枕眠。小三凤能与五虎哥成为夫妻，全是您朱老师傅带来的万年缘分，一定要懂得彼此珍惜。再说，作为从划船港走出来的一员，哪里需要就应到那里去。没工夫再迟疑了，就这样决定吧。”

孙广盛强烈地感觉到：站在面前的陆三凤，已不是过去放牛挖野菜扫磨房的小黄毛丫头了，她已具备一个革命战士应有的气魄和胆识。作为自己的妻子，能在这关键时刻站出来勇挑重担，既为她骄傲更为她自豪。

“好，那就请你这个‘穆桂英’来挂帅，出征大高圪吧！这不光是增添一份战斗力，更重要的是你从小就对板港子熟悉，有你和三俊子及四表侄树庭（副中队长）协同指挥，我就更加放心了！”

“我们负责把敌人死死地顶住，你的任务是不让鬼子跑掉……”陆三凤说完，带上几个民兵，迈开大步向高圪头方向进发。

孙广盛和朱铁匠踏着泥泞的小路，朝板港子村里走去。小牛领几个儿童团员，扛着红缨枪越过前面一条小河，钻进坡上的玉米地里。

朱铁匠向那边望了望，说：“有人常去偷玉米棒头，我叫儿童团有空看着点。老百姓也应跟部队学点儿《三大纪律八项注意》啊。”

孙广盛赞同地点了点头，在一棵杨树旁两人分了手。

一种战前的紧张气氛，笼罩着这黄海滩头的小村庄。在村里唯一的那条中心路上，民兵和支前民夫络绎不绝，人们来去匆匆，有的扛着捆绑好的担架，有的用独轮车推着弹药等。沟浜上有些群众在搭临时防空掩体棚子，还有些人放下挑着的铁锅和笆斗，在沟边上用泥坨头支锅搞起野炊。

孙广盛走在中心路上，支援前线铁心打鬼子的乡亲们，都向他投以敬佩的目光，年长的叫一声“五虎、海生、广盛”，年轻的喊一声“乡长、大侠、五爷”，孙广盛也非常亲切地举手向人们打招呼。

被敌人挤压到板港子的乡亲们，大家心里明白将有一场恶战，但他们都知道，若能把敌人吸引住牢牢地拖在这里，新四军就会在大洋河湾子附近打一场漂亮仗。因此，为了革命的大局，划船港乡亲们不论男女老少，个个都抱着一种自我牺牲精神，决心与敌人拼命到底。但没有人知道新四军的加强营就策应在附近，以便在这里万一吃紧时来解危。孙广盛起初打算把这个部署先传达到村干部和民兵小队长、武装指导员，来缓解一下同志们的精神压力，当他看到大伙儿这种决死抵抗的劲头，那旺盛的战斗情绪，想法很快又被打消了。再说，这么重要的事情，当然是知道的人越少越好，谋成于密，败于露。

第八十一章

板港子放话审宋闯
圪头上监视三班转

陆玉桂老夫妇在村头沟浜上支起灶台，给民兵们烧水煮饭，盐蒿子秸秆当草烧，没干透有点儿烧不着，陆玉桂正蹲在土坯灶前弯着腰伸长脖子引火，陆二妈把烧的开水舀到桶里让民兵挑走，然后就再去附近井台拎水。

“妈！”

“唉，海生来啦！”

孙广盛不想把陆三凤回板港子的消息告诉丈母娘，担心让她老人家添牵挂。现时他唯一思考的就是如何把敌人吸引住，而又不让其攻下板港子。

“妈，陆家墩子交通站离人行吗？”

“你爹又带了个徒弟，就是西边隔壁看篷车的小伙子叫潘汉山，春上我俩也已介绍他入了党。近来，小潘单独有几次都能准时准点把情报送到位，现在由他替你爹代班呢。”

孙广盛看到丈母娘人已瘦了一壳，知道她总是起五更睡半夜忙碌操劳，顺手帮老人把水淋淋的吊桶从井下提起。陆二妈连忙扒开他的手，说：“你去忙正经事情吧，这个就让妈自己来。”

孙广盛明白丈母娘这样不仅是出于关心，更是考虑到这场战斗，他深情地看着丈母娘笑笑，说：“妈，那我就先走啦。”

孙广盛去了南边，在墩子上茅草棚子附近又遇见付扣宝。

二人边说边漫步出了村口，走下一段小斜坡，绕过那片槐树林，来到一口长满芦苇的池塘边上。

毕竟是秋天了，芦苇已长出灰白色的花穗，在海风中摇曳。孙广盛把上级首长的指示精神、对板港子的兵力部署及指战员们和群众的情绪，都详细向付区长作了汇报，付扣宝脸上流露出焦虑的神情，忧心忡忡地说："既然陆三风能摸过来，那就说明敌人也能钻得进。那么多老百姓都挤在这里咋得了啊？赶快准备组织转移。"

"不能！"孙广盛摇头，说，"大白天往哪去？就是转移鬼子也会跟在后头撵住打，那肯定要遭受大的损失。若转移得无影无踪，敌人就会返回城里。"

"哎哎，这才巴不得呢，不是更好吗！"

"你怎么能这样讲呢？费九牛二虎之力才算把敌人从城里引过来。'黄鳝'游到跟前没逮住，进了窟再想捉就更难啦。"

"你既不想让敌人咬住，又不愿让其跑掉，这不是自相矛盾吗？"

"一点也不奇怪。打仗嘛，保存自己最有效的办法，就是千方百计地消灭敌人。划船港的老百姓一定要保护好，乡中队可能要受点损失。即使是丢卒保车，局部作出一些牺牲，也是为了整体和全局的胜利。"

"照你这么说，敌人的进攻重点在北面，能顶得住吗？"

"能，肯定能！我再重申一遍，严阵以待，决不挂免战牌。"

付扣宝的心绪像滩涂湿地上被秋风吹摇的芦苇，显得有点干枯而零乱。他明显有一种衰败的感觉，甚至好像自己将要葬身于此一样。他认为敌人如若包围了这滩头村庄，小小的乡中队和一些当地群众，无论怎样都是招架不住的。他本想离开这危险境地，但又怕有人说他是懦夫。特别是在孙广盛眼里，毫无疑义地会视他为逃兵。看到孙广盛坚定自信的神态，付扣宝在钦佩的同时又很怨恨，要不是某人这么能干，孙海光咋会小看我呢！孙广盛躺下来是猫，站起来是虎。我可不能让他随便……付扣宝越想心里越纳闷，把一肚子怨气都埋藏心灵深处，脸上依然挂着微笑："好，你真有这个底气，我也就放心了。"

英子从村里气呼呼地跑来，人还未到他俩跟前，就像搂机关枪样的开了火："宋闯这条扶不上墙的癞皮狗，油盐不进顽固得很，死活不承认自己是汉奸，偏说他是为曲线救国。问他同贾福禄有什么关系，光冷笑一句话也不讲。"

付扣宝脸色陡然冷下来，说："简直乱弹琴，现在是啥时候啦？还有心思问这个！"

孙广盛对英子说："你问他怕不怕死？要是再顽抗，那就……"

"对了，正好现在人手又不多，可经不起这样耗下去。与其费心劳神的，还不如把这个汉奸一枪毙掉，省得以后添麻烦。"英子把握紧的拳头向下一划。

“先组织乡亲们来斗。”孙广盛严肃地说，“再不老实交待，下午就开公审大会。把他交给老百姓，不管什么妖魔鬼怪都怕群众。”

“哎哎，不能急。”付扣宝连忙摆手，说，“英子也别忙走，你先等等……”

英子冷漠地白了付扣宝一眼，掉头返回村里。

“现在是蛇拱进屁眼里没手抓，哪还有工夫去折腾这个？”付扣宝两眼直盯住孙广盛，很不满意地带着埋怨的口气说：“敌人快要进攻了，你还有心思去开群众大会！”

“审讯汉奸特务，开公审会也是对敌斗争的需要。”孙广盛说，“敌人来了，有乡中队顶住。浪再大也在船底，山再高也在脚下。你放心，不管多大事由我扛着，天是绝对塌不下来的！”

付扣宝无语，只好转了个话题：“你常怀疑贾福禄有问题，弄得他心神不宁，这不好啊！”

“要想人不知，除非己莫为。不是怀疑的事情，而是他真的有问题。要是出卖了组织和同志，那他的罪过就更大了。”孙广盛说。

“哎！宋闯是个属狗的，逮住人就乱咬。他嘴里瞎说八道，可不能轻信。”

“舌头是肉长的，事实是铁打的。逼供与事实永远对不上号，你相信我们不会冤枉一个好人。”

付扣宝低头沉思一会儿，然后很严肃地说：“广盛同志，我又要说你了，当然事情的经过也不一定就那么准。听贾福禄常嘀咕，说你早已看不顺眼，跟他记过去的仇。其实那些事已时过境迁，不能再长江黄河的老记在心里了。”

孙广盛听后瞪大两眼看着付扣宝：“记仇？记什么仇呀？”

付扣宝说：“也就是你小时候被卖给人家那会，途中不是让宋府里抢去顶债的吗？这是贾福禄做的手脚。他欺骗了你父亲，同那宋恶魔偷偷商量好，在路过宋府前派人把你抢去，他得了一块大洋的好处费。当时，贾福禄毕竟是个毛头小伙，可以说还没有懂事呢。”

这陈年旧代的事，孙广盛确实是第一次才听说。他脑子一转，立刻打了个问号：贾福禄有话为啥不当面锣对面鼓地直说，而偏要在背后向付区长交待过去的问题呢？这毫无疑问是在转移视线，以此来给自己打掩护。这种卑鄙龌龊的无耻手段，与陈霸川当初的做法有点相似，而付区长对这无聊小报告还加以庇护。想到这里，孙广盛更提高了警觉性，冷静地说：“我长这么大个人，还从未听说过发生此事呢！同贾福禄究竟有没有仇，这就不用说多少了。”

孙广盛对付扣宝已完全看透。凡是能同孙广盛联系上的一些歪嘴经，付扣宝听到风就是雨，见毛就是鸭，抓住一鳞半爪，就凭主观臆断去代替客观事实。孙广盛已没心思再与付扣宝继续争论下去。他现在最着急的是鬼子为啥迟迟没动静。

异乎寻常的沉寂使孙广盛心情不安，他站在黄土墩子上，遥望北边大高圪和西边的荡中孤岛，紧皱着眉头对付扣宝说："再去西边看看吧，敌情是否有新的变化？"

这时的付扣宝，好比遮住太阳点灯笼，倒掉蜜浆盛水喝，实在心不甘情不愿，无奈地说："嗯，就不再费口舌了，那去就去呗。"其实他是不想去，可又无话推辞，只好没精打采地跟在孙广盛屁股后头，一路无语地去了村子西侧的荡中孤岛。

洪书和海燕带领民兵监视救命墩子村方向的来敌，就隐蔽在圪头旁的草丛里。六个民兵分成三班倒，用芦柴棒子插在地上，看太阳影子做记号，再点燃几炷香烧着计时辰，歇班的人就和衣躺在草地上休息。

骄阳似火，酷热难当。民兵们有的取来柳树条子，做成防晒的柳帽圈儿戴头上，既遮阳又隐蔽。有的用芦叶卷成一头粗一头细、喇叭筒子状的芦笛儿玩。芦笛吹得最好的要数大户人家淘气跑来当民兵的汤阿四，有时兴致来了，阿四一连能吹上个把时辰不停嘴。他吹芦笛不但能模仿出滩涂湿地上飞禽走兽的叫声，还能吹出乡亲们都熟悉的歌曲。听说阿四的老婆梅大妹，就是被一首爱情诗歌《相思曲》吹来的。去年春夏之交，几次逃婚已三十出头的阿四还是条光棍，一有闲空便吹芦笛，以排泄心中的愁苦和孤独。天晓得阿四哀怨委婉的芦笛声，打动了划船港渡口附近糖船上十七八岁的梅氏姑娘。只要阿四悠扬的芦笛声一响，大妹就扰着糖盘子往芦笛声处跑。这事很快被梅父发觉了，他把闺女反锁在船上，再将糖船停泊在大洋河中心。但如泣如诉的芦笛声，还是越过了船篷上的窗棂，飞入姑娘的心房。她扒掉了窗户，一口气游到大洋河东岸，尾随芦笛声跑到阿四身边。一个有情，一个有爱，眉来眼去的。姑娘心里像有头小鹿，"蹦蹦咚咚"地要跳出胸膛。她嫣然一笑，说："黄花大闺女，就这样不明不白跟相好的野男人私奔，把划船港人大牙笑掉没布兜哩。"阿四说："不碍事，过去老古说男女授受不亲，现在提倡自由恋爱。这叫头要戴帽子，帽子也要有着落，两厢情愿，情投意合。"后来梅父心想：桃子熟了总要脱落，早脱落树也早轻松，只好叹了口气，说："唉，真是女大不宜家中留，留在家里作怨仇。现在木已成舟，生米煮成熟饭了，还有啥说喃……”

天近中午，带的干粮玉米面水饼刚吃过，海燕喊口渴要急着找水喝。洪书关照民兵们：“半个时辰轮换一班，随时掌握敌人的动向，如发现有新情况，就立即‘嘟嘟嘟’吹三声芦笛。我陪海燕去西南上塘里找水喝。”

一到水塘边上，几条游上水面透气的小鱼，搅起不大不小的涟漪。“咕呱咕呱”乱叫的青蛙，受惊后陡然都安静下来，“滴笃滴笃”地从岸边上跳到水里。几只花喜鹊在水塘旁的树上嬉戏，从这枝头跳到那枝头……

洪书的呼吸渐渐变得急促起来，看着那模样儿，海燕预感到接下来将要发生啥事情。她刚准备转身离开，却被铁箍似的臂膀搂住。她没有挣扎，知道洪书对她好，可一直没有办法回报，她接任英子任村妇救会主任后，身为民兵小队长的洪书哥哥，有空闲就教她学文化。晚上开会、上识字班夜校和执勤迟了，都是洪书手搀手送她回家……其实，洪书早已是她生命中的另一半了，她实在不忍心就这么无情地拒绝。顿时，她感觉到浑身一股暖流在涌动，在男人特有气息的推动下，这股暖流在拼命地往上涌，涌得她心跳像小兔子在撞墙，涌得她几乎无法自制，涌得她浑身微微颤抖，腿子一软就顺势躺在草丛里……

第八十二章

讲大局怒斥付扣宝
老竹田臆想降大侠

太阳像火球悬在半空中，沿海滩涂湿地上酷热难当。数不清的海鸥在头上翻飞，像雪白的纸片随风飘舞，偶有海燕似黑色闪电从眼前穿过。不远处传来秋蝉的嘶鸣，各种鸟儿的阵阵啼叫，给本来就燥热的气氛又添几分烦闷。

孙广盛来到圪头子上，问："有新的情况吗？"

"指挥部那里鬼子刚吃过午饭。接着又吹起哨子，一个劲地喊，'阿兹马雷（集合）——阿兹马雷——'看样子像要走，不晓得为什么又停下来，那门楼子上的'膏药旗'，也已降了。"洪书回答。

孙广盛用望远镜看了看，只见敌人都集中在街上的阴凉面，三人一搭五人一伙像拉屎一样，这里一摊那里一堆地蹲着。特务的几辆日制"M"型自行车已架在路旁，小鬼子把牛皮包也背上肩。看着这情景，孙广盛心里不禁打起问号：怎么啦？是不是想撤兵回城？好不容易把鬼子引出来，万一再真的撤回了，那可怎么办呢？新四军精心策划的"秋季攻势"不是就泡汤了吗？再说，在秋收之前不把敌人消灭，老百姓就很难安稳地把到手的庄稼收起来，一些出海捕捞作业的渔船及从事海上运输的船只，就无法收船进港进行交易。一年到头的劳动果实如被掠去，部队的粮食供应、乡亲们的生产和生活，在今冬明春就会出现很大困难。一种强烈的责任感，使孙广盛意识到：必须想办法牵制住敌人。

孙广盛站在一棵松树的阴凉下，目不转睛地盯着救命墩子村，想到竹田也是个一点就着的炮仗性子，有时容易动肝火，就像一条性子刚烈的藏獒，你越是不停地向它挑逗，它就越是对你狂吠，要是你把那打狗棍伸过去，它会一口咬住死也不松。想到这些，他觉得不能再等了，多等一点时间就多一分危险，只有行动起来才会抓住机会。

孙广盛打算激怒一下竹田，让老鬼子发狂、发疯。他细心琢磨着对付的招数，但能否达到预期效果，心里却没得底。他掉过头去，抱着试试看的心理，与走过来的付区长商量。

付扣宝坐在石头上，身子斜倚着树干，听孙广盛把想法一讲，陡然冷下脸来。他瞟了一眼，说："带兵打仗，又不是盲人摸象，正儿八经的事可不能闹着玩！"

"对啊，这绝不是闹着玩，而是责任的重大！只有设法把竹田惹火了，才能再拖延他的时间。我们不能坐在这里死等，万一把敌人等跑了咋办？"孙广盛一本正经地解释。

付扣宝把叼在嘴里的狗尾巴草"噗"地一下吐出去，眼睛向上翻了翻，说："哪有多少本钱与小鬼子玩命？敌人跑掉了更好，不是正逗我们劲吗！"这句话让孙广盛心头一阵颤抖，上级意图已向你讲得一清二楚，而你这区长咋还盼着敌人撤兵呢？孙广盛说："若敌人真的撤退，就等于宣布新四军主力在划船港的'秋季攻势'失败！"付扣宝站起来，脸色铁青，用颤抖的手指着孙广盛吼："你也有点太不识时务了，给根杆子就往上爬，你不能把民众往火坑里推！莫拿划船港几千老少的性命当赌注，这是绝对输不起的！"孙广盛又急又恼，声音沉重而气愤地质问："亏你还是堂堂的区长，在你嘴里竟能说出这样的话来，我已给你足够的面子。难怪你老是消沉得像个瘟神，根本就不相信这支农渔民打鬼子武装，脑子里没有全局观念！新四军的加强营就在我们背后，上级讲得很清楚，如这里出现险情立马投入援助。为了打鬼子的整体利益，难道我们就不能作出点牺牲吗？乡中队已集体举手宣誓过了，随时准备为划船港保卫战而'光荣'！"

孙广盛的话像把钢刀一样，毫不留情地直插付扣宝的心灵痛处。付扣宝喃喃地说："凭你们小小的乡中队，还不够人家塞牙缝呢！好啦好啦不说多少，我承认是胆小鬼、怕死鬼。孙海光同志不是讲等打完这一仗，要专门开我的会吗？本区长在耐心地等着，到时该做检讨的我决不攀比旁人。"

孙广盛深知付扣宝是花岗岩脑袋，思想顽固不化。但在他处境不利的时候，也会做出点让步，屁股一掉稍微有点机会，却又犯起老毛病。

"你不知已检讨多少回了，可就是老改不掉。"

"够啦，够啦，谁是谁非现在还说不准！你想咋办就咋办。若能找把梯子就赶快爬到天上去吧，以后不管什么也不要再请示嘞，耳不听心不烦。搞军事这一套,我什么都不懂,就是你精!”

孙广盛重复着这句话,心知肚明付扣宝是在对自己的讽刺和挖苦,完全明白这话里隐藏着的轻视和嘲笑。他想起付扣宝以前曾说过的话:“屙屎把胆屙掉了,不晓得天多高地多厚,谅你这个‘野路子’走出来的,咋也不能跟我正儿八经上过堂堂陆军军官学校的比……”这些挂在嘴上自吹自擂的话,孙广盛永远也不会忘记。

心病无药医。付扣宝的自傲、狂妄和蔑视别人,是由他所走的路线所决定的。他不是排斥所有的人,也并不是完全看不起别人,而像贾福禄和陈霸川等,他不是觉得挺好吗?他的爱憎是分明的。

孙广盛知道,同公开的敌人作斗争,比起同暗地里的内部斗争要容易得多。对待付扣宝这种人,在重大原则问题上,只能是针锋相对。如对他稍微有点儿让步,哪怕就是出于礼貌,而表现出一点尊重和谦虚,他就会不知好歹地得寸进尺。眼下没时间与他打嘴仗,最要紧的是如何设法下剂猛药来刺激竹田,不能让其再撤回城里。

看着付扣宝那种德性,孙广盛的脸上忽青忽白,竭力地强压着自己心中一团怒火。他登上黄土墩子的最高处,看到黑乎乎的瓢城方向和蜿蜒的大洋河,东南方向的划船港更是看得一清二楚。

孙广盛皱着眉头,目不转睛地俯瞰大洋河东救命墩子村,看着思忖着心里渐渐拿好了章程。他叫来洪书,问:“你估计敌人到底想干什么?”答:“以我看情况不妙,小鬼子可能想溜了。”孙广盛没吭声,略微将脸侧点过去,凝视着那棵高大的五针松。心想:请将不如激将!让我来激一下竹田,也许能搞出点名堂。这是通常用的一种“激将法”,不妨来个落井下石试试看,即使不能促使竹田蛮干,也能滞留住一段时间。孙广盛对洪书说:“你赶紧去板港子,派人把鹤影里的花小网子吹奏班子再喊过来,锣鼓家伙和大喇叭、唢呐都带上。另外,通知一下朱铁匠,找两张芦苇席子,在上面写好字,要写得大胎胎的醒目些。”

“搞得那样热闹做什么?”洪书有点摸不着头脑。

“眼看敌人犹豫在那里,什么都不理睬准备下小溜,而我们一心想拖住,就形成‘剃头的挑子——一头热’。这样做目的是冲着竹田,用个‘激将法’有意来刺激一下。只有设法子激怒竹田,敌人才会死心塌地不走,而我们就好出手拖住,让新四军主力赶来扎紧口袋一网打尽。这在《孙子兵法》中,叫作‘怒而挠之’。”孙广盛说。

洪书心中一阵窃喜："五伯父，这么说我就懂了！有道是山不转水转，水不转人转。只要人的心念一转，逆境也能变成机遇，怪不得有请将不如激将的说法。哪，写什么字？"

孙广盛又贴住洪书的耳朵，叮咛几句。洪书点点头激动地说："这下可打破沙锅璺到底，已全明白喽。好，您放心！"只见他身子一转拔腿就跑。

此时的竹田，焦急得像热锅上的蚂蚁，不停地在屋内来回踱步。

一切情报显示，孙广盛和他的队伍都在板港子。

敌人也侦察到板港子东边是以大洋河为防卫的一道天然屏障，南边必走的"华容道"已埋了大量地雷，西边和北面都做了重点防御部署，这表明孙广盛要固守在板港子。

竹田嘴上不说，心里却不得不承认：跟支那农民军在滩涂湿地上打游击战，皇军是大大的不行，统统输了输了的。但要是局限在一个区域，摆开阵势拼实力硬打，孙猴子的胜算不大，觉得拿下板港子还是有把握的，不论是从北面还是西边，来上一阵子炮火的猛轰，用不了多大力气就能攻破，可现在他也学乖了，一般不敢轻举妄动。

竹田在苦苦思索，过去孙广盛同他老在滩涂湿地上周旋，今天为啥一反常态固守板港子呢？他很担心这背后可能有什么新名堂，是否又玩起"调虎离山计"，要来个声东击西"包饺子"呀？他忧心忡忡，于是，一方面把围在板港子北面和西边的部队都撤回头，在大洋河湾子摆成个弧形阵势，以防新四军主力突然袭击从两翼包抄。另一方面命令二蜡嘴派回部分伪军，在瓢城周边作侦察性游动，以防城里的老窝被偷袭。根据前几天的情报显示，新四军三师十五团等部队都在范公堤以西活动，县武装大队也在野潮洋以北的合兴镇一带。眼下是否有新的变化，竹田一时还不知晓。所以，他尽管把部队作适当调整，但还是一直放心不下，反复地思来想去，总觉得有可能又要上当。

"八嘎！孙猴子的良心大大的坏，这次的不会再上当！"竹田一声奸笑，随后下令集合部队，准备统统撤回城里去。

豺狼已见到血，是不会收口的。竹田并没有马上就走，因板港子的诱惑力也太强了。

为确保瓢城东门划船港这军事要塞牢牢控制在大日本皇军手里，让苏北战略要道范公堤畅通无阻，竹田必须尽快消灭这支农渔民武装，使得一零七联队的驻屯区真正成为放心的"治安区"。

划船港乡中队是这一带最活跃、最有影响力的一支地方武装，日军第十五师团长石井在竹田恢复原职重返瓢城时曾下死命令：“你的，再去苏北的，首当其冲的第一作战对象是划船港支那农民军。”现时竹田的心一时一刻也没死，但也像“十五只吊桶打水——七上八下”。转而一想，他觉得孙广盛已陷入绝境，被歼灭是马到成功的事，如眼睁睁地放弃有利战机，岂不太可惜！不甘心失败的竹田十分恼怒，下决心要将孙广盛剔骨挖心。隔了一阵子，他像三十晚上盼亮月子似的，脑子一转想起当初二蜡嘴提过的谋略——招降一策，眼前忽觉得一亮。面对现实，竹田虽已领教到共产党与国民党的截然不同，但他仍不死心，还是想试试看。

竹田叫韩翻译拟了封简短而口气强硬的信：

孙乡长阁下：

皇军对你甚感钦佩，欢迎率部弃暗投明，为大东亚圣战效力，以往的恩怨就统统一笔勾销。保证大侠和部下生命安全，奉阁下高官福禄。若不然，大日本皇军将荡平板港子！……

这信由谁送去呢？竹田想到了张百顺。

第八十三章

激将法触怒贼竹田
大高圪鬼子耍花招

一直待在厢房里的张百顺，被叫到日军一零七联队的临时指挥部。他惶恐不安地跨进门槛子，浑身筛糠似的哆嗦着。

竹田摘下眼镜，一双金鱼眼慢悠悠地把张百顺从头到脚扫视一遍，然后将眼镜戴上，“嘿嘿”一声，皮笑肉不笑地故意放缓声音，说：“害怕的不要，我的杀人的没有，你的是村长？”

张百顺疑惑地望着竹田的脸：“是的。”

竹田露出抱歉的神色，说：“皇军杀人的不好，大大的坏。”

张百顺根本就不相信自己的耳朵，一双充满恐惧的眼睛，一眨也不眨地注视着竹田。

竹田阴险的脸上，又渐渐地堆起可亲的笑容：“以后皇军杀人的不要了，谁的再杀人，就死了死了的。”

张百顺的心里在不停地战栗，想：看来我这次已成案板上的五花肉，是十有八九没得命了，还真不晓得要受什么样的凌辱罪呢？

“你的，到板港子的去一下，对他们的说话，叫统统的回来，皇军大大的欢迎。这信给孙乡长的捎去。”

张百顺没法子，只好点头。

竹田带着丸山、二蜡嘴、韩翻译及一群狗头参谋，还有送人命、陈霸川等，像欢送贵宾一样，把张百顺陪出宋家大院。

竹田对张百顺说：“你的，那边的走好！”

张百顺觉得这下可能是真的，哆哆嗦嗦地说：“南边满是地雷，我从大洋河边上慢慢绕过去。”

竹田拍了拍他的肩膀：“哟西！快快的，开路开路的！”

张百顺朝着街面向西走，心里充满了疑虑：难道小鬼子真的发善心，想要立地成佛了吗？哪为啥二蜡嘴刚又悄悄做个刀架在脖子上的手势，是不是办不好皇军就要杀头呢？他的心像被一大把橡皮筋缠住似的紧缩着，浑身肌肉也不由自主地绷上了劲，好像这样一来，万一在背后有人打上一枪，身体就能把子弹挡回头。他边走边偷偷掉头看，有没有人跟着，一直等出了村子，提着的心才算放到肚子里。

时间已至中午，天也放晴了，热辣辣的太阳像火球悬在空中逞威，烘烤着潮湿的黄海滩涂大地，秋老虎煞是厉害，连海风都热乎乎的。鬼子和伪军就挤在街路两边墙根脚下。

竹田看了下手表，时针已指向下午两点，心想：张百顺走了个把钟头，板港子方面还没有一点动静，是不是孙猴子在有意拖延时间？竹田焦躁地挠着光秃秃的脑袋，觉得孙猴子是个非常难对付的共产党，千万不可麻痹大意。为了安全起见，他决定将部队先运动到大洋河湾子以南，一旦发现情况不妙便迅速撤兵回城。

竹田刚准备下达命令，只见大洋河西的黄土墩子上，徐徐升起两块船帆样的标语牌子。聚集在街巷里的鬼子和伪军，像看西洋景一样被吸引住了，他们都带着惊异的神色，睁大眼睛向那里张望。两块标语牌子上，赫然写着八个醒目大字：“缴枪不杀，活捉竹田！”虽然标语牌是用中文汉字书写，但地球人都知道，小日本文字是由中国汉字演变而来的，所以包括竹田在内的日军官兵，都很快看懂了上面的意思。竹田勃然大怒，疯狂地叫：“八嘎！孙猴子良心大大的坏！我的把你都已包围了，你的还骄傲骄傲的！”

话音未落，西北方向黄土墩子上骤然锣鼓喧天。

一阵阵激昂的鼓乐声，像狂飙怒号，震得划船港街巷里的敌人发呆，气得竹田浑身直抖，脖子缩得像乌龟似的，眼镜险些从鼻梁上滑落。那“缴枪不杀，活捉竹田”的标语，如同闪着寒光的利剑，刺进了竹田的心窝。那铿锵有力的鼓乐声，似彻骨寒流，浸透了竹田的全身。他指着西北上荡中孤岛，疑惑不解地问韩翻译：“那鼓乐吹打的，什么意思的干活？”

韩翻译一下子不知怎样回答好，用手摸了摸下巴颏儿，寻思片刻，说：“欢快。”竹田没弄懂是啥意思，不解地反问：“什么的欢快？”

韩翻译突然肯定地说："也就是高兴。"

"高兴！"竹田一阵咬牙切齿，把双手指头关节撅得"喀巴喀巴"作响。

竹田这下已被激怒到失去理智，脸色急速地变化着，太阳穴旁青筋在剧烈地抽搐，几颗大门牙把厚嘴唇使劲咬住。他几次想不顾一切地下令部队直扑板港子，但又抑制住冲动，浑身就像赤裸裸地掉进麦芒堆里一样，抓心挠肝的难受极了。他从大转盘的石墩子"噗通"跳下地，转眼间又纵身跃上去。过了一会儿，他慢慢地安静下来，拿起吊在胸前的望远镜，朝西北边黄土墩子看去，发现鼓乐手们在"划船港民兵中队"旗帜下，还一个劲地敲打和吹奏着，附近的小树林里有许多男女民兵都是那么从容镇定悠闲自在，仿佛根本就没有遭到围困似的。这情景更使竹田感到有点疑惑，禁不住龇牙咧嘴抽冷气："唉——不好的！大大的诡计，孙猴子的想把我激怒，让我的进攻板港子……"他的两道眉毛向上一翘，醒悟似的"啊"了一声，心想：我的明白不是前面大大的陷阱，就是后边的重兵伏击。

竹田傲然地伸长脖子摸着下巴，十分相信自己的判断，嘴角上掠过一丝轻蔑的冷笑，把手里的望远镜松掉，任凭其在胸前不停地悠荡着，脸上露出自信的神态："孙猴子的，聪明的狡猾狡猾的，皇军是不会上当的。我的要马上撤兵回城！"

韩翻译见竹田跳下石墩子，表现出想撤兵的意思，就连忙打手势，说："开路，开路的！"

日军的一些大队长和中队长们，都忙着招呼整理各自的队伍，特务兵也已推起日制"M"型自行车。坐在墙根里的鬼子和伪军都三三两两地站起来，慢吞吞地伸着懒腰。

"报告！"一个长得像捻线陀子似的小军官跑来。

"讲。"竹田打了一下手势。

来人是通讯参谋村山中尉，笔直地站在竹田面前："石井司令官从江南来电命令，既然包围了孙广盛，就必须将其消灭。据多方侦察的情报分析，瓢城一带未发现大的敌情变化，放心大胆地作战，不必有太多的顾虑。"

听完报告，竹田就接二连三地重复着最后一句话："不必有太多的顾虑。"

既然不必有太多的顾虑，那就甩开膀子大干一场，来重写大日本皇军的辉煌。此刻，竹田又撅起了指关节，而后伸出右手的五指，凭空地向前猛抓一把，接着就双手叉腰注视着大高圪。说实在的，竹田怎么也舍不得唾手可得的板港子，他如同抓了一手好牌的赌徒，疯狂地押下最大的赌本。可他就不知道对方又是起的怎样一把横牌，因此也对未来的风险一无所知。他叫阵似的大声喊："支那农民军的强弩之末，皇军大大的一击就土崩瓦解。孙猴子，你的跑不了啦！"竹田对拿下板港子信心十足，志在必得，随即下达命令让部队全部进入战斗准备。

鼓乐声停了，滩涂湿地上又恢复了往日的宁静。一阵海风轻轻地吹过，带来白杨树细微的飒飒响声，让人的两眼充满生机，像在鼓励人们去迎接新的战斗。

孙广盛好像听到大洋河边有人叫喊，一抬头只见洪书斜背着三八大盖，爬在一棵挺拔的白杨树上，仔细地观察了一下，说："好像有个人已过河了，正向这边走……啊，原来是陈霸川，肯定是的。"

"陈霸川？他又想干什么？"英子说着把插在腰间的手枪转到后面，也一忽溜爬上大杨树。

孙广盛问："看清楚了吗？有几个人？"

英子站在树丫上："噢，'八亩地里一棵谷——就这一'。"

不错，真的是陈霸川。竹田叫张百顺给孙广盛送信，等了半天一直没有回音，可那狡猾的老龟着急了，便施上一计，变"声东击西"为"声南击北"，派陈霸川过来喊话。陈霸川在大洋河边上喊了一阵，可离得太远无法听到，在鬼子的威逼下他横了心，拿出那种"把头挂在裤腰带子上"的胆量，跑到半路上就躲在大坟茔后，心想已进入步枪有效射程，便用几根芦柴棒子，把"屁帘儿"战斗帽慢慢顶起来，像玩木偶戏似的用手在底下微微晃动着。见对方没有任何反应，他就放开嗓子喊了几声："孙广盛——你们已被包围啦——赶快投降吧——皇军大大的不杀……"英子在树上气得满脸青紫，双眼喷火。她急切地望着乡长，请示怎样对付这条哈巴狗。孙广盛遥望了一下大高圪阵地，那里依然同往日一样的安静。他觉得时间还早呐，应利用这个机会，同敌人周旋拖延时间，于是就叫英子："你让竹田派人过来谈条件。"英子见说，就操着尖细的嗓音喊开了："叫竹田派人过来，坐下当面谈判——"

……

这时的付扣宝胃里好像灌满中药汤，五味杂陈其滋味无法形容。胡大仙是个伪装的特务头子，贾福禄是革命的叛徒，陈霸川是敌人的坐探，这已成无可辩驳的事实，把自己的主张一一都粉碎了。他脸上气得煞白，浑身冷汗直冒。落到这种悲惨的地步，日后这个区长怎么当？还有啥脸见人呢？自觉得一点挽救余地也没有了。他极度烦躁地绕着大杨树兜圈子，像头被蒙上眼睛的毛驴，无可奈何地拉磨转悠。

陈霸川在喊：“付扣宝——你也快过来吧——大日本皇军特别器重，给你弄个县长当当！”

付扣宝听到陈霸川直呼其大名，耳边好像爆响一声炸雷，震得头脑子嗡嗡作响，眼前金星飞溅，周围的一切草木都在摆动，就连身边的大树也在不停地摇晃。他像喝醉了酒似的，老是恶心要呕又吐不出来，伸出双手一把抱住大白杨，一头顶在树干上，痛苦地喃喃自语：“这下子丢人丢大了！”他十分惭愧而懊悔地捶着胸口，嚷：“我真是遭鬼迷，瞎了双眼啦！”

“孙猴子——你考虑好没有？快当机立断吧！”

陈霸川的嚎叫，使孙广盛发现一个新的问题：难道竹田就真笨到这个地步？他不知这是“瞎子点灯——白费蜡”吗？这里肯定另有文章。竹田到底要耍什么鬼把戏？左思右想孙广盛觉得竹田做的这些“关目”，很可能就出在大高圪上。这里所捣鼓的一切，就是在吸引我们的注意力，而北边的大高圪那里，他们极有可能正加紧做着进攻准备。

的确不出所料。鬼子真玩起所谓的“声南击北”花招，在这里制造“和平”气氛，其实竹田已带着部队向北去了。他要亲自督战，集中火力猛攻大高圪。

草遮不住鹰眼，水挡不住鱼珠。此时，孙广盛也已看透竹田这着棋，便叫来通讯员小松鼠：“你到北边大高圪上去，告诉三俊子他们敌人就要开始进攻了，阵地上要做好一切迎战准备，有事速派人前来报告。”

小松鼠把乡长的话又认真地重复一遍，而后就飞快地上了大高圪。

“英子小娘们——你也过来吧——到这里做大官太太，吃香的，喝辣的，快活喃……”

陈霸川这条恶棍，竟然又耍起流氓来，一口的脏话下流话越喊越起劲。英子火冒三丈，怒气直冲脑门，恨不得立马插翅飞过去，将陈霸川剁成几段。她夺过洪书手里的大枪，满腔愤恨地说：“你这条日本人的走狗，来瞧瞧小姑奶奶的枪法！”只听“忽刺”　下拉动枪栓压上了弹，身了背倚着树杈了，瞄准陈霸川扣动了扳机。“砰！”一声清脆的枪响，把树根脚底下的付区长给震蒙。子弹画出一道优美的弧线，戳飞了那顶“屁帘儿”战斗帽。陈霸川吓得魂飞魄散，连滚带爬地朝小沟子边上跑去。

英子随即又补上一枪，陈霸川头一歪晃两下就不动了

洪书在树上兴奋地大喊："好！好！陈霸川已中枪上西天啦！"

可谁知，这一枪并没打中要害，陈霸川一骨碌又爬起来过了河，兔子样地溜回了救命墩子村。

第八十四章

女英豪挂帅夺阵地
乡中队坚守大高圪

“嗒嗒嗒嗒……”北边打来一梭子机枪子弹。敌我双方彼此都看得清清楚楚,但由于轻武器的有效射程不够,也只能听听枪声罢了。

“轰！轰轰轰!”接着就响起了炮声,大高圪阵地上腾起尘烟。只见炮弹乱窜枝叶纷飞,眼看着圪头上很多灌木和小树都遭了殃。

没出孙广盛所料,敌人果然向大高圪发起了进攻。

“嗒——嗒——嗒——”的机枪声、“砰——砰——砰——”的步枪声与手榴弹的爆炸声交织在一起,整个大高圪惊天动地的枪炮声连成一片,巨大声浪在滩涂湿地上不停地滚动,连树木和柴草都摇撼起来。

猛烈的炮击持续约小半个时辰,才算逐渐稀疏下来。炮声停息片刻,一阵阵密集的枪声和手榴弹的爆炸声响开了,愈响愈烈。孙广盛站在黄土墩子,望着大高圪上的硝烟,几次暗地里自问:是否把预备队拉上去？当这个想法刚一露头,就立刻被自己理智否定。眼下战斗刚开始,坚持到明天早晨还远着呢!支前民夫紧张地向大高圪奔去,过了一会儿从阵地上抬着伤员又返回。孙广盛的心情很沉重,面对十几倍且装备精良的敌人,我们肯定要付出高昂代价。他看了看眼前的预备队,是由一个民兵小队和联防队及交通运输队等人员混编而成,不到万不得已的危急关头,这部分力量是不能出手的。

“长官,噢,乡长,让我们上去吧!”在阵地上连续三次提出申请加入共产党组织的李木子,已是个预备队的小队副了。他从队伍里站起来,一个劲地喊着请战。

孙广盛发现预备队的同志们个个摩拳擦掌,群情激奋,只要一声令下,立刻就会冲上阵地。他把预备队带到主阵地前沿先隐蔽着，目的是尽最大可能不让新四军加强营出现。主力部队一旦暴露，如若敌人往城里一撤，这场战斗就没戏了。他相信三凤带的这支队伍能顶住，一定会坚持到天亮。孙广盛做个向下压了压的手势，示意大家要沉住气，断定阵地上的同志们只要周旋好，就会迎来新的转机。

此时，枪炮声已稀落下来，敌人连续发起的三次冲锋，都被我方的火力顶回去。孙广盛率领预备队几十个同志，越过一段晒盐池子，横穿一条小咸水河，登上北边的大高圪。他让预备队隐蔽在一处草木丛生的土坡上，自己来到前沿阵地。

孙广盛将身子探出工事，聚精会神地望着右前方的小高地。那里的烟雾逐渐消散，露出了已残破不堪的瞭望哨。这还是几年前孙海光带领一支八路军先遣小分队，首次来沿海滩涂湿地勘察地形时所建。站在瞭望哨上，能清楚看到划船港及周边的一切，可居高临下地观察地形。

不知不觉太阳落山了，余晖把天边晚霞映成一片火红。满脸汗水和尘土的陆三凤，伏在孙广盛左侧工事上，眼睛也一刻不停地盯着小高地。她在对阵地上的同志们喊话："敌人兵多，为了拖延时间，要珍惜子弹。"

孙广盛赞许地点点头。

"现守在小高地上的队伍，是由网箍子带的。"站在一侧的徐树庭说。

"哪，三俊子呢？"孙广盛忙问。

"他已挂花了。"

"重不重？"

"目前还不清楚。当时他不肯离开，被强行抬下去了。"

一阵海风顺着工事刮过，掀起一片浮尘。陆三凤解下脖子上的毛巾，揩了揩满面的汗水。孙广盛向陆三凤看了一眼，显现出无限的深情。他佩服三凤，沉着勇敢，指挥有方。所构筑的阵地工事，战壕挖成多处"之"字形，利用拐角来躲避弹片，战壕的土墙下都有单兵掩体，孙广盛对此很满意。

不一会，敌人的炮击又开始了，只听到东北方向一阵阵轰鸣，随着刺耳的呼啸声，成群结队的炮弹像"黑老鸹"似的飞向小高地。瞬间，除了浓浓的烟雾之外，小高地上什么也看不清了。

炮声刚刚停住，枪声如爆豆似的又响起。经一阵激战之后，那里渐渐地又平静下来。当弥漫的硝烟散去，阵地上却露出一面"太阳旗"。

孙广盛的心头陡然一颤："不好！敌人已占领了小高地。"他焦灼地凝视着前方。

失去前哨阵地，主阵地就将受到严重威胁。陆三凤深深地懂得，这对整个防御阻击会带来啥后果。她意识到事态的严重性，就毫不犹豫地挥舞手臂，放开嗓门大声喊："同志们！决不让敌人站住脚，夺回小高地去！共产党员，跟我上！"

阵地即刻掀起一片激昂的呼喊声：

"血战瞭望哨！"

"夺回小高地！"

"冲啊——"

由十六名共产党员带头，一支二十多人的敢死队，在新四军通信参谋陆三凤带领下，像一只只小老虎似的跃出战壕，朝着小高地猛扑过去！

徐树庭紧拧着眉头，手朝孙广盛的膀子上一碰："你是划船港当家的，是这场战斗的总指挥，千万不能激动，无论如何要沉住气！"徐树庭说完身子一纵，像离了弦的箭一样飞奔过去。趁着敌人立足未稳，陆三凤、徐树庭带领的一支敢死队，与小队指导员兼党总支书记网箍子及刚撤下又重返小高地的民兵，像那海面上陡起的狂风一样，给敌人包起了饺子，敢死队员和民兵们铆足了劲头，只听三凤一声令下，发起了猛烈强攻，眨眼工夫就势如破竹，一举封死了小高地。紧接着在瞭望哨附近又与小鬼子展开白刃战。民兵勇士们的呼喊声、敌寇的惨叫声及刺刀搏击的响声汇成一片。这场厮杀大约进行小半个时辰，鬼子撂下二十多具尸体和一面"太阳旗"狼狈而逃，被占领的小高地又夺回来了。

简单地打扫一下战场，陆三凤点部分民兵继续留守在小高地，其余同志迅速返回了主阵地。

徐树庭很快统计出大高圪上的人数，剩下的只有原来四成左右，其中还有部分同志已负重伤。

天已完全黑下来，月亮只露出大半边脸，高圪上又是一片沉寂，只有修筑工事的铁锹和洋镐等发出挖土响声。

陆三凤来到孙广盛面前，沉默片刻轻声说："海生……"她的话只说半句又留住了，眼里也流露出一种犹豫的神情。

孙广盛见陆三凤膀袖子上撕个大口子，右耳膛根里还有处红肉鲜鲜的刀伤，及粘着未干的斑斑血迹。他考虑陆三凤刚才有话没讲清，可能是想把预备队拉上去。正当孙广盛提出增援时，陆三凤忽然将眉毛一扬，说："预备队你先莫动，这里还没到最艰难的时候。"

"要不然，添点人？"

"不要！一个也用不着。天已黑了，鬼子一般不愿打夜仗。下一步敌人的主攻方向在哪里？也很难说得清，要高度警惕别的阵地被搞突然偷袭。我估计，现在撤回城里的可能性已不大。"

"为什么？"

"杀头买卖有人干，亏本生意没人做。竹田在这里又赔了，而早知这是一笔赔本生意，他就是头打扁了也不做。有句老话，哪里沉船就在哪里捞锅腔。敌人对板港子是绝对不会轻易罢休的，除非竹田真的聪明了。"

去北边侦察的民兵跑回来报告："小鬼子已到路边上休息，炮兵也收起铁疙瘩家伙放在马背上驮着，看样子想往南边去。"

孙广盛想：从动向看有两种可能，一是改变主攻方向，二是撤兵回城。

陆三凤和孙广盛的看法差不多，最担心的就怕敌人撤兵，她对广盛说："北面就放心好了，快回你的指挥位置去，预备队千万要用在刀刃上。"

"好吧！"

孙广盛带着预备队又回到板港子。

一阵乌云的阴影笼罩着板港子，也笼罩在划船港人心上。

竹田的部队为啥停止攻击？为什么把炮兵调走呢？又想撤到何处去？他还要耍哪些新花招？板港子周边没有一点动静。这异乎寻常的沉寂气氛令人感到窒闷。

英子曾对儿童团员们布置了新任务：迅速寻找到贾福禄的下落，盯住了不让他乱动。小牛和孙小康、陈如忠、孙足山、颜正尧、赵永富、孙伯如、孙成如等儿童团员，听说贾福禄是叛徒，心里非常气愤，发狠只要逮住这个杀千刀的，肯定要把他捆得牢上又牢，两根细麻绳已准备得好好，可找遍沟坎、河浜、树林和草丛都不见踪影。小牛觉得现在儿童团的中心任务，就是寻找叛徒贾福禄，可千万不能让他再逃掉。

"小伙伴们，谁要是先发现贾福禄，让英子姐奖励一根伍佑场嘎崩透酥的大麻花。"小牛满脸笑容地喊。

"好！大家来拉钩。'拉钩、上吊，一百年，不许变，谁要变就是小狗'。"

天快黑了，小牛发觉河边的圪上有人，把玉米叶子碰得"哗啦哗啦"地响。

他和几个小伙伴立刻跑到田头，轻得跟猫捉老鼠似的，在田垄上慢慢走进去。

"嗨，跑不了啦！"随着一声吆喝，小伙伴们把红缨枪伸到前去。

原来是柏大喜的老母亲。

小牛收起红缨枪："奶奶！您到这里来干什么呀？"

"掰玉米棒头。"

"奶奶！"小牛贴在柏奶奶的面前，"老人家您饿啦？我袋里还有块玉米面水饼，五伯父常说，新四军的《三大纪律八项注意》，真好。"

"小亲乖乖，奶奶晓得。"

"五伯父还说，老百姓也应学着点，遵守《三大纪律八项注意》。"

"嗯，奶奶也听说过。"

"您看人家新四军和乡中队的民兵，连老百姓的一根针线都不拿。"

"对啊，要不然怎么说，是咱自己的队伍喃！为天下的穷人谋生路，让大伙儿过上好日子呢！"

小牛对柏奶奶的这一举动，不好意思说出口，柏奶奶也早已觉察到，小牛在对她进行启发和教育。

这一老一少，都晓得对方心里想的什么，但就是谁也不愿把话挑明了说。

"咔嚓！"柏奶奶又掰一个玉米棒头。

"咯噔！"小伙伴们心里，随即又颤抖了一下。

小牛感到很纳闷，这个不自觉的老太婆，今天陡然发疯病啦？瞎说，她老人家的觉悟比咱们不知要高多少倍，怎么今天就这样反常了呢？

"还想掰吗？"小牛的这一问，透露出他的担心。

"不掰了，有五个够啦。"柏奶奶伸出右手，吐露一种满足的语气。

小伙伴们搀扶着柏奶奶走出玉米地。

"奶奶，我们替您去煮。"

"不用啦。"

"当心，前面路不好走。"

"看见啦。奶奶的眼力还好着呢。快去忙你们的事吧。"

柏奶奶一个人进了村子，借庄上人家的锅煮熟玉米棒头，用一条旧布巾裹起来，好像怕要飞掉似的，双手紧紧地把它捂在怀里。原来，老人家要把这五个熟玉米棒头，送给在阵地上未吃晚饭的孙乡长。

第八十五章

柏奶奶带敌闯雷区
贾福禄埋祸炸自身

这位古稀开外的老人，失去儿子心如刀绞。但儿子那种英勇不屈的精神，同时也在鼓舞着自己，特别是当看到乡亲们那种跟烈火一样的抗鬼子劲头，更坚定了她对革命的信念。经历这场无情的打击，老人觉得腰杆子挺得更硬直，一双“三寸金莲”迈得比过去稳。她听说孙广盛把心思都用在打仗上，晚上连吃饭的工夫都没有。人是铁饭是钢，可不能把划船港的当家人饿伤。给他送点什么吃的呢？可眼下啥也没有。思来想去，柏奶奶决定煮上几个鲜玉米棒头。老人家已打听好了，孙乡长他们在划船港渡口附近，于是就赶快找过去。

太阳已完全落下山。老人一脚深一脚浅地走着，歇了几次终于摸到了渡口。洪书上前一把拦住了，说孙乡长正在下面侦察敌情。柏奶奶只好无奈地坐在小松树下耐心等着。好大一会儿过去了，她急得实在坐不住，说啥也要去找。

洪书说：“黑灯瞎火的，您这么大年纪了，一双小脚到哪里去找啊？过一阵子孙乡长就会回来。”

柏奶奶问：“从哪边？”

洪书手指着，说：“就在这贴住几行小树的南面，约尺把宽的小路返回，别的地方都已埋好地雷了。”

柏奶奶用力地睁大两眼，朝着黑咕隆咚的那条便道久久地望着。

星星渐渐地亮了，横贯长空的银河让人看得更清。大洋河东的救命墩子村升起一簇簇火苗，敌人的身影在闪烁的火光中晃动。

在渡口的西岸不远处，一片小树林子旁的草丛里，发出一阵窸窣声响。洪书拉一下枪栓，喊：“谁？”

没听到回话。洪书怀疑草丛里可能躲着猫兔啥的，于是就端起大枪往里走。

那儿确实埋伏着个"活宝"，像只刺猬一样地蜷缩在草莽里，一双惊恐的眼睛，在黑暗中窥视前方。这人相信，只要自己不再弄出响声，谅洪书就是走到跟前也不会发觉。

洪书用脚在草地里踢了一阵，又用端着的枪管子，把小树枝和蒿草拨了拨，啥东西也没有。

再说柏奶奶等得很着急，心想马上快二更天了，孙乡长也该回来啦，咋的就不见人影呢？唉，不能老在这儿干等，还是前去找找吧。

被乡亲们常年赶海踩出的这条小路虽不算平坦，但也不那么磕磕绊绊。柏奶奶很快过了小圪，沿着树林边向北走。老人还记得这一带有许多榆树，路边长着密密麻麻的蒲公英。大喜子小的时候，柏奶奶曾领着他跑遍这一大匡。那是被刚开垦出来的滩涂湿地，榆树叶子和蒲公英可充饥，给人们以生存的希望。走到这儿，老人不由得停住脚步向南看了看，小土坡上儿子的坟墓就在那里，他已离开这个世界去休息了。

想到大喜子，老人的心顷刻被一种悲伤情绪紧紧地缠绕着。她忘记了这是黑夜，忘记了是在敌人的包围之中，一双小脚下的路越走越窄，不知不觉进入一处幽深的圩滩。突然，她碰到了圩堤旁的小柳树。这时老人才恍然意识到已摸错路，搞不清走到什么地方了。她呆呆地站一会儿，回了回神又静下心来。听到好像有人在拨动芦苇秸秆发出响声，心里一阵激动地忙问："什么人？你是孙乡长吗？"

没有回应。老人觉得那响声在快速移动着接近。她正准备大声再问，刚张口就被一条带有馊汗臭味脏兮兮的湿布巾堵住。柏奶奶懵懵懂懂地被两个人架走。

此时，孙广盛在救命墩子村附近，通过侦察没发现竹田有想走的征兆，于是急匆匆地返回阵地去。刚到渡口就遇上洪书，说柏奶奶大概是去找你了。孙广盛立刻紧张起来，先派人沿着那条小路未找到，后又叫人速去板港子，也没带回任何消息。孙广盛想：莫非是她老人家一双小脚摔倒在哪沟浜上啦？

夜深了，雾愈来愈浓。雾气笼罩住了月亮，滩涂湿地变得迷茫一片，好像老天爷专门为这场战斗安排好烟幕似的。当孙广盛询问柏奶奶去向的当口，那个躲在草窠里的"活宝"，听到这段对话又开始活动起来。没被洪书发现，使他侥幸感到自己还未走到生命尽头。

这“活宝”就是贾福禄。傍晚，在英子审讯宋闯时，他就潜伏在小河坎子上的草丛里，睁着一双黄鼠狼似的眼睛，盯着斜对过的小高墩子上。两个民兵提着大枪找到他老婆，而花蚂蚱就站在小岔路上，支支吾吾地说些什么，显得担惊受怕的样子，这使贾福禄感到大事不好，可能要捉拿自己了，于是就像条蕲鼻蛇似的，在那小河坎子上的柴草丛中，一直躲到天黑连口粗气都不敢喘。宋闯这个没鼻鬼，始终像根毒刺戳在他的心里。他曾多次盘算着设法把宋闯干掉，但都已为时过晚，现在再好的法子也派不上用场，宋闯已把情况向英子说了。他反复地前思后想，孙广盛他们恨日本人，恨汉奸狗腿子，对叛徒卖国贼更是恨上加恨。看来这次是“麻雀钻进热锅膛里——有命也没毛”啦！怎样才能摆脱这险境呢？面对冥冥苍天，悲叹自己的命运，最后他决定三十六策走为上，逃！

贾福禄在一片漆黑中，不停地眨巴着眼睛，侧耳细听周边的动静，然后把身子贴得紧紧的伏在茅草窠里，如同一条竹节蛇，无声地向前爬行着。他刚到通往去板港子那条便道，一看前后都没有人，便顺着小路往里走。他已害怕到了极点，时刻担心那个跳出来将自己逮住。然而，他觉得既不能躲又不敢藏，不得不横下心来硬着头皮向前闯。贾福禄也晓得若走岔这条便道，就会遇上“铁西瓜”开花。那玩意可不讲情面，只要一踩响马上就把自己送上西天。

浓浓的大雾掩盖了一切，能见度低得对面尺把远都无法看清，贾福禄只好试探着朝前摸。他的心里有个幻想，自己是自愿投奔日本人的，并在抓捕柏大喜和汤蛤蜊等地下党方面曾立过功，竹田不会把他杀掉，有可能还要受到奖赏或被重用。他决定去巴结一下，可又不敢见竹田面，那凶神恶煞的样子，让人一提到他就害怕。

贾福禄想错了，竹田现已变啦，变成个笑面虎。此刻，他正轻轻地拍着柏奶奶肩膀，笑吟吟地说：“老人家，害怕的不要，皇军杀人的没有。你的快走吧，回到板港子去。”

在这之前，两个特务来到大洋河西打探情报，生怕摸岔路踩上地雷，后来停下就躲在小沟子里，正好柏奶奶从里面过来被他们抓住，把老人绑架到救命墩子。柏奶奶已年纪大了，一对小脚捣桩似的走不动，就坐在大转盘的石墩上歇会儿，特务气势汹汹地殴打老人。正巧竹田从那里经过，大发雷霆地训斥了一顿，“啪啦啪啦”地分别扇了他们几个耳光，“八嘎！八嘎！”并亲手扶起柏奶奶，做出个猫哭老鼠的假慈悲样儿，用负疚的语气温和地说：“老人家，我的对不起。

打人的不好，要大大的惩罚。”随后，便叫柏奶奶返回板港子。

“黄鼠狼给鸡拜年——不安好心”。在这浓浓的迷雾中，柏奶奶已猜透竹田的险恶用心，是想躲开埋在路上的地雷，叫老人在前头替特务带路，通过安全地带摸到板港子。老人家缄默不语，心想不管怎么样，也不能让敌人的阴谋得逞。竹田起初是耐心劝说，见柏奶奶无动于衷，很快豺狼本性就掩饰不住地暴露出来。他把洋刀抽出半截子，又“咵”地一下打了回头，勒眼暴睛地吼：“不去的，大大的不行！”

韩翻译在一旁看了看，说：“老太太，他们都在板港子，你一个人待在这里，没吃没喝何苦呢？你若不随太君的意，弄得不好脑袋还要搬家。”

二蜡嘴在一旁也帮腔：“想开点，回板港子去吧！不要再惹太君生气了。”

看这风向，不去是不行的。柏奶奶出了救命墩子村北头，绕过贝壳庙向西，踏上一条泥泞小路。几个别动队的家伙，握住手枪弯着虾米腰，缩头夹颈地紧随其后。

大雾，覆盖了沿海滩涂湿地。

老人的一双小脚，艰难地行走在高低不平的路上，一会儿便来到儿子的墓地小土坡。并没流露出多少悲伤，她为儿子的英勇牺牲感到骄傲，把对敌人的深仇大恨埋在心底，暗暗念叨：孩子，安息吧！仇，肯定是要报！到了天亮，太阳一出来大雾就将散去。

“快走，还愣着干什么？”别动队的一帮家伙，凶横地在老人的后头催促：“死老婆子，把眼睛睁大些，要是踩上倒霉的地雷，那你就是‘打起灯笼拾粪——找屎（死）’。”

老人拖着沉重的脚步向小土坡上走去。一团团的大雾，如同纷飞的棉絮，在她身后旋卷着腾起，仿佛有一种同情，停留在老人身边久久不散。为在有生之年能亲眼看看打鬼子胜利，老人家生怕踩上地雷。为消灭尾随在身后的别动队特务，把敌人偷袭的消息尽快通报出去，老人又希望赶快踩响地雷。矛盾的心态，使老人不由自主地停住脚步，在一棵大松树下站着。她看到这棵被浓雾裹着的苍松，虽饱经风霜，但仍表现出从容镇定的凛凛威风。树上有几只“看夜”的小鸟在叫着，“叽咕叽咕”的好像要给什么人传递音信似的，那清脆悦耳的鸟鸣声，在这静夜的滩涂湿地上，传得很远很远，听得也非常地清晰。

常言道：情愿在世上捱，不愿朝土里埋。柏奶奶暗地里又动起了脑子：能否想个两全其美的法子呢？既能保住我这条老命，又能把敌情报告给孙广盛。她寻思了一下，突然放开嗓子大声喊："孙乡长——孙广盛——"

这急切的叫喊声，在寂静的滩涂湿地上显得非常响亮。聚拢在渡口西岸的孙广盛和洪书等人，正为找不到柏奶奶而发愁，听到喊声大家为之一振："是她老人家？"

"孙广盛——孙乡长——"

英子很快判断出声音的具体方位，紧张地将手向前一指："北边，不得了，老人家摸到雷区去啦。"

"孙乡长——有……"柏奶奶的声音突然中断，从余音可以听出，显然是被人把她嘴捂住了。

"有什么？"孙广盛脑子一激灵："有情况还是有敌人？那肯定是有敌人！"

"让我们摸过去找找。"英子说。

孙广盛说："如果真的是有敌人，就让他们找上门去送死吧。"

洪书和海燕跟随英子，沿着树林子边上那条小路找过去。

与此同时，在那秘密小通道上摸来摸去的贾福禄，也听到了柏奶奶的呼喊声，好像就在东边小沟坎子上。贾福禄模糊地似乎还看到有蠕动的身影，心里兴奋地感叹：啊，他们可真有两下子，押着死老太婆子做挡箭牌来偷营。"大路上长青草——死里逃生"。太好啦，看来我姓贾的路还没走绝，这下有救了！

兴奋之余，贾福禄又感到有点不对劲，心头猛地一哆嗦，觉得头又胀痛得比笆斗还大。我的个老天啊，那里不是雷区吗！

这个卑鄙无耻的叛徒居然激动得跳起来，声嘶力竭地喊："当心，有地雷！快到这边来。"

贾福禄边跳边喊，不想一脚踩翻地上一块砖头角，真的触发了地雷的引爆装置。

善有善报，恶有恶报，善恶到头终有报，只等来迟与来早。"轰隆"一声，顿时周围一片灰天暗地，刺鼻子血腥味和臭味在空气中弥漫着。两耳已啥也听不见的贾福禄，简直不敢相信自己的眼睛，一条腿子已送上西天，肠子从小肚子里也冒了出来。他一个劲"哎呀妈呀！"倒地抱头发出野猪般的嚎叫。此时，附近不远处草丛中，有条两眼冒着绿光的野狼，正聚精会神地注意着人群的动静。很显然那野狼是被浓重的血腥味吸引来，它正等待着合适的机会美餐一顿。更令人难以置信的是贾福禄做梦没想到，正是自己留下的祸根，踩上埋错位置的那颗地雷。当初洪书发现后叫他刨起来再重新埋好，可他个倒霉鬼没听话，真是小猫捉尾巴，开起了自己的玩笑。这就像捷克裔法国小说家昆德拉所说：生命不是话剧，可以彩排一次再正式登台。其实，人生就像一张有去无回的单程票，没有彩排更没有重来。喊了几声，这个划船港的败类贾福禄，就结束了自己的小命。

地雷的爆炸声，惊飞周围草滩里一群雌野鸡，“咽咽咽”地鸣叫着飞向远处苇滩。

这爆炸声一响，反而把跟在柏奶奶后头的一帮敌特吓得屁滚尿流，先是就地卧倒，接着慌忙掉过头去，像一群被猎人打惊的野兔子，争先恐后地往回跑。

柏奶奶被一阵气浪冲倒，黑暗中她趁势从小土坡上滚下，恰巧被一处蒿草丛挡住。老人并没受伤，头脑子还算清醒。她晓得已将敌特带进雷区，柏奶奶爬起来就大喊：“喜儿，这下赚了，老娘带他们来啦——”英勇地闯了上去……

“轰！轰轰！”又是一阵巨响，让刚想返回的七八个敌特死的死、伤的伤，撂在半路上鬼哭狼嚎。

第八十六章

乡中队血战板港子
众乡亲助威敌逃遁

一步错，步步错，竹田的这着棋又输定了。

两个侥幸逃回去的别动队特务，高个子的被炸成个“独眼龙”，满脸鲜血用手捂住，另一个腿子受了伤，拄着根棍子一瘸一拐，狼狈不堪地站在竹田跟前。

“半爿猪头敬菩萨——惹老爷生气”。别动队的人索性不回来倒也罢了，让竹田看到他们这副怂相，又气又急，疯了似的一阵狂吼：“八嘎！八嘎！统统的，死了死了的！”只见竹田手里的指挥刀发出寒光，在空中挥舞了一阵，两个别动队伤兵立刻倒地。其中，矮个子的脑袋被刀一挥滚得老远，瞪大死鱼眼睛去替天皇打前站了。

凭这么多兵力和精良的装备，难道就对付不了这帮支那农民军？就攻占不下这小小的板港子？竹田越想越咽不下这口气啊！憋在心里的火，简直要从头顶子上冒出来，一对眼珠子烧得通红。他叉开那双罗圈腿，面朝着划船港的北圩，使劲把手指头关节撅得喀巴响。接着，发出一阵驴叫似的大喊：“以牙还牙的，支那人大大的可恶！小小板港子的就是块铁，也要把它砸碎。进——攻！炮兵，炮兵的干活！”

一枚枚口径有大有小的炮弹射出的火光，映红了夜间的天幕，如同流星带着光亮划破夜空，密集地朝着板港子南土坡的方向猛飞，落在了那丈把宽、二三里长的区域内。炮火持续了将近半个时辰，把那段地方所有的地雷都引爆，为步兵发起总攻开辟了一条安全通道。不一会，炮火延伸射击，一发发炮弹带着尖厉的呼啸声，落到了民兵们的阻击线上。瞬间，黄土墩子阵地被淹没在一片烟火之中。一阵炮火的覆盖，树木折断，尘土飞扬，让划船港又失去了几十名优秀儿女。

孙广盛抬头向前看去，那南面的阻击线上，出现"五步见尸，十步见骨"的惨景。横七竖八地躺着自己的生死战友，有的在呻吟，有的在爬行，但大部分同志都已战斗到生命的最后一刻而"光荣"了，永远地留在这块英雄的大地上。

"亲爱的战友，你们都是大义大勇者，我代表党组织向大家致敬！孙广盛对不起各位啦！把大伙儿一个个带出来，没有全毛全翅地送回家，愧对划船港父老乡亲啊！"孙广盛仰天长啸，看着满地血淋淋的场面，久经杀敌沙场的大侠汉子不禁泪流满面。

《说文解字》中的"韧"字，"柔坚曰韧"，讲的是一种遇事不慌不忙、锲而不舍、敢与天斗地斗的精神，泰山压顶决不弯腰。面对当前这节骨眼上，孙广盛狠下心，派上了预备队，把最后一点家当都搭上去。

一阵十分呛人的硝烟中，孙广盛蹲在一个弹坑里振臂一呼："同志们！要死一块死，要活一起活。英雄无敌的民兵勇士们，绝不替划船港父老乡亲丢脸！生死在此一搏，报仇的时刻到了！"

"打倒日本帝国主义！"

"誓与阵地共存亡！"

"为牺牲的战友报仇！"

阵地上响起一片悲壮、高昂的呼喊声。

两个中队的鬼子，在猛烈的炮火掩护下，踏着刚被炮弹炸翻的泥土，"叽里呱啦"地上来了。

三十丈，二十丈……快到十来丈远的光景，孙广盛大喊一声："打！"

一阵下冰雹似的手榴弹，把敌人猛砸了回去。

南土坡阵地上，伤亡的同志被担架队抬下来，一箱又一箱子弹送了上去，而阵地前的日伪军伤亡数，正以几何等级在增加。

"嗷——"眼看敌人狼叫似的又上来，民兵勇士的机枪管子打红了接着又换上一根，鬼子像割韭菜似的一茬接一茬地倒下……

乡中队民兵们浴血奋战，连续打退了敌人的三次冲锋。

伤亡在不断增加，子弹在逐渐减少，手榴弹也已扔完最后一颗。阵地上的每位指战员都在焦急地盼望天亮，等待大洋河湾以西及城里枪声早点响起。

一阵阵雾气在头顶上浮游，硝烟味还未散尽。孙广盛仰着头看了看天空，时而露出几颗一闪一闪的星星，银河系好像涨满水似的，变得有些混淆不清了，黎明前的黑暗可真难熬啊!

英子揉了揉眼睛,看到不远处穿着黄色军服的小鬼子,她吸了口凉气紧张起来,迅速凑到孙广盛身边将手一指:“哎哟,又上来啦!”

敌人发起第四次冲锋。

小鬼子这次学乖了,来个慢慢逼近。孙广盛跃起身子一看,小土坡上密密麻麻的敌人,像一股蚂蚁似的在缓缓地向黄土墩子高地涌来。

面对日伪军三千多虎狼之众,乡中队在板港子顶了一昼夜,三百二十二名勇士只剩下一半不到,许多“家人民兵”也由原来的兵油子变成了战场上不怕死的英雄。敌我双方的力量对比悬殊巨大,英勇的民兵们就是用一个人,玩命地顶住二十个也难以阻挡敌人。孙广盛心头一紧,迸出个可怕的念头:不好!看来阵地保不住了。

十万火急的关键时刻,孙广盛背后爆发出一片惊天动地的呐喊声……

朱铁匠和陆玉桂领着数千划船港乡亲们,个个举着菜刀、锄头、钉耙、鱼叉等,像大洋河里溢出一股汹涌洪流,呼喊着奔跑着纷纷扑向黄土墩子高地。这声势浩大的队伍里,年岁最长的要算朱铁匠,岁数最幼的是小牛和小猎狗,就连小绅士蒋富贵,中等富裕农户张百顺也跟在后头。为了迎接黎明前枪声的响起,每个人都抱着血战到底的决心,把小鬼子压下去,困死在板港子。

蒋富贵是个统战团结对象,张百顺属墙头草风吹两边倒的人物,由于共产党统战政策的正确性,面对疾风暴雨式的抗日运动,他们也主动靠到这边队伍里来。蒋富贵言不由衷地跟着奋起的人群呐喊几声,同大伙儿一起冲上了前沿阵地。

张百顺曾被竹田甜言蜜语所蒙蔽,有点相信那些法西斯分子可能真的要发善心,但当竹田进攻大高圪,接着炮击南土坡,这又使他不得不深信,孙广盛说的话是完全正确的。他这次跟着划船港的乡亲们一起冲上黄土墩子高地,不是随的大流而是出于自己的真心和良心。

看到人群中的蒋富贵和张百顺,孙广盛深深地感到党团结争取大多数、孤立打击极少数政策的正确性,使不少左右摇摆的人,也慢慢地走向革命和抗日这边。当然从某种意义上讲,也不排除这些人随大流的偏私性心理。

人们的怒吼声,震撼着黄海滩涂湿地,响彻云天!

前沿阵地上的敌人,从未听到过像这山呼海啸般的吼声,一个个都被呐喊吓得心惊肉跳,不约而同地趴在地上,有的慢吞吞地退缩,有的在慌忙地躲闪,渐渐地就像在滩涂湿地上散养野放而拦不住的一窝窝仔猪，乱窜成一锅粥。

竹田也是“土地庙里长青草——荒（慌）神了”，被这不同寻常的怒吼声吓得将脖子缩到衣领子里，但他立刻又清醒过来，知道这是支那人在造的一种声势。

“八嘎牙路！你的赤手空拳，吼声的不可怕，我有大大的小钢炮，好比那秤砣的碾蚂蚁，定叫划船港人统统的粉身碎骨！炮兵的，快快的开炮。”竹田一面骄横地狞笑，一边挥舞着指挥刀。

一着不慎，全盘皆输，可惜竹田又走晚了一步棋。说时迟动时快，当鬼子炮兵将炮弹刚捧到手里，激昂的军号吹响，在这千钧一发之际，新四军三师主力的进攻战打响了！

东方露出鱼肚白。三颗红色信号弹腾空而起，新四军各部队发起了总攻，兵民们盼望的一刻终于到了。顿时，瓢城的四周枪声呼喊声大作……

守卫板港子的民兵及五千多划船港群众，像欢度盛大节日一样地狂呼起来。

金色的太阳像只通红的火球，从蜿蜒的大洋河下游、水天相连的海平面一步步往上爬升。划船港的人们都晓得，太阳再升高一点，滩涂湿地上的大雾就会一散而尽。

“八嘎！八嘎牙路！孙猴子的调虎离山，皇军的大大中计！”竹田惊恐不安地大叫起来。他意识到战势的严重性，现在已被新四军主力包围了，如不火速撤离，随时将会遭受灭顶之灾。

临崖勒马收缰晚，船到江心补漏迟。竹田不再嚣张狂妄了，他清楚能打善攻的支那农民军队伍一般不按常理出牌，也是有一定战斗力的，因他们的背后与新四军一样，站着成千上万人民群众。

竹田知道又一次上了孙猴子的头号大当，逃窜到划船港街上后，一屁股坐在大转盘旁的石墩子上，懊恼得捶胸顿足。前有雄狮拦道，后有猛虎追击，竹田感到穷途末路的绝望。他叹息了一声：“大势已去！”不得不痛苦地作出决定：赶快放弃晦气的板港子，撤出划船港回援瓢城。

对付划船港乡中队，尤其是在沿海滩涂湿地上打游击，竹田再次感到无能为力。竹田下令将部队快速收拢，沿着大洋河湾子散开，采取齐头并进的方法，以中队为战斗单位，一路从大洋河湾子绕道，插过去走南洋岸往瓢城东门。另一路抢渡大洋河，奔向大码头走北洋岸直达北门。

大洋河宽数十丈，两岸有陡坎和浅滩，河水流速很急，落潮时最深的河段约丈余。趁着退潮的当口，竹田吆喝着部队开始渡河，士兵们纷纷跳下水去。谁知刚到二层坎子，便接二连三地大喊大叫。原来，不少鬼子被尖锐的三角钉子戳住脚板底，不能走了站在那里进退两难。他们有的把大枪横挂在脖子上，有的高举过头顶，一副缴枪投降的姿态。站在西岸黄土墩子上俯视，侥幸未碰到三角钉子武装泅渡而露在水面的人头，在太阳的照射下，恰似围棋盘上摆着密密麻麻的黑色棋子。当几个中队的鬼子在河面上前后都靠不着边时，埋伏在西岸洋湾子里的某部四团加强三营司号员沈国洋，吹响激昂的“嗒嘀，嗒嘀，嗒嗒嘀……”冲锋号。伴随着嘹亮的军号声，指战员们像大海潮水般的，一口气冲到河边，各种武器齐射。片刻，子弹似暴雨倾泻在河面上，鬼子在水中挣扎着浮游，如同一群在滩涂湿地上被猎人赶得无路可逃的水鸭子。

大胡子参谋长带领指战员们，就瞄准这些移动目标当活靶子打，半个时辰光景，把日军打得落花流水鬼哭狼嚎，许多死尸顺着潮水漂流，鲜血染红了大片河面。一部分爬到西岸河滩上的鬼子，都被手榴弹炸得晕头转向，另一部分想再掉头的，也被机枪和步枪统统点了名。

第八十七章

新四军发起总攻战
蒿草地大佐被生擒

冲锋号又吹响了，那尖厉的号声腾空而起，鬼子兵吓破了心胆，埋伏在洋湾子里的三师二旅五团和某独立支队指战员们也发起冲锋。勇士们高喊着口号，在河滩上与小鬼子展开激烈的肉搏，而后迅速泅泳过河，在大洋河以东的柴草滩、盐池沟和救命墩子村等处围歼残敌。

激战中，竹田从大洋马上一头栽下，眼镜甩掉了怎么也找不到，双眼迷糊着，如同象棋盘里下围棋，云里雾里一步也走不动。没有退路了，竹田佝偻着身子站在那里不敢动，过了好久才随指挥部的一帮人马，慌忙退守到宋家大院。眼看一切都将完了，这意想不到的惨败，使他觉得自己好像掉进炸馓子的油锅里，容不得挣扎就会被炸焦。他脸上露出绝望的表情，发疯似的扒开外装上衣，袒露出长满乌黑毛发的胸脯，舞弄着雪亮的指挥刀，妄想再孤注一掷作垂死挣扎："大日本帝国的子民，必须给我的杀！杀！杀！"

两个长得像陀螺似的逃兵一头闯进门，站在竹田的跟前发愣。竹田瞪起那双通红的眼睛，举起闪着寒光的指挥刀勃然大怒，只听"咔嚓咔嚓"两个脑袋就滚掉了，那脖子里喷溅出的紫血，把竹田弄得满脸都是，便顺手抓起"屁帘儿"战斗帽胡乱地揩揩，而后狠狠地扔在地上踩上几脚，仰起满是血污的面孔，野牛似的乱蹦乱叫起来。

三师二旅二十二团的迫击炮，就架在划船港东南角的乱坟场附近，站在炮位旁的指挥员将手中小红旗用力落下，数十枚炮弹依次发出吼声，"轰！轰！轰！"一连串地飞向宋家大院里，上空很快被震起的尘土所笼罩。有一发炮弹落在北屋顶上，掀开糠筛子大的天窗。先头赶到的民兵们从围墙外扔些手榴弹，趁着阵阵爆炸的烟雾，一个个闪电似的破墙而入。

孙广盛带着民兵从东便门冲进院子，把顽守在宋家大院的敌人一阵猛杀。

经过清查核对，打死了十多名佐官、尉官和曹长、伍长等，生俘了韩翻译，可怎么也未找到竹田、丸山、二蜡嘴和送人命、陈霸川等。大场上的俘虏群里肯定也没有，扒遍了横七竖八的所有死尸，可就是找不到。

敌人的几个头头全没有逮住，大伙儿显得十分焦急。大兰芬脚一跺，放开嗓门十分惋惜地说："真是出鬼了，难道都钻进泥里去啦？"

孙广盛举起手枪，在空中一挥："搜！活捉竹田，叫他们一个也跑不掉！"

通红的太阳，带着喷薄四射的光芒，从黄海前哨的滩涂湿地上冉冉升起。划船港沐浴在灿烂的阳光里。那棵被雾气润湿了的老槐树上挂满露水，就像珍珠一样晶亮，闪烁着五颜六色的光。新四军三师主力的指战员们奉命继续东进南下，追击从十三里墩桥去南洋岸往城里逃的另一路敌人，划船港乡中队留下打扫战场。

孙广盛带领大兰芬等人，在宋家大院里仔细搜查，找遍了所有的角落，就连房屋棚顶和阁楼都没留死角。

大兰芬纳闷极了，瓮声瓮气地说："难道这些兔崽子们真的跑啦？"

"心急吃不了热豆腐。就这么巴掌大的一块地方，谅他插上翅膀也飞不远。"孙广盛说。

他们穿过一条小巷子，去了北屋后头寻找。孙广盛发现靠在墙根脚的地方，有处蒿草被人刚踩过的样子。

"谁？快给我出来！"孙广盛举着手枪大喝一声。

没得一点动静，只有喊声在空旷的院子墙壁上，激起一阵响亮的回音。大兰芬绕到孙广盛的前头，仔细地看了一下，说："噢，还真有点小名堂。"他端着歪把子拨开齐腰高的蒿草俯身寻觅，只见个圆滚滚的屁股朝天撅着，鳄鱼皮的洋刀鞘儿斜压在马靴下面。"这不是一把佐官的指挥刀吗？"大兰芬用机枪管子朝那臭屁股上杵了杵，厉声喝："起来！快起来！噢，原来他是属野鸡的，顾头不顾尾。"

一个脑袋剃得像和尚头、满脸血迹的老鬼子慢吞吞地站起来，两只手哆嗦着握住洋刀，一双黯然失色的眼睛盯着大兰芬。看到面前这位身材魁梧、声如洪钟似的"大力士"，竹田老家伙自感无法与之较量：这下全完了，大大的失败……

大兰芬看了一下这恶鬼子，掉过头向孙广盛瞥了一眼："是他吗?"

孙广盛跨前一步，看到拄着的洋刀上坠着红穗子，就用肯定的口气说："是的，绝对!"

随即，孙广盛猛喝一声："竹田!"

竹田像触了电似的浑身悚地一抖，接着向后退了几小步，听声音他估计这人大概就是所谓的孙猴子。他准备好好地看上一眼，这个使自己遭到惨败的人到底长得啥样。可惜眼镜没了成睁眼瞎子的竹田，看什么都是模模糊糊的。他想到孙广盛的厉害，想到在滩涂湿地游击战中一次次吃亏上当，想到自己给"大和民族"丢了脸，那愤怒的火焰在胸中燃烧，眼看就要熄灭了的"武士道"精神，顷刻又复活起来。竹田横下心要再作挣扎，虽然他知道这是徒劳的，但还是把拄在地上的洋刀慢吞吞端平，冲着孙广盛挺起的胸膛抖抖霍霍地想刺过去。

孙广盛岿然屹立，感到这个老鬼子真是不自量力，已失去了一切攻击能力，等不到你把洋刀刺过来，我就能一枪结束你的狗命，倒要看子弹飞得凶，还是洋刀来得快。但孙广盛并不想现场毙掉竹田，而是要留个活口送交新四军，以便让划船港人都看看，这杀人不眨眼的刽子手，望上去似乎有点可怕，其实也不过是这副丑恶相。

大兰芬明白乡长的意图，所以也没开枪，而把那一双眼睛牢牢盯住竹田平端闪着白光的洋刀上。就在竹田将要刺过来的当口，大兰芬猛然伸出芭蕉扇子似的大手，用食指和中指夹住了洋刀背儿。"哇!"竹田大叫一声，将目光呆滞地定在夹住刀背的大手上。大兰芬满是腱子肉的膀臂一收紧，胳膊弯子陡然向外一甩，只听到"嗖"的一声，日本天皇亲授的"大佐武士刀"就应声飞出三五丈，从而彻底离开了主人，甩落在英雄的划船港大地上。

竹田全身像被抽掉筋骨一样，软绵绵瘫在地上，似滩涂湿地草窠里的一堆牛粪。但他的一双眯细眼，还在不甘失败地白翻。

孙广盛和大兰芬将竹田押出宋家大院，来到划船港街上的老槐树下。大兰芬指着竹田愤慨地说："风水轮流转，没想到竹田现在落到我们手里了，把他先来个'挂灯笼'，让大家伙儿都看看。"他将歪把子机枪架在树根脚底下，动作麻利地将"嗷嗷"直叫的竹田捆得结结实实，然后就慢慢地扯动着麻绳将其腾空吊起。嘴里还骂："豺狼！昨天你吊中国人，今天也让你尝尝被挂的滋味!"

望着竹田活像个吊死鬼，心中充满着仇恨，但孙广盛不主张用这个方法来处置，对面前的大兰芬摇了摇头。大兰芬立刻心领神会，把手中麻绳慢慢地松下去，将竹田老鬼子放了下来。接着，又把竹田从头缠到脚绑在树干上，而后指着他鼻子，说："老鬼子，晓得会有今天吗？现在要让你也受点罪，来还欠下中国人的血债，再让划船港乡亲们都来看看，你这个大大的太君，如今成了啥怂样子！"

付扣宝孤单一人从宋家大院慢吞吞地走出来。他对乡中队配合新四军又打个大胜仗不感多少兴趣，只见他神情颓丧地板着驴脸儿，没精打采的样子活像只斗败了的瘦公鸡，耷拉着脑袋一步步往前走。牛不知角弯，马不晓脸长。他脑子里像塞了团乱麻，无法辨清脚下所走的路，那种负疚、恼恨、倒霉及思及个人未来前途等，灰暗的思绪挤满他的脑袋瓜子。在铁的事实面前，他不得不承认孙广盛是条汉子，真比自己强多了。

付扣宝的父亲是位国民党少将军官。俗话说："寡妇生儿子——肚子里有老底呐"。他在父亲的影响下，对蒋介石有着一种正统观念，加之从小是含着金钥匙出的娘胎，上过中央陆军军官学校，现又加入共产党并被安排到基层来锻炼，根本没经历过特定时期的阶级斗争，更不晓得老百姓的疾苦，其实到区里任职纯属是走场子镀金，寻求个人出路。一旦革命成功了，他就是抗日的功臣，企求着飞黄腾达。为此，他表面上跟共产党做事，心底里还是拥护国民政府的，认为老蒋是中华民族的合法领袖。即使在当下的抗日战场上，八路军、新四军和地方人民武装已成为打鬼子的重要武装力量，而他这个共产党的区长还依然认为蒋介石有抗鬼子的实力和决心，而共产党的力量是无法战胜日军的。然而，现在面前的事实已充分证明，自己的想法和所作所为都是错误的，不得不服输也不能不承认自己的过错。他心里清楚，再不承认就晚了，将会没有好的下场。他准备在区委常委会上作一次认真的自我批评，还打算向县委领导做个检讨。付扣宝在较短的时间内，将自己所走过的路程进行了回顾，最后，把过错归咎于与胡大仙相处，全怪这个老家伙。错已错了，现在说还有什么用呢？他连肠子都悔青了，心里在骂：真是瞎了双眼，把胡某人这个老贼当成知己！

人生是一条有无限多路口的长途，需要不停地做选择。

付扣宝决定去趟海神庙，找胡大仙算账。这事不能再等了，拖下去就要大祸临头。真是无巧不成书，无曲不成戏。刚说曹操，曹操就到了。糟糕的付扣宝像头老牛拖破车，慢打逍遥、无精打采地刚拐过学校围墙，正巧遇上迎面而来的胡大仙。

胡大仙装着若无其事的样子，满脸堆起了笑容，正准备主动上前寒暄几句，可看到付区长那严厉的神态，及逼近胸口的枪管子，吓得话到嘴边又连忙咽住。

“你个老狐狸，不要再装神弄鬼的了！”付扣宝仰起头喝道，“把手举起来！”

胡大仙带着皱褶的老脸，瞬间变得焦黄，山羊胡须不住地颤抖着。他慢吞吞举起双手，宽敞肥大的僧袍袖子，一下滑到了大膀臂上。

付扣宝对胡大仙的身上先是仔细地搜一番，见没带什么家伙，然后就退让几步，举着手枪站着。这时，一种报复的欲望在胸中涌起，他把枪口对住老贼的后胸：“这是你老狐狸自己来找死的，就不怪我了！”

付扣宝打开手枪的保险，将子弹推上了膛，对准胡大仙的太阳穴，只待扳机一扣，子弹就会将他脑壳子开花。付扣宝的手微抖着，就在要扣动扳机的瞬间，脑子里陡然冒出一个念头：这家伙曾经是我的好友，在许多问题上咱俩还是有共同语言的，就算他对我犯下罪行，打死又能说明什么呢？想到这里把枪又放下了，他觉得既然人家把手举起来，就说明已认输了在求条生路。江湖上有句话：冤家宜解不宜结，饶人三分不为痴。那就“瞎子放驴——随它去吧”！

第八十八章

付扣宝命丧胡大仙
假僧人现形真日特

“老子真没想到，在这滩涂湿地上天天耍鹰，到头来反让鹰啄了。”付扣宝心里觉得还是不平衡，但看着这个使自己栽得鼻青脸肿的假僧人，觉得实在是可恶之极，怨恨又一下子憋不住了，冲上去连续踹了几脚。胡大仙跌个狗吃屎趴在地上，磕掉两三颗大门牙。付扣宝接着又抡起拳头，在他背上猛击了一阵。

胡大仙慢慢爬起来，随即又规规矩矩地站着一动也不动，鲜血从嘴里流到下巴，一滴一滴地滴在僧袍上，他苦苦地强忍住没有表现出一点反抗。

付扣宝感到心底那股恶气终于出了点，打算把胡大仙先押起来，可关在什么地方呢？让谁来看着呢？周边一个人也没得。他头一掉发现学校有间放“粮食”的教室门敞着，就把老贼押了进去。

教室里堆满了盛着“粮食”的麻口袋，就连窗户也被堵得死死的。付扣宝将胡大仙关在里面，而外边用铁丝绞紧门扣，接着又使劲踹了几脚门板挺结实的。心想：看来问题不大，便大摇大摆地朝西找人去了。

被关在黑暗教室门膛里的胡大仙，睁着一双豺狼似的眼睛，两只手扒住门缝向外窥视。见付扣宝刚走不远，他猛地揭掉头上的僧帽，掏出那把裹在绑腿里的“二号橹子”，将枪管子插入透着亮光的门缝，那只猫眼似的枪口瞄住付扣宝的背影。“砰！”随着枪响，付扣宝“啊”地一声惨叫，身子向前一倾，一头栽倒在地两手拼命刨泥。

孙广盛和大兰芬等正从西边墙角转弯处过来，听到了枪声，又看到付区长应声倒下，便急匆匆地跑过去。大兰芬端在手里的歪把子机枪，即刻对着那门就是一梭子，子弹穿透了门板……孙广盛急忙上前拉扶起付扣宝，将他左膀子搭在自己右肩膀上。此时，那张白面无须的国字脸已没一丝血色，胸前铜板大洞口里浓浓的血浆，正往外喷涌，把上身衣裳染红好大一块，痛苦地呻吟着，有气无力地愤愤丢下几句："我付某人认贼作父，落到这个地步活该，也算是一种天意吧，这叫罪有应得啊！"

"不说多少，先缓缓气。你看看淌了这么多血。"孙广盛安慰着。

"血，教训！这就是血的教训哪……"然而，世上从来就没有后悔药，走到这一步再懊悔也是徒劳的。付扣宝说着眨起白痴眼，头一低就咽了气。

"大兰芬动作快些，过来搭把手扶住。"孙广盛把系在挎包上的毛巾解下，一把捂住付扣宝的伤口。

这时上来几个民兵，用担架把付扣宝抬走了。

事有凑巧，教室里的胡大仙并未受伤，只是手枪被机枪子弹打飞。

大兰芬对着大门踹了一脚，几个民兵乘势破门而入，冲进去将胡大仙按倒在地，大声喝道："不准动！再动老子就打死你。"

老贼乖乖地举起双手。

当看清他右手的中指和食指上，那种报务员和用枪人才会有的茧儿时，孙广盛说："大法师，你可真不简单啊！"

"五爷爷，是否又看出什么名堂来了？"大兰芬问。

"这大海边上荒田野草窠里的海神庙，一个出家人从不劳作，成天有吃有喝，还养得肥头大耳，真是好福气啊！上次我同英子去的时候，一眼就发现这个修行之人，怎能用上法国的香皂、美国的牙粉、小日本的'大和之魅'香水等洋货，大伙儿去庙里搜搜看！"孙广盛说。

大兰芬马上领会意思："对了，赶快去海神庙！"

胡大仙像只泄了气的皮球，早已没有刚才的神气，犹如一条落水狗似的，耷拉着脑袋一言不发。

趁着看管的民兵一不留神，胡大仙迅速从怀里掏出上面印有骷髅头的小铁盒，取了一粒药丸子刚想往嘴里放，被网箍子一把夺住。原来，那是德国产的氰化物药丸，只要人吞下去没有一点痛苦，立刻就会毒发身亡。

一行人押着胡大仙，很快来到海神庙的方丈楼。

桌上摆着一张黑白照片，是一家三口子的合影。想象不到这相片里的男主人就是胡大仙，穿着和服的年轻女子是他爱妻，面前那小女孩肯定是他们的女儿。孙广盛心里暗暗吃惊：原来这自称大仙的老贼，竟然是个小鬼子啊！他真为自己过去的失察捏了一把汗，深深地愧疚、遗憾。

“想为天皇尽忠吗？只要肯配合，我保证你生命安全。”孙广盛说，“我们不会学特高课的那一套，一点不讲人性。再说，你就这么死去，那年轻漂亮的太太咋办？难道希望她也为你流泪，让心爱的人每天都受痛苦煎熬？”

老贼脸上显现出轻微的情绪波动。孙广盛觉得这一招已见效，于是就将那“赶蛇棍”跟上：“我看你不像个十恶不赦的亡命之徒，应该懂得侵略战争的结果，只是不敢去面对这个残酷现实，对吧？”

“别再说了，你快杀了我吧！我是什么也不会讲的。我绝不会背叛天皇，你们休想从我嘴里得到任何情报！”没等孙广盛把话说完，胡大仙就吼叫起来，显然是刚才的话已说到他的痛处。

大兰芬把两只拳头捏得“咯吱”作响，恨不得上去弄几下把他打趴。

“其实，看你刚才的眼神，我就知道你在撒谎。杀了你又不费劲，枪一响马上就解决问题。不过你想了没有，死后少太太咋办？她往后的日子怎么过呢？”孙广盛依然抓住照片的话茬不放，将那张少太太美人照在胡大仙面前摆了摆。

似乎是对自己刚才的失态有所觉察，胡大仙又很快恢复了抵抗的神态而一言不发。

孙广盛严肃认真一字一句地说：“凭你手指上的茧，不管在情报部门干多久，有一点你肯定清楚，陆军总部的那些混蛋们是怎样对待阵亡官兵妻子的？把她们骗到作战一线来，为大东亚共荣做贡献。也就是你们的每个师团和旅团中，都有大量的所谓‘女子挺身队’，这个‘挺身队’究竟是干什么的你应明白！她们都是被陆军总部组织起来的军妓，是满足官兵泄欲的工具。这些可怜的女人们，战争是男人的事，为什么要将她们牵扯进来呢？”

“你不要胡说，我是不会上当的！”胡大仙又嚷着。

“我一点也没胡说，你们中的许多人，不是父兄就是丈夫或情郎，一旦在中国被战死，女人就成了遗孀和未亡人。有谁知道当这些可怜的女人，一踏上前往中国的运兵船，就被告知去‘女子挺身队’，否则就得死了死了的！所以说你可不要‘瘦驴拉硬屎——逞强’啦！不能就这么不明不白地死去。人活一世，草木一秋。你应该考虑活下来，珍惜自己的生命，至少得对照片上这年轻太太和孩子负责。”

胡大仙陷入沉思之中，整个方丈楼里的空气似乎凝固起来了。

过会儿，胡大仙开了口：“凭什么相信你的话？我听付区长讲，你们就是会蛊惑人心当说客，只知道让牛干活而不让其吃草，更谈不上考虑人家的情感。”

“一个国家和民族之间，没有永远的朋友，也没有永远的敌人，只有永远的利益。鸡蛋不能全盛在一只篮子里，你看着办吧。再好好想想少太太和女儿，难道你真的要一条路走到黑？到时候悔断肠子也没有用，这就是一根筋的命运。实话告诉你，本人就是划船港的孙广盛，也就是你们一零七联队悬赏五万大洋、策划出‘擒王行动’的头号通缉犯！竹田剿灭支那农民军的阴谋终于破产了！”

眼看着胡大仙的表情有了变化，知道他的心理防线开始松动，于是孙广盛又紧追不舍地接着说：“你应向光明靠拢，我们会保护好你的，请相信共产党人说话算数。只要你肯同我们合作，你的人身安全和人格尊严，是不会受到侵犯的。”

老贼愣了一会儿，说：“阁下就是让竹田大佐及一零七联队玉碎的孙大侠？”

“是的。”

胡大仙的心理防线开始崩溃了，过一阵子抬起头来，说：“那天晚上曾遇过，还不知是你孙大侠呢！全怪我眼背，深感惭愧。想合作可以，但一定要说到做到！”

“请尽管放心！共产党人不论做什么事情，都有一定的底线和原则，不会过河拆桥，说出来的话决不食言！”

“那问吧，我愿意配合。”胡大仙长长地叹了口气。

“好，赶快松绑！”孙广盛将手一挥。

“我原名叫齐藤英男，是在中国长大的日本侨民，拥有美、日双重国籍，父母都是医生，现定居美国洛杉矶。我十八岁那年，去哈佛大学主修临床医学，二十五岁与前任妻子结婚，也就是婚后的第五个年头，她在怀孕期遇上车祸，撒手人寰。后来，三十九岁才与现任妻子竹内幸子相识、相恋、相爱并结婚，当时她十八九岁，也就是这张照片上的女人。现住东京都，已有个十一岁的女儿。中日战争全面爆发的三年前，我已一把年纪了，还被陆军总部特招参军，在关外一家战地医院当外科医生。由于我中国话讲得特别流利，很快就被特高课的人看中，并成了第十五师团的谍报员。在特高课的这几年里，我一直都是负责联络和后勤保障工作。”

“如没猜错的话，这海神庙里以前应还有个法师吧，你把他怎么啦？”孙广盛故意放缓声音问。

“你们肯定认为是我把他杀了，然后冒充个假法师来行骗。其实，以前这庙里的前任法师名叫山本雄一，他是个特高课的老间谍，在‘九一八’之前进入上海，后被派驻苏北瓢城东门划船港。山本雄一也精通中文，成功潜伏海神庙后，混迹于民众中很难辨别。他利用假法师的身份与人交流，久经训练学着南北蛮腔侉调，当地的瓢城话都会说。那年清明节前，草滩里的茅针也就是茅草花的胎儿，当它才露出尊容时是红彤彤的身子白嫩嫩的根，尖尖的脑袋甜丝丝的肉，吃起来既鲜嫩又解馋。一天，山本雄一听说用茅针鲜嫩的肉子炖鸡蛋，是菜肴中之一绝，于是就去拔茅针回来学着炖蛋做菜，巧遇了‘群蛇聚会’的盛景：一块大约二亩见方的低洼草滩上，成千上万条有毒无毒的蛇聚在一起，相互缠绕着上下翻腾。原来绿地毯似的草滩，被五颜六色的蛇盖着。山本雄一见了，吓得扔掉茅针往庙里跑，突然左小腿肚仿佛被针一刺，有阵子麻麻疼的感觉，不由浑身打了个寒噤。他立即意识到，自己被蛇咬伤。由于蛇毒扩散，紧急送往战地医院后，一条左腿被截肢。不久，山本雄一回了东京。接着，我就从江南派调过来，顶头上司就是被誉为‘帝国之花’的南造云子，日本驻上海间谍组织特高课一课课长。她经常进入英、法租界，逮捕共产党员和抗日人士，还先后摧毁了国民党军统留下来的一些联络据点，诱捕数十名军统、中统特务为天皇服务。她利用在沪及周边一带的教堂、学校、妓院、烟馆、洋行等，为大本营搜罗情报，并还兼营贩运鸦片和军火。另外，那个绰号叫‘鲤鱼精’的女人——李玉清，就是‘江豚计划’分支派遣来苏北瓢城东门划船港的，最终由于种种原因没有成功……”胡大仙索性就来个竹筒倒豆子，把知道的都说了。

“你手指上的茧子又是怎么解释呢?”孙广盛问。

“那不奇怪，如让谁在几个月内，每天十五六个小时进行收发电文训练，手指上肯定会出一层茧子。再说，我还是日特机关潜伏在国民党中统里的高级‘密探’，直属上海站的陈亚标长官领导，是中统驻苏北划船港军事特情员，在国民党瓢城县党部还兼要职，属打入划船港的‘双面’间谍。我的中国名字叫胡鹰，因常替前来庙里的乡民们看病，当地人都称大仙，代号为‘土野鸡’。”

“只要你把问题全部交待清楚，我们可以放你回去。”孙广盛说。

“不，不走了！回去也只能是剖腹自杀。”

事不宜迟。孙广盛吩咐立即向县大队报告，并暗中将齐藤英男押送至新四军三师驻地。

第八十九章

陈秀英网套坐探虎
乡中队策应攻瓢城

太阳从东方的海平面上升起，满滩的雾气渐渐散去。枪声已稀疏下来，攻城的战斗逐步向十三里墩桥以西延伸。

乡亲们都已陆续返回。兵民联手打了个大胜仗，划船港周边上至八十三、下至手里挽，人人都笑逐颜开。男子汉大部分都去帮乡中队清理战场，到大洋河边拣枪和子弹盒等，妇女们就忙着烧水、煮饭，给新四军临时营地送去。

孙广盛找到了朱铁匠，并帮助安排好村里事务，把藏起来的军粮再挖出来，派专人配合乡亲们加工好送到部队去。

孙广盛忙了一会儿，返回到那棵老槐树下，发现有人把竹田又吊起来了。他有点着急，立刻大声喊："简直瞎胡闹！是谁这样干的？"

"爹！是我。"三俊子拄着根树棍子，一瘸一拐地过来解释："竹田欠的血债太多，人们一听到他被逮住了，纷纷都来猛打。如不吊起来，马上就会被打死。"

"那这样就能死不掉啦？"

"肯定死不了。反正我现养伤哪儿都不去，就在这里专门看着，为让这个吃人不吐骨头的老魔鬼出点丑，干脆把他身上穿的黄狗皮扒掉，只穿件遮羞的丁子裤。因屁股和腿子还给兜上一块渔网儿，竹田吊在上头网兜里，就像小孩子玩游戏荡秋千似的。"

"他现在是俘虏！不能虐待，这是纪律！竹田是个要犯，应马上押送给新四军处理……你腿上的伤怎么样啦？"孙广盛又关切地问。

"不碍事，就是软组织受点皮肉伤，不发炎几天就好了，幸好没碰到骨头！如伤了筋骨就麻烦大啦。伤筋断骨一百天，要三个多月不下床，把我还急死了喃!”三俊子满不在乎。

“好好休养。随时待命!”

“是!”三俊子马上来个立正。

“放老实点,跟上,快!”北边巷口子里传来熟悉的声音。

孙广盛一看,原来是岳父陆玉桂押着个人。只见陈霸川耷拉着脑袋,慢吞吞地走一步停一步。这个划船港的败类、万恶不赦的反革命分子,知道乡亲们不会饶过他,见到孙广盛就“噗通”一声跪地上,磕头作揖地哭丧着脸:“我是地道的划船港人,却当上小鬼子的特务,真不是个东西。现在保证老实交代,只求孙长官手下留情,饶了我一条小命……”

“住口!”孙广盛大声说,“你这条恶狗,同你主子竹田一样,都将受到人民群众和民主政府的审判。”

三俊子看了看陆玉桂,问:“外公,你是怎么把他揪住的?”

“噢,这不是我的功劳,而是你二表姐陈秀英逮住的。”

说来也太凑巧了,真是冤家路窄,陈霸川偏偏被陈秀英撞上。

原来,昨天傍晚陈霸川在南土坡上喊话,被英子补射一枪击中右膀根子。他吓得魂飞魄散,拼命地奔回宋家大院,苦苦哀求临时军医所的医官,派卫生兵替他做了简单护理,包扎后用绷带将膀臂兜起来吊在颈项里。他因流血太多和过度疲劳,在西厢房里睡着了,迷迷糊糊地睁开眼的时候,已是早上太阳八丈高。爬起来一看,院子里空荡荡的,连个人影子也没有。再到大门楼子外朝西一望,新四军已打过了大洋河,竹田领着人马往回赶。陈霸川心想:看来已溃不成军了,就凭几把短枪企图固守大院,那简直是天方夜谭。自己昨天已一只膀子受伤,何不笨鸟先飞呢!再说单个溜目标小,一般人都不注意,也许还能求条生路。刚想拔腿发现二蜡嘴骑在大洋马上,正猫着腰顺小路拼命朝东跑。蓦地有伙人从南面小沟边上连放十多枪,二蜡嘴从马上栽了下来。陈霸川估计他肯定被打成“筛子”,十拿九稳没命了。再一想:射人先射马,擒贼先擒王。二蜡嘴要鬼头聪明是一等子,也许他小子是故意从马上滑下来,不是钻进一边的草丛里,就是从旁边的小沟里逃掉。

陈霸川脑袋瓜子一转,感到大势不好,心想事不宜迟,我要赶紧逃跑,而且是越快越好。他先是朝东跑,新四军冲锋队伍犹如澎湃的黄海潮水,不可阻挡地涌进了村子。接着他又向西跑,西面乡中队的人和当地乡民们,简直跟拉箍网似的又兜过来,南边就莫谈了,北面更是去不得,从板港子返回的人到处都是。哪咋办呢？万难之下，陈霸川不得已钻进大转盘下面的狗耳洞。起初，他认为躲在这里很保险，有了一丝鸟入山林鱼游清溪的兴奋，后来又觉得这地方也靠不住，民兵如来打扫战场，不把我拖出来才怪呢！

陈霸川没精打采地想：现在晓得全错了，我真不算个东西，无论对照抗日民主政府哪条，脑袋早已记在枪毙的账上，头随时都有可能要掉。考虑我这败类将来百老归西，还真没脸去见列祖列宗，更莫谈进陈家祖坟了！再说我陈姓家族这一支，几代人在划船港作的恶也太多，实在对不起这块土地上的老老少少。若这次被他们逮住，那肯定百死无疑。三十六计走为上，到北边找个草堆拔个洞，先钻进去避避风再说，叫他们看不见也摸不着，除非用一把火将草堆烧掉。想到这些，他从狗耳洞里又爬出来，抄近路一头奔向北边的小巷子。

陈霸川贼眉鼠眼的一路小跑，不想迎面撞见孙广盛的二外甥女陈秀英。

对了面，双方惊得都张大了嘴巴，同时也停住脚步。像两根木头桩竖立着，谁也未动都没吱声，只有四目相对。

陈秀英刚从鹤影里赶来。她背着的大腰篮里放了十几双布鞋，上面摆只盛刺猬的渔网兜儿。布鞋是乡亲们替新四军赶做的，而渔网兜里的刺猬是带给亲戚做偏方治痔疮。她不料刚到北街爪子上，就遇见这个恨之入骨的死敌。

陈秀英想：划船港一带的陈姓人家，几乎一天到晚都在盘算着，能早点逮住这个败类，到时就是看着把他处死也难解心头之恨。现在真凑巧，果然送到眼面前来了。陈秀英是个沉稳不爱多话的农村妇女，看样子有些孱弱，面对这陈姓的败类，她几乎变了一个人，尽管手无寸铁也毫不示弱，两眼喷射出仇恨的怒火。她一边卸下后背上的腰篮，一边向陈霸川逼近。

陈霸川看到陈秀英这凌厉气势，不觉感到浑身一抖，猛地吸了口冷气，连忙向后退避。他清楚这人尽管是个女性，但女人一旦发起飙来，一般男人也难以招架，加上自己一只膀子已受了伤。

陈秀英刚放下腰篮，准备用盛着刺猬的渔网兜做武器，陈霸川觉得攻击对方的机会到了，企图趁她拿渔网兜儿的当口，先发制人地冲过来，想用脑袋把她撞倒。谁知陈秀英眼疾手快，把网兜的口已抻开了，趁势对准陈霸川的脑袋，那情形宛如一条大鲤鱼钻进网里似的，把陈霸川的身子吞噬了半截子。陈霸川自投渔网兜儿，触痛了右膀根子上的伤口，顿时疼得喊叫起来。从板港子返回的几位妇女，正好刚走进巷子，听说渔网兜罩住的是陈霸川，便一窝蜂地拥上来。陈霸川被打倒在地，她们操起腰篮里的鞋子，大骂走狗、无耻畜生、没阳寿的，她三下你两下子，没头没脸地揍打着。陈霸川被打得蜷缩在地奄奄一息，像头刚放过血的肥猪。陆玉桂走这里路过，连忙挥手，喝："住手！不能再瞎打啦。这家伙是小鬼子的特务，肚子里也许还有点货色，要交给孙乡长审审！"而后，陆玉桂等便把陈霸川押到了街上。

孙广盛鄙夷地看了陈霸川一眼，对三俊子说："把他也绑起来，先让大家看一阵子，到时候一起办！"

"报告！"背后传来一个陌生的声音。

孙广盛掉过头一看，原来是位新四军小战士，挺胸笔直地站在面前，便赶忙亲切地问："小同志，有事吗？"

那小战士递上一封信。

信是县大队首长孙海光写的，他告诉孙广盛现正在李家灶一带阻击敌人。目前部队又把"二鬼子"困住了，外围战斗很快将结束。瓢城原先只做了个包围态势，这次战斗是在大洋河畔划船港一带进行的。目前到了真打瓢城的时候，城里的敌人已不多，只要攻破城门，问题就将迎刃而解。信上还说：乡中队对城里地形地貌很熟悉，要策应某部加强三营一起打进去，命令孙广盛立即带着队伍，去瓢城东门的六里双，到某部临时驻地报到，与负责指挥攻城的四团参谋长孙海恨联络。

孙广盛握信沉思片刻，迅即让人把三俊子找来，问："腿子上的伤咋样啦？"

"已快好喽！"

"能上重吗？"

"能！只要拿瓢城这出戏一开锣，我保证半点也不荒腔走板。"

孙广盛让三俊子集合队伍，急行军赶赴瓢城东门六里双，然后自己走到陆玉桂跟前："爹，你跟村里洪书、海燕讲一下，二蜡嘴、送人命和丸山等还未找到，要再组织起来细细地搜索。"

"这一点你尽管放心，那几个混蛋家伙就是扒了皮烧成灰，大家也都认得。你快去忙吧，这些事情就包在我们身上。"陆玉桂拍着胸口，爽快地应答。

第九十章

孙洪义智捉宋仁明
二蜡嘴作奸千夫指

小牛光着屁股在河浜上洗衣裳，随即把湿漉漉的裤子拧掉水，而后就一只脚落地蹦着穿上身。东南李家灶方向响起阵阵激烈的枪炮声，小牛想："二鬼子"这下跟小鬼子差不多，也是兔子尾巴长不了啦。他把腰带压在肚脐眼子上扎好，上面连挂两把王八盒子，沉甸甸的坠在屁股头子上，又用脚尖子慢慢勾住一只钢盔，使劲地朝空中一踢，正好扣落在自己的小脑袋上。他弯下腰拾起一支三八马枪，推上顶门子保险后，上上下下打量一番装备，喜不自禁地咂了咂嘴，下巴在肩膀头上蹭掉汗水，兴高采烈地跑上大洋河堤。

河堤不算高，堤外是一片芦苇荡滩，快成熟的芦苇疲倦地弯着腰，灰白色的芦柴花儿在轻风中微微地点着头。这时芦苇荡里发出一阵"哗啦哗啦"的秸秆碰撞声，小牛一眼看出是送人命，他上身着米色杭绸小褂，下身穿黑色洋布裤子，转动着一双蛤蟆眼，像一头大肥猪从芦苇丛中笨拙地慢慢爬出来。一看到小牛在圩堤上，他又立刻缩回头。

其实，小牛早已发现他了，但装着若无其事的样子，故意噘着小嘴巴吹起口哨下了圩堤，顺一条小路朝北边走。大约十来步远的光景，小牛陡然停了下来，躲在一簇大盐蒿子草丛旁，目不转睛地紧盯着那个方向。送人命听到脚步声远去，估计小牛可能往村里赶，但他还是蹲在那里一点也不动，等了好大一会儿，才鬼鬼祟祟地探出脑袋，东张张西望望，而后磕磕绊绊地出芦苇荡，爬上大堤去了河边。

送人命耷拉着脑袋如丧考妣。他看着这汹涌的海潮涨上来，头脑子里一阵发晕，心跳加快，又犯起了嘀咕：年少时在河里游泳、踩水、扎猛子玩得挺凶的，如今老了长一身肥膘，四肢就不那么灵便，能冒这个险吗？他迟疑了一会，最后咬咬牙心一横：宁愿在大洋河里淹死了，也不能蹲在这里干等。他瞪着一双充满血丝的眼睛，想过河走海慧寺方向，到南洋岸皇军据点就有命了。拿定主意后，他脱下鞋子衔在嘴上，脚刚站到水里又犹豫了：可不能把老夫真弄个水葬啊，淌到大海里就成了鲨鱼的美餐，到时连尸首都没法收。现在啥都想通了，就是有万贯家财也不要，只求能保住条老命就行。

此时，心机灵巧的小牛正悄悄地趴在河堤上，身子藏在一撮子蒿草后头，一双闪亮而圆溜溜的小眼睛，监视着送人命的一举一动，心里在盘算着：等那老贼下了水，再出手痛打这条落水狗。

送人命慢慢地探着水，磨磨蹭蹭地朝河中心蹚着走，水渐渐地淹到肚脐眼子，又快到胳肢窝了。他想踩水过河，但恰逢涨潮水溜很急，紧张了一阵子，他还是不想回头。当感到进退两难的时刻，小牛站在河坎子上，“哈哈哈”地笑了一阵，说：“送人命，河宽水深溜急，你多保重！”

“啊！”

送人命大吃一惊，嘴一张衔着的鞋子掉在水里漂走。

“当心淹死了，淌到大海里喂鱼虾。我劝你还是回来吧！”

“你，你……”

送人命慌恐地掉过头，看到小牛端着三八马枪，喊：“莫打枪！我，我回头。”

嘴里说，但身子还是停在那里，心里七上八下打着鼓，像根木头桩似的，只管一个劲地朝腋下的水溜呆望着。涨潮水从他右侧分开，又在左侧卷起小漩涡流走。小牛想：这个臭地主毒如蛇蝎歹胜虎狼，一枪毙掉反而太便宜了，应五马分尸。他端起马枪，吓唬地喊：“站好，看看我的枪法！”

“孙洪义，小牛宝宝，千万不能开这个玩笑！”送人命急忙大声哀求道。

他慢吞吞地转过身子，像小脚女人走路一样朝前挪。小牛有点等火了，“哗啦”一下子跳到水里，用枪管子朝他胸口一杵，送人命“嗷嗷嗷”地连声叫喊，脚头里未站稳打了踉跄，一个“仰八岔”四爪朝天躺在河里，连呛几口水一转身，两只手拼命地乱划一阵子。

小牛上前一把抓住送人命的衣襟，先把他拎起来喘口气，又将他揞下水喝一阵子，多次反复，让他喝足苦咸的潮水。送人命被海水灌得饱饱，呛得迷迷糊糊，看上去已没有什么挣扎能力了，任小牛怎样给他上紧箍咒，连个屁也不吭一声。小牛将他拖到岸边，老家伙像头死猪似的沉重，小牛费了九牛二虎之力才把他拖上河坎子。小牛歇了一会儿，将三八马枪斜挎到背上，而后用裤腰带反绑住送人命的双手，接着又扒下大腰短裤套在他脑袋上。眼看蜷缩在河坎子上的送人命，一副形毁神灭的模样，小牛觉得，人在得意和失意的时候，简直是判若两人，哪晓得他也有落魄的这一天。在小牛的印象中，送人命一直都是阴险狡诈，诡计多端。现在却玩不过我了，怕的是命该如此。一阵子忙过去后，小牛在送人命宽厚的背上捶了一拳："宋仁明，你'送人命'绰号已用几十年了，这下可要改成'送狗命'啦……"

孙广盛和三俊子带着乡中队沿着圩堤过来了。

"小牛，你在干啥呢？"

"五伯父，这是送人命个老鬼。"小牛说着下巴在肩膀头子上蹭了蹭。

"好，好事！"孙广盛十分高兴地说，"小牛，你的功劳可不小啊！"

小牛跟撒欢的小马驹一样，飞快地跑上河堤，故意将屁股后头的王八盒子亮亮。站在五伯父的面前腼腆地红着脸，问："我想参加民兵，能行吗？嘿嘿！还有个愿望加入共产党，不晓得有啥标准？"

"当民兵？行！五伯父答应你，不是年龄小一点点，入党也早已够格啦！哎哎，可不能把送人命个老家伙撂在这河坎子上憋死了，要活的回头还开公审大会呢。"孙广盛高兴地说。

"是！"小牛声音洪亮地回答，"当民兵不立功，不为划船港人。"

徐树庭让两个民兵把宋仁明押回村里。

大雾已渐渐地消散。划船港一带混沌不清的天空，现在一下子都明朗了。

果真让陈霸川一屁猜中。二蜡嘴骑在马上向东逃窜时，被英子带的民兵连打十多枪，由于不在有效射程之内，其中有发流弹飞过去，把他左手臂射穿了，不过未伤到筋骨，只是打了个小洞而已。从大洋马上栽下来后，二蜡嘴在路旁小沟子里刚逃不远，被英子和网簖子等民兵追上去逮个正着。

二蜡嘴算是血债累累。这条日本人的哈巴狗，自从当上国军又参加了伪军后，他干脆就充当起小鬼子杀人放火的急先锋，是个十恶不赦的大汉奸。

有道是兔子不吃窝边草，二蜡嘴却连自己划船港的兄弟姊妹都不放过，是个六亲不认的人，可以说连个畜生也不如。夏秋之交，日军一零七联队北上八滩急需粮食，二蜡嘴亲自带人下乡抢粮时，硬是将划船港的十几个跑不动而躲到土地庙里的老人关起来活活烧死。为了这件事情，他六叔六婶双双喝卤水自尽，以向族人谢罪。有鉴于此，一些已被逼走他乡的嫡叔伯和堂叔伯姊妹们，早已与他路归路、桥归桥了。

听说民兵已活捉了二蜡嘴，人们马上纷纷返回划船港，几乎是连生吃他身上肉的心思都有了。二蜡嘴的嫡叔伯四弟宋渊等十三个兄弟姐妹，联名向划船港抗日民主政府提出申请：姓宋的在当地决不留骂名，将大汉奸宋魁交给宋氏家族处置。

这不合理的请求，几次遭到孙广盛回绝，后来在一阵忙乱中，二蜡嘴被他们强行抢跑了。

天作孽，犹可违；自作孽，不可逭。宋渊一行人到铁匠店找来一副铁钩子，直接钩住二蜡嘴两只小腿肚子上的肘子肉，存心折磨这位狗官县长，让划船港人看看。

“啊——啊——”二蜡嘴声嘶力竭的惨叫声，马上传遍街巷、港口码头和大洋河畔。接着在宋渊等众兄妹一阵子没头没脸的拳打脚踢下，一直神气不得了的狗官县长、人称二蜡嘴的宋魁，如丧家之犬一般，惨叫声越来越小了，最后被宋渊的几菜刀下去，这个无恶不作的汉奸终于一命归西，得到了应有的下场。

当宋渊等兄弟将二腊嘴的头颅，挂在洪顺豆腐坊扯起的幌子上示众时，平日一些嚣张跋扈惯了的伪军，看到主子跟小鬼子当差的结局，很快个个都跪地举手投降：“大当家的头已挂了，弟兄们还死撑个屁！”

大树一倒，猢狲乱跑。眨眼工夫，警备队的伪军全部乖乖地缴械解除武装。

小牛已加入到乡中队的行列，同志们都向他表示祝贺。行军的路上，大伙儿一面夸奖着小牛，一面兴高采烈地谈论战斗取得的胜利，沿着圩堤向南前行。

水色微荡漾，海光渐曈昽。金色的阳光从东方照射过来，轻吹的海风穿梭在光环里，看上去一切都变了。孙广盛一昼夜的困倦，被那阵阵海风吹散，心情好像换了天地似的，格外英姿焕发，威武地走在前头，带领队伍去配合攻城部队的战斗。一株株绿柳挺立堤岸，像一排排靓丽的少女，披着一头秀美的长发。孙广盛时而望着：左边广袤的滩涂湿地上，芦苇随风起伏，仿佛在低声吟颂着抒情诗；右边汹涌奔腾的大洋河面波光粼粼，一浪接续着一浪，心里荡漾着胜利的喜悦。

前面，十三里墩桥快到了。

第九十一章

图顽抗丸山命归阴
孙小牛就义天妃闸

“嗒嗒嗒嗒”……

驰援的划船港民兵中队接近北桥头子的当口，不料桥南炮楼里的机关枪对着草丛漫无目标地突然扫来几梭子，飞蝗般的子弹把贴在路边的灌木打得枝叶乱飞，“啾啾啾”地从队伍旁掠过，有些子弹碰在石头上蹦起耀眼的火花。孙广盛立即下令：“就地卧倒！”

这情况来得让人猝不及防，火力猛得几乎使人无法抬头还击。“怎么办？”大兰芬从后头爬过来疑惑地问，“大部队刚收拾过，炮楼内咋又作怪了呢？”

“肯定里面还有鬼子！”孙广盛说。

在战场上，有时敌人的据点被拿下后，但过了一会那里的火力又死灰复燃，这如家常便饭不足稀奇。然而，今天这么大一个战场都平静了，唯独孤零零的桥头堡炮楼还敢翻泡，可见小鬼子的顽固性。

网箍子凑到孙广盛身边，说：“把手榴弹集中起来，让我去收拾这些狗杂种！”

大兰芬机枪往路边上一架，声音洪亮地说：“放心，由我来火力掩护！”

网箍子用五颗手榴弹捆在一起，刚准备下河却被孙广盛喊住：“能行吗？”

“我个头小滑溜些，水性也过得硬。您放心！”

网箍子说着就举起那捆手榴弹，“嗯啦”一声下了水。南桥头炮楼里的敌人发现了，射出来的子弹呼啸着从他身旁飞过，在水里打出一片“啧啧啧”的响声。孙广盛焦急地问大兰芬：“怎么样？能不能封住对方？”大兰芬扬起手臂揩了把脑门上的汗水，说：“放心！这个不成问题！”随即探出身子挺起胸脯，瞄准对岸炮楼端(洞)口"哒哒哒"地一梭子。顷刻,对方的机枪成哑巴了。这时,网箍子已游到南岸,猛地一头蹿了上去,一溜烟跑到炮楼的底下,把那捆手榴弹靠在墙根脚放着,"嗤"地一下就拉着火,然后十分敏捷地打几个滚。

"轰!"手榴弹爆炸了。

当那些烟雾消散后,网箍子抬头一看,炮楼还依然无损地戳在南桥头子旁边。手榴弹只把混凝土墙壁上啃了许多麻点子。

炮楼里的机枪又发疯似的狂吼起来,把北边的桥口再次封锁住了,乡中队无法从桥上通过。

大兰芬的机枪子弹已打光,大家都焦躁不安地看着孙广盛。

城里的战斗在盼乡中队,新四军某部四团孙参谋长在东门六里双附近,急等乡中队早点到来,万万不能在这里耽搁。

孙广盛沉思了一下,咂咂嘴说:"要不然,还绕回头泅渡吧。等把瓢城拿下后,再来好好地收拾它。"

大兰芬胸有成竹,将手猛地朝机枪管子上一拍,说:"再回头绕道,时间可就没优势了。他奶奶的,真是出鬼了,我就不信!"

有道是艺高人胆大。这身大力不亏的莽汉"寅时点兵,卯时上阵——说干就干",话音未落腾地一下蹿过去。孙广盛担心的忙想喊回,可大兰芬根本就听不进,他一个猛子扎下水,等了好大一会儿也看不见人影子,大家都为他捏把汗。过了一阵,大兰芬在河中心的桥桩旁露出头,随后便快速游到南岸。他在网箍子的肩上拍了下,说:"同我一起上去。"

网箍子看大兰芬两只大手带了一颗手榴弹,还是刚从小鬼子身上摘下来用于防身的,迟疑地问:"就一枚? 有点把握吗?"

大兰芬急不可耐地说:"呸,怂货! 少废话,夹住乌鸦嘴。"

网箍子用疑问的目光望着:"哪还有啥绝章程?"

大兰芬得意地回答:"没有金刚钻,揽不了瓷器活。要有技巧,靠蛮干不行。"

网箍子不解地随大兰芬爬上河坎子,又是一阵急促的匍匐前进,安全地到达炮楼的根脚底下。

大兰芬对网箍子说:"你蹲着让我踩高肩爬上去,把那机枪管子拧下来。"

其实,网箍子是"正月十五的灯笼——心里透明",机枪管子是有卡件的拧不下来。他还记得大兰芬在土地庙首次打机枪,因卡壳摸了将卡件未拧紧而脱落，曾把枪管子打飞。于是，就毫不犹豫地贴着炮楼蹲下身来。大兰芬手扶在炮楼的墙上，一双肥大的脚板底，稳稳地踩上了网箍子瘦弱的肩膀。“嗷——”网箍子憋住劲，差点把疝气震下来，脸红脖子粗地也没站得起来。

“男子汉大丈夫，拿点刚强出来。使劲——”大兰芬骂骂咧咧也替他加了把劲。“哎呀，你这庞然大物真笨重！”网箍子双手撑住膝盖，咬紧牙关猛力向上一顶，憋得脖子上青筋暴起，终于把大兰芬扛了起来。

大兰芬并不是为去拧枪管子，而是想把搁在端（洞）口上的枪管子推到一边，腾点空间朝炮楼里塞手榴弹。他像条小壁虎似的贴在墙上，一只手举着那颗“宝贝”，并将拉索环套在小指头上，另一只手就去摸滚烫的枪管子，而枪管子在激烈地抖动着，还不停地吐出火舌。大兰芬一把将枪管子抓住，像攥了块烧得滚烫的烙铁一样，手掌心里老皮立刻被粘掉一层，发出一股如同烤肉串的焦煳味。他强忍着钻心的疼痛，把那枪管子猛力推向一边。

身体单薄而个头矮小的网箍子，肩上站着大兰芬实在有些力不从心，双腿一阵阵地发软，两肩胛骨就像要被压碎了似的。大兰芬感到右脚已渐渐向下滑，左脚的高度也在慢慢下沉，眼看身体将失去平衡。在这千钧一发之际，忽然贴着墙有个硬邦邦的小脑袋，顶住了大兰芬的一只脚板底，而另一只脚也很快换踩在网箍子肩膀上。这一臂之力终于给大兰芬脚底下搭起一架稳固的人梯，及时前来帮忙的是小牛。他看到大兰芬下水的当口，也随即一个鱼跃钻到水里扎猛子过去了。因同志们把眼睛都盯在大兰芬身上，对小牛的举动就没人在意。大兰芬一只手使劲推住不停抖动的机枪管子，另一只手把宝贝“疙瘩”塞进炮楼架机枪的端（洞）口。

“轰”的一声响起，手榴弹在炮楼里爆炸了，顿时机枪就成了哑巴，一股青烟从端（洞）口里冒出来。

“高——高——！的确是棋高一着。大兰芬同志，这个绝章程也亏你才想得出来。莫提我个‘半吊子的一半——二百五’了，为啥就想不到喃！事实证明，姜是老的辣，醋是陈的香啊！”网箍子激动地竖起大拇指。

“你就不要替我戴高帽子啰，我说不过你，不好意思献丑啦！其实，网箍子你大脑离心脏近并不笨，只不过是吃饭掉米粒罢了，要不划船港人都喊你‘小祖宗’！”

孙广盛手一挥，队伍迅速过了十三里墩桥。

小牛钻进炮楼里。不一会又跑出来，左手拎着王八盒子，右手握着一把洋刀，神气十足地说："你俩猜猜，是啥'怪兽'在里面作死的？"

大兰芬着急地说："小叔哎，你就莫再拐弯抹角，老是关目没得底，就快点直说吧！"

"原来，是丸山个倒霉蛋，坏事干多了老天爷也不放过，这下已上西天啦！"

丸山确实归入阴曹地府，小肚子被炸个窟窿，血肉模糊的花花肠子都已冒出来，大便混合着鲜血流得满地，血腥和恶臭气味简直难闻死了！

"太瘆人！"大兰芬嗓子浅，听得胃子里作泛想吐，一脸苦笑地说，"报应！"

这个为所欲为的狗强盗，又躲到炮楼里作垂死挣扎，终于走向了灭亡的下场。大兰芬的机智、网箍子的毅力、小牛的勇敢，让孙广盛十分钦佩，他脸上浮现出亲切的微笑，从挎包旁解下毛巾，在大兰芬古铜色的脊背上擦了把汗，一个劲地称赞："辛苦了，我代表组织上谢谢你！手被烫伤了吧？"

"不碍事！"大兰芬非常爽快地说。一阵阵火烧火燎的，疼得不时地用嘴吹着手掌心里烫鼓起的水泡。

孙广盛在网箍子肩上左捏右捶，然后就扳住膀子转动几下，说："没被压趴吧！能把大兰芬擎起来，可不是一般人哪！"

"小牛！"孙广盛又十分爱惜地抚摸着他小脑袋，说，"真神乎，啥时扎猛子过去的，大伙儿谁都没发现。真是自古英雄出少年啊！这次你又立了大功，值得再次口头表扬。佩服！你是我孙家最聪明的孩子，是划船港的小英雄……"

"众人拾柴火焰高。这可不是我一个人的功劳，真正英雄是牺牲在战场上的同志。"谁知小牛这一笑，却成了与五伯父最后的永别。

小牛奉命带领一个班民兵返回洋卯尖执行紧急任务，途经划船港被地主反动派告密，遭遇国民党顽固势力围追。小牛发现敌人正冲过来，他们就抄小路钻进芦苇荡，顽军出动一个连搜滩把民兵们包围，经一阵激烈枪战，终因寡不敌众，弹尽无援被俘。穷凶极恶的敌人随即就进行审讯，并将小牛已怀身足月的孕妻蔡书珍打得大出血，接着几枪托把小牛的母亲孙蔡氏打趴在地口吐鲜血，又点火焚烧了小牛家的房屋……面对重重压力，小牛和民兵们机智勇敢，宁死不屈，从容不迫地与敌人周旋，最终也没泄露出一点党的机密。用牙咬，用头顶，用肘砸，用膝盖撞。这时的英雄们像一匹匹愤怒的雄狮，一只只发威的老虎……

国民党顽固军怕夜长梦多，可能被新四军和乡中队营救，于是就决定在午后下毒手。将小牛等七位民兵五花大绑，塞进闷罐似的囚车，运到南洋岸向西扔下，又残忍地把他们的肩锁骨用铁丝穿起来，路上小牛起头，民兵们一步一个血脚印地高唱《国际歌》，被押到瓢城北门天妃闸南土坡刑场。临刑前看到已挖好的大坑，小牛（孙洪义）和夏纪良、陆志仁、卢启美、季开良等民兵知道最后的时刻到了，昂然屹立面朝划船港方向深深鞠三个躬。那里是他们的家乡有自己的亲人，他们默默地向父老乡亲们告别。可能是生怕小牛和民兵们临终前的怒斥，七个心狠手辣的刽子手，用黑布袋套住英雄的头颅，让其在大坑前跪成一排，在一阵阵“伟大的共产主义万岁”的呼喊声中，被用鹤嘴镐猛击头顶，砸晕后一起推了进去……

次日，小牛的妻子（革命伴侣）蔡书珍（洋卯尖村妇救会主任）肚中的遗腹子出生几个时辰后夭折。

第三天，小牛的母亲孙蔡氏含恨离世。

……

第九十二章

克瓢城民兵当向导
钟楼上父子喜相认

离开十三里墩桥的乡中队一刻不耽误，孙广盛叫三俊子把队伍稍整了一下，朝着滩涂湿地通往南洋岸、瓢城东门方向的路奔跑而去。

红红的太阳，从黄海的潮头上冉冉升起。

兵临城下。驻城的守敌都已龟缩到城墙里，个个惶恐不安、长吁短叹。

攻城的战斗即将打响。此前，孙广盛已放走伪军中队长曹小头，自从那次将他带到根据地后，就一直安排他在洋卯尖俘虏队里学习和受训。由于乡中队的思想调教，加之一段日子的反思和宽大处理的政策，确实使曹小头深受教育，态度来了个一百八十度的大转弯。

"你们没有虐待俘虏，让人很受感动。我如再替小鬼子当走狗，真是连狗都不如。"

"我军有明文规定，不得虐待俘虏，这是共产党的一贯政策。"孙广盛对曹小头说。

"贵党纪律严明，我早有耳闻，百闻不如一见。今天终于让我看到了！"曹小头曾多次表明诚意和抗日的决心，表态要以实际行动证明自己是个有良心的中国人，愿竭尽全力在伪军中做瓦解工作，"请尽管放心，我曹某人既然认准共产党，就决不会再起二心。这'反'字出了头就变成个'友'字。希望你们不要嫌弃，我会尽自己的微薄之力。"

回城后，曹小头凡是有机会接触到的伪军，包括一些狐朋狗友等，经他以"白皮红心"的策略和工作，对绝大多数伪军晓以民族大义，劝导他们自愿投诚，保证不对新四军和民兵放一枪。有六十多名争取反正过来的伪军还明确表态，将反戈一击，把枪口掉过头来一起打鬼子。曹小头十分卖力，他访遍熟人，接通所有关系，做教育争取工作。而后，他又回到东城门炮楼里，联络几个曾是手下心腹的弟兄，计划先把鬼子的几个小指挥官处理掉。只见他慷慨地掏出怀揣的白酒，举在手里大声喊："弟兄们，人是熟的好，酒是陈的香。这是一瓶苏北洋河老陈酿。"他把封口上的油纸剥掉，将木塞子一拔，满屋子弥漫着一股诱人的香气，"钱撑阔人腰，酒壮怂人胆，大家都来尝一口，为了自己不死，为和家人团聚，来先庆贺一下吧。不愿当孬种，是条堂堂汉子的，就站出来跟我走。人家共产党的孙大侠那边，不掏腰包不污辱人格，不打不杀俘虏是千真万确，我已亲身经历过了。到时弟兄们尽管听我的，包你们放一百个宽心。"

二三十个伪军将曹小头团团围住，他摸出一块白洋粗布条舞个圈儿："看，到时就把这个挑起来，从东城门炮楼上的端(洞)口处伸出去。实话与大伙儿讲，我们这帮瞎混的弟兄，过去都是跟着日本人起哄，像小狗趴在城墙上啃咬，哪块砖头是你的？眼下竹田已兵败如山倒，人家孙大侠带的是一支共产党领导的队伍，现在越来越强大，后头还有'四老爷'挺住，千千万万老百姓都护着。大家不能再糊涂了，都听清楚了吧？这叫'识时务者为俊杰'。"

时近中午，太阳高照，晴空万里无云。

李家灶方向的枪炮声一阵比一阵紧。人们心里都明白，围歼"二鬼子"皇协军的战斗正进入紧张阶段。

孙广盛率领乡中队，一溜小跑地赶到瓢城东门六里双的孙南港，将同志们暂时安排在小客栈的院子里休息。孙广盛独自顺着尘土飞扬的泥路，一连走过几家院落，终于找到了新四军某部加强三营的临时指挥所。

大胡子参谋长与营长出去了，留守的矮个子颜副营长接待了孙广盛。

这是设在一户农家破宅旁的临时指挥所，露天下只有一张小桌子摆在西墙根脚下，上面摊着"瓢城市区城防图"。登上旁边的那道土坯墙头，就能看到这座海滨古城，特别是东城门就近在眼前，不用望远镜也能看得一清二楚。

颜副营长性格开朗，热情豪爽，说话高声大嗓，听了面前戴着民兵标志汉子的自我介绍，连忙上前使劲地握手："啊，原来你就是大名鼎鼎的孙大侠？早有耳闻，果然勇武得像个虎将。你可真不简单啊！滩涂湿地游击战打得非常漂亮！"

"过誉了，实在不敢当。"孙广盛连忙摆着手说。

颜副营长端来一茶缸子凉开水，示意孙广盛先坐下，然后介绍了攻城的兵力布置情况:“我部四团加强三营下属编制四个连,决定分攻四座城门。团司令部的参谋长和营长带步兵连和机枪连在东门,这里是主攻方向。教导员到南门,副教导员去西门,我就负责北门,再过半个时辰将发起总攻。打开城门问题不大,敌人的守备已不那么坚固了,城里的兵力几乎都被调出,现在困难的是官兵们对市区内情况不够熟悉,需请乡中队来配合。参谋长吩咐同你先商量一下,乡中队能否也分为四路,同部队一起打进去。到时就以你为主负责全权指挥。”颜副营长停了下来,把盛凉开水的茶缸子朝孙广盛面前一推,“快喝点吧,噢,身上已湿透了。”

孙广盛端起来“咕噜咕噜”地一口气喝掉,揩了下嘴,说:“交个实底,乡中队还剩一百五六十人了,就按四路整编组织策应。”说着他从挎包里拿出一张自己早已绘制好的城防图,从这张自制的地图上,不但可清楚地看出市区内各条街道和大小巷子,就连瓢城的一些河流走向、长度、水深也都标得很详细,甚至许多具有军事防守价值的楼房高度和结构也被标了出来,显然这是一份难得的城市巷战图。

颜副营长双手撑在桌子边框上,望了望自制的城防地图,两眼射出兴奋的光彩。图上连敌人的住处和兵力部署都一目了然。他抬起头,说:“绘得蛮好、很仔细、非常精准,有这张图就好办了。”

“还有啥指示?”孙广盛站起来问。

“各路队伍就在城中十字街的曹家巷会合。你就留在这东门吧。”

“为什么?”

“城里东半部分敌人机关较多,街巷拐弯抹角的地形相当复杂。”

孙广盛想了一会点着头:“好吧。”

颜副营长笑笑,说:“孙乡长,你看这样布置行吗?”

孙广盛谦逊地说:“我这滩涂湿地上走出来的泥腿子,那有资格指导正规军!不过守在这东门的伪军里,我早已派内线安排好接应,若顺利就可一枪不放,打开城门直接开进去。”

“那就太好嘞!”

“时间快到了,我去组织队伍。”孙广盛走了几步,忽然又转过身,“听说大胡子参谋长,以前还有个名字?”

“不错,你们是老本家。”

“叫什么?”

“哎，曾用名叫孙啥喃？孙海恨这名字来历听说过，一次在海上遇险时改的。反正首长是当地人，老家就在这瓢城东门不远。”颜副营长说。

“哪个区？哪个乡？哪个村？”

“想不起来啦。但有一条我能保证，你们绝对是老乡、老本家，说不定遇了头就会面熟。昨天参谋长还说，等打完这一仗，将抽点时间探家寻亲呢！”

“好！到时我一定帮老首长当好向导。”

“报告！”一个战士跑过来。孙广盛向颜副营长摆了下手，转身返回乡中队的驻地去。

一路上，孙广盛想起那天晚上在黄家尖参会的情景，可惜在昏暗的小马灯下，无法看清首长的模样。

天气特别好，晴朗的天空万里无云。

正午，攻城战斗正式打响了。一阵雄浑激越的冲锋号吹过，英勇的新四军和民兵指战员们一个个似离弦之箭，冲向敌阵。

瓢城四面城门同时遭到佯攻，城里的日伪军慌了。新四军和民兵在划船港一带的胜利，很快在瓢城敌营里传开，都说共产党领的神兵，是天兵天将下的凡，来无影去无踪，神出鬼没的太厉害了，因此一个个都被吓破心胆。强有力的政治攻势和内线活动，使日伪军士气一落千丈。有的敌人听到号子一吹，枪一响就全溃散。防守在城里的除少数鬼子及一些警备部队外，其余都是些杂牌军，没有统一的指挥，成了“车家桥的锣鼓——各打各的”，全都只顾自己逃命，乱成一锅粥。

新四军和民兵在划船港又打胜仗，极大地鼓舞了瓢城人民。乡亲们那被压抑的怒火与仇恨像火山一样猛烈地喷发出来，在地下党组织的领导下，掀起了一个打鬼子、抓汉奸、捉特务的群众性运动。人们纷纷地抄起棍棒，举着刀斧，端住猎枪，敲响铜锣，在大街小巷里追捕敌人。那些汉奸、特务都成了过街老鼠，吓得无处躲藏，识时务的都乖乖地下跪求饶。

孙广盛通过反水的曹小头很快打开东城门，一枪未放带着队伍快速向城中心开进。其他三座城门也都相继打开，半个时辰就占领这座东方湿地之都——瓢城！新四军和民兵指战员们在城中心十字街头胜利会师。钟楼上那面“膏药旗”已被扔到臭水沟里，鲜艳的红旗迎风招展高高飘扬！

十里八乡的群众听说将要开公审大会，审判几个罪大恶极的汉奸和特务，无不欢欣鼓舞。这是大快人心的事情，人人都想亲眼看王八蛋们的可悲下场！乡亲们从四面八方涌到城里，大家聚集在城中的十字广场上庆祝、狂欢！个个脸上比麦子饱满，比礼花灿烂，开出幸福的花朵。

孙广盛来到城中心的十字街，踏着逐级升高的阶梯登上钟楼。

在宽敞的阳台上，孙广盛见到了仰慕已久的大胡子参谋长，看上去首长很面熟。

这位大胡子参谋长不是别人，正是当年放火烧掉宋府里的收租房，从划船港逃到牛湾河的孙云龙。当年那次海上刮大风，海船被打翻了后，孙云龙抱住一块艎板漂了三天三夜，后被潮河以北的海匪船救起，接着就改名为孙海恨，组织十三个船员兄弟发起海上武装暴动，带着一支渔民自卫队去找红军。如今年纪虽已六十开外，但长得粗壮没有一点花甲之相，身体还相当结实，模样跟以前变化不大，他那饱经风霜的脸上，还是那样深沉、刚毅、倔强，看上去显得非常稳重而老练。

孙云龙是从孙海光那里得知：划船港孙大侠乡长就是自己的五儿子，也知道了当年"小五虎"在党组织的教育和培养下，在革命战争中一步步成长为基层领导干部。

孙云龙心潮激荡，久别重逢的喜悦之情洋溢在脸上。尽管这是内心企盼已久的聚首，但父子彼此相望着对方的容颜，却一时不敢相认，或者说父子之间积淀的万千酸苦，真正团聚时却一时难以言表。

孙广盛先是一怔，继而眉毛扬起，脸上倏然掠过一丝惊喜，不由得收住了脚步，站在那里一阵发愣。他眼睛里闪出一种惊异的光亮，一眨也不眨地注视着面前这位容貌可亲的大胡子参谋长，心中有点将信将疑，似乎在美妙的梦中，这种巧合同说书中的故事一样。但他又确实地看到大胡子参谋长那壮实的身体和威武的形象，与自己的幼时记忆和想象十分相近，难道这就是我的亲生父亲？他烧了宋府里的收租房，一脚逃到龙王庙，又跟牛湾河的人上了海船，再后来船在海上失风翻沉了，一起去的十几条船，百十号人没有一个回头，他——咋会又当上新四军的团参谋长呢？孙广盛刚想上前确认，可心里又拿不定主意。

"首长好！"孙广盛行了军礼！

"你就是小五虎？"

孙广盛激动得怯生生地边点头边脱口而出："爹！我真的是五虎啊！"

父子俩紧紧地拥抱在一起，两颗心在剧烈地跳动着，四目相对都热泪盈眶。

一阵无言哽咽，泪光在历尽沧桑的眼眸中闪烁，又是一阵颤抖对视，把那段近三十年漫长的凄苦，化作了如泣如诉般的苦笑。

……

孙广盛颤抖着声音，说：“爹，真想不到您还活着！还是我童年印象中的爹。”

孙云龙也动情地说：“想不到你也很好。好，好，能活下来就好！”

第九十三章

乡中队升格为支队
孙广盛率部奔前线

当空的太阳，像被滩涂湿地上一群红顶大白鸟——丹顶鹤的冠儿染红了似的，放射出灿烂的光辉，照在插着鲜艳红旗的钟楼上，照在欢乐的人群里，照在郊外绿色的原野间。孙云龙与孙广盛父子并肩站在一起，怀着无比兴奋的心情，眺望着美丽的东方。在一片湛蓝的天空下，滩涂湿地上的芦苇、草丛、花木、庄稼等郁郁葱葱，绵延起伏，宛如波涛滚滚的黄海潮头，汹涌奔腾。

这美好的景色使父子俩浮想联翩：只有在共产党的领导下，经过艰苦卓绝的斗争，穷苦百姓才能翻身当主人，享受到这胜利后的欢乐！只有跟着共产党，父子才能今天重逢。孙云龙告诉五儿子，逃到牛湾河上船出海捕鱼，失风海上漂流，组织船员暴动，及带领渔民自卫队去找红军，整编后随黄克诚率领的八路军第五纵队东渡黄河，进入苏北的淮海地区，与陈毅、粟裕渡江北上的新四军江南主力在狮子口会师并开赴瓢城等经过。孙广盛也向父亲汇报：因叛徒贾福禄的出卖，导致柏大喜等同志牺牲，接着又说了三哥广威、六弟广泉，及岳父母与妻子陆三凤和四个儿子的情况：“当年被卖到大码头的三哥，后来按孙家辈分排序取名叫广威，1924 年秋周恩来时任黄埔军校政治部主任，他被从第三期步兵科学员中选调到政治部当秘书。如今，广威还一直在周副主席身边。”

“说啥？你三哥跟的是中革军委周恩来副主席？”

“对啊！两年前在地下党组织的安排下，我已去江城汉口长春街八路军武汉办事处会过啦！”

“好，好啊！”

“爹，我家您的大孙子洪兆是盐东县大队的地下交通员，三孙子洪俊留在我身边搞地方武装，当上了划船港乡首任民兵中队长，二孙子洪恩、四孙子洪景在地下党组织安排下，装扮成贩运大米的伙计，长期活动在瓢城、泰州、常熟一带，以常熟永大米厂工人身份为掩护，接受组织上交给的各项任务。不幸的是小六子广泉家，您的四孙子洪义，乳名叫小牛，昨天在带领民兵执行紧急任务的途中，被划船港地主汉奸反动势力告密，在瓢城北门天妃闸惨遭国民党顽固军活埋。县委报上级组织特批：决定追认小牛（孙洪义）为中共党员，追认同小牛一起牺牲的几位民兵为革命烈士，并将黄家尖西侧柴滩附近（小牛出生、战斗、埋骨和被捕的地方）大片村落命名为洪义村，让红色赋予这片土地永恒的底色，以志永久纪念。县委孙书记赞誉广泉生了个好儿子，并派了随行秘书朱一弘[①]专程为小牛扫墓献上黄菊花。”

孙云龙一阵心痛，说：“噢，我孙家又出了个英雄。小牛没倒在鬼子的屠刀下，却命丧狗汉奸手里，小牛他们没有死，人们不会忘记，英烈们将永远活在人民心中。国民党顽固分子太可恶！”

“大地主宋仁明也已被抓住了。”

孙云龙紧握着的拳头在空中猛击一下：“太好了！不过斗争还未结束，革命才取得阶段性胜利，更艰难的战斗还在后头。”

父子俩正说着，只见陆三凤气喘喘地冲上钟楼，她换上了一身新四军的军装，看上去精干利索，先用眼睛瞟了瞟孙广盛，向大胡子参谋长立正行个军礼，而后递上一封信。

孙云龙展信一看，眉头猛然皱起，刚想讲点什么，广盛却指着三凤说：“哎！你们之间可能还不认识？”

“啊，我们……”孙云龙恍然大悟地笑起来：“我早就觉察到，她是个小老乡，是团司令部的通信参谋，工作上我们经常打交道。”

孙云龙说着跨前一步，把手向陆三凤伸过去。陆三凤在首长面前显得有些拘谨，伸出的手又缩回，她看了看丈夫广盛：“你们熟悉？”

孙广盛微笑着，说：“何止熟悉！这是爹，你快叫啊！”

陆三凤惊讶地瞪大眼睛，她简直不敢相信这是真的。看着广盛的一股认真劲，她才腼腆地叫了声：“爹！”

---

① 朱一弘为胡服（即刘少奇）的同学。

孙广盛站在钟楼上向下俯视，只见孙赵氏(孙仲明的母亲)、孙广泉(孙洪义的父亲)、孙洪霞(薛广益的母亲)、朱铁匠、徐树庭、大兰芬、网簏子、孙洪书、张海燕、孙小康等，还有刚被命名的洪义村群众、洋卯尖村的刘志恺村长及张百顺和蒋富贵等人，都拥挤在热闹的人群里。"爹，您看，划船港的乡亲们都来了，只有我家您的大孙子洪兆未到。去年腊八节那天，替新四军划船港敌工站送情报，因途中掩护杨雪、戴俊清、柳青成等几位新四军同志，被划船港炮楼里小鬼子抓去打成后天性精神失常、失忆的智障人。还有您的二孙子洪恩、四孙子洪景都在执行任务的途中……"孙广盛微笑着又说："您再看，三俊子和英子小两个人，也站在东南角上那边呢！"

孙云龙忙问："是什么关系？"

"一起参加革命的战友加恋人。如今世道变啦，让他们自己谈……"

孙云龙与陆三凤都幸福地仰起头，满意地朝那边望着。

此时，孙云龙有着很多的感触，他将心里的千言万语凝聚成两句话："旧社会把一家人逼上绝路，多亏来了共产党我们才死里逃生。划船港穷苦人的天下，是跟着共产党硬打出来的！"

县委书记孙海光火急火燎地赶来了，他刚登上钟楼就紧紧地握住孙云龙的手，说："一家人终于相聚了，多么不容易呀！"

"对啊！"孙云龙也感慨地说，"划船港乡中队这支农渔民武装，把滩涂湿地游击战打得这样漂亮，队伍不断发展壮大，这是父老乡亲们的功劳！"

孙海光沉思片刻，两眼盯着孙广盛激动地说："划船港孙氏家族四五代人打鬼子、与顽固的反动派斗争，不但祖坟被日伪军毁掉，还牺牲了二副(孙仲明，孙一俊的儿子)，小牛(孙洪义)、薛广益(孙洪霞的儿子)和伤残了孙洪兆等好几位亲人，为配合新四军三师主力反'扫荡'，做出了巨大的贡献。孙家是名副其实的革命之家，共产党不会忘记！历史和人民永远不会忘记！我代表中共盐东县委感谢你们！"

过了一会儿，孙海光又说："真是可惜，这次你们一家人只能先见面相聚，暂时还不能大团圆。目前的反'扫荡'形势十分严峻，江南日军第十五师团石井的另一支部队又出动啦，小鬼子还想夺取瓢城后再重返划船港。"

孙云龙指着手里的信件，说："对啊！刚才上级命令又来了，我部奉命接受一批弃暗投明刚改编的兵员后马上出发，计划半路上在苏中兴化的大邹向南一带再打小鬼子个伏击。"

大街上响起了锣鼓声、鞭炮声和口号声。孙广盛派人组织的乐队，群众自发挑起的花担，荡起的湖船，说唱抗鬼子的小戏班子，就在钟楼下面吹打玩唱起来。成千上万的群众，个个眉开眼笑，欢天喜地奔走相告，熙熙攘攘地从各条街巷纷纷向街中心靠拢，人山人海，一片欢腾。孙海光把场面扫视了一遍，而后对孙云龙说："大家先简单地开个祝捷大会，接着就在东门划船港开始公审。"

……

孙云龙说："因时间关系，我看来已参加不了啦，部队得从速启程。"

"好！拣日不如撞日，那就请稍等一下，当着你的面，让我口头宣布刚接到的任职命令。"孙海光挺了挺胸放大音量，"为表彰基层抗日武装取得的战绩，上级决定，划船港乡中队正式扩编升格为新四军划船港独立支队（团级），下设海豹、蓝狐、雄鹰三个中队；由我兼任支队长，孙广盛出任政治委员，孙洪俊（三俊子）任参谋长。"

孙广盛感到脸上火辣辣的，说："这个政委我怎么当得了呢？就怕干不好！"

孙海光微笑着说："你就别谦虚了，干部不是生来就会当的，可以在干中学，再在学中干吗！我们的干部在革命战争中不光要学会打仗，还要学会做政治思想工作，将来更要学会抓生产、搞经济建设。经验是从实践中摸索出来的，不要怕干不好，而把'难'字放在前头，共产党人啥都不怕，你就大胆地放手干吧！"一阵热烈的鼓掌。

孙海光接着又说："毛主席讲过，游击战要有新的发展。上级将划船港乡民兵中队扩编升格为地方部队，将来还要并入或改编到野战部队，成为名副其实的正规军，所需要的一批干部，就应出在我们这支队伍里。"

孙云龙微笑着手一指："陆三凤同志，你有什么看法？也来讲讲。"

陆三凤激动的心情像黄海滚滚的巨浪，似千军万马般地涌向滩头。她怀着无限的深情，用鼓励的目光注视着丈夫孙广盛，本想对他尽情倾诉几句，可当着县委书记和团参谋长公爹的面，又不好意思开这个口，只是嘴唇抖动了一下，点点头却没有出一点声。

此刻，孙广盛两眼感到灼热，闪出一串泪花。面对沉甸甸的责任担当，他信心百倍地说："党叫干啥就干啥，既然上级这样信任，那我就决不辜负党的希望，服从组织上的安排，干好党交给的这项工作！"

钟楼下边，手持三角彩旗的人群中，不时自发地呼喊口号：

小鬼子滚出中国去！

打倒汉奸卖国贼!

……

贯穿城区主干道的东西门大街上,庆祝游行的呼喊声、鞭炮声和锣鼓声交织在一起,响彻云霄,震撼着瓢城的四面八方。

孙云龙忙着要去看望朱铁匠、陆玉桂夫妇和划船港的父老乡亲们,孙海光、孙广盛、陆三凤等也都跟着随行。

……

黎明前,江南窜来日军第十五师团石井部队增援的一个大队,在泰州的黄桥、丁季一带被我驻苏中新四军某部截住。孙海光因县武装大队另有紧急任务,孙广盛带领新组建的划船港独立支队,奉命星夜驰援围歼。

“行了! 出发吧!”

“报告政委:还有些同志没到齐。”

“哪一部分的啊?”

“全体都有,稍息,立正! 向右——转。”

大家都你看着我、我看着你的百感交集。孙广盛眼里也噙满泪花,仿佛看到从身边牺牲了的战友。

“再吹集结号,请他们归队!”

“是。”又响起一阵“嘀嗒嘀嗒……”的军号声。

“孙洪义(小牛)同志,‘到。’归队,‘是!’

薛广益同志,‘到。’归队,‘是!’

夏纪良同志,‘到。’归队,‘是!’

陆志仁同志,‘到。’归队,‘是!’

卢启美同志,‘到。’归队,‘是!’

季开良同志……”

这些已牺牲了的战友,永远都是划船港乡中队的一员,无论建制如何变动,烈士们的精神将永远鼓舞着大家,以昂扬的斗志去奋勇杀敌。

参谋长孙洪俊(三俊子)跑步上前:“首长同志,划船港独立支队集合完毕,请指示!”

“出发!”

“是!”

清晨,太阳渐渐升起,金色阳光照在黄海滩涂湿地上,大洋河波涛荡漾,一泻千里。

孙广盛率领着独立支队，从那紧张忙碌、帆樯林立、舳舻相接的划船港出发，行进在漫长的大洋河堤上，被踏起的尘土随着一阵阵海风不断吹散，队伍朝着炮声隆隆的方向前进，奔赴抗击日寇的新战场。

附注：抗日战争期间，仅瓢城东门划船港沿海一带，伤亡人口就有两千多，实名烈士三百八十六人，尸骨墩（老地名）上还埋有无名英烈若干……